Vom gleichen Autor erschienen außerdem
als Heyne-Taschenbücher

*Atemlos* · Band 01/6081
*Bahama-Krise* · Band 01/6253
*Der Feind* · Band 01/6296
*Der goldene Kiel* · Band 01/6456
*Die Erbschaft* · Band 01/6529
*Die Täuschung* · Band 01/6799

DESMOND BAGLEY

# DIE GNADENLOSEN

*Roman*

WILHELM HEYNE VERLAG

MÜNCHEN

HEYNE ALLGEMEINE REIHE
Nr. 01/6394

Die Originalausgabe erschien unter dem Titel
HIGH CITADEL
bei William Collins Sons & Co. Ltd., London

Aus dem Englischen von Peter de Mendelssohn

4. Auflage

Genehmigte, ungekürzte Taschenbuchausgabe
Copyright © 1965 by Desmond Bagley
Alle deutschen Rechte
Blanvalet Verlag GmbH, München 1981/5 4 3 2 1
Neuausgabe der 1967 im Verlag Wolfgang Krüger
erschienenen deutschen Erstveröffentlichung
Printed in Germany 1987
Umschlagfoto: Bildagentur Mauritius/Edmund Nägele, Mittenwald
Umschlaggestaltung: Atelier Ingrid Schütz, München
Gesamtherstellung: Elsnerdruck, Berlin

ISBN 3-453-01942-3

# I

Die Klingel schrillte beharrlich.
O'Hara kräuselte im Schlaf die Stirn und grub sich tiefer in sein Kopfkissen. Er zog das dünne Bettlaken, das ihn zudeckte, höher herauf; aber jetzt waren seine Füße bloß, und seine Gefährtin neben ihm gab einen schläfrigen Protest von sich. Er streckte, ohne die Augen zu öffnen, die Hand nach dem Nachttisch aus, ergriff den Wecker und schleuderte ihn quer durchs Zimmer. Dann kuschelte er sich wieder in sein Kissen. Die Klingel schrillte weiter.
Jetzt endlich öffnete er die Augen; es wurde ihm allmählich klar, daß es das Telefon war. Er stützte sich auf den Ellbogen und starrte haßerfüllt in die Dunkelheit. Seit er in diesem Hotel wohnte, hatte er Ramón immer wieder gesagt, er solle das Telefon neben das Bett verlegen lassen, und Ramón hatte jedesmal versichert, es werde morgen geschehen. Das ging jetzt schon beinahe ein Jahr so. Er stand aus dem Bett auf und schlurfte durchs Zimmer zum Toilettentisch, ohne sich die Mühe zu machen, das Licht anzuknipsen. Während er den Telefonhörer abhob, schob er die Fenstervorhänge einen Spalt auseinander und warf einen Blick hinaus. Es war noch dunkel, der Mond ging gerade unter - er schätzte, es sei noch etwa zwei Stunden bis Tagesanbruch.
Er knurrte ins Telefon: »Hier O'Hara.«
»Verdammt noch mal«, sagte Filson, »was ist denn mit Ihnen los? Ich versuche schon seit einer Viertelstunde, Sie zu erreichen.«
»Ich habe geschlafen. Für gewöhnlich schlafe ich nachts - soviel ich weiß, tun das die meisten Menschen, mit Ausnahme von Yankee-Flugbetriebsleitern.«
»Sehr komisch«, antwortete Filson müde. »Na, jedenfalls, kommen Sie mal hier herunter - wir haben einen Flug angesetzt, sowie es hell wird.«

»Himmelsakra - ich bin doch gerade erst vor sechs Stunden zurückgekommen. Ich bin müde.«
»Ich etwa nicht? Was glauben Sie denn?« sagte Filson. »Die Sache ist wichtig - eine Samair 727 ist gerade notgelandet, und der Fluginspektor hat ihr Startverbot erteilt und hält sie fest. Die Passagiere sind nicht schlecht wütend, also haben der Kapitän und die Stewardeß die Leute mit Vorrang herausgesucht, die es am eiligsten haben, und wir müssen diese Passagiere an die Küste schaffen. Sie wissen ja, was eine Verbindung mit Samair für uns bedeutet: Wenn wir gefällig sind und einspringen, könnte es sein, daß sie uns dann als regelmäßigen Zubringer verwenden.«
»Von wegen«, sagte O'Hara. »Sie verwenden Sie in einer Notlage, aber sie werden Sie nie im Leben auf ihren Flugplan setzen. Alles, was Sie kriegen werden, ist ein Dankeschön.«
»Immerhin, es lohnt sich, es zu versuchen«, beharrte Filson. »Also machen Sie schon, daß Sie herunterkommen.«
O'Hara überlegte, ob er Filson sagen solle, daß er seine monatliche Flugstundenzahl schon überschritten hätte und der Monat erst zu zwei Drittel herum wäre. Er seufzte und sagte: »Also gut, ich komme.« Es hatte keinen Zweck, sich bei Filson auf die gesetzlichen Bestimmungen zu berufen; was diese hartherzige Type betraf, so waren die IATA-Bestimmungen dazu da, gebogen, wenn nicht gar gebrochen zu werden. Wenn Filson jede internationale Bestimmung einhalten wollte, würde seine komische Zweigroschenfirma überhaupt nur drauflegen.
Außerdem, überlegte O'Hara, ging es für ihn hier nicht weiter. Wenn er diese Stellung verlor, würde es für ihn schwierig werden, sich über Wasser zu halten. Es gab in Südamerika zu viele ausrangierte Piloten, die hinter zu wenigen Stellungen her waren, und Filsons Bruchbude war so ungefähr das unterste, was erreichbar war. Himmelsakra, dachte er angewidert, ich stehe auf einer beschissenen Rolltreppe, die in der falschen Richtung fährt - ich muß schon so scharf rennen, wie ich nur kann, um überhaupt an Ort und Stelle zu bleiben. Er legte den Hörer unvermittelt zurück und blickte wieder in die Nacht hinaus. Der Himmel sah hier soweit in Ordnung aus, aber was war mit den Bergen? Er mußte immer an die Berge denken, diese grausamen Berge mit ihren gezackten weißen Schwertern, die sich himmelwärts reckten, um ihn aufzuspießen. Filson sollte sich lieber vorsehen, daß er eine gute Wettervorhersage hatte.

Er ging zur Tür und trat in den Korridor hinaus, der wie gewöhnlich nicht beleuchtet war. In den Aufenthaltsräumen schalteten sie um elf Uhr abends das Licht ab - so eine Art von Hotel war das. Zum hunderttausendstenmal fragte er sich, was er eigentlich in diesem gottverlassenen Land zu suchen hatte, in dieser verwelkten Stadt, diesem schmuddligen Hotel. Er ging unbekümmert um seine Nacktheit den Korridor hinunter zum Badezimmer. Er sagte sich: Wenn eine Frau schon mal einen nackten Mann gesehen hatte, so machte es nichts, und wenn nicht, dann war es höchste Zeit, daß sie einen sah. Außerdem war es sowieso finster.
Er duschte rasch, wusch sich den Nachtschweiß ab, kehrte in sein Zimmer zurück und knipste die Nachttischlampe an. Es war nicht sicher, ob sie funktionieren würde - die Chance stand fünfzig-fünfzig, daß nicht -, die Stromversorgung der Stadt war äußerst sprunghaft. Der Faden in der Birne glühte schwach auf, und in diesem trüben Licht kleidete er sich an - lange wollene Unterwäsche, Niethosen, dickes Hemd und Lederjacke. Er war noch kaum fertig angezogen, als er in der warmen Tropennacht schon wieder zu schwitzen begann. Aber über dem Gebirge würde es kalt sein.
Er nahm eine flache metallene Hüftflasche vom Frisiertisch und schüttelte sie versuchsweise. Sie war nur halb voll, und er runzelte die Stirn. Er konnte natürlich Ramón wecken und sie nachfüllen lassen, aber das war nicht ratsam; erstens hatte Ramón es nicht gern, mitten in der Nacht geweckt zu werden, und zweitens würde er nur bissige Fragen stellen, wann seine Rechnung eigentlich bezahlt würde. Lieber nicht. Vielleicht konnte er auf dem Flugplatz etwas bekommen.
O'Hara war im Begriff, das Zimmer zu verlassen, hielt aber in der Tür noch einmal inne und blickte zurück auf die lässig hingestreckte Gestalt im Bett. Das Laken war verrutscht und entblößte dunkelhäutige Brüste mit noch dunkler getönten Spitzen. Er betrachtete sie kritisch. Ihre olivenfarbene Haut hatte einen gewissen Kupferglanz, und es schien ihm, das Mädchen müsse eine recht kräftige indianische Beimischung haben. Er zog mit betrübter Grimasse aus der Innentasche seiner Lederjacke eine magere Brieftasche, entnahm ihr zwei Geldscheine und warf sie auf den Nachttisch.
Er rollte mit seinem verbeulten alten Wagen auf den Parkplatz und betrachtete interessiert den ungewohnt hellen Lichterglanz des Flugplatzes. Es war ein letztklassiges Flugfeld, das bei den

großen Fluggesellschaften nur als Notlandestreifen eingestuft war, obwohl Filson es für einen Hauptstützpunkt hielt. Eine Boeing 727 der Samair stand glatt und gepflegt vor dem Kontrollturm, und O'Hara betrachtete sie eine Weile neiderfüllt; dann schaltete er den Blick auf die dahinterliegende Flugzeughalle um. Dort wurde eine Dakota-Maschine geladen, und die Lichter waren so hell, daß O'Hara sogar aus der Entfernung das Kennzeichen auf dem Schwanz der Maschine erkennen konnte - zwei verschlungene A, die kunstvoll so gemalt waren, daß sie wie Berggipfel aussahen. Er lächelte schwach vor sich hin. Es war richtig und passend, daß er eine Maschine flog, die mit einem Doppel-A verziert war: Alkoholiker der Welt, vereinigt euch; zu schade, daß Filson den Witz nicht begriff. Filson war nun einmal unerhört stolz auf seinen »Andes Airlift« und machte nie Witze darüber. Ein durch und durch humorloser Mensch, dieser Filson.

Er stieg aus dem Wagen und ging zum Hauptgebäude hinüber. Es war voll von Menschen, müden Leuten, die unsanft geweckt und mitten in der Nacht in der Mitte von Nirgendwo hingesetzt worden waren. Er bahnte sich durch die Menschenansammlung einen Weg zu Filsons Büro. Eine amerikanische Stimme mit einem nasalen, westlichen Tonfall beschwerte sich laut und erbittert: »Das ist eine verdammte Schande, so was - ich werde Mr. Coulson meine Meinung sagen, wenn ich zurück nach Rio komme.« O'Hara setzte ein grinsendes Lächeln auf, als er die Tür zum Büro aufdrückte. Filson saß in Hemdsärmeln an seinem Schreibtisch, und sein Gesicht glänzte von Schweiß. Er schwitzte beständig, besonders in einer Notlage, und da sein Leben sich in fortwährendem Krisenzustand befand, war es ein reines Wunder, daß er nicht überhaupt völlig wegschmolz. Er sah auf.

»Also da sind Sie ja endlich.«

»Ich freue mich immer über die herzliche Begrüßung«, bemerkte O'Hara.

Filson tat, als höre er es nicht. »Also, es handelt sich um folgendes«, sagte er. »Ich habe mit Samair darüber abgeschlossen, daß ich zehn von ihren Passagieren nach Santillana schaffe - das sind diejenigen, die eine Schiffsverbindung erreichen müssen. Sie nehmen Maschine Nummer eins - sie wird gerade flugfertig gemacht.« Seine Stimme klang rasch, knapp und geschäftsmäßig, und O'Hara hörte aus der Art, wie er volltönend die Worte »mit Samair abgeschlossen« hervorrollte, bereits heraus, daß er sich schon als ganz großen Flugunternehmer sah, der mit seinesgleichen Geschäfte machte, und nicht als das, was er wirklich war – ein alternder ehemaliger Pilot, der sich mit zwei fünfundzwanzig Jahre alten klapprigen Maschinen aus ehemaligen Heeresbeständen mit Mühe und Not sein Leben verdiente.

O'Hara sagte lediglich: »Wer kommt mit mir?«

»Grivas.«

»Der eingebildete kleine Frechdachs.«

»Hat sich freiwillig erboten – anders als Sie«, schnarrte Filson.

»Ach?«

»Er war hier, als die 727 landete«, sagte Filson und sah O'Hara mit einem dünnen Lächeln an. »Es war seine Idee, Samair vorzuschlagen, daß wir einige von ihren dringlichen Passagieren übernehmen, und er hat mich sofort angerufen. Das ist die Art von raschem, geistesgegenwärtigem Denken, die wir hier bei uns brauchen.«

»Ich habe ihn nicht gern bei mir in der Maschine«, sagte O'Hara.

»Also schön, Sie sind der bessere Pilot«, gab Filson widerwillig zu. »Deshalb sind Sie ja Flugzeugführer, und er geht als zweiter mit.« Er blickte nachdenklich zur Zimmerdecke hinauf. »Wenn diese Sache mit Samair klappt, setze ich Grivas vielleicht hier ins Büro. Der Mann ist mir zu gut, nur so als Pilot.«

Filson litt offensichtlich an Größenwahn. O'Hara sagte ruhig und bedächtig: »Wenn Sie glauben, daß die South American Air mit Ihnen einen Zubringer-Vertrag macht, dann sind Sie verrückt. Die Leute werden Sie dafür bezahlen, daß Sie ihre Passagiere übernehmen, und Ihnen Dankeschön sagen – und damit hat sich's.«

Filson zielte den Federhalter auf O'Hara. »Sie werden dafür bezahlt, daß Sie das Flugzeug hinüberlotsen – das scharfe Nachdenken können Sie ruhig mir überlassen.«

O'Hara gab es auf. »Was ist denn mit der 727 schiefgegangen?«

»Irgendwas mit der Benzinzuleitung ist nicht in Ordnung – sie sehen es gerade nach.« Filson hob ein Bündel Papiere vom Schreibtisch auf. »Sie nehmen noch eine Kiste Maschinenteile zum Überholen mit. Hier ist die Frachtliste.«

»Himmel!« sagte O'Hara. »Das ist doch ein außerplanmäßiger Flug. Muß das sein?«

»Außerplanmäßig oder nicht, Sie fliegen jedenfalls mit voller Ladung. Kommt ja gar nicht in Frage, daß ich eine halbleere Maschine losschicke, wenn ich eine volle schicken kann.«

O'Hara machte ein betrübtes Gesicht. »Ich hatte nur gedacht, ich würde zur Abwechslung mal einen leichten Flug haben. Sie wissen doch, daß Sie die Maschinen immer überlasten, und es ist eine verdammte Schinderei, durch die Pässe durchzukommen. Die alte Kiste torkelt herum wie ein Nilpferd.«
»Sie fliegen um die beste Tageszeit«, sagte Filson. »Später am Tag, wenn die Sonne alles richtig angewärmt hat, ist es schlechter. Und jetzt machen Sie, daß Sie hier rauskommen, und hören Sie auf, mich zu schulmeistern.«
O'Hara verließ das Büro. Die Haupthalle begann sich zu leeren; ein Strom von verärgerten Samair-Passagieren machte sich auf den Weg zu dem altertümlichen Flughafen-Autobus. Ein paar Leute standen noch herum - das waren vermutlich die Passagiere nach Santillana. O'Hara beachtete sie nicht weiter; Passagiere oder Fracht, es kam ihm nicht darauf an. Er schaffte sie über die Anden und setzte sie auf der anderen Seite ab, und es hatte keinen Zweck, sich besonders mit ihnen einzulassen. Ein Autobusfahrer, dachte er, kümmert sich auch nicht um seine Fahrgäste, und was bin ich schließlich anderes als - ein verdammter vertikaler Autobuschauffeur.
Er warf einen Blick auf die Frachtliste. Filson hatte es wieder einmal fertiggebracht - zwei Kisten und nicht eine, und bei ihrem Gewicht standen ihm die Haare zu Berge. Eines schönen Tages, dachte er grimmig, werde ich dafür sorgen, daß ein IATA-Inspektor hier gerade um die richtige Zeit auftaucht, und dann wird Freund Filson einen Looping drehen. Er zerknüllte die Frachtliste in der Faust und ging hinüber, um die Dakota zu inspizieren.
Grivas stand bei der Maschine und lehnte sich lässig gegen das Fahrwerk. Er reckte sich gerade, als er O'Hara sah, und schnippste eine Zigarette über die Rollbahn, kam ihm aber nicht entgegen. O'Hara trat auf ihn zu und sagte: »Ist die Fracht an Bord?«
Grivas lächelte. »Ja.«
»Haben Sie sie nachgeprüft? Ist sie richtig festgemacht?«
»Selbstverständlich, Señor O'Hara. Ich habe mich selbst darum gekümmert.«
O'Hara knurrte. Er mochte Grivas nicht, weder als Menschen noch als Piloten. Er mißtraute seiner aalglatten Geschmeidigkeit, dieser pomadigen Patina von unechter guter Erziehung, die ihn wie eine Lackschicht bedeckte, von seinem Lacklederhaar und dem säuberlich gestutzten Zahnbürsten-Schnurrbart bis zu den

auf Hochglanz polierten Schuhen. Grivas war ein schlanker, drahtiger, nicht sehr großer Mann, der immer ein Lächeln auf dem Gesicht trug. O'Hara mißtraute diesem Lächeln mehr als allem anderen. »Wie ist das Wetter?« fragte er.
Grivas blickte zum Himmel hinauf. »Scheint in Ordnung zu sein.«
O'Hara sagte ätzend scharf: »Eine Wettermeldung könnte nichts schaden, meinen Sie nicht?«
Grivas grinste. »Ich hol' sie«, sagte er.
O'Hara sah ihm nach, wandte sich dann zu der Dakota um und ging um die Maschine herum zu den Frachttüren. Die Dakota war eine der bewährtesten Maschinen, die je konstruiert worden waren – der Ackergaul der alliierten Streitkräfte während des Krieges. Mehr als zehntausend von diesen Maschinen hatten einen guten Kampf gekämpft und ungezählte Millionen von Tonnenkilometern kostbarer Fracht um die Erde geflogen. Sie war ein gutes Flugzeug gewesen, damals zu ihrer Zeit, aber das war jetzt schon lange her.
Diese Dakota hier war fünfundzwanzig Jahre alt und von zu vielen Flugstunden und zu wenig Wartung stark mitgenommen. O'Hara konnte die Dinge, die an ihr nicht in Ordnung waren, nicht zählen und versuchte es auch gar nicht. Aber er wußte über sie Bescheid – und zwar ganz genau. Er wußte ganz genau, wieviel Spielraum die Seitenruderkabel hatten; er wußte, wie er die ausgeleierten Motoren zu behandeln hatte, um das Beste aus ihnen herauszuholen – und dieses Beste war armselig genug; wie er vorsichtig und behutsam beim Landen aufzusetzen hatte, um das geschwächte Fahrwerk nicht zu stark zu beanspruchen. Und er wußte, daß eines schönen Tages hoch über den weißen Speerspitzen der Anden der ganze kummervolle Kasten ihm einen mörderischen Streich spielen würde.
Er kletterte in die Maschine und sah sich in dem höhlenartigen Inneren um. Vorn befanden sich zehn Sitze für Passagiere, und zwar nicht die luxuriösen Sessel mit verstellbarer Rückenlehne der Samair, sondern unbequeme harte Ledersitze mit einem Anschnallgurt, den nicht einmal Filson weglassen konnte, obwohl er über die zusätzlichen Kosten geschimpft hatte. Der übrige Flugzeugrumpf war Laderaum für Fracht und augenblicklich von zwei großen Kisten besetzt.
O'Hara ging nach rückwärts und probierte die Sicherungsgurte der Kisten mit der Hand. Ihn plagte das Schreckgespenst, daß

eines Tages, wenn er mal schlecht landete oder in einen Luftwirbel geriet, die ganze Fracht nach vorn rutschen würde. Das wäre das Ende eines jeden Passagiers, der das Pech hatte, mit dem Andes Airlift zu fliegen. Er fluchte, als er einen lockeren Gurt entdeckte. Grivas und seine Schlamperei würden ihn eines Tages noch ins Grab bringen.
Nachdem er dafür gesorgt hatte, daß die Fracht zuverlässig gesichert war, ging er nach vorn in den Führersitz und nahm die gewohnheitsmäßige Überprüfung der Instrumente vor. Ein Mechaniker arbeitete am Backbordmotor; O'Hara beugte sich zum Seitenfenster hinaus und fragte ihn auf spanisch, ob er in Ordnung sei. Der Mechaniker spuckte aus, fuhr sich mit drei Fingern quer über die Kehle und gab einen schauerlichen Laut von sich. »De un momento a otro.«
O'Hara lächelte säuerlich. Auch die Mechaniker machten sich keinerlei Illusionen.
Er beendete die Instrumenten-Überprüfung und ging dann in die Flugzeughalle, um Fernandez, den Obermechaniker, zu suchen, der für gewöhnlich, streng gegen Filsons Anordnung, eine oder zwei Flaschen versteckt auf Vorrat hatte. O'Hara hatte Fernandez gern und wußte, daß Fernandez ihn gut leiden mochte; sie kamen gut miteinander aus, und O'Hara sorgte dafür, daß es so blieb - wer sich auf einem Posten wie diesem hier mit dem Obermechaniker in die Haare kriegte, der war schon unterwegs in die Ewigkeit.
Er plauderte ein Weilchen mit Fernandez, füllte dann seine flache Hüftflasche nach und nahm noch rasch einen Schluck aus der Flasche, ehe er sie zurückgab. Die Dämmerung brach an, als er zu der Dakota zurückging, und Grivas befand sich in der Kanzel und verstaute umständlich seine Aktentasche. Komische Sache, mußte O'Hara denken, daß die Aktentasche genauso zu einem Piloten gehört wie zu einem Büromenschen in der Stadt. Seine eigene Aktentasche befand sich unter seinem Sitz; sie enthielt nichts außer einem Päckchen Sandwiches, das er aus einem Café, das die ganze Nacht geöffnet war, mitgenommen hatte.
»Haben Sie die Wettermeldung?« fragte er Grivas.
Grivas reichte ihm das Blatt Papier, und O'Hara sagte: »Sie können sie bis zum Vorplatz hinunterrollen.«
Er studierte die Wettermeldung. Sie war gar nicht schlecht - ja, sie war sogar ganz und gar nicht schlecht. Keine Gewitter, nichts Außergewöhnliches, keine Störungen - ganz einfach gutes Wetter

über dem Gebirge. Aber O'Hara wußte aus Erfahrung, daß auch Meteorologen sich schon geirrt hatten, und die innere Spannung ließ ihn nicht frei. Es war eine Spannung, die in der Luft nie einen Augenblick nachließ und ihn am Leben gehalten hatte, wo eine Menge besserer Leute ums Leben gekommen waren.

Als die Dakota auf dem betonierten Vorplatz vor dem Hauptgebäude zum Stehen kam, sah er Filson an der Spitze einer kleinen Gruppe von Passagieren. »Sorgen Sie dafür, daß sie ihre Sitzgurte ordentlich festschnallen«, sagte er zu Grivas.

»Ich bin keine Stewardeß«, antwortete Grivas mürrisch.

»Anordnungen können Sie erteilen, wenn Sie hier auf dieser Seite der Kanzel sitzen«, sagte O'Hara kalt. »Jetzt führen Sie sie freundlichst aus. Und bitte machen Sie die Passagiere etwas sorgfältiger fest als die Fracht.«

Das Lächeln verschwand aus Grivas' Gesicht, aber er wandte sich um und ging in die Hauptkabine. Gleich darauf kam Filson nach vorn und schob O'Hara ein Formular zu. »Unterschreiben Sie das.«

Es war die offizielle Gewichts- und Benzinbescheinigung der IATA. O'Hara sah sofort, daß Filson wie üblich bei den Gewichtsangaben geschwindelt hatte, aber er sagte nichts und kritzelte seine Unterschrift auf das Formular. Filson sagte: »Rufen Sie mich an, sobald Sie gelandet sind. Könnte sein, daß Fracht für den Rückflug da ist.«

O'Hara nickte, und Filson zog ab. Man hörte den doppelten Aufschlag, als die Türen geschlossen wurden, und O'Hara sagte: »Rollen Sie sie bis zum Ende des Streifens.« Er schaltete das Radio ein, um es anzuwärmen. Grivas war noch immer mürrisch und wollte nicht reden. Er antwortete nicht, während er die Motoren auf Touren laufen ließ, und die Dakota, die auf dem Boden schwer und ungefüge aussah, vom Hauptgebäude weg in die Dunkelheit hinauswatschelte. O'Hara knipste das Deckenlicht aus, und der Führersitz war jetzt dunkel, mit Ausnahme des Lichtschimmers der Instrumente und des schwachen Morgenlichts.

Am Ende der Rollbahn überlegte O'Hara einen Augenblick lang. Filson hatte ihm keine Flugnummer gegeben. Ach, wenn schon, dachte er; die Kontrolle sollte eigentlich Bescheid wissen, was los ist. Er schaltete das Mikrophon ein und sagte: »A. A. Sonderflug, Bestimmungsort Santillana - San Croce Kontrollturm, hier ist A. A. - ich bin startbereit.«

Eine blecherne Stimme knatterte ihm ins Ohr. »Andes Airlift Sonderflug, hier ist San Croce Kontrollturm. Sie können starten - die genaue Zeit ist 2.33 GMT.«
»Verstanden, aus.«
Er griff nach der Gasdrossel und bewegte den Knüppel hin und her. Er klebte und wollte nicht recht nachgeben. Ohne Grivas anzublicken, sagte er: »Nehmen Sie die Hände vom Bedienungsgestänge weg.« Dann drückte er die Drosselheber herunter, und die Motoren dröhnten. Vier Minuten später befand sich die Dakota nach einer übermäßig langen Rollstrecke in der Luft.
Er blieb eine Stunde lang am Steuer, um den langen Aufstieg zum Dach der Welt selbst zu überwachen. Er wollte feststellen, ob der alte Kasten vielleicht irgendeine neue Überraschung bereithielt. Er flog vorsichtig ein paar sanfte, kaum spürbare Kurven und verfolgte mit sämtlichen angespannten Sinnen genau das Verhalten der Maschine. Gelegentlich warf er einen Blick auf Grivas, der mit einem gefrorenen Gesichtsausdruck in dem anderen Sitz saß und ausdruckslos durch die Windschutzscheibe starrte.
Endlich war er überzeugt, daß alles in Ordnung war, und schaltete die Selbststeuerung ein, behielt sie aber noch eine Viertelstunde lang sorgfältig im Auge. Sie hatte sich auf dem letzten Flug schlecht benommen, aber Fernandez hatte ihm versichert, daß sie jetzt in Ordnung sei. Er verließ sich zwar auf Fernandez, aber doch in Grenzen - es war immer besser, die letzte Überprüfung selbst vorzunehmen.
Dann lehnte er sich entspannt zurück und blickte hinaus. Es war hoch oben in der Luft viel heller als unten, und obwohl die Morgendämmerung hinter ihm anbrach, war der Himmel vor ihm von einer eigentümlichen Helligkeit. O'Hara wußte, warum; es war der Widerschein des Schnees, als die ersten Strahlen der Sonne auf die hohen weißen Gipfel der Anden fielen. Die Berge selbst waren noch unsichtbar und verborgen im frühmorgendlichen Dunst, der aus dem Dschungel tief drunten aufstieg.
Er begann über seine Passagiere nachzudenken und überlegte, ob sie wohl wußten, worauf sie sich eingelassen hatten. Das hier war kein Höhenflugzeug, keine Düsenmaschine mit aufgeladener Druckkabine, und sie würden ziemlich hoch fliegen - es würde kalt werden und die Luft dünn, und er hoffte nur, daß keiner der Passagiere herzkrank war. Filson hatte sie vermutlich vorher gewarnt, obwohl es dem Halunken durchaus zuzutrauen war, daß er

den Mund gehalten hatte. Er war so geizig, daß er nicht einmal anständige Sauerstoffmasken zur Verfügung stellte - nur Mundschläuche, die an die Sauerstofflaschen auf backbord und steuerbord angeschlossen waren.
O'Hara kratzte sich nachdenklich die Wange. Das hier waren nicht die gewöhnlichen Passagiere, die er sonst immer flog - der amerikanische Bergbauingenieur, der nach San Croce flog, und der bescheidene kleine ortsansässige Geschäftsmann, der schon stolz war, wenn er auch nur mit dem Andes Airlift flog. Das hier war die Samair-Sorte von Passagieren - reiche Leute, die für Beschwerlichkeiten nicht besonders zu haben waren. Außerdem hatten sie es eilig, sonst hätten sie genug Verstand gehabt, nicht mit dem Andes Airlift zu fliegen. Vielleicht war es doch besser, wenn er ausnahmsweise gegen seine Regel verstieß und nach hinten ging, um mit den Leuten zu reden. Wenn sie herausfanden, daß sie nicht *über* die Anden, sondern *durch* sie hindurchflogen, würden sie es womöglich mit der Angst kriegen. Es war besser, sie vorher zu verständigen.
Er schob sich die Uniformmütze auf den Hinterkopf und sagte: »Übernehmen Sie, Grivas. Ich gehe nach hinten, um mit den Passagieren zu reden.«
Grivas hob die Augenbrauen - er war so überrascht, daß er vergaß, mürrisch zu sein. Er zuckte die Achseln. »Warum? Was ist denn so wichtig an den Passagieren? Wir sind doch nicht bei der Samair.« Er lachte lautlos. »Ach so, ja. Natürlich - Sie haben das Mädchen gesehen; wollen Sie sich genauer anschauen, wie?«
»Was für ein Mädchen?«
»Nur so ein Mädchen, eine Frau; sehr schön. Ich glaube, ich werde mich mit ihr bekannt machen und sie ausführen, wenn wir - in Santillana ankommen«, sagte Grivas selbstgefällig. Er sah O'Hara aus dem Augenwinkel an. O'Hara knurrte und zog die Passagierliste aus der Brusttasche. Wie er vermutet hatte, waren die meisten Amerikaner. Er ging die Liste rasch durch: Mr. und Mrs. Coughlin aus Challis, Idaho - Touristen; Dr. James Armstrong aus London, England - ohne Berufsangabe; Raymond Forester aus New York - Geschäftsmann; Señor und Señorita Montes - Argentinier, ohne Berufsangabe; Miß Jennifer Ponsky aus South Bridge, Connecticut - Touristin; Dr. Willis aus Kalifornien; Miguel Rohde - Staatsangehörigkeit nicht angegeben, Beruf - Importkaufmann; Joseph Peabody aus Chicago, Illinois - Geschäftsmann.

Er schnippste mit dem Finger gegen die Liste und grinste Grivas an. »Jennifer ist ein hübscher Name - aber Ponsky? Ich kann mir nicht recht vorstellen, daß Sie mit jemand ausgehen, der Ponsky heißt.«
Grivas sah ihn überrascht an und brach dann in schallendes Gelächter aus. »Ach, lieber Freund, die schöne Ponsky können Sie haben - ich bleibe bei meinem Mädchen.«
O'Hara sah noch einmal auf die Liste. »Dann muß es Señorita Montes sein - außer es ist Mrs. Coughlin.«
Grivas kicherte; er hatte seine gute Laune zurückgewonnen. »Das kriegen Sie mal selbst heraus.«
»Werde ich tun«, antwortete O'Hara. »Übernehmen Sie.«
Er ging zurück in die Hauptkabine und sah sich zehn erhobenen Gesichtern gegenüber. Er lächelte leutselig, indem er sich die Samair-Piloten zum Vorbild nahm, für die Dienst am Kunden mindestens so wichtig war wie fliegerische Befähigung. Er hob die Stimme, um sich über dem Dröhnen der Motoren Gehör zu verschaffen, und sagte: »Meine Damen und Herren, ich möchte Ihnen nur sagen, daß wir in ungefähr einer Stunde ins Gebirge kommen werden. Es wird ziemlich kalt werden, und ich würde Ihnen empfehlen, die Mäntel anzuziehen. Mr. Filson wird Ihnen gesagt haben, daß diese Maschine keine Druckkabine hat, aber wir fliegen nur ungefähr eine Stunde lang etwas hoch, und folglich werden Sie sich ganz in Ordnung fühlen.«
Ein kräftiger, stämmiger Mann mit einem Whisky-Gesicht unterbrach ihn: »Das hat mir niemand vorher gesagt.«
O'Hara verfluchte Filson insgeheim und setzte ein noch breiteres Lächeln auf. »Bitte, machen Sie sich keine Sorgen, Mr. . . .«
»Peabody - Joe Peabody.«
»Mr. Peabody. Es wird ganz in Ordnung sein. Neben jedem Sitz befindet sich ein Sauerstoff-Mundstück, und ich würde Ihnen raten, es zu benutzen, falls Sie das Gefühl haben sollten, daß Ihnen das Atmen ein wenig schwer wird. Es ist ein bißchen mühsam, so durch den Motorenlärm zu brüllen, deswegen komme ich lieber herum und rede mit jedem von Ihnen einzeln.« Er lächelte Peabody zu, der wütend zurückglotzte. Er beugte sich über die beiden ersten Sitze auf der Backbordseite. »Dürfte ich um Ihre Namen bitten, meine Herren?«
Der erste Mann sagte: »Ich heiße Forester.« Der andere fügte hinzu: »Willis.«

»Freue mich, Sie an Bord zu haben, Dr. Willis, Mr. Forester.«
Forester sagte: »Wissen Sie, darauf war ich eigentlich nicht gefaßt. Ich habe nicht gewußt, daß solche Papierdrachen überhaupt noch fliegen.«
O'Hara lächelte mißbilligend. »Sie müssen verstehen, es ist ein Notstandsflug, der in schrecklicher Eile arrangiert worden ist. Ich bin überzeugt, Mr. Filson hat in der ganzen Hast nur vergessen, Ihnen zu sagen, daß die Maschine nicht aufgeladen ist.« Insgeheim war er davon ganz und gar nicht überzeugt.
Willis sagte mit einem Lächeln: »Ich bin hierhergekommen, um die Verhältnisse in Höhengebieten zu studieren. Da fange ich ja gleich mit einem richtigen Knalleffekt an. Wie hoch fliegen wir denn, Herr Kapitän?«
»Nicht mehr als höchstens sechstausend Meter«, sagte O'Hara. »Wir fliegen durch die Bergpässe - nicht oben drüber. Sie werden sehen, daß die Sauerstoff-Mundstücke ganz einfach zu bedienen sind - Sie brauchen nur zu saugen.« Er lächelte noch einmal, drehte sich um und bemerkte, daß jemand ihn festhielt. Peabody beugte sich aus seinem Sitz vor und klammerte sich an seinen Ärmel. »He, Käpt'n, hören Sie mal . . .«
»Ich komme sofort zu Ihnen, Mr. Peabody«, sagte O'Hara und sah Peabody fest an. Peabody blinzelte kurz auf, ließ ihn los und sank auf seinen Sitz zurück, und O'Hara wandte sich nach steuerbord.
Neben einem älteren Herrn mit einer Adlernase und einem gestutzten weißen Bart saß ein junges Mädchen von erstaunlicher Schönheit, nach dem zu urteilen, was O'Hara von ihrem Gesicht sehen konnte, was nicht sehr viel war, denn sie hatte sich tief in einen Pelzmantel gekuschelt. Er sagte: »Señor Montes?«
Der Herr neigte den Kopf herüber. »Machen Sie sich keine Sorgen um uns, Herr Kapitän. Wir wissen, was wir zu erwarten haben.« Er schwenkte eine behandschuhte Hand. »Wie Sie sehen, sind wir gut vorbereitet. Ich kenne die Anden, Señor, und ich kenne diese Flugzeuge. Ich kenne die Anden sogar sehr gut; ich habe sie zu Fuß und per Maulesel durchquert - in meiner Jugend habe ich einige von den hohen Gipfeln bestiegen, nicht wahr, Benedetta?«
»Si, tio«, antwortete sie mit farbloser Stimme. »Aber das ist lange her. Ich weiß nicht, ob dein Herz . . .«
Er klopfte ihr aufs Knie. »Ich werde ganz in Ordnung sein, wenn ich mich entspanne; nicht wahr, Herr Kapitän, das stimmt doch?«

»Wissen Sie, wie man mit dem Sauerstoffschlauch umgeht?« fragte O'Hara.
Montes nickte zuversichtlich, und O'Hara sagte: »Sie brauchen sich über Ihren Onkel keine Sorgen zu machen, Señorita Montes.«
Er wartete auf ihre Antwort, aber es kam keine, und er ging weiter zu den beiden Sitzen hinter ihnen. Diese Leute konnten nicht die Coughlins sein; für ein amerikanisches Touristen-Ehepaar paßten sie zu schlecht zueinander, obwohl die Frau unzweifelhaft Amerikanerin war. O'Hara sagte in fragendem Ton: »Miß Ponsky?«
Sie hob die scharfe Nase und sagte: »Ich muß Ihnen schon sagen, Herr Kapitän, das geht ganz und gar nicht. Sie müssen sofort umkehren.«
Das Lächeln auf O'Haras Gesicht wäre beinahe abgerutscht. »Ich fliege diese Strecke regelmäßig, Miß Ponsky«, sagte er. »Es besteht kein Grund zu irgendwelchen Befürchtungen.«
Aber in ihrem Gesicht stand nackte Angst - Luftangst. In der abgeschlossenen Ruhe und Stille einer modernen großen Düsenverkehrsmaschine mit Klimaanlage konnte sie diese Angst unterdrücken, aber die primitiven Verhältnisse der alten Dakota brachten sie an die Oberfläche. Hier gab es keine sinnige Inneneinrichtung, die sie zu dem täuschenden Gefühl verleitete, sie befände sich in einem behaglichen Wohnzimmer, sondern nur die nackte, zweckhafte Sachlichkeit von ungestrichenem, zerbeultem und zerkratztem Aluminium mit bloßliegenden Drähten und Kabeln wie bei einer sezierten Leiche.
O'Hara sagte ruhig: »Was ist Ihr Beruf, Miß Ponsky?«
»Ich bin Lehrerin in einer Schule in South Bridge«, antwortete sie. »Ich unterrichte dort schon seit dreißig Jahren.«
Er hatte den Eindruck, daß sie ein von Natur aus geschwätziges Wesen war, und vielleicht konnte man auf diese Weise mit ihrer Angst fertig werden. Er warf einen Blick auf den Mann, der sogleich sagte: »Miguel Rohde.«
Er war ein absonderlicher Volksgenosse - ein spanisch-deutscher Name und spanisch-deutsches Aussehen -, strohblondes Haar und schwarze, glänzende Knopfaugen. Die deutsche Einwanderung nach Südamerika war seit vielen Jahrzehnten beträchtlich gewesen, und dies war eines ihrer Ergebnisse.
O'Hara sagte: »Kennen Sie die Anden, Señor Rohde?«
»Sehr gut«, antwortete er mit einer kratzenden Stimme. Er wies mit einer Kopfbewegung nach vorn. »Ich habe viele Jahre lang

dort oben gelebt - und jetzt gehe ich dorthin zurück.« O'Hara schaltete zu Miß Ponsky zurück. »Unterrichten Sie auch Geographie, Miß Ponsky?«
Sie nickte. »Ja, allerdings. Das ist unter anderem der Grund, warum ich in meinem Urlaub nach Südamerika gefahren bin. Es ist doch ganz etwas anderes, wenn man die Dinge aus eigener Erfahrung beschreiben kann.«
»Dann haben Sie jetzt hier eine herrliche Gelegenheit«, sagte O'Hara begeistert. »Sie werden die Anden auf eine Weise sehen, wie Sie sie nie zu sehen bekommen hätten, wenn Sie mit der Samair geflogen wären. Und Señor Rohde wird Sie gewiß auf alles Interessante aufmerksam machen.«
Rohde nickte verständnisvoll. »*Si*, sehr interessant, ich kenne es gut, das Gebirge.«
O'Hara lächelte Miß Ponsky beruhigend zu, und sie bot ihm ein flackerndes, zitterndes Lächeln als Gegengabe. Er erhaschte ein Zwinkern in Rohdes schwarzen Augen.
Der Mann, der neben Peabody saß, war unzweifelhaft ein Engländer, also sagte O'Hara: »Sehr erfreut, Sie an Bord zu haben, Dr. Armstrong - Mr. Peabody.«
Armstrong sagte: »Nett, wieder mal eine englische Stimme zu hören, Herr Kapitän, nach all dem vielen Spa . . .«
Peabody fuhr dazwischen: »Und ich bin ganz und gar nicht erfreut, hier an Bord zu sein, Käpt'n. Was für eine Sorte Fluggesellschaft ist das eigentlich, sagen Sie mal?«
»Eine mit einem Amerikaner als Direktor, Mr. Peabody«, antwortete O'Hara ruhig. »Wie sagten Sie doch, Dr. Armstrong?«
»Hätte nie gedacht, daß ich hier draußen einem englischen Flugkapitän begegnen würde«, sagte Armstrong.
»Ich bin Ire, genaugenommen, und wir kommen ja in der Welt herum«, antwortete O'Hara. »Ich würde etwas Warmes anziehen an Ihrer Stelle. Und an Ihrer Stelle auch, Mr. Peabody.«
Peabody lachte und fing plötzlich an zu singen. »Ich hab' meine Liebste, die hält mich warm.« Er zog eine Reiseflasche hervor und schwenkte sie. »Das ist genausogut wie ein Überzieher.«
Einen Augenblick lang sah O'Hara sich in Peabody wieder; er erschrak und bekam Angst. »Wie Sie wünschen«, sagte er trübe und ging weiter zu den letzten zwei Sitzen gegenüber dem Gepäckständer.
Die Coughlins waren ein gemütliches und zufriedenes älteres Ehe-

paar. Er dürfte nahe an die siebzig sein, und sie war nicht sehr viel jünger, aber in ihren gutgelaunten, lebenslustigen Augen saß etwas ausgesprochen Jugendliches. O'Hara sagte: »Alles in Ordnung bei Ihnen, Mrs. Coughlin?«
»Tadellos«, antwortete sie. »Nicht wahr, Harry?«
»Gewiß doch«, sagte Coughlin und sah zu O'Hara auf. »Fliegen wir durch die Puerto de las Aguilas?«
»Stimmt genau«, sagte O'Hara. »Kennen Sie die Gegend hier?«
Coughlin lachte. »Letztes Mal war ich neunzehnhundertzwölf hier. Bin nur wieder heruntergekommen, um meiner Frau zu zeigen, wo ich meine mißratene Jugend verbracht habe.« Er wandte sich zu ihr. »Das bedeutet Adler-Paß; damals, neunzehnhundertzehn, habe ich zwei Wochen gebraucht, um hinüberzukommen, und jetzt machen wir es in ein, zwei Stunden. Ist das nicht fabelhaft?«
»Und ob«, antwortete Mrs. Coughlin behaglich.
O'Hara fand, daß die Coughlins in bester Ordnung waren, wechselte noch ein paar Worte mit ihnen und ging dann zurück in den Führersitz. Grivas hatte die Maschine noch auf Selbststeuerung; er saß gelassen da und blickte hinaus auf die Berge. O'Hara setzte sich und sah konzentriert auf die herankommende Bergwand. Er überprüfte den Kurs und sagte: »Halten Sie Kurs auf Chimitaxl und verständigen Sie mich, wenn er auf zweihundertzehn Grad Standlinie ist. Sie wissen ja Bescheid.«
Er blickte auf die Erde hinab und hielt nach vertrauten Kennzeichen in der Landschaft Ausschau und nickte befriedigt, als er den gewundenen Lauf des Rio Sangre gewahrte, mit der Eisenbahnbrücke, die ihn überquerte. Er war diese Strecke jetzt schon so oft bei Tage geflogen, daß er die Bodenlandschaft auswendig kannte und immer sofort wußte, ob er fahrplanmäßige Zeit hielt. Er hatte den Eindruck, daß der von der Wetterstation vorhergesagte Nordwestwind etwas stärker war, als sie prophezeit hatte, und änderte den Kurs entsprechend ab; dann schaltete er die Kurssteuerung wieder ein und lehnte sich zurück. Jetzt würde alles ruhig sein, bis Grivas den verlangen Kurs auf den Chimitaxl ansagte.
Er saß entspannt und gelassen da und beobachtete den Boden, wie er zu ihnen herauf- und ihnen entgegenkam und dann hinter ihnen wegglitt – erst die graubraunen und olivfarbenen Vorberge, dann die zerklüfteten nackten Felsen und schließlich die weiß schimmernden, schneebedeckten kleineren Berggipfel.

Nach einer Weile holte er seine Aktentasche hervor und begann seine Sandwiches zu essen. Er dachte daran, sie mit einem Schluck aus seinem Taschenflakon hinunterzuspülen, aber dann fiel ihm Peabodys whiskygetränktes Gesicht ein, und irgend etwas in seinem Innern schien zu zerspringen, und er fand, daß er den Schluck doch nicht nötig hatte.
Grivas legte unvermittelt den Steuerkompaß nieder und sagte: »Dreißig Sekunden.«
O'Hara blickte auf die wilde Einöde der hohen Gipfel, die sich vor ihm auftürmte - eine vertraute Wildnis. Einige dieser Berge wie der Chimitaxl waren seine Freunde; sie wiesen ihm den Weg. Andere waren seine Todfeinde - zwischen ihnen lauerten Tod und Dämonen in Gestalt von Fallböen, Schneegestöbern und Nebeln. Aber er fürchtete sich nicht vor ihnen, denn das Ganze war ihm vertraut; er kannte die Gefahren und wußte, wie er ihnen auszuweichen hatte.
Grivas sagte: »Jetzt.« O'Hara schwang den Steuerknüppel herum: Er hatte es aus langer Erfahrung genau im Griff. Seine Füße bewegten sich automatisch im Zusammenspiel mit den Händen, und die Dakota legte sich backbord in eine weite, mühelose Kurve und flog auf eine Lücke in der Wand zu, die sich vor ihnen auftürmte.
Grivas sagte leise: »Señor O'Hara.«
»Stören Sie mich jetzt nicht.«
»Ich muß aber«, sagte Grivas, und O'Hara vernahm ein winziges, metallisches Schnappgeräusch.
Er warf aus dem Augenwinkel einen raschen Blick auf ihn und erstarrte, als er sah, daß Grivas eine Waffe auf ihn gerichtet hielt - eine automatische Pistole.
Er ruckte den Kopf herum und starrte ihn ungläubig an. »Sind Sie verrückt geworden?«
Grivas' Lächeln wurde immer breiter. »Kommt es darauf an?« sagte er gleichgültig. »Wir fliegen diesmal nicht durch die Puerto des las Aguilas, Señor O'Hara, das ist das einzige, worauf es ankommt.« Seine Stimme wurde hart. »Und jetzt steuern Sie eins-acht-vier auf rechtsweisenden Kurs.«
O'Hara holte tief Atem und hielt an seinem Kurs fest. »Sie müssen den Verstand verloren haben«, sagte er. »Stecken Sie die Knarre weg, Grivas, und vielleicht können wir die ganze Sache vergessen, als wäre sie nicht passiert. Ich schätze, ich bin Ihnen ein bißchen zu sehr auf die Zehen getreten, aber das ist doch kein Grund, eine

Pistole herauszuziehen. Stecken Sie das Ding weg, und wir werden die Sache ausbügeln, wenn wir nach Santillana kommen.«
Grivas' Zähne blitzten auf. »Sie sind ein dummer Mensch, O'Hara. Glauben Sie wirklich, ich tue das aus persönlichen Gründen? Aber da Sie schon davon sprechen, vor einer kleinen Weile haben Sie gesagt, daß Sie im Führersitz sitzen, gibt Ihnen Autorität.« Er hob die Waffe leicht an. »Sie hatten unrecht – das hier verleiht Autorität; eine andere Autorität gibt's nicht. Und jetzt ändern Sie gefälligst den Kurs, oder ich knalle Ihnen den Schädel runter. Vergessen Sie nicht, ich kann die Maschine auch fliegen.«
»Die Leute würden Sie drinnen hören«, sagte O'Hara.
»Ich habe die Tür verriegelt, und außerdem, was könnten sie schon tun? Sie würden ja nicht dem einzigen Piloten an Bord das Steuer aus der Hand reißen. Aber das könnte Ihnen dann schon egal sein, O'Hara – Sie wären tot.«
O'Hara sah, wie sein Finger sich um den Abzughahn spannte, und biß sich auf die Lippe; dann schwang er den Steuerknüppel herum. Die Dakota drehte und flog in südlicher Richtung, parallel zum Rückgrat der Anden, weiter. Grivas hatte recht, verdammt noch mal; es hatte keinen Zweck, sich abknallen zu lassen. Aber was zum Kuckuck hatte der Kerl vor?
Er flog sich auf den Kurs ein, den Grivas ihm angegeben hatte, und streckte dann die Hand nach dem Selbststeuerungshebel aus. Grivas ruckte die Waffe hoch. Nein, Señor O'Hara, Sie werden die Maschine gefälligst selbst fliegen – das gibt Ihnen was zu tun.«
O'Hara zog die Hand langsam zurück und griff nach dem Rad. Er blickte an Grivas vorbei nach steuerbord auf die hohen Berggipfel, die draußen vorüberzogen. »Wohin fliegen wir?« fragte er finster.
»Das braucht dich nicht zu kümmern«, antwortete Grivas. »Aber es ist nicht mehr sehr weit. Wir landen in fünf Minuten auf einem Landestreifen.«
O'Hara dachte nach. Auf diesem Kurs lag, soweit er wußte, kein Landestreifen. Es gab überhaupt auf dieser Höhe in den Bergen keine Landestreifen außer den militärischen, und die lagen auf der pazifischen Seite der Anden-Kette. Es hieß abwarten, was die Sache zu bedeuten hatte.
Sein Blick glitt kurz und unauffällig zu dem Mikrofon hinüber, das dicht bei seiner linken Hand an seinem Haken hing. Er blickte auf Grivas und sah, daß er seine Kopfhörer nicht umgelegt hatte. Wenn das Mikrofon eingeschaltet war, würde ein mit lauter

Stimme geführtes Gespräch hinausgehen, ohne daß Grivas es bemerkte. Es war jedenfalls wert, es zu versuchen.
Er sagte zu Grivas: »Auf diesem Kurs gibt es keine Landestreifen.«
Seine linke Hand wanderte unauffällig vom Rad weg.
»Sie wissen nicht alles, O'Hara.«
Seine Finger berührten das Mikrofon; er lehnte sich hinüber, um so weit wie möglich Grivas' Sicht zu verdecken, indem er so tat, als studiere er die Instrumente. Seine Finger fanden den Schalter, er schnippste ihn herum und lehnte sich gelassen wieder zurück. Dann sagte er mit lauter Stimme: »Mit dieser Sache kommen Sie nie im Leben durch, Grivas; so leicht ist es nicht, ein ganzes Flugzeug zu stehlen. Wenn die Dakota in Santillana überfällig ist, setzt dort eine Suchaktion ein - das wissen Sie genauso wie ich.«
Grivas lachte. »Sie sind ganz hübsch schlau, O'Hara - aber ich bin noch schlauer gewesen. Das Radio funktioniert nämlich nicht, wissen Sie. Ich habe die Röhren herausgenommen, als Sie drinnen mit den Passagieren redeten.«
O'Hara spürte eine plötzliche Leere in der Magengrube. Er blickte auf das Durcheinander von Berggipfeln vor sich und begann sich zu fürchten. Diese Gegend hier war ihm unbekannt, und es lauerten Gefahren in ihr, die er nicht erkennen würde. Er hatte Angst um sich selbst und um seine Passagiere.


In der Fluggastkabine war es kalt, und die Luft war dünn. Señor Montes' Lippen waren blau angelaufen, und sein Gesicht hatte sich aschgrau verfärbt. Er sog an seinem Sauerstoffschlauch, während seine Nichte in ihrer Handtasche kramte und schließlich ein Fläschchen Tabletten hervorholte. Er lächelte mühsam, steckte eine Tablette in den Mund und ließ sie auf der Zunge vergehen. Langsam kehrte etwas Farbe in sein Gesicht zurück; es war nicht viel, aber immerhin sah er etwas besser aus als vorher.
Auf dem Sitz hinter ihm klapperte Miß Ponsky mit den Zähnen, nicht vor Kälte, sondern vor Redseligkeit. Miguel Rohde hatte bereits einen guten Teil ihrer Lebensgeschichte erfahren, für die er sich nicht im geringsten interessierte. Aber er zeigte es nicht, sondern ließ sie reden und warf ihr gelegentlich ein neues Stichwort hin, während seine lebhaften schwarzen Knopfaugen die ganze Zeit Montes' Hinterkopf betrachteten. Als Miß Ponsky eine Frage stellte, blickte er aus dem Fenster und runzelte plötzlich die Stirn.

Die Coughlins sahen ebenfalls aus dem Fenster. Mr. Coughlin sagte: »Ich hätte schwören können, wir würden da hinüberfliegen - durch den Paß da drüben. Aber wir haben plötzlich den Kurs nach Süden geändert.«
»Mir sieht es alles gleich aus«, antwortete Mrs. Coughlin. »Eine Menge Berge und Schnee.«
»Soweit ich mich erinnere«, sagte Coughlin, »liegt El Puerto de las Aguilas dahinten.«
»Ach, Harry, du erinnerst dich bestimmt nicht richtig. Es ist doch schon fünfzig Jahre her, seit du hier warst - und du hast es nie vom Flugzeug aus gesehen.«
»Kann sein«, sagte er, nicht überzeugt. »Aber es kommt mir komisch vor.«
»Aber Harry, der Pilot wird schon wissen, was er macht. Er sah mir wie ein netter und tüchtiger junger Mann aus.«
Coughlin blickte weiter aus dem Fenster. Er sagte nichts mehr. James Armstrong aus London, England, war allmählich und nachgerade von Joe Peabody aus Chicago, Illinois, entsetzlich gelangweilt. Der Mann war eine regelrechte Nervensäge. Er hatte bereits die Hälfte seiner - wie es schien, ungewöhnlich großen - Reiseflasche in sich hinein versenkt, und seine Betrunkenheit machte ihn jetzt lärmend und streitsüchtig. »Wie finden Sie das, diese Frechheit von diesem verdammten Fliegerjungen, mir so den Mund zu verbieten?« fragte er. »Spielt sich da großartig auf, als wäre er sonst wer, dieser verdammte Lause-Engländer.«
Armstrong lächelte sanft. »Ich bin nämlich auch so ein - verdammter Lause-Engländer, wissen Sie«, meinte er.
»Na ja, Anwesende natürlich ausgenommen«, sagte Peabody. »Das ist immer die Regel, stimmt's? Ich hab' ja im Grunde nichts gegen euch Engländer, außer daß ihr uns immer in eure Kriege hineinzerrt.«
»Ich nehme an, Sie lesen die Chicago Tribune«, antwortete Armstrong ernst.
Forester und Willis sprachen nicht viel - sie hatten nichts miteinander gemein. Willis hatte, nachdem sie ein paar höfliche, belanglose Worte gewechselt und einander nichts mehr zu sagen hatten, ein dickes Buch hervorgezogen, das Forester in jedem Sinn des Wortes »schwer« vorkam - es schien hauptsächlich Mathematik zu enthalten. Von Zeit zu Zeit machte Willis sich am Rand eine Notiz.

Forester hatte nichts zu tun. Direkt vor ihm befand sich ein Aluminiumspant, an dem eine Axt und ein Sanitätskasten angebracht waren. Bei der Betrachtung dieser Gegenstände kam nichts heraus, und folglich wanderten seine Blicke häufig auf die andere Seite des Mittelgangs zu Señor Montes hinüber. Armstrong preßte die Lippen zusammen, als er Montes' schlechte Gesichtsfarbe bemerkte, und er blickte nachdenklich auf den Sanitätskasten.

»Da ist er«, sagte Grivas. »Dort landen Sie.«
O'Hara richtete sich auf und blickte über die Nase der Dakota hinweg nach vorn. Unmittelbar vor ihm, inmitten eines Durcheinanders von Felsen und Schnee, lag ein kurzer Landestreifen, nicht mehr als ein Weg oder Pfad, der in einen vorspringenden Rand der Bergwand eingeschnitten war. Er erhaschte nur einen knappen Blick davon, dann war er schon hinter ihnen verschwunden.
Grivas schwenkte seine Pistole. »Umfliegen Sie ihn«, sagte er.
O'Hara legte die Maschine behutsam in eine Kreisbahn rund um den Landestreifen und sah auf ihn hinab. Er erblickte einige Gebäude, eine verstreute Gruppe von grob gezimmerten Blockhütten und eine Straße, die in Schlangenwindungen den Berg hinabführte. Jemand hatte vorsorglich den Landestreifen von Schnee freigeschaufelt, aber sonst war kein Lebenszeichen zu bemerken.
Er schätzte seine Entfernung vom Boden und warf einen Blick auf den Höhenmesser. »Sie sind verrückt, Grivas«, sagte er. »Auf dem Streifen können wir nicht landen.«
»O doch, Sie können schon, O'Hara«, sagte Grivas.
»Ich denke gar nicht daran. Die Maschine ist überlastet, und der Streifen liegt auf fünftausendsiebenhundert Meter Höhe. Er müßte dreimal so lang sein, damit die Kiste hier sicher auf ihm landen könnte. Die Luft ist zu dünn, um uns bei langsamer Landegeschwindigkeit zu bremsen - wir würden mit einem Höllentempo aufsetzen und die Maschine nicht zum Stehen bringen können. Wir würden ganz einfach über das andere Ende des Streifens hinausschießen und an der Bergwand zerschmettern.«
»Sie können es trotzdem.«
»Ach, zum Kuckuck mit Ihnen«, sagte O'Hara.
Grivas hob seine Waffe an. »Also gut, dann mache ich es«, sagte er. »Aber ich muß Sie vorher umbringen.«
O'Hara sah auf das schwarze Loch, das ihn wie ein Auge mit dem

bösen Blick anstarrte. Er konnte die Züge in der Laufmündung erkennen, und sie sah ihm so groß aus wie eine Haubitze. Trotz der Kälte begann er zu schwitzen und spürte, wie Bäche von Schweiß ihm den Rücken hinabrannen. Er wandte sich von Grivas ab und sah sich wieder den Landestreifen an. »Warum machen Sie das eigentlich?« fragte er.
»Das würden Sie sowieso nicht begreifen, auch wenn ich es Ihnen sagen würde«, antwortete Grivas. »Sie würden es nicht verstehen - Sie als Engländer.«
O'Hara seufzte. Die Sache war das reine Lotteriespiel; *er* würde die Dakota vielleicht annähernd in einem Stück hinunterkriegen können, aber Grivas würde sie bestimmt in Klump fahren, das stand mal fest. Er sagte: »Also gut - verständigen Sie die Passagiere; schicken Sie sie alle nach rückwärts.«
»Auf die Passagiere kommt es nicht an«, sagte Grivas kurz angebunden. »Sie glauben doch nicht im Ernst, daß ich den Führersitz verlasse?«
»Also schön«, sagte O'Hara, »es geht nach Ihnen. Aber ich warne Sie - Sie rühren mir die Steuerung nicht an, nicht einmal mit dem kleinen Finger. Sie sind nicht einmal das Arschgesicht von einem Piloten - das wissen Sie selber ganz genau. Die Maschine kann nur einer fliegen.«
»Machen Sie schon«, sagte Grivas kurz.
»Ich mache so schnell, wie es mir paßt«, antwortete O'Hara. »Ich muß mir die Sache ganz genau ansehen, ehe ich überhaupt etwas mache.«
Er kreiste noch viermal um den Landestreifen und sah ihn sich ganz genau an, während er sich wie verrückt unter der Dakota drehte. Die Fahrgäste, dachte er, mußten inzwischen gemerkt haben, daß etwas nicht stimmte. Kein gewöhnliches Verkehrsflugzeug stellte sich auf diese sonderbare Weise auf die Tragflächen und ruckte und zuckte so verrückt hin und her. Vielleicht wurden sie unruhig, und jemand unternahm etwas - das würde ihm eine Möglichkeit geben, Grivas zu fassen zu kriegen. Aber ob und was die Passagiere unternehmen konnten, schien einigermaßen problematisch.
Der Landestreifen war jammervoll kurz und außerdem sehr schmal und für viel kleinere Flugzeuge angelegt. Er würde auf dem äußersten Rand aufsetzen müssen, und auch dann würde die Tragfläche womöglich noch die Felswand streifen. Dann war da

die Frage der Windrichtung. Er spähte hinab zu den Blockhütten, in der Hoffnung, aus einem der Schornsteine eine Rauchfahne zu entdecken, aber es war nichts zu sehen. »Ich gehe jetzt tiefer hinunter - über den Streifen«, sagte er. »Aber ich lande diesmal noch nicht.«
Er ging aus der Kreisbahn heraus und machte eine weite Kurve, um zu einem Landungs-Anflug hereinzukommen. Er richtete die Nase der Dakota wie das Zielkorn eines Gewehres direkt auf den Landestreifen, und die Maschine kam schnell und horizontal herein. An Steuerbord huschte ein unkenntliches Durcheinander von Felsen und Schnee vorbei, und O'Hara hielt den Atem an. Wenn die Tragfläche die Felswand berührte, war alles aus. Vor ihm und unter ihm verschwand der Landestreifen, als ob er von der Dakota verschluckt würde. Und am Ende des Streifens gähnte das Nichts - ein Gebirgstal und der blaue Himmel. O'Hara riß den Knüppel zurück, und die Dakota schoß himmelwärts.
Jetzt werden die Passagiere bestimmt wissen, daß etwas nicht stimmt, dachte er. Zu Grivas sagte er: »Wir kriegen die Maschine nicht heil in einem Stück hinunter.«
»Solange Sie nur mich heil hinunterkriegen«, sagte Grivas. »Ich bin der einzige, auf den es ankommt.«
O'Hara setzte ein hartes Grinsen auf. »Auf Sie kommt es mir einen feuchten Schmutz an.«
»Dann denken Sie an Ihr eigenes Genick«, sagte Grivas. »Damit ist auch für meins gesorgt.«
Aber O'Hara dachte an die zehn Menschenleben in der Fluggastkabine. Er flog noch einmal eine weit ausholende Kurve, um einen neuerlichen Anflug zu machen, und überlegte dabei, wie er am besten landen könne. Er konnte entweder mit eingezogenem oder ausgefahrenem Fahrwerk landen.
Eine Bauchlandung würde bei dieser Geschwindigkeit eine harte Sache sein, aber die Maschine würde sich infolge der erhöhten Reibung rascher verlangsamen. Die Frage war: Konnte er die Maschine gerade halten? Andererseits, wenn er mit ausgefahrenem Fahrwerk hereinkam, würde er dadurch seine Fluggeschwindigkeit vermindern, ehe er auf den Boden aufsetzte - und das war ebenfalls ein Vorteil.
Er lächelte ingrimmig vor sich hin und beschloß, beides zu tun. Zum erstenmal lobte er sich Filson und seine lausigen Flugzeuge. Er wußte bis auf Haaresbreite genau, wieviel Beanspruchung das

Fahrwerk aushalten konnte; bisher hatte das Problem immer darin bestanden, die Dakota so sanft wie möglich aufzusetzen. Diesmal würde er mit ausgefahrenem Fahrwerk hereinkommen und dadurch an Geschwindigkeit verlieren und sie hart aufsetzen - jedenfalls so hart, daß die geschwächten Verstrebungen wie Streichhölzer abbrachen. Und damit hatte er auch seine Bauchlandung.
Er richtete die Nase der Dakota wieder auf den Landestreifen aus.
»So, und jetzt Halleluja und Gott befohlen«, sagte er. »Klappen runter, Fahrwerk ausfahren.«
Die Maschine verlor an Fluggeschwindigkeit, und die Steuerung fühlte sich in seinen Händen mulmig an. Er biß die Zähne zusammen und konzentrierte sich wie noch nie.


Als das Flugzeug sich schräg auf die Tragflächenspitze legte und den Landestreifen zu umkreisen begann, wurde Armstrong heftig gegen Peabody geschleudert. Peabody war gerade im Begriff, sich einen neuerlichen großen Schluck Whisky zu Gemüte zu führen, und der Flaschenhals schlug ihm hart gegen die Zähne. Er spuckte und sprudelte und brüllte zusammenhangloses Zeug und warf sich hart gegen Armstrong. Rohde wurde von seinem Sitz geworfen und stellte fest, daß er zusammen mit Coughlin und Montes im Mittelgang saß. Er rappelte sich auf die Füße, schüttelte heftig den Kopf und beugte sich dann hinab, um Montes aufzuhelfen, wobei er rasch in spanisch auf ihn einsprach. Mrs. Coughlin half ihrem Mann zurück auf seinen Sitz.
Willis hatte gerade eine Randbemerkung in seinem Buch notiert, und die Spitze seines Bleistifts brach unvermittelt ab, als Forester in ihn hineinrutschte. Forester machte keinen Versuch, in seine ursprüngliche Haltung zurückzugelangen, sondern blickte, ohne Willis' schwache Proteste zu beachten, ungläubig aus dem Fenster. Forester war ein großer, schwerer Mann.
Die ganze Kabine war ein einziges Babel englischer und spanischer Laute, über das sich scharf und krächzend die Stimme Miß Ponskys erhob, die sich jammernd beschwerte. »Ich wußte es doch«, kreischte sie. »Ich wußte doch, die ganze Sache stimmt nicht.« Sie begann hysterisch zu lachen, und Rohde wandte sich von Montes ab und schlug ihr mit schwerer Hand quer übers Gesicht. Sie sah ihn überrascht an und brach plötzlich in Tränen aus.

Peabody brüllte: »Was macht denn dieser gottverdammte Engländer jetzt wieder?« Er starrte aus dem Fenster auf den Landestreifen hinaus. »Der Kerl will doch tatsächlich landen!«
Rohde sagte rasch etwas zu Montes, der aber so mitgenommen zu sein schien, daß er völlig teilnahmslos war. Rohde wechselte daraufhin rasch einige Worte mit dem Mädchen und wies auf die Tür zur Kanzel. Sie nickte heftig, und er stand auf.
Mrs. Coughlin beugte sich in ihrem Sitz vor und versuchte, Miß Ponsky zu beruhigen. »Es passiert gar nichts«, sagte sie immer wieder. »Es wird bestimmt nichts passieren.«
Das Flugzeug richtete sich wieder gerade, als O'Hara zu seinem ersten Landeanflug hereinkam. Rohde lehnte sich über Armstrong hinweg und sah aus dem Fenster, drehte sich aber gleich darauf um, als Miß Ponsky plötzlich vor Angst aufschrie, weil das Felsgestein am Steuerbordfenster vorbeisauste und sie sah, wie die Tragfläche es beinahe berührte. Dann verlor Rohde wieder das Gleichgewicht, als O'Hara die Dakota wieder steil hinaufzog.
Forester ergriff als erster eine tatkräftige Maßnahme. Er befand sich am nächsten zur Tür, die zur Pilotenkanzel führte, und packte den Türgriff, drehte ihn und drückte. Die Tür rührte sich nicht. Er stemmte die Schulter gegen die Tür, wurde aber weggeschleudert, als die Maschine eine scharfe Kehre machte. O'Hara setzte zur endgültigen Landung an. Forester ergriff die Axt, riß sie aus ihren Klammern an dem Spant und hob sie, um zuzuschlagen, aber Rohde fiel ihm in den Arm.
»Das hier geht schneller«, sagte Rohde und hob mit der anderen Hand eine schwere Pistole an. Er trat vor Forester hin und feuerte drei rasche Schüsse in das Türschloß.


O'Hara hörte die Schüsse einen Bruchteil von einer Sekunde, bevor die Dakota aufsetzte. Er hörte sie nicht nur, sondern er sah auch, wie der Höhenmesser und der Wendeanzeiger in tausend Stücke zersprangen, als die Kugeln in das Instrumentenbrett einschlugen. Aber er hatte keine Zeit mehr, sich umzudrehen, um zu sehen, was sich hinter seinem Rücken abspielte, denn in eben diesem Augenblick setzte die schwer überlastete Dakota mit hoher Geschwindigkeit klitschig auf dem äußersten Ende des Landestreifens auf.
Ein knirschendes Geräusch, bei dem sich einem der Magen um-

drehte, und das ganze Flugzeug erschauerte, als das Fahrgestell zusammenbrach und die Maschine auf den Bauch sank und mit einem reißenden, splitternden Laut auf das andere Ende des Landestreifens zurutschte. O'Hara kämpfte verzweifelt mit der Steuerung, die gegen seine Hände und Füße ausschlug, und versuchte, die rutschende Maschine auf gerader Linie zu halten.
Er sah aus dem Augenwinkel, wie Grivas sich mit erhobener Pistole zur Tür umwandte. O'Hara ließ es darauf ankommen, hob eine Hand vom Steuerknüppel und schlug blind auf Grivas ein. Er hatte knapp Zeit zu einem einzigen Schlag, und glücklicherweise traf er auf irgend etwas; er spürte, wie die Kante seiner Hand fest aufschlug, und hatte im nächsten Moment schon zu viel zu tun, um noch nachzusehen, ob er Grivas außer Gefecht gesetzt hatte.
Die Dakota rutschte noch immer zu schnell. Sie hatte schon mehr als die Hälfte des Streifens hinter sich, und O'Hara sah bereits vor sich die große Leere, wo der Streifen am Talrand aufhörte. In seiner Verzweiflung schwang er das Seitenruder scharf herüber, und die Dakota schleuderte, begleitet von einem lauten Kratzen, widerwillig herum.
Er riß seinen gesamten Mut für den unvermeidlichen Aufprall zusammen.
Die Steuerbord-Tragfläche traf auf die Felswand auf, und die Dakota drehte sich scharf nach rechts herum. O'Hara hielt das Seitenruder mit aller Kraft voll herübergedreht und sah die Felswand direkt auf sich zukommen. Die Nase des Flugzeugs schlug auf den Felsen auf und drückte sich zusammen, und das Sicherheitsglas der Windschutzscheibe zersplitterte zu milchiger Undurchsichtigkeit. Dann traf ihn etwas am Kopf, und er verlor das Bewußtsein.


Er kam wieder zu sich, weil jemand ihm rechts und links ins Gesicht schlug. Sein Kopf schaukelte von einer Seite zur anderen, und er wollte, daß sie aufhörten, weil es so gut war zu schlafen. Aber die Ohrfeigen hörten nicht auf, und so öffnete er die Augen. Es war Forester, der ihm die Züchtigung verabreichte, und als O'Hara die Augen öffnete, wandte er sich zu Rohde um, der hinter ihm stand, und sagte: »Halten Sie die Waffe weiter auf ihn.«
Rohde lächelte. Er hielt die Pistole in der Hand, aber er ließ die Hand schlaff herabhängen, und die Pistole war auf den Fußboden gerichtet. Er machte sich nicht die Mühe, sie anzuheben. Forester

sagte: »Was zum Kuckuck haben Sie sich eigentlich dabei gedacht?«
O'Hara hob mühsam einen Arm und befühlte seinen Kopf. Er hatte eine eiergroße Beule am Schädel. Er sagte mit schwacher Stimme:
»Wo ist Grivas?«
»Wer soll denn Grivas sein?«
»Mein zweiter Flugzeugführer.«
»Der ist hier - mit dem sieht's schlecht aus.«
»Hoffentlich kratzt er ab, der Scheißkerl«, sagte O'Hara bitter. »Er ist mit der Pistole auf mich losgegangen.«
»Sie waren am Steuer«, sagte Forester und sah ihn scharf an. »Sie haben die Maschine hier gelandet - und ich verlange zu wissen, warum.«
»Es war Grivas - er hat mich dazu gezwungen.«
»Der Señor Captain hat recht«, sagte Rohde. »Dieser Mann Grivas war im Begriff, mich niederzuschießen, und der Señor Captain hat ihm einen Schlag versetzt.« Er machte eine steife Verbeugimg. »Muchas gracias.«
Forester wandte sich rasch um und sah Rohde an; dann blickte er an ihm vorbei auf Grivas. »Ist er bei Bewußtsein?«
O'Hara warf einen Blick quer durch den Führersitz. Der Rumpf war an der Seite eingedrückt, und eine stumpfe Felsspitze hatte Grivas an der Brust getroffen und ihm den Brustkorb zerschmettert. Es sah so aus, als werde er es nun wohl doch nicht schaffen. Aber seine Augen standen offen und blickten sie haßerfüllt an. O'Hara hörte, wie in der Fluggastkabine eine Frau unablässig schrie und jemand anders schwach und eintönig vor sich hin stöhnte. »Um Himmels willen, was ist hinten passiert?«
Niemand antwortete, weil Grivas in diesem Augenblick zu sprechen begann. Er murmelte etwas mit kaum hörbarer Flüsterstimme, und um den Mund bildeten sich blutige Schaumbläschen. »Sie kriegen euch«, sagte er. »Sie werden jeden Augenblick da sein.« Seine Lippen öffneten sich zu einem schauerlichen Lächeln. »Ich bin in Ordnung, mich schaffen sie ins Krankenhaus. Aber ihr - ihr werdet . . .« Ein plötzlicher Hustenanfall unterbrach ihn, dann fuhr er fort: ». . . euch bringen sie allesamt um.« Er hob den Arm, und die Finger seiner Hand krümmten sich zu einer Faust. »Vivaca . . .«
Der Arm sank schlaff herab, und der haßerfüllte Blick in seinen

Augen verwandelte sich in einen Ausdruck der Überraschung - Überraschung darüber, daß er tot war.

Rohde packte ihn beim Handgelenk und hielt es einen Augenblick fest. »Er ist hinüber«, sagte er.

»Er war ein Irrsinniger«, sagte O'Hara. »Ein tollwütiger Verrückter.«

Die Frau schrie noch immer, und Forester sagte: »Um Gottes willen, wir müssen alle hier herausschaffen.«

In diesem Augenblick rutschte die Dakota, so daß ihnen allen ganz übel wurde, und der Führersitz hob sich in die Luft. Sie hörten ein reißendes Geräusch: Die Felsspitze, die Grivas getötet hatte, riß die Aluminiumhülle des Rumpfs auf. O'Hara sah plötzlich in blitzartiger, schauerlicher Eingebung vor sich, was sich abspielte. »Niemand rührt sich!« brüllte er. »Alle völlig still bleiben!« Er wandte sich an Forester. »Schlagen Sie die Fenster da ein.«

Forester sah überrascht auf die Axt, die er noch immer in der Hand hielt, als habe er sie völlig vergessen, und hob sie dann und schlug damit gegen die milchige Windschutzscheibe. Die Plastikfüllung zwischen den Glasschichten hielt seinen Schlägen nicht stand, und er schlug ein genügend großes Loch, so daß ein Mann hindurchkriechen konnte.

O'Hara sagte: »Ich werde hinausklettern - ich glaube, ich weiß, was draußen los ist. Bleiben Sie beide hier, gehen sie nicht nach hinten - noch nicht. Und rufen Sie nach rückwärts durch und sagen Sie allen, die sich bewegen können, sie sollen nach vorn kommen.«

Er zwängte sich durch die enge Lücke und stellte erstaunt fest, daß die Nase der Dakota nicht mehr da war. Er wand sich heraus und kroch auf den Flugzeugrumpf hinauf und blickte rückwärts. Der Schwanz der Maschine und eine Tragfläche hingen freischwebend im Raum über dem Tal, wo der Landestreifen endete. Die ganze Maschine hing in einem fein ausgewogenen Gleichgewicht, und sogar, während er noch hinsah, neigte sich der Schwanz ein wenig, und der Vorderteil des Rumpfes hob sich. Aus der Pilotenkanzel kam ein zerrendes, reißendes Geräusch.

Er drehte sich auf den Bauch und krümmte sich zurecht, so daß er mit dem Kopf nach unten in die Pilotenkanzel hineinschauen konnte. »Wir sind in einer mächtigen Klemme«, sagte er zu Forester. »Wir hängen über einem steilen, siebzig Meter tiefen Abhang, und das einzige, was die ganze Scheißkiste am Abkippen

hindert, ist das Stück Felsen dort.« Er wies auf den Felsvorsprung, der in die Seitenwand der Pilotenkanzel eingedrungen war. »Wir sitzen wie auf einer Wippe. Wenn jemand nach hinten geht, kann uns das Übergewicht glatt über den Rand werfen.«
Forester wandte den Kopf und brüllte: »Alle, die sich rühren können, hierher nach vorn kommen.«
Drinnen bewegte es sich, und Willis kam mit blutigem Kopf durch die Tür getorkelt. Forester rief: »Noch jemand?«
Señorita Montes rief dringlich: »Bitte helfen Sie meinem Onkel - bitte!«
Rohde schob Willis aus dem Weg und trat in die Tür. Forester sagte scharf: »Gehen Sie nicht zu weit hinein.«
Rohde würdigte ihn nicht einmal eines Blicks, sondern ging hinein und beugte sich nieder, um Montes aufzuheben, der bei der Tür auf dem Boden lag. Er schleifte ihn in die Pilotenkanzel, und Señorita Montes folgte.
Forester blickte zu O'Hara hinauf. »Hier drinnen wird es jetzt ein bißchen eng; ich glaube, wir sollten anfangen, die Leute hinauszuschaffen.«
»Wir werden sie erst hier oben heraufschaffen und auf die Maschine draufsetzen«, sagte O'Hara. »Je mehr Gewicht wir hier an diesem Ende haben, desto besser. Das Mädchen soll zuerst herauskommen.«
Sie schüttelte den Kopf. »Zuerst meinen Onkel.«
»Aber um Gottes willen, er ist ohnmächtig«, sagte Forester. »Gehen Sie nur - ich kümmere mich um ihn.«
Sie schüttelte eigensinnig den Kopf, und O'Hara rief ungeduldig dazwischen: »Also gut, Willis, kommen Sie herauf zu mir, damit wir keine Zeit verschwenden.«
Der Kopf schmerzte ihn, und das Atmen fiel ihm in der dünnen Luft schwer; er war nicht in der Stimmung, sich mit albernen Mädchen lange aufzuhalten.
Er half Willis durch die zertrümmerte Windschutzscheibe und setzte ihn oben auf den Flugzeugrumpf. Als er wieder in die Kanzel hinabsah, hatte das Mädchen es sich offenbar inzwischen anders überlegt. Rohde sprach ruhig, aber nachdrücklich auf sie ein, und sie kam herüber, und O'Hara half ihr heraus.
Armstrong, der aus eigenen Kräften nach vorn gekommen war, kletterte als nächster heraus. Er berichtete: »Hinten ist ein heilloser Trümmerhaufen. Ich glaube, der alte Mann auf dem letzten

Sitz ist tot, und seine Frau ist ziemlich schwer verletzt. Ich glaube nicht, daß man sie nach vorn schaffen kann.«
»Und was ist mit der Ponsky-Person?«
»Sie hat aufgehört zu schreien - jetzt starrt sie nur noch vor sich hin.«
»Und Peabody?«
»Das Gepäck ist nach vorn geschleudert worden und auf uns beide draufgefallen. Er ist halb darunter begraben.«
O'Hara gab diese Mitteilungen an Forester weiter. Rohde kniete neben Montes und versuchte, ihn aus seiner Ohnmacht zu wecken. Forester zauderte einen Augenblick, dann sagte er: »Jetzt, wo wir einigermaßen Gewicht hier auf diesem Ende haben, könnte ich vielleicht nach hinten gehen.«
O'Hara sagte: »Treten Sie ganz sachte auf.«
Forester verzog das Gesicht zu einem freudlosen Grinsen und ging durch die Tür nach hinten. Er warf einen Blick auf Miß Ponsky. Sie saß starr und steif da, die Arme fest um den Leib geschlungen, und starrte unverwandt mit reglosen Augen ins Nichts. Er kümmerte sich nicht um sie, sondern begann, das Gepäck, das auf Peabody lag, abzubauen, und die Koffer einen nach dem anderen auf die vorderen Sitze zu schaffen. Peabody regte sich, und Forester schüttelte ihn, bis er zu sich kam, und sobald er imstande schien, etwas aufzunehmen, sagte er zu ihm: »Gehen Sie in die Pilotenkanzel - in die Pilotenkanzel, verstanden?«
Peabody nickte trübäugig, und Forester ging noch etwas weiter zurück. »Allmächtiger Himmel!« flüsterte er bei dem Anblick, der sich ihm bot.
Coughlin war eine einzige unkenntliche blutige Masse. Die Fracht hatte sich bei der Bruchlandung losgerissen, war nach vorn gerutscht und hatte die beiden letzten Sitze zusammengedrückt. Mrs. Coughlin war noch am Leben, aber beide Beine waren ihr knapp unterhalb der Knie abgetrennt. Sie war nur, weil sie sich nach vorn gebeugt hatte, um Miß Ponsky zu beruhigen, nicht genauso wie ihr Mann zerquetscht worden.
Forester spürte, daß ihn etwas am Rücken berührte, und drehte sich um. Es war Peabody, der wieder zurückkam. »Die Pilotenkanzel, habe ich gesagt, Sie verdammter Trottel!« brüllte Forester.
«Ich will hier raus«, brummelte Peabody. »Ich will raus. Die Türe ist da hinten . . .«
Forester vergeudete keine Zeit mit Auseinandersetzungen. Er ver-

setzte Peabody unvermittelt einen Knuff in die Magengrube und schlug ihm, als er sich vornüberbeugte, mit der geballten Faust in den Nacken. Peabody sackte zusammen. Er schleifte ihn nach vorn zur Tür und sagte zu Rohde: »Kümmern Sie sich um dieses Rindvieh. Wenn er nicht pariert, hauen Sie ihm eins über die Birne.«
Er ging zurück und nahm Miß Ponsky am Arm. »Kommen Sie«, sagte er sanft.
Sie stand auf und folgte ihm wie eine Schlafwandlerin, und er führte sie ohne weitere Umstände in den Führersitz und gab sie an O'Hara weiter. Er sah, daß Montes wieder bei Bewußtsein war und es nicht mehr lange dauern würde, bis man ihn hinausschaffen konnte.
Sobald O'Hara wieder an der Öffnung auftauchte, sagte Forester: »Ich glaube nicht, daß die alte Dame es da hinten schaffen wird.«
»Holen Sie sie heraus«, sagte O'Hara knapp. »Um Gottes willen, holen Sie sie heraus.«
Also ging Forester nochmals zurück. Er wußte nicht, ob Mrs. Coughlin noch am Leben war; ihr Körper war allerdings noch warm, als er sie in die Arme nahm und aufhob. Das Blut sprudelte noch immer aus ihren zerschmetterten Schienbeinen, und als er mit seiner Last in die Kanzel trat, zog Rohde pfeifend den Atem zwischen den Zähnen ein. »Auf den Sitz«, sagte er. »Wir müssen ihr Aderpressen machen – und zwar sofort.«
Er zog die Jacke aus und dann das Hemd und begann das Hemd in Streifen zu reißen, während er kurz angebunden zu Forester sagte: »Schaffen Sie den alten Mann hinaus.«
Forester und O'Hara halfen Montes durch die Windschutzscheibe; dann drehte Forester sich um und bemerkte, daß Rohde eine Gänsehaut auf dem Rücken hatte. »Kleider«, sagte er zu O'Hara. »Wir werden warme Kleidung brauchen. In der Nacht wird es hier oben lausig kalt werden.«
»Himmelsakra!« antwortete O'Hara. »Das macht es noch riskanter. Ich glaube nicht . . .«
»Er hat recht«, sagte Rohde, ohne den Kopf umzuwenden. »Wenn wir keine warme Kleidung haben, sind wir morgen früh alle tot.«
»Also gut«, sagte O'Hara. »Sind Sie bereit, das Risiko einzugehen?«
»Ich riskier's«, sagte Forester.
»Ich werde die Leute hier erst mal auf den Erdboden setzen«, sagte O'Hara. »Aber wenn Sie schon dabei sind, ich glaube, wir werden

Karten brauchen. In den Taschen neben meinem Sitz sind ein paar Fliegerkarten von der Gegend hier.«
Rohde knurrte: »Ich bringe sie mit.«
O'Hara schaffte die Leute vom Flugzeugrumpf hinunter auf den Erdboden, und Forester begann, die Koffer in den Führersitz zu schaffen. Er schob Peabody ohne viel Umstände durch die Windschutzscheibe, und O'Hara ließ ihn ebenso unbekümmert auf den Erdboden fallen, wo er, alle viere von sich gestreckt, liegenblieb. Dann reichte Rohde behutsam die bewußtlose Mrs. Coughlin durch, und O'Hara war überrascht, wie leicht sie war. Rohde kletterte heraus, nahm sie auf die Arme und sprang mit ihr auf die Erde, um so die Erschütterungen aufzufangen.
Forester begann die Koffer hinauszureichen, und O'Hara warf sie hinunter, wie sie kamen. Einige sprangen auf, aber die meisten kamen heil auf dem Boden an.
Die Dakota ruckte und rutschte.
»Forester!« brüllte O'Hara. »Kommen Sie heraus!«
»Es sind noch ein paar Koffer da.«
»Kommen Sie raus, Sie Idiot!« brüllte O'Hara. »Sie geht ab!« Er packte Foresters Arm, zerrte ihn heraus und ließ ihn auf den Erdboden sacken. Dann sprang er selbst hinab, und im gleichen Augenblick hob sich die Nase der Maschine gerade in die Luft, und das Flugzeug rutschte mit einem knirschenden Geräusch und in eine Wolke von Staub gehüllt über den Rand des Felsenabhangs. Es sauste siebzig Meter in die Tiefe, man hörte ein langes Kollern und Rumpeln, das allmählich erstarb, und dann war Stille.
O'Hara blickte auf die schweigenden Menschen rings um ihn und hob dann die Augen zu den wilden, zerklüfteten Bergen auf, die sie umgaben. Er schauderte vor Kälte, als er den scharfen Wind spürte, der von den Schneefeldern herabblies, und dann schauderte ihn aus anderem Grund, als sein Blick sich mit dem Foresters traf. Sie wußten beide, daß die Aussichten, mit dem Leben davonzukommen, gering waren und das Entkommen aus der Dakota aller Wahrscheinlichkeit nach nur das Vorspiel zu einem langwierigen Tod war.


»Jetzt erzählen Sie uns mal das Ganze richtig von Anfang an«, sagte Forester.
Sie hatten sich in der nächstgelegenen Blockhütte niedergelassen.

Sie war zwar völlig leer, aber wetterfest, und es war ein offener Kamin vorhanden, in dem Armstrong mit Holz, das Willis aus einer der anderen Hütten herangeschafft hatte, Feuer gemacht hatte. Montes lag in einer Ecke, und seine Nichte kümmerte sich um ihn, und Peabody saß verdrießlich in einer anderen, pflegte seinen Katzenjammer und schoß wütende Blicke zu Forester hinüber.
Miß Ponsky hatte sich von ihrer Angststarre erstaunlich gut erholt. Sie war, als sie auf den Erdboden gelangte, plötzlich zusammengeklappt und hatte völlig ekstatisch vor Erleichterung die Finger in den gefrorenen Kies gegraben. O'Hara hatte den Eindruck, daß sie niemals im Leben wieder den Mut aufbringen werde, ein Flugzeug zu besteigen. Jetzt jedoch legte sie bemerkenswerte Befähigung als Krankenpflegerin an den Tag und half Rohde, sich um Mrs. Coughlin zu kümmern.
Dieser Rohde, dachte O'Hara, war kein alltäglicher Bursche; der Mann hatte alles mögliche, worauf man auf den ersten Blick nicht gekommen wäre. Obwohl er kein Mediziner war, besaß er praktische medizinische Kenntnisse, die jetzt unschätzbar wertvoll waren. O'Hara hatte sich zuerst sofort an Willis gewandt, um Hilfe für Mrs. Coughlin zu schaffen, aber Willis hatte mit einem Kopfschütteln geantwortet:
»Tut mir leid, ich bin Physiker - und kein Arzt.«
»Dr. Armstrong?« hatte O'Hara hilfesuchend gefragt.
Aber Armstrong hatte gleichfalls bedauernd den Kopf geschüttelt.
»Ich bin Historiker.«
Also hatte Rohde den Fall übernommen - der Nicht-Doktor mit den medizinischen Kenntnissen - und der Mann mit der Pistole.
O'Hara wandte sich zu Forester. »Also gut«, sagte er. »Das Ganze kam folgendermaßen.«
Er erzählte ihnen alles, was sich ereignet hatte, vom Abflug in San Croce an, und holte aus dem Gedächtnis nach und nach alles herauf, was Grivas gesagt hatte. »Ich glaube, er verlor plötzlich den Verstand«, schloß er seine Schilderung.
Forester runzelte die Stirn. »Nein, die Sache war geplant«, widersprach er. »Und Verrücktheit ist nicht geplant. Grivas kannte diesen Landestreifen, und er wußte, welchen Kurs man nehmen mußte. Sagten Sie nicht, er sei in San Croce auf dem Flugfeld gewesen, als die Samair dort Startverbot erhielt und nicht weiterfliegen durfte?«
»Das stimmt - und mir kam es ein bißchen merkwürdig vor. Ich

meine, es war so gar nicht Grivas' Art, mitten in der Nacht sich auf dem Flugplatz herumzutreiben - so scharf auf den Dienst war er nicht.«
»Das klingt, als habe er gewußt, daß die Samair-Boeing Motorschaden haben würde«, bemerkte Willis.
Forester blickte rasch auf, und Willis fuhr fort: »Es ist die einzige logische Erklärung. Er hat nicht einfach ein Flugzeug gestohlen, er hat seinen Inhalt gestohlen, und der Inhalt des Flugzeugs waren Leute aus der Boeing. O'Hara sagt, diese großen Kisten hätten gewöhnlich Bergbau-Maschinenteile enthalten, und ich bezweifle doch sehr, daß Grivas darauf aus war.«
»Das würde einen Sabotageakt an der Boeing bedeuten«, sagte Forester. »Wenn Grivas darauf wartete, daß die Boeing in San Croce landen werde, dann bedeutet das außerdem, daß er eine ansehnliche Organisation hinter sich hatte.«
»Das wissen wir bereits«, sagte O'Hara. »Grivas rechnete damit, daß hier ein Empfangskomitee zur Stelle sein werde. Er sagte: ›Sie werden jeden Augenblick dasein.‹ Aber wo sind diese *sie*?«
»Und wer sind sie?« fragte Forester.
O'Hara fiel noch etwas anderes ein, was Grivas gesagt hatte: ». . . euch bringen sie allesamt um.« Er behielt es für sich und fragte statt dessen: »Erinnern Sie sich an das letzte Wort, das er sagte - ›Vivaca‹? Verstehe ich nicht. Es klingt irgendwie spanisch, aber ich kenne kein solches Wort.«
»Mein Spanisch ist gut«, sagte Forester bedächtig. »Ein solches Wort gibt es nicht.« Er schlug sich verärgert ans Bein. »Ich würde eine Menge dafür geben, wenn ich wüßte, was sich hier eigentlich abgespielt hat und wer an der ganzen Sache schuld ist.«
Eine schwache Stimme tönte durch den Raum. »Ich fürchte, meine Herren, in gewisser Weise bin ich schuld.«
Alle im Raum mit Ausnahme von Mrs. Coughlin drehten sich um und sahen Señor Montes an.

## 2

Montes sah krank aus. Es ging ihm schlechter als während des Flugs. Seine Brust hob und senkte sich beim Einatmen der dünnen Hochgebirgsluft mit krampfhafter Heftigkeit, und sein Gesicht war erschreckend bleich. Als er die Lippen öffnete, um weiterzusprechen, sagte das Mädchen: »Still, *tio*, sei ruhig. Ich werde es ihnen sagen.«
Sie wandte sich um und blickte quer durch die Hütte auf O'Hara und Forester. »Mein Onkel heißt nicht Montes«, sagte sie bündig und sachlich. »Sein Name ist Aguillar.« Sie sagte es so, als sei allein mit der Nennung des Namens bereits eine vollständige und ausreichende Erklärung gegeben.
Einen Augenblick lang herrschte leeres Schweigen; dann schnippste O'Hara mit den Fingern und sagte leise: »Bei Gott, der alte Adler persönlich!« Er blickte fasziniert auf den kranken Mann.
»Ja, Señor O'Hara«, flüsterte Aguillar. »Aber ich fürchte, ein flügellahmer Adler.«
»Sagen Sie mal, was soll das eigentlich alles bedeuten?« beschwerte sich Peabody. »Was ist denn so Besonderes an ihm?«
Willis warf Peabody einen Blick voll unverhohlener Abneigung zu und erhob sich. »Ich selbst hätte es nicht so ausgedrückt«, sagte er, »aber ich könnte es ertragen, etwas mehr zu erfahren.«
»Señor Aguillar«, sagte O'Hara, »dürfte wahrscheinlich der beste Präsident gewesen sein, den dieses Land je gehabt hat, bis zum Armeeputsch vor fünf Jahren. Er konnte das Land gerade noch im letzten Augenblick verlassen, als man ihn schon standrechtlich erschießen wollte.«
»General Lopez war immer schon ein vorschneller Mann«, pflichtete Aguillar mit einem schwachen Lächeln bei.
»Wollen Sie damit sagen, daß die Regierung diese ganze Sache

arrangiert hat - diese Klemme, in der wir jetzt sitzen -, nur um Sie zu erwischen?« Willis' Stimme überschlug sich fast vor Ungläubigkeit.
Aguilar schüttelte den Kopf und setzte zum Sprechen an, aber das Mädchen sagte: »Nein, du mußt dich still verhalten.« Sie blickte hilfesuchend auf O'Hara. »Stellen Sie ihm bitte jetzt keine Fragen, Señor. Sehen Sie denn nicht, daß er krank ist?«
»Können Sie für Ihren Onkel sprechen?« fragte Forester besänftigend.
Sie blickte auf den alten Mann, und er nickte. »Was wollen Sie wissen?« fragte sie.
»Was hat Ihr Onkel mit seiner Rückkehr nach Cordillera vor?«
»Wir sind gekommen, um unserem Land eine saubere und anständige Regierung zurückzugeben«, sagte sie. »Wir sind gekommen, um Lopez hinauszuwerfen.«
O'Hara stieß ein kurzes Lachen aus. »Um Lopez hinauszuwerfen«, sagte er bündig. »Einfach so, mir nichts dir nichts. Ein alter Mann und ein Mädchen schmeißen einen Mann hinaus, der eine Armee hinter sich hat.« Er schüttelte ungläubig den Kopf.
Das Mädchen brauste auf. »Was verstehen denn Sie davon? Sie sind Ausländer - Sie haben keine Ahnung. Lopez ist erledigt - jeder Mensch in Cordillera weiß es, sogar Lopez selbst. Er war viel zu habgierig, zu korrupt, und das Land hat ihn satt.«
Forester rieb sich nachdenklich das Kinn. »Sie könnte recht haben«, sagte er. »Im Augenblick wäre nur ein kleiner Windstoß nötig, um Lopez umzublasen. Er hat das Land in den letzten fünf Jahren in Grund und Boden gewirtschaftet - bis auf den letzten Tropfen ausgepreßt und so viel Geld bei Schweizer Banken eingepökelt, daß er hundert Jahre davon leben kann. Ich glaube nicht, daß er es riskieren würde zu verlieren, wenn es jetzt hart auf hart ginge - wenn ihm jemand einen genügend kräftigen Stoß versetzt, würde er zusammenpacken und sich davonmachen. Nach meiner Meinung würde er sich für den Reichtum und das bequeme Leben entscheiden, anstatt für die Macht und die Aussicht, daß ein schießlustiger Student, der etwas gegen ihn hat, ihn über den Haufen knallt.«
»Lopez hat Cordillera bankrottgemacht«, sagte das Mädchen. Sie hob stolz den Kopf. »Aber wenn mein Onkel in Santillana erscheint, wird das Volk sich erheben, und das wird das Ende von Lopez sein.«

»Es könnte klappen«, stimmte Forester zu. »Ihr Onkel war sehr beliebt. Ich nehme an, Sie haben alles gut vorbereitet.«
Sie nickte. »Der demokratische Aktionsausschuß hat alle Vorbereitungen getroffen. Mein Onkel braucht nur noch in Santillana zu erscheinen.«
»Könnte sein, er kommt nicht bis hin«, sagte O'Hara. »Irgend jemand versucht, ihn daran zu hindern, und wenn es nicht Lopez ist, wer zum Kuckuck ist es dann?«
»Die *communistas*!« Das Mädchen spie das Wort mit abgrundtiefem Abscheu aus. »Sie können es sich nicht leisten, meinen Onkel wieder an die Macht zu lassen. Sie wollen Cordillera für sich selbst.«
»Die Rechnung dürfte stimmen«, sagte Forester. »Lopez hat auf alle Fälle ausgespielt, komme, was wolle; folglich handelt es sich um Aguilar gegen die Kommunisten, und Cordillera ist der Preis.«
»Die Kommunisten sind noch nicht ganz soweit«, sagte das Mädchen. »Sie haben noch nicht genug Unterstützung im Volk. In den letzten zwei Jahren haben sie sehr geschickt die Regierung unterwandert und sich überall eingenistet, und wenn es nach ihnen ginge, würde das Volk eines Morgens aufwachen und feststellen, daß Lopez weg ist und eine kommunistische Regierung an seiner Stelle sitzt.«
»Eine Diktatur gegen die andere ausgetauscht«, sagte Forester. »Sehr schlau.«
»Aber sie sind noch nicht soweit, Lopez abzuhalftern«, sagte sie. »Mein Onkel würde ihnen ihre Pläne verderben - er würde nicht nur Lopez hinaussetzen, sondern auch die Regierung. Er würde zum erstenmal seit neun Jahren wieder Wahlen abhalten. Deshalb versuchen die Kommunisten, seine Rückkehr zu verhindern.«
»Und Sie glauben, Grivas war ein Kommunist?« fragte O'Hara.
Forester schnalzte mit den Fingern. »Natürlich war er einer. Das erklärt auch seine letzten Worte. Er war ein waschechter Kommunist - von der lateinamerikanischen Sorte; als er ›vivaca‹ sagte, wollte er eigentlich ›Viva Castro‹ sagen.« Seine Stimme wurde hart. »Und wir können seine Kumpane jetzt jeden Augenblick erwarten.«
»Wir müssen rasch von hier weg«, sagte das Mädchen. »Sie dürfen meinen Onkel nicht finden.«

O'Hara drehte sich unvermittelt um und blickte auf Rohde, der auffallend schweigsam geblieben war. Er sagte: »Was haben Sie zu bedeuten, Señor Rohde?«
»Er ist in Ordnung, Señor O'Hara«, sagte Aguillar schwach. »Miguel ist mein Sekretär.«
Forester betrachtete Rohde mit kritischem Blick. »Sieht mir mehr wie Ihre Leibwache aus.«
Aguillar machte eine schlaffe Handbewegung, als komme es auf diese Unterscheidung nicht an, und Forester sagte: »Wie sind Sie auf ihn gekommen, O'Hara?«
»Ich mag Leute nicht, die Pistolen bei sich tragen«, sagte O'Hara kurz. »Besonders nicht Leute, die Kommunisten sein könnten.« Er sah sich in der Hütte um. »Alsdann, haben wir sonst noch Joker im Spiel? Was ist mit Ihnen, Forester? Für einen einfachen amerikanischen Geschäftsmann scheinen Sie über die politischen Verhältnisse hier verdammt gut Bescheid zu wissen.«
»Seien Sie doch nicht so töricht«, sagte Forester. »Wenn ich mich nicht für die politischen Verhältnisse interessieren würde, hätte meine Firma mich längst in hohem Bogen an die Luft gesetzt. Für uns ist es sehr von Bedeutung, daß hier die richtige Art von Regierung an der Macht ist - und einen kommunistischen Laden können wir ganz und gar nicht brauchen, darauf können Sie sich verlassen.« Er zog seine Brieftasche hervor und entnahm ihr eine Geschäftskarte, die er O'Hara reichte. Die Karte besagte, daß Raymond Forester Generalvertreter der Fairfield-Werkzeugmaschinen-Gesellschaft für Südamerika war.
O'Hara gab ihm die Karte zurück. »War Grivas der einzige Kommunist an Bord?« fragte er. »Darauf will ich hinaus. Als wir zum Landen ansetzten - hat irgend jemand unter den Passagieren besondere Sicherheitsmaßnahmen für sich getroffen?«
Forester dachte nach und schüttelte dann den Kopf. »Alle schienen völlig überrascht und überrumpelt - ich glaube nicht, daß irgend jemand von uns wußte, was sich abspielte. Er sah O'Hara voller Hochachtung an. »Unter den gegebenen Umständen war das eine sehr gute Frage.«
»Na, also ich bin jedenfalls kein Kommunist«, sagte Miß Ponsky scharf. »So eine Idee!«
O'Hara lächelte. »Ich bitte um Entschuldigung, Miß Ponsky«, sagte er höflich.
Rohde hatte sich um Mrs. Coughlin gekümmert; jetzt erhob er

sich. »Diese Dame liegt im Sterben«, sagte er. »Sie hat sehr viel Blut verloren und einen Nervenschock. Und außerdem hat sie den ›Soroche‹ - die Bergkrankheit. Wenn sie keinen Sauerstoff bekommt, wird sie bestimmt sterben.« Seine schwarzen Augen schalteten zu Aguillar hinüber, der anscheinend eingeschlafen war. »Señor Aguillar braucht ebenfalls Sauerstoff - er schwebt in großer Gefahr.« Er sah sie alle an. »Wir müssen alle den Berg hinunter. Auf dieser Höhe zu bleiben, ist sehr gefährlich.«
O'Hara war sich bewußt, daß er schauerliche Kopfschmerzen hatte und sein Herz sehr rasch hämmerte. Er war schon lange genug im Land, um vom Soroche und seinen Wirkungen gehört zu haben. Der niedrige Luftdruck auf den Berghöhen bedeutet weniger Sauerstoff, das Atmen beschleunigte sich, und das Herz schlug rascher, um das Blut schneller durchzupumpen. Bei schwacher Körperverfassung brachte es einen um. Er sagte langsam: »Im Flugzeug waren Sauerstoffzylinder - vielleicht sind sie nicht kaputtgegangen.«
»Gut«, sagte Rohde. »Wir werden nachsehen, Sie und ich. Es wäre besser, wenn möglich, die Dame nicht zu transportieren. Aber wenn wir keinen Sauerstoff finden, dann müssen wir den Berg hinuntergehen.«
Forester sagte: »Wir müssen das Feuer in Gang halten - wir anderen werden uns inzwischen nach Holz umsehen.« Er hielt inne. »Bringen Sie etwas Benzin aus der Maschine mit - wir werden es vielleicht brauchen.«
»Gemacht«, sagte O'Hara.
»Kommen Sie«, sagte Forester zu Peabody. »Gehen wir los.«
Peabody lag noch immer keuchend an derselben Stelle. »Ich bin vollkommen erledigt«, sagte er. »Und meine Kopfschmerzen bringen mich um.«
»Ach was, das ist nur der Katzenjammer«, sagte Forester gefühllos. »Stehen Sie auf, Mann.«
Rohde legte die Hand auf Foresters Arm. »Soroche«, sagte er warnend. »Er wird nicht zu sehr viel imstande sein. Kommen Sie, Señor O'Hara.«
O'Hara trat hinter Rohde aus der Hütte heraus und fröstelte in der schneidend kalten Luft. Er blickte sich um. Der Landestreifen war auf dem einzigen Stück ebener Erde in der ganzen Gegend angelegt worden; alles übrige waren steil abfallende Bergwände, und ringsum standen, klar und scharf in der kalten, kristallenen Luft,

die Gipfel der hohen Anden. Sie reckten sich in unendlicher Höhe gen Himmel - blendend weiß gegen das Himmelsblau, wo Schnee ihre Flanken bedeckte, und dunkles Felsengrau, wo die Abhänge zu steil waren und der Schnee nicht liegenblieb.
Das Ganze war kalt, öde und völlig leblos. Nicht ein grüner Halm, auf dem das Auge hätte ruhen können, oder der Flügelschlag eines Vogels - nur Schwarz, Weiß und das Blau des Himmels, ein hartes, dunkles, metallisches Blau, das so fremdartig war wie die Landschaft.
O'Hara hüllte sich fester in seine Jacke und betrachtete die anderen Hütten. »Was ist das hier eigentlich?«
»Ein Bergwerk«, sagte Rohde. »Kupfer und Zink - die Schächte sind da drüben.« Er deutete auf eine Felswand am Ende des Landestreifens, und O'Hara sah die dunklen Öffnungen mehrerer Stollen, die in den Felsen hineingetrieben waren. Rohde schüttelte den Kopf. »Aber es liegt zu hoch für den Abbau - sie hätten es gar nicht erst zu versuchen brauchen. Kein Mensch kann in dieser Höhenlage gut arbeiten, nicht einmal unsere Gebirgsindios.«
»Dann kennen Sie also diese Gegend?«
»Ich kenne diese Berge gut«, antwortete Rohde. »Ich bin nicht weit von hier geboren.«
Sie wanderten langsam den Landestreifen entlang und waren noch keine hundert Meter gegangen, als O'Hara schon erschöpft war. Der Kopf schmerzte ihn, und er spürte Übelkeit. Er sog die dünne Luft in die Lungen ein, und seine Brust arbeitete schwer.
Rohde blieb stehen und sagte: »Sie dürfen das Atmen nicht gewaltsam erzwingen.«
»Was sonst soll ich denn tun?« fragte O'Hara keuchend. »Ich muß doch genug Luft kriegen.«
»Atmen Sie ganz natürlich, ohne besondere Anstrengung«, sagte Rohde. »Sie bekommen schon genug Luft. Aber wenn Sie das Atmen forcieren, spülen Sie nur die ganze Kohlensäure aus Ihren Lungen heraus, und das bringt die Säurebasis des Blutes durcheinander, und Sie bekommen Muskelkrampf. Und das ist dann sehr schlimm.«
O'Hara bemühte sich, langsamer zu atmen, und sagte: »Sie scheinen darüber gut Bescheid zu wissen.«
»Ich habe früher einmal Medizin studiert«, sagte Rohde kurz.
Sie gelangten an das äußerste Ende des Landestreifens und blickten über den steilen Felshang hinab in die Tiefe. Die Dakota war

ein Trümmerhaufen: Die linke Tragfläche und der ganze Schwanz und das Rumpfende waren abgebrochen. Rohde studierte das Gelände. »Wir brauchen nicht die Felswand hinunterzuklettern; es ist einfacher, außen herumzugehen.«


Sie brauchten eine ziemlich lange Zeit, um zu dem Flugzeugwrack zu gelangen, und als sie es schließlich erreichten, stellten sie fest, daß nur ein Sauerstoffzylinder unversehrt war. Es war schwierig, ihn freizulegen und aus der Maschine herauszuholen, aber sie brachten es schließlich zuwege, nachdem sie mit der Axt, die O'Hara auf dem Boden der Kanzel gefunden hatte, einen Teil des Rumpfes kurzerhand weggehackt hatten.
Der Druckmesser zeigte an, daß der Zylinder nur ein Drittel voll war, und O'Hara verwünschte Filson und seine Knausrigkeit, aber Rohde schien zufrieden. »Es wird reichen«, sagte er. »Wir können heute nacht in der Hütte bleiben.«
»Und was passiert, wenn die Kommunisten aufkreuzen?« fragte O'Hara.
Rohde schien sich darüber keine Sorgen zu machen. »Dann werden wir uns verteidigen«, sagte er gleichmütig. »Eins nach dem anderen, Señor O'Hara.«
»Grivas glaubte anscheinend, daß sie schon da wären«, sagte O'Hara. »Was kann sie wohl aufgehalten haben?«
Rohde zuckte die Achseln. »Kommt's darauf an?«
Sie konnten den Sauerstoffzylinder nicht ohne Hilfe zu den Hütten hinaufschaffen; also ging Rohde zurück und nahm gleich einige Saugschläuche und Mundstücke mit sowie eine Flasche Benzin, die er aus einem der Tanks abgezapft hatte. O'Hara durchsuchte inzwischen den Flugzeugrumpf nach allem, was vielleicht noch irgendwie brauchbar war, besonders nach Lebensmitteln. Das, dachte er, konnte möglicherweise das Hauptproblem werden. Aber er fand lediglich eine halbe Tafel Schokolade in Grivas' Sitztasche.
Rohde kam mit Forester, Willis und Armstrong zurück, und sie trugen den Sauerstoffzylinder abwechseln, jeweils zwei Mann. Es war schwere Arbeit, und sie schafften immer nur zwanzig Meter auf einmal. O'Hara schätzte, daß er in San Croce das Ding wahrscheinlich allein aufgehoben und eine Meile weit getragen hätte, aber die Höhenlage schien alle Kraft aus ihren Muskeln herausge-

sogen zu haben, und sie konnten immer nur ein paar Minuten hintereinander arbeiten, ehe sie erschöpft zusammenklappten.
Als sie mit dem Zylinder bei der Hütte anlangten, war Miß Ponsky damit beschäftigt, das Feuer in Gang zu halten. Willis und Armstrong hatten aus einer der anderen Hütten eine Tür herausgerissen und sie mit Hilfe von Steinen mühsam zerkleinert. Willis war besonders erfreut über die Axt. »Jetzt wird es leichter gehen«, sagte er.
Rohde gab Mrs. Coughlin und Aguillar Sauerstoff. Sie blieb bewußtlos, aber bei dem alten Mann war die Wirkung erstaunlich. Die Farbe kam in seine Wangen zurück, und seine Augen wurden lebhafter. Seine Nichte lächelte zum erstenmal seit der Bruchlandung.
O'Hara saß vor dem offenen Kaminfeuer, ließ die Wärme in sich hineinströmen und zog seine Fliegerkarten heraus. Er breitete den einschlägigen Kartenteil auf dem Fußboden aus und zeichnete mit einem Bleistiftkreuz eine Position ein. »Hier waren wir, als wir den Kurs änderten«, sagte er. »Dann sind wir etwas über fünf Minuten lang auf einem rechtsweisenden Kurs von eins-acht-vier geflogen.« Er zeichnete auf der Karte eine Linie ein. »Wir sind etwas mehr als zweihundert Knoten geflogen – sagen wir, zweihundertvierzig Meilen in der Stunde. Das macht etwa zwanzig Meilen – und folglich wären wir ungefähr – hier.« Er zeichnete ein weiteres Bleistiftkreuz ein. Forester blickte über seine Schulter. »Der Landestreifen ist auf der Karte nicht eingezeichnet«, sagte er.
»Rohde sagt, er war aufgegeben«, erklärte O'Hara.
Rohde trat zu ihnen, sah auf die Karte und nickte. »Sie haben recht«, sagte er. »Das ist die Stelle, an der wir uns befinden. Die Straße den Berg hinunter führt zu dem Hüttenwerk. Das ist ebenfalls aufgegeben, aber ich glaube, ein paar Indios wohnen noch dort.«
»Wie weit ist es bis dorthin?« fragte Forester.
»Etwa vierzig Kilometer«, sagte Rohde.
»Fünfundzwanzig Meilen«, übersetzte Forester. »Das ist ein verflucht langer Weg unter diesen Verhältnissen.«
»Es ist nicht so schlimm«, sagte Rohde. Er setzte den Finger auf die Karte. »Wenn wir zu diesem Tal hier kommen, wo der Fluß entlangläuft, sind wir schon ungefähr siebzehnhundert Meter tiefer und können wesentlich besser atmen. Das sind etwa sechzehn Kilometer Straßenstrecke.«

»Wir gehen gleich morgen früh los«, sagte O'Hara.
Rohde war der gleichen Meinung. »Wenn wir keinen Sauerstoff hätten, würde ich sagen: Gehen wir jetzt sofort. Aber es scheint mir besser zu sein, heute nacht im Schutz der Hütte zu bleiben.«
»Was machen wir mit Mrs. Coughlin?« fragte O'Hara leise. »Können wir sie transportieren?«
»Wir werden sie transportieren müssen«, erklärte Rohde nachdrücklich. »In dieser Höhe kann sie unmöglich am Leben bleiben.«
»Wir werden irgendeine Art Tragbahre zurechtzimmern«, sagte Forester. »Vielleicht können wir aus Stangen und Kleidungsstücken eine Tragschlinge machen – oder vielleicht eine Tür verwenden.«
O'Hara sah hinüber, wo Mrs. Coughlin unter dem wachsamen Auge von Miß Ponsky röchelnd atmete. Seine Stimme war hart und scharf. »Von mir aus hätte sogar dieser Lump Grivas am Leben bleiben können, wenn ihr das ihre Beine zurückgeben würde«, sagte er.


Mrs. Coughlin starb lautlos während der Nacht, ohne das Bewußtsein zurückzuerlangen. Als sie am Morgen nach ihr sahen, war sie kalt und steif. Miß Ponsky war in Tränen. »Ich hätte wachbleiben sollen«, schluchzte sie. »Ich konnte fast die ganze Nacht nicht schlafen, und dann bin ich doch eingenickt.« Rohde schüttelte ernst den Kopf. »Sie wäre auf jeden Fall gestorben«, sagte er. »Wir konnten nichts für sie tun – keiner von uns.«
Forester, O'Hara und Peabody scharrten ein flaches Grab aus. Peabody schien in besserem Zustand, und O'Hara dachte bei sich, vielleicht habe Forester recht gehabt, als er sagte, Peabody habe nur einen Katzenjammer. Allerdings mußte man ihn nachdrücklich antreiben, damit er beim Ausschaufeln des Grabes half.
Es schien, daß alle eine schlechte Nacht gehabt hatten; niemand hatte gut geschlafen. Rohde erklärte, auch das sei ein Symptom des Soroche, und je früher sie auf eine geringere Höhe hinabkämen, desto besser. O'Hara hatte noch immer hämmernde Kopfschmerzen und war nachdrücklich derselben Ansicht.
Der Sauerstoffzylinder war leer.
O'Hara klopfte mit dem Finger gegen den Druckmesser, aber der Zeiger blieb hartnäckig auf Null. Er öffnete den Hahn und beugte

das Ohr hinab, aber es kam kein Ton aus dem Ventil. Er hatte während der Nacht mehrmals das leise Zischen des Sauerstoffs gehört und angenommen, Rohde habe Mrs. Coughlin oder Aguillar welchen verabreicht.
Er winkte Rohde heran. »Haben Sie in der Nacht den ganzen Sauerstoff verbraucht?«
Rohde sah ungläubig auf den Druckmesser. »Ich hatte noch etwas für heute aufgespart«, sagte er. »Señor Aguillar braucht ihn.«
O'Hara biß sich auf die Lippen und sah hinüber, wo Peabody faul herumlungerte. »Er kam mir ziemlich lebendig vor heute morgen.«
Rohde knurrte halblaut etwas Unverständliches und tat einen Schritt hinüber, aber O'Hara hielt ihn am Arm fest. »Wir können es nicht beweisen«, sagte er. »Ich kann mich auch geirrt haben. Und außerdem können wir jetzt keinen Krach brauchen. Schauen wir erst mal zu, daß wir von diesem Berg herunterkommen.« Er stieß mit dem Fuß gegen den Zylinder, der einen hohlen Klang von sich gab. »Jedenfalls brauchen wir das Ding jetzt nicht mehr zu schleppen.«
Ihm fiel die Schokolade ein, und er holte sie hervor. Es waren nur acht kleine Teilstücke, die auf zehn Menschen verteilt werden mußten, und folglich verzichteten Rohde, Forester und er selbst, und Aguillar bekam zwei Stücke. O'Hara hatte den Eindruck, daß er drei bekommen hatte, denn er sah nicht, daß das Mädchen seine Zuteilung aß.
Armstrong und Willis arbeiteten gut zusammen. Sie hatten mit Hilfe der Axt einige Stangen und Latten aus einer der Hütten herausgeschlagen und eine primitive Tragbahre hergerichtet, indem sie ein paar Holzstangen durch die Ärmel von zwei Mänteln geschoben hatten. Die Tragbahre war für Aguillar, der nicht gehen konnte.
Sie zogen so viele Kleidungsstücke an, wie sie nur irgend konnten, und ließen den Rest in den Handkoffern zurück. Forester gab O'Hara einen schweren Mantel. »Versauen Sie ihn mir möglichst nicht zu sehr«, sagte er. »Es ist Vikunja-Pelz - hat eine gehörige Stange Geld gekostet.« Er grinste. »Die Frau meines Chefs hatte mich gebeten, einen mitzubringen; der Alte hat nächstens Geburtstag.«
Peabody murrte, als er sein Gepäck zurücklassen mußte, und mehr noch, als O'Hara ihn anwies, abwechselnd mit den anderen

die Tragbahre zu tragen. O'Hara widerstand der Versuchung, ihm einen Knuff in die Rippen zu versetzen; erstens wollte er keinen offenen Krach, und zweitens war er sich nicht sicher, ob er so viel Kraft hatte, daß der andere es auch wirklich spürte. Im Augenblick war er schon froh, wenn er einen Fuß vor den anderen zu setzen vermochte.

So verließen sie die Hütten, kehrten den hohen Berggipfeln den Rücken und machten sich auf den Weg die Straße hinab. Die Straße war lediglich ein in die Bergwand eingelassener holpriger Weg. Sie schlängelte sich in einer Folge von Haarnadelkurven den Berg hinunter, und Willis machte sie auf die Stellen aufmerksam, wo an den Kehren der Felsen weggesprengt worden war. Die Straße war nur für ein Fahrzeug breit genug, aber hin und wieder kamen sie zu einer breiteren Ausweichstelle, wo gerade zwei Lastwagen aneinander vorbeikonnten.

O'Hara fragte Rohde: »Hatten sie denn vor, das ganze Erz aus der Grube in Lastwagen herunterzuschaffen?«

»Wahrscheinlich hätten sie eine Hängebahn gebaut«, sagte Rohde. »Ein endloses Seil mit Kübeln. Aber sie waren noch beim Sondieren der Erzvorkommen. Benzinmotoren arbeiten dort oben nicht gut - sie brauchen Kompressoren.« Er blieb plötzlich stehen und starrte auf den Erdboden.

Auf einem Flecken Schnee war die Spur eines Autoreifens abgedrückt. »Irgend jemand ist vor nicht langer Zeit hier oben gewesen«, bemerkte O'Hara. »Mit oder ohne Kompressor. Aber das wußte ich sowieso schon.«

»Wieso?« wollte Rohde wissen.

»Der Landestreifen war von Schnee freigeschaufelt.«

Rohde klopfte sich gegen die Brust und ging wortlos weiter.

O'Hara erinnerte sich, daß er eine Pistole hatte, und überlegte, was wohl geschehen würde, falls sie auf Widerstand stießen. Obwohl der Weg bergab ging und sie verhältnismäßig gut vorwärtskamen, konnten sie die Tragbahre immer nur etwa hundert Meter auf einmal tragen. Forester organisierte eine Art von Staffettendienst, und sobald die eine Gruppe von Trägern vor Erschöpfung nicht mehr weiterkonnte, übernahm ihn die nächste von ihnen. Aguillar war in todesähnlicher Bewußtlosigkeit, und das Mädchen ging neben der Tragbahre her und behielt ihn die ganze Zeit besorgt im Auge. Nach etwa eineinhalb Kilometer legten sie eine Ruhepause ein, und O'Hara sagte zu Rohde: »Ich habe eine Reiseflasche Schnaps bei mir. Ich habe ihn aufgespart für den Fall, daß es wirklich mulmig wird. Glauben Sie, er würde dem alten Herrn helfen?«

»Geben Sie mir ihn«, sagte Rohde.

O'Hara zog den Flakon aus der Hüfttasche und gab ihn Rohde, der den Verschluß abschraubte und den Inhalt beschnupperte. »Aguardiente«, sagte er. »Nicht gerade das beste Getränk, aber es geht.« Er sah O'Hara fragend an. »Trinken Sie dieses Zeug?«

»Ich bin ein armer Mann«, verteidigte sich O'Hara.

Rohde lächelte. »Als ich Student war, war ich auch arm. Und ich habe auch Aguardiente getrunken. Aber ich würde empfehlen, nicht zuviel davon zu trinken.« Er blickte zu Aguillar hinüber. »Ich glaube, wir heben es besser für später auf.« Er schraubte den Flakon wieder zu und gab ihn zurück. Als O'Hara die Flasche wieder in die Tasche steckte, sah er, wie Peabody ihn anstarrte. Er lächelte freundlich zurück.

Nach einer Rast von einer halben Stunde machten sie sich wieder auf den Weg. O'Hara, der an der Spitze ging, blickte zurück und fand, sie sähen wie ein Häufchen Kriegsflüchtlinge aus. Willis und Armstrong stolperten mit der Tragbahre daher, und das Mädchen hielt neben ihnen Schritt; Miß Ponsky hielt sich dicht bei Rohde und schwatzte trotz ihrer Kurzatmigkeit munter vor sich hin, als sei sie auf einem Sonntagnachmittagsspaziergang nach der Kirche, und Forester bildete mit Peabody, der neben ihm her schlurfte, den Schluß. Alle waren sie in die seltsamsten Zusammenstellungen von Kleidungsstücken gehüllt.

Nach der dritten Rast fand O'Hara, daß es schon spürbar besser ging. Er schritt leichter dahin, und das Atmen war weniger beschwerlich, obwohl die Kopfschmerzen nicht weggehen wollten. Die Träger stellten fest, daß sie die Bahre jetzt längere Strecken tragen konnten, und Aguillar war zu sich gekommen und nahm wahr, was um ihn herum vor sich ging.

O'Hara machte Rohde darauf aufmerksam, und Rohde deutete auf die steilen Berghänge ringsum. »Wir geben eine Menge Höhe auf«, sagte er. »Jetzt wird es besser werden.«

Nach der vierten Rast übernahmen O'Hara und Forester die Tragbahre. Aguillar entschuldigte sich mit schwacher Stimme für die Umstände, die er verursachte, aber O'Hara versagte es sich zu antworten – er brauchte seine ganze Kraft für das Tragen. Um so viel besser ging es nun wieder nicht.

Forester blieb plötzlich stehen, und O'Hara setzte dankbar die Tragbahre nieder. Seine Beine schlotterten, als seien sie aus Gummi, und der Atem rasselte ihm in der Kehle. Er grinste Forester zu, der sich die Hände gegen die Brust schlug. »Macht nichts«, sagte er. »Unten im Tal dürfte es wärmer sein«.«
Forester hauchte sich auf die Finger. »Hoffentlich.« Er sah zu O'Hara auf. »Sie sind ein wirklich guter Pilot«, sagte er. »Ich bin früher auch ziemlich viel geflogen, aber ich glaube nicht, daß ich das zuwege gebracht hätte, was Sie gestern gemacht haben.«
»Ach, Sie hätten schon, wenn man Ihnen eine Pistole vorgehalten hätte«, sagte O'Hara mit einem Grinsen. »Außerdem konnte ich es sowieso nicht Grivas überlassen - er hätte uns samt und sonders ums Leben gebracht und mich zuallererst.« Er blickte an Forester vorbei und sah plötzlich Rohde, der mit der Pistole in der Hand mühsam stolpernd die Straße herauf zurückgerannt kam. »Da ist was los.«
Er ging Rohde entgegen, der vom Laufen keuchte und schwer nach Atem rang. »Da unten sind Hütten - die hatte ich ganz vergessen.« O'Hara wies auf die Pistole. »Brauchen Sie das Ding?«
Rohde lächelte sachlich. »Es könnte sein, Señor.« Er deutete beiläufig mit der Pistole die Straße hinab. »Ich glaube, wir sollten vorsichtig sein. Wir sollten uns die Sache erst genauer ansehen, ehe wir etwas tun. Sie und ich und Señor Forester.«
»Das finde ich auch«, sagte Forester. »Grivas hat ja gesagt, seine Kumpane würden zur Stelle sein, und das hier könnte leicht der Treffpunkt sein.«
»Also gut«, sagte O'Hara. Er sah sich um. Die Straße selbst bot nirgends Deckung, aber ein kleines Stück Wegs zurück befand sich ein Haufen größerer Felsbrocken. »Das beste wäre, wenn alle sich dort hinter dem Haufen verstecken würden«, sagte er. »Wenn irgendwas losgehen sollte, ist es besser, in Deckung zu sein.«
»Sie gingen ein Stück zurück, um sich hinter den Felsen zu verbergen, und O'Hara teilte allen mit, was vor sich ging. »Wenn geschossen wird«, sagte er zum Schluß, »dann tun Sie gar nichts und rühren sich nicht - keinen Muckser - und bleiben, wo Sie sind. Ich weiß zwar, daß wir keine Armee sind, aber wir werden trotzdem höchstwahrscheinlich ins Feuer geraten - und deshalb ernenne ich hiermit Dr. Willis zum stellvertretenden Kommandeur. Falls uns irgend etwas zustoßen sollte, werden Sie seinen Befehlen folgen.«

Aguillars Nichte sprach mit Rohde, und als O'Hara zu Forester hinüberging, berührte Sie ihn am Arm. »Señor.«
Er sah zu ihr hinab. »Ja, Señorita?«
»Bitte seien Sie vorsichtig, Sie und Señor Forester. Ich möchte nicht, daß Ihnen unseretwegen etwas zustößt.«
»Ich werde vorsichtig sein«, sagte O'Hara. »Sagen Sie mir bitte, haben Sie denselben Namen wie Ihr Onkel?«
»Ich heiße Benedetta Aguillar.«
Er nickte. »Ich heiße Tim O'Hara. Ich werde vorsichtig sein.«
Er schloß sich den beiden anderen an, und sie gingen die Straße hinunter bis zur Biegung. Rohde sagte: »Diese Hütten waren die Wohnquartiere der Bergleute. Sie liegen ungefähr in der Höhe, in der der Mensch ständig leben kann - ich meine akklimatisierte Menschen wie unsere Gebirgsindios. Ich meine, wir sollten die Straße hier verlassen und uns von der Seite her nähern. Wenn Grivas tatsächlich Freunde hatte, dann werden wir hier auf sie stoßen.«
Sie gingen über den Bergabhang und kamen von der Höhe her zu dem Lager hinab. Aus dem Bergabhang war mit Bulldozern ein ebener Platz herausgeschaufelt worden, auf dem etwa ein Dutzend großer Holzbaracken stand, ähnlich den Hütten oben neben dem Landestreifen.
»Das ist nichts«, sagte Forester. »Wir müssen über den kleinen Felsabhang dort hinüber, ehe wir an sie herankommen können.«
»Es steigt kein Rauch auf«, stellte O'Hara fest.
»Das hat vielleicht etwas zu bedeuten - und vielleicht auch nicht«, sagte Forester. »Das beste ist, Rohde und ich gehen außen herum und kommen dann von unten herauf. Wenn irgendwas passieren sollte, können Sie vielleicht von hier oben aus ein Ablenkungsmanöver inszenieren.«
»Wie soll ich das machen?« fragte O'Hara. »Steine schmeißen?«
Forester schüttelte sich vor lautlosem Lachen. Er wies den Anhang hinab auf eine Stelle jenseits des Lagers. »Wir werden ungefähr dort herauskommen. Sie können uns von hier aus sehen, aber vom Lager aus sind wir unsichtbar. Wenn die Luft rein ist, dann können Sie uns ein Zeichen geben heraufzukommen.«
Er blickte Rohde an, und Rohde nickte.
Forester und Rohde machten sich leise davon, und O'Hara legte sich auf den Bauch und spähte hinab auf das Lager. Er hatte nicht den Eindruck, daß irgend jemand dort wäre. Es waren knapp

sieben Kilometer Straßenstrecke hinauf zu dem Landestreifen, und nichts konnte einen daran hindern, hinaufzugehen oder zu fahren. Wenn Grivas' Genossen überhaupt irgendwo waren, dann höchstwahrscheinlich nicht in dem Lager - aber es konnte nichts schaden, ganz sicherzugehen. Er suchte die Hütten sorgfältig mit dem Auge ab, konnte aber keinerlei Lebenszeichen entdecken.
Kurz darauf gewahrte er Forester, der ihm von dem Felsabhang, den er bezeichnet hatte, zuwinkte, und er winkte zurück. Rohde ging als erster hinauf, und zwar in einem weiten Bogen, um in schrägem Winkel gegen das Lager vorzustoßen. Dann rückte Forester vor, mit dem eigentümlichen springenden Zickzacklauf des erfahrenen Soldaten, der erwartet, daß man auf ihn schießen wird. O'Hara machte sich Gedanken über Forester. Der Mann hatte gesagt, er könne ein Flugzeug führen, und jetzt benahm er sich wie ein ausgebildeter Infanterist. Er hatte außerdem einen guten Blick fürs Gelände und war es offensichtlich gewöhnt, anderen Befehle zu erteilen.
Forester verschwand hinter einer der Baracken, und dann kam Rohde am anderen Ende des Lagers in Sicht, vorsichtig, mit der Pistole in der Hand. Auch er verschwand, und jetzt spürte O'Hara, wie alles sich in ihm spannte. Er wartete, und eine lange Zeit schien zu vergehen; dann kam Forester hinter der nächstliegenden Hütte hervor und bewege sich, wie es schien, völlig sorglos. »Sie können herunterkommen«, rief er. »Es ist niemand da.«
O'Hara ließ erleichtert den angehaltenen Atem aus und stand auf. »Ich gehe zurück und hole die anderen herunter«, rief er, und Forester winkte zustimmend zurück. O'Hara ging wieder die Straße hinauf, sammelte die Leute und führte sie hinunter zum Lager. Forester und Rohde erwarteten sie in der »Hauptstraße« des Barakkenlagers, und Forester rief ihnen entgegen: »Wir haben mächtiges Glück - Menge Lebensmittel hier!«
Plötzlich wurde O'Hara klar, daß er seit eineinhalb Tagen nichts mehr gegessen hatte. Er war zwar nicht ausgesprochen hungrig, aber er wußte, daß er nicht mehr sehr lange würde durchhalten können, wenn er nichts zu essen bekäme - und mit den anderen war es das gleiche. Wenn sie zu essen hatten, würde der nächste Abschnitt des Marsches gleich ganz anders aussehen.
Forester berichtete: »Die meisten Baracken sind leer, aber drei von ihnen sind als Wohnquartiere eingerichtet, sogar mit Paraffin-Öfen.«

O'Hara betrachtete den Erdboden, der kreuz und quer mit Reifenspuren bedeckt war. »An dieser Sache ist irgendwas nicht ganz geheuer«, sagte er. »Rohde hat mir erzählt, das Bergwerk sei schon seit langem aufgelassen, und trotzdem haben wir hier alle möglichen Lebenszeichen, und dabei ist keiner da. Was geht hier eigentlich vor?«
Forester zuckte die Achseln. »Vielleicht ist die kommunistische Organisation irgendwie ausgerutscht und schiefgegangen«, sagte er. »Sorgfältige Vorausplanung ist ja nicht gerade die Stärke der Lateinamerikaner. Könnte durchaus sein, irgend jemand hat ihnen einen Knüppel zwischen die Beine geworfen.«
»Könnte sein«, sagte O'Hara. »Wir sollten das jedenfalls ausnutzen. Was sollten wir nach Ihrer Meinung jetzt tun - wie lange sollten wir hierbleiben?«
Forester warf einen Blick auf die Menschengruppe, die gerade eine der Baracken betrat, und sah dann zum Himmel hinauf. »Wir sind ziemlich erledigt«, sagte er. »Vielleicht sollten wir bis morgen hierbleiben. Wir werden eine Weile brauchen, bis wir gegessen haben, und es wird spät werden, ehe wir wieder losziehen können. Wir sollten die Nacht über hierbleiben und uns warmhalten.«
»Wir werden Rohde fragen«, sagte O'Hara. »Er ist der Fachmann für Gebirge und Höhenlagen.«
Die Baracken waren gut ausgestattet. Es waren Paraffin-Öfen da, Schlafpritschen, eine Menge Wolldecken und ein großer Vorrat verschiedener Lebensmittelkonserven. Auf dem Tisch in einer der Hütten standen noch die Reste einer Mahlzeit, schmutzige, ungewaschene Teller und gefrorener Kaffeesatz auf dem Boden der Zinnbecher. O'Hara befühlte die Eisschicht, und sie brach ein, als er mit dem Finger dagegen drückte.
»Sie sind noch nicht lange weg«, sagte er. »Wenn die Hütte ungeheizt gewesen wäre, dann wäre der Kaffeerest hier bis auf den Grund gefroren.« Er reichte Rohde den Becher. »Was halten Sie davon?«
Rohde sah sich das Eis genau an. »Wenn sie den Ofen beim Weggehen abgedreht haben, würde die Hütte noch eine Weile warm bleiben«, sagte er. Er befühlte das Eis und dachte angestrengt nach. »Ich würde sagen, zwei Tage«, erklärte er schließlich.
»Sagen wir, gestern früh«, meinte O'Hara. »Das wäre ungefähr die Zeit, um die wir aus San Croce abgeflogen sind.«
Forester gab ein ärgerliches Knurren von sich. »Das Ganze hat

keinen Sinn und Verstand. Wozu machen sie sich diese ganze Mühe mit allen diesen Vorbereitungen und hauen dann ab? Eines ist sicher: Grivas erwartete ein Empfangskomitee - und wo, verdammt noch mal, steckt es?«
O'Hara sagte zu Rohde: »Wir haben uns überlegt, ob wir nicht heute nacht hierbleiben sollen. Was halten Sie davon?«
»Es ist jedenfalls besser hier, als oben beim Bergwerk«, meinte Rohde. »Wir haben eine Menge Höhe aufgegeben. Ich würde schätzen, wir sind hier jetzt auf ungefähr viertausend Metern - oder vielleicht eine Kleinigkeit mehr. Das wird uns eine Nacht lang nichts anhaben; es ist besser, hier geschützt unter Dach zu bleiben, als heute nacht im Freien zu übernachten, auch wenn es tiefer unten ist.« Er zog die Brauen zusammen. »Aber ich würde vorschlagen, daß wir eine Nachtwache einrichten.«
Forester nickte. »Wir werden sie abwechselnd übernehmen.«
Miß Ponsky und Benedetta hatten die Kocher in Gang gesetzt und waren dabei, Suppe zu kochen. Armstrong hatte bereits den Heizofen in Betrieb genommen, und Willis sortierte die Lebensmittelkonserven aus. Er rief O'Hara zu sich herüber. »Ich dachte mir, es wäre vielleicht gut, ein paar Büchsen mitzunehmen, wenn wir weiterziehen«, sagte er. »Wir werden sie vielleicht brauchen können.«
»Gute Idee«, sagte O'Hara.
Willis grinste. »Alles schön und gut, aber ich kann die spanischen Aufschriften nicht lesen. Ich muß nach den Abbildungen auf den Etiketts gehen. Wenn ich sie aussortiert habe, sollte das lieber jemand noch mal nachprüfen.«
Forester und Rohde gingen ein Stück die Straße hinunter, um eine gute Stelle für den Wachtposten auszusuchen, und als Forester zurückkam, sagte er: »Rohde übernimmt die erste Wache. Wir haben eine gute Stelle gefunden, von der aus man die Straße stückweise gute drei Kilometer weit sehen kann. Und wenn sie in der Nacht heraufkommen, werden sie bestimmt die Scheinwerfer eingeschaltet haben.«
Er sah auf die Uhr. »Wir haben sechs Männer, die körperlich gut im Stand sind. Folglich, wenn wir morgen in aller Frühe aufbrechen, heißt das Wachablösung alle zwei Stunden. Das ist nicht so schlimm - dabei bekommen wir alle noch genug Schlaf.«
Nachdem sie gegessen hatten, trug Benedetta Rohdes Essen zu ihm hinunter, und O'Hara, der zufällig neben Armstrong saß,

kam mit ihm ins Gespräch. »Sie sagten, Sie wären Historiker. Ich nehme an, Sie sind herübergekommen, um die Inkas zu erforschen.«
«O nein«, sagte Armstrong. »Das ist ganz und gar nicht mein Gebiet. Mein Fach ist mittelalterliche Geschichte.«
»Ach so«, sagte O'Hara.
»Von den Inkas verstehe ich nicht das geringste, und ich bin auch nicht besonders neugierig auf sie«, sagte Armstrong freimütig. Er lächelte sanft. »Sie müssen verstehen, während der letzten zehn Jahre habe ich nie einen richtigen Urlaub gehabt. Ich bin so auf Urlaub gefahren wie ein normaler Mensch - vielleicht nach Frankreich oder Italien -, und dann sehe ich etwas, das mich auf allerlei Gedanken bringt, irgend etwas Interessantes, und ich fange an, der Sache nachzugehen, und ehe ich mich's versehe, bin ich schon wieder mitten in der Arbeit.«
Er zog eine Pfeife hervor und spähte zweifelnd in seinen Tabaksbeutel. »Dieses Jahr hatte ich mich entschlossen, meinen Urlaub in Südamerika zu verbringen. Hier gibt es nur europäische und moderne Geschichte - und überhaupt keine mittelalterliche Geschichte. Ist doch schlau von mir, nicht wahr?«
O'Hara lächelte; er hatte den Verdacht, daß Armstrong ihn ganz sanft ein wenig zum besten halte. »Und was ist Ihr Gebiet, Dr. Willis?« fragte er
»Ich bin Physiker«, erklärte Willis. »Ich interessiere mich für kosmische Strahlen in großen Höhenlagen. Allerdings komme ich jetzt damit nicht sehr viel weiter.«
Sie waren wahrhaftig eine recht bunt zusammengewürfelte Gesellschaft, mußte O'Hara denken, während er zu Miß Ponsky hinüberblickte, die lebhaft auf Aguillar einredete. Das war nun wirklich kein alltäglicher Anblick - eine alte Jungfer von einer Schulmeisterin aus New England, die einem Staatsmann einen Vortrag hielt. Sie würde ihren Kindern eine Menge zu erzählen haben, wenn sie in ihr kleines rotes Schulhaus zurückkäme.
»Was ist das Ganze hier eigentlich?« fragte Willis.
»Wohnquartiere für das Bergwerk oben«, sagte O'Hara. »So hat Rohde es mir erklärt.«
Willis nickte. »Sie hatten hier unten auch ihre Werkstätten«, sagte er. »Die Maschinen sind natürlich alle weg, aber es liegt noch allerlei Kleinkram herum.« Er fröstelte. »Ich könnte nicht sagen, daß ich hier gerne arbeiten würde.«

O'Hara sah sich in der Hütte um. »Ich auch nicht.« Er bemerkte ein elektrisches Leitungsrohr, das die Wand herablief. »Wo haben sie bloß ihren Strom herbekommen?«
»Sie hatten ihr eigenes kleines Elektrizitätswerk; die Überreste sind rückwärts draußen noch da. Der Dynamo ist weg - sie dürften ihn abmontiert haben, als das Bergwerk aufgegeben wurde. Sie haben das meiste abgebaut und mitgenommen, schätze ich; es ist kaum mehr etwas da.«
Armstrong holte mit einem untröstlichen Gurgeln den letzten Zug Rauch aus seiner ersterbenden Pfeife heraus. »So, das wäre der letzte Tabak gewesen, bis wir zurück in die Zivilisation kommen«, sagte er, während er den Pfeifenkopf ausklopfte. »Sagen Sie mir eines, Herr Kapitän. Wie kommen Sie hier in diese Gegend?«
»Ach«, antwortete O'Hara, »ich fliege Flugzeuge von überall nach überall hin.« Jetzt allerdings nicht mehr, dachte er bei sich. Das war einmal. Was Filson betraf, so war er erledigt. Filson würde niemals einem Piloten verzeihen, der ihm eine seiner Maschinen abschrieb, ganz gleich, aus welchem Grund. Meine Stellung habe ich eingebüßt, dachte er. Es war eine lausige Stellung gewesen, aber sie hatte ihn über Wasser gehalten, und jetzt hatte er sie verloren. Er fragte sich, was er jetzt wohl anfangen werde.
Das Mädchen kam zurück, und er ging zu ihr hinüber. »Irgendwas los unten auf der Straße?« fragte er.
Sie schüttelte den Kopf. »Nichts. Miguel sagt, es ist alles ruhig.«
»Ein erstaunlicher Bursche«, sagte O'Hara. »Weiß eine Menge über das Gebirge hier - und versteht außerdem was von Medizin.«
»Er ist hier in der Nähe geboren«, sagte Benedetta. »Und er hat Medizin studiert, bis . . .« Sie hielt inne.
»Bis was?« half ihr O'Hara nach.
»Bis zur Revolution.« Sie sah auf ihre Hände. »Seine ganze Familie wurde umgebracht. Deshalb haßt er Lopez. Deshalb arbeitet er mit meinem Onkel zusammen. Er weiß, daß mein Onkel Lopez stürzen wird.«
»Ich hatte mir schon gedacht, daß er irgendeine alte Rechnung zu begleichen hat«, sagte O'Hara.
Sie seufzte. »Es ist jammerschade um Miguel. Er hatte so viel vor im Leben. Er interessierte sich besonders für den Soroche, wissen Sie; er wollte ihn genau erforschen, sowie er sein Studium abgeschlossen hatte. Aber als die Revolution kam, mußte er das Land verlassen, und da er kein Geld hatte, konnte er nicht weiter stu-

dieren. Er arbeitete eine Zeitlang in Argentinien, und dann lernte er meinen Onkel kennen. Er hat meinem Onkel das Leben gerettet.«
»Was? Tatsächlich?« fragte O'Hara verblüfft.
»Am Anfang wußte Lopez, daß er nicht fest im Sattel säße, solange mein Onkel am Leben war. Er wußte, daß mein Onkel die Opposition gegen ihn organisieren würde – unterirdisch, Sie wissen schon. Folglich schwebte mein Onkel auf Schritt und Tritt in Gefahr. Überall lauerten die von Lopez gedungenen Mörder – sogar in Argentinien. Es wurden mehrere Versuche gemacht, ihn zu ermorden, und bei einem dieser Attentatsversuche rettete Miguel ihm das Leben.«
O'Hara sagte: »Ihr Onkel muß sich wie ein zweiter Trotzki vorgekommen sein. Stalin hat ihn in Mexiko umlegen lassen.«
»Das stimmt«, sagte sie und verzog angewidert das Gesicht. »Aber sie waren ja schließlich beide Kommunisten. Jedenfalls ist Miguel danach dann bei uns geblieben. Er sagte, er wolle nichts weiter als sein Essen und ein Bett zum Schlafen, und er werde meinem Onkel helfen, nach Cordillera zurückzukehren. Und da sind wir nun.«
Ja, dachte O'Hara, da sind wir, ausgesetzt hoch oben auf einem verdammten Berg, und keine Ahnung, was uns erwartet, wenn wir herunterkommen.
Nach einer Weile begab Armstrong sich hinaus, um Rohde abzulösen. Miß Ponsky kam herüber, um mit O'Hara zu sprechen. »Es tut mir leid, daß ich mich im Flugzeug so dumm benommen habe«, sagte sie ärgerlich. »Ich weiß nicht, was auf einmal mit mir los war.«
O'Hara dachte bei sich, daß es wirklich nicht nötig wäre, sich dafür zu entschuldigen, daß man eine Todesangst ausgestanden hatte; er selbst hatte auch gehörige Angst gehabt. Aber das konnte er nicht laut sagen – er durfte das Wort Angst ihr gegenüber überhaupt nicht erwähnen. Das wäre unverzeihlich; niemand wird gern an eine solche Entgleisung erinnert – nicht einmal eine unverheiratete Dame, die allmählich in die Jahre kommt. Er lächelte und sagte diplomatisch: »Nicht jeder hätte ein solches Erlebnis so gut überstanden wie Sie, Miß Ponsky.« Sie war besänftigt, und er begriff jetzt, daß sie gefürchtet hatte, er werde ihr eine Zurechtweisung erteilen. Sie war die Art Mensch, die immer wieder auf einem schmerzenden Zahn herumbeißt und ihn nicht in Ruhe

lassen kann. Sie lächelte und sagte: »Ja, und übrigens, Kapitän O'Hara - was halten Sie von all diesem Gerede über die Kommunisten?«
»Nach meiner Ansicht sind sie zu allem fähig«, sagte O'Hara ingrimmig.
»Ich werde dem Außenministerium einen Bericht einreichen, wenn ich zurückkomme«, sagte sie. »Sie hätten hören sollen, was Señor Aguillar mir über General Lopez erzählt hat. Ich finde, das Außenministerium sollte Señor Aguillar gegen General Lopez und die Kommunisten helfen.«
»Das finde ich im Grunde auch«, sagte O'Hara. »Aber vielleicht ist Ihr Außenministerium der Auffassung, daß es sich in die Angelegenheiten von Cordillera nicht einzumischen hat.«
»Ach was, dummes Zeug«, antwortete Miß Ponsky barsch. »Wir bekämpfen doch angeblich den Kommunismus, oder nicht? Außerdem hat Señor Aguillar mir versichert, daß er Wahlen abhalten wird, sowie General Lopez abgesetzt ist. Er ist ein wirklicher, echter Demokrat, so wie Sie und ich.«
O'Hara überlegte, was wohl geschehen würde, wenn noch ein südamerikanischer Staat kommunistisch würde. Er versuchte, sich die strategische Bedeutung Cordilleras vorzustellen - es lag an der pazifischen Küste, rittlings quer über die Anden, eine Pistole, die auf das Herz des ganzen Kontinents gerichtet war. Wahrscheinlich würden die Amerikaner in große Aufregung geraten, falls Cordillera kommunistisch würde.
Rohde kam zurück und sprach einige Minuten lang mit Aguillar; dann trat er zu O'Hara und sagte leise: »Señor Aguillar würde gern mit Ihnen sprechen.« Er gab Forester einen Wink, und sie gingen zu dritt zu Aguillar hinüber, der in einer der Schlafkojen ruhte.
Er hatte sich beträchtlich herausgemacht und sah jetzt recht munter aus. Seine Augen waren lebhaft und nicht mehr von Erschöpfung verschleiert, und in seiner Stimme lag eine Kraft und Autorität, die O'Hara bisher nicht vernommen hatte. Es wurde ihm klar, daß er hier einen starken Mann vor sich hatte; vielleicht körperlich nicht allzu kräftig, weil er alt wurde und der Körper sich verbrauchte; aber Geist und Verstand waren stark. O'Hara vermutete, daß ohne diesen starken Willen des alten Mannes der Körper wahrscheinlich unter den Anstrengungen, denen er ausgesetzt worden war, zusammengebrochen wäre.
»Meine Herren«, sagte Aguillar, »ich muß Ihnen vor allem erst

einmal danken für alles, was Sie getan haben, und es tut mir wirklich ehrlich leid, daß Sie durch mich in dieses Unglück geraten sind.« Er schüttelte traurig den Kopf. »Es sind immer die unschuldigen Zuschauer, die bei unseren politischen Auseinandersetzungen in Lateinamerika zu leiden haben. Es tut mir aufrichtig leid, daß das passieren mußte und daß Sie mein Land jetzt in diesem betrüblichen Licht erblicken müssen.«
»Was sonst könnten wir denn tun?« fragte Forester. »Wir sitzen doch alle im gleichen Boot.«
»Ich bin froh, daß Sie die Sache so ansehen«, sagte Aguillar. »Wegen der Dinge, die möglicherweise als nächstes kommen werden. Was geschieht, wenn wir auf die Kommunisten stoßen, die eigentlich hier sein sollten und es nicht sind?«
»Ehe wir dazu kommen, möchte ich eine Frage stellen«, sagte O'Hara. Aguillar hob die Augenbrauen und bedeutete ihm mit einer Handbewegung fortzufahren. O'Hara sagte mit ruhigem Vorbedacht: »Woher wissen wir, daß sie Kommunisten sind? Señorita Aguillar hat mir erzählt, daß Lopez mehrmals versucht hat, Sie zu liquidieren. Wie können Sie wissen, ob er nicht von Ihrer Rückkehr Wind bekommen hat und noch einmal versucht, sie umzulegen?«
Aguillar schüttelte den Kopf. »Lopez hat - wie Ihre englische Redewendung lautet - seine Bolzen verschossen. Das weiß ich. Vergessen Sie nicht, daß ich ein gelernter Politiker mit praktischer Erfahrung bin, und billigen Sie mir zu, daß ich mein eigenes Handwerk verstehe. Lopez hat mich schon seit mehreren Jahren vergessen und ist jetzt nur noch daran interessiert, sich gefahrlos zurückzuziehen. Und was die Kommunisten betrifft - ich verfolge seit Jahren genau, wie sie in meinem Land arbeiten, die Regierung unterminieren und das Volk umwerben. Mit dem Volk sind sie nicht sehr weit gekommen, sonst hätten sie Lopez längst abgesägt. Ich bin die einzige Gefahr für sie, und ich bin überzeugt, daß unsere jetzige Situation ihr Werk ist.«
Forester sagte obenhin: »Grivas versuchte, die geballte Faust zum Gruß zu heben, als er starb.«
»Schön und gut«, sagte O'Hara. »Aber warum überhaupt dieses ganze Affentheater mit Grivas? Warum haben sie nicht einfach eine Zeitzünderbombe in die Dakota gesteckt - das hätte doch die Sache ohne viel Umstände besorgt.«
Aguillar lächelte. »Señor O'Hara, in meinem politischen Leben

sind im ganzen vier Bomben auf mich geworfen worden, und alle vier haben nicht richtig funktioniert. Unsere Politik wird von Gefühlsaufwallungen bestimmt, und das Gefühl ist sorgfältiger Handwerksarbeit nicht dienlich, nicht einmal bei Bomben. Und ich bin überzeugt, daß auch der Kommunismus an den eingeborenen Charaktereigentümlichkeiten meines Volkes nichts verändern kann. Sie wollten ganz sicher sein, daß sie mich erwischten, und deshalb haben sie sich Grivas als ihr Instrument ausgesucht. Würden Sie sagen, daß Grivas ein leicht erregbarer, gefühlsbetonter Mensch war?«
»Das würde ich allerdings sagen«, antwortete O'Hara, der an Grivas' triumphierendes Frohlocken sogar im Tod denken mußte. »Und reichlich schlampig bei der Arbeit war er außerdem.«
Aguillar spreizte die Hände; er war sicher, daß er sie jetzt überzeugt hatte. Aber er trieb den Nagel ganz hinein. »Grivas dürfte sich glücklich geschätzt haben, daß man ihm einen solchen Auftrag anvertraute; es dürfte sein Gefühl für das Aufregende und Dramatische angesprochen haben - die Menschen meines Volkes haben viel für das Dramatische übrig. Und was die Schlamperei anlangt, so hat Grivas den ersten Teil der Unternehmung versaut, indem er sich auf tolpatschige Weise selbst umgebracht hat, und die anderen haben das übrige versaut, indem sie nicht zur Stelle waren, um uns in Empfang zu nehmen.«
O'Hara rieb sich das Kinn. So wie Aguillar das Ganze darstellte, war es auf eine verdrehte Art einleuchtend.
»Jetzt, meine Freunde«, sagte Aguillar, »kommen wir zum nächsten Punkt. Angenommen, wir stoßen auf dem Weg den Berg hinunter auf diese Leute - diese Kommunisten? Was geschieht dann?« Er sah O'Hara und Forester aus klaren Augen an. »Es ist nicht Ihr Kampf - Sie sind keine Cordilleraner -, und es würde mich intressieren, zu erfahren, was Sie tun würden. Würden Sie diesen Dago-Politiker seinen Feinden ausliefern oder . . .«
»Würden wir kämpfen?« beendigte Forester den Satz.
»Es ist sehr wohl mein Kampf«, sagte O'Hara kurz und bündig. »Ich bin zwar kein Cordilleraner, aber Grivas hat mich mit der Pistole bedroht und mich gezwungen, mit meinem Flugzeug eine Bruchlandung zu machen. Das hat mir gar nicht gefallen, und auch der Anblick der Coughlins hat mir nicht gefallen. Außerdem habe ich sowieso etwas gegen Kommunisten, und ich glaube, alles in allem genommen, ist das auch meine Auseinandersetzung.«

»Ich bin derselben Ansicht«, sagte Forester.
Aguillar hob die Hand. »Aber so einfach ist das nicht. Wir müssen auch die anderen berücksichtigen. Wäre es zum Beispiel fair gegenüber Miß Ponsky? Ich möchte folgendes vorschlagen. Miguel, meine Nichte und ich werden uns in eine andere Hütte zurückziehen, während Sie sich untereinander beraten - und ich werde mich an Ihren gemeinsamen Beschluß halten.«
Forester warf einen nachdenklichen Blick auf Peabody, der gerade die Hütte verließ. Dann sah er rasch O'Hara an und sagte: »Ich meine, wir sollten die Frage des Kämpfens so lange auf sich beruhen lassen, bis es etwas zum Kämpfen gibt. Es ist ja durchaus möglich, daß wir ohne weiteres hier herauskommen.«
Aguillar hatte Foresters Blick auf Peabody bemerkt. Er lächelte bitter. »Wie ich sehe, sind Sie selbst Politiker, Señor Forester.« Er machte eine resignierte Handbewegung. »Also gut, lassen wir das Problem einstweilen auf sich beruhen - aber ich glaube, wir werden darauf zurückkommen müssen.«
»Es ist zu schade, daß wir den Berg heruntermußten«, sagte Forester. »Es wird bestimmt eine Luftsuchaktion einsetzen, und es wäre besser gewesen, in der Nähe der Dakota zu bleiben.«
»Wir wären da oben nicht am Leben geblieben«, sagte Rohde.
»Ich weiß, aber es ist trotzdem schade.«
»Ich glaube nicht, daß es einen großen Unterschied macht«, sagte O'Hara. »Das Wrack wird aus der Luft schwer zu erkennen sein - es liegt direkt am Fuß eines Felsabhangs.« Er zögerte. »Und mit der Luftsuchaktion bin ich mir nicht so sicher - jedenfalls noch nicht gleich.«
Forester ruckte den Kopf herum. »Was wollen Sie denn damit sagen?«
»Der Andes Airlift ist nicht gerade berühmt für seine Leistungsfähigkeit, und Filson, mein Chef, ist kein großes Licht bei der Schreibtischarbeit. Unser Flug hatte nicht einmal eine Nummer - ich erinnere mich, daß ich mich noch darüber gewundert habe, kurz ehe wir abflogen. Es ist glatt möglich, daß San Croce sich überhaupt nicht die Mühe gemacht hat, Santillana zu verständigen, daß wir unterwegs sind.« Als er Foresters Gesicht gewahrte, fügte er hinzu: »Der ganze Laden besteht aus Strippe und zwei Stück Kaugummi - es ist ja nur ein kleines Flugfeld.«
»Aber Ihr Chef wird sich doch bestimmt Sorgen machen, wenn er nichts von Ihnen hört?«

»Und ob er sich Sorgen machen wird«, pflichtete O'Hara bei. »Er hat mir gesagt, ich soll ihn aus Santillana anrufen - aber vorerst wird er sich nicht übermäßig sorgen. Verschiedene Male habe ich nicht angerufen, wenn er es verlangt hat, und habe dann eine Zigarre bekommen, weil uns Fracht durch die Lappen gegangen ist. Aber ich glaube, es werden mindestens zwei Tage vergehen, ehe er anfängt, sich zu sorgen, daß die Maschine überfällig ist.«
Forester blies die Backen auf. »Junge, Junge - was für eine verdammte Bruchbude. Jetzt komme ich mir erst richtig verloren vor.«
Rohde sagte: »Wir müssen uns auf unsere eigenen Anstrengungen verlassen. Ich glaube, das steht jedenfalls fest.«
»Außerdem sind wir vom Kurs abgewichen«, sagte O'Hara. »Die Suche wird nördlich von hier einsetzen - wenn sie überhaupt einsetzt.«
Rhode blickte auf Aguillar, der die Augen geschlossen hatte. »Jetzt können wir gar nichts machen«, sagte er. »Aber schlafen müssen wir. Morgen wird ein schwerer Tag.«

O'Hara schlief auch in dieser Nacht nicht sehr gut, aber er konnte wenigstens auf einer Matratze ruhen, anstatt auf dem harten Fußboden, und er hatte sich satt gegessen. Peabody hatte Wachdienst, und O'Hara sollte ihn um zwei Uhr ablösen; er war froh, als es Zeit war hinauszugehen.
Er zog seine Lederjacke an und nahm den Vikunja-Mantel mit, den Forester ihm gegeben hatte. Er hatte das Gefühl, daß er ihm in den nächsten zwei Stunden willkommen sein werde. Forester war wach und winkte ihm zu, als er hinausging, sagte aber nichts.
Die Nachtluft war dünn und kalt, und O'Hara fröstelte, als er sich die Straße hinunter auf den Weg machte. Wie Rohde gesagt hatte, waren die Aussichten, lebendig durchzukommen, hier unten besser als oben bei dem Landestreifen, aber es war noch immer ziemlich Glückssache. Er spürte, wie sein Herz heftig pochte und daß sein Atem sich beschleunigt hatte. Es würde wesentlich besser werden, wenn sie hinunter zur Quebrada kamen, wie Rohde das Seitental genannt hatte, auf das sie zuhielten.
Er kam zu der Ecke, wo er die Straße zu verlassen hatte, und kletterte auf den deutlich heraufragenden Felsbrocken zu, den Rohde zum Beobachtungsposten bestimmt hatte. Peabody hätte von

Rechts wegen oben auf der Felskuppe sitzen sollen und hätte ihn kommen hören müssen, aber O'Hara sah keinerlei Anzeichen seiner Anwesenheit.
Er rief leise: »Peabody!«
Schweigen.
Er ging vorsichtig um den von der Bodenverwehung freigelegten großen Felsblock herum, um ihn ganz deutlich zu sehen, wie er sich als Silhouette gegen den Nachthimmel abhob. Oben auf der Kuppe des Felsens bemerkte er einen höckerartigen Klumpen, den er nicht recht erkennen konnte. Er kletterte den Felsen hinauf, und als er oben anlangte, hörte er gedämpftes Schnarchen. Er schüttelte Peabody, und sein Fuß stieß klirrend gegen eine Flasche – Peabody war betrunken.
»Du verdammter Trottel«, sagte er und begann Peabodys Gesicht mit flachen, klatschenden Schlägen zu bearbeiten, aber ohne nennenswertes Ergebnis. Peabody murmelte irgend etwas in seiner Betäubung, kam aber nicht zu sich. »Ich sollte dich hier eigentlich erfrieren lassen«, flüsterte O'Hara böse, aber er wußte, daß er das nicht tun konnte. Er wußte ebenfalls, daß er allein Peabody nicht zu der Hütte zurücktragen konnte. Er mußte sich Hilfe holen.
Er spähte den Berghang hinab, aber es war alles ruhig, und so kletterte er den Felsen wieder hinunter und ging zurück die Straße hinauf. Forester war noch wach und sah ihn fragend an, als er die Hütte betrat. »Was ist los?« fragte er, plötzlich hellwach.
»Peabody ist umgekippt«, sagte O'Hara. »Ich brauche Hilfe, um ihn heraufzubringen.«
»Verdammte Sache, diese Höhe«, brummelte Forester, während er sich die Schuhe anzog.
»Die Höhe ist nicht dran schuld«, sagte O'Hara kalt. »Der Dreckskerl ist stockbesoffen.«
Forester stieß eine gedämpfte Verwünschung aus. »Woher hat er denn das Zeug?«
»Ich nehme an, er hat es in einer der Hütten gefunden«, sagte O'Hara. »Ich habe meinen Flakon noch – ich hatte ihn für Aguillar aufgehoben.«
»Also schön«, sagte Forester. »Schaffen wir den dämlichen Kerl herauf.«
Es war leichter gesagt als getan. Peabody war ein großer, schwerer, schwabbliger Mann, der ihnen schlaff in den Armen hing; aber sie brachten es schließlich zuwege und luden ihn ohne besondere

Förmlichkeit wie einen Sack auf einer der Schlafpritschen ab. Forester keuchte atemlos und sagte: »Dieser Idiot bringt uns noch alle ins Grab, wenn wir nicht auf ihn aufpassen.« Er hielt kurz inne. »Ich komme mit Ihnen hinunter«, sagte er dann. »Es ist vielleicht besser, wenn jetzt zwei Paar Augen dort sind.«
Sie gingen zurück und kletterten den Felsblock hinauf. Sie streckten sich nebeneinander aus und suchten spähend den dunklen Berghang ab. Fünfzehn Minuten lang verhielten sie sich schweigend, aber sie sahen und hörten nichts. »Ich glaube, es ist in Ordnung«, sagte Forester schließlich. Er drehte sich herum, um es seinen kalten Knochen etwas bequemer zu machen. »Was halten Sie von dem alten Herrn?«
»Er kommt mir richtig vor«, sagte O'Hara.
»Ja, er ist goldrichtig - ein guter liberaler Politiker. Wenn er lange genug durchhält, könnte er zu guter Letzt ein guter liberaler Staatsmann werden - aber die Liberalen halten sich hier in dieser Weltgegend nicht lange, und ich habe das Gefühl, er ist ein bißchen zu weich und nachgiebig.« Forester kicherte in sich hinein. »Sogar jetzt, wo es um Leben und Tod geht - *sein* Leben und Tod, von seiner Nichte ganz zu schweigen -, hält er noch immer am demokratischen Verfahren fest. Verlangt von uns, daß wir darüber abstimmen sollen, ob wir ihn an die Kommunisten ausliefern. Man stelle sich so etwas einmal vor!«
»Ich würde sowieso niemand an die Kommunisten ausliefern«, sagte O'Hara. Er warf einen seitlichen Blick auf Foresters mächtige dunkle Gestalt. »Sie sagten, Sie könnten ein Flugzeug fliegen - ich nehme an, Sie machen es fürs Geschäft, Maschine der Firma und so weiter.«
»Ach, woher denn, nein«, sagte Forester. »Dafür ist unser Laden auch nicht groß und modern genug. Ich war bei der Luftwaffe - ich bin in Korea geflogen.«
»Ich auch«, sagte O'Hara. »Ich war in der RAF, bei den Engländern.«
»Also, was sagt man dazu!« Forester war entzückt. »Wo waren Sie denn stationiert?«
O'Hara nannte ihm seinen Stützpunkt, und Forester meinte: »Dann sind Sie Sabres geflogen, genau wie ich. Wir wurden ja zu gemeinsamen Unternehmen eingesetzt - Mann, wir müssen direkt zusammen geflogen sein.«
»Sehr wahrscheinlich.«

Sie lagen eine Weile in geselligem Schweigen nebeneinander, und dann sagte Forester: »Hast du welche von diesen MIG abgeschossen? Ich habe vier erwischt, und dann haben sie mich weggeholt und versetzt. Darüber habe ich mich mächtig geärgert - ich wollte unbedingt ein Kriegsheld sein, ein Flieger-As, weißt du.«
»In der amerikanischen Luftwaffe müßt ihr dafür fünf abschießen, nicht wahr?«
»Stimmt«, sagte Forester. »Hast du welche erwischt?«
»Zwei«, sagte O'Hara. In Wahrheit hatte er acht abgeschossen, aber das alles gehörte zu einem Teil seines Lebens, an den er sich lieber nicht erinnerte, und folglich ging er nicht näher darauf ein. Forester spürte seine Zurückhaltung und verhielt sich still. Nach einigen Minuten sagte er: »Ich glaube, ich gehe jetzt lieber zurück und schlafe noch etwas - wenn ich kann. Wir brechen frühzeitig auf.«
Nachdem er gegangen war, starrte O'Hara in die Dunkelheit hinaus und dachte über Korea nach. Das war der Wendepunkt in seinem Leben gewesen: Vor Korea war es mit ihm aufwärts gegangen; nach Korea war es ein einziges, endloses Abrutschen gewesen, bis hinunter zu Filson und jetzt sogar noch weiter hinunter. Er fragte sich, wo er wohl schließlich noch enden werde.
Das Nachdenken über Korea brachte Margaret und den Brief zurück. Er hatte den Brief gelesen, als er sich auf einem vereisten Flugfeld auf Einsatzabruf befand. Die Amerikaner hatten einen besonderen Namen für diese Art Briefe - sie nannten sie »Liebe Johns«. Sie schrieb ganz kühl und sachlich darüber: Sie seien schließlich erwachsene Menschen und müßten in diesen Dingen vernünftig sein - alle die üblichen Verstandesgründe, mit denen man ganz gewöhnliche Untreue bemäntelt. Wenn er später darauf zurückblickte, konnte O'Hara sogar eine Spur Humor darin sehen - nicht viel, aber etwas. Es war einer jener ruhmlosen zehn Prozent einer jeden Armee, die weit weg von der Heimat kämpfen, und er hatte seine Frau an einen Zivilisten verloren. Aber es war ganz und gar nicht komisch gewesen, diesen Brief auf einem kalten Flugfeld in Korea lesen zu müssen.
Fünf Minuten später lief alles wild durcheinander, und er war in der Luft, und dreißig Minuten später war er mitten im Gefecht. Er stürzte sich mit eiskalter Wildheit blindwütig in den Kampf. Binnen drei Minuten hatte er mit reiner Tollkühnheit zwei MIG überrumpelt und abgeschossen. Dann schoß ein chinesischer

Pilot mit etwas kühlerem Kopf ihn ab, und er verbrachte den Rest des Krieges als Gefangener hinter Stacheldraht.
Er dachte nicht gern an diese Zeit zurück und an das, was ihm damals widerfuhr. Er war mit allen Ehren aus ihr hervorgegangen, aber die Psychiater nahmen sich seinen Fall gründlich vor, als er nach England zurückkehrte. Sie taten, was sie konnten, aber es gelang ihnen nicht, die harte Schale zu durchbrechen, die er um sich herum aufgebaut hatte – und er konnte inzwischen auch nicht mehr heraus. Kurz und gut: einer der ruhmlosen zehn Prozent einer jeden Armee ... Und so nahm alles seinen Gang – als Kriegsinvalide aus der Luftwaffe entlassen mit einer Pension, die er unverzüglich in eine einmalige Zahlung umwandelte; die guten Stellungen – anfangs – und die weniger guten, bis er bei Filson landete. Und immer mehr Alkohol – mehr und mehr Schnaps, der immer weniger wirkte, wenn er versuchte, die schmerzende Leere in sich zu füllen und zu betäuben.
Er rückte ruhelos auf dem Felsblock hin und her und hörte die Flasche klirren. Er streckte die Hand aus, hob sie auf und hielt sie gegen den Himmel. Sie war noch ein Viertel voll. Er lächelte. Richtig betrinken konnte er sich damit nicht, aber es war trotzdem sehr willkommen. Und noch während die brennende Flüssigkeit sich in ihm ausbreitete und seine Eingeweide erwärmte, verspürte er ein Schuldgefühl.


Als Peabody erwachte und O'Hara bemerkte, der ihn unverwandt ansah, wurde er streitsüchtig. Zuerst verlegte er sich auf eine verschwommene, trübäugige Abwehr, aber dann packte ihn die Angriffslust. »Von Ihnen lasse ich mir nichts sagen«, erklärte er zittrig. »Von einem beschissenen Engländer nicht.« O'Hara sah ihn nur fest an. Er verspürte gar nicht den Wunsch, Peabody wegen irgend etwas zurechtzuweisen. Gehörten sie nicht schließlich beide zum gleichen Verein? Schnapsgesellen und Fuselbrüder. Mein Gott, wir trinken ja sogar aus derselben Flasche. Ihm war jämmerlich zumute.
Rohde trat einen Schritt vor, und sofort kreischte Peabody: »Und von einem Dago lasse ich mir auch nichts sagen, von dem auch nicht!«
»Dann werden Sie sich vielleicht von mir was sagen lassen«, schnarrte Forester. Er trat vor und versetzte Peabody eine Ohr-

feige, die es in sich hatte. Peabody sackte zurück auf sein Bett und blickte mit einem Ausdruck der Angst und Verwirrung in Foresters kalte Augen. Er hob die Hand und befühlte den roten Flekken auf seiner Backe. Er wollte gerade etwas sagen, als Forester den Finger gegen ihn stieß. »Halt die Klappe, verstanden! Einen Piepser und ich schlag' dich zu Brei zusammen. Und jetzt komm mit deinem dicken Hintern hier von dem Brett runter und mach dich an die Arbeit - und wenn du noch einmal einen einzigen Schritt aus der Reihe machst, dann gnade dir Gott, ich schwör' dir, ich bring' dich um!«
Foresters grimmiger Ton verfehlte seine ernüchternde Wirkung auf Peabody nicht. Seine Streitlust war ihm vergangen. »Ich hatte es doch nicht gewollt . . .«, begann er.
»Halt die Klappe!« sagte Forester und kehrte ihm den Rücken. »Also los, allesamt!« gab er allgemein bekannt. »Schauen wir, daß wir endlich weiterkommen mit unserem Wanderzirkus!«
Sie nahmen Lebensmittel und einen der Kocher und Brennstoff mit, die sie in ihren Mänteln zu ungefügen Traglasten und Packen einschnürten. O'Hara mußte denken, daß Foresters Chef ihm für den Vikunja-Pelzmantel nicht gerade überschwenglich danken würde - er begann Anzeichen kräftigen Gebrauchs aufzuweisen.
Aguilar erklärte, er könne gehen, vorausgesetzt, daß er nicht zu rasch marschieren müsse. Forester nahm daraufhin die Stangen der Tragbahre und band sie zu einer Konstruktion zusammen, die er als Travois bezeichnete. »Die Prärie-Indianer haben diese Dinger als Transportmittel verwendet«, erklärte er. »Sie sind ohne Räder ausgekommen - und folglich können wir es auch.« Er grinste. »Allerdings hatten sie Pferde zum Ziehen, und wir haben nur Menschenkräfte, aber dafür geht es die ganze Zeit bergab.«
Das Travois - zwei am Boden schleifende Stangen, auf denen statt der indianischen Querbretter oder Netze Mäntel befestigt waren - faßte eine Menge, viel mehr, als ein Mann tragen konnte, und Forester und O'Hara bildeten die erste Zugmannschaft, indem sie das dreieckige Gestell, dessen Spitze auf dem steinigen Boden hinter ihnen bumste und holperte, hinter sich herzogen. Die anderen bildeten eine Kolonne hinter ihnen, und so schlängelten sie sich von neuem den Berg hinab.
O'Hara sah auf seine Uhr - es war sechs Uhr morgens. Er begann zu rechnen. Sie waren am Vortag nicht sehr weit gekommen, höchstens sieben oder acht Kilometer, aber sie hatten gerastet,

hatten gegessen und sich gewärmt, und das war viel wert. Er bezweifelte, daß sie mehr als fünfzehn Kilometer am Tag würden zurücklegen können; aber sie hatten genügend Lebensmittel für wenigstens vier Tage, und es konnte ihnen nicht viel passieren, selbst wenn Aguillar ihr Marschtempo verlangsamte. Die Aussichten waren unvergleichlich günstiger als am Tage zuvor.
Das Gelände ringsum begann sich zu verändern. Verstreute spärliche Grasbüschel tauchten auf und hier und dort eine Feldblume, und diese Lebenszeichen wurden allmählich häufiger. Sie kamen jetzt auch rascher vom Fleck, und O'Hara sagte zu Rohde: »Die niedrigere Höhenlage scheint uns gut zu bekommen.«
»Ja, das - und die Akklimatisation«, antwortete Rohde. Er lächelte finster. »Wenn es einen nicht umbringt, kann man sich daran gewöhnen - mit der Zeit.«
Sie gelangten zu einer der häufigen Kehren der Straße, und Rohde blieb stehen und deutete auf einen silbrigen Faden. »Das ist die Quebrada - wo der Fluß ist. Wir überqueren den Fluß und wenden uns dann nach Norden. Die Schmelzhütte liegt ungefähr vierundzwanzig Kilometer hinter der Brücke.«
»Wie hoch sind wir hier über dem Meeresspiegel?« fragte O'Hara. Er interessierte sich jetzt sehr angelegentlich für die Luft, die er atmete - viel mehr als je zuvor in seinem Leben.
»Ungefähr dreitausendfünfhundert Meter«, sagte Rohde.
Zwölftausend Fuß, dachte O'Hara. Das klingt schon wesentlich besser.
Sie kamen gut voran und meinten, sie würden ihre Mittagsrast und eine warme Mahlzeit schon jenseits der Brücke einlegen können. »Etwas über acht Kilometer in einem halben Tag«, sagte Forester, der einen Streifen Trockenfleisch kaute. »Das wäre nicht schlecht. Aber ich hoffe zu Gott, Rohde hat recht, wenn er sagt, daß die Schmelzhütte noch bewohnt ist.«
»Es kann uns nichts passieren«, sagte Rohde. »Fünfzehn Kilometer auf der anderen Seite der Schmelzhütte liegt ein Dorf. Einige von uns können notfalls noch das Stück weitermarschieren und von dort Hilfe holen.«
Sie gingen weiter und stellten plötzlich fest, daß sie sich im Tal befanden. Es lag kein Schnee mehr, und der Boden war steinig und von Büscheln harten Grases bestanden. Die Straße hörte auf sich zu winden, und sie kamen an vielen kleine Tümpeln und Teichen vorbei. Es war auch merklich wärmer geworden, und O'Hara

bemerkte, daß er kräftig ausschreiten konnte, ohne kurzatmig zu werden.
Wir haben es geschafft, dachte er frohlockend.
Bald darauf hörten sie das donnernde Rauschen des Flusses, der das Schmelzwasser der Schneefelder hinter ihnen herabführte, und plötzlich waren sie alle fröhlich und vergnügt. Miß Ponsky schwatzte und plapperte ohne Unterlaß und stieß einmal mit hoher Stimme einen Freudenschrei aus, als sie einen Vogel erblickte, das erste sich bewegende Lebewesen, das sie seit zwei Tagen sahen. O'Hara hörte Aguillar mit tiefer Stimme in sich hineinlachen, und sogar Peabody erholte sich von Foresters Strafpredigt und wurde vergnügter.
O'Hara ging zufällig neben Benedetta. Sie lächelte ihm zu und sagte: »Wer hat den Paraffin-Kocher? Wir werden ihn bald brauchen.«
Er deutete nach rückwärts, wo Willis und Armstrong das Travois zogen. »Ich habe ihn dort eingepackt«, sagte er.
Sie befanden sich jetzt ganz nahe am Fluß, und er schätzte, daß die Straße noch eine Biegung machen würde, ehe sie zur Brücke kamen. »Kommen Sie«, sagte er. »Schauen wir mal, was um die Ecke los ist.«
Sie traten aus der Reihe und liefen um die Kurve, und plötzlich blieb O'Hara stehen. Auf der anderen Seite des angeschwollenen Flusses befanden sich Männer und Fahrzeuge, und die Brücke war eingestürzt.
Ein schwaches Stimmengewirr erhob sich über dem Brüllen des Flusses, als man sie erblickte, und einige der Leute auf der anderen Seite rannten davon. O'Hara sah, wie ein Mann rückwärts in einen Lastwagen griff und ein Gewehr hervorzog, und dann ertönte ein schwaches Knallen, als die anderen ihre Pistolen abfeuerten.
Er warf sich heftig gegen Benedetta, so daß sie in hohem Bogen zur Seite flog, gerade als das Gewehr losknatterte, und sie stolperte in Deckung und ließ einige Konserven mitten auf die Straße fallen. Als O'Hara eben auf sie fiel, sprang eine von einer Kugel getroffene Konservenbüchse in die Luft und verströmte ihren blutroten Tomatensaft.

# 3

O'Hara, Forester und Rohde blickten aus der Deckung einer Gruppe großer Felsblöcke am Rand der Schlucht auf die Brücke hinab. Unten, auf dem Grund der Schlucht, toste der Fluß, ein grüner Sturzbach von Eiswasser, der glatt und reibungslos an den Felswänden entlangschoß, in die er sich im Laufe der Jahrtausende eingeschnitten hatte. Die Schlucht war etwa fünfzig Meter breit.
O'Hara zitterte noch immer am ganzen Leib; der Schreck, als aus heiterem Himmel auf ihn geschossen wurde, war ihm in sämtliche Glieder gefahren. Er hatte sich seitlich auf den Straßenrand niedergeworfen und war dabei auf eine Konservenbüchse in seiner Manteltasche gefallen; das hatte ihm den Atem verschlagen. Als er wieder Luft bekam, blickte er mit fassungsloser Verblüffung auf die durchlöcherte Dose in der Straßenmitte, der eine rote Tomaten- und Fleischsauce entströmte. Das hätte ich sein können, dachte er - oder Benedetta.
Bei diesem Gedanken hatte er zu zittern begonnen.
Sie waren um die Ecke zurückgekrochen und hatten sich in Deckung gehalten, während Gewehrkugeln Granitsplitter von der Straßendecke auffliegen ließen. Rohde erwartete sie; er hatte seine Pistole im Anschlag und machte ein besorgtes Gesicht. Als er Benedettas kalkweißes Antlitz gewahrte, fletschte er mit einem wütenden Knurren die Zähne und trat einen Schritt vor.
»Laß das lieber«, sagte Forester, der hinter ihm stand, mit ruhiger Stimme. »Tun wir nichts Übereiltes.« Er legte die Hand auf O'Haras Arm. »Was spielt sich da hinten ab?«
O Hara riß sich zusammen. »Mir blieb keine Zeit, mich richtig umzusehen. Die Brücke ist kaputt; auf der anderen Seite sind Lastautos und anscheinend eine unheimliche Menge Leute.«
Forester prüfte geübten Auges das Gelände. »Drüben am Fluß ist

reichlich Deckung - von den Felsblöcken dort dürften wir eine gute Aussicht haben, ohne daß wir gesehen werden. Gehen wir.«
Und da waren sie nun und beobachteten die ameisenhaft emsige Geschäftigkeit auf dem anderen Flußufer. Es schienen im ganzen etwa zwanzig Mann zu sein; einige waren damit beschäftigt, dicke Holzplanken von einem Lastwagen abzuladen, andere schnitten Seile verschiedener Länge zurecht. Drei Mann waren anscheinend als Wachtposten aufgestellt worden; sie standen mit Gewehren in der Hand da und suchten mit den Augen den Rand der Schlucht ab. Einer von ihnen glaubte wohl, gesehen zu haben, daß sich etwas bewegte, denn er hob plötzlich das Gewehr und gab einen Schuß ab.
»Scheinen einigermaßen nervös zu sein«, sagte Forester.
»Schießen auf Schatten.«
O'Hara studierte die Schlucht. Der Fluß war tief und hatte eine rasche Strömung - es war offensichtlich unmöglich, ihn zu durchschwimmen. man würde nur hilflos von diesen tosenden Wassern fortgerissen werden und binnen zehn Minuten erfrieren. Ganz abgesehen davon erhob sich die Frage, wie man den Steilhang der Schlucht bis zum Rand des Wassers hinabgelangen und auf der anderen Seite wieder hinaufklettern sollte, nicht gerechnet die Wahrscheinlichkeit, daß man dabei außerdem noch beschossen wurde.
Er strich den Fluß von seiner Liste der etwaigen Möglichkeiten und wandte seine Aufmerksamkeit der Brücke zu. Sie war eine primitiv zusammengeschusterte Art Hängebrücke: Zwischen massiven steinernen Strebpfeilern auf beiden Seiten der Schlucht waren zwei Kettenseile gespannt, von denen wiederum Seile verschiedener Länge herabhingen, auf denen der aus Planken bestehende Brückenweg auflag. Aber in der Mitte hatte die Brücke ein Loch, eine Menge Planken fehlten, und die Seile pendelten im Wind hin und her.
»Das ist der Grund, warum sie uns auf dem Landestreifen nicht in Empfang genommen haben«, sagte Forester leise. »Seht ihr den Lastwagen im Fluß - dort, ein Stück flußabwärts, gegen die Felswand der Schlucht?«
O'Hara sah das Lastauto im Fluß. Es war fast unter Wasser, Wellen spülten über das Dach des Fahrerhauses hinweg, das gerade noch hervorsah. »Es sieht so aus, als wäre es von unserer Seite aus hinübergefahren, als es hinunterkippte.«

»Das leuchtet ein«, sagte Forester. »Ich schätze, sie hatten zwei, drei Leute hier drüben, um die nötigen Vorbereitungen zu treffen, Vorräte ins Lager zu schaffen und alles für die Hauptabteilung herzurichten. Als die Haupttruppe fällig war, sind sie heruntergekommen zur Brücke und wollten wieder hinüber - weiß der Himmel, aus welchem Grund. Aber sie haben es nicht geschafft und dabei die Brücke zertöppert, während die Haupttruppe noch drüben auf der anderen Seite war.«
»Sie sind jetzt dabei, sie zu reparieren«, sagte O'Hara. »Da, seht euch das an.«
Zwei Mann, die eine Planke vor sich herschoben, krabbelten gerade auf die schwankende Brücke hinauf. Sie machten, unterstützt von einem Trommelfeuer brüllender Ratschläge vom Ufer, die Planke mit Seilen fest und zogen sich dann wieder zurück. O'Hara sah auf die Uhr; sie hatten zu der Arbeit eine halbe Stunde gebraucht.
»Wie viele Planken fehlen noch?« fragte er.
Rohde knurrte: »Ungefähr dreißig.«
»Wir hätten also noch fünfzehn Stunden, ehe sie herüberkommen«, sagte O'Hara.
»Mehr«, sagte Forester. »In der Dunkelheit werden sie dieses Trapezkunststück schwerlich aufführen.«
Rohde zog seine Pistole heraus und legte sorgfältig auf die Brücke an, indem er seinen linken Unteram als Ruhestütze verwendete. Forester meinte:
»Das hat nicht den mindesten Zweck - aus fünfzig Meter Entfernung werden Sie mit einer Pistole nichts treffen.«
»Ich kann's immerhin versuchen«, sagte Rohde.
Forester seufzte. »Also schön«, sagte er. »Aber nur einen Schuß, um zu sehen, ob es geht. Wie viele Kugeln haben Sie?«
»Ich hatte zwei Magazine zu je sieben Schuß«, sagte Rohde. »Bis jetzt habe ich dreimal gefeuert.«
»Jetzt knallen Sie noch einen los, und dann haben Sie noch zehn. Das ist nicht gerade besonders viel.«
Rohde kniff eigensinnig die Lippen zusammen und hielt die Pistole weiter im Anschlag. Forester zwinkerte O'Hara zu und sagte:
»Wenn Sie nichts dagegen haben, ziehe ich mich jetzt zurück. Sobald Sie zu schießen anfangen, schießen die da drüben zurück.«
Er kroch langsam rückwärts, drehte sich dann um, legte sich auf den Rücken und betrachtete den Himmel. Er winkte O'Hara zu

sich heran. »Sieht so aus, als wäre es jetzt an der Zeit, daß wir unseren Kriegsrat abhalten«, sagte er. »Entweder ergeben oder kämpfen. Aber vielleicht haben wir irgendeinen Ausweg. Zeig mal deine Fliegerkarte her.«
O'Hara zog sie heraus. »Über den Fluß können wir nicht - jedenfalls nicht hier«, sagte er.
Forester breitete die Karte aus und studierte sie. Dann legte er den Finger auf sie. »Hier ist der Fluß - und das hier ist die Stellle, an der wir uns befinden. Die Brücke ist nicht eingezeichnet. Was bedeutet die Schattierung hier beim Fluß?«
»Das ist die Schlucht.«
Forester stieß einen leisen Pfiff aus. »Verdammt noch mal, der Fluß entspringt ganz hoch oben im Gebirge, also können wir stromaufwärts nicht um ihn herum. Wie sieht die Sache stromabwärts aus?«
O'Hara maß ungefähr die Entfernung ab. »Die Schlucht erstreckt sich etwa hundertdreißig Kilometer weit stromabwärts, aber hier ist eine Brücke eingezeichnet, ungefähr achtzig Kilometer von hier, würde ich sagen.«
»Das ist verdammt weit weg«, meinte Forester. »Ich bezweifle, daß der alte Herr das schaffen würde - nicht durch diese Gebirgsgegend.«
»Und wenn die Burschen da drüben ein bißchen Grips haben«, sagte O'Hara, »dann haben sie noch einen Lastwagen voll Leute dort, um uns abzufangen, falls wir es versuchen sollten. Sie haben den Vorteil, daß sie auf den tieferliegenden Straßen rasch vorwärtskommen.«
»Die Dreckskerle haben uns regelrecht im Kasten«, sagte Forester. »Da bleibt nichts anderes als sich ergeben oder es durchkämpfen.«
»Ich ergebe mich keinen Kommunisten«, sagte O'Hara.
Sie hörten einen dumpfen Knall, als Rohde seine Pistole abfeuerte, und unmittelbar darauf in Erwiderung knatterndes Gewehrfeuer, das im Echo vom höherliegenden Gelände hinter ihnen zurückkam. Eine Gewehrkugel prallte in dichter Nähe vom Felsgestein ab und pfiff über O'Haras Kopf hinweg.
Rohde kam zu ihnen heruntergeschliddert. »Ich hab' sie nicht getroffen«, sagte er.
Forester unterließ es zu bemerken, das habe er auch vorher gesagt, aber sein Gesichtsausdruck verhehlte diese Meinung nicht. Rohde grinste. »Aber es hat die Arbeit an der Brücke unterbrochen. Sie

sind Hals über Kopf zurückgerannt, und die Planke ist in den Fluß gefallen.«
»Das ist immerhin etwas«, sagte O'Hara. »Vielleicht können wir sie uns auf diese Weise vom Leibe halten.«
»Für wie lange?« fragte Forester. »Wir können sie nicht ewig drüben festhalten - nicht mit zehn Patronen. Halten wir lieber unseren Kriegsrat ab. Bleiben Sie hier, Miguel, aber suchen Sie sich eine andere Stelle als Beobachtungsposten - möglicherweise haben sie diesen hier inzwischen entdeckt.«
O'Hara und Forester gingen zurück zu den anderen auf der Straße. Als sie herankamen, sage O'Hara leise: »Wir müssen irgendwas tun, um den Leuten ein bißchen Mumm zu machen; sie sehen mir reichlich schlottrig aus.«
Es lag ein Gefühl der Spannung in der Luft. Peabody redete mit leise murmelnder Stimme auf Miß Ponsky ein, die ausnahmsweise selbst einmal schwieg. Willis saß auf einem Felsstück und klopfte nervös mit dem Fuß auf den Erdboden, und ein kleines Stück entfernt sprach Aguillar mit rascher Stimme zu Benedetta. Der einzige, der einen gelassenen Eindruck machte, war Armstrong; er sog seelenruhig an seiner leeren Pfeife und zeichnete mit einem Holzstück allerlei Muster in den Straßenstaub.
O'Hara ging zu Aguillar hinüber. »Wir werden jetzt beschließen, was wir tun werden«, sagte er. »Wie Sie vorgeschlagen haben.« Aguillar nickte ernst. »Ich sagte Ihnen ja, daß es darauf hinausläuft.«
O'Hara sagte: »Sie werden in Ordnung sein, machen Sie sich keine Sorgen.« Er blickte auf Benedetta; in ihrem blassen Gesicht wirkten ihre Augen wie dunkle Schmutzflecken. Er sagte: »Ich weiß nicht, wie lange wir dazu brauchen werden; aber Sie könnten inzwischen anfangen, uns etwas zu essen zu kochen. Uns wird allen besser zumute sein, wenn wir etwas gegessen haben.«
»Ja, tu das, Kind«, sagte Aguillar. »Ich werde dir helfen. Ich bin nämlich ein guter Koch, Señor O'Hara.«
O'Hara lächelte Benedetta zu. »Also dann überlasse ich Sie einstweilen Ihrer Arbeit.«
Er ging zurück zu den anderen, denen Forester gerade eine aufmunternde kleine Ansprache hielt. »Und das wäre also die Lage«, sagte er. »Wir sind auf allen Seiten eingeschlossen, und es scheint keinen Weg heraus zu geben - aber es gibt aus allem immer einen Ausweg, wenn man seinen Verstand benützt und entschlossen ist.

In jedem Fall ist es eine Frage von sich ergeben oder es durchkämpfen. Was mich betrifft, so werde ich kämpfen - und das gleiche gilt für Tim O'Hara, nicht wahr, Tim?«
»Allerdings«, antwortete O'Hara grimmig.
»Ich werde jetzt die Runde machen«, fuhr Forester fort, »und Ihre Meinungen einholen, und jeder von Ihnen muß seine eigene Entscheidung treffen. Wie steht es mit Ihnen, Dr. Willis?«
Willis sah auf, seine Züge waren gespannt. »Eine schwierige Frage«, antwortete er gequält. »Sie müssen verstehen, ich bin nicht gerade eine kämpferische Natur. Und dann geht es ja auch darum, was für Aussichten wir überhaupt haben - können wir gewinnen? Ich sehe nicht viel Grund zum Kämpfen, wenn wir bestimmt wissen, daß wir verlieren müssen - und ich sehe nicht die geringste Aussicht, wie wir gewinnen könnten.« Er hielt inne und fügte dann zögernd hinzu: »Aber ich schließe mich der Stimme der Mehrheit an.«
Willis, du Dreckskerl, dachte O'Hara, du bist mir ein schönes Beispiel von einem abwartenden Neutralen.
»Peabody?« Foresters Stimme war wie ein Peitschenhieb.
«Was, zum Kuckuck, hat denn das Ganze mit uns zu tun?« platzte Peabody heraus. »Wäre ja noch schöner, daß ich mein Leben riskiere für irgendeinen Katzelmacher-Politiker. Ich sage: Liefern wir den Kerl aus und machen wir, daß wir hier herauskommen.«
»Was sagen Sie, Miß Ponsky?«
Sie warf Peabody einen verächtlichen Blick zu und zauderte dann. Ihr ganzer Redestrom schien versiegt; es war, als habe man ihr die Luft abgelassen. Schließlich sagte sie mit leiser Stimme: »Ich weiß, ich bin nur eine Frau und kann nicht viel leisten, wenn es zum Kämpfen kommt, und außerdem habe ich eine Todesangst - aber ich finde, wir sollten kämpfen.« Sie schwieg unvermittelt und sah Peabody herausfordernd an. »Ich stimme dafür.«
Bravo, Miß Ponsky, applaudierte O'Hara lautlos. Das wären drei, die fürs Kämpfen sind. Jetzt liegt die Entscheidung bei Armstrong - er gibt den Ausschlag, kämpfen oder unentschieden, je nachdem, wie er stimmt ... »Dr. Armstrong, was haben Sie vorzubringen?« erkundigte sich Forester.
Armstrong sog an seiner kalten Pfeife, die ein abscheuliches Geräusch von sich gab. »Ich glaube, ich bin wohl mehr Fachmann für diese Art von Situation als irgendeiner der Anwesenden«, meinte er. »Möglicherweise mit Ausnahme von Señor Aguillar, der, wie

ich sehe, zur Zeit unser Mittagessen kocht. Geben Sie mir zwei Stunden Zeit, und ich zitiere Ihnen hundert Paradebeispiele aus der Geschichte.
Die Frage, um die es geht, lautet, ob wir Señor Aguillar den Herren auf der anderen Seite des Flusses ausliefern sollen oder nicht. Der entscheidende Punkt, was uns dabei betrifft, ist nach meiner Meinung: Was würden sie mit ihm machen? Und ich sehe wirklich nicht, wie sie irgend etwas anderes mit ihm machen könnten, als ihn umzubringen. Prominente Politiker als Gefangene einzusperren, ist schon seit langem nicht mehr Mode. Nun denn, wenn sie ihn töten, werden sie automatisch gezwungen sein, auch uns umzubringen. Sie würden niemals riskieren, daß diese ganze Geschichte in der Welt bekannt wird. Sie würden sich damit der peinlichsten Kritik aussetzen, vielleicht in solchem Maß, daß sie genau das einbüßen würden, was sie anstreben. Mit anderen Worten, das Volk von Cordillera würde es sich nicht bieten lassen. Sie sehen also, daß wir nicht für das Leben Señor Aguillars kämpfen; wir kämpfen um unser eigenes Leben.«
Er steckte die Pfeife wieder in den Mund und gab neuerlich ein greuliches Geräusch von sich.
»Soll das heißen, daß Sie für das Kämpfen sind?« fragte Forester.
»Selbstverständlich«, antwortete Armstrong erstaunt. »Haben Sie denn nicht gehört, was ich gerade gesagt habe?«
Peabody starrte ihn schreckerfüllt an. »Allmächtiger Strohsack!« sagte er. »Worauf habe ich mich hier bloß eingelassen?« Er vergrub den Kopf in den Händen.
Forester lächelte O'Hara grinsend zu und sagte: »Nun also, Dr. Willis?«
»Ich kämpfe«, antwortete Willis kurz und knapp.
O'Hara kicherte. Der eine Akademiker hatte den anderen überzeugt. Forester fragte: »Vielleicht überlegen Sie es sich doch anders, Peabody, wie?«
Peabody blickte auf. »Glauben Sie wirklich, daß sie uns alle ausradieren werden?«
»Wenn sie Aguillar umbringen, sehe ich nicht, was sie sonst tun könnten«, antwortete Armstrong ruhig. »Und daß sie Aguillar umbringen werden, darauf können Sie sich verlassen.«
»Ach, verflucht«, sagte Peabody in quälender Unentschlossenheit.
»So kommen Sie schon«, befahl Forester grob. »Machen Sie mit, oder halten Sie den Mund.«

»Ich schätze, ich werde wohl mitmachen müssen«, antwortete Peabody verdrießlich.
»Das wäre es dann also«, sagte Forester. »Einstimmig dafür. Ich werde es Aguillar mitteilen, und wir werden beim Essen besprechen, wie wir am besten kämpfen können.«
Miß Ponsky begab sich zu den Aguillars, um ihnen beim Kochen zu helfen, und O'Hara ging zum Fluß, um nachzusehen, was Rohde trieb. Er blickte im Gehen noch einmal zurück und sah, daß Armstrong mit Willis sprach und wieder mit seinem Holzstück etwas auf dem Boden aufzeichnete. Willis schien sich dafür zu interessieren.
Rohde hatte sich eine bessere Stelle als Beobachtungsstand ausgesucht, und O'Hara konnte ihn zuerst nicht finden. Schließlich sah er eine Schuhsohle, die hinter einem Felsblock hervorschaute. Rohde machte ein zufriedenes Gesicht. »Sie sind aus ihren Löchern noch nicht wieder hervorgekommen«, sagte er. »Es ist jetzt über eine Stunde her. Eine einzige danebengegangene Kugel hat sie also eine Stunde lang aufgehalten.«
»Großartig«, sagte O'Hara zynisch. »Zehn Kugeln - zehn Stunden.«
»O nein, viel besser«, widersprach Rohde. »Sie haben dreißig Planken einzulegen - dazu würden sie ohne meine Kugeln fünfzehn Stunden brauchen. Mit der Schießerei werden sie vierundzwanzig Stunden brauchen. Und da sie nachts nicht arbeiten, macht es zwei volle Tage.«
O'Hara nickte. »Das verschafft uns Zeit, zu beschließen, was wir als nächstes tun werden«, gab er zu. Aber wenn die Kugeln verschossen waren und die Brücke fertig war, würden einige zwanzig bewaffnete und erbarmungslose Männer über den Fluß herübergestürmt kommen. Und dann würde es ein Gemetzel geben.
»Ich werde hierbleiben«, sagte Rohde. »Schicken Sie mir etwas zu essen her, wenn es soweit ist.« Er nickte zur Brücke hinüber. »Es gehört allerhand Mut dazu, sich auf das Ding da hinauszuwagen, wenn man weiß, daß auf einen geschossen wird. Ich glaube nicht, daß diese Leute besonders mutig sind - vielleicht haben wir mehr als eine Stunde pro Kugel zur Verfügung.«
O'Hara ging zurück und berichtete Forester, was sich zutrug. Forester verzog das Gesicht zu einer Grimasse. »Zwei Tage - wenn's gutgeht -, zwei Tage, in denen uns etwas einfallen muß. Aber was?«

»Ich glaube, eine Ausschußsitzung wäre angezeigt«, sagte O'Hara, »um Mittel und Wege zu beraten.«
Sie saßen alle im Kreis auf dem spärlichen Gras, und Benedetta und Miß Ponsky servierten die Mahlzeit auf den Aluminiumtellern, die sie oben im Lager gefunden hatten. Forester sagte: »Wir halten jetzt einen Kriegsrat ab, folglich bitte ich, bei der Sache zu bleiben – kein belangloses Geschwätz, dafür haben wir keine Zeit. Jeder Vorschlag, der Hand und Fuß hat, ist willkommen.«
Es herrschte allgemeines, tiefes Schweigen; dann sagte Miß Ponsky: »Ich denke mir, die Hauptsache ist jetzt, sie daran zu hindern, die Brücke zu reparieren. Könnten wir da nicht von dieser Seite aus was tun – die Seile durchschneiden oder so was?«
»Das ist im Prinzip ein guter Vorschlag«, sagte Forester. »Irgendwelche Einwände dagegen?« Er warf einen Blick zu O'Hara hinüber. Er wußte, was der sagen würde.
O'Hara sah Forester mit saurem Gesicht an; es schien, als sei er für die Rolle des Fachmanns für kalte Duschen ausersehen, und dafür hatte er nichts übrig. Er sagte ruhig und bedachtsam: »Die Zugänge zur Brücke von dieser Seite liegen völlig offen; auf mindestens hundert Meter ist nicht die geringste Deckung vorhanden – Sie haben ja gesehen, was Benedetta und mir heute morgen passiert ist. Jeder, der versuchen würde, auf der Straße zur Brücke zu gelangen, würde abgeschossen werden, noch ehe er den halben Weg zurückgelegt hat. Die Leute sind in Kernschußweite, wenn Sie wissen, was das ist – dazu braucht man keine Meisterschützen.« Er machte eine Pause. »Ich weiß, es ist der einzige Weg, wie wir an die Brücke herankommen können, aber es scheint mir unmöglich.«
»Wie wäre es mit einem Nachtangriff?« fragte Willis.
»Das klingt gut«, meinte Forester.
O'Hara ging es schrecklich gegen den Strich, aber er mußte widersprechen. »Ich möchte nicht pessimistisch klingen, aber ich glaube nicht, daß die Burschen da drüben komplette Dummköpfe sind. Sie haben zwei Lastkraftwagen und vier Jeeps, vielleicht sogar mehr, und diese Fahrzeuge haben jedes mindestens zwei Scheinwerfer. Damit können sie die Brücke während der Nachtstunden ohne Frage mühelos beleuchten.«
Wieder herrschte Schweigen.
Armstrong räusperte sich. »Willis und ich haben ein bißchen nachgedacht, und wir sind auf etwas gekommen, was vielleicht

brauchbar wäre. Zufällig bin ich auch jetzt wieder eine Art Fachmann. Sie wissen ja, daß mein Beruf mittelalterliche Geschichte ist, aber es trifft sich, daß ich ein Spezialgebiet habe, und dieses Spezialgebiet ist mittelalterliche Kriegsführung. So wie ich es sehe, befinden wir uns in einer Burg mit Burggraben und einer Zugbrücke. Die Zugbrücke ist zufällig hochgezogen, aber unsere Feinde bemühen sich, diesem Zustand abzuhelfen. Unsere Aufgabe besteht darin, sie daran zu hindern.«

»Womit?« fragte O'Hara. »Einem Schubs mit dem Langspieß?«

»Ich würde die mittelalterlichen Waffen nicht allzusehr verachten, O'Hara«, antwortete Armstrong freundlich. »Ich gebe zu, die Menschen damals waren nicht so geübt in der Kunst der Schlächterei, wie wir es sind, aber sie haben es trotzdem zuwege gebracht, sich in befriedigendem Ausmaß gegenseitig umzubringen. Nun also, Rohdes Pistole ist bei der Entfernung, über die er feuern muß, hochgradig zielunsicher. Was wir brauchen, ist eine wirkungsvollere Schußwaffe als Rohdes Pistole.«

»Spielen wir also alle Robin Hood, der kühne Räuberhauptmann«, sagte Peabody spöttisch. »Mit dem guten alten Langbogen, was? Hören Sie schon auf, Herr Professor!«

»O nein, ganz und gar nicht«, antwortete Armstrong. »Ein Langbogen in den Händen eines ungeübten Neulings ist eine sehr riskante Sache. Einen guten Bogenschützen auszubilden, dauert mindestens fünf Jahre.«

»Ich kann Bogenschießen«, erklärte Miß Ponsky unerwartet. Alle blickten auf sie, und sie errötete. »Ich bin Vorsitzende des South Bridge Ladies' Greenwood Club. Voriges Jahr habe ich bei den Wettspielen unsere Meisterschaft gewonnen.«

»Das ist interessant«, sagte Armstrong.

O'Hara fragte:

»Können Sie einen Langbogen im Liegen abschießen, Miß Ponsky?«

»Das wäre schwierig«, sagte sie. »Vielleicht überhaupt unmöglich.«

O'Hara wies mit einer Kopfbewegung zur Schlucht hinüber. »Stellen Sie sich mit einem Langbogen dort auf, und ehe Sie sich's versehen, sind Sie durchlöchert wie ein Sieb.«

Sie warf sich beleidigt in die Brust. »Ich fände, es wäre besser, Sie hülfen uns ein bißchen, Mr. O'Hara, anstatt kalte Duschen auf alle unsere Ideen zu gießen.«

»Ich muß es tun«, sagte O'Hara ruhig. »Ich will nicht, daß jemand nutzlos ums Leben kommt.«

»Um Himmels willen«, rief Willis, »wie sind wir denn überhaupt auf den Langbogen gekommen? Der kommt sowieso nicht in Frage - wir können keinen herstellen, haben nicht das Material dazu. Und jetzt hören Sie mal Armstrong zu. Er hat nämlich etwas zu sagen.« Seine Stimme hatte einen unerwartet bestimmten Ton.

Der dumpfe Knall von Rohdes Pistole hallte in der Nachmittagsluft wider und wurde mit einem Geratter von Schüssen von der anderen Seite der Schlucht beantwortet. Peabody duckte sich, und O'Hara sah auf die Uhr. Eine Stunde und zwanzig Minuten waren vergangen - und sie hatten noch neun Schuß.

»Immerhin ein Vorteil - hier sind wir geschützt und sicher«, sagte Forester. »Um die Ecke schießen ihre Gewehre nicht. Also los, Dr. Armstrong.«

»Ich habe mehr an etwas in der Art einer Armbrust gedacht«, sagte Armstrong. »Jeder, der mit einem Gewehr umgehen kann, kann auch eine Armbrust bedienen, und sie hat eine wirksame Schußweite von über hundert Metern.« Er lächelte O'Hara zu. »Und man kann sie auch im Liegen abschießen.«

O'Hara griff die Idee sofort auf. Mit ihr hatten sie nicht nur die Brücke im Schußfeld, sondern auch die Straße auf der anderen Seite, wo sie nordwärts abbog und dem Rand der Schlucht folgte und wo die feindlichen Lastkraftwagen standen.

»Hat sie irgendwelche Durchschlagskraft?« fragte er.

»Der Bolzen geht durch einen Harnisch oder Kettenpanzer durch, wenn er gerade von vorn aufschlägt«, sagte Armstrong.

»Und einen Benzintank?«

»Einen Benzintank würde er ohne weiteres durchschlagen.«

»Langsam, langsam«, sagte Forester. »Wie um alles in der Welt sollen wir denn eine Armbrust herstellen?«

»Verstehen Sie mich recht, ich bin in dieser Sache lediglich Theoretiker«, erklärte Armstrong. »Ich bin kein Mechaniker oder Ingenieur. Aber ich habe Willis genau beschrieben, was ich haben will, und er meint, er kann es herstellen.«

»Armstrong und ich haben oben im Lager ein bißchen herumgestöbert«, sagte Willis. »Eine der Baracken war früher eine Werkstatt, und es lag noch eine Menge Zeug herum - Sie wissen schon, der übliche Abfallkleinkram, der in einer Metallarbeiterwerk-

stätte immer herumliegt. Ich schätze, es lohnte sich nicht, das Zeug wegzuschaffen, als sie das Lager aufgaben. Es sind noch einige Blattfedern da und verschiedene Metallstücke und außerdem diese Stahlstäbe zur Betonverstärkung, die wir zerschneiden können, um Pfeile daraus zu machen.«
»Bolzen«, verbesserte ihn Armstrong nachsichtig. »Oder Vierkantspitzbolzen, wenn Ihnen das lieber ist. Ich hatte zuerst daran gedacht, ein Prodd zu machen, wissen Sie, das ist eine Art Armbrust, die Kugeln abschießt, aber Willis hat mich überzeugt, daß wir Bolzen leichter herstellen können.«
»Was ist mit Werkzeugen?« fragte O'Hara. »Haben Sie irgendwas zum Metallschneiden?«
»Es sind ein paar alte Eisensägeblätter da«, sagte Willis. »Und ich habe auch eine oder zwei ausgediente Feilen gesehen. Und einen Schleifstein mit Handantrieb, der aussieht, als stamme er aus der Arche Noah. Ich werde es schon hinkriegen. Ich bin ein ziemlich guter Bastler, und ich kann Armstrongs Entwurf dem Material anpassen, das ich zur Verfügung habe.«
O'Hara sah Forester an, und dieser sagte bedächtig: »Eine aus Altmetall gebaute Waffe, die auf hundert Meter treffsicher ist - das klingt zu schön, um wahr zu sein. Sind Sie sich Ihrer Sache ganz sicher, Dr. Armstrong?«
»Oh, gewiß«, antwortete Armstrong vergnügt. »Die Armbrust hat zu ihrer Zeit Tausende von Menschen getötet, und ich sehe keinen Grund, warum sie nicht noch ein paar mehr umbringen sollte. Und Willis meint, daß er eine bauen kann.« Er lächelte. »Ich habe den Konstruktionsplan hier aufgezeichnet.« Er deutete auf einige Striche und Linien im Staub. »Wenn wir diese Sache schon machen, dann machen wir sie lieber rasch«, sagte O'Hara.
»Richtig.« Forester sah nach der Sonne. »Ihr habt noch genug Zeit, um vor Einbruch der Dunkelheit zum Lager hinaufzukommen. Es geht zwar bergauf, aber dafür habt ihr kein Gepäck. Sie gehen mit, Peabody. Willis kann noch ein Paar Hände brauchen.«
Peabody nickte eifrig. Ihm war nicht danach zumute, zu nahe bei der Brücke zu bleiben.
»Einen Augenblick«, sagte Aguillar, der jetzt zum erstenmal das Wort ergriff. »Die Brücke ist aus Seilen und Holz - sehr brennbaren Baumaterialien. Haben Sie daran gedacht, daß man vielleicht Feuer verwenden könnte? Señor O'Hara hat mich auf den Gedanken gebracht, als er etwas von Benzintanks sagte.«

»Hm«, sagte O'Hara. »Aber wie schaffen wir das Feuer an die Brücke heran?«
»Darüber können wir inzwischen alle scharf nachdenken«, sagte Forester. »So, und jetzt los. Fangen wir an.«
Armstrong, Willis und Peabody machten sich unverzüglich auf den langen mühseligen Weg hinauf zum Lager. Forester sagte: »Ich konnte zuerst aus Willis nicht recht schlau werden - er geht ja nicht sehr aus sich heraus -, aber jetzt ist es mir klar. Der Mann ist ein Praktiker. Gib ihm etwas Bestimmtes zu tun, und er macht es dir, komme, was wolle. Der Bursche ist richtig.«
Aguillar lächelte. »Armstrong ist auch nicht übel, wie?«
»Mein Gott, ja!« sagte Forester. »Eine Armbrust - in unserer Zeit. Darauf muß erst mal einer kommen!«
O'Hara sagte: »Wir müssen uns damit befassen, ein Lager herzurichten. Hier haben wir kein Wasser, und außerdem ist unsere Haupttruppe hier zu nahe am Feind. Ungefähr einen Kilometer zurück ist ein kleiner Teich - das wäre eine gute Stelle.«
»Benedetta, kümmere du dich darum«, befahl Aguillar. »Miß Ponsky wird dir helfen.« Er sah den beiden Frauen nach und wandte sich dann mit ernstem Gesicht wieder den Männern zu. »Ich muß eine bestimmte Sache mit Ihnen besprechen, zusammen mit Miguel. Gehen wir zu ihm hinüber.«
Rohde war in bester Stimmung. »Bis jetzt haben sie noch nicht eine einzige Planke angebracht. Sind sofort wieder davongerannt wie die Karnickel, die sie nun einmal sind.«
Aguillar berichtete ihm, was inzwischen beschlossen worden war, und er antwortete zweifelnd: »Eine Armbrust?«
»Ich finde es auch verrückt«, sagte Forester. »Aber Armstrong meint, es wird funktionieren.«
»Armstrong ist ein guter Mann«, sagte Aguillar. »Er denkt an die unmittelbaren Erfordernisse. Aber ich denke an die Zukunft. Angenommen, wir halten uns diese Leute vom Leib; angenommen, wir zerstören die Brücke - was dann?«
»Dann sind wir im Grunde noch immer nicht viel besser dran«, sagte O'Hara nachdenklich. »Wir sitzen auf alle Fälle fest und können uns nicht rühren.«
»Genau«, sagte Aguillar. »Es stimmt, wir haben reichlich Lebensmittel, aber das bedeutet gar nichts. Die Zeit ist für diese Leute genauso wichtig wie für mich. Sie haben alles damit zu gewinnen, wenn sie mich in Untätigkeit festhalten.«

»Sie schalten Sie damit aus dem Spiel aus«, stimmte Forester zu.
»Wie lange, glauben Sie, wird es noch dauern bis zu Ihrem Staatsstreich?«
Aguillar zuckte die Achseln. »Einen Monat - vielleicht zwei. Bestimmt nicht länger. Wir haben unsere eigenen Vorbereitungen beschleunigt und vorverlegt, weil die Kommunisten sich zu rühren anfingen. Jetzt ist es ein Wettlauf zwischen uns, und das Schicksal Cordilleras ist der Preis - vielleicht steht sogar das Schicksal ganz Lateinamerikas auf dem Spiel. Und die Zeit ist knapp.«
»Ihre Karte, Señor O'Hara«, sagte Rohde plötzlich.
O'Hara zog die Fliegerkarte heraus und breitete sie auf einem Felsen aus, und Rohde zog mit dem Finger den Flußlauf nach Norden und Süden nach und schüttelte den Kopf. »Dieser Fluß - diese Schlucht«, sagte er, »ist eine regelrechte Falle. Wir sind an den Berg festgenagelt.«
»Wir sind uns bereits darüber einig, daß es keinen Zweck hat, die Brücke stromabwärts zu versuchen«, sagte Forester. »Es ist ein verdammt weiter Weg, und die Brücke ist bestimmt bewacht.«
»Aber was kann die anderen daran hindern, über diese Brücke zu gehen und auf unserer Seite des Flusses heraufzukommen und uns im Rücken zu fassen?« fragte O'Hara.
»Das werden sie nicht tun, solange sie glauben, daß sie diese Brücke hier reparieren können«, sagte Aguillar. »Kommunisten sind keine Übermenschen; sie sind genauso faul und träge wie andere Menschen und haben keine Lust, achtzig Kilometer weit quer durchs Gebirge zu marschieren - dazu würden sie mindestens vier Tage brauchen. Ich glaube, sie werden sich damit zufriedengeben, den Schlupfwinkel zuzumachen.«
Rohdes Finger fuhr in westlicher Richtung über die Karte. »Damit bleiben nur noch die Berge.«
Forester wandte sich um und blickte zu den steilen Bergwänden, den eisbedeckten Gipfeln auf. »Das höre ich nicht gern. Ich glaube nicht, daß Señor Aguillar das schaffen könnte.«
»Ich weiß«, sagte Rohde. »Er muß hierbleiben. Aber jemand muß über das Gebirge hinüber und Hilfe holen.«
»Überlegen wir mal, ob das praktisch durchführbar ist«, sagte O'Hara. »Ich hatte beabsichtigt, durch den Puerto de las Aguillas zu fliegen. Das bedeutet, daß jeder, der zurückgeht, erst einmal gute dreißig Kilometer nach Norden gehen muß, ehe er nach

Westen abbiegen und durch den Paß gehen kann. Und er müßte ziemlich hoch hinaufgehen, damit er um diese verdammte Schlucht herumkommt. Der Paß selbst ist nicht so schlimm - er ist nur ungefähr knapp fünftausend Meter hoch.«

»Also zusammengerechnet ungefähr fünfzig Kilometer, ehe man ins Santos-Tal kommt«, sagte Forester. »Und das ist Luftlinie. Auf dem Erdboden wären es wahrscheinlich etwa achtzig.«

»Es gibt noch einen anderen Weg«, sagte Rohde ruhig. Er deutete auf die Berge. »Diese Bergkette ist zwar hoch, aber nicht sehr breit, auf der anderen Seite liegt das Santos-Tal. Wenn Sie auf der Karte von hier nach Altemiros im Santos-Tal eine Linie ziehen, werden Sie feststellen, daß die Entfernung nicht mehr als fünfundzwanzig Kilometer beträgt.

O'Hara beugte sich über die Karte und maß die Entfernung. »Sie haben recht; ungefähr fünfzehn Meilen - aber lauter Gipfel.«

»Ungefähr drei Kilometer nordwestlich von dem Bergwerk liegt ein Paß«, sagte Rohde. »Er hat keinen Namen, weil niemand so töricht ist, ihn zu benutzen. Er liegt auf ungefähr fünftausendachthundert Meter Höhe.« Forester rechnete rasch um. »Junge, Junge! Neunzehntausend Fuß!«

»Was ist mit dem Sauerstoffmangel?« fragte O'Hara. »Damit haben wir schon genug Kummer gehabt. Kann man ohne Sauerstoff über den Paß gehen?«

»Ich habe es getan«, sagte Rohde. »Unter günstigeren Bedingungen. Es ist eine Sache der Akklimatisation. Bergsteiger wissen das; sie bleiben tagelang auf einer gewissen Höhe, dann gehen sie ein Stück höher hinauf zum nächsten Lager und bleiben auch dort einige Tage, ehe sie wieder ein Stück höher hinaufrücken, damit der Körper sich auf die veränderten Bedingungen einstellt.« Er sah zu den Bergen hinauf. »Wenn ich morgen zum Lager hinaufginge und einen Tag dort bleibe und dann zum Bergwerk ginge und wieder einen Tag dort bliebe - ich glaube, dann könnte ich den Paß überqueren.«

»Sie sollten nicht allein gehen«, sagte Forester.

»Ich komme mit«, sagte O'Hara sofort.

»Augenblick mal«, sagte Forester. »Sind Sie Bergsteiger?«

»Nein.«

»Aber ich. Das heißt, ich bin in den Rocky Mountains herumgeklettert - das rechnet immerhin ein wenig.« Er wandte sich zu Rohde. »Meinen Sie nicht?«

85

Aguillar sagte: »Sie sollten nicht allein gehen, Miguel.«
»Also gut«, sagte Rohde. »Ich nehme einen Mann mit - Sie.« Er nickte Forester zu und lächelte ingrimmig. »Aber ich sage Ihnen schon jetzt - es wird Ihnen leid tun.«
Forester grinste vergnügt und sagte: »Also dann, Tim, damit wärst du Garnisonskommandeur. Und du wirst alle Hände voll zu tun haben.«
»Sie«, sagte Rohde. »Sie müssen sie drüben festhalten.«
Zu dem tosenden Lärm des Flusses war inzwischen ein neues Geräusch hinzugekommen. Rohde schlängelte sich sofort zu seinem Beobachtungsstand hinauf und winkte O'Hara. »Sie lassen ihre Motoren an«, sagte er. »Ich glaube, sie ziehen ab.«
Aber die Fahrzeuge rührten sich nicht. »Was machen sie bloß?« fragte Rohde verdutzt.
»Sie laden ihre Batterien auf«, sagte O'Hara. »Damit sie heute nacht genug Licht haben.«


O'Hara und Aguillar gingen zurück, um den Frauen bei der Errichtung des Lagers zu helfen, und Rohde und Forester beobachteten zusammen die Brücke. Es bestand keine unmittelbare Gefahr, daß der Feind den Flußübergang erzwang, und jede ungewöhnliche Bewegung auf der anderen Seite konnte rasch gemeldet werden. Foresters Haltung hatte sich verändert, sobald der Beschluß, das Gebirge zu überqueren, gefaßt worden war. Er trieb jetzt nicht mehr unablässig zu Taten an, sondern war es anscheinend zufrieden, diese Aufgaben O'Hara zu überlassen. Es war, als sei er im stillen zu der Ansicht gelangt, daß es nur einen Kommandeur geben konnte, und dieser Mann war O'Hara.
O'Haras Lippen zuckten, als er im Geist seine Garnisonstruppen an sich vorüberziehen ließ. Ein alter Mann und ein junges Mädchen; zwei Akademikertypen mit sitzender Lebensweise; ein Alkoholiker und jemandes unverheiratete Tante und er selbst - ein heruntergekommener Pilot. Auf der anderen Seite des Flusses befanden sich wenigstens zwanzig grimmig entschlossene, erbarmungslose Männer - und weiß Gott wie viele mehr weiter hinten, um ihnen notfalls zu Hilfe zu kommen. Seine Muskeln spannten sich krampfhaft bei dem Gedanken, daß sie Kommunisten waren; schlampige südamerikanische Kommunisten, gewiß - aber immerhin und trotzdem Kommunisten.

Was immer geschehen mag, dachte er, noch einmal erwischen sie mich nicht.
Benedetta war sehr still, und O'Hara wußte, warum. Wenn das erstemal auf einen geschossen wird, haut es einem irgendwie das Mark aus den Knochen - man wird sich plötzlich klar, daß man im Grund nichts weiter ist als eine weiche Tüte voll Luft und Flüssigkeit, schutzlos und wehrlos gegenüber den stahlumhüllten Kugeln, die alles zu zerreißen und zerfetzen vermögen. Er erinnerte sich an sein erstes Feuergefecht, und Benedetta tat ihm ehrlich leid; er war immerhin halbwegs auf die Kugeln vorbereitet gewesen. Er blickte hinüber zu den verstreuten Felsen auf dem kahlen, öden Berghang. »Ob da wohl irgendwo eine Höhle ist?« meinte er. »Die käme uns jetzt sehr zustatten.« Er warf einen Blick auf Benedetta. »Kommen Sie, sehen wir uns ein bißchen um.«
Sie sah sich nach ihrem Onkel um, der Miß Ponsky beim Sortieren der Lebensmittelkonserven half. »Gut«, sagte sie. Sie überquerten die Straße und stiegen schräg den Abhang hinauf. Der Boden war mit großen und kleinen Steinen, Felsbrocken und Kieseln bedeckt, es war schwierig vorwärtszukommen, die Steine rollten und boten keinen festen Halt, und die Füße rutschten unentwegt ab. Hier konnte man sich leicht das Fußgelenk brechen, mußte O'Hara denken, und irgendwo weit hinten in seinem Kopf regte sich ganz schwach eine merkwürdige Idee.
Nach einer Weile trennten sie sich. O'Hara stieg weiter nach links auf, das Mädchen nach rechts. Eine Stunde lang mühten sie sich zwischen den Felsen auf der Suche nach irgend etwas, das ihnen, wie klein und eng es auch sein mochte, gegen den Nachtwind Schutz bieten konnte. O'Hara fand nichts, aber er hörte aus der Ferne einen schwachen Ruf von Benedetta und überquerte den Abhang, um zu sehen, was sie entdeckt hatte. Es war keine Höhle, sondern lediglich ein zufälliges Zusammengepurzel von Felsen. Ein großer Felsblock war von der Höhe herabgerollt und hatte sich zwischen zwei andere festgeklemmt und damit eine Art Dach gebildet. Er erinnerte O'Hara an einen Dolmen, den er einmal auf dem Hochmoor von Dartmoor in England gesehen hatte; allerdings war das Ganze hier wesentlich größer als das vorgeschichtliche Steingrabmal. Er betrachtete es anerkennend. Zumindest würde es Schutz vor Schnee und Regen bieten und sie auch ein wenig gegen den Wind abschirmen.
Er ging hinein und fand ganz hinten eine muldenartige Aushöh-

lung. »Das ist tadellos«, sagte er. »Das faßt eine Menge Wasser - vielleicht bis zu hundert Liter.«
Er wandte sich um und sah Benedetta an. Ihre Wangen hatten von der Herumkletterei wieder etwas Farbe bekommen, und sie sah besser aus. Er zog seine Zigaretten hervor. »Zigarette?«
Sie schüttelte den Kopf. »Danke. Ich rauche nicht.«
»Ausgezeichnet!« antwortete er befriedigt. »Darauf hatte ich auch gehofft.« Er spähte in sein Päckchen hinein. Es waren nur noch elf übrig. »Ich bin nämlich ein selbstsüchtiger Mensch, müssen Sie wissen. Ich möchte die paar hier gerne für mich behalten.«
Er setzte sich auf einem Felsen nieder, zündete seine Zigarette an und zog mit Genuß den Rauch ein. Benedetta setzte sich neben ihn und sagte: »Ich bin froh, daß Sie sich entschlossen haben, meinem Onkel zu helfen.«
O'Hara grinste. »Einige von uns waren sich gar nicht so sicher. Wir mußten ihnen ziemlich kräftig zureden, um sie herumzukriegen. Aber schließlich war es einstimmig.«
Sie sagte mit leiser Stimme: »Glauben Sie, daß wir Aussicht haben, hier herauszukommen?«
O'Hara biß sich auf die Lippe und schwieg eine Weile. Dann sagte er: »Es hat keinen Zweck, die Wahrheit zu vertuschen. Ich glaube nicht, daß wir auch nur die allergeringste Chance haben. Wenn die anderen über die Brücke gestürmt kommen und wir so wehrlos sind wie jetzt, dann haben wir keinen Funken Hoffnung.« Er strich mit einer Handbewegung über das Gelände. »Wir haben höchstens eine einzige Chance - wenn wir uns aufspalten und verteilen und jeder für sich in einer anderen Richtung loszieht, dann müssen die anderen sich auch verteilen. Das ist eine wilde Gegend hier, und einer von uns würde vielleicht durchkommen und berichten können, was mit den übrigen geschehen ist. Aber das ist ein ziemlich armseliger Trost.«
»Warum haben Sie dann aber beschlossen zu kämpfen?« fragte sie erstaunt.
O'Hara kicherte. »Armstrong brachte einige recht überzeugende Argumente vor«, sagte er und erzählte ihr, was der Historiker gesagt hatte. Dann fügte er hinzu: »Aber ich hätte sowieso gekämpft. Ich hab' etwas gegen diese Burschen da drüben. Ich mag sie nicht, und ich mag nicht, was sie mit Menschen machen. Es macht keinen Unterschied, ob ihre Haut gelb, weiß oder braun ist - sie sind alle von der gleichen Sorte.«

»Señor Forester hat mir erzählt, daß Sie in Korea zusammen gekämpft haben«, sagte Benedetta.
»Könnte leicht gewesen sein - höchstwahrscheinlich sogar. Er war in einer amerikanischen Staffel, mit der wir manchmal zusammen eingesetzt wurden. Aber ich bin ihm nie begegnet.«
»Das muß schrecklich gewesen sein«, sagte sie. »Alle diese Kämpfe.«
»Es war nicht so schlimm«, sagte O'Hara. »Ich meine, die Kampfhandlungen, dieser Teil der Sache.« Er lächelte. »Man gewöhnt sich daran, daß auf einen geschossen wird, wissen Sie. Ich glaube, der Mensch kann sich so ziemlich an alles gewöhnen, wenn es lange genug dauert - an die meisten Dinge jedenfalls. Das ist die einzige Art, wie man überhaupt Krieg führen kann: Weil die Menschen sich anpassen können und die verrücktesten Dinge so behandeln, als wären sie ganz normal. Sonst könnten sie es niemals durchhalten.«
Sie nickte. »Ich weiß. Sehen Sie sich uns hier an. Diese Leute da drüben schießen auf uns, und Miguel schießt zurück, und es kommt ihm wie eine völlig normale Sache vor.«
»Es ist auch völlig normal und selbstverständlich«, sagte O'Hara hart. »Der Mensch ist nun mal ein kämpferisches Wesen; diese Eigenschaft hat ihn zu dem gemacht, was er ist - König dieses Planeten.« Seine Lippen verzerrten sich. »Es ist außerdem vielleicht auch die Eigenschaft, die ihn von größeren Dingen abhält.« Er lachte unvermittelt. »Himmel, das ist jetzt nicht der Augenblick für tiefgründige Kriegsphilosophie - das überlasse ich lieber Armstrong.«
»Sie haben vorhin etwas Merkwürdiges gesagt«, meinte Benedetta. »Sie sagten, Korea sei nicht so schlimm gewesen - die Kämpfe und das alles. Was war denn dann schlimm, wenn es nicht die Kämpfe waren?«
O'Hara blickte in die Ferne. »Als die Kämpfe aufhörten - als ich aufhörte zu kämpfen - als ich nicht mehr weiterkämpfen konnte. Das war schlimm.«
»Sie waren Kriegsgefangener? In chinesischen Händen? Forester hat so etwas gesagt.«
O'Hara antwortete langsam: »Ich habe Männer im Kampf getötet - in der Hitze und Erregung - und würde es wahrscheinlich wieder tun und sogar bald. Aber was diese kommunistischen Lumpenkerle geistig und seelisch mit einem machen, und zwar mit

ganz kaltblütiger Absicht, das geht über jede . . .« Er schüttelte ärgerlich den Kopf. »Ich möchte darüber lieber nicht reden.«
Er sah plötzlich die höflich-sanften, ausdruckslosen Gesichtszüge des chinesischen Oberleutnants Feng vor sich. Das war etwas, das ihn seit Korea bis in seine Träume hinein verfolgt hatte, bis er schreiend erwachte. Das war der Grund, warum er am liebsten in einer alkoholgetränkten, traumlosen, seelenlosen Bewußtlosigkeit einschlief. Er sagte: »Sprechen wir lieber von Ihnen. Sie sprechen gutes Englisch. Wo haben Sie das gelernt?«
Sie war sich bewußt, daß sie verbotenen, schwankenden Boden betreten hatte. »Es tut mir leid, daß ich Ihnen Unbehagen verursacht habe, Señor O'Hara«, sagte sie reumütig.
»Macht nichts. Aber hören Sie auf mit dem Señor O'Hara. Ich heiße Tim.«
Sie lächelte rasch. »Ich bin in den Vereinigten Staaten zur Schule gegangen, Tim. Mein Onkel hat mich hingeschickt, nachdem Lopez die Revolution machte.« Sie lachte. »Ich habe Englisch bei einer Lehrerin gelernt, die ganz ähnlich war wie Miß Ponsky.«
»Da hast du mal eine schneidige Person, mit der kann man Pferde stehlen gehen«, sagte O'Hara.
»Meine Mutter starb, als ich noch ein Kind war. Mein Vater - Lopez hat ihn erschießen lassen.«
O'Hara seufzte. »Wir berühren anscheinend beide offene Wunden, Benedetta. Es tut mir leid.«
Sie sah ihn traurig an. »So ist die Welt nun einmal, Tim.«
Er stimmte ihr düster zu. »Wer in dieser Welt fair play erwartet, ist ein verdammter Narr. Deswegen sind wir jetzt hier in dieser Klemme. Komm, gehen wir zurück; so kommen wir nicht weiter.«
Er drückte die Glut von seiner Zigarette und steckte den Stummel zurück in das Päckchen.
Benedetta erhob sich. »Glaubst du«, fragte sie, »daß Señor Armstrongs Idee mit der Armbrust funktionieren wird?«
»Nein, das glaube ich nicht«, anwortete O'Hara bündig. »Ich halte Armstrong für einen Romantiker. Er hat sich rein theoretisch auf Kriege spezialisiert, die tausend Jahre zurückliegen, und etwas Nutzloseres kann ich mir überhaupt nicht vorstellen. Er ist ein Mann in einem Elfenbeinturm - ein Akademiker -, theoretisch blutdürstig, aber wenn er in der Praxis Blut sieht, wird es ihm den Magen umdrehen. Und ich glaube, er hat außerdem eine kleine Schraube locker.«

Armstrongs Pfeife gab gurgelnde Geräusche von sich, während er Willis zusah, wie er in der Werkstatt herumstöberte. Sein Herzschlag ging rasch, und er verspürte eine gewisse Atemnot, obwohl die Höhenlage ihm diesmal nicht so viel zu schaffen machte wie das erstemal, als er hier oben im Barackenlager gewesen war. Er ging im Geiste sämtliche Einzelheiten seines Berufs durch - der Wissenschaft des Tötens ohne Schießpulver. Er dachte kalt und klar über Schußweiten, Schußbahnen und Einschlagtiefen nach, die sich mit Stücken gebogenen Stahls und gedrehten Darmsaiten erzielen ließen, und versuchte, die ausgeklügelten Mechanismen, die ihm so deutlich aufgezeichnet vor Augen standen, den Materialien und Erfordernissen des gegenwärtigen Augenblicks anzupassen. Er sah hinauf zu den Deckenbalken der Hütte, und ihm dämmerte eine neue Idee.
Willis richtete sich auf und hielt eine Blattfeder in den Händen. »Das hier stammt aus einem Auto - würde das als Bogen gehen?« Armstrong versuchte, sie zu biegen, und fand sie sehr stramm. »Sie ist sehr stark«, sagte er. »Wahrscheinlich stärker als alles, was sie im Mittelalter hatten. Das wird eine außerordentlich mächtige Waffe. Diese Feder ist möglicherweise zu stark. Wir müssen imstande sein, sie zu biegen.«
»Gehen wir die Sache noch mal durch«, sagte Willis.
Armstrong zeichnete ihm die Einzelheiten auf der Rückseite eines Briefumschlags auf. »Für die leichten Sport- und Jagdbogen hatten sie früher einen Geißfuß, aber der wäre nicht kräftig genug für die Waffe, die wir vorhaben. Für die schweren Militärbogen hatten sie zwei Methoden, um sie zu spannen - den Cranequin, eine Sperrklinke, die wie diese hier angebracht war und die beim Abschießen vorher abgenommen wurde, oder eine in den Bogen eingebaute Winde, die einen Flaschenzug betätigt.«
Willis sah sich die Skizzen an und nickte. »Mit der Winde kommen wir am ehesten hin«, sagte er. »Das Sperrklinken-Ding wäre zu schwierig herzustellen. Und wenn nötig, können wir die Feder durch Abschleifen etwas schwächer machen.« Er sah sich um. »Wo ist denn Peabody?«
»Keine Ahnung«, sagte Armstrong. »Kommen Sie, fangen wir an.« »Suchen Sie ihn doch lieber«, antwortete Willis. »Er kann inzwischen Pfeile machen. Das dürfte eine ziemlich leichte Arbeit sein.«
»Bolzen«, verbesserte Armstrong ihn geduldig und pedantisch.

»Egal, wie die Dinger heißen, machen soll er welche«, sagte Willis.
Sie fanden Peabody in einer der Hütten, wo er es sich bequem gemacht hatte und sich gerade eine Büchse Bohnen wärmte. Er ging widerwillig in die Werkstatt mit, und sie machten sich an die Arbeit. Armstrong staunte einmal über das andere über die Geschicklichkeit, mit der Willis' Finger aus den unmöglichsten Materialien und mit noch unmöglicheren Werkzeugen tatsächlich brauchbare Teilstücke zurechtbogen. Es stellte sich heraus, daß der alte Schleifstein ihr bestes Schneidewerkzeug war, obwohl er zur Materialverschwendung neigte. Armstrong geriet beim Drehen der Kurbel ins Schwitzen und konnte es nicht lange durchhalten, folglich drehten sie ihn abwechselnd, Armstrong und Willis schweigend, Peabody mit viel Fluchen und Schimpfen.
Sie rissen aus einer der Hütten elektrische Leitungsdrähte heraus und montierten Leitungsrohre ab. Sie schnitten die Betonverstärkungs-Stahlstäbe in gleich lange, kurze Stücke und schlitzten die Enden zum Befestigen von Flügelfedern. Es war kalt, ihre Hände wurden gefühllos, und das Blut rann ihnen aus den Rissen und Schnitten, die ihnen ihre improvisierten unhandlichen Werkzeuge, die immer wieder abrutschten, zufügten.
Sie arbeiteten die ganze Nacht durch, und die Morgendämmerung erhellte den Himmel, als Armstrong die fertiggestellte Waffe in die Hand nahm und sie zweifelnd betrachtete. »Sie sieht ein bißchen anders aus, als ich sie mir vorgestellt hatte«, meinte er. »Aber ich glaube, sie wird gehen.« Er rieb sich müde die Augen. »Ich schaffe sie gleich hinunter – sie werden sie vielleicht brauchen.«
Willis sackte erschöpft an der Barackenwand zusammen. »Ich hab' eine Idee für eine bessere«, sagte er. »Das Ding da wird elend schwer zu spannen sein. Aber erst muß ich etwas schlafen – und essen.« Seine Stimme verlor sich in einem Gemurmel, und er zwinkerte heftig mit den Augen.
»Ich werde unten essen«, sagte Armstrong. Er schulterte die Armbrust und trat aus der Hütte hinaus.


Die Brücke war die ganze Nacht von den Scheinwerfern der feindlichen Fahrzeuge beleuchtet gewesen, und es wäre offensichtlich zwecklos gewesen, einen Ausfall zu machen und zu versuchen, die Halteseile zu kappen. Der Feind hatte jedoch während der Nacht nicht weiter an der Brücke gearbeitet, da er begreiflicher-

weise keine Lust hatte, sich im hellen Scheinwerferlicht zur Zielscheibe eines Schusses aus der Dunkelheit zu machen.
Forester hatte nur Verachtung für sie übrig. »Diese blöden Trottel«, sagte er. »Wenn wir sie schon bei Tageslicht nicht treffen, dann ist es doch mal sicher, daß wir sie nachts erst recht nicht treffen – aber wenn sie ein bißchen Verstand hätten, würden sie begreifen, daß sie bei Nacht feststellen können, woher wir schießen. Dann brauchten sie nur einen Mann auf die Brücke zu stellen, um uns zum Feuern zu veranlassen, und könnten unseren Mann mit Löchern vollstopfen.«
Aber während der Tagesstunden hatte der Feind weiter an der Brücke gearbeitet und sich weniger vor den Schüssen gefürchtet, die auf ihn abgegeben wurden. Keiner der Leute war getroffen worden, und es war klar, daß abgesehen von einem Zufallstreffer kaum irgendwelche Gefahr bestand. Am Morgen waren in Rohdes Pistole nur noch sechs Patronen, und in der Brücke waren neun neue Planken.
Um neun Uhr hatte Rohde zwei weitere Kugeln verschossen, und jetzt kam Armstrong mit einem seltsamen Apparat die Straße heruntergestolpert. »So, hier wäre sie«, sagte er. »Hier habt ihr eure Armbrust.« Er rieb sich die müden, rotgeränderten Augen. »Fachmännisch gesprochen, würde ich sie als eine Arbaleste bezeichnen.«
»Mein Gott, das ist aber rasch gegangen«, sagte O'Hara.
»Wir haben die ganze Nacht gearbeitet«, sagte Armstrong müde. »Wir dachten, ihr würdet sie vielleicht eilig brauchen.«
»Wie funktioniert sie?« fragte O'Hara, indem er die Armbrust neugierig beäugte.
»Die Metallschlinge am Lauf ist ein Steigbügel zum Halten«, erläuterte Armstrong. »Sie setzen sie auf den Boden auf und stellen den Fuß hinein. Dann nehmen Sie diese Leine hier und hängen den Haken in die Bogensehne ein und drehen diese Kurbel hier. Das zieht die Bogensehne zurück, bis sie sich in diese Abzugstange einhakt. Dann legen Sie einen Bolzen in die Laufrinne ein, und Sie können schießen. Wenn Sie den Hahn herunterdrücken, löst er die Abzugstange aus, und die Bogensehne schnellt vor.«
Die Armbrust wog schwer in O'Haras Händen. Der Bogen selbst war aus einer Autofeder gemacht, und die Bogensehne bestand aus einem Stück elektrischen Leitungsdrahts, das zur Verstärkung in eine sechssträhnige Kordel eingewunden war. Die Leine, die die

Bogensehne zurückzog, war ebenfalls aus drei Strähnen elektrischen Leitungsdrahts gewunden. Die Abzugsstange und der Abzugshahn waren aus Holz geschnitzt, und die Laufrinne, in der der Bolzen lag, war aus einem Stück elektrischen Leitungsrohrs gefertigt.
Das Ganze war ein Triumph der Improvisation.
»Wir mußten die Feder etwas abschwächen«, sagte Armstrong. »Aber sie hat noch immer eine Menge Spannkraft. Hier haben Sie einen Bolzen - wir haben ein Dutzend davon gemacht.«
Der Bolzen war lediglich ein zugeschnittenes Stück Rundstahl, einen Zentimeter im Durchmesser und achtunddreißig Zentimeter lang und stark verrostet. Das eine Ende war eingeschlitzt zur Befestigung der Flügelfedern, die aus einer Trockenmilch-Blechdose ausgeschnitten waren, und das andere Ende war scharf zugespitzt.
O'Hara wog den Bolzen nachdenklich in der Hand; er war ziemlich schwer. »Wenn dieses Ding nicht auf der Stelle tötet, dann stirbt jeder, der davon getroffen wird, auf alle Fälle mal garantiert an Blutvergiftung. Hat es die Schußweite, mit der Sie gerechnet hatten?«
»Etwas mehr«, sagte Armstrong. »Diese Bolzen sind an sich schwerer als die ursprünglichen, mittelalterlichen, weil sie ganz aus Stahl sind und keinen Holzschaft haben, aber der Bogen ist sehr stark, und das gleicht es wieder aus. Warum probieren Sie ihn nicht aus?«
O'Hara setzte den Fuß in den Haltesteigbügel und drehte die Flaschenzugkurbel. Sie ging schwerer, als er gedacht hatte; der Bogen war außerordentlich stark. Er legte einen Bolzen in die Laufrinne und fragte: »Worauf soll ich schießen?«
»Wie wär's mit der Böschung da drüben?«
Die Böschung war etwa sechzig Meter entfernt. O'Hara hob die Armbrust an, und Armstrong sagte rasch: »Probieren Sie sie gleich im Liegen, so wie wir sie dann tatsächlich verwenden werden. Die Schußbahn ist sehr flach, und Sie werden mit dem Zielen nicht viel Mühe haben. Ich dachte mir, wir warten mit dem Visier-Einrichten, bis wir hier unten an Ort und Stelle sind.« Er zog ein paar aus Draht zusammengebogene Vorrichtungen aus der Tasche. »Wir haben ein Visier mit einem Ring und einem Stift gemacht.«
O'Hara legte sich auf den Erdboden und paßte den grob behauenen hölzernen Kolben so gut es ging in seine Schulter ein. Er spähte die Laufrinne entlang und zielte, so gut er konnte, auf

einen braunen Erdflecken an der Böschung. Dann drückte er den Hahn herunter, und die Armbrust schlug hart gegen seine Schulter, als die Sehne freischnellte.
Ganz weit rechts von der Stelle, auf die er gezielt hatte, stieg ein Staubwölkchen auf. Er stand auf und rieb sich die Schulter. »Meine Güte«, sagte er erstaunt, »das Ding hat aber einen mächtigen Rückschlag.«
Armstrong lächelte schwach. »Holen wir den Bolzen zurück.« Sie gingen zu der Böschung hinüber, aber O'Hara konnte den Bolzen nicht finden. »Er ist ungefähr hier hineingegangen«, sagte er, »aber wo ist er?«
Armstrong lachte. »Ich habe Ihnen doch gesagt, daß es eine starke Waffe ist. Hier haben Sie Ihren Bolzen.«
O'Hara gab ein verblüfftes Knurren von sich, als er sah, was Armstrong meinte. Der Bolzen war tiefer als seine eigene Länge ins Erdreich eingegraben. Armstrong buddelte ihn heraus, und O'Hara sagte: »Am besten ist es, wir üben alle der Reihe nach mit dem Ding und stellen fest, wer der beste Schütze ist.« Er sah Armstrong an. »Und Sie schlafen sich erst mal aus; Sie sehen reichlich ausgelaugt aus.«
»Ich warte, bis ich die Armbrust im Einsatz gesehen habe«, antwortete Armstrong. »Vielleicht ist noch diese oder jene Änderung nötig. Willis macht inzwischen eine zweite - er hat allerlei Ideen zur Verbesserung -, und wir haben Peabody eingesetzt, um noch mehr Bolzen zu machen.« Er stand aufrecht da mit dem Bolzen in der Hand. »Und außerdem muß ich die Zieleinrichtung anbringen.«
Alle, mit Ausnahme von Aguillar und Rohde, machten Probeschüsse mit der Armbrust, und es stellte sich heraus - was vielleicht nicht so überraschend war -, daß Miß Ponsky der beste Schütze war: Forester war der zweitbeste, und O'Hara kam an dritter Stelle. Der schwere Rückschlag der Armbrust nahm Miß Ponskys Schulter einigermaßen mit, aber sie fertigte sich ein weiches Schulterpolster an und setzte den Bolzen bei acht von zehn Probeschüssen sicher in einen Dreißig-Zentimeter-Kreis und gackerte mißbilligend vor sich hin, wenn sie daneben schoß.
»Sie hat nicht die Kräfte, um das Ding zu spannen«, sagte Forester, »aber mit dem Abzug geht sie verdammt gut um.«
»Damit ist die Sache entschieden«, sagte O'Hara. »Sie hat den ersten Schuß auf den Feind - wenn sie dazu bereit ist.« Er ging zu ihr

hinüber und sagte mit einem Lächeln: »Es sieht so aus, als wären Sie dazu ausersehen, als erste ins Gefecht zu gehen. Wollen Sie's probieren?«
Sie erblaßte, und ihre Nase wurde noch spitzer als sonst. »Ach Herrjeh«, sagte sie verwirrt. »Glauben Sie denn, ich kann es?«
»Die Kerle haben weitere vier Planken in die Brücke eingesetzt«, sagte O'Hara ruhig. »Und Rohde hebt sich seine letzten vier Kugeln auf, bis er einigermaßen sicher ist, daß er trifft. Die Armbrust ist unsere einzige Chance, und Sie sind von uns allen der beste Schütze.«
Sie riß sich sichtlich zusammen und hob entschlossen das Kinn. »Gut«, sagte sie. »Ich werde mein Bestes tun.«
»Fein! Am besten kommen Sie gleich mit und sehen sich mal die Brücke an, damit Sie sich auf die richtige Schußweite einstellen können - und vielleicht sollten Sie auf dieselbe Entfernung ein paar Probeschüsse machen.«
Er führte sie zu der Stelle, wo Rohde auf dem Erdboden lag. »Miß Ponsky wird es mit der Armbrust versuchen«, sagte er.
Rohde betrachtete die Waffe interessiert. »Funktioniert sie?«
»Sie hat die nötige Reichweite und Geschwindigkeit«, erklärte ihm O'Hara. »Sie dürfte funktionieren.« Er wandte seine Aufmerksamkeit der Brücke zu. Zwei Männer hatten soeben eine neue Planke eingesetzt und zogen sich gerade wieder zurück. Die Lücke in der Brücke wurde allmählich sehr schmal - bald würde sie so schmal sein, daß ein halbwegs entschlossener Mann hinüberspringen konnte. »Nehmen Sie sich den aufs Korn, der Ihnen am nächsten ist, wenn sie wieder herauskommen«, sagte er. »Auf wieviel würden Sie die Entfernung schätzen?«
Miß Ponsky überlegte. »Etwas weniger als die, auf die ich mich eingeübt habe«, sagte sie. »Ich glaube, ich brauche keine Übungsschüsse mehr zu machen.« In ihrer Stimme lag ein leises Beben.
O'Hara sah sie fest an. »Diese Sache muß sein, Miß Ponsky. Denken Sie daran, was sie Mrs. Coughlin angetan haben - und was sie mit uns machen werden, wenn sie über die Brücke kommen.«
»Ich werde es schon machen«, sagte sie leise.
O'Hara nickte befriedigt. »Legen Sie sich hierhin, an Rohdes Stelle. Ich bin ein Stückchen weiter drüben. Lassen Sie sich Zeit - es hat keine Eile. Tun Sie, als wäre es ein Übungsschießen, wie Sie es sonst immer machen.«
Forester hatte den Bogen bereits gespannt und reichte ihn zu Miß

Ponsky hinauf. Sie legte einen Bolzen in die Laufrinne und schob sich auf dem Bauch liegend nach vorn, bis sie eine gute Sicht auf die Brücke hatte. O'Hara wartete, bis sie sich an ihrem Platz eingerichtet hatte, und rückte dann ein Stückchen weiter am Rand der Schlucht hinauf. Er warf einen Blick zurück und sah, wie Forester mit Armstrong sprach, der sich auf dem Boden ausgestreckt hatte und die Augen geschlossen hielt.
Er fand eine gute Beobachtungsstelle, legte sich nieder und wartete. Es dauerte nicht lange, und dieselben zwei Männer tauchten wieder mit einer Planke auf. Sie krochen flach auf der Brücke entlang, indem sie die Planke vor sich her schoben, bis sie die Lücke erreichten - obwohl bisher keiner von ihnen getroffen worden war, ließen sie sich auf kein unnötiges Risiko ein. Sobald sie sich an der Lücke befanden, machten sie sich an die Arbeit und schlangen die Planke an den beiden Hauptseilen fest.
O'Hara spürte, wie sein Herz wie wild klopfte, und das Warten schien unerträglich. Der ihnen am nächsten stehende Mann trug eine Lederjacke ähnlich seiner eigenen, und O'Hara konnte ganz deutlich das Blinzeln seiner Augen erkennen, wenn er ab und zu besorgt auf das andere Ufer hinüberblickte. O'Hara ballte die Faust. »Jetzt!« flüsterte er. »Um Himmels willen - jetzt!«
Er hörte das schwirrende Geräusch des Abschusses nicht, aber er sah, wie der Staub von der Jacke des Mannes aufsprühte, als der Bolzen ihn traf, und plötzlich ragte dem Mann aus dem Rücken, genau zwischen den Schulterblättern, ein stählerner Schaft heraus. Ein schwacher Schrei ertönte über dem Tosen des Flusses, und der Mann ruckte krampfartig mit den Beinen. Er warf wie in einer flehentlichen Geste die Arme nach vorn, kippte dann seitlich um, rollte über den Brückenrand und fiel in einem kreiselnden Durcheinander von Armen und Beinen hinab in den tobenden Fluß.
Der andere Mann hielt einen Augenblick lang unsicher inne und rannte dann über die Brücke zurück auf die andere Seite der Schlucht. Die Brücke schwankte heftig unter seinem Laufschritt, und er warf im Laufen angstvolle Blicke zurück. Ein fernes Gebrabbel von Stimmen war zu hören, als er die Gruppe seiner Kumpane am Ende der Brücke erreichte, und es wurde heftig und aufgeregt gestikuliert. O'Hara sah, wie der Mann auf seinen eigenen Rücken zeigte und wie ein anderer ungläubig den Kopf schüttelte. Er lächelte schwach; es war ja auch wirklich schwer zu glauben.

Er zog sich behutsam zurück und rannte dann zu der Stelle, von der aus Miß Ponsky den Schuß abgegeben hatte. Sie lag auf dem Boden, von heftigem Schluchzen geschüttelt, und Forester beugte sich über sie. »Es ist alles in Ordnung, Miß Ponsky«, sagte er. »Es mußte sein.«
»Aber ich habe einen Menschen getötet«, jammerte sie. »Ich habe einen Menschen ums Leben gebracht!«
Forester half ihr auf die Füße und führte sie hinweg, wobei er die ganze Zeit leise auf sie einredete. O'Hara beugte sich hinab und hob die Armbrust auf. »Das ist mal eine Geheimwaffe!« sagte er voller Bewunderung. »Kein Geräusch, kein Mündungsfeuer, nichts - nur einfach *zing*!« Er lachte. »Sie wissen noch immer nicht, was eigentlich passiert ist - jedenfalls nicht bestimmt. Armstrong, Sie sind ein richtiges Genie.« Aber Armstrong war eingeschlafen.


Der Feind unternahm an diesem Morgen keine weiteren Versuche, die Brücke zu reparieren. Statt dessen unterhielt er ein stetiges, wenn auch gemächliches leichtes Gewehrfeuer, mit dem er den Rand der Schlucht bestrich, in der Hoffnung, irgend etwas zu treffen. O'Hara zog alle, einschließlich Rohde, in sichere Deckung zurück. Dann lieh er sich von Benedetta einen kleinen Spiegel aus und richtete sich einen improvisierten Geländebeobachtungsspiegel her, wobei er sorgfältig darauf achtete, daß das Glas sich im Schatten eines Felsens befand und das direkt aufscheinende Sonnenlicht nicht widerspiegeln konnte. Er brachte den Geländespiegel so an, daß der Beobachter in voller Deckung auf dem Rücken liegen und trotzdem das andere Ende der Brücke im Auge behalten konnte. Forester übernahm die erste Wache.
O'Hara sagte: »Wenn sie wieder auf die Brücke kommen sollten, verwendest du die Pistole - nur einen Schuß. Wir haben sie jetzt aus dem Konzept gebracht, und sie sind ein bißchen nervös. Sie wissen nicht, ob der Bursche durch einen Unglücksfall von der Brücke gefallen ist, ob er angeschossen wurde und sie nur den Knall nicht gehört haben, oder ob es etwas anderes war. *Wir* wissen, daß es etwas anderes war, und auch der andere Mann weiß es, der mit ihm auf der Brücke war, aber ich habe den Eindruck, sie glauben ihm nicht. Als ich zuletzt hinübersah, war eine mächtige Streiterei im Gang. Auf alle Fälle werden sie sich jetzt nur mit

großer Vorsicht wieder herauswagen, und ein einzelner Schuß dürfte sie abschrecken.«
Forester überprüfte die Pistole und blickte verdrießlich auf die verbliebenen vier Patronen. »Ich komme mir wie ein komischer Soldat vor - daß ich fünfundzwanzig Prozent der gesamten Munition auf einen Schlag abschießen muß.«
»Es ist am besten so«, sagte O'Hara. »Sie wissen nicht, wieviel Munition wir haben, die Armbrust ist unsere Geheimwaffe, und wir müssen sie auf die bestmögliche Art einsetzen. Ich habe gewisse Ideen, was das betrifft, aber ich möchte warten, bis wir die zweite Armbrust haben.« Er hielt inne. »Hast du eine ungefähre Ahnung, wie viele sie sind, da drüben?«
»Ich habe versucht, sie zu zählen«, sagte Forester. »Ich bin auf dreiundzwanzig gekommen. Der Anführer scheint ein großer, schwerer Bursche mit einem Castro-Bart zu sein. Er trägt eine Art Uniform - dschungelgrüne Hose und eine Buschjacke wie ein Guerillakämpfer.« Er rieb sich nachdenklich das Kinn. »Nach meiner Schätzung ist er ein kubanischer Spezialist.«
»Ich werde auf ihn aufpassen«, sagte O'Hara. »Wenn wir ihn umlegen können, packen die anderen vielleicht zusammen.«
»Vielleicht«, sagte Forester zurückhaltend.
O'Hara wanderte zurück ins Lager, das jetzt in den Felsenunterschlupf am Bergabhang verlegt worden war. Es bot eine bessere Verteidigungsstellung und konnte nicht so leicht mit einem Überraschungsangriff überrumpelt und gestürmt werden, da die Angreifer über zerklüftetes Gelände vorrücken mußten. Aber O'Hara hatte trotzdem kein großes Zutrauen zu der Stellung; wenn der Feind über die Brücke kam, konnte er sehr rasch auf der Straße hinaufrücken, den Felsenunterschlupf von hinten umgehen und sie umzingeln. Er hatte sich bereits das Hirn nach irgendeiner Möglichkeit zermartert, die Straße zu sperren, aber es war ihm bisher nichts eingefallen.
Immerhin - es war ein besserer Platz als das Lager beim Teich am Straßenrand. Die Schwierigkeit war die Wasserversorgung; aber sie hatten die Mulde am rückwärtigen Ende inzwischen mit nahezu hundert Liter Wasser gefüllt, die sie mühsam in Konservendosen herangeschafft hatten, wobei allerdings unterwegs auch eine Menge verschüttet worden war. Und es war ein guter Platz zum Schlafen.
Miß Ponsky hatte sich zwar von ihrem hysterischen Anfall, nicht

aber von ihren Gewissensbissen erholt. Sie war ungewohnt still, hatte sich ganz in sich zurückgezogen und sprach mit niemandem. Sie hatte bei der Heranschaffung des Wassers und der Lebensmittel mitgeholfen, aber teilnahmslos. »Es ist nicht recht, daß eine Dame wie Miß Ponsky solche Dinge tun muß«, meinte Aguillar.

O'Hara spürte, wie Zorn und Gereiztheit in ihm hochstiegen. »Verdammt noch mal«, sagte er, »wir haben diese Sache nicht angefangen. Die Coughlins sind tot, Benedetta wäre um ein Haar ums Leben gekommen - von mir selbst ganz zu schweigen. Ich werde versuchen, dafür zu sorgen, daß es nicht wieder passiert, aber sie ist nun mal unser bester Schütze, und wir kämpfen um unser Leben.«

»Sie sind Soldat«, sagte Aguillar. »Ich höre Sie beinahe wie Napoleon sagen, daß man kein Omelett machen kann, ohne ein paar Eier zu zerbrechen.« Seine Stimme hatte einen leisen, spöttischen Ton.

O'Hara überhörte ihn absichtlich. »Wir müssen alle mit der Armbrust üben und uns einschießen. Wir müssen lernen, sie zu verwenden, solange noch Zeit dazu ist.«

Aguillar tippte ihn leicht am Arm. »Señor O'Hara, vielleicht würden diese Leute sich zufriedengeben, wenn ich mich ihnen ausliefern würde.«

O'Hara starrte ihn an. »Sie wissen genau, daß sie das nicht tun würden; sie können uns nicht laufenlassen, nachdem wir nun mal wissen, was wir wissen.«

Aguillar nickte. Er zuckte halb belustigt die Achseln. »Ich wollte nur, daß Sie mich davon überzeugen, daß dadurch nichts zu gewinnen ist, und Sie haben mich überzeugt. Es tut mir leid, daß ich alle diese unschuldigen Menschen in diese Lage gebracht habe.«

O'Hara gab einen ungeduldig-abweisenden Laut von sich, und Aguillar fuhr fort: »Es kommt ein Augenblick, an dem der Soldat dem Politiker die Dinge aus der Hand nimmt - alle Wege scheinen letztlich zur Gewalttätigkeit zu führen. Folglich muß ich jetzt aufhören, Politiker zu sein, und Soldat werden. Ich werde lernen, diesen Bogen zu schießen, und zwar gut, Señor.«

»Ich würde Ihnen raten, sich nicht zu sehr anzustrengen, Señor Aguillar«, sagte O'Hara. »Sie müssen mit Ihren Kräften haushalten für den Fall, daß wir uns plötzlich und rasch wegmachen müssen.«

Aguillars Stimme klang scharf. »Señor, ich werde tun, was ich tun muß.«

O'Hara ahnte, daß er den lateinamerikanischen Stolz an einem empfindlichen Punkt berührt hatte, und sagte nichts mehr. Er nickte lediglich und ging, um mit Miß Ponsky zu sprechen.

Sie kniete vor dem Primuskocher und paßte anscheinend aufmerksam auf eine Blechbüchse kochenden Wassers auf; aber ihre Augen waren nicht auf den Kocher gerichtet, sondern starrten weit über ihn hinaus. O'Hara wußte, wohin sie blickte - auf einen Stahlbolzen, der wie ein ungeheuerliches Gewächs einem Mann mitten aus dem Rücken wuchs.

Er hockte sich neben ihr nieder, aber sie schien seine Anwesenheit nicht zu bemerken. Nach einer Weile begann er, sanft und leise auf sie einzureden, um ihr einen halbwegs vernünftigen und annehmbaren Entschuldigungsgrund dafür zu liefern, daß sie einen Mann getötet hatte und sich jetzt deswegen selbst haßte. Er holte mit einiger Anstrengung aus seinem eigenen Innern eine Erinnerung herauf, die er zu vergessen versucht hatte.

Er sagte: »Einen anderen Menschen zu töten, ist eine schreckliche Sache, Miß Ponsky. Ich weiß das - ich habe es selbst getan, und mir war danach tagelang übel. Als ich das erstemal in Korea einen feindlichen Jäger abschoß, flog ich ihm im Sturzflug nach - eine gefährliche Sache, aber ich war damals noch jung und unerfahren. Die MIG stürzte brennend ab, sein Schleudersitz funktionierte nicht, er machte den Baldachin mit der Hand auf und sprang gegen den Propellerstrahl heraus. Er fiel zur Erde wie ein kreiselnder schwarzer Fleck. Sein Fallschirm öffnete sich nicht. Ich wußte: Er war ein toter Mann.« O'Hara befeuchtete sich die Lippen. »Mir war schlecht dabei zumute, Miß Ponsky; es war mir übel. Aber dann dachte ich daran, daß dieser gleiche Mann versucht hatte, mich zu töten - und es wäre ihm auch beinahe gelungen. Er hatte meine Maschine von oben bis unten durchlöchert, ehe ich ihn schließlich erwischte. Ich hatte Glück. Schließlich sagte ich mir, daß es darum ging: er oder ich, und ich war derjenige, der Glück gehabt hatte. Ich weiß nicht, ob es ihm leid getan hätte, wenn er mich getötet hätte - ich glaube, wahrscheinlich nicht. Diese Leute sind nicht darauf geschult, viel Achtung vor Menschenleben zu haben.«

Er sah sie fest an. »Diese Leute drüben auf der anderen Seite des Flusses sind dieselben, gegen die ich in Korea gekämpft habe, und

101

daß sie eine andere Hautfarbe haben, hat dabei nichts zu sagen. Wir hätten keinen Streit mit ihnen, wenn sie uns in Frieden ziehen ließen - aber genau das tun sie nicht, Miß Ponsky. Also kommen wir wieder darauf zurück: entweder töten oder selbst getötet werden, und den Verlierer soll der Teufel holen. Sie haben das Richtige getan, Miß Ponsky; was Sie getan haben, hat möglicherweise uns allen das Leben gerettet und vielleicht sogar außerdem einer Menge anderer Menschen hier in diesem Land. Wer weiß?«

»Das ist mir jetzt klar, Mr. O'Hara«, sagte sie. »Ich werde jetzt in Ordnung sein.«

»Ich heiße Tim«, sagte er. »Die Engländer sind ziemlich spießig und altmodisch, bis sie einen beim Vornamen nennen, aber wir Iren sind da anders.«

Sie schenkte ihm ein zitterndes Lächeln. »Ich heiße Jennifer.«

»Gemacht, Jenny«, sagte O'Hara. »Ich werde mich bemühen, dich nicht wieder in eine solche Klemme zu bringen.«

Sie wandte den Kopf ab und sagte mit halberstickter Stimme: »Ich glaube, ich muß jetzt heulen.« Sie richtete sich hastig auf und eilte hinaus.

Benedettas Stimme sagte hinter O'Haras Rücken: »Das hast du gut gemacht, Tim.«

Er wandte sich um und sah sie steinernen Blicks an. »So, wirklich? Jemand mußte es machen.« Er stand auf und streckte die Beine. »Gehen wir und üben wir uns mit dieser Armbrust.«

Sie brachten den Rest des Tages mit Übungsschießen zu und lernten dabei, den Wind einzukalkulieren und sich auf veränderte Schußweiten einzustellen. Miß Ponsky zog ihre straff gespannten Nerven noch schärfer an und wurde mit der Ausbildung der übrigen betraut.

O'Hara ging zur Schlucht hinunter, vermaß sorgfältig mittels Triangulation die Entfernung bis zu den feindlichen Fahrzeugen, bis er sicher war, daß er die Schußweite bis auf einen halben Meter genau gemessen hatte. Dann ging er zurück, maß die gleiche Entfernung auf dem Erdboden ab und wies alle an, sich mit der Armbrust auf diese Zielentfernung einzuüben. Die Entfernung betrug hundertachtzig Meter.

Er sagte zu Benedetta: »Ich ernenne dich hiermit zu meinem Stabschef - das ist eine Art aufgedonnerte Sekretärin, die jeder General hat. Hast du Papier und Bleistift?«

Sie nickte lächelnd, woraufhin er ein Dutzend verschiedener Dinge, die zu tun waren, herunterratterte. »Du gibst das Zeug an die richtigen Leute weiter für den Fall, daß ich es vergesse – ich habe im Augenblick eine Unmenge Sachen im Kopf, und ich könnte irgendwas Wichtiges vergessen, wenn die Sache losgeht.«
Er wies Aguilar an, ein halbes Dutzend Bolzen mit Stoffetzen zu umwickeln, und schoß die Bolzen dann auf das Ziel ab, um festzustellen, ob die Umwicklung sich auf die Fluggenauigkeit auswirkte. Es ergab sich kein nennenswerter Unterschied. Er tränkte daraufhin einen stoffumwickelten Bolzen mit Paraffin und zündete ihn an, eher er ihn losschoß, aber die Flamme ging aus, ehe der Bolzen das Ziel erreichte. Er fluchte vor sich hin und experimentierte weiter, indem er das Paraffin hell auflodern ließ, ehe er den Abzug herunterdrückte. Er versengte sich zwar das Gesicht, landete aber schließlich drei mit voller Flamme brennende Bolzen genau auf dem Ziel und stellte beglückt fest, daß sie dort weiterbrannten.
»Wir müssen die Sache bei Tag machen«, sagte er. »In der Dunkelheit wäre es verflucht gefährlich – sie würden die Flamme schon bemerken, noch ehe wir geschossen haben.«
Es wurde später Nachmittag, ehe der Feind sich wieder auf die Brücke hinauswagte, und als Rohde, der nach einem langen Schlaf von Forester die Wache übernommen hatte, einen Schuß abgab, rannten sie sofort wieder zurück. Rohde gab vor Sonnenuntergang noch einen weiteren Schuß ab, und dann gab O'Hara ihm Anweisung aufzuhören. »Behalten Sie die beiden letzten Kugeln«, sagte er. »Wir werden sie brauchen.« Folglich gelang es dem Feind, noch drei weitere Planken einzusetzen. Er verstärkte die Beleuchtung in dieser Nacht, wagte sich aber nicht auf die Brücke hinaus.

# 4

Forester erwachte bei Morgengrauen. Er fühlte sich erfrischt, denn er hatte die Nacht ungestört durchschlafen können. O'Hara hatte darauf bestanden, daß Rohde und er vom nächtlichen Wachdienst befreit wurden, um sich so gründlich wie möglich ausschlafen zu können, ehe sie heute zum Barackenlager hinaufgingen. Dort sollten sie sich einen Tag lang akklimatisieren und dann am folgenden Tag weiter zum Bergwerk hinaufsteigen.
Forester sah zu den weißen Bergen hinauf, und plötzlich fuhr ihm ein kalter Schauer in die Knochen. Er hatte O'Hara beschwindelt, als er gesagt hatte, er sei in den Rocky Mountains herumgekraxelt – die höchste Spitze, die er je erstiegen hatte, war das Empire State Building in New York gewesen, und zwar im Fahrstuhl. Die hohen Berggipfel blendeten ihn mit ihrem gleißenden Weiß, als die ersten Sonnenstrahlen ihn berührten, und Forester kniff die Augen zusammen, um den Paß zu erkennen, den Rohde ihm gezeigt hatte. Rohde hatte gesagt, es werde ihm noch leid tun, und es kam ihm jetzt vor, als werde Rohde recht haben; Rohde war ein hartgesottener Bursche und neigte nicht zu Übertreibungen.
Forester säuberte sich und ging hinab zur Brücke. Armstrong hatte Wachdienst. Er lag auf dem Rücken unter dem Geländespiegel und war damit beschäftigt, auf einem Fetzen Papier mit einem Bleistiftstummel etwas zu skizzieren, während er alle paar Minuten einen prüfenden Blick auf den Spiegel warf. Er winkte, als er Forester herankriechen sah, und sagte: »Alles ruhig. Sie haben gerade die Scheinwerfer ausgeschaltet.«
Forester betrachtete das Stück Papier. Armstrong hatte etwas gezeichnet, das wie eine Apothekerwaage aussah.
»Was soll das sein?« fragte er. »Die Waagschalen der Gerechtigkeit?«

Armstrong machte ein überraschtes und gleich darauf erfreutes Gesicht. »Allerdings, Sir, Sie haben es richtig erkannt.«
Forester drang nicht weiter in ihn. Er hielt Armstrong für ein bißchen überdreht – gescheit, aber trotzdem verrückt. Seine Armbrust hatte sich als ganz beachtliche Waffe herausgestellt – aber nur ein Spinner konnte auf so etwas kommen. Er lächelte Armstrong zu und kroch ein Stückchen weiter zu einer Stelle, von wo aus er einen guten Blick auf die Brücke hatte.
Er preßte die Lippen zusammen, als er sah, wie schmal die Lücke geworden war. Vielleicht würde er gar nicht mehr dazu kommen, den Paß hinaufklettern zu müssen; vielleicht würde er hier, wo er war, kämpfen und sterben müssen. Er schätzte, daß die Lücke bis zum Nachmittag so schmal sein werde, daß ein Mann hinüberspringen konnte. O'Hara sollte sich lieber auf etwas gefaßt machen. Aber O'Hara schien sich keine Sorgen zu machen und sprach von einem Plan, den er sich zurechtgelegt hatte, und Forester hoffte zu Gott, er wußte, was er tat.
Als er zu dem Felsenunterschlupf zurückkam, war Willis gerade vom Barackenlager heruntergekommen. Er hatte ein Travois den ganzen langen Weg allein heruntergezerrt, und sein Inhalt wurde eben ausgepackt. Er hatte mehr Lebensmittel und einige Schlafdecken heruntergebracht sowie eine neue Armbrust, die er O'Hara vorführte.
»Bei dieser hier wird das Laden schneller gehen«, sagte er. »Ich habe ein paar kleine Zahnradgetriebe gefunden und sie in die Winde eingebaut. Das macht das Spannen wesentlich leichter. Wie hat der andere Bogen funktioniert?«
»Verdammt gut«, sagte O'Hara. »Hat einen Mann getötet.«
Willis erbleichte ein wenig, und seine unrasierten Bartstoppeln hoben sich scharf von der weißen Haut ab. Forester lächelte verbissen. Die Geheimwaffenerfinder bekamen immer das Schlottern, wenn sie von den Ergebnissen ihrer Basteleien erfuhren.
O'Hara wandte sich an Forester. »Sobald sie wieder anfangen, an der Brücke zu arbeiten, werden wir ihnen eine Überraschung bereiten«, sagte er. »Es wird Zeit, daß wir ihnen in die Suppe spukken. Wir werden jetzt frühstücken und dann zur Brücke hinuntergehen. Bleib du so lange hier und sieh dir den Spaß an. Ihr könnt dann gleich anschließend aufbrechen.«
Er drehte sich um. »Jenny, laß die anderen das Frühstück machen. Du bist unser Star bei dieser Vorstellung. Nimm eine Armbrust

und mach ein paar Übungsschüsse auf dieselbe Entfernung wie gestern.« Sie wurde blaß, und er lächelte und sagte sanft: »Wir gehen zur Brücke hinunter, und du wirst auf ein feststehendes, lebloses Ziel schießen.«
Forester fragte Willis: »Wo ist Peabody?«
»Oben im Lager - macht noch mehr Pfeile.«
»Habt ihr irgendwelchen Ärger mit ihm gehabt?« -
Willis grinste kurz. »Er ist ein stinkfauler Hund, aber ein paar Tritte in den Arsch haben ihn kuriert«, sagte er unerwartet grob.
»Wo ist Armstrong?«
»Auf Wachdienst unten bei der Brücke.«
Willis rieb sich das Kinn; es machte ein kratzendes Geräusch. »Der Mann hat Ideen«, sagte er. »Ein ganzes Manhattan-Projekt in einer Person. Ich muß mit ihm reden.«
Er machte sich bergab auf den Weg, und Forester wandte sich an Rohde, der spanisch auf Aguillar und Benedetta eingeredet hatte. »Was nehmen wir mit?«
»Nichts von hier«, sagte Rohde. »Was wir brauchen, können wir oben im Lager mitnehmen. Von hier dürfen wir nur wenig mitnehmen - überhaupt: so wenig Gepäck wie möglich.« O'Hara blickte von der Dose Stew auf, die er gerade öffnete. »Du solltest dich warm anziehen - du kannst meine Lederjacke haben.«
»Vielen Dank«, sagte Forester.
»Und nimm lieber auch den Vikunja-Mantel deines Chefs mit - vielleicht braucht er ihn. In New-York ist es angeblich manchmal kalt.«
Forester nahm mit einem Lächeln die Konservendose mit dem heißen Eintopfgericht entgegen. »Ich bezweifle, daß er das zu würdigen wissen würde«, sagte er trocken.
Sie waren gerade mit dem Frühstück fertig, als Willis zurückgerannt kam. »Sie haben auf der Brücke mit der Arbeit angefangen«, rief er laut. »Armstrong will wissen, ob er schießen soll.«
»Um Himmels willen, nein«, antwortete O'Hara. »Wir haben nur noch zwei Schuß Munition.« Er drehte sich rasch zu Rohde herum. »Laufen Sie hinunter, nehmen Sie Armstrong die Waffe weg und suchen Sie sich einen guten Platz zum Schießen aus - aber schießen Sie erst, wenn ich es Ihnen sage.«
Rohde war mit einem Satz den Abhang hinunter verschwunden, und O'Hara wandte sich an die anderen. »Alle herkommen!« befahl er. »Wo ist Jenny?«

»Hier bin ich«, rief Miß Ponsky aus dem Unterschlupf.
»Komm heraus, Jenny. Du spielst bei der ganzen Sache hier eine sehr wichtige Rolle.« O'Hara hockte sich auf den Erdboden und zog mit einem scharfkantigen Stein zwei parallele Linien im Staub. »Das hier ist die Schlucht, und das ist die Brücke. Hier ist die Straße. Sie verläuft über die Brücke, macht auf der anderen Seite eine scharfe Biegung und läuft dann am Rand der Schlucht parallel zum Fluß weiter.«
Er setzte einen kleinen Stein in seine grobe Planskizze ein. »Direkt an der Brücke steht ein Jeep, und dahinter noch einer. Beide stehen so, daß ihre Scheinwerfer die Brücke beleuchten. Hinter dem zweiten Jeep steht ein großer Lastkraftwagen halb voll mit Holzplanken.« O'Hara setzte noch einen Stein ein. »Hinter dem Lastkraftwagen steht noch ein Jeep. Weiter unten sind noch ein paar Fahrzeuge mehr, aber um die brauchen wir uns jetzt nicht zu kümmern.«
Er rückte herum. »Jetzt unsere Seite der Schlucht. Miguel befindet sich hier, stromaufwärts von der Brücke. Er wird auf die Leute auf der Brücke einen Schuß abgeben. Er wird niemanden treffen - jedenfalls hat er bis jetzt noch niemanden getroffen -, aber das macht nichts. Er wird ihnen Angst machen und ihre Aufmerksamkeit ablenken, und darauf kommt es mir an.«
»Jenny befindet sich hier, flußabwärts von der Brücke und direkt gegenüber dem Lastkraftwagen. Die Schußweite beträgt hundertacht Meter, und wir wissen, daß die Armbrust das schafft, denn Jenny hat gestern nachmittag auf diese Entfernung durchweg gut getroffen. Sobald sie den Schuß hört, zieht sie auf den Benzintank des Lastkraftwagens ab.«
Er blickte zu Forester auf. »Du stellst dich direkt hinter Jenny. Sofort, nachdem sie geschossen hat, gibt sie dir die Armbrust und sagt dir, ob sie den Tank getroffen hat. Wenn sie ihn nicht getroffen hat, spannst du die Armbrust neu, lädst sie wieder und gibst sie ihr zurück, damit sie noch mal schießen kann. Wenn sie ihn getroffen hat, spannst du die Armbrust trotzdem, rennst mit ihr hinauf, wo Benedetta wartet, und gibst sie ihr, gespannt, aber nicht geladen.«
Er setzte noch einen kleinen Stein in die Planskizze ein. »Ich bin hier und Benedetta direkt hinter mir. Sie hat die andere Armbrust fertig gespannt und mit einem Feuerbolzen am Lauf bereit.« Er sah zu ihr auf. »Wenn ich dir das Zeichen gebe, zündest du die mit

Paraffin getränkten Lumpen am Bolzen an und reichst mir die Armbrust, und ich nehme mir den Lastkraftwagen aufs Korn. Wir werden jetzt möglicherweise ziemlich rasch nacheinander feuern müssen, deshalb werden Ray Forester und Dr. Armstrong neben dir sein, um die Bogen zu spannen. Du sorgst nur dafür, daß die Bolzen ordentlich brennen, ehe du mir die Bogen reichst, genauso wie wir es gestern bei der Übung gemacht haben.«
Er stand auf und reckte sich. »Ist das allen klar?«
Willis fragte: »Und was mache ich?«
»Alle, die nicht direkt mit der Sache zu tun haben, stecken die Köpfe runter und gehen aus dem Weg.« O'Hara hielt inne. »Aber Sie können sich in der Nähe bereithalten für den Fall, daß mit dem Bogen was nicht klappt.«
»Ich habe ein paar Ersatz-Bogensehnen«, sagte Willis. »Ich werde mir die erste Armbrust noch mal ansehen, ob sie in Ordnung ist.«
»Ja, tun Sie das«, sagte O'Hara. »Noch irgendwelche Fragen?«
Es gab keine Fragen. Miß Ponsky streckte mit grimmig entschlossener Miene das Kinn in die Höhe; Benedetta machte sich sofort daran, die Feuerbolzen zu holen, für die sie verantwortlich war; Forester sagte lediglich: »Geht in Ordnung.«
Als sie zusammen den Abhang hinuntergingen, meinte er jedoch zu O'Hara: »Der Plan ist gut, aber dein Teil ist zu riskant. Sie sehen doch die Feuerbolzen schon, noch ehe du sie abschießt. Du hast die besten Aussichten, abgeknallt zu werden.«
»Ohne Risiko kannst du nicht Krieg führen«, antwortete O'Hara. »Und darum handelt es sich nämlich, verstehst du. Das hier ist genauso ein Krieg wie jeder große Konflikt.«
»Stimmt«, sagte Forester nachdenklich. Er warf einen Seitenblick auf O'Hara. »Wie wäre es, wenn ich die Sache mit den Feuerbolzen mache?«
O'Hara lachte. »Du gehst mit Rohde – du hast es dir ausgesucht, und jetzt machst du es auch. Du hast gesagt, ich wäre Garnisonskommandeur, also folglich, solange du hier bist, wirst du gefälligst meine Befehle ausführen.«
Forester lachte ebenfalls: »Versuchen könnte ich es.«
Dicht bei der Schlucht stießen sie auf Armstrong. »Was geht eigentlich vor sich?« fragte er klagend.
»Willis wird Ihnen alles ganz genau erzählen«, sagte O'Hara. »Wo ist Rohde?«
Armstrong machte eine Handbewegung. »Da drüben.«

O'Hara sagte zu Forester: »Sorg dafür, daß Jenny einen guten Platz bei der Vorstellung hat«, und suchte dann Rohde auf.
Rohde hatte sich wie stets eine gute Stelle ausgesucht. O'Hara schlängelte sich neben ihn und fragte: »Wie lange, glauben Sie, werden die Burschen noch brauchen, um diese Planken festzumachen?«
»Ungefähr fünf Minuten.« Rohde setzte die Pistole an; er konnte es offensichtlich gar nicht abwarten, einen Schuß abzugeben.
»Halt, noch nicht«, sagte O'Hara scharf. »Wenn sie mit der nächsten Planke kommen, geben Sie ihnen fünf Minuten, und knallen Sie dann los. Wir haben eine kleine Überraschung für sie.«
Rohde hob die Augenbrauen, sagte aber nichts. O'Hara betrachtete die massiven steinernen Strebepfeiler, an denen die Haltetaue der Brücke befestigt waren. »Ein Jammer, daß diese Pfeiler nicht aus Holz sind – die hätten hübsch gebrannt. Wozu haben sie sie bloß so riesig und schwer gemacht?«
»Die Inkas haben immer gut gebaut«, sagte Rohde.
»Sie wollen doch nicht sagen, daß die noch von den Inkas stammen?« fragte O'Hara erstaunt.
Rohde nickte. »Sie standen schon, ehe die Spanier ins Land kamen. Die Brücke selbst muß immer wieder erneuert werden, aber die Pfeiler halten ewig.«
»Na, so etwas«, sagte O'Hara. »Jetzt frage ich mich nur, wozu die Inkas ausgerechnet hier eine Brücke gebraucht haben – hier in der Mitte von Nirgendwo.«
»Die Inkas haben viele merkwürdige Dinge getan.« Rohde hielt inne. »Soviel ich mich erinnere, wurden die Erzlager dieses Bergwerks seinerzeit dadurch gefunden, daß man dem Abbau über Tag der Inkas nachging. Wenn die Inkas hier oben Erz abgebaut haben, brauchten sie die Brücke.«
O'Hara beobachtete die Leute auf der anderen Seite der Schlucht. Er entdeckte den großen, schweren Mann mit dem Bart, den Forester für den Anführer hielt; er trug eine Art Uniform und hatte eine Pistole im Gürtel stecken. Er ging herum und brüllte Befehle, und die Leute, die er anbrüllte, sprangen allerdings, daß es nur so eine Art hatte. O'Hara lächelte finster, als er sah, daß sie sich überhaupt nicht um Deckung kümmerten. Drüben auf der anderen Seite war auf niemanden geschossen worden – nur, wenn sie auf der Brücke waren – und diese Taktik würde sich jetzt bezahlt machen.

Er sagte zu Rohde: »Sie wissen, was Sie zu tun haben. Ich werde mich jetzt um das übrige kümmern.« Er rutschte vorsichtig wieder so weit zurück, daß er gefahrlos aufstehen konnte, und rannte dann hinüber, wo die anderen warteten, indem er um das gefährliche offene Gelände beim Zugang zur Brücke einen weiten Bogen machte.

Er sagte zu Benedetta: »Ich werde hier Aufstellung nehmen. Halte das Zeug bereit. Hast du Streichhölzer?«

»Ich habe Señor Foresters Feuerzeug.«

»Gut. Sowie es losgeht, läßt du es am besten weiterbrennen. Ich gehe nur rasch zu Jenny hinüber und bin gleich wieder da.«

Miß Ponsky wartete zusammen mit Forester ein Stückchen weiter weg. Ihre Augen strahlten, und sie war aufgeregt, und O'Hara wußte, daß mit ihr alles in Ordnung sein würde, wenn sie niemanden zu töten brauchte. Nun, das war ebenfalls in Ordnung; sie würde die Bahn freimachen, und er würde das Töten besorgen.

Er fragte: »Hast du es dir angesehen?«

Sie nickte rasch. »Der Benzintank ist der große Zylinder, der unter dem Lastkraftwagen befestigt ist, nicht wahr?«

»Stimmt. Eine ziemlich große Zielscheibe. Aber versuch, ihn direkt von vorn zu treffen – wenn du ihn nicht in der Mitte triffst, prallt der Bolzen möglicherweise seitlich ab.«

»Ich werde ihn schon treffen«, sagte sie zuversichtlich.

»Sie sind gerade eben mit einer Planke fertiggeworden. Wenn sie anfangen, die nächste zu befestigen, gibt Rohde ihnen fünf Minuten Zeit und knallt dann los. Das ist das Zeichen für dich.«

Sie lächelte ihm zu. »Mach dir keine Sorgen, Tim, ich werde es schon schaffen.«

Forester sagte: »Ich werde Ausschau halten. Wenn sie mit der Planke kommen, kann Jenny übernehmen.«

»In Ordnung«, sagte O'Hara und ging zurück zu Benedetta. Armstrong war dabei, die Armbrust zu spannen, und Benedetta hatte die Feuerbolzen im Halbkreis angeordnet und mit den Spitzen in die Erde gesteckt. Sie hob einen Kanister hoch. »Das hier ist unser letztes Paraffin. Wir werden noch welches zum Kochen brauchen.«

O'Hara mußte über diese einigermaßen ungereimte Hausfrauen-Bemerkung lächeln, und Willis sagte: »Es ist noch eine Menge oben im Lager. Wir haben zwei Tonnen zu je hundertfünfzig Liter gefunden.«

»Was, tatsächlich?« sagte O'Hara. »Das eröffnet allerhand Möglichkeiten.« Er kletterte zwischen den Felsbrocken hinauf zu der Stelle, die er sich ausgesucht hatte, und versuchte zu überlegen, was sich mit einer Hundertfünfzig-Liter-Tonne Paraffin anfangen ließ. Aber mitten in seiner Überlegung tauchten zwei Männer auf, die eine Planke auf die Brücke trugen, und er erstarrte in gespannter Aufmerksamkeit. Eins nach dem anderen, Tim, mein Junge, und jedes zu seiner Zeit, sagte er sich.
Er wandte den Kopf und sagte zu Benedetta, die unterhalb von ihm stand: »Fünf Minuten.«
Er hörte ein metallisches Schnappen, als sie das Feuerzeug ausprobierte, und wandte seine Aufmerksamkeit der anderen Seite der Schlucht zu. Die Minuten tickten vorüber, und er spürte, wie seine Handflächen feucht wurden. Er wischte sie an seinem Hemd ab und stieß plötzlich einen Fluch aus. Ein Mann war zu dem Lastkraftwagen hinübergewandert und stand jetzt nachlässig direkt davor – direkt vor dem Benzintank.
»Himmelherrgott, mach, daß du weiterkommst«, murmelte O'Hara. Er wußte, daß Miß Ponsky den Mann im Visier haben mußte – aber würde sie die Nerven haben, den Hahn abzuziehen? Er bezweifelte es.
Verdammter Mist, dachte er, ich hätte Rohde einweihen sollen. Rohde wußte nichts von der Armbrust und würde seinen Schuß zum verabredeten Zeitpunkt abgeben, ohne den Mann zu bedenken, der vor dem Benzintank stand. O'Hara knirschte mit den Zähnen, als der Mann, ein kleiner, untersetzter, indianisch aussehender Kerl, eine Zigarette hervorholte und an der Seitenwand des Lastwagens ein Streichholz anzündete. Rohde feuerte seinen Schuß ab, und von der Brücke ertönte ein Aufschrei. Der Mann beim Lastwagen stand einen endlosen Augenblick lang wie angefroren und rannte dann davon. O'Hara beachtete ihn nicht mehr – der Mann war verschwunden, das war das einzige, worauf es ankam – und heftete seine Aufmerksamkeit unverwandt auf den Benzintank. Er hörte einen dumpfen Aufschlag – sogar auf diese Entfernung – und sah, wie plötzlich ein dunkler Schatten an der Hülle des Tanks auftauchte und der Tank selbst unvermittelt erbebte. Jenny Ponsky hatte es geschafft!
O'Hara wischte sich den Schweiß aus den Augen. Wenn er bloß einen Feldstecher gehabt hätte! War das Benzin, was da auf die Straße tropfte? War dieser dunkle Fleck im Staub unter dem Last-

kraftwagen auslaufendes Benzin, oder war es nur seine Einbildung? Die schießlustigen Banditen auf der anderen Seite knallten jetzt mit allem, was sie hatten, in der Luft herum, aber es war die übliche wilde und zwecklose Schießerei, und er beachtete den Höllenlärm nicht und strengte seine schmerzenden Augen aufs äußerste an.

Der Indianer kam zurück und sah sich mit einem verdutzten Gesichtsausdruck den Wagen an. Er schnupperte argwöhnisch die Luft und bückte sich dann, um unter das Fahrzeug zu schauen. Dann gab er einen Schrei von sich und winkte wie wild.

Bei Gott, dachte O'Hara jubelnd, es ist tatsächlich Benzin!

Er drehte sich um und schnippste Benedetta mit den Fingern zu. Sie zündete sofort den Feuerbolzen an, der in der Laufrinne der Armbrust bereitlag. O'Hara trommelte ungeduldig mit der Faust auf dem Felsgestein herum, während er wartete, bis der Bolzen richtig brannte. Aber er wußte, daß sie es richtig machte - wenn die Lumpen nicht lichterloh brannten, erlosch die Flamme im Flug wieder.

Sie reichte ihm plötzlich die Armbrust, und er krümmte sich, wie er sie in den Händen hielt und die Flamme ihm das Gesicht versengte. Inzwischen war noch ein Mann herbeigerannt und blickte ungläubig unter den Lastkraftwagen. O'Hara spähte durch das primitive Drahtvisier und durch die Flammen des brennenden Bolzens hindurch und zwang sich, sich Zeit zu lassen. Dann preßte er sanft den Hahn herab.

Der Kolben schlug gegen seine Schulter zurück, und er drehte sich rasch halb auf die Seite, um die Armbrust zurück in Benedettas wartende Hände zu legen, aber er hatte gerade noch Zeit zu sehen, wie der Bolzen in hohem Bogen über den Lastkraftwagen wegflog und sich auf der anderen Seite der Straße ins Erdreich bohrte.

Diese neue Armbrust schoß zu hoch.

Er griff nach der zweiten Armbrust und versuchte es noch einmal. Er kam unvorsichtigerweise mit der Hand in die Flamme und verbrannte sich die Finger. Er spürte, wie seine Augenbrauen sich zusammenzogen, während er zielte, und wieder schlug der Kolben gegen seine Schulter, als er den Hahn abzog. Der Schuß ging zu weit nach rechts, und der Bolzen schlitterte in einem Sprühregen von Funken über die Straße.

Die beiden Männer beim Lastkraftwagen hatten besorgt aufgeblickt, als der erste Bolzen über ihren Köpfen hinwegsurrte. Beim

Anblick des zweiten Bolzens brachen sie beide in Rufe aus und wiesen hinüber auf die andere Seite der Schlucht.
Lieber Gott, betete O'Hara, mach, daß dieser hier trifft. Er nahm die Armbrust von Benedetta entgegen. Das ist die, die zu hoch schießt, dachte er und zielte ganz absichtlich auf den Rand der Schlucht. Als er den Abzug heruntergedrückte, prallte eine Gewehrkugel am Felsgestein neben seinem Kopf ab, und ein Granitsplitter zog eine blutige Linie quer über seine Stirn. Aber der Bolzen ging gerade und sicher auf sein Ziel los, eine flammende Linie quer über die Schlucht, die zwischen den beiden Männern hindurch und unter den Lastkraftwagen verlief.
Das Benzin fing mit einem leisen Bums Feuer, und der Lastkraftwagen war plötzlich in Flammen gehüllt. Der Indianer kam plötzlich mit brennenden Kleidern aus dem Inferno herausgestolpert und rannte kreischend die Straße hinunter, während er sich mit den Händen krampfhaft nach den Augen griff. Den anderen Mann sah O'Hara nicht; er hatte sich umgedreht und griff nach der zweiten Armbrust.
Aber er kam zu keinem Schuß mehr. Er hatte noch kaum das Visier auf einen der Jeeps ausgerichtet, als die Armbrust plötzlich, noch ehe er den Abzug heruntergedrückt hatte, schwer gegen ihn zurückschlug. Er wurde heftig zurückgeschleudert, der Bogen mußte sich selbst ausgelöst haben, denn er sah einen Feuerbolzen in den Himmel aufsteigen. Dann schlug sein Kopf auf ein Felsstück auf, und er verlor das Bewußtsein.


Als er wieder zu sich kam, benetzte Benedetta ihm den Kopf. Sie machte ein besorgtes Gesicht. In einiger Entfernung gewahrte er Forester, der lebhaft auf Willis einredete, und hinter ihnen den Himmel, der von einer Spirale schwarzen, fettigen Rauchs verschandelt wurde. Er fuhr sich mit der Hand an den Kopf und gab einen leisen Klagelaut von sich. »Was hab' ich denn da abgekriegt?« - »Still«, sagte Benedetta. »Nicht rühren.«
Er grinste schwach und hob sich auf den Ellbogen. Forester bemerkte, daß er sich bewegte. »Bist du in Ordnung, Tim?«
»Weiß ich nicht«, antwortete O'Hara. »Glaube eigentlich nicht.«
Der Kopf schmerzte ihn fürchterlich. »Was ist denn passiert?«
Willis hob die Armbrust hoch. »Sie hat einen Treffer von einer Gewehrkugel bekommen. Hat den Haltebügel zerschmettert - Sie

haben noch Glück gehabt, daß die Kugel nicht Sie getroffen hat. Sie sind mit dem Kopf gegen einen Stein aufgeschlagen und ohnmächtig geworden.«

O'Hara lächelte Benedetta ein wenig schmerzverzerrt zu. »Ich bin in Ordnung«, sagte er und setzte sich auf. »Haben wir es wenigstens geschafft?«

Forester lachte entzückt. »Und ob wir es geschafft haben! Junge, Junge, und wie!« Er kniete neben O'Hara nieder. »Erstens einmal hat Rohde den Kerl auf der Brücke mit seinem Schuß tatsächlich getroffen - sauber durch die Schulter. Das hat so viel Aufregung gestiftet, wie wir nur brauchen. Jenny hatte es verdammt schwer mit dem Kerl, der vor dem Benzintank stand, aber schließlich hat sie es doch geschafft. Sie hat wie Espenlaub gezittert, als sie mir die Armbrust zurückgab.«

»Und was ist mit dem Lastkraftwagen?« fragte O'Hara. »Ich habe gerade noch gesehen, daß er Feuer fing - aber das war so ungefähr das letzte, was ich überhaupt gesehen habe.«

»Das Lastauto ist futsch«, sagte Forester. »Es brennt immer noch - und der Jeep daneben fing Feuer, als der zweite Benzintank auf der anderen Seite des Lastautos in die Luft flog. Meine Güte, wie die aufgestörten Ameisen sind die Kerle durcheinandergerannt!« Er senkte die Stimme. »Die beiden Männer bei dem Lastauto sind ums Leben gekommen, alle beide. Der Indianer ist blindlings über den Rand der Schlucht gerannt und in den Fluß gefallen - ich schätze, er konnte nichts mehr sehen -, und der andere Knopp ist verbrutzelt. Jenny hat es nicht gesehen, und ich habe es ihr nicht gesagt.«

O'Hara nickte; das wäre sie ihr Lebtag nicht mehr losgeworden.

»Und das wäre es so ungefähr«, sagte Forester ... »Sie haben ihre sämtlichen Holzplanken eingebüßt - die sind mit dem Lastauto zusammen verbrannt. Sie haben das Lastauto eingebüßt und einen Jeep, und den Jeep bei der Brücke haben sie abgeschrieben - konnten ihn an dem brennenden Lastauto vorbei nicht mehr zurückkriegen. Alle anderen Fahrzeuge haben sie ein mächtig langes Stück die Straße hinunter zurückgeholt, bis dorthin, wo die Straße von der Schlucht wegbiegt. Eine gute halbe Meile weg, würde ich sagen. Waren total aus dem Häuschen vor Wut, wenn man bedenkt, wie sie auf uns losgeknallt haben. War ein mächtiges Gewehrsperrfeuer, das muß ich sagen - Munition haben sie da drüben anscheinend wie Sand am Meer.«

»Irgend jemand verletzt?« fragte O'Hara.
»Du bist der einzige - niemand sonst hat einen Kratzer abbekommen.«
»Ich muß dir den Kopf verbinden, Tim«, sagte Benedetta.
»Gehen wir hinauf zum Teich«, sagte O'Hara.
Als er aufstand, trat Aguillar auf ihn zu. »Das haben Sie gut gemacht, Señor O'Hara«, sagte er.
O'Hara schwankte ein wenig und lehnte sich an Forester, der ihn stützte. »Soweit ganz gut, nur fallen sie auf den Trick kein zweites Mal herein. Wir haben lediglich Zeit gewonnen.« Seine Stimme klang nüchtern.
»Zeit ist genau das, was wir brauchen«, sagte Forester. »Heute früh hätte ich noch keine zwei Groschen für den Plan gegeben, über das Gebirge zu gehen. Aber jetzt können Rohde und ich mit gutem Gewissen losziehen.« Er sah auf die Uhr. »Wir sollten uns auf den Weg machen.«
Miß Ponsky trat zu ihnen. »Sie sind in Ordnung, Mr. O'Hara - ich meine, Tim?«
»Mir geht's tadellos«, sagte er. »Du hast deine Sache richtig gemacht, Jenny.«
Sie errötete. »Ach - danke, Tim. Aber ich hatte einen schauerlichen Anblick. Ich dachte wirklich, ich würde den Mann bei dem Lastauto erschießen müssen.«
O'Hara sah auf Forester und lächelte schwach, und Forester unterdrückte ein gruseliges Lachen. »Du hast genau das gemacht, was du machen solltest, und du hast es sehr gut gemacht«, sagte O'Hara. Er sah sich um. »Willis, bleiben Sie hier unten - holen Sie sich die Pistole von Rohde und feuern Sie den letzten Schuß ab, falls etwas passieren sollte. Aber ich glaube nicht, daß irgend etwas passieren wird - jedenfalls nicht für ein Weilchen. Wir anderen werden oben beim Teich einen Kriegsrat abhalten. Ich möchte das noch machen, ehe Ray loszieht.«
»Gut«, sagte Forester.
Sie gingen hinauf zum Teich, und O'Hara trat zum Wasserrand. Er wollte gerade etwas Wasser in die hohle Hand schöpfen, als er sein eigenes Spiegelbild erblickte und ein angewidertes Gesicht machte. Er war unrasiert und schmutzig, sein Gesicht war von Rauch und geronnenem Blut geschwärzt und seine Augen von der Hitze der Feuerbolzen rotgerändert und entzündet. Guter Gott, dachte er, ich sehe wie ein Landstreicher aus.

Er wusch sich rasch das Gesicht mit kaltem Wasser, wobei ihn ein heftiges Frösteln überkam, und als er sich umwandte, stand Benedetta hinter ihm mit einem Stück Stoff in der Hand. »Dein Kopf«, sagte sie. »Die Kopfhaut ist geplatzt.«
Er griff sich mit der Hand nach dem Hinterkopf und fühlte klebriges, trocknendes Blut zwischen den Fingern. »Ich muß aber mächtig hart aufgeschlagen sein«, sagte er.
»Du hast großes Glück gehabt, daß du nicht ums Leben gekommen bist. Laß mich das machen.«
Er spürte ihre kühlen Finger an seinen Schläfen, als sie die Wunde auswusch und seinen Kopf bandagierte. Er rieb die Hand über das kratzende Kinn; Armstrong ist immer sauber rasiert, fiel ihm ein; ich muß ihn fragen, wie er das macht.
Benedetta knüpfte einen sauberen kleinen Knoten und sagte: »Du darfst dich jetzt nicht anstrengen, Tim. Ich glaube, du hast eine kleine Gehirnerschütterung.«
Er nickte und verzog sogleich schmerzhaft das Gesicht, als ein scharfer Schmerz ihm durch den Kopf fuhr. »Ich glaube, du hast recht. Aber das mit dem Nicht-Anstrengen, das habe ich nicht zu bestimmen; das kommt auf die Jungens auf der anderen Seite des Flusses an. Gehen wir zurück zu den anderen.« Forester erhob sich, als sie zu ihnen traten. »Miguel meint, wir sollten aufbrechen«, sagte er.
»Nur noch einen Augenblick«, sagte O'Hara. »Es sind da noch ein paar Punkte, über die ich Bescheid wissen möchte.« Er wandte sich an Rohde. »Sie werden einen Tag im Lager zubringen und einen Tag beim Bergwerk. Damit sind zwei Tage verbraucht. Ist diese verlorene Zeit notwendig?«
»Notwendig und mit knapper Not genug«, antwortete Rohde. »Es sollte eigentlich länger sein.«
»Sie sind der Gebirgsfachmann«, sagte O'Hara, »wenn Sie es sagen, muß ich es glauben. Wie lange brauchen Sie, um hinüberzukommen?«
»Zwei Tage«, sagte Rohde bestimmt. »Wenn wir länger brauchen, schaffen wir es überhaupt nicht.«
»Das macht vier Tage«, sagte O'Hara. »Ich glaube, einen Tag haben wir gewonnen. Sie müssen sich von irgendwoher neue Holzplanken beschaffen, und das bedeutet, daß sie mindestens achtzig Kilometer zur nächsten Stadt zurückfahren müssen. Möglicherweise müssen sie sich auch noch einen neuen Lastkraftwagen

besorgen - das dauert alles seine Zeit. Ich glaube nicht, daß wir morgen neuen Ärger haben werden - vielleicht übermorgen. Aber ich denke an eure Schwierigkeiten. Wie werdet ihr die Sache auf der anderen Seite des Gebirges anfassen?«
»Daran habe ich auch schon gedacht«, sagte Miß Ponsky. »Zu der Regierung von diesem Lopez können Sie ja wohl nicht hingehen. Er würde doch wohl Señor Aguillar nicht helfen, wie?«
Forester lächelte trübe. »Er würde nicht einen Finger rühren. Sind irgendwelche von Ihren Leuten in Altemiros, Señor Aguillar?«
»Ich werde Ihnen eine Adresse geben«, sagte Aguillar. »Und Miguel weiß Bescheid. Sie werden möglicherweise gar nicht bis nach Altemiros zu gehen brauchen.«
Forester machte ein interessiertes Gesicht, und Aguillar sagte zu Rohde: »Der Flugplatz.«
»Ah, ja«, antwortete Rohde. »Aber da müssen wir vorsichtig sein.«
»Was ist das für ein Flugplatz?« fragte Forester.
»Es ist ein hochgelegenes Flugfeld im Gebirge, noch diesseits von Altemiros«, sagte Aguillar. »Es ist ein Militärflugplatz, den die Jagdstaffeln abwechselnd im Turnus benutzen. Cordillera hat vier Jagdstaffeln - die achte, die zehnte, die vierzehnte und die einundzwanzigste. Wir haben die bewaffneten Streitkräfte genauso unterwandert wie die Kommunisten. In der vierzehnten Staffel sind unsere Leute. Die achte ist kommunistisch. Die beiden anderen gehören noch Lopez.«
»Folglich stehen die Chancen drei zu eins, daß die Staffel, die sich auf dem Flugplatz befindet, ein faules Ei ist«, bemerkte Forester.
»So ist es«, sagte Aguillar. »Aber der Flugplatz liegt direkt auf Ihrem Weg nach Altemiros. Sie müssen vorsichtig und umsichtig vorgehen, und vielleicht können Sie viel Zeit sparen. Der Kommandant der vierzehnten Staffel, Oberst Rodriguez, ist ein alter Freund von mir - bei ihm sind Sie völlig sicher.«
»Wenn er da ist«, sagte Forester. »Aber es ist das Risiko wert. Wir werden, sowie wir über die Berge sind, erst mal diesen Flugplatz ansteuern.«
»Das wäre geregelt«, sagte O'Hara abschließend. »Dr. Armstrong, haben Sie noch irgendwelche Kunststücke in Ihrem mittelalterlichen Zauberkasten?«
Armstrong nahm die Pfeife aus dem Mund. »Ich glaube schon. Ich hatte da noch eine Idee, und ich habe mit Willis darüber geredet, und er meint, er kann es machen.« Er nickte zur Schlucht hin-

über. »Die Leute werden besser vorbereitet sein, wenn sie mit ihren neuen Holzplanken zurückkommen. Sie werden nicht einfach dastehen und sich wie die Tonpfeifen in einem Schießstand abknallen lassen. Sie werden gegen unsere Armbrustbolzen ihre Abwehr haben. Folglich brauchen wir jetzt einen Granatwerfer.«
»Um alles in der Welt«, explodierte O'Hara. »Wo zum Kuckuck sollen wir denn einen Granatwerfer herbekommen?«
»Willis wird einen machen«, antwortete Armstrong gleichmütig. »Mit Hilfe von Senor Rohde, Mr. Forester und meiner Wenigkeit - und natürlich Mr. Peabody, obwohl er im Grunde wirklich kaum zu brauchen ist.«
»Ich werde also einen Granatwerfer machen«, sagte Forester hilflos. Er machte ein ratloses Gesicht. »Und was verwenden wir als Sprengstoff? Vielleicht brauen wir uns irgendwas ganz Schlaues aus Zündholzkuppen zusammen?«
»Ach, Sie haben mich mißverstanden«, sagte Armstrong. »Ich meine natürlich das mittelalterliche Gegenstück zu einem Granatwerfer. Wir brauchen eine Maschine, die ein Geschoß mit hoher Schußbahn *hinter* der Abwehr abwirft, die unsere Feinde zweifellos besitzen werden, wenn sie ihre nächsten Maßnahmen ergreifen. Wissen Sie, in der modernen Kriegführung gibt es im Grunde keine wirklich neuen Prinzipien; nur neue Methoden bei der Anwendung der alten Prinzipien. Dem mittelalterlichen Menschen waren sämtliche Prinzipien bekannt.«
Er blickte verdrießlich auf seine leere Pfeife. »Die Leute hatten damals alle möglichen verschiedenen Waffen. Der Onager ist natürlich für unsere Zwecke nicht zu brauchen. Ich habe an die Mangonelle und die Balliste gedacht, bin aber von denen auch wieder abgekommen und habe mich schließlich für den Tribock entschieden. Wird von der Schwerkraft angetrieben, verstehen Sie, und ist sehr wirkungsvoll.«
Wäre die Armbrust nicht ein so großer Erfolg gewesen, so wäre O'Hara in ein Hohngelächter ausgebrochen; so aber hielt er an sich und begnügte sich damit, Forester einen ironischen Blick zuzuwerfen. Forester machte noch immer ein verdutztes Gesicht und zuckte die Achseln. »Was für eine Art Geschoß würde das Ding denn werden?« fragte er.
»Ich habe an Steine, Felsbrocken gedacht«, sagte Armstrong. »Ich habe Willis das Prinzip des Tribocks genau erklärt, und er hat die ganze Sache genau durchdacht. Es handelt sich lediglich um

die praktische Anwendung ganz einfacher Mechanik, und das versteht Willis alles im Schlaf. Wir werden wahrscheinlich sogar einen besseren Tribock machen, als sie es damals im Mittelalter konnten - wir können die wissenschaftlichen Prinzipien mit mehr Kenntnis und Verständnis anwenden. Willis meint, wir können ohne die geringste Mühe einen zwanzig Pfund schweren Stein über eine Entfernung von zweihundert Metern schleudern.«
»Hui!« sagte O'Hara. Er stellte sich einen Stein von zwanzig Pfund vor, der mit einer hohen Schußbahn aufstieg - er würde bei dieser Schußweite beinahe lotrecht aus dem Himmel herunterkommen. »Mit so einem Ding können wir der Brücke ganz kräftig eins versetzen.«
»Wie lange würden wir brauchen, um einen zu machen?« fragte Forester.
»Nicht lange«, sagte Armstrong. »Willis meint, höchstens zwölf Stunden. Es ist im Grunde eine ganz einfache Maschine.«
O'Hara griff in die Tasche und fühlte nach seinem Päckchen Zigaretten. Er nahm eine seiner letzten Zigaretten heraus und gab sie Armstrong. »Stecken Sie das in Ihre Pfeife und rauchen Sie es. Sie verdienen es.«
Armstrong lächelte zurück und begann sofort, die Zigarette auseinanderzunehmen.
»Schönen Dank«, sagte er. »Ich kann viel besser denken, wenn ich dabei rauche.«
O'Hara grinste. »Ich gebe Ihnen meine sämtlichen Zigaretten, wenn Sie uns die mittelalterliche Abart der Atombombe liefern können.«
»Dazu braucht man Schießpulver«, antwortete Armstrong ganz ernsthaft. »Ich glaube, das übersteigt im Augenblick unsere Möglichkeiten.«
»Ihre Idee hat nur einen Haken«, bemerkte O'Hara. »Wir können nicht so viele Leute ins Lager hinaufschicken. Wir brauchen jemanden unten bei der Brücke, für den Fall, daß der Feind irgend etwas Unerwartetes unternimmt. Wir müssen hier unten eine Kampftruppe behalten.«
»Ich bleibe«, sagte Armstrong und paffte zufrieden an seiner Pfeife. »Ich bin nicht sehr geschickt mit den Händen - meine Finger sind lauter Daumen. Willis weiß, was er zu machen hat; er braucht mich nicht.«
»Das wäre es dann also«, sagte O'Hara zu Forester. »Du gehst mit

Miguel hinauf zum Lager, ihr helft Willis und Peabody, das Ding bauen, und morgen geht ihr weiter hinauf zum Bergwerk. Ich gehe hinunter und löse Willis an der Brücke ab.«


Forester fand den Aufstieg zum Barackenlager beschwerlich. Der Atem pfiff ihm durch die Kehle, und er bekam leichte Schmerzen in der Brust. Rohde machte es weniger aus und Willis anscheinend überhaupt nichts. »Das ist die Akklimatisation«, erklärte Rohde, als sie auf halbem Weg eine Viertelstunde Rast einlegten. »Señor Willis hat längere Zeit im Lager zugebracht, und das Herunterkommen ist gar nichts für ihn. Für uns, die wir hinaufgehen, ist es etwas anderes.«
»Das stimmt«, sagte Willis. »Als ich zur Brücke hinunterkam, war es, als ob ich zur Meeresspiegelhöhe hinabstieg, und dabei muß die Brücke doch ungefähr viertausend Meter hoch liegen.«
»Wie hoch liegt das Lager?« fragte Forester.
»Ich würde sagen, ungefähr viertausendachthundert Meter«, sagte Willis. »Und das Bergwerk noch mal siebenhundert Meter höher.«
Forester sah zu den Berggipfeln auf. »Und der Paß liegt sechstausenddreihundert Meter hoch. Für meinen Geschmack zu nahe am Himmel, Miguel.«
Rohde verzog die Lippen. »Hat mit Himmel keine Ähnlichkeit – es ist eine kalte Hölle.«
Als sie im Lager ankamen, fühlte Forester sich schlecht und sagte es ganz offen. »Morgen werden Sie sich besser fühlen«, sagte Rohde.
»Aber morgen gehen wir noch höher hinauf«, meinte Forester düster.
»Ein Tag auf jeder Höhenebene ist nicht genug zum Akklimatisieren«, gab Rohde zu. »Aber mehr können wir uns einfach nicht erlauben.«
Willis sah sich im Lager um. »Wo zum Kuckuck ist denn Peabody? Ich werde mal gehen und nachschauen, wo er steckt.«
Er wanderte davon, und Rohde sagte: »Ich finde, wir sollten das Lager gründlich und systematisch durchsuchen. Möglicherweise ist ein Haufen Zeug da, das O'Hara brauchen kann.«
»Vor allem das Paraffin«, sagte Forester. »Vielleicht kann Armstrongs Maschine Brandbomben schleudern. Auf die Art käme man an die Brücke heran, um sie niederzubrennen.«

Sie begannen, die Baracken und Hütten zu durchsuchen. Die meisten waren leer und schon seit langem nicht mehr benutzt, aber drei waren für Wohnzwecke eingerichtet worden, und in ihnen fand sich eine Menge Gerät. In einer der Hütten stießen sie auf Willis, der sich bemühte, den auf einer Schlafpritsche ausgestreckten Peabody wachzurütteln.
»Fünf Pfeile«, erklärte Willis erbittert. »Das ist alles, was der Scheißkerl gemacht hat - fünf Pfeile, ehe er sich einen Rausch angetrunken hat.«
»Wo hat er denn das Zeug her?« fragte Forester.
»In einer der anderen Hütten ist eine ganze Kiste voll Schnaps.«
»Tun Sie das Zeug unter Verschluß, wenn Sie können«, sagte Forester. »Wenn das nicht geht, gießen Sie es weg - ich hätte Sie deswegen warnen sollen, aber ich hatte es vergessen. Jetzt können wir nicht viel mit ihm machen - er ist zu weit hinüber.«
Rohde, der inzwischen die Hütte durchforscht hatte, gab plötzlich ein freudiges Grunzen von sich. Er nahm einen kleinen Lederbeutel von einem Regal. »Hier haben wir was Gutes.«
Forester betrachtete interessiert die blaßgrünen Blätter, die Rohde aus dem Beutel in seine Handfläche schüttete. »Was ist denn das?«
»Kokablätter«, sagte Rohde. »Das wird uns helfen, wenn wir über das Gebirge gehen.«
»Koka?« sagte Forester begriffsstutzig.
»Der Fluch der Anden«, sagte Rohde. »Aus diesen Blättern wird Kokain gemacht. Das hat die Indios zugrunde gerichtet, das und Aguardiente. Señor Aguillar beabsichtigt, das Anpflanzen von Koka einzuschränken, wenn er an die Macht kommt.« Er lächelte schwach. »Es ganz abzuschaffen, wäre zu viel verlangt.«
»Wieso wird es uns helfen?« fragte Forester.
»Schauen Sie sich um, ob Sie irgendwo noch so einen Beutel finden, der ein weißes Pulver enthält«, sagte Rohde. Während sie die Regale durchstöberten, fuhr er fort: »In der Hochblüte der Inka-Zeit durfte nur der Adel Koka verwenden. Dann wurde es den königlichen Boten gestattet, weil es ihre Schnelligkeit beim Laufen erhöhte und sie länger durchhielten. Heute kauen alle Indios Koka - es ist billiger als Lebensmittel.«
»Aber es ist doch kein Ersatz für Nahrung, wie?«
»Es betäubt die Magenwände«, erklärte Rohde. »Ein Mensch, der am Verhungern ist, greift zu jedem Mittel, um nicht die Schmerzen des Hungers spüren zu müssen. Es ist außerdem ein Narkoti-

kum, es ruft innere Ruhe und Gelassenheit hervor - allerdings zu seinem Preis.«
»Ist das hier, was Sie suchen?« fragte Forester. Er öffnete einen kleinen Beutel, den er gefunden hatte, und schüttete etwas von dem Pulver heraus. »Was ist das?«
»Kalk«, sagte Rohde. »Kokain ist ein Alkaloid und braucht eine Base, um sich niederzuschlagen. Während wir drauf warten, daß Señor Willis uns erklärt, was wir tun sollen, werde ich das Zeug für uns zubereiten.«
Er schüttete die Kokablätter auf eine Untertasse und begann sie zu zerreiben, indem er den Rücken eines Löffels als Stößel verwendete. Die Blätter waren trocken und brüchig und zerkrümelten leicht. Nachdem er sie zu Pulver zermahlen hatte, fügte er den Kalk hinzu und rührte weiter, bis die beiden Substanzen gründlich vermischt waren. Dann tat er die Mischung in eine leere Konservendose, fügte Wasser hinzu und rührte sie, bis sie zu einer hellgrünen Paste wurde. Er nahm eine zweite Konservendose, machte Löcher in ihren Boden und rührte die Paste durch dieses Sieb.
»Überall in den Dörfern hier in der Gegend können sie die alten Frauen sehen, wie sie dieses Zeug machen«, sagte er. »Würden Sie mir jetzt ein paar kleine, glatte Steine holen?«
Forester ging hinaus und holte Steine, und Rohde verwendete sie, um die Paste zu kneten und auszurollen, wie ein Konditor einen Kuchenteig rollt und knetet. Schließlich, als er sie zum letztenmal ausgerollt hatte, zerschnitt er sie mit seinem Taschenmesser in kleine rechteckige Stücke. »Die müssen jetzt in der Sonne trocknen«, sagte er. »Dann tun wir sie in die Beutel zurück.«
Forester betrachtete die kleinen grünen Rechtecke mit einem zweifelnden Gesichtsausdruck. »Gewöhnt man sich an dieses Zeug?«
»Allerdings«, antwortete Rohde. »Aber machen Sie sich keine Sorgen. Diese kleine Menge ist nicht schädlich. Und sie wird uns Ausdauer verleihen, um die Berge hinaufzuklettern.«
Willis kam zurück. »Es geht«, sagte er. »Wir haben das nötige Material, um das Ding zu machen - wie hat Armstrong es noch gleich genannt?«
»Einen Tribock«, sagte Forester.
»Na, jedenfalls, wir können ihn machen«, sagte Willis. Er blieb stehen und sah auf den Tisch hinab. »Was ist denn das für Zeug?«

Forester verzog das Gesicht zu einem Grinsen. »Ein Ersatz für Beefsteak. Miguel hat ihn gerade zubereitet.« Er schüttelte den Kopf. »Mittelalterliche Artillerie und Energiepillen - das ist mir mal eine Mischung.«
»Beefsteak erinnert mich daran, daß ich hungrig bin«, sagte Willis. »Essen wir erst, ehe wir mit der Arbeit anfangen.«
Sie öffneten einige Fleischkonserven und bereiteten sich eine Mahlzeit. Als Forester den ersten Happen zum Munde führte, sagte er: »So, und jetzt erklären Sie mir mal - was ist eigentlich ein Tribock?«
Willis zog mit einem Lächeln einen Bleistiftstummel hervor. »Ganz einfach die Anwendung des Hebelprinzips«, sagte er. »Stellen Sie sich eine Art Wippe vor, die nicht ausbalanciert ist - so etwa.« Er machte mit raschen Strichen eine Skizze auf dem weichen Kiefernholz der Tischplatte. »Hier ist die Achse, er Angelpunkt, und der eine Arm ist, sagen wir mal, viermal so lang wie der andere. Auf dem kurzen Arm befestigen Sie ein Gewicht von, sagen wir, fünfhundert Pfund, und am anderen Ende haben Sie Ihr Geschoß - einen zwanzig Pfund schweren Stein.«
Er fing an, auf der Tischplatte zu rechnen. »Die Burschen im Mittelalter haben empirisch gearbeitet - sie konnten noch nicht Energie berechnen, wie wir es können. Sie mußten es mit der Erfahrung ausprobieren. Wir können es gleich von Anfang an ausrechnen. Nehmen wir an, unser Fünfhundert-Pfund-Gewicht fällt zehn Fuß tief. Die Beschleunigung der Fallgeschwindigkeit durch die Schwerkraft bewirkt, wenn wir Verluste durch Reibung an der Achse in Rechnung stellen, daß es für seinen Fall eine halbe Sekunde braucht. Das sind fünftausend Fuß-Pfunde in einer halben Sekunde, sechshunderttausend Fuß-Pfunde pro Minute, mit anderen Worten, achtzehn Pferdestärken Energie, die plötzlich auf einen Schlag gegen einen Stein von zwanzig Pfund am Ende es langen Arms eingesetzt werden.«
»Das müßte ihn ganz hübsch schleudern.«
»Ich kann Ihnen die Geschwindigkeit sagen«, fuhr Willis fort. »Nehmen wir an, die beiden Arme verhalten sich wie vier zu eins, dann ist die ... die ...« Er hielt inne, klopfte mit dem Bleistift auf die Tischplatte und grinste. »Nennen wir es die Mündungsgeschwindigkeit, obwohl unser Ding ja keine Mündung hat. Die Mündungsgeschwindigkeit wäre dann achtzig Fuß in der Sekunde.«

»Kann man die Schußweite irgendwie ändern?«
»Klar«, sagte Willis. »Schwere Steine fliegen nicht so weit wie leichte. Wenn Sie die Schußweite verringern wollen, nehmen Sie einfach schwerere Steine. Das muß ich O'Hara sagen - er sollte inzwischen schon Munition sammeln und sie nach Größe sortieren.«
Er begann auf dem Tisch Einzelheiten zu skizzieren. »Als Drehstütze können wir die Hinterachse von einem zerstrümmerten Lastkraftwagen nehmen, der hinter den Baracken steht. Die Arme machen wir aus den Deckenbalken einer der Hütten. Dann brauchen wir irgendeine Art von offenem Behälter für das Geschoß - dafür können wir eine Radkappe nehmen, die wir am Ende des langen Arms mit Bolzen festmachen. Das Ganze wird ein Gestell brauchen, auf dem es sitzt, aber das können wir ausdenken, wenn wir soweit sind.«
Forester betrachtete die Skizze mit kritischem Blick. »Das Ding wird mächtig groß und schwer werden. Wie schaffen wir es den Berg hinunter?«
Willis grinste. »Das habe ich mir schon überlegt. Das Ganze läßt sich auseinandernehmen, und wir können die Achse verwenden, um das übrige zu tragen. Wir rollen das Ding den Berg hinunter und setzten es unten an der Brücke wieder zusammen.«
»Sie haben aber gut gearbeitet«, sagte Forester.
»Es war Armstrongs Idee«, sagte Willis. »Er hat sich das Ganze ausgedacht. Für einen Gelehrten hat der Mann ganz erstaunliche Mordgelüste. Weiß mehr Arten, wie man Leute umbringen kann, als - dabei fällt mir ein: Haben Sie schon mal was von griechischem Feuer gehört?«
»Ich hab' so einen blassen Schimmer.«
»Armstrong sagt, es war genauso gut wie Napalm, und in der Antike haben sie schon Flammenwerfer verwendet, die auf dem Bug ihrer Kriegsschiffe montiert waren. Wir haben ein bißchen in dieser Richtung nachgedacht, aber wir sind auf nichts gekommen.«
Er blickte brütend auf seine Skizze. »Er sagt, das Ding hier ist noch gar nichts gegen die Belagerungsmaschinen, die sie hatten. Sie haben tote Pferde über die Stadtmauern geschleudert, um in der Stadt eine Epidemie zu verursachen. Wie schwer ist ein Pferd?«
»Vielleicht waren die Pferde damals nicht so groß«, meinte Forester.
»Ein Pferd, das einen Mann in voller Rüstung tragen konnte, war

jedenfalls kein Floh«, sagte Willis. Er löffelte den Rest der Fleischsauce von seinem Teller. »Fangen wir lieber an. Ich möchte nicht wieder die ganze Nacht durcharbeiten.«
Rohde nickte kurz, und Forester sah zu Peabody hinüber, der auf seiner Schlafpritsche schnarchte. »Ich glaube, wir werden mit einem Eimer Wasser anfangen. Dem kältesten, das wir auftreiben können«, sagte er.


O'Hara blickte über die Schlucht.
Aus den ausgebrannten Fahrzeugen stiegen noch immer kräuselnde Rauchwölkchen hoch, und er roch den Gestank verbrannten Gummis. Er betrachtete nachdenklich den unversehrten Jeep am Brückenkopf und überlegte, ob er etwas gegen ihn unternehmen solle, verwarf aber den Gedanken sogleich wieder. Es war zwecklos, ein einzelnes Fahrzeug zu zerstören – der Feind hatte noch eine Menge mehr –, und er mußte mit seinen Hilfsmitteln haushälterisch umgehen und sie für wichtigere Ziele aufheben. Er hatte nicht die Absicht, einen Zermürbungskrieg zu führen; dabei gewann der Feind auf alle Fälle.
Er war am Rand der Schlucht stromabwärts hinuntergegangen, bis zu der Stelle, eine halbe Meile von der Brücke entfernt, wo die Straße sich von der Schlucht wegwandte, und hatte Stellen ausgesucht, von denen aus die Armbrustschützen ein Störfeuer unterhalten konnten. Armstrong hatte recht, mußte er mißmutig denken – der Feind würde sich nicht damit begnügen, gefügige Zielscheiben abzugeben; er würde bestimmt Maßnahmen treffen, um sich vor weiteren Angriffen zu schützen. Der einzige Grund des gegenwärtigen Erfolgs war, daß alles so unerwartet kam: Als habe ein Kaninchen ein Wiesel bei der Gurgel gepackt.
Der Feind paßte nach wie vor an der Brücke scharf auf. Einmal, als O'Hara unvorsichtigerweise sich aus seiner Deckung begeben hatte, zog er ein konzentriertes Gewehrfeuer auf sich, das unangenehm zielsicher war, und nur seine raschen Reflexbewegungen und die Tatsache, daß er nur einen so kurzen Augenblick lang sichtbar war, bewahrten ihn vor einer Kugel in den Kopf. Wir können nichts riskieren, dachte er, nicht das allermindeste.
Jetzt betrachtete er die Brücke mit ihrer vier Meter breiten Lücke in der Mitte und überlegte, wie man sie zu fassen bekommen konnte. Feuer schien noch immer die beste Möglichkeit zu sein.

Willis hatte berichtet, daß oben im Lager zwei Tonnen Paraffin seien. Er maß mit dem Auge den hundert Meter langen Zugang zur Brücke ab. Die Straße fiel sacht nach dem Fluß hin ab, und er meinte, mit einem kräftigen Schubs werde eine Tonne wohl bis zur Brücke hinunterrollen. Es war einen Versuch wert.

Nach einer Weile kam Armstrong herunter, um ihn abzulösen. »Das Essen ist fertig«, sagte er.

O'Hara betrachtete Armstrongs glatte Wangen. »Ich habe mein Rasierzeug nicht mitgebracht«, sagte er. »Sie haben Ihres anscheinend bei sich.«

»Ich habe einen von diesen schweizerischen Trockenrasierapparaten zum Aufziehen«, sagte Armstrong. »Ich kann ihn Ihnen gerne leihen, wenn Sie wollen. Er ist oben in meiner Jackentasche.«

O'Hara danke ihm und machte ihn auf die feindlichen Beobachtungsposten aufmerksam, die er entdeckt hatte.

»Ich glaube nicht, daß sie heute etwas mit der Brücke versuchen werden«, sagte er. »Deshalb werde ich heute nachmittag zum Lager hinaufgehen. Ich brauche diese Tonnen Paraffin. Aber wenn irgendwas passieren sollte, während ich weg bin, und die Kerle herüberkommen sollten, dann verstreut euch sofort in alle Winde. Aguillar, Benedetta und Jenny treffen sich beim Bergwerk wieder - nicht im Barackenlager -, und zwar sollen sie über den Berghang hinaufklettern und sich von der Straße fernhalten. Sie kommen so rasch Sie irgend können auf der Straße zum Lager hinauf - und zwar wirklich rasch, denn die Kerle werden Ihnen direkt auf den Fersen sein.«

Armstrong nickte. »Ich verstehe, was Sie meinen. Wir halten Sie beim Lager auf, um den anderen Zeit zu geben, bis zum Bergwerk zu kommen.«

»Richtig«, sagte O'Hara. »Aber Sie sind in meiner Abwesenheit hier der Chef, und Sie müssen sich auf Ihr eigenes Urteil verlassen.«

Er verließ Armstrong und ging zurück zu der Felsenhütte. Er fand die Jacke des Professors und durchsuchte ihre Taschen. Benedetta lächelte ihm zu und sagte: »Das Mittagessen ist fertig.«

»Ich komme in ein paar Minuten«, sagte er und ging mit dem Rasierapparat den Abhang hinunter zum Teich.

Aguillar hüllte sich fester in seinen Mantel und sah O'Hara neugierigen Blicks nach. »Der da ist ein merkwürdiger Bursche«, sagte er. »Er ist ein Kämpfer, aber er ist zu kalt - zu objektiv. Er hat kein

heißes Blut in den Adern, und das ist nicht gut bei einem jungen Mann.«
Benedetta neigte den Kopf und beugte sich über das Essen. »Vielleicht hat er viel durchgemacht«, sagte sie.
Aguillar lächelte ein wenig, als er Benedettas abgewandtes Gesicht bemerkte. »Sagtest du nicht, er sei Kriegsgefangener in Korea gewesen?«
Sie nickte.
»Dann muß er gelitten haben«, pflichtete Aguillar bei. »Vielleicht nicht körperlich, aber bestimmt seelisch. Hast du ihn danach gefragt?«
»Er will nicht darüber sprechen.«
»Sehr schlechtes Zeichen. Es ist nicht gut für einen Mann, sich so in sich selbst einzuschließen - all seine Heftigkeit und Gewalttätigkeit so aufzuspeichern. Es ist so, als ob man das Sicherheitsventil an einem Kessel fest zuschraubt - man muß auf eine Explosion gefaßt sein.« Er verzog das Gesicht. »Ich hoffe, ich bin nicht in der Nähe, wenn dieser junge Mann explodiert.«
Benedetta riß den Kopf hoch. »Du redest Unsinn, Onkel. Sein Zorn richtet sich gegen die anderen drüben auf dem anderen Ufer. Er würde uns nichts antun.«
Aguillar sah sie betrübt an. »Glaub das nicht, Kind. Sein Zorn richtet sich gegen ihn selbst, so wie die Sprengkraft einer Bombe sich gegen ihre Hülle richtet - aber wenn diese Hülle zerspringt, dann werden alle, die in der Nähe sind, verletzt. O'Hara ist ein gefährlicher Mann.«
Benedetta preßte die Lippen zusammen. Sie war im Begriff, etwas zu antworten, als Miß Ponsky mit einer Armbrust, die sie hinter sich herzerrte, zu ihnen trat. Sie schien merkwürdig verwirrt und aufgeregt, ohne sichtbaren Grund, und ein heftiges Erröten verebbte gerade auf ihren Wangen. Ihr natürlicher Selbstschutz war plappernde Gesprächigkeit. »Ich habe beide Bogen ausgerichtet«, verkündete sie rasch. »Sie schießen jetzt beide gleich und sehr genau. Und sie sind beide sehr stark - ich habe ein Ziel auf hundertzwanzig Meter getroffen. Ich habe die andere Armbrust bei Dr. Armstrong gelassen; ich dachte mir, er braucht sie vielleicht.«
»Haben Sie Señor O'Hara gesehen?« fragte Benedetta. Miß Ponsky lief wieder rosa an. »Ich habe ihn am Teich gesehen«, sagte sie gedämpft und fuhr sogleich mit frischer Stimme fort: »Was gibt es zum Mittagessen?«

Benedetta lachte. »Wie immer - Stew.«
Miß Ponsky schüttelte sich leicht. Benedetta sagte: »Es ist das einzige, was Señor Willis vom Lager heruntergebracht hat - Dosen mit Stew. Vielleicht ist es sein Lieblingsgericht.«
»Er hätte auch an uns denken können«, meinte Miß Ponsky.
Aguillar regte sich. »Was halten Sie von Señor Forester, Madame?«
»Ich finde, er ist ein sehr tapferer Mann«, antwortete sie schlicht. »Er und Señor Rohde.«
»Das finde ich auch«, sagte Aguillar. »Aber ich finde außerdem, daß etwas Seltsames an ihm ist. Für einen einfachen Geschäftsmann ist er viel zu sehr Tatmensch.«
»Ach, das würde ich nicht sagen«, widersprach Miß Ponsky. »Ein guter Geschäftsmann muß ein Tatmensch sein, zumindest bei uns in den Staaten.«
»Irgendwie glaube ich nicht, daß Foresters Lebensideal die Jagd nach dem Dollar ist«, sagte Aguillar nachdenklich. »Er ist nicht wie Peabody.«
Miß Ponsky brauste auf. »Ich könnte ausspucken, wenn ich an den Mann nur denke. Man schämt sich geradezu, Amerikanerin zu sein.«
»Sie brauchen sich nicht zu schämen«, antwortete Aguillar sanft. »Er ist kein Feigling, weil er Amerikaner ist; Feiglinge gibt es bei allen Völkern.«
»*Tio*, warum mußt du immer alle Menschen so analysieren?« fragte Benedetta.
Er lächelte. »Ich kann nicht anders. Ich bin schließlich Politiker. Nach einiger Zeit wird es zu einem automatischen Reflex.«
O'Hara kam zurück. Er sah jetzt besser aus, nachdem er sich den Stoppelbart abrasiert hatte. Es war nicht einfach gewesen. Der Uhrwerksapparat hatte heftig protestiert, als ihm zugemutet wurde, das Gestrüpp seines Bartes in Angriff zu nehmen, aber er hatte es durchgesetzt und war jetzt glatt rasiert und sauber. Das Wasser im Teich war zum Baden zu kalt gewesen, aber er hatte sich nackt ausgezogen und sich von oben bis unten abgewaschen, und das hatte ihm gut getan. Aus einem Augenwinkel hatte er von weitem Miß Ponsky erblickt, die sich den Abhang hinaufplagte, und hoffte, sie habe ihn nicht gesehen - er wollte um Gottes willen den Empfindlichkeiten unverheirateter Damen nicht zu nahe treten.
»Was haben wir zu essen?« fragte er.

»Wieder einmal Stew«, sagte Aguillar und zog ein Gesicht.
O'Hara stöhnte, und Benedetta lachte. Er nahm den Aluminiumteller, den sie ihm reichte, und sagte: »Vielleicht kann ich etwas anderes mitbringen, wenn ich heute nachmittag zum Lager hinaufgehe. Aber für sehr viel werde ich nicht Platz haben – ich interessiere mich mehr für das Paraffin.«
Miß Ponsky fragte: »Wie steht's unten am Fluß?«
»Alles ruhig«, sagte O'Hara. »Sie können heute nicht viel tun und begnügen sich damit, die Brücke zu decken. Ich glaube, ich kann es riskieren, zum Lager hinaufzugehen.«
»Ich komme mit dir«, sagte Benedetta rasch.
O'Hara hielt im Essen inne; seine Gabel schwebte in der Luft. »Ich weiß nicht, ob . . .«
»Wir brauchen Lebensmittel«, sagte sie. »Wenn du sie nicht tragen kannst, dann muß es jemand anders tun.«
»O'Hara warf einen Blick auf Aguillar, der gelassen nickte. »Es wird schon in Ordnung sein«, sagte er.
O'Hara zuckte die Achseln. »Es wäre natürlich eine Hilfe«, gab er zu.
Benedetta machte die Andeutung eines Hofknicks, aber in ihren Augen blitzte etwas auf, das O'Hara warnte, sanft und behutsam vorzugehen. »Danke schön«, sagte sie, einen Hauch zu lieb und gefügig. »Ich werde mich bemühen, nicht im Weg zu sein.«
Er lachte sie an. »Ich werde es dir schon sagen, wenn du im Weg bist.«


O'Hara fand ebenso wie Forester den Anstieg hinauf zum Lager recht beschwerlich. Als Benedetta und er auf halbem Weg Rast machten, sog er die dünne, kalte Luft gierig ein und rang nach Atem. »Meine Güte, das ist keine Kleinigkeit.«
Benedettas Augen wanderten hinauf zu den hohen Gipfeln. »Was sollen Miguel und Señor Forester erst sagen? Bei denen wird es noch schlimmer werden.«
O'Hara nickte und sagte dann: »Ich finde, dein Onkel sollte morgen zum Lager heraufkommen. Es ist besser, er kommt herauf, solang er es noch gemächlich tun kann und sich Zeit läßt, als wenn er hinaufgejagt wird. Und er wird sich akklimatisieren, für den Fall, daß wir uns noch höher hinauf zum Bergwerk zurückziehen müssen.«

129

»Das ist eine gute Idee«, antwortete sie. »Ich werde mit ihm gehen und ihm helfen, und ich kann dann auf dem Rückweg noch mehr Lebensmittel mitbringen.«
»Vielleicht kann er Willis ein bißchen bei der Arbeit helfen«, sagte O'Hara. »Unten bei der Brücke kann er sowieso nicht viel tun, und Willis wird es nicht unrecht sein, noch ein Paar Hände zu haben.«
Benedetta hüllte sich fester in ihren Mantel. »War es in Korea so kalt wie hier?«
»Manchmal«, antwortete O'Hara. Er dachte an die Zelle mit den Steinwänden, in der er gefangengehalten worden war. Das Wasser rann die Wände herab und gefror des Nachts zu Eis – und dann wurde das Wetter schlechter und die Wände waren Tag und Nacht vereist. Damals hatte Oberleutnant Feng ihm alle Kleider weggenommen. »Manchmal«, wiederholte er trübe.
»Ich nehme an, du hattest wärmere Kleidung, als wir hier haben«, sagte Benedetta. »Ich mache mir Sorgen um Forester und Miguel. Oben auf der Paßhöhe wird es bestimmt schneidend kalt sein.«
O'Hara schämte sich plötzlich vor sich selbst wegen seines Selbstmitleids. Er sah rasch von Benedetta weg und starrte zu den Schneeflächen hinauf. »Wir müssen schauen, ob wir nicht ein Zelt für sie improvisieren können. Sie werden dort oben mindestens eine Nacht im Freien zubringen müssen.« Er stand auf. »Gehen wir weiter.«
Im Lager herrschte lärmende, hämmernde Geschäftigkeit. Auf dem freien Mittelplatz zwischen den Baracken begann der Tribock Gestalt anzunehmen. O'Hara stand einen Augenblick lang unbemerkt da und betrachtete ihn. Er erinnerte ihn an etwas, das er einmal in einer Avantgarde-Kunstzeitschrift gesehen hatte: Ein moderner Bildhauer hatte einen Haufen altes Abfallzeug zu einem verrückten Gebilde zusammengesetzt und ihm irgendeinen hochtrabenden Namen gegeben, und der Tribock sah wie eine ähnliche, wildgewordene Unwahrscheinlichkeit aus.
Forester hielt bei der Arbeit inne und lehnte sich auf ein Stück Stahl, das er als Hammer verwendete. Als er sich den Schweiß von der Stirn wischte, erblickte er die Neuankömmlinge und winkte ihnen zu. »Was macht ihr denn hier? Irgendwas schiefgegangen?«
»Alles in Ordnung«, antwortete O'Hara beruhigend. »Ich bin nur heraufgekommen, um eine der Paraffin Tonnen zu holen – und

ein paar Lebensmittel.« Er ging um den Tribock herum. »Wird dieses Gebilde funktionieren?«
»Willis ist sehr zuversichtlich«, antwortete Forester. »Und mir genügt das.«
»Du wirst ja nicht mehr dasein«, sagte O'Hara ungerührt. »Aber ich nehme an, wir müssen zu den Bastlern Vertrauen haben. Übrigens - da oben wird es ganz verdammt kalt sein. Habt ihr irgendwelche Vorbereitungen getroffen?«
»Noch nicht. Wir haben mit diesem Ding hier zuviel zu tun gehabt.«
»So geht das nicht«, antwortete O'Hara streng. »Wir verlassen uns darauf, daß ihr die amerikanische Kavallerie zu unserer Rettung heranholt. Ihr müßt unter allen Umständen über den Paß rüber - wenn ihr es nicht schafft, dann ist diese ganze alberne Artillerie hier eine Kraftverschwendung und nützt uns überhaupt nichts. Ist irgendwas da, woraus ihr euch ein Zelt machen könntet?«
»Ich schätze, du hast recht«, sagte Forester. »Ich werde mich mal umschauen.«
»Tu das. Wo ist das Paraffin?«
»Paraffin? Ach, du meinst das Kerosin. Das ist in der Hütte da drüben. Willis hat sie abgeschlossen. Er hat den ganzen Schnaps und Fusel drin - wir mußten Peabody irgendwie nüchtern halten.«
»Hm«, sagte O'Hara. »Wie macht er sich?«
»Er taugt nicht viel. Er ist nicht gut beieinander, und sein Temperament hilft auch nicht gerade. Wir müssen ihn ununterbrochen antreiben.«
»Begreift denn der blöde Trottel nicht, daß sie ihm die Gurgel durchschneiden werden, wenn sie den Übergang über die Brücke erzwingen?«
Forester seufzte. »Das scheint ihm ziemlich egal zu sein - Logik ist nicht gerade seine Stärke. Er drückt sich bei jeder Gelegenheit vor der Arbeit.«
O'Hara sah, wie Benedetta in eine der Baracken ging. »Ich hol' mir jetzt lieber das Paraffin. Wir müssen es unten an der Brücke haben, ehe es dunkel wird.«
Er holte sich von Willis den Schlüssel zu der Hütte und öffnete die Tür. Drinnen war eine noch halbgefüllte Kiste mit Flaschen. In seinen Eingeweiden regte sich ein gewisses sehnsüchtiges Verlangen, wie er sie betrachtete, aber er unterdrückte es entschlossen und wandte seine Aufmerksamkeit den beiden Metalltonnen

mit Paraffin zu. Er versuchte, eine anzuheben, um zu sehen, wie schwer sie war, und dachte bei sich: Das Ding die Straße herunterzukriegen, wird keine Kleinigkeit sein.
Er legte die Tonne auf die Seite und rollte sie aus der Hütte heraus. Er sah, wie Forester auf der anderen Seite des freien Platzes Benedetta half, ein Travois zu machen, und ging zu ihnen hinüber.
»Habt ihr irgendwelche Stricke oder Seile hier oben?«
»Seile haben wir schon«, antwortete Forester. »Aber Rohde macht sich deswegen schon Sorgen. Er sagte, wir brauchen die Seile in den Bergen, obwohl sie schon halb verrottet sind, und Willis braucht ebenfalls Seile für den Tribock. Aber es ist eine Menge elektrischer Leitungsdraht da, den Willis herausgerissen hat, um Armbrustsehnen daraus zu machen.«
»Ich brauche etwas, das mir hilft, diese Tonne den Berg hinunterzukriegen – ich schätze, der Leitungsdraht wird es tun müssen.«
Peabody kam herbeigeschlendert. Sein Gesicht sah aufgedunsen und ungesund aus, und er strömte geradezu einen Angstgeruch aus.
»Sagen Sie mal, was soll das eigentlich heißen?« verlangte er zu wissen. »Willis erzählt mir da, Sie und der Spanier, ihr macht euch eigennützig über die Berge aus dem Staub.«
Foresters Augen waren kalt. »Wenn Sie es so ausdrücken wollen – ja.«
»Also, da komme ich mit«, sagte Peabody. »Ich bleibe nicht hier, damit ich von einer Bande von Kommunisten erschossen werde.«
»Sind Sie denn verrückt?« fragte Forester.
»Was ist daran so verrückt? Willis sagt, es sind nur fünfzehn Meilen bis zu diesem Ort Altemiros.«
Forester sah O'Hara sprachlos an. O'Hara sagte ruhig: »Glauben Sie denn, es wird wie ein gemütlicher Nachmittagsspaziergang im Central Park in New York sein, Peabody?«
»Ach was, ich versuche mein Glück lieber in den Bergen als mit den Kommunisten«, antwortete Peabody. »Ich finde, ihr seid verrückt, wenn ihr glaubt, daß ihr sie halten könnt. Was habt ihr denn? Ihr habt einen alten Mann, eine blöde Gans von einer Schullehrerin, zwei verdrehte Wissenschaftler und ein kleines Mädchen. Und ihr kämpft mit Pfeil und Bogen. Ja, um Himmels willen!« Er tippte Forester mit dem Zeigefinger auf die Brust. »Wenn ihr euch davonmacht, komme ich mit.«
Forester schlug ihm die Hand weg. »Jetzt hören Sie mal zu,

Peabody. Sie werden verdammt noch mal tun, was man Ihnen sagt.«
»Und wer sind Sie schon, daß Sie hier Befehle geben?« sagte Peabody giftsprühend. »Erst einmal nehme ich von einem Engländer sowieso schon keine Befehle an - und ich sehe auch nicht ein, warum Sie sich aufs hohe Roß setzen. Ich tue, was mir paßt.«
O'Hara fing Foresters Blick auf. »Reden wir mit Rohde«, sagte er hastig. Er hatte gesehen, daß Forester die Faust ballte, und wollte einen Krach vermeiden, denn es war ihm inzwischen eine Idee gekommen.
Rohde war ausgesprochen dagegen. »Dieser Mann ist in keinem Zustand, das Gebirge zu überqueren«, sagte er. »Er wird uns nur aufhalten, und wenn er uns aufhält, dann kommt keiner von uns hinüber. Wir können nicht mehr als eine Nacht im Freien verbringen.«
»Was meinst du?« fragte Forester O'Hara.
»Ich mag den Mann nicht«, sagte O'Hara. »Er ist schwach, und unter Druck bricht er zusammen. Wenn er zusammenklappt, könnte das für uns alle das Ende sein. Ich traue ihm nicht über den Weg.«
»Das ist fair und gerecht«, pflichtete Forester bei. »Ein Schwachmatikus ist er wahrhaftig, Miguel, ich muß Sie leider überstimmen. Er kommt mit. Wir können es uns nicht erlauben, ihn bei O'Hara zurückzulassen.«
Rohde öffnete den Mund, um zu protestieren, hielt aber inne, als er den Ausdruck auf Foresters Gesicht gewahrte. In Foresters Gesicht saß ein zähnefletschendes Wolfsgrinsen, und seine Stimme hatte einen harten Klang, als er sagte: »Wenn der Scheißkerl uns aufhält, schmeißen wir ihn in die nächste Gletscherspalte. Peabody wird mitmachen müssen oder das Maul halten.«
Er rief Peabody hinzu. »Also gut, Sie können mitkommen. Aber seien wir uns von Anfang an über eines klar. Sie werden Befehle befolgen.«
Peabody nickte. »Gut«, murmelte er. »Von ihnen nehme ich Befehle an.«
Forester war erbarmungslos. »Sie werden von jedem Befehle annehmen, der Sie Ihnen von jetzt an gibt, ganz egal wer. Miguel ist der Fachmann hier, und wenn er einen Befehl erteilt - dann werden Sie springen, und zwar rasch.«

Peabodys Augen flackerten, aber er fügte sich. Er hatte keine andere Wahl, wenn er mitgehen wollte. Er schoß Rohde einen Blick voll tiefster Abneigung zu und sagte: »Also gut, aber wenn ich zurück in die Staaten komme, dann wird das Außenministerium von mir was zu hören bekommen. Wo sind wir hier eigentlich, daß gute Amerikaner von Spaniern und Kommunisten herumgeknufft werden können?«

O'Hara blickte rasch auf Rohde. Sein Gesicht war so gelassen, als habe er überhaupt nichts gehört. O'Hara bewunderte seine Selbstbeherrschung - aber Peabody oben im Gebirge tat ihm schon jetzt leid.

Eine halbe Stunde später machten Benedetta und er sich auf den Weg. Sie zog das Travois, und er steuerte, so gut es ging, die Paraffin-Tonne. Er hatte zwei Drahtschlingen um die Tonne gelegt, so daß er sie einigermaßen in der Hand hatte. Sie verschwendeten nicht viel Zeit darauf, sich lang und breit von Rohde zu verabschieden, und noch weniger auf Peabody. Willis sagte: »Wir werden Sie morgen hier oben brauchen. Der Tribock wird dann fertig sein.« »Ich werde dasein«, versprach O'Hara. »Wenn ich keine anderen Verabredungen habe.«

Der Abstieg den Berg hinunter war schwierig, obwohl sie die Straße benutzten. Benedetta zerrte das Travois hinter sich her und mußte häufig stehenbleiben, um sich auszuruhen, und noch häufiger, um O'Hara mit der Tonne zu helfen. Sie wog nahezu vierhundert Pfund und schien einem eigenen, böswilligen Geist zu gehorchen. Sein System, sie durch Ziehen an den Drähten zu steuern, funktionierte nicht gut. Die Tonne nahm die Sache in eigene Hand, sauste schräg über die Straße davon und verkeilte sich in dem Graben, der neben der Straße herlief. Nachdem sie sie mit Schweiß und Mühe herausgeholt hatten, sauste sie prompt in den Graben auf der anderen Seite.

Als sie schließlich unten anlangten, war O'Hara zumute, als habe er einen Ringkampf mit einem bösen und gefährlichen Gegner hinter sich. Seine Muskeln schmerzten, als habe jemand seinen ganzen Körper von oben bis unten mit Hammerschlägen bearbeitet. Aber was noch ärger war: Um die Tonne überhaupt den Berg herunterzukriegen, war er genötigt gewesen, die Last zu verringern und ein Viertel ihres Inhalts über Bord zu werfen. Er hatte hilflos zusehen müssen, wie vierzig Liter unersetzlich wertvollen Paraffins im durstigen Straßenstaub versickerten.

Als sie das Tal erreichten, ließ Benedetta das Travois stehen und ging, um Hilfe zu holen. O'Hara hatte den Himmel betrachtet und gesagt: »Ich muß die Tonne vor Anbruch der Dunkelheit an der Brücke haben.«
Die Nacht senkt sich auf die Osthänge der Anden früh herab. Die Bergwand fängt die untergehende Sonne auf und wirft lange Schatten über den heißen Dschungel des Inneren. Um fünf Uhr Nachmittags berührte die Sonne gerade die höchsten Gipfel, und O'Hara wußte, daß es in einer Stunde dunkel sein würde.
Armstrong kam herauf, um zu helfen, und O'Hara fragte sofort: »Wer hat Wachdienst?«
»Jenny. Sie ist in Ordnung. Außerdem ist nicht das geringste los.«
Jetzt, da zwei Männer die eigensinnig unberechenbare Tonne an die Kandare nahmen, ging es leichter, und sie hatten sie binnen einer halben Stunde bis zum Brückenkopf manövriert. Miß Ponsky kam herbeigerannt. »Sie haben gerade eben ihre Lichter eingeschaltet, und ich habe den Motor eines Autos von ganz weit weg aus der Richtung da gehört.« Sie deutete stromabwärts.
»Ich hätte gern versucht, die Scheinwerfer an diesem Jeep auszulöschen«, sagte sie. »Aber ich wollte keinen Pfeil - keinen Bolzen - verschwenden, und außerdem ist da irgendwas vor dem Glas angebracht.«
»Sie haben Steinschützer vor den Scheinwerfern«, sagte Armstrong. »Schweres Drahtgeflecht.«
»Es ist sowieso besser, mit den Bolzen sparsam umzugehen«, sagte O'Hara. »Peabody hätte noch welche machen sollen, aber er hat zuviel gefaulenzt.« Er kroch vorsichtig hinauf und nahm den Brückenkopf in Augenschein. Die Scheinwerfer des Jeeps beleuchteten die ganze Brücke und ihre Zugänge, und er wußte, daß mindestens ein Dutzend scharfe Augenpaare sie beobachteten. Es wäre der reine Selbstmord gewesen, sich da hinauszuwagen.
Er rutschte zurück und betrachtete die Tonne im schwindenden Tageslicht. Sie war von ihrer wilden Polterfahrt die Gebirgsstraße hinab ziemlich zerbeult, aber er meinte, ein kleines Stückchen weiter würde sie schon noch rollen. Er sagte: »Hier ist unser Plan. Wir werden die Brücke in Brand stecken. Wir machen denselben Trick wie heute morgen, nur diesmal auf unserer Seite der Brücke.«
Er setzte den Fuß auf die Tonne und schaukelte sie sanft. »Wenn Armstrong diesem Ding einen kräftigen Schubs gibt, müßte es

eigentlich geradewegs bis zur Brücke hinunterrollen - wenn wir Glück haben. Jenny steht hier oben mit ihrer Armbrust, und sowie die Tonne in der richtigen Position ist, schießt sie ein Loch hinein. Ich werde ebenfalls in Stellung sein, und Benedetta wird mir die andere Armbrust mit einem Feuerbolzen reichen. Wenn die Tonne richtig placiert ist, werden die Halteseile auf dieser Stelle durchbrennen, und die ganze Scheißbrücke wird ins Wasser fallen.«

»Das klingt richtig«, sagte Armstrong.

»Hol die Bogen, Jenny«, sagte O'Hara. Dann zog er Armstrong ein wenig zur Seite, so daß die anderen ihn nicht hören konnten. »Es ist ein bißchen komplizierter, als ich gerade erklärt habe«, sagte er. »Um die Tonne an die richtige Stelle zu kriegen, müssen Sie aus der Deckung herauskommen. Er hielt den Kopf zur Seite. Das Motorengeräusch des Fahrzeuges hatte aufgehört. »Deshalb will ich die Sache machen, ehe sie noch mehr Scheinwerfer auffahren.«

Armstrong lächelte sanft. »Ich glaube, Ihr Teil ist gefährlicher, als meiner. Wenn Sie diese Feuerbolzen im Dunkeln abschießen, machen Sie sich damit zu einer erstklassigen Zielscheibe. Es wird nicht so leicht sein wie heute morgen, und da wären Sie um ein Haar erschossen worden.«

»Kann sein«, sagte O'Hara. »Aber es muß gemacht werden. Und zwar folgendermaßen. Wenn der andere Jeep herankommt - oder was immer es ist -, werden die Burschen auf der anderen Seite vielleicht nicht ganz so wachsam sein. Ich denke mir, sie werden zusehen, wie das Fahrzeug sich in Position manövriert; ich glaube, sie sind keine sehr disziplinierte Gesellschaft. Also, während sich das abspielt - das ist der Augenblick, wo Sie Ihre Sache machen müssen. Ich gebe Ihnen das Zeichen.«

»Gut, gut, mein Junge«, sagte Armstrong. »Sie können sich auf mich verlassen.«

O'Hara half ihm, die Tonne in die für ihn beste Stellung zu bringen, und dann kamen Miß Ponsky und Benedetta mit den Bogen herauf. Er sagte zu Benedetta: »Wenn ich Armstrong das Zeichen gebe, die Tonne abzustoßen, zündest du den ersten Feuerbolzen an. Die ganze Sache muß sehr schnell gehen, wenn sie überhaupt klappen soll.«

»In Ordnung, Tim«, sagte sie.

Miß Ponsky bezog wortlos ihre Stellung.

Er hörte das Motorengeräusch wieder, diesmal lauter. Er konnte auf der Straße stromabwärts nichts entdecken und nahm an, das Fahrzeug komme langsam und ohne Lichter herauf. Wahrscheinlich hatten sie Angst davor, auf dieser Strecke von einer halben Meile beschossen zu werden. Mein Gott, dachte er, wenn ich ein Dutzend Leute mit einem Dutzend Bogen hätte, dann würde ich ihnen das Leben gehörig schwermachen. Er lächelte sauer. Könnte mir geradesogut eine Maschinengewehr-Abteilung wünschen - unwahrscheinlicher wäre das auch nicht.

Plötzlich schaltete das Fahrzeug seine Scheinwerfer ein. Es war ganz nahe an der Brücke, und O'Hara machte sich bereit, Armstrong ein Zeichen zu geben. Er hielt an sich, bis das Fahrzeug - es war ein Jeep - auf der Höhe des ausgebrannten Lastkraftwagens war, und flüsterte dann scharf und vernehmlich: »Jetzt!«

Er hörte das Rasseln und Rattern der Trommel, die über die Steine polterte, und sah aus dem Augenwinkel die Flamme, als Benedetta den Feuerbolzen anzündete. Die Trommel kam links von ihm in Sicht und bumste und kollerte die leicht abschüssige Straße hinunter, die zur Brücke führte. Sie stieß gegen einen größeren Stein, der sie von ihrem Kurs abbrachte. »Verdammt«, flüsterte er, »wir haben es versaut.«

Dann sah er, wie Armstrong aus der Deckung herauskam und hinter der Tonne herrannte. Vom anderen Flußufer her ertönten ein paar schwache Rufe, und dann kam ein Schuß. »Du verdammter Narr!« brüllte O'Hara. »Zurück!« Aber Armstrong rannte weiter, bis er die Tonne eingeholt hatte, richtete sie wieder gerade und gab ihr noch einen kräftigen Schubs.

Jetzt kam ein wildes Geknatter von Gewehrfeuer herüber, und der Staub wirbelte um Armstrongs Füße auf, während er so rasch er konnte zurückrannte; dann ein metallischer Bums, als eine Gewehrkugel auf die Tonne aufschlug, und als die Tonne sich drehte, sah O'Hara den silbrigen Strahl einer Flüssigkeit in die Luft aufsteigen. Der Feind war sich anscheinend über seine Absichten nicht einig - er wußte nicht, was gefährlicher war, Armstrong oder die Tonne. So gelangte Armstrong wieder wohlbehalten in Deckung.

Miß Ponsky hob die Armbrust.

»Nicht mehr nötig, Jenny«, rief O'Hara. »Sie haben es schon für uns besorgt.«

Die Tonne erhielt einen Treffer nach dem anderen, während sie auf die Brücke zurollte, das Paraffin spritzte aus mehr und mehr

Löchern heraus und stieg in schimmernden Strahlen in die Luft auf, bis die Tonne wie eine seltsame Art flüssigen Katherinenrads aussah. Aber die wiederholten Aufschläge der Gewehrkugeln verlangsamten sie, und vor der Brücke mußte sich eine geringe Bodenerhebung befinden, die sie nicht bemerkt hatten, denn die Tonne kam kurz vor den Strebepfeilern zum Stillstand.

O'Hara fluchte und drehte sich nach Benedetta um, um die Armbrust zu ergreifen, die sie bereithielt. Einen Feuerbolzen im Dunkeln abzuschießen, war schwierig; die Flamme störte seine Sicht, und er mußte sich mit aller Willenskraft zwingen, langsam zu zielen. Vom anderen Ufer ertönte ein neuerliches Stimmengewirr, und eine Gewehrkugel prallte von einem Felsstück in der Nähe ab und kreischte über seinen Kopf hinweg.

Er drückte behutsam den Abzug hinunter, und die Hitze verschwand unvermittelt aus seinem Gesicht, während der Bolzen in das helle Licht der Scheinwerfer gegenüber hineinschoß. Er duckte sich hastig, als eine neuerliche Gewehrkugel das Gestein neben seinem Kopf absplitterte, und reichte Benedetta die Armbrust zum Laden zurück.

Es war nicht nötig. Sie hörten den dumpfen Knall einer Explosion und sahen gleich darauf eine heftig aufflammende Helligkeit, als das Paraffin rings um die Tonne Feuer fing. O'Hara kroch mit schwergehendem Atem an eine andere Stelle, von wo er sehen konnte, was sich abspielte. Es wäre mehr als töricht gewesen, den Kopf an der gleiche Stelle hochzurecken, an der er seinen Feuerbolzen abgeschossen hatte.

Er gewahrte voller Niedergeschlagenheit ein wild brennendes Feuer, das aus einer großen Paraffinpfütze ganz knapp vor der Brücke auflodertete. Die Tonne war zu früh stehengeblieben, und obwohl das Feuer mit gewaltiger Flamme brannte, würde es der Brücke nicht den geringsten Schaden zufügen. Er beobachtete es eine lange Zeit und hoffte, die Tonne werde vielleicht explodieren und brennendes Paraffin auf die Brücke verspritzen, aber es geschah nichts, und das Feuer ging allmählich aus.

Er kroch zurück zu den anderen. »So, das hätten wir versaut«, sagte er bitter.

»Ich hätte ihr einen schärferen Stoß geben sollen«, sagte Armstrong.

O'Hara brauste zornig auf. »Sie verdammter Narr, wenn Sie nicht hinausgerannt wären und ihr noch einen zweiten Schubs gegeben hätten, wäre sie nicht einmal so weit gekommen. Machen Sie so etwas Idiotisches bloß nicht noch einmal - Sie wären um ein Haar ums Leben gekommen.«

Armstrong antwortete ruhig: »Wir sind alle nahe daran, ums Leben zu kommen. Irgend jemand muß etwas riskieren, außer Ihnen.«

»Ich hätte mir das Gelände noch genauer ansehen sollen«, sagte O'Hara in bitterer Selbstanklage.

Benedetta legte die Hand auf seinen Arm. »Mach dir keinen Kummer, Tim. Du hast alles getan, was du konntest.«

»Das hast du wahrhaftig«, erklärte Miß Ponsky kriegerisch. »Und außerdem haben wir ihnen gezeigt, daß wir immer noch da sind und weiterkämpfen. Ich möchte wetten, sie fürchten sich jetzt herüberzukommen, vor lauter Angst, daß sie lebendig verbrannt werden.«

»Komm«, sagte Benedetta. »Kommt essen.« Ein Funken Humor blitzte in ihrer Stimme auf. »Ich habe leider das Travois nicht den ganzen Weg heruntergebracht, also gibt es wieder mal Stew.«

Erschöpft kehrte O'Hara der Brücke den Rücken. Es war die dritte Nacht seit der Bruchlandung - und sechs standen ihnen noch bevor!

# 5

Forester stürzte sich mit Appetit und Behagen auf sein Frühstück aus geschmorten weißen Bohnen. Die Morgendämmerung brach an, und ihr Grau dämpfte das grelle Strahlen der Karbidlampe und verwischte die scharfen Schatten auf seinem Gesicht. Er sagte: »Einen Tag beim Bergwerk - zwei Tage, um den Paß zu überqueren - noch zwei Tage, um Hilfe zu beschaffen. Das müssen wir irgendwie zusammenkürzen. Wenn wir drüben auf der anderen Seite sind, müssen wir sehr rasch handeln.
Peabody starrte verdrießlich auf den Tisch und beachtete Forester nicht. Er überlegte, ob er wohl den richtigen Entschluß gefaßt, für Joe Peabody das Beste herausgeholt hatte. So wie diese beiden Kerle redeten, würde das Überqueren des Gebirges nicht ganz so leicht und einfach sein. Ach, der Teufel sollte es holen - was andere konnten, besonders dieses Lausespanier, das brachte er noch alle Tage fertig.
Rohde sagte: »Gestern abend kam mir vor, als hätte ich Gewehrfeuer gehört - so gegen Sonnenuntergang.« Das Schreckgespenst seiner Hilflosigkeit stand ihm im Gesicht.
»Sie dürften in Ordnung sein«, antwortete Forester mit Überlegung. »Ich kann mir nicht vorstellen, wie die Kommunisten die Brücke so rasch repariert haben und herübergekommen sein sollten. Dieser O'Hara ist ein geschickter Hund. Er dürfte irgendein Ding mit der Tonne Paraffin gedreht haben, die er gestern mit hinuntergenommen hat. Wahrscheinlich hat er die Brücke kräftig durchgebraten.«
Rhodes Gesicht brachte ein schwaches Lächeln zuwege. »Hoffentlich.«
Forester hatte seine Bohnen aufgegessen. »Alsdann, ziehen wir los mit unserem Wanderzirkus.« Er drehte sich auf seinem Stuhl um

und blickte auf die bis zur Unkenntlichkeit in Decken gehüllte Gestalt auf der Schlafpritsche. »Was ist mit Willis?«
»Lassen Sie ihn schlafen«, sagte Rohde. »Er hat länger und schwerer gearbeitet als irgendeiner von uns.«
Forester stand auf und prüfte die Tornister, die sie am Abend vorher hergerichtet hatten. Ihre Ausrüstung war jammervoll unzureichend für das, was sie zu leisten hatten. Er erinnerte sich der Bücher über Bergsteiger-Expeditionen, die er gelesen hatte: die Speziallebensmittel, die die Bergsteiger hatten, die Leichtgewichtsseile und Zelte aus Nylon, die Windschutzkleidung und die Spezialausrüstung: Kletterstiefel, Eispickel, Kletterhaken. Er lächelte ingrimmig - jawohl, und Träger, die den Kram für einen schleppten.
Sie hatten nichts dergleichen. Ihre Tornister waren schlecht und recht irgendwie aus Schlafdecken zusammengeschustert; sie hatten einen Eispickel, den Willis hergestellt hatte - eine grob zurechtgeschnittene Metallklinge, die am Ende eines alten Besenstiels befestigt war; ihre Seile waren morsch und brüchig und alles andere als reichlich; sie hatten sie aus dem Abfallhaufen des Lagers herausgefischt, und sie hatten zu viele Knoten und Spleißen, was ihre Sicherheit einigermaßen beeinträchtigte; ihre Kletterstiefel waren grobe, unbeholfene Bergarbeiterstiefel aus dickem, steifem und unbiegsamem Leder, schwer und unhandlich. Willis hatte die Stiefel entdeckt, und Rohde war über sie geradezu in Verzückung geraten.
Er hob seinen Tornister und wünschte, er wäre schwerer - schwerer von der Ausrüstung, die sie brauchten. Sie hatten bis tief in die Nacht hinein gearbeitet, um das Zeug irgendwie zu improvisieren, und Willis und Rohde waren am erfindungsreichsten gewesen. Rohde hatte Schlafdecken in lange Streifen zerrissen und aus ihnen Wickelgamaschen gemacht, und Willis hatte auf der Suche nach besonders langen Nägeln, die sich als Kletterhaken verwenden ließen, allein eine ganze Hütte mehr oder weniger abgerissen. Rohde schüttelte den Kopf und zog ein schiefes Gesicht, als er sie sah. »Das Metall ist zu weich«, sagte er. »Aber sie müssen gehen.«
Forester hob sich den Tornister auf den Rücken und machte die grob aus elektrischem Leitungsdraht gefertigten Halter fest. Vielleicht hat es sein Gutes, daß wir einen Tag beim Bergwerk bleiben, dachte er; vielleicht können wir das hier noch etwas verbessern. Da oben sind noch Koffer mit richtigen Riemen, und da ist das

Flugzeug – vielleicht finden wir in dem Wrack noch etwas Brauchbares. Er zog den Reißverschluß der Lederjacke hoch und dankte O'Hara im stillen dafür, daß er sie ihm geliehen hatte. Da oben würde es windig sein, und die Jacke war windundurchlässig.
Als er aus der Hütte heraustrat, hörte er, wie Peabody über das Gewicht seines Tornisters fluchte. Er beachtete ihn nicht, sondern schritt weiter, quer durch das Lager und an dem Tribock vorbei, der wie ein prähistorisches Ungeheuer auf dem Hof kauerte, und weiter zur Straße, die zum Berg hinaufführte. Rohde holte ihn mit ein paar weit ausholenden Schritten ein und ging neben ihm. Er wies auf Peabody, der hinter ihnen hertrödelte. »Der da wird uns noch Ärger machen«, sagte er.
Foresters Gesicht verdüsterte sich plötzlich. »Ich habe wortwörtlich gemeint, was ich gesagt habe, Miguel. Wenn er Schwierigkeiten macht, schaffen wir ihn uns vom Hals.«
Sie brauchten lange, um zum Bergwerk hinaufzugelangen. Die Luft wurde sehr dünn, und Forester spürte, wie sein Herzschlag sich beschleunigte und sein Herz ihm in der Brust herumtanzte. Er atmete rascher, und Rohde warnte ihn davor, das Atmen zu erzwingen. Mein Gott, dachte er, wie wird das erst oben auf der Paßhöhe sein?
Sie erreichten den Landestreifen und das Bergwerk um die Mittagsstunde. Forester war schwindlig und ein wenig übel zumute, und er war froh, als er zu der ersten der verlassenen Hütten gelangte und sich erschöpft auf den Boden fallen lassen konnte. Peabody war weit hinten zurückgeblieben; sie hatten seine flehentlichen Bitten, stehenzubleiben und auf ihn zu warten, unbeachtet gelassen und ihn schließlich aus den Augen verloren. »Er wird uns schon einholen«, meinte Forester. »Er hat vor den Kommunisten mehr Angst als vor mir. Aber das werde ich noch ändern.«
Rohde fühlte sich fast ebenso schlecht wie Forester, obwohl er besser ans Gebirge gewöhnt war. Er saß auf dem Fußboden der Hütte, rang nach Atem und war zu erschöpft, um auch nur seinen Tornister abzulegen. Sie ruhten sich beide eine gute halbe Stunde aus, ehe Rohde sich zu Taten aufraffte. Er nestelte an seinem Tornister herum und sagte: »Wir brauchen vor allem Wärme; holen Sie das Paraffin heraus.«
Während Forester seinen Tornister aufmachte, nahm Rohde die kleine Axt, die sie aus der Dakota-Maschine gerettet hatten, und

verließ die Hütte. Gleich darauf hörte Forester ihn in einer der anderen Hütten etwas zerhacken und vermutete, er sei hinausgegangen, um Feuerholz zu holen. Er holte die Flasche mit Paraffin hervor, stellte sie auf die Seite und wartete dann auf Rohdes Rückkehr.
Eine Stunde später hatten sie in der Mitte der Hütte ein kleines Feuer in Gang. Rohde hatte aus Spänen und kleinen Holzstücken eine Pyramide aufgeschichtet und nur eine ganz geringe Menge Paraffin zum Anzünden gebraucht. Forester kicherte. »Sie scheinen früher einmal Pfadfinder gewesen zu sein.«
»War ich auch«, sagte Rohde ganz ernst. »Eine tadellose Organisation.« Er reckte sich. »Und jetzt müssen wir essen.«
»Ich bin nicht hungrig«, wandte Forester ein.
»Ich weiß – ich auch nicht. Aber wir müssen trotzdem essen.« Rohde sah zum Fenster hinaus auf den Gebirgspaß. »Wir müssen uns für morgen mit genug Brennstoff anfüllen.«
Sie wärmten eine Dose Bohnen, und Forester würgte seinen Teil hinunter. Er verspürte nicht das geringste Bedürfnis nach Essen oder nach überhaupt irgend etwas außer Stille und Ruhe. Seine Gliedmaßen waren schlapp und bleischwer, und er fühlte sich außerstande, auch nur die geringste körperliche Anstrengung zu machen. Auch sein Kopf war in Mitleidenschaft gezogen; es fiel ihm schwer, klar zu denken und an einem Gedankengang festzuhalten. Er saß nur einfach in der Ecke der Hütte, kaute teilnahmslos seine lauwarmen Bohnen und schüttelte sich bei jedem Löffelvoll.
»Himmel«, sagte er, »mir ist wirklich scheußlich zumute.«
»Das ist der Soroche«, sagte Rohde achselzuckend. »Darauf müssen wir gefaßt sein, es ist nicht zu ändern.« Er schüttelte bedauernd den Kopf. »Wir lassen uns nicht genug Zeit zum Akklimatisieren.«
»Aber es war nicht so schlimm, als wir aus dem Flugzeug herauskamen«, sagte Forester.
»Damals hatten wir Sauerstoff«, erinnerte ihn Rohde. »Und wir sind rasch den Berg hinuntergegangen. Sie sind sich darüber im klaren, daß das, was wir machen, gefährlich ist?«
»Gefährlich? Ich weiß, daß mir kotzübel ist.«
»Vor ein paar Jahren war eine amerikanische Expedition hier, die die Berge nördlich von hier bestiegen hat. Die Leute sind sehr rasch auf fünftausend Meter hinaufgestiegen – ungefähr so hoch, wie wir jetzt sind. Einer der Amerikaner hat durch den Soroche

das Bewußtsein verloren und ist ohnmächtig geworden, und obwohl sie einen Arzt mitgenommen hatten, ist er auf dem Weg hinunter gestorben. Jawohl, es ist gefährlich, Señor Forester.«
Forester grinste schwach. »In Zeiten der Gefahr sollten wir uns beim Vornamen nennen, Miguel. Ich heiße Ray.«
Nach einer Weile hörten sie Peabody draußen herumgehen. Rohde hob sich mühsam auf die Füße und ging zur Tür.
»Wir sind hier, Señor.«
Peabody taumelte in die Hütte und sackte auf dem Fußboden zusammen. »Ihr Sauhunde«, keuchte er, »warum habt ihr nicht gewartet?«
Forester grinste ihn an. »Wenn wir von hier losziehen«, sagte er, »werden wir erst richtig schnell marschieren. Der Weg vom Lager hier herauf wird ein Sonntagsspaziergang gewesen sein gegen das, was jetzt kommt. Und dabei werden wir auch nicht auf Sie warten, Peabody.«
»Sie Scheißkerl. Ich werde mit Ihnen schon noch quitt werden«, drohte Peabody.
Forester lachte. »Diese Worte werde ich Ihnen noch gehörig eintrichtern - aber nicht jetzt. Dazu ist später noch Zeit.« Rohde stellte eine Dose Bohnen hin. »Sie müssen essen, und wir haben zu arbeiten. Komm, Ray.«
»Ich will nicht essen«, jammerte Peabody.
»Wie es Ihnen beliebt«, sagte Forester. »Mir ist es egal, ob Sie verhungern.« Er stand auf und folgte Rohde aus der Hütte. »Dieser mangelnde Appetit - ist das auch der Soroche?«
Rohde nicke. »Wir werden von jetzt ab nur wenig essen. Wir müssen von unseren körperlichen Reserven leben. Wenn man körperlich in guter Verfassung ist, geht das - aber dieser Mann da? Ich weiß nicht, ob er es durchhalten kann.«
Sie gingen langsam den Landestreifen entlang in Richtung auf die abgestürzte Dakota. Es schien Forester kaum glaubhaft, daß O'Hara den Landestreifen zu kurz gefunden hatte, denn er schien jetzt mehrere Meilen lang zu sein. Er stapfte weiter, indem er mechanisch einen Fuß vor den anderen setzte, während die kalte Luft ihm in der Kehle rasselte und seine Brust von der Anstrengung schwer auf und nieder ging.
Sie verließen den Landestreifen und gingen außen um die Steilklippe herum, über die das Flugzeug hinabgestürzt war. Es war frischer Schnee gefallen, der die zerbrochenen Flügel einhüllte und

dem durchlöcherten und zerfetzten Rumpf einen weicheren Umriß lieh. Forester sah über die Klippe hinab und sagte: »Ich glaube nicht, daß man die Maschine aus der Luft sehen kann. Der Schnee macht eine erstklassige Tarnung. Wenn sie nach uns fahnden, glaube ich nicht, daß sie uns finden werden.«
Sie kletterten mühsam über Steine und Geröll hinab zu dem Wrack und krochen durch das Loch hinein, das O'Hara in den Rumpf gehackt hatte, als Rohde und er den Sauerstoffzylinder herausgeholt hatten. Im Inneren der Maschine war es düster, und es herrschte nur trübes Licht, und Forester fröstelte, weniger von der Kälte, die jetzt immer schärfer wurde, als bei dem verrückten Gedanken, daß er sich im Innern der Leiche eines Wesens befand, das einstmals gelebt und geatmet hatte. Er schüttelte den Gedanken ab und sagte: »An dem Gepäckständer waren ein paar Riemen - mit Schnallen dran. Die könnten wir brauchen. Und O'Hara sagt, im Führersitz müßten Handschuhe sein.«
»Das wäre gut«, stimmte Rohde bei. »Ich werde vorne nachsehen, was ich finden kann.«
Forester ging nach rückwärts, und der Atem pfiff ihm durch die Zähne, als er die Leiche des alten Coughlin, einen gefrorenen Mischmasch von zerfetztem Fleisch und gebrochenen Knochen, auf einem der Rücksitze gewahrte. Er wandte den Blick ab und machte sich daran, die Schnallen der Riemen am Gepäckständer aufzumachen. Seine Finger waren gefühllos vor Kälte, und er hantierte ungeschickt, aber schließlich gelang es ihm, die Riemen loszubekommen - vier breite Gurte, die man gut für die Tornister verwenden konnte. Die Gurte brachten ihn auf einen Gedanken, und er wandte sich den Anschnallgurten an den Sitzen zu, aber sie waren fest vernietet, und es war unmöglich, sie ohne Werkzeug loszumachen.
Rohde kam nach rückwärts und brachte den Sanitätskasten, den er von dem Spant abgenommen hatte. Er stellte ihn auf einen Sitz, öffnete ihn und fuhr behutsam mit den Fingern durch den durcheinandergeworfenen Inhalt. Er knurrte. »Morphium.«
»Ach, verdammt«, sagte Forester. »Das hätten wir bei Mrs. Coughlin brauchen können.«
Rohde hielt das zerbrochene Ende einer Ampulle hoch. »Es hätte nichts genützt. Sie sind alle kaputt.«
Er nahm einige Verbandsrollen heraus und steckte sie in die Tasche und sagte dann: »Das hier werden wir brauchen können -

Aspirin.« Das Fläschchen hatte zwar mehrere Sprünge, aber es hielt noch zusammen, und es enthielt immerhin hundert Tabletten. Sie nahmen jeder zwei Tabletten, und Rohde steckte die Flasche in die Tasche. Der Sanitätskasten enthielt sonst nichts, was noch zu brauchen gewesen wäre.
Forester ging in den Führersitz. Grivas' Leiche lag noch in der gleichen widerwärtigen Stellung da und hatte noch immer den Ausdruck fassungsloser Überraschung in den gefrorenen offenen Augen, die auf das zerschmetterte Instrumentenbrett starrten. Forester schob sich weiter nach vorn. Im Wrack eines Flugzeugs, dachte er, muß doch irgend etwas sein, was man noch brauchen kann. Da stieß sein Fuß gegen etwas Hartes, das den schrägen Fußboden des Führersitzes hinabrutschte.
Er blickte hinunter und sah eine automatische Schnellfeuerpistole.
Mein Gott, dachte er, die hatten wir vergessen. Es war Grivas' Pistole, und in der Eile, aus der Dakota herauszukommen, war sie zurückgeblieben. Die hätten wir unten an der Brücke brauchen können, mußte er denken, indem er sie aufhob. Aber dafür war es jetzt zu spät. Das Metall fühlte sich in seiner Hand kalt an. Er stand einen Augenblick lang unentschlossen da, dann ließ er die Waffe in die Tasche gleiten. Er dachte an Peabody und das, was auf der anderen Seite des Passes vor ihnen lag.
Ausrüstung für gutgekleidete Bergsteiger, dachte er mit einem ironischen Lächeln: eine automatische Schnellfeuerpistole.
Sie fanden in der Dakota sonst nichts Brauchbares mehr und machten sich auf den Rückweg über den Landestreifen zu der Hütte. Forester nahm die Gurte mit und einen kleinen Koffer, der Miß Ponsky gehörte und zurückgeblieben war. Aus diesen unwahrscheinlich aussehenden Bestandteilen machte er sich einen Tornister zurecht, der ihm etwas bequemer als der andere auf den Schultern saß.
Rohde ging hinüber, um sich das Bergwerk genauer anzusehen, und Peabody saß zusammengesackt in einer Ecke der Hütte und beobachtete Forester aus matten, glanzlosen Augen. Er hatte seine Bohnen nicht gegessen und auch keinerlei Anstrengung gemacht, das Feuer in Gang zu halten. Forester hatte ihn beim Hereinkommen verächtlich angeblickt, aber nichts gesagt. Er nahm die Axt und splitterte ein paar Späne von dem Holzklotz ab, den Rohde hereingebracht hatte, und brachte das Feuer wieder in Schwung.

Rohde kam herein und stampfte sich den Schnee von den Stiefeln. »Ich habe einen Stollen für O'Hara ausgesucht«, sagte er. »Wenn der Feind den Übergang über die Brücke erzwingt, muß O'Hara hier heraufkommen. Ich glaube, das Lager läßt sich nicht verteidigen.«
Forester nickte. »Den Eindruck hatte ich auch.« Er erinnerte daran, wie sie auf dem Weg hinunter das unbewohnte Lager ›im Sturm‹ genommen hatten.
»Die meisten Stollen laufen gerade in den Berg hinein«, sagte Rohde. »Aber einer macht einen scharfen Knick, ungefähr fünfzig Meter vom Eingang. Der würde Schutz gegen Gewehrfeuer bieten.«
»Sehen wir ihn uns mal an«, sagte Forester.
Rohde führte ihn zu der Felswand hinter den Hütten und deutete auf die Stollen. »Der da ist es«, sagte er.
Forester untersuchte ihn. Er war etwas über drei Meter hoch und nicht sehr viel breiter, lediglich ein in den harten Felsen des Berghangs gesprengtes Loch. Er ging hinein, und je weiter er ging, desto finsterer wurde es. Er streckte die Hand aus und fand die Seitenwand. Wie Rohde gesagt hatte, bog der Stollen scharf nach links ab, und als Forester sich umwandte, bemerkte er, daß der blaue Himmel in der Eingangsöffnung nicht mehr zu sehen war.
Er ging nicht weiter, sondern kehrte um und ging zurück, bis er Rohdes Silhouette im Eingang erblickte. Er war überrascht, wie erleichtert er war, als er wieder ins Tageslicht hinaustrat und sagte: »Nicht gerade gemütlich - ich kriege das Gruseln da drin.«
»Das ist vielleicht, weil Menschen da drin gestorben sind.«
»Gestorben?«
»Zu viele Menschen«, sagte Rohde. »Die Regierung hat das Bergwerk aufgegeben - das war, als Señor Aguillar Präsident war.«
»Wundert mich, daß Lopez nicht versucht hat, Geld daraus zu machen«, meinte Forester.
Rohde zuckte die Achseln. »Es hätte eine Menge Geld gekostet, es wieder in Betrieb zu nehmen. Es war immer schon unwirtschaftlich - nur ein Experiment, um den Bergbau in großer Höhenlage auszuprobieren. Ich glaube, es wäre auf alle Fälle aufgegeben worden.«
Forester sah sich um. »Wenn O'Hara hier heraufkommt, wird er es mächtig eilig haben. Wie wäre es, wenn wir ihm hier am Eingang eine Mauer bauten? Wir können ihm in der Hütte einen

Zettel mit einer Anweisung hinterlassen, welchen Stollen er nehmen soll.«
»Das ist ein guter Gedanke«, sagte Rohde. »Steine gibt's hier ja genug.«
»Drei schaffen mehr als zwei«, sagte Forester. »Ich werde Peabody aufstöbern.« Er ging zur Hütte zurück. Peabody saß noch immer in der gleichen Ecke und starrte ausdruckslos auf die Wand. »Komm, Kleiner«, befahl Forester. »Steh auf und wandle. Wir haben was zu tun für dich.«
Peabodys Lider zuckten. »Laß mich in Ruhe«, sagte er mit schwerer Zunge.
Forester beugte sich hinab, griff Peabody bei den Rockaufschlägen und zerrte ihn auf die Füße. »Jetzt hör mal zu, du dreckiger Lump. Ich habe dir gesagt, daß du Befehlen gehorchen wirst, und zwar dalli dalli. Ich koche leichter über als Rohde, also sieh dich lieber vor.«
Peabody versuchte, mit schlaffen Gliedern auf ihn loszuschlagen, und Forester knuffte ihn hart gegen die Wand. »Mir ist schlecht«, keuchte Peabody. »Ich kann nicht atmen.«
»Du kannst laufen, und du kannst Steine schleppen«, sagte Forester gefühllos. »Ob du dabei atmest oder nicht, darauf kommt es nicht an. Ich persönlich werde heilfroh sein, wenn du aufhörst zu atmen. Und jetzt wirst du freundlichst diese Hütte auf deinen eigenen Füßen verlassen, oder möchtest du einen Tritt in den Hintern, daß du hinausfliegst?«
Peabody torkelte schimpfend und fluchend zur Tür. Forester folgte ihm zu dem Stollen und wies ihn an, Steine herbeizuschleppen. Dann machte er sich selbst wie ein Besessener ans Werk. Es war schwere körperliche Arbeit, und er mußte sich häufig unterbrechen und sich ausruhen, aber er sorgte dafür, daß Peabody weitermachte, und trieb ihn unbarmherzig an.
Sie schafften die Steine zum Stolleneingang, wo Rohde eine grobe Mauer aufschichtete. Als sie bei einbrechender Dunkelheit aufhören mußten, hatten sie kaum mehr als eine halbhohe Brustwehr gebaut. Forester sank zu Boden und betrachtete sie aus schwimmenden Augen. »Viel ist es nicht, aber es muß genügen.«
»Gott, ist das kalt.«
»Gehen wir in die Hütte zurück«, sagte Rohde. »Hier können wir jetzt nichts mehr tun.«
Also gingen sie zurück zur Hütte, zündeten das Feuer wieder an

und bereiteten sich eine Mahlzeit aus Fleischkonserven. Peabody wollte wieder nicht essen, aber Rohde und Forester zwangen sich und würgten das saftige Fleisch und die fette Sauce hinunter. Dann legten sie sich schlafen.

Forester schlief in dieser Nacht nicht gut. Er lag lange wach, und als er schließlich einschlief, hatte er schauerliche, unheilvolle Träume. Nach den Geräuschen zu schließen, waren die beiden anderen im gleichen Zustand; sie drehten und wälzten sich herum, und Rohde ging zweimal zur Tür und sah in die Nacht hinaus. Es war Vollmond, und Forester sah, daß Rohde zu den Bergen hinaufblickte.
Seltsamerweise war er nicht besonders müde, als er bei Morgengrauen aufstand, und das Atmen fiel ihm wesentlich leichter. Noch einen Tag, dachte er - wenn wir noch einen Tag hierbleiben könnten, wäre alles viel besser. Ich würde den Paß mit wirklicher Zuversicht in Angriff nehmen können. Aber er wies den Gedanken von sich, sowie er auftauchte - sie hatten keine Zeit.
Er sah im trüben Dämmerlicht, wie Rohde sich die Beine mit Deckenstreifen in der Art von Wickelgamaschen umwickelte, und begann stillschweigend, dasselbe zu tun. Beiden war nicht nach Reden zumute. Als er mit den Wickelgamaschen fertig war, ging er hinüber zu dem zusammengekauerten Häufchen in der Ecke und tippte Peabody sachte mit dem Fuß an.
»Laß mich in Ruhe«, murmelte Peabody undeutlich.
Forester seufzte und knuffte ihn mit der Schuhspitze zwischen die Rippen. Das hatte die gewünschte Wirkung. Peabody setzte sich fluchend auf, und Forester wandte sich wortlos ab.
»Scheint soweit ganz gut zu sein«, sagte Rohde aus der Türöffnung. Er sah zu den Bergen hinauf.
Forester hörte aus seiner Stimme einen leisen Zweifel heraus und trat zu ihm in die Tür. Die Dämmerung war kristallklar, und die Berggipfel standen in der aufgehenden Sonne strahlend hell gegen den dunklen Himmel.
»Das Gebirge ist sehr klar«, sagte Rohde. Seine Stimme hatte einen leise zweifelnden Ton. »Vielleicht zu klar.«
»In welcher Richtung gehen wir?« fragte Forester.
Rohde wies hinauf. »Hinter diesem Berg liegt der Paß. Wir gehen um den Sockel des Gipfels herum und dann über den Paß und an

der anderen Seite hinunter. Diese Seite hier ist die schwierige - die andere ist ein Kinderspiel.«

Der Berg, auf den Rohde gedeutet hatte, schien in der klaren Morgenluft so nahe, daß Forester meinte, ihn mit der ausgestreckten Hand berühren zu können. Er seufzte erleichtert auf. »Das sieht nicht so schlimm aus.«

Rohde knurrte. »Es wird schlimmer sein, als du dir in deinen kühnsten Träumen vorstellen kannst«, sagte er und wandte sich ab. »Wir müssen noch einmal essen.«

Peabody verweigerte abermals die Nahrung, und Forester sagte, nachdem Rohde ihm einen vielsagenden Blick zugeworfen hatte: »Du wirst gefälligst essen, und wenn ich dir das Zeug in den Schlund stopfen muß. Ich habe mir jetzt genug von deinen Albernheiten gefallen lassen, Peabody; du wirst uns nicht die ganze Sache dadurch versauen, daß du umkippst, weil du nichts gegessen hast. Aber ich warne dich. Wenn du zusammenklappst - wenn du uns auch nur eine Minute lang aufhältst -, dann lassen wir dich liegen.«

Peabody sah ihn giftsprühend an, nahm aber die gewärmte Konservendose und begann mit Mühe zu essen. Forester sagte: »Wie sind deine Stiefel?«

»In Ordnung, schätze ich«, sagte Peabody brummig.

»Hier wird nichts geschätzt«, antwortete Forester scharf. »Es ist mir total egal, ob sie dir die Zehen abzwicken oder dir die Füße in Scheiben schneiden - es ist mir total wursch, ob sie dir Blasen machen so groß wie Golfbälle - was dich betrifft, so mach' ich mir nicht das geringste daraus. Mir geht's darum, daß du uns nicht aufhältst. Wenn diese Stiefel dir nicht richtig passen, dann sag es jetzt.«

»Sie sind in Ordnung«, sagte Peabody. »Sie passen gut.« Rohde sagte: »Wir müssen gehen. Nehmt eure Tornister.«

Forester hob den Handkoffer auf und machte die Gurte um seinen Leib fest. Er stopfte den Deckenstoff seines alten Tornisters als Polster zwischen den Koffer und seinen Rücken, so daß der Koffer bequem saß und nicht drückte, und war sehr stolz auf seine Findigkeit.

Rohde nahm die primitive Eisaxt und steckte die kurzstielige Axt aus der Dakota in seinen Gürtel. Er rückte den Packen so zurecht, daß er ihm bequem auf dem Rücken saß, und warf Peabody einen spitzen Blick zu.

Peabody kroch in die Ecke hinüber, wo sein Tornister lag. Dabei fiel etwas klappernd auf den Fußboden.
Es war O'Haras Reiseflasche.
Forester bückte sich und hob sie auf. Dann sah er Peabody mit einem eiskalten Blick durchdringend an. »Du bist also zu allem anderen auch noch ein gottverfluchter Taschendieb.«
»Das bin ich nicht«, kreischte Peabody. »O'Hara hat sie mir gegeben.«
»O'Hara würde dir höchstens einen Tritt geben, sonst nichts«, schnarrte Forester. Er schüttelte die Reiseflasche; sie war leer. »Du miserabler kleiner Scheißkerl!« brüllte er und schleuderte ihm die Flasche an den Kopf. Peabody duckte sich, aber zu spät, und die Flasche traf ihn über dem rechten Auge.
Rohde stieß laut mit dem Stiel des Eispickels auf den Fußboden. »Genug«, befahl er. »Dieser Mann kann nicht mitkommen – wir können ihm nicht trauen.«
Peabody sah ihn schreckerfüllt an, während seine Hand seine Stirn befühlte. »Aber ihr müßt mich mitnehmen«, wisperte er. »Ihr müßt. Ihr könnt mich doch nicht diesen Kerlen da unten überlassen.«
Rohde preßte unversöhnlich die Lippen zusammen, und Peabody begann zu wimmern. Forester holte tief Atem und sagte: »Wenn wir ihn hierlassen, läuft er nur zu O'Hara zurück und versaut denen unten den ganzen Laden. Darauf kannst du dich verlassen.«
»Die Sache gefällt mir nicht«, sagte Rohde. »Er wird uns auf dem Berg ums Leben bringen.«
Forester fühlte das Gewicht der Waffe in seiner Tasche und faßte einen Entschluß. »Du kommst mit, Peabody«, sagte er hart. »Aber noch eine einzige Hinterhältigkeit, und du bist abserviert.« Er wandte sich zu Rohde um. »Er wird uns nicht aufhalten – nicht eine Minute lang, das verspreche ich dir.« Er blickte Rohde in die Augen, und Rohde verstand.
»Nimm deinen Packen auf den Buckel, Peabody«, sagte Forester, »und mach, daß du marsch, marsch zu der Tür da rauskommst.«
Peabody schob sich schlurfend von der Wand weg und schien sich vor Angst zu krümmen, als er seinen Tornister aufhob. Er rannte in großem Bogen um Forester herum zur Tür und war draußen.
Forester zog ein Stück Papier und einen Bleistift aus der Tasche. »Ich schreibe nur rasch einen Zettel für Tim, damit er Bescheid weiß, welches der richtige Stollen ist. Dann gehen wir los.«

Anfangs ging es, zumindest in Foresters späterer Erinnerung, verhältnismäßig leicht. Obwohl sie die Straße verlassen hatten und quer über den Berghang gingen, kamen sie rasch vorwärts. Rohde führte sie an, dann kam Peabody, und Forester machte den Schluß, um Peabody sofort eins überzuziehen, sowie er zu bummeln begann. Aber zu Anfang bestand hierfür keine Notwendigkeit. Peabody marschierte, als sei ihm der Teufel auf den Fersen. Damit hat er nicht so unrecht, mußte Forester denken. Ich komme mir gar nicht sehr engelhaft vor.
Der Schnee war anfänglich seicht, trocken und pulvrig, aber dann wurde er tiefer und war mit einer harten Kruste bedeckt. Jetzt blieb Rohde stehen.
»Wir müssen die Seile nehmen.«
Sie holten ihre jämmerlichen Stücke morschen und brüchigen Seils hervor, und Rohde prüfte sorgfältig jeden Knoten. Sie seilten sich aneinander an und marschierten, noch immer in der gleichen Reihenfolge, weiter. Forester blickte zu dem steilen, weißen Abhang hinauf, der sich endlos bis in den Himmel zu erstrecken schien, und dachte bei sich, daß Rohde recht gehabt hatte - es würde nicht leicht sein.
Sie stapften weiter, Rohde als Bahnbrecher und die beiden anderen dankbar dafür, daß er im immer tiefer werdenden Schnee einen Pfad für sie trat. Der Abhang, den sie überquerten, war steil und fiel in schwindelerregender Weise unter ihnen ab, und Forester überlegte, was geschehen würde, wenn einer von ihnen stürzte. Höchstwahrscheinlich würde er die beiden anderen mit sich ziehen, und sie würden alle zusammen in einem wirren Knäuel von Menschen und Seilen Hunderte von Metern zu den scharfkantigen Felsen unten hinabrutschen.
Dann schüttelte er sich ärgerlich. Das war natürlich Unsinn. So würde es überhaupt nicht sein. Das war ja der ganze Zweck der Seile: Wenn einer stürzte, konnten die anderen seinen Fall aufhalten.
Vor ihnen ertönte aus der Ferne ein donnerartiges Grollen, und Rohde hielt inne. »Was ist das?« rief Forester.
»Lawine«, rief Rohde zurück. Er sagte weiter nichts und nahm seinen gleichmäßigen Schritt wieder auf.
Mein Gott, dachte Forester. An Lawinen hatte ich gar nicht gedacht. Das konnte verdammt gefährlich werden. Dann mußte er über sich selbst lachen. Er war in keiner größeren Gefahr als

O'Hara und die anderen unten bei der Brücke - möglicherweise sogar in geringerer. Seine Gedanken spielten mit allerlei Überlegungen über die Relativität aller Dinge, und nach einer Weile dachte er überhaupt nicht mehr, sondern setzte nur mit sturer Präzision einen Fuß vor den anderen, ein Automat, der sich über eine riesige weiße Schneedecke hinwegplagte wie eine Ameise, die über ein Bettlaken krabbelt.
Er kam mit einem Ruck wieder zu sich, als er über Peabody stolperte, der alle viere von sich gestreckt im Schnee lag, röchelnd keuchte und den Mund wie ein Goldfisch auf- und zuklappte.
»Steh auf, Peabody«, murmelte er. »Ich habe dir gesagt, was passiert, wenn du uns aufhältst. Steh auf, verdammt noch mal.«
»Rohde...«, keuchte Peabody, »Rohde ist... stehengeblieben.«
Forester sah auf und blinzelte in ein riesiges grelles Flimmern hinein. Stäubchen und Flecken tanzten vor seinen Augen und fügten sich zu einer undeutlichen Gestalt zusammen, die auf ihn zukam.
»Das tut mir leid«, sagte Rohde, auf einmal ganz unerwartet nah. »Ich bin ein Trottel. Ich habe nicht daran gedacht.«
Forester rieb sich die Augen. Ich erblinde, dachte er plötzlich zu Tode erschrocken, ich verliere mein Augenlicht.
»Entspann dich«, sagte Rohde. »Mach die Augen zu und ruhe sie aus.«
Forester sank in den Schnee und schloß die Augen. Er hatte das Gefühl, als habe er Hunderte von Sandkörnern unter den Augenlidern, und er spürte kalte Tränen auf den Wangen. »Was ist denn das?« fragte er.
»Eisblendung«, sagte Rohde. »Mach dir keine Sorgen; es geht vorbei. Halt nur die Augen ein paar Minuten lang geschlossen.«
Er hielt die Augen geschlossen und spürte, wie allmählich die Spannung aus seinen Muskeln wich. Er war dankbar für diese Pause. Er war müde - so müde wie noch nie in seinem Leben - und überlegte, wie weit sie wohl schon gekommen waren.
»Wie weit sind wir?« fragte er.
»Noch nicht so weit«, sagte Rohde.
»Wie spät ist es?«
Es kam eine Pause, dann sagte Rohde: »Neun Uhr.«
Forester erschrak. »Noch nicht später?« Ihm war zumute, als sei er schon den ganzen Tag unterwegs.
»Ich werde dir etwas auf die Augen reiben«, sagte Rohde. Forester

spürte, wie kalte Finger seine Augenlider mit einer zugleich warmen und körnigen Masse einrieben.
»Was ist das, Miguel?«
»Holzasche. Sie ist schwarz, und ich glaube, sie wird das grelle Blenden vermindern. Ich habe gehört, es ist ein alter Brauch bei den Eskimos. Hoffentlich funktioniert er.«
Nach einer Weile wagte Forester, die Augen wieder zu öffnen. Zu seiner Erleichterung konnte er wieder sehen, zwar nicht so gut wie sonst, aber er war wenigstens nicht mehr so blind wie während jenes ersten erschreckenden Augenblicks, als er glaubte, er habe das Augenlicht eingebüßt. Er sah hinüber zu Rohde, der sich um Peabody kümmerte, und dachte: Ja, das gehört auch zur Bergsteiger-Ausrüstung dazu - Sonnenbrillen. Das Blinzeln schmerzte ihn.
Rohde wandte sich um. Bei seinem Anblick mußte Forester laut herauslachen. Rohde hatte einen breiten schwarzen Strich quer über die Augen und sah aus wie ein Indianer in voller Kriegsbemalung. »Du siehst auch ziemlich komisch aus, Ray«, sagte er. Und dann nüchterner: »Wickle dir eine Decke um den Kopf wie eine Kapuze, das schirmt die Helligkeit von der Seite her ab.« Forester machte seinen Tornister los und zog betrübt die Polsterdecke heraus. Der Tornister würde sich jetzt nicht mehr so bequem tragen lassen. Die Decke gab genug Stoff her, um Kapuzen für alle drei zu machen, und dann sagte Rohde: »Wir müssen weiter.«
Forester blickte zurück über den weißen Berghang bis hinab, von wo sie gekommen waren. Er konnte die Hütten noch sehen und schätzte, daß sie höchstens zweihundert Meter Höhe gewonnen hatten, obwohl sie eine beträchtliche Entfernung zurückgelegt hatten. Dann zerrte das Seil wieder an seinen Hüften, und er schritt wieder aus und folgte Peabodys stolpernder Gestalt.
Es war Mittag, als sie um die Schulter des Berges herumkamen und den Weg hinauf zum Paß sehen konnten. Forester sank auf die Knie und schluchzte vor Erschöpfung, und Peabody sackte einfach zusammen, wo er stand, als habe er einen Schlag auf den Kopf erhalten. Nur Rohde blieb auf den Füßen. Er sah blinzelnd mit entzündeten Augen zum Paß hinauf.
»Es ist alles so, wie ich mich erinnert hatte«, sagte er. »Wir werden hier rasten.«
Er hockte sich neben Forester, ohne Peabody zu beachten. »Wie steht's mit dir?«

»Ein bißchen ausgelaugt«, sagte Forester. »Aber die Rast wird mir gut bekommen.«
Rohde nahm seinen Tornister ab und machte ihn auf. »Wir werden jetzt essen.«
»Mein Gott, ich könnte jetzt nicht essen«, sagte Forester.
»Das hier wirst du schon hinunterkriegen«, sagte Rohde und zog eine Obstkonserve hervor. »Das ist zuckerhaltig und erzeugt Energie.«
Ein kalter Wind fegte über den Berghang, und Forester zog die Jacke fester um seinen Körper, während er Rohde zusah, der im Schnee grub. »Was machst du denn da?«
»Ich mache einen Windschutz.« Er holte den Primus-Kocher hervor und setzte ihn in das Loch, das er gegraben hatte, wo er gegen den Wind abgeschirmt war. Er zündete ihn an und reichte dann Forester eine leere Konservenbüchse. »Füll sie mit Schnee und schmilz den Schnee. Wir müssen etwas Heißes trinken. Ich werde mich um Peabody kümmern.«
Bei dem niedrigen Luftdruck dauerte es lange, bis der Schnee in der Büchse geschmolzen war. Das Wasser war auch nur lauwarm. Rohde tat einen Bouillonwürfel hinein und sagte: »Du zuerst.«
Forester würgte das Getränk herunter und füllte dann die Dose wieder mit Schnee. Peabody, der sich wieder aufgerappelt hatte, bekam die nächste Portion, und dann schmolz Forester neuen Schnee für Rohde. »Ich hab' mir den Paß noch gar nicht angesehen«, sagte er. »Wie sieht's aus?«
Rohde blickte von der Obstkonserve auf, die er gerade öffnete. »Schlecht«, sagte er. »Aber das hatte ich erwartet.« Er hielt inne. »Es liegt ein Gletscher dazwischen mit vielen Spalten.«
Forester nahm die dargebotene Konservendose schweigend entgegen und begann zu essen. Das Obst schmeckte gut, und auch sein Magen war einverstanden – es war das erste Essen seit der Bruchlandung, das ihm wirklich schmeckte, und es gab ihm neue Lebenskräfte. Er warf einen Blick zurück über den Berghang; das Bergwerk war nicht mehr zu sehen, aber in weiter Ferne, ganz tief unten, sah er die Schlucht und den Fluß. Die Brücke konnte er nicht entdecken.
Er stand auf und schlurfte ein wenig nach vorn, von wo aus er den Paß sehen konnte. Unmittelbar unterhalb des Passes befand sich der Gletscher, ein durcheinandergewürfelter Haufen von Eisblöcken mit einem Irrgarten von Gletscherspalten. Der Gletscher

hörte ungefähr tausend Meter tiefer unten auf, und er konnte das blaue Wasser eines Bergsees sehen. Während er noch hinabblickte, vernahm er einen scharfen Peitschenknall wie von einem Blitzschlag und das Brummen fernen Donners und sah aus dem Blau des Sees eine weiße Fahne emporspringen.
Rohde war hinter ihn getreten. »Das ist eine ›laguna‹«, sagte er. »Die Gletscher weichen hier langsam zurück, und zwischen dem Gletscher und der Moräne bildet sich immer ein See. Aber das ist für uns ohne Interesse. Wir müssen da hinüber.« Er deutete mit einer Armbewegung nach oben, über den Gletscher hinweg.
Jenseits des Paßtals tauchte auf dem Berghang plötzlich weißer Rauch auf, und gute zehn Sekunden später ertönte ein leises Grollen.
»In den Bergen ist immer irgend etwas in Bewegung«, sagte Rohde. »Das Eis dringt in das Felsgestein ein, und es gibt viele Lawinen.«
Forester sah hinauf. »Wieviel höher müssen wir noch steigen?«
»Ungefähr fünfhundert Meter – aber zuerst müssen wir ein Stückchen hinunter, um den Gletscher zu überqueren.«
»Könnten wir nicht um ihn herum?« fragte Forester.
Rohde deutete hinab auf den See. »Wir würden tausend Meter Höhe einbüßen, und das würde noch eine Nacht auf dem Berg bedeuten. Zwei Nächte hier oben würden wir nicht überleben.«
Forester betrachtete den Gletscher mit ausgesprochener Abneigung. Was er da sah, gefiel ihm gar nicht, und zum erstenmal spürte er, wie sich in seinem Leib vor Angst alles zu einem kalten Knoten verkrampfte. Bisher war alles nur schwere Arbeit gewesen, eine mühsame, erschöpfende Plackerei durch tiefen Schnee unter schlechten und ungewohnten Bedingungen. Aber jetzt sah er sich der leibhaftigen Gefahr gegenüber – der Gefahr eines von der Sonne erwärmten Eisblocks, der plötzlich herabstürzte, der Gefahr einer schneebedeckten Gletscherspalte. Während er noch hinsah, gewahrte er, wie der Gletscher sich bewegte und die Szenerie sich plötzlich veränderte, und hörte ein dumpfes Grollen.
»Gehen wir jetzt«, sagte Rohde.
Sie gingen zurück, um ihre Tornister zu holen. Peabody saß im Schnee und starrte teilnahmslos auf seine im Schoß gefalteten Hände. Forester sagte: »Los, komm, Mann, den Packen auf den Buckel,« aber Peabody rührte sich nicht. Forester seufzte bedauernd und versetzte ihm einen nicht allzu heftigen Fußtritt in die

Seite. Peabody reagierte anscheinend nur auf physische Reizmittel, auf die Androhung von Gewaltmaßnahmen.
Er stand gehorsam auf und schulterte seinen Packen, und Rohde schlang wieder das Seil um ihn und prüfte sorgfältig nach, daß auch alles fest und sicher war. Dann marschierten sie in der gleichen Reihenfolge weiter: zuerst der erfahrene Rohde, dann Peabody und schließlich Forester. Der Abstieg hinunter zum Gletscher – eine Angelegenheit von etwa siebzig Metern – war für Forester ein Alptraum, während er Rohde nichts auszumachen schien und Peabody sich in einer Art selbstgeschaffener Betäubung befand und die Gefahr überhaupt nicht bemerkte. Der scharfe Wind, der vom Paß herunterblies, hatte hier den Schnee weggefegt, und sie gingen über den nackten Felsen. Aber das Felsgestein war morsch und brüchig und mit einer glatten Eisschicht bedeckt, so daß auch die allergeringste Bewegung schon gefährlich war. Forester fluchte, als seine Füße auf dem Eis hin und her rutschten; wir müßten Steigeisen haben; das hier ist ja der helle Wahnsinn.
Sie brauchten eine Stunde zu dem Abstieg zum Gletscher, und die letzten fünfzehn Meter stiegen sie auf eine Methode ab, die Rohde mit dem deutschen Wort »Abseilen« bezeichnete. Sie waren zu einer senkrecht abfallenden, eisbedeckten Felsklippe gelangt, und Rohde zeigte ihnen, was sie zu tun hatten. Er hämmerte vier der improvisierten Kletterhaken in den morschen Felsen und fädelte das Seil durch sie durch. Sie ließen sich in umgekehrter Reihenfolge hinab, Forester als erster, während Rohde das Ende belegte. Er zeigte Forester, wie er sich das Seil um den Leib schlingen solle, so daß er in der Schlinge sitzen konnte, und wie er sich bremsen konnte, wenn es zu rasch ging.
»Versuch, dich mit dem Gesicht zur Felswand zu halten«, sagte er. »Dann kannst du die Füße verwenden, um dich von ihr wegzustemmen – und versuch, nicht ins Trudeln zu geraten.«
Forester war herzlich froh, als er unten ankam – das war ganz und gar kein Vergnügen ... Und er beschloß, seinen nächsten Urlaub so weit wie irgend möglich entfernt von jedem Gebirge zu verbringen, am besten in der Mitte von Kansas.
Dann kam Peabody herunter, der ganz mechanisch Rohdes Anweisungen befolgte. Es war keine Spur von Angst an ihm zu bemerken – sein Gesicht war so leer wie seine Gedanken; zusammen mit allem übrigen war auch jegliche Furcht schon lange aus ihm

entwichen. Er war ein Automat geworden, der genau das tat, was ihm gesagt wurde, vorausgesetzt, daß man ihn hineinstieß und knuffte.

Rohde kam als letzter herab; er hatte niemand, der oben auf das Seil aufpaßte. Er stürzte die letzten drei Meter ziemlich heftig herunter, da die Kletterhaken einer nach dem anderen in rascher Folge nachgaben, und das Seil fiel in Schlangenwindungen um ihn herum. Forester half ihm auf die Füße. »Ist dir was passiert?«
Rohde schwankte. »Ich bin in Ordnung«, schnaufte er. »Die Kletterhaken – such die Kletterhaken.«
Forester suchte im Schnee herum und fand drei der Haken; den vierten konnte er nicht finden. Rohde lächelte düster. »Es war vielleicht sogar gut, daß ich gefallen bin«, sagte er. »Sonst hätten wir die Kletterhaken da oben zurücklassen müssen, und ich glaube, wir werden sie später noch brauchen. Aber wir müssen den nackten Felsen vermeiden. Das ›verglas‹ – die Eisschicht auf dem Gestein ist zu gefährlich für uns ohne Kanthaken und Eissporne.«
Forester war aus tiefster Seele mit ihm einer Meinung, obwohl er es nicht laut sagte. Er wand das Seil wieder auf und machte ein Ende um seinen Leib fest, während Rohde sich um Peabody kümmerte. Dann sah er sich den Gletscher an.
Er war so phantastisch wie eine Mondlandschaft – und ebenso tot und fern von allem Menschlichen. Der Druck von unten hatte große Eismassen heraufgezwängt, die, von Wind und Sonne zu grotesken Gestalten geformt, jetzt alle in eine dicke Schneedecke gehüllt waren. Da gab es hohe Klippen mit gefährlich überhängenden Schneewächten, verstreute Buckel und von der Sonne angenagte Säulen, die umzustürzen drohten, und Gletscherspalten, von denen einige offenlagen und andere, wie Forester wußte, von trügerischem Schnee bedeckt waren. Durch diese wilde Einöde, diesen Irrgarten von Eis hatten sie ihren Weg zu finden.
»Wie weit ist es bis hinüber auf die andere Seite?« fragte Forester.
Rohde überlegte. »Zwölfhundert Meter – drei Viertel einer eurer nordamerikanischen Meilen.« Er packte die Eisaxt mit festem Griff. »Machen wir uns auf – die Zeit vergeht rasch.«
Er ging voran und klopfte jeden Fußbreit mit dem Stiel der Axt ab. Forester bemerkte, daß er die Entfernungen zwischen ihnen verkürzt und die Seile verdoppelt hatte, und die Schlußfolgerung aus dieser Maßnahme gefiel ihm nicht. Die drei Männer gingen jetzt

ganz dicht hintereinander, und Rohde ermahnte Peabody unablässig, rascher zu gehen, da er das Zerren des Seiles spürte, wenn Peabody trödelte. Forester blieb stehen und hob etwas Schnee auf; er war trocken und pulvrig, und man konnte keine guten Schneebälle aus ihm machen, aber jedesmal, wenn Peabody an Rohdes Seil zerrte, bewarf er ihn mit einer Ladung Schnee.

Der Weg schlängelte sich hin und her, und Rohde führte sie mehr als einmal in eine Sackgasse, wo es nicht weiter ging, weil senkrecht aufsteigende Eiswände oder breite Gletscherspalten den Pfad versperrten, und sie mußten zurückgehen und sich nach einem besseren Weg umsehen. Einmal, als sie allem Anschein nach in einem wahren Irrgarten von Eisgängen gefangen saßen, verlor Forester vollständig die Orientierung und begann sich zu fragen, ob er wohl hoffnungslos dazu verdammt sei, auf immer und ewig in dieser kalten Hölle umherzuwandern.

Seine Füße waren betäubt und empfindungslos, und er hatte keinerlei Gefühle mehr in den Zehen. Als er etwas darüber sagte, blieb Rohde sofort stehen. »Setz dich hin«, sagte er. »Zieh die Stiefel aus.«

Forester nahm die Wickelgamaschen ab und versuchte mit seinen steifen Fingern, die Schnürsenkel aufzumachen. Er brauchte fast eine Viertelstunde zu dieser einfachen Verrichtung. Die Schnürsenkel waren steif gefroren und vereist, seine Finger waren kalt, und sein Verstand schien keine Herrschaft mehr über seine Körperbewegungen zu besitzen. Schließlich hatte er die Stiefel herunter und zog das doppelte Paar Socken aus, das er zur Vorsicht trug. Rohde untersuchte seine Zehen genau und sagte dann: »Deine Zehen fangen an zu erfrieren. Es ist erst der Anfang, die ersten Symptome. Reib deinen linken Fuß – ich werde den rechten reiben.«

Forester rieb seinen Fuß so heftig, wie er konnte. Seine große Zehe war an der Spitze knochenweiß und völlig empfindungslos. Rohde rieb völlig erbarmungslos; er achtete nicht auf Foresters Schmerzensschreie, als das Blut wieder in den Fuß zurückkehrte, sondern fuhr nach Kräften mit der Massage fort.

Forester hatte ein Gefühl, als stünden seine Füße in Flammen, indes das Blut sich wieder in das gefrorene Fleisch zurückdrängte, und er stöhnte vor Schmerzen. Aber Rohde sagte streng: »Du mußt aufpassen, daß da nichts passiert. Du mußt die Zehen die ganze Zeit bewegen – stell dir vor, daß du mit den Füßen – mit den Zehen – Klavier spielst. Zeig mal deine Finger her.«

Forester streckte ihm die Hände hin, und Rohde untersuchte sie. »In Ordnung«, sagte er. »Aber du mußt auf das Erfrieren aufpassen. Deine Zehen, deine Finger, die Ohrläppchen und die Nase. Du mußt sie beständig reiben.« Er wandte sich zu Peabody um, der schlaff da saß. »Und was ist mit ihm?«

Forester schob mit großer Mühe die Füße wieder in die gefrorenen Stiefel, band seine Schnürsenkel und legte die Wickelgamaschen wieder an. Dann half er Rohde, Peabody die Stiefel auszuziehen. Peabody war wie eine Schaufensterpuppe; er hinderte sie nicht, er half ihnen nicht, er ließ willenlos mit seinen schlaffen Gliedmaßen herumhantieren.

Seine Zehen waren schon stark erfroren, und sie begannen, seine Füße zu massieren. Nachdem sie zehn Minuten lang gearbeitet hatten, gab er plötzlich ein Stöhnen von sich, und als Forester aufblickte, sah er, wie ein Schimmer von Begriffsvermögen sich in seine toten Augen stahl. »Himmelsakra!« protestierte Peabody. »Ihr tut mir weh!«

Sie nahmen den Protest nicht zur Kenntnis und fuhren fort. Plötzlich schrie Peabody auf und begann, um sich zu schlagen, und Forester packte seine Arme und hielt sie fest. »Sei doch vernünftig, Mann«, brüllte er. »Wenn wir das nicht machen, bist du beide Füße los.«

Es gelang ihm, Peabody zu beruhigen, während Rohde mit der Massage fortfuhr, und nach einer Weile war Rohde mit dem Ergebnis zufrieden. Er sah Peabody an. »Beweg deine Zehen. Beweg immerfort die Zehen in den Stiefeln.«

Peabody stöhnte vor Schmerzen, aber die Schmerzen bewirkten anscheinend, daß er aus seiner privaten Traumwelt herauskam. Er war imstande, sich seine Socken und Stiefel selbst wieder anzuziehen und sich die Gamaschen um die Beine zu wickeln, wobei er die ganze Zeit über eintönig vor sich hin fluchte und eine endlose Kette wüster Beschimpfungen von sich gab - gegen die Berge, gegen Rohde und Forester und ihre brutale Herzlosigkeit und gegen das Schicksal im allgemeinen, weil es ihn in diese Drecksituation gebracht hatte.

Forester blickte zu Rohde hinüber und grinste schwach, und Rohde hob die Eisaxt auf und sagte: »Wir müssen weiter - wir müssen hier heraus.«

Irgendwo in der Mitte des Gletschers führte sie Rohde, nachdem er sich ergebnislos in verschiedenen Richtungen umgesehen

hatte, zu einer Gletscherspalte und sagte: »Hier müssen wir hinüber - es gibt keinen anderen Weg.«
Über die Gletscherspalte lag eine Schneebrücke, ein gebrechlicher Spannbogen, der die beiden Seiten miteinander verband. Forester trat an den Rand und blickte hinab in die halbdunkle grüne Tiefe. Er konnte den Boden nicht sehen.
Rohde sagte: »Der Schnee wird unser Gewicht tragen, wenn wir uns flach hinüberschieben, so daß sich das Gewicht verteilt.« Er tippte Forester auf die Schulter. »Geh du zuerst.«
Plötzlich erklärte Peabody: »Ich gehe da nicht hinüber. Ihr denkt wohl, ich bin verrückt, wie?«
Forester hatte eigentlich das gleiche sagen wollen, aber die Tatsache, daß ein Mann wie Peabody es sagte, machte ihm neuen Mut. Er sagte grob - und die Grobheit richtete sich hauptsächlich gegen ihn selbst und seinen Augenblick der Schwäche -: »Du wirst tun, was man dir sagt, verstanden.« Rohde seilte sie neu an, so daß das Seil lang genug war, um über die drei Meter breite Spalte hinüberzureichen, und Forester näherte sich ihr vorsichtig. »Nicht auf Händen und Knien kriechen«, sagte Rohde. »Leg dich flach auf den Bauch und schieb dich mit ausgebreiteten Armen und Beinen langsam hinüber.« Forester legte sich flach auf den Bauch und schob sich zur Brücke vor. Die Schneebrücke war nur zwei Meter breit, und während er auf dem Bauch vorwärtskroch - so wie man es ihm bei der Militärausbildung beigebracht hatte -, sah er, wie der Schnee am Rand der Brücke abbröckelte und mit einen leisen Seufzer in den Abgrund fiel.
Er war äußerst dankbar, daß das Seil hinter ihm herschleppte, wiewohl er wußte, daß es wahrscheinlich nicht kräftig genug war, um einen plötzlichen scharfen Ruck auszuhalten, und noch viel dankbarer, als er die andere Seite erreichte und keuchend im Schnee lag, und die Schweißtropfen ihm in die Augen rannen.
Schließlich erhob er sich und drehte sich um. »Bist du in Ordnung?« fragte Rohde.
»Tadellos«, sagte er und wischte sich den Schweiß von der Stirn, ehe er gefrieren konnte.
»Ich mach' da nicht mit«, brüllte Peabody. »Mich kriegt ihr nicht auf das Ding da drauf.«
»Du wirst auf beiden Seiten angeseilt«, sagte Forester. »Du kannst unmöglich abstürzen - stimmt's, Miguel?«

»Das stimmt«, sagte Rohde.
Peabody hatte einen gehetzten Blick in den Augen. Forester sagte: »Ach, der Teufel soll ihn holen. Komm herüber, Miguel, und laß den dämlichen Hund, wo er ist.«
Peabodys Stimme überschlug sich. »Ihr könnt mich doch nicht hierlassen«, kreischte er.
»So? Können wir nicht?« fragte Forester gefühllos. »Ich habe dir gesagt, was passierst, wenn du uns aufhältst.«
»Ach, Jesusmaria«, sagte Peabody unter Tränen und näherte sich langsam der Schneebrücke.
»Leg dich hin«, sagte Rohde unvermittelt.
»Auf den Bauch«, rief Forester.
Peabody legte sich hin und begann langsam, sich hinüberzuschieben. Er zitterte heftig am ganzen Leib und hielt zweimal inne, als er hörte, wie der Schnee vom abbröckelnden Rand der Brücke in die Spalte hinuntersauste. Als er sich Forester näherte, begann er rascher vorwärtszurutschen, und Forester konzentrierte sich darauf, das Seil straffzuhalten. Rohde, der auf der anderen Seite in dem Maß weggab, in dem Peabody sich von ihm entfernte, tat das gleiche.
Plötzlich verlor Peabody die Nerven. Er hob sich auf Hände und Füße und krabbelte so auf das Ende der Brücke zu. »Hinlegen, du verdammter Trottel!« brüllte Forester.
Plötzlich war er in eine Wolke von Schneestaub gehüllt, und Peabody schoß wie eine Kanonenkugel in ihn hinein und warf ihn flach auf den Rücken. Ein donnerndes Dröhnen ertönte, und die Brücke brach zusammen und fiel mit einem verebbenden Echo in die Gletscherspalte hinab. Als Forester wieder auf die Füße kam, blickte er durch einen wirbelnden Nebel von Pulverschnee und sah Rohde hilflos drüben auf der anderen Seite stehen.
Er drehte sich um und packte Peabody, der sich in freudigem Entzücken darüber, daß er festen Boden unter sich hatte, die Hände in den Schnee verkrallte. Forester riß ihn auf die Füße und schlug ihn mit der flachen Hand zweimal hart quer übers Gesicht. »Du selbstsüchtiges Schwein«, brüllte er. »Kannst du denn überhaupt nichts richtig machen?«
Peabodys Kopf baumelte kraftlos auf seinen Schultern, und in seinen Augen stand ein leerer Blick. Als Forester ihn losließ, fiel er wie ein Sack zur Erde, murmelte unverständliches Zeug und krümmte sich zu Foresters Füßen. Forester gab ihm auf alle Fälle

noch einen Fußtritt und wandte sich dann zu Rohde um: »Verflucht noch mal, was machen wir jetzt?«
Rohde schien nicht sonderlich beunruhigt. Er hob den Eispickel wie einen Speer hoch und rief: »Tritt beiseite!« Dann warf er ihn hinüber, und er blieb vor Forester im Schnee stecken. »Ich glaube, ich kann mich hinüberschwingen«, sagte er. »Ramm den Pickel so tief, wie du kannst, in den Schnee hinein.«
Forester befühlte das Seil um seine Hüften. »Dies Zeug hier ist nicht sehr kräftig. Das hält nicht viel Gewicht aus.«
Rohde schätzte die Breite der Spalte nach Augenmaß. »Ich glaube, wir haben genug Seil, um es dreifach zu nehmen«, sagte er. »Das müßte mein Gewicht aushalten.«
»Du mußt es wissen«, sagte Forester, »es ist dein Genick.« Er begann den Eispickel in den Schnee zu rammen. Aber er wußte natürlich, daß es um ihrer aller Leben ging. Er besaß nicht die Erfahrung, um den Rest des Weges allein zurücklegen zu können, und seine Aussichten waren noch wesentlich schlechter, wenn er durch Peabody behindert wurde. Er bezweifelte, daß er sich aus dem Gletscher herausfinden würde.
Er rammte den Eispickel zu drei Vierteln seiner Länge in den Schnee und das Eis hinein und zerrte an ihm, um sich zu vergewissern, daß er festsaß. Dann drehte er sich zu Peabody um, der schluchzend in den Schnee sabberte, und band ihn aus dem Seil los. Er warf die Seilenden zu Rohde hinüber, der sie sich um die Hüften band. Rohde saß am Rand der Spalte und blickte in die Tiefe zwischen seinen Knien hinab und schien so unbekümmert, als sitze er in einem Lehnsessel.
Forester befestigte das dreifache Seil am Eispickel, legte sich eine Schlinge um den Leib und machte sich Vertiefungen im Schnee, um seinen Stiefelabsätzen Halt zu geben. »Ich werde soviel von der Belastung abnehmen, wie ich irgend kann«, rief er.
Rohde zog versuchsweise an dem straffgespannten Seil und schien zufrieden. Er hielt inne. »Steck irgendwas zwischen das Seil und den Rand, damit es nicht durchscheuert. Forester nahm seine Kapuze ab und wickelte sie zu einem Polster zusammen, das er zwischen das Seil und den Eisrand der Spalte keilte.
Rohde zog abermals an und maß die voraussichtliche Stelle seines Aufpralls ab – fünf Meter tief auf der gegenüberliegenden Wand der Gletscherspalte.
Dann schwang er sich hinüber.

Forester sah ihn verschwinden, spürte das plötzliche Zerren des Seils und hörte den Aufprall von Rohdes Stiefeln an der Eiswand unter ihm. Er stellte voller Dankbarkeit fest, daß die Spannung des Seils nicht plötzlich nachließ, und wußte, daß Rohde es geschafft hatte. Jetzt mußte er nur noch heraufklettern.
Es schien eine Ewigkeit zu dauern, bis Rohdes Kopf über dem Rand auftauchte und Forester ihn heraufziehen konnte. Das ist mir mal ein Mann, dachte er bei sich; das ist ein wirklich fabelhafter Kerl. Rohde setzte sich nicht weit vom Rande nieder und wischte sich den Schweiß von der Stirn. »Das war keine gute Sache«, sagte er.
Forester deutete mit einer Kopfbewegung zu Peabody hinüber. »Was machen wir mit ihm? Er wird noch uns allen das Leben kosten.« Er zog die Pistole aus der Tasche. Rohde riß die Augen auf. »Ich glaube, für Peabody geht der Weg hier nicht mehr weiter.« Forester sprach, als sei er überhaupt nicht da, und es war zweifelhaft, ob Peabody hörte, was über ihn gesprochen wurde. Rohde blickte Forester in die Augen. »Kannst du einen wehrlosen Mann erschießen – auch nur ihn?«
»Allerdings kann ich das«, fauchte Forester. »Wir haben nicht nur an unser eigenes Leben zu denken, sondern auch an die anderen unten bei der Brücke, die auf uns angewiesen sind. Dieses Rindvieh von einem Idioten läßt uns alle hineinsausen.«
Er hob die Pistole an und zielte auf Peabodys Hinterkopf. Er wollte gerade den Hahn abziehen, als Rohde ihn am Handgelenk packte. »Nein, Ray, du bist kein Mörder.«
Forester spannte die Armmuskeln und wehrte sich einen Augenblick lang gegen Rohdes Griff; dann ließ er ab und sagte: »Also gut, Miguel. Aber du wirst noch sehen, daß ich recht habe. Ich kenne diese Sorte. Er denkt nur an sich, und er wird nie etwas richtig machen. Aber ich schätze, wir haben ihn nun mal auf dem Hals.«


Sie brauchten im ganzen drei Stunden, um den Gletscher zu überqueren, und Forester war erschöpft, aber Rohde erlaubte keine Rast. »Wir müssen so hoch hinauf, wie wir können, und solange es noch hell ist«, sagte er. »Die heutige Nacht wird uns sehr mitnehmen. Es ist nicht gut, ohne ein Zelt oder die richtige Kleidung die Nacht im Freien zu verbringen.«

Forester brachte ein Grinsen zuwege. Für Rohde war alles entweder gut oder nicht gut; schwarz oder weiß und keinerlei Abstufungen von grau dazwischen. Er gab Peabody einen Tritt, damit er aufstand, und sagte müde: »Also gut. Hannemann, geh du voran.«
Rohde sah zum Paß hinauf. »Wir haben bei der Überquerung des Gletschers Höhe eingebüßt. Wir müssen noch immer fünf- bis sechshundert Meter steigen, bis wir oben sind.« Sechzehnhundert bis zweitausend Fuß, rechnete Forester schweigend um. Er folgte Rohdes Blick. Zu ihrer Linken lag der Gletscher, der unmerklich den Berg herabquoll und sich an einer Felswand rieb. Oben war die glatte Schneefläche auf halbem Weg zur Paßhöhe von einer Reihe von Felsklippen unterbrochen. »Müssen wir da hinaufklettern?« fragte er.
»Ich glaube, wir können ganz rechts um die Klippen herumgehen. Auf diese Weise kommen wir oberhalb der Klippen heraus. Dort oben werden wir heute nacht unser Lager machen.«
Er steckte die Hand in die Tasche und zog den kleinen Lederbeutel mit den Kokapriemen heraus, die er unten im Lager hergestellt hatte. »Halt die Hand auf«, rief er. »Die wirst du jetzt brauchen.«
Er schüttelte ein Dutzend der viereckigen grünen Täfelchen in Foresters Handfläche, und Forester steckte eins in den Mund und kaute es. Es hatte einen scharfen, beißenden Geschmack, der ihm auf angenehme Weise die Mundhöhle erwärmte. »Nicht zu viele«, warnte Rohde. »Sonst entzündet sich dein Mund.«
Es war zwecklos, Peabody welche zu geben. Er war wieder in seinen Automaten-Zustand zurückgefallen und folgte Rohe wie ein Hund an der Leine, indem er jedem Rucken und Zucken des Seils gehorchte. Als Rohde sich zu dem langen Aufstieg zu den Klippen in Marsch setzte, folgte er ihm und führte mechanisch alle vorschriftsmäßigen Kletterbewegungen aus, als werde er von irgend etwas außerhalb seiner selbst geführt und geleitet. Forester, der ihn von rückwärts beobachtete, hoffte nur, es werde zu keiner Krise kommen; solange alles glatt ging, war Peabody in Ordnung, aber in einer Notlage würde er bestimmt zusammenklappen, wie O'Hara vorhergesagt hatte.
Er konnte sich später an den langen und mühsamen Aufstieg kaum erinnern. Vielleicht trugen die Koka-Täfelchen dazu bei, denn er mußte feststellen, daß er sich so ziemlich im gleichen Zustand befand, in dem er Peabody vermutete. Er kaute mit rhythmischen Bewegungen seinen Priem und stieg mechanisch

den Pfad hinauf, den der unermüdliche Rohde ihnen vorzeichnete.
Der Schnee war anfänglich dick und verkrustet, aber dann, als sie ans äußerste rechte Ende der Klippen gelangten, wurde der Abhang steiler und die Schneedecke dünner, und es stellte sich heraus, daß unter ihr eine Eisschicht lag. Unter diesen Umständen wurde das Klettern ohne Eishaken eine schwierige Sache, und Rohde gestand ein Weilchen später, daß jeder, der die Berge kannte, es für unmöglich gehalten hätte. Forester rutschte und schlitterte unablässig zurück, und einmal verhinderte nur Rohdes rasches Eingreifen mit dem Eispickel, daß sie alle drei hilflos den ganzen steilen Abhang hinunterrutschten.
Sie brauchten zwei Stunden, um auf die Höhe der Felsklippen hinaufzugelangen, und dort wartete eine große Enttäuschung auf sie. Oberhalb der Felsklippen und einige Meter zurückliegend erhob sich eine durchgehende Eiswand von mehr als sieben Meter Höhe, auf der ein Schneeüberhang saß. Die Wand erstreckte sich in ungebrochener Linie über die ganze Breite des Passes.
Forester, der in der dünnen Luft schwer nach Atem rang, betrachtete sie voller Bestürzung und Verzweiflung. Jetzt sind wir bedient, dachte er. Wie können wir jemals da herüberkommen? Aber Rohde, der über den Paß hinwegschaute, hatte die Hoffnung nicht verloren. »Ich glaube, dort in der Mitte ist die Eiswand niedriger. Komm, aber halt dich vom Rand der Klippe weg.«
Sie machten sich entlang dem simsartigen Vorsprung zwischen der Eiswand und dem Klippenrand auf den Weg. Das Sims war anfänglich schmal, kaum zwei Meter breit, aber als sie weitergingen, wurde es breiter, und Rohde schritt rascher und zuversichtlicher aus. Aber er schien besorgt. »Wir können hier nicht bleiben«, sagte er. »Es ist sehr gefährlich. Wir müssen über diese Wand hinaufgelangen, ehe es dunkel wird.«
»Warum so eilig?« fragte Forester. »Wenn wir hierbleiben, schirmt die Wand uns gegen den Wind ab. Er kommt aus Westen, und ich glaube, er nimmt zu.«
»Das tut er«, antwortete Rohde. Er wies nach oben. »Das da oben macht mir Sorge - der Überhang. Wir können nicht unterhalb von ihm bleiben - er könnte herunterbrechen -, und der Westwind wird ihn mit der Zeit aufschichten, bis er so schwer wird, daß er abbricht. Wir bekommen Schneefall - schau da hinunter.«
Forester sah in die schwindelnden Tiefen unterhalb der Klippen

hinab und gewahrte, wie sich ein grauer Nebeldunst zusammenbraute. Ein Frösteln durchlief ihn, und er trat zurück und folgte wieder Peabodys schlurfender Gestalt.
Kaum fünf Minuten später spürte er, wie seine Füße auf dem Eis plötzlich ausrutschten. Er versuchte verzweifelt, sein Gleichgewicht zurückzugewinnen, aber es gelang ihm nicht; er lag plötzlich auf dem Rücken und rutschte auf den Klippenrand zu. Er versuchte, das Rutschen mit den Händen zu bremsen, und gewahrte einen kurzen Augenblick lang verschmiertes Blut auf dem Eis, und dann fiel er mit einem verzweifelten Ausruf über den Rand.
Rohde hörte den Schrei und spürte, wie Peabody am Seil zerrte. Er rammte automatisch den Eispickel fest in das Eis und fing den Ruck ab. Als er den Kopf wandte, sah er nur Peabody, der am Rand der Klippe herumkrabbelte und verzweifelt zu verhindern versuchte, daß er hinabgezogen wurde. Er schrie und kreischte unverständliches Zeug, und Forester war nirgends zu sehen.
Vor Foresters Augen drehte sich die Welt wie verrückt hin und her: zuerst eine riesige Himmelsfläche und ein plötzlicher Ausblick auf Täler und Berge, die von Dunstschleiern halb verdeckt waren, dann auf einmal in dichtester Nähe der graue Felsen, während er am Ende des Seils baumelte und sich um sich selbst drehte, und schließlich hundert Meter freien Falls über den steilen Schneehängen tief drunten in der Luft hing. Seine Brust schmerzte, und er stellte fest, daß das Seil ihm in die Achselhöhlen hinaufgerutscht war und ihm die Rippen zusammendrückte. Von oben vernahm er Peabodys schreckerfülltes Gejammer.
Rohde spannte mit einem Ruck seine Rückenmuskeln aufs äußerste und hoffte, das morsche Seil werde nicht reißen. Er brüllte Peabody zu: »Zieh am Seil – hol ihn herauf.« Statt dessen sah er das Aufblitzen von Stahl und gewahrte, wie Peabody mit einem Taschenmesser an der Stelle des Seils herumsäbelte, wo es über den Klippenrand lief.
Rohde zögerte nicht. Seine Hand faßte an die Hüfte und fand die kleine Axt, die sie aus der Dakota mitgenommen hatten. Er zog sie aus dem Gürtel und drehte sie rasch um, so daß er sie am Stiel zu fassen bekam. Er hob sie hoch, hielt sie eine Sekunde lang in der Luft, während er zielte, und schleuderte sie dann auf Peadodys Kopf.
Sie traf Peabody genau im Nacken und spaltete ihm den Schädel.

Das schreckerfüllte Jaulen hörte auf. Forester bemerkte, daß es über ihm auf einmal überraschend still geworden war, und blickte hinauf. Über den Klippenrand fiel ein Messer herab, die Klinge fetzte ihm einen klaffenden Schnitt in die Wange, ehe sie in den Abgrund hinabtrudelte, und dann regnete ein stetiges Geriesel von Blutstropfen von oben auf ihn herab.

# 6

O'Hara hatte seine Flasche verloren.
Er glaubte, er habe sie vielleicht in der Tasche seiner Lederjacke gelassen, die er Forester gegeben hatte, aber dann entsann er sich, daß er die Taschen vorher ausgeleert hatte. Er sah sich im Unterschlupf nach ihr um - so unauffällig wie möglich, um keine Aufmerksamkeit zu erregen -, konnte sie aber auch hier nicht finden und meinte schließlich, er müsse sie wohl oben im Lager gelassen haben.
Der Verlust bekümmerte ihn. Das Bewußtsein, eine volle Flasche bei sich zu haben, hatte ihm einen gewissen stärkenden Rückhalt verliehen; er wußte, daß ein kräftigender Schluck zur Hand war, wann immer er das Bedürfnis danach hatte, und gerade weil er zur Hand war, hatte er der Versuchung merkwürdigerweise zu widerstehen vermocht. Jetzt jedoch empfand er ein schmerzhaftes Verlangen nach dem Alkohol und der Erleichterung und dem Vergessen, das er brachte.
Es machte ihn äußerst reizbar und heftig.
Die Nacht war ruhig gewesen. Seit dem mißlungenen Versuch des Vorabends, die Brücke niederzubrennen, hatte sich nichts ereignet. Jetzt, im anbrechenden Morgenlicht, fragte er sich, ob er es riskieren könne, den Tribock herunterzuholen. Seine Mannschaftskräfte waren sehr zusammengeschmolzen, und den Tribock vom Lager herunterzuschaffen, bedeutete, daß die Brücke praktisch unverteidigt blieb. Es stimmte, der Feind verhielt sich ruhig, aber das war keine Gewähr dafür, daß er auch weiterhin untätig blieb. Er hatte keine Ahnung, wie lange die Leute dazu brauchen würden, sich neue Holzplanken zu besorgen und sie heranzuschaffen. Es war das sattsam bekannte Dilemma des Feldherrn aller Zeiten: Er mußte versuchen zu erraten, was der Feind jen-

seits der Anhöhe trieb, und Schätzungen und Hilfsmittel gegeneinander abwägen.
Er hörte das Herabkollern eines Steins und drehte sich um. Benedetta kam auf ihn zu. Er winkte sie zurück und rutsche von seinem Beobachtungsposten herab. »Jenny hat Kaffee gemacht«, sagte sie. »Ich werde die Wache übernehmen. Ist irgendwas los?«
Er schüttelte den Kopf. »Es ist alles ruhig. Sie sind natürlich noch da; wenn du den Kopf heraussteckst, ist er weg – also sei vorsichtig.« Er hielt inne. Er hatte das dringende Bedürfnis, alle seine Probleme und Schwierigkeiten mit jemandem zu besprechen, nicht etwa, um die Verantwortung abzuladen, sondern um mit sich selbst über die Lage ins klare zu kommen. Forester fehlte ihm sehr.
Er erzählte Benedetta, worüber er nachgedacht hatte, und sie sagte sofort: »Aber natürlich komme ich mit hinauf zum Lager.«
»Das hätte ich mir denken können«, antwortete er unsinnigerweise. »Du wirst dich von deinem teuren Onkel nicht trennen.«
»So ist das ganz und gar nicht«, sagte sie scharf. »Ihr Männer werdet alle gebraucht, um diese Maschine herunterzuschaffen; aber wozu wären Jenny und ich hier unten gut? Wenn wir angegriffen werden, können wir nur rennen, und für den Wachdienst sind nicht zwei nötig. Vier Leute können die Maschine vom Lager rascher herunterschaffen als drei, auch wenn eine davon eine Frau ist. Falls der Feind in voller Stärke angreift, wird Jenny uns warnen.«
Er sagte langsam: »Wir müssen es natürlich riskieren. Es bleibt uns nichts anderes übrig. Und je früher, desto besser.«
»Schick Jenny rasch herunter«, sagte Benedetta. »Ich warte auf sie am Teich.«
O'Hara ging hinauf zum Unterschlupf und war froh über den Becher dampfenden Kaffees, der ihm gereicht wurde. Zwischen den einzelnen Schlucken erläuterte er rasch seinen Plan und sagte schließlich: »Du hast eine ziemliche Last auf den Schultern, Jenny. Das tut mir leid.«
»Ich werde es schon machen«, sagte sie ruhig.
»Du kannst zwei Schüsse abgeben – nicht mehr. Wir lassen dir beide Bogen fertig gespannt zurück. Wenn sie an der Brücke zu arbeiten anfangen sollten, schießt du zwei Bolzen ab und kommst dann so rasch du kannst zum Lager herauf. Wenn wir Glück haben, halten die Schüsse sie lange genug auf, damit wir noch recht-

zeitig herunterkommen und sie abwehren können. Und schieß um Himmels willen nicht beide von derselben Seite ab. Die Burschen da drüben sind nicht auf den Kopf gefallen und kennen alle unsere Lieblingsstellen.«
Sein Blick wanderte über die kleine Gruppe. »Irgendwelche Fragen?«
Aguillar rührte sich nicht. »Ich soll also ins Lager zurück. Ich habe das Gefühl, daß ich eine Belastung für Sie bin. Bis jetzt habe ich noch nichts getan - absolut nichts.«
»Allmächtiger Gott!« rief O'Hara. »Sie sind doch unser König in dem ganzen Kegelspiel! Sie sind die Hauptperson - der Grund der ganzen Sache. Wenn wir zulassen, daß sie Sie erwischen, dann haben wir ja für nichts und wieder nichts gekämpft.«
Aguillar lächelte zurückhaltend. »Sie wissen so gut wie ich, daß es auf mich nicht mehr ankommt. Es stimmt, sie haben es auf mich abgesehen, aber sie können Sie auch nicht am Leben lassen. Genau darauf hat Dr. Armstrong uns ja eigens aufmerksam gemacht.«
Armstrong nahm die Pfeife aus dem Mund. »Das mag schon so sein«, sagte er unverblümt, »aber Sie sind körperlich in keinem Zustand, in dem Sie kämpfen könnten. Und solange Sie sich hier unten befinden, lenken Sie O'Hara ab, und er kann sich nicht auf seine Aufgabe konzentrieren. Es ist besser, Sie sind aus dem Weg, oben im Lager, wo Sie etwas Nützliches tun können, zum Beispiel neue Bolzen machen.«
Aguillar neigte den Kopf. »Sie haben recht, ich sehe es ein. Es tut mir leid, Señor O'Hara, daß ich mehr Ungelegenheiten bereite, als unbedingt nötig wäre.«
»Das ist schon in Ordnung«, sagte O'Hara unbeholfen. Aguillar tat ihm leid. Der Mann hatte Mut, aber Mut allein genügte nicht - oder vielleicht war es nicht die richtige Art von Mut. Geistige Tapferkeit war schön und gut, aber am richtigen Ort.
Sie brauchten nicht zwei, sondern nahezu drei Stunden, um zum Lager hinaufzugelangen, da sie infolge Aguillars körperlicher Schwäche nur langsam vorankamen. O'Hara war nervös. Er machte sich Sorgen darüber, was sich mittlerweile an der Brücke ereignet haben mochte. Er hatte wenigstens kein Gewehrfeuer gehört, aber der Wind wehte in der falschen Richtung, weg vom Gebirge, und er bezweifelte, daß er es auch im besten Fall gehört hätte. Das verstärkte seine Gereiztheit noch mehr.

Willis kam ihnen entgegen. »Sind Forester und Rohde gut weggekommen - und unser Freund Peadbody?« fragte O'Hara.
»Sie waren schon fort, als ich aufwachte«, sagte Willis. Er sah zum Gebirge hinauf. »Ich schätze, sie sind jetzt beim Bergwerk.«
Armstrong ging um den Tribock herum und gab erfreute Geräusche von sich. »Ich muß schon sagen, Willis, die Sache hier haben Sie aber sehr gut gemacht.«
Willis verfärbte sich ein wenig. »Ich habe es so gut gemacht, wie ich konnte, in der Zeit, die uns zur Verfügung stand, und mit dem Material, das wir hatten.«
»Ich verstehe nicht, wie das jemals funktionieren soll«, sagte O'Hara.
Willis lächelte. »So wie Sie es da sehen, ist es für den Transport auseinandergenommen. Die Maschine steht mehr oder weniger auf dem Kopf. Wir können sie auf diese Weise auf der Achse die Straße hinunterrollen.«
Armstrong sagte: »Ich habe über den russisch-finnischen Krieg nachgedacht. Ich weiß, es ist nicht eigentlich mein Gebiet, aber die Finnen waren in ziemlich der gleichen Lage wie wir - schauerlich schlecht ausgerüstet, und mußten ihre Erfindungsgabe bis zum äußersten ausnützen. Soviel ich mich erinnere, haben sie den Molotow-Cocktail erfunden.«
O'Hara dachte sofort an die verbliebene Tonne Paraffin und an die leeren Flaschen, die er im Lager herumliegen gesehen hatte. »Mein Gott, Sie haben es wieder mal getroffen«, sagte er. »Sammelt alle Flaschen ein, die ihr finden könnt.«
Er ging zu der Hütte hinüber, in der das Paraffin aufbewahrt wurde, und Willis rief ihm nach: »Die Tür ist offen - ich war heute morgen drin.«
Er stieß die Tür auf und hielt inne, als er die Kiste mit Schnaps erblickte. Er beugte sich langsam hinab und zog eine Flasche heraus. Er wiegte sie liebevoll in der Hand und hielt sie dann gegen das Licht; die klare Flüssigkeit hätte Wasser sein können, aber er kannte diese Täuschung. Es war das Wasser des Lethe-Flusses; es brachte seliges Vergessen, das seine verkrampfte Seele entknotete. Seine Zunge wagte sich hervor und lief über seine Lippen.
Er hörte, wie jemand sich der Hütte näherte. Er stellte die Flasche rasch auf ein Regal und schob sie hinter einen Pappkarton, wo sie nicht zu sehen war. Als Benedetta eintrat, stand er über die Paraffintonne gebeugt und schraubte den Verschluß auf.

Sie war mit leeren Flaschen beladen. »Willis sagt, du brauchst diese Flaschen. Wozu sollen sie sein?«
»Wir machen uns Bomben. Wir brauchen dazu noch Stoffstreifen, die wir als Stöpsel und Dochte verwenden können. Schau mal, ob du etwas finden kannst.«
Er begann die Flaschen abzufüllen. Bald darauf kam Benedetta mit dem gewünschten Stoff zurück, und er zeigte ihr, wie sie die Flaschenhälse mit einem leicht entzündbaren Dochtstöpsel zuzustopfen hatte. »Wo sind die anderen?« fragte er. »Willis hat eine Idee«, sagte sie. »Armstrong und mein Onkel helfen dabei.«
Er füllte noch eine Flasche ab. »Macht es dir etwas aus, deinen Onkel hier oben allein zurückzulassen?«
»Was können wir denn sonst tun?« fragte sie. Sie senkte den Kopf. »Er ist immer einsam gewesen. Er hat nie geheiratet, mußt du wissen. Und dann hat er auch noch eine andere Art der Einsamkeit gekannt – die Einsamkeit der Macht.«
»Und bist *du* einsam gewesen – seit...«
»Seit meine Familie getötet wurde?« Sie sah auf, und in ihren dunklen Augen war etwas, das er nicht ergründen konnte. »Ja, das war ich. Ich bin zu meinem Onkel gegangen, und wir waren zwei einsame Menschen zusammen in fremden Ländern.« Ihre Lippe verzog sich kaum merklich. »Ich glaube, du bist auch ein einsamer Mensch, Tim.«
»Ach, ich schlag' mich durch«, sagte er kurz und wischte sich die Hände an einem Lappen ab.
Sie stand auf. »Was wirst du tun, wenn wir von hier weggehen?«
»Solltest du nicht lieber sagen: falls wir von hier wegkommen?« Er hatte sich ebenfalls erhoben und sah auf ihr Gesicht hinab, das zu ihm aufblickte. »Ich glaube, ich werde weiterziehen. In Cordillera ist für mich nichts mehr zu holen. Filson wird mir nie verzeihen, daß ich eines seiner Flugzeuge angeknickt habe.«
»Ist hier gar nichts, weswegen du bleiben möchtest?«
Ihre Lippen waren geöffnet, und er gab einer plötzlichen Regung nach und beugte sich zu ihr hinab und küßte sie. Sie umschlang ihn fest, und schließlich, nach langer Zeit, entrang sich ihm ein Seufzer. Ein Wunder war plötzlich über ihn eingebrochen, und er sagte erstaunt und überrascht: »Ja, ich glaube, es gibt etwas, wofür ich bleiben möchte.«
Sie standen einige Minuten aneinandergelehnt, still und ohne zu sprechen. Es gehört zu Liebenden, daß sie Zukunftspläne machen.

Aber was für Pläne hätten sie machen können? Sie hatten nichts, was sie einander hätten sagen können.
Schließlich sagte Benedetta: »Wir müssen gehen, Tim. Wir haben noch Arbeit.«
Er entließ sie aus seinen Armen. »Ich werde nachsehen, was die anderen treiben. Nimm die Schnapsflaschen aus der Kiste heraus und stell statt dessen die Paraffinflaschen hinein. Wir können die Kiste an dem Tribock festschnallen.«
Er ging hinaus und hinauf zum anderen Ende des Barackenlagers, um nach dem Rechten zu sehen. Auf halbem Weg blieb er tief in Gedanken stehen und fluchte halblaut vor sich hin. Er hatte den seltsamen Blick in Benedettas Augen endlich begriffen. Es war Mitleid gewesen.
Er holte tief Atem, reckte die Schultern und ging weiter, indem er wütend einen Stein vor sich herstieß. Er hörte irgendwo zur Linken Stimmen und ging hinüber zum Abhang, wo er Willis, Armstrong und Aguillar um eine alte Kabeltrommel stehen sah.
»Was soll das hier?« fragte er abrupt.
»Rückversicherung«, erklärte Armstrong vergnügt. »Für den Fall, daß der Feind über die Brücke kommt.«
Willis hatte einen Stein in der Hand, mit dem er einen Keil unter die Trommel trieb, um sie in ihrer Stellung festzuhalten. »Sie wissen doch, was das ist«, sagte er. »Eine von diesen hölzernen Trommeln zum Transport von schweren Kabeln – sieht wie eine große Garnspule aus, nicht?«
Das Ding sah in der Tat wie eine Garnspule von drei Meter Durchmesser aus. »Na und?« fragte O'Hara.
»Das Holz ist natürlich morsch – die Trommel muß jahrelang draußen im Freien gestanden haben«, sagte Willis. »Aber sie ist schwer, und sie rollt. Gehen Sie ein paar Schritte den Abhang hinunter und sagen Sie mir, was Sie dort sehen.«
O'Hara ging die Anhöhe hinunter und kam zu einem steil abfallenden Abhang direkt über einem Einschnitt, der beim Bau der Straße in den Felsen gesprengt worden war. Willis stand hinter ihm und sagte: »Man kann die Trommel von der Straße aus nicht sehen. Wir warten, bis ein Jeep oder Lastwagen die Straße heraufkommt, dann ziehen wir die Bremskeile heraus, und mit ein bißchen Glück verursachen wir einen Zusammenstoß und sperren vielleicht sogar die Straße.«
O'Hara blickte zurück auf Aguillar, dessen aschgraues Gesicht

von der körperlichen Anstrengung sprach, die er gehabt hatte. Er spürte Zorn in sich hochkochen und winkte Willis und Armstrong mit einer kurzen Kopfbewegung zu sich herüber. Er ging noch ein Stück weiter, wo Aguillar ihn nicht hören konnte, und sagte, indem er seinen Ärger unterdrückte, mit gleichmäßiger, beherrschter Stimme: »Ich fände, es wäre eine gute Idee, wenn wir nicht jeder auf eigene Faust halb durchdachte Sachen machen würden.«
Willis machte ein erstauntes Gesicht und errötete. »Aber -«
O'Hara fiel ihm ins Wort. »Es ist eine verdammt gute Idee, aber Sie hätten sich vorher mit mir beraten können. Ich hätte euch helfen können, die Trommel in Position zu bringen, und der alte Mann hätte an meiner Stelle die Paraffinflaschen füllen können. Sie wissen doch, daß er ein schwaches Herz hat, und wenn er uns hier tot umfällt, dann haben die Schweine drüben auf der anderen Seite des Flusses gewonnen.« Er tippte Willis mit dem Zeigefinger auf die Brust. »Und ich werde nicht zulassen, daß das passiert, und wenn ich Sie umbringen muß und mich selbst und jeden einzelnen von uns, um Aguillar hier herauszuholen und in Sicherheit zu bringen.«
Willis machte ein empörtes Gesicht. »Sprechen Sie für sich selbst, O'Hara, und nicht für andere«, sagte er zornig. »Ich kämpfe um mein eigenes Leben.«
»Nicht, solange ich hier den Befehl habe. Sie werden gehorchen, ob es Ihnen paßt oder nicht, und mich bei allem, was Sie tun, vorher zu Rate ziehen.«
Willis brauste auf. »Und wer hat Sie zum Befehlshaber ernannt?«
»Ich«, antwortete O'Hara kurz. Er starrte Willis an. »Wollen Sie einen Streit daraus machen?«
»Vielleicht«, sagte Willis verbissen.
O'Hara starrte ihn mit einem durchdringenden Blick in Grund und Boden. »Sie werden nicht«, sagte er endgültig.
Willis Blick flackerte, und er sah weg. Armstrong sagte ruhig: »Es wäre gut, wenn wir nicht untereinander streiten würden.« Er wandte sich zu Willis. »Aber O'Hara hat recht; wir hätten Aguillar nicht die Trommel schieben lassen dürfen.«
»Schon gut, meinetwegen«, sagte Willis ungeduldig. »Aber ich mach' mir nichts aus ruhmreichem Tod und all dem Zeug.«
»Hören Sie zu«, sagte O'Hara. »Wissen Sie, was ich glaube? Ich glaube, daß ich ein toter Mann bin, so wie ich hier stehe. Ich

glaube nicht, daß wir auch nur einen Funken Aussicht haben, die Kommunisten daran zu hindern, daß sie über die Brücke kommen; wir können sie vielleicht bremsen und verlangsamen, aber hindern werden wir sie nicht. Und wenn sie erst einmal herüben sind, werden sie auf uns Jagd machen und uns abschlachten wie die Schweine – deshalb glaube ich, daß ich ein toter Mann bin. Es ist nicht, daß ich Aguillar besonders gern habe, aber die Kommunisten sind hinter ihm her, und ich will nicht, daß sie ihn erwischen – das ist der Grund, warum ich solche Rücksicht auf ihn nehme.«
Willis war erblaßt. »Aber was ist mit Forester und Rohde?«
»Ich glaube, daß sie ebenfalls tot und erledigt sind«, sagte O'Hara kalt. »Haben Sie eine Vorstellung, wie es da oben aussieht? Hören Sie zu, Willis. Ich habe für zwei amerikanische und eine deutsche Gebirgsexpedition Leute und Ausrüstung geflogen. Und die haben es mit allen ihren modernen Apparaten und Vorrichtungen in drei Viertel der Zeit nicht geschafft.« Er machte eine Armbewegung nach den Bergen hin. »Himmel, die Hälfte dieser Berge hat nicht einmal Namen, so unzugänglich sind sie.«
Armstrong sagte:
»Sie malen alles sehr schwarz, O'Hara.«
»Stimmt es?«
»Ich fürchte, ja«, sagte Armstrong kleinlaut.
O'Hara schüttelte verärgert den Kopf. »Diese Rederei hat keinen Zweck. Schaffen wir das Dingsbums da zur Brücke hinunter.« Er drehte sich um und ging weg, und Willis blickte ihm totenbleich nach.


Den Tribock die Gebirgsstraße hinunterzuschaffen, war nicht so schwierig, wie O'Hara vorausgesehen hatte. Willis hatte ihn mit viel Geschick so montiert, daß er sich leicht transportieren ließ. Sie brauchten nur drei Stunden hinunter, und die Hauptschwierigkeit bestand darin, die ungefüge Maschine um die Haarnadelkurven herumzumanövrieren. O'Hara war bei jeder Biegung der Straße mehr oder weniger darauf gefaßt, daß Miß Ponsky ihnen entgegengelaufen kam, um zu melden, daß die Kommunisten zum Angriff übergegangen wären, aber es blieb alles ruhig, und er hörte nicht einen einzigen Gewehrschuß. Es war alles ein bißchen zu ruhig, dachte er; vielleicht wurde ihnen die Munition knapp;

die sporadische, zusammenhanglose Schießerei des Vortags wiederholte sich nicht.
Sie schoben den Tribock von der Straße herunter zu dem von Willis angegebenen Platz, und O'Hara sagte tonlos: »Benedetta, lös Jenny ab; sag ihr, sie soll zu mir heraufkommen.«
Sie sah ihn verwundert an, aber er hatte sich schon abgewandt, um Willis und Armstrong bei der Montage des Tribocks zu helfen. Sie beabsichtigten, ihn auf einer kleinen Hügelkuppe aufzubauen, um durch diese Erhöhung dem schweren Gewicht auf dem kurzen Arm eine gute Fallstrecke zu geben.
Miß Ponsky kam herauf und berichtete, daß alles ruhig gewesen sei. O'Hara dachte einen Augenblick lang nach und sagte dann: »Hast du irgendwelche Lastwagen gehört?«
»Nicht, seit sie heute morgen den Jeep weggefahren haben.« Er rieb sich das Kinn. »Vielleicht haben wir ihnen kräftiger eins versetzt, als wir gedacht haben. Bist du sicher, daß sie noch da sind?«
»O ja!« antwortete sie vergnügt. »Ich war vor ein paar Stunden auch schon auf den Gedanken gekommen und habe mit etwas herumgewinkt, was sie deutlich sehen konnten.« Sie errötete. »Ich hab' meinen Hut auf einen Stock gespießt und hochgehoben – das habe ich in alten Filmen im Fernsehen gesehen.«
Er lächelte. »Haben sie den Hut getroffen?«
»Nein – aber viel gefehlt hat nicht.«
»Du machst deine Sache gut, Jenny.«
»Ihr müßt hungrig sein. Ich werde euch etwas zu essen machen.« Ihre Lippen zuckten. »Ich finde, die ganze Sache macht Spaß, weißt du.«
Sie drehte sich um und lief rasch die Straße hinauf. Er sah ihr völlig verblüfft nach. Spaß!
Der Aufbau des Tribocks nahm zwei Stunden in Anspruch, und als sie fertig waren, sagte Armstrong verschmutzt, aber glücklich: »So, das wär's. Ich hätte nie gedacht, daß ich so ein Ding tatsächlich im Gefecht sehen würde.« Er drehte sich zu O'Hara um. »Forester kam gerade dazu, als ich einen Tribock für Willis skizzierte. Er fragte mich, ob ich etwa die Waagschalen der Gerechtigkeit zeichne, und ich sagte, ja, das tue ich. Er muß mich für verrückt gehalten haben, aber es war sehr scharfsinnig von ihm.«
Er schloß die Augen und rezitierte, als lese er aus einem Wörterbuch: »Abgeleitet vom mittelalterlich-lateinischen trebuchetum; altfranzösich trébuchet; ein Paar Waagschalen, eine Probier- oder

Goldwaage.« Er öffnete die Augen und wies mit der Hand. »Sehen Sie nicht die Ähnlichkeit?«
O'Hara sah sie. Der Tribock sah in der Tat wie eine schiefe, verzogene Waage aus, deren einer Arm wesentlich länger war als der andere. Er fragte: »Hat er einen starken Rückschlag?«
»Kaum spürbar. Der Aufprall wird vom Erdboden aufgefangen.«
O'Hara betrachtete das verrückt anmutende System von Seilen und Flaschenzugrollen. »Jetzt bleibt nur noch die Frage: funktioniert das Biest auch?«
Willis' Stimme klang leicht verärgert. »Natürlich funktioniert es. Schmeißen wir mal das Ding da.« Er deutete auf einen runden Stein von der Größe eines Männerkopfes.
»Gemacht«, sagte O'Hara. »Schießen wir einen los. Was haben wir zu tun?«
»Zuerst ziehen wir mal mit ganzer Kraft an diesem Seil«, sagte Willis.
Das Seil war mittels einer dreiteiligen Flaschenzuganordnung mit dem Ende des langen Arms verbunden. O'Hara und Willis zogen, und der Arm kam herunter, während der kürzere Arm mit dem Gewicht in die Höhe stieg. Das Gewicht bestand aus einem großen, rostigen Eiseneimer, den Willis gefunden und mit Steinen gefüllt hatte. Als der lange Arm den Erdboden berührte, trat Armstrong vor und warf einen Hebel herum, und ein Holzblock fiel über den Arm und hielt ihn unten fest. Willis hob den Stein auf und legte ihn in die Radkappe, die als Behälter diente.
»Wir sind soweit«, sagte er. »Ich habe das Ding ungefähr auf die Brücke hin ausgerichtet. Jetzt brauchen wir jemanden unten, der uns ansagt, wie der Schuß gefallen ist.«
»Ich gehe hinunter«, sagte O'Hara. Er ging hinüber zu der Stelle, wo Benedetta auf Wachdienst war, und rutschte mit sorgfältig eingezogenem Kopf neben sie. »Sie werden gleich losschießen«, sagte er.
Sie wandte den Kopf und warf einen Blick auf den Tribock. »Glaubst du, er wird funktionieren?«
»Weiß ich nicht.« Er zog eine Grimasse. »Ich weiß nur, daß es eine ganz merkwürdige Art ist, Krieg zu führen.«
»Fertig!« rief Armstrong.
O'Hara winkte, und Armstrong zog den Abschußhebel scharf zurück. Das Gewicht fiel herab, und der lange Arm mit dem Geschoß sauste in die Höhe. Es gab einen mächtigen Krach, als der

eiserne Eimer auf den Erdboden aufstieß, aber O'Haras Aufmerksamkeit galt dem Stein, der in hohem Bogen über seinen Kopf wegflog. Er hielt sich lange in der Luft und stieg sehr hoch; dann erreichte er den höchsten Punkt seiner Schußbahn und begann immer rascher und rascher zur Erde herabzufallen. Er ging auf der anderen Seite der Brücke, jenseits der Straße und der ausgebrannten Fahrzeuge, auf dem Berghang nieder. Eine Staubsäule stieg wie eine Fontäne an der Aufschlagstelle hoch.
»Kinder!« flüsterte O'Hara. »Reichweite hat das Ding aber!« Er rutschte vorsichtig zurück und lief nach hinten. »Dreißig Meter über das Ziel hinaus – fünfzehn Meter zu weit rechts. Wie schwer war der Stein?«
»Ungefähr dreißig Pfund«, sagte Willis. »Wir brauchen einen größeren.« Er gab dem Tribock einen Ruck. »Wir werden ihn ein bißchen weiter nach links herumschieben.«
O'Hara hörte ein Gemurmel von Stimmen vom anderen Flußufer und dann kurzes Gewehrfeuer-Geknatter. Oder sollte ich es vielleicht Musketenschießen nennen? dachte er; damit wir schön ordentlich im Mittelalter bleiben? Er lachte und schlug Armstrong herzhaft auf den Rücken. »Sie sind ein Mordskerl!« brüllte er. »Aus der Brücke werden wir jetzt Kleinholz machen.«
Aber es stellte sich heraus, daß es nicht so einfach war, wie er geglaubt hatte. Sie brauchten eine Stunde für die nächsten sechs Schüsse, und nicht einer von ihnen traf auf die Brücke. Zwei gingen knapp vorbei, und einer streifte das Halteseil auf der linken Seite, so daß die ganze Brücke vom einen Ende zum anderen erzitterte.
Aber sie erzielten keine Volltreffer.
Merkwürdigerweise war drüben auf der anderen Seite auch keine besondere Reaktion festzustellen: ein aufgeregtes Herumrennen nach jedem Schuß und etwas blind in die Gegend gepulvertes Gewehrfeuer, aber keine zusammenhängenden Gegenmaßnahmen. Aber was konnten sie schließlich auch tun? mußte O'Hara denken. Nichts konnte die Steine aufhalten, wenn sie mal durch die Luft flogen.
»Warum kriegen wir denn die Schußweite nicht richtig hin – was ist denn los mit dem Ding?« fragte er schließlich.
Armstrong antwortete sanft: »Ich habe gewußt, so ganz allgemein gesprochen, daß ein Tribock keine Präzisionswaffe ist; aber hier haben wir jetzt den Beweis. Er hat eine gewisse Streuung, nicht?«

Willis machte ein besorgtes Gesicht. »Der Arm schwippt ein bißchen durch die Schnellkraft«, sagte er. »Er ist nicht steif genug. Und außerdem haben wir keine einheitlichen Geschosse. Sie haben alle etwas verschiedenes Gewicht, und das ist der Grund, warum wir manchmal zu weit und manchmal zu kurz schießen. Und das Schwippen verursacht die Abweichungen nach beiden Seiten.«
»Kann man gegen das Schwippen des Arms irgendwas machen?«
Willis schüttelte den Kopf. »Ein Stahlträger würde helfen«, sagte er mit bitterer Ironie.
»Es muß aber irgendeine Methode geben, um zu einem einheitlichen Gewicht der Geschosse zu kommen.«
Also baute der erfinderische Willis eine grob gezimmerte Waage, die einen Stein gegen den anderen bis auf ein halbes Pfund Unterschied austarierte. Und sie fingen von neuem an. Vier Schüsse später erzielten sie den besten des ganzen Nachmittags.
Der Tribock ging wieder krachend hoch, und der Eimer schlug inmitten einer Staubwolke auf den Erdboden auf. Der lange Arm schwang sich hoch, und der Stein stieg höher und höher hinauf in den Himmel. Er erreichte seinen höchsten Punkt über O'Haras Kopf, begann zu fallen und schien genau auf das Ziel niederzugehen. »Jetzt haben wir es«, sagte O'Hara. »Das ist ein Volltreffer.«
Der Stein fiel, von der Schwerkraft angezogen, rascher und rascher, und O'Hara hielt den Atem an. Er fiel genau zwischen die Halteseile der Brücke und zu O'Haras wütender Enttäuschung zielgerecht durch das Loch in der Mitte. Eine Fahne weißer Gischt sprang aus dem tosenden Fluß hoch und sprühte gegen die Unterseite der Planken.
»Allmächtiger Gott!« heulte er auf. »Ein tadelloser Schuß – und an der verdammt falschen Scheißstelle!«
Aber plötzlich stieg in ihm die Hoffnung hoch, was er eben im Lager zu Willis gesagt hatte, könne sich als falsch erweisen – daß er kein toter Mann war – daß der Feind nicht über die Brücke gelangen werde – daß sie alle noch eine Chance hatten. Indes die Hoffnung in ihm aufstieg, straffte sich der Knoten der inneren Spannung in seinem Magen wieder. Als er keine Hoffnung gehabt hatte, waren seine Nerven schon gespannt genug gewesen, aber die Aussicht, daß das Leben vielleicht doch noch weiter ginge, machte das Leben selbst kostbarer und zu etwas, das man nicht verlieren oder wegwerfen durfte – und das verdoppelte die

krampfhafte Spannung. Ein Mann, der sich als tot betrachtet, hat keine Angst vor dem Sterben, aber mit der Hoffnung kam auch eine Spur Angst zurück.
Er ging zum Tribock zurück. »Sie sind mir mal ein verdammt erstklassiger Artillerist«, sagte er zu Willis mit gespielt bitterem Ton.
Willis sträubte sogleich sämtliche Borsten: »Was meinen Sie damit?«
»Ich meine genau das, was ich gesagt habe – Sie sind ein verdammt erstklassiger Artillerist. Dieser letzte Schuß war tadellos. Nur war an der Stelle keine Brücke. Der Stein ist durch das Loch gefallen.«
Willis grinste verlegen. Er schien sehr erfreut. »Sieht so aus, als hätten wir jetzt die richtige Schußweite.«
»Und jetzt drauflos, was das Zeug hält«, sagte O'Hara.
Der Tribock bumste und krachte den ganzen restlichen Nachmittag. Sie arbeiteten wie die Galeerensklaven an den Seilen und schafften keuchend und schwitzend immer neue Steine heran. O'Hara ernannte Miß Ponsky zur Aufseherin über die Steinwaage, und sie wurde im Lauf des Nachmittags zu einem regelrechten Fachmann im Abschätzen der Gewichte; das war kein Spaß, einen vierzigpfündigen Stein zweihundert Meter weit heranzuschleppen, nur damit sie ihn dann als ungeeignet zurückwies.
O'Hara verglich die Anzahl der Schüsse mit seiner Uhr und stellte fest, daß die Schüsse sich auf etwa zwölf in der Stunde beschleunigt hatten. In zweieinhalb Stunden hatten sie sechsundzwanzig Steine geworfen und etwa sieben Treffer erzielt: jeder vierte Schuß saß. O'Hara hatte nur zwei von ihnen aufschlagen gesehen, aber was er gesehen hatte, überzeugte ihn davon, daß die Brücke diese Hammerschläge nicht lange aushalten konnte. Es war schade, daß die Treffer sich über die Brücke verstreuten – eine Konzentration an einer Stelle wäre besser gewesen –, aber immerhin hatten sie eine neue, zwei Planken breite Lücke aufgerissen und einige weitere Planken stark angeknackt. Der Schaden war noch nicht groß genug, um einen Mann zu hindern, zu Fuß herüberzuspringen – noch nicht –, aber mit einem Fahrzeug konnte es niemand riskieren. Er war hoch erfreut, nicht zuletzt darüber, daß der Feind völlig hilflos war. Er konnte nicht das geringste dagegen unternehmen, daß die Brücke langsam aber sicher zu Kleinholz zertrümmert wurde – außer, er fuhr einen Granatwerfer auf, um den Tribock damit zu bombardieren. Anfänglich hatte der Feind mit dem üblichen zwecklosen Gewehrfeuer geantwortet,

aber das hatte bald aufgehört. Jetzt ertönte vom anderen Ufer lediglich ein Chor von Hohngelächter, wenn ein Schuß danebenging, und ein Stöhnen, wenn einer traf.
Eine halbe Stunde vor Einbruch der Dunkelheit kam Willis zu O'Hara herüber und sagte: »Wir können nicht so weitermachen. Das Biest hält die Erschütterungen nicht durch – es schlägt sich selbst in Stücke. Noch zwei oder drei Schüsse, und es bricht uns zusammen.«
O'Hara fluchte und betrachtete den grauen Mann – Willis war von oben bis unten mit Staub bedeckt. Er sagte langsam: »Ich hatte gehofft, wir würden die ganze Nacht weitermachen können – ich wollte die Brücke so zerschlagen, daß sie sie nicht mehr reparieren können.«
»Können wir nicht«, antwortete Willis bündig. »Die Maschine hat sich stark gelockert, und der Arm hat einen Sprung. Wenn wir den Riß nicht mit irgendwas umwickeln und zusammenhalten, bricht uns der Arm ab. Und wenn das passiert, ist der Tribock wieder der Haufen alten Gerümpels, als der er angefangen hat.«
O'Hara spürte, wie ohnmächtige Wut in ihm hochstieg. Er wandte sich wortlos ab und tat einige Schritte, ehe er schließlich über die Schulter sagte: »Können Sie ihn reparieren?«
»Ich kann's versuchen«, sagte Willis. »Ich denke schon.«
»Versuchen Sie nicht – denken Sie nicht. Reparieren Sie ihn«, antwortete O'Hara grob und ging weg, ohne sich noch einmal umzublicken.


Nacht.
Der Mond war von einem dünnen Dunstschleier verdeckt, aber O'Hara sah noch genug, als er zwischen dem Felsgeröll hinaufstieg. Er fand einen bequemen Platz, an dem er sich niedersetzen konnte, mit einem hohen, flachen Stein als Rückenlehne. Vor ihm war eine Art Felsensims, auf dem er vorsichtig die Flasche, die er mitgebracht hatte, abstellte. Der verschleierte Mond spiegelte sich in ihr – eine weiße Perle, umhüllt von einer unergründlich tiefen Perlmutterschale.
Er sah ihn eine lange Zeit an.
Er war müde. Die Anstrengung der letzten Tage lastete schwer auf ihm; er hatte nur hin und wieder rasch ein paar Stunden schlafen können. Aber Miß Ponsky und Benedetta hatten jetzt die Nacht-

wachen übernommen, und das erleichterte es etwas. Drüben bei der Brücke bastelten Willis und Armstrong mit dem Tribock herum, und O'Hara dachte, er sollte eigentlich hinübergehen und ihnen helfen, aber er tat es nicht. Ach was, dachte er, ich will endlich mal eine einzige Stunde allein sein.
Der Feind - dieser seltsam gesichtslose Feind - hatte wieder einen Jeep aufgefahren, und die Brücke war wieder hell erleuchtet. Die Burschen wollten es nicht riskieren, die Brücke durch einen neuerlichen Brandüberfall zu verlieren. O'Hara fragte sich, worauf sie wohl warteten. Es war zwei Tage her, seit der Lastwagen abgebrannt war, und sie hatten seither, abgesehen von ihrem gelegentlichen nutzlosen Gewehrfeuer, nicht das geringste unternommen. Sie hecken sich irgend etwas aus, dachte er, sie führen irgendwas im Schilde, und wenn das losgeht, wird es uns überrumpeln.
Er betrachtete nachdenklich die Flasche.
Forester und Rohde würden bei Morgengrauen zum Bergwerk hinaufsteigen, und er fragte sich, ob sie es wohl schaffen würden. Er hatte Willis oben im Lager ganz ehrlich reinen Wein eingeschenkt - er glaubte ganz aufrichtig nicht, daß sie die geringste Aussicht hatten. Da oben würde es bitter kalt sein, sie hatten kein Zelt, und nach dem Himmel zu urteilen, stand ein Wetterumschlag bevor. Wenn sie nicht über den Paß kamen - sogar, wenn sie hinüberkamen -, hatte der Feind gewonnen. Der Schlachtengott war auf seiner Seite, denn er hatte die stärkeren Bataillone.
Er griff nach der Flasche und lieferte sich den lauernden Teufeln in seinem Inneren aus.


»Wissen Sie«, sagte Miß Ponsky, »mir macht das Ganze Spaß.«
Benedetta sah erschrocken auf. »Spaß macht es Ihnen?«
»Ja, wirklich«, antwortete Miß Ponsky sorglos. »Ich hätte nie gedacht, daß ich so ein Abenteuer erleben würde.«
Benedetta sagte behutsam: »Aber Sie wissen doch, daß wir vielleicht alle ums Leben kommen werden?«
»Aber ja, Kind, das weiß ich. Aber ich weiß jetzt auch, warum die Männer in den Krieg ziehen. Aus dem gleichen Grund, aus dem sie wetten und um Geld spielen - nur spielen sie im Krieg um den höchsten Einsatz: ihr eigenes Leben. Das verleiht dem Leben so ein gewisses, besonderes Etwas.«
Sie hüllte sich fester in ihren Mantel und lächelte. »Ich bin jetzt

seit dreißig Jahren Schullehrerin«, sagte sie. »Und Sie wissen ja, wie die Leute sich unverheiratete Paukerinnen vorstellen - sie sind angeblich zimperlich, etepetete und geschlechtslos und unromantisch, aber ich war nie so. Ich war eher zu romantisch, jedenfalls viel mehr, als mir gutgetan hat. Für mich war das Leben immer wie die alten Legenden und Sagen und historischen Romane, und natürlich ist es gar nicht so. Es war da auch ein Mann, wissen Sie, einmal ...« Benedetta schwieg, denn sie wollte den Fluß dieser seltsamen Enthüllung nicht unterbrechen.
Miß Ponsky riß sich sichtlich zusammen: »Na, jedenfalls, wie gesagt - da war ich also, ein äußerst romantisch veranlagtes junges Mädchen, das allmählich in die mittleren Jahre kam und auch beruflich ein bißchen höher stieg. Ich wurde Schulleiterin - eine Art feuerspeiender Drache für eine Menge Kinder. Meine romantischen Neigungen äußerten sich wohl ein wenig in dem, was ich in meiner Freizeit tat; ich war eine recht gute Fechterin, als ich noch jünger war, und später kam dann natürlich das Bogenschießen. Aber ich wünschte mir immer, ich wäre ein Mann gewesen und hätte auf und davon gehen können und Abenteuer erleben - Männer sind so viel freier, wissen Sie. Ich hatte schon fast die Hoffnung aufgegeben, als das hier passierte.«
Sie kicherte glücklich. »Und jetzt bin ich hier, gehe auf die fünfundfünfzig zu und stecke mitten in diesem Abenteuer auf Tod und Leben. Natürlich weiß ich, daß ich dabei ums Leben kommen kann, aber das ist es wert, jeder Augenblick lohnt sich. Es macht so viel anderes wieder wett.«
Benedetta sah sie traurig an. Was hier jetzt vor sich ging, drohte alle Hoffnungen zu vernichten, die ihr Onkel für ihr Land hegte, und für Miß Ponsky war es eine romantische Träumerei, wie etwas aus einem Abenteuerroman von Robert Louis Stevenson, das die öde Unfruchtbarkeit ihres Lebens mit einem Strahlenkranz umgab. Sie war davor zurückgescheut, einen Menschen zu töten, aber jetzt hatte sie Blut geleckt und würde ein Menschenleben nie wieder mit den gleichen Augen ansehen wie früher. Und wenn - oder falls - sie wieder heimkam, würde das gute alte South Bridge in Connecticut ihr stets ein wenig unwirklich vorkommen - die Wirklichkeit würde ein kahler Berghang sein, mit einer Brücke, über die der Tod geschritten kam, und einem gesteigerten Lebensgefühl, das ihr Altjungfernblut rascher durch ihre ausgedörrten Adern trieb.

Miß Ponsky verkündete energisch:
»Aber ich muß aufhören zu schwätzen. Ich muß zur Brücke hinunter. Ich habe es Mr. O'Hara versprochen. Er ist so ein gutaussehender junger Mann, finden Sie nicht? Aber manchmal sieht er so traurig aus.«
Benedetta sagte leise: »Ich glaube, er ist unglücklich.«
Miß Ponsky nickte weise. »Er hat in seinem Leben einen großen Kummer gehabt«, sagte sie, und Benedetta begriff, daß sie in der romantischen Legende, in der sie lebte, O'Hara die Rolle des düsteren byronischen Helden zugeteilt hatte. Aber so ist er doch gar nicht, rief sie sich selbst zu; er ist ein Mann, der anderen nicht erlauben will, ihm zu helfen und seinen Kummer mit ihm zu teilen. Sie dachte an das, was oben im Lager geschehen war, an O'Haras Küsse und die innere Erregung, die sie verspürt hatte, und dann gleich darauf seine unerklärliche Kälte ihr gegenüber. Wenn er sich nicht mitteilen, mit niemandem teilen wollte, dachte sie, dann war er vielleicht nicht der richtige Mann für sie. Aber tiefinnerst wünschte sie sich, daß sie unrecht haben möge.
Miß Ponsky trat aus dem Unterschlupf hinaus ins Freie. »Es wird ein bißchen neblig«, sagte sie. »Da müssen wir ganz besonders scharf aufpassen.«
»Ich komme in zwei Stunden hinunter.«
»Gut«, sagte Miß Ponsky vergnügt und trollte sich hinab zur Brücke.
Benedetta saß eine Weile allein und flickte einen Riß in ihrem Mantel mit einigen Fäden, die sie aus dem Saum herauszog, und der Nähnadel, die sie im Futter ihrer Handtasche stecken hatte und immer mit sich trug. Als sie diese kleine häusliche Verrichtung beendet hatte, fiel ihr ein: Tims Hemd hat einen Riß - vielleicht kann ich es flicken.
Er war während des Abendessens mürrisch und einsilbig gewesen und gleich nach dem Essen weggegangen, und zwar nach rechts, den Berghang entlang und weg von der Brücke. Sie hatte begriffen, daß irgend etwas seine Gedanken beschwerte, und hatte ihn in seinem Brüten nicht unterbrochen; aber sie hatte sich den Weg gemerkt, den er gegangen war. Jetzt stand sie auf, zog den Mantel an, trat hinaus und ging behutsam zwischen dem Felsgeröll ihm nach.
Sie hörte das leise Klirren von Glas auf dem Stein und stand plötzlich hinter ihm. Er saß da, die Flasche in der Hand, sah den Mond

an und summte leise eine Melodie vor sich hin, die sie nicht kannte. Die Flasche war halb leer.
Er drehte sich um, als sie aus dem Schatten hervortrat, und hielt ihr die Flasche hin. »Komm, trink einen Schluck. Ist gut gegen alles, was einem weh tut.« Er sprach undeutlich und mit schwerer Zunge.
»Nein, danke, Tim.« Sie trat näher und setzte sich neben ihn. »Du hast einen Riß im Hemd. Ich flicke ihn dir, wenn du mit mir zurück in den Unterschlupf kommst.«
»Ach, sieh mal an, die kleine Hausfrau. Häuslichkeit bei den Höhlenmenschen.« Er lachte übellaunig.
Sie deutete auf die Flasche. »Glaubst du, daß das gut ist - jetzt, zu dieser Zeit?«
»Es ist immer gut, zu jeder Zeit, aber ganz besonders zu dieser Zeit.« Er schwenkte die Flasche. »Eßt, trinkt und seid fröhlich, denn morgen sind wir bestimmt alle tot.« Er drängte ihr die Flasche auf. »Komm schon, trink einen Schluck.«
Sie nahm die dargebotene Flasche und zerschmetterte sie mit einem raschen Schlag gegen den Felsen. Er machte eine Bewegung, als wollte er sie retten, und sagte dann gekränkt: »Wozu hast du das bloß getan?«
»Du heißt nicht Peabody«, sagte sie schneidend.
»Was weißt du denn davon? Peabody und ich sind alte Spießgesellen - Flaschenbabys alle beide.« Er beugte sich und tastete auf dem Erdboden herum. »Vielleicht ist nicht alles hin - vielleicht kann man noch was retten.« Plötzlich ruckte er hoch. »Verdammter Mist, jetzt habe ich mich in den Finger geschnitten.« Er lachte hysterisch. »Da, sieh dir das an, mein Finger blutet.«
Sie sah das Blut von seiner Hand herabtropfen; es sah im Mondlicht ganz schwarz aus. »Du bist wirklich ein bißchen unverantwortlich«, sagte sie. »Gib mir deine Hand.« Sie schob den Rock hoch und riß von ihrem Schlüpfer einen Streifen ab, um einen Verband daraus zu machen.
O'Hara brach in ein brüllendes Gelächter aus. »Jetzt haben wir die klassische Situation«, sagte er. »Die Heldin verbindet den verwundeten Helden, mit allem Drum und Dran, wie es in Hollywood verlangt wird. Ich nehme an, ich sollte mich eigentlich diskret abwenden, wie der wohlerzogene Herr, der ich angeblich bin, aber du hast sehr hübsche Beine, und ich sehe sie mir gerne an.«
Sie schwieg, während sie seinen Finger verband. Er sah auf ihren

dunklen Kopf herab und sagte: »Unverantwortlich? Bin ich wahrscheinlich auch. Na und, warum nicht? Wofür sollte ich denn verantwortlich sein. Was mich betrifft, so kann die Welt mir den Buckel runterrutschen.« Er begann zu grölen: »Nackt bin ich in die Welt gekommen und nackt geh' ich wieder hinaus - und alles, was dazwischen liegt, ist ein Häufchen feuchter Schmutz.«
»Das ist eine traurige Lebensphilosophie«, sagte sie, ohne den Kopf zu heben.
Er schob die Hand unter ihr Kinn, hob ihren Kopf hoch und starrte sie an. »Leben? Was weißt du schon vom Leben? Da sitzt du nun und kämpfst den guten, edlen Kampf in diesem lausigen Land, und wofür? Damit ein Haufen dämlicher Indianer etwas bekommen, das sie sich ohne weiteres selber beschaffen könnten, wenn sie nur überhaupt ein bißchen Mumm hätten. Aber da draußen ist eine große Welt, die sich immerfort hineinmischt - und früher oder später werdet ihr entweder Rußland oder Amerika unterwürfig zu Füßen liegen. Dem Schicksal könnt ihr nicht entgehen. Wenn du glaubst, daß ihr Herren in eurem eigenen Land sein werdet, dann bist du sogar noch dümmer, als ich gedacht hatte.«
Sie hielt seinem Blick stand und sagte mit ruhiger, gelassener Stimme: »Wir können es immerhin versuchen.«
»Ihr werdet es nie schaffen«, antwortete er und zog seine Hand weg. »Wir leben in einer Welt, in der ein Hund den anderen beißt, und dieses Ländchen hier ist einer der Knochen, um den die großen Hunde sich raufen. In dieser Welt frißt man entweder oder man wird gefressen, und wer die anderen nicht umbringt, wird selber umgebracht.«
»Das glaube ich nicht«, sagte sie.
Er lachte kurz auf. »So, das glaubst du nicht? Und was in drei Teufels Namen machen wir dann hier? Warum packen wir nicht einfach unseren Kram zusammen und gehen nach Hause? Tun wir einfach so, als wäre drüben auf der anderen Seite des Flusses niemand, der uns umbringen will, sowie er uns nur sieht.«
Darauf wußte sie keine Antwort. Er legte den Arm um sie, und sie spürte seine Hand auf ihrem Knie, die sich unter dem Rock den Schenkel hinaufschob. Sie machte sich los und schlug ihm mit der flachen Hand so fest, wie sie konnte, ins Gesicht. Er sah sie an, und ein Ausdruck erschrockener Verblüfftheit lag in seinen Augen.

»Du bist einer von den Schwachen, Tim O'Hara!« rief sie laut. »Du bist einer von denen, die umgebracht und gefressen werden. Du hast keinen Mut und flüchtest dich immer irgendwohin - in eine Flasche oder in die Arme einer Frau, darauf kommt's dir nicht an. Du bist ein armseliger verkorkster und verklemmter Mensch!«
»Himmelsakra, was weißt du denn über mich?« Die Verachtung in ihrer Stimme machte ihn wütend, aber er wußte zugleich, daß ihre Verachtung ihm bedeutend lieber war als ihr Mitgefühl.
»Nicht viel. Und was ich weiß, gefällt mir nicht besonders. Aber ich weiß, daß du schlimmer bist als Peabody. Der ist ein schwacher Mensch, der es nicht ändern kann. Aber du bist ein starker Mensch, der sich weigert, stark zu sein. Du starrst nur immer die ganze Zeit auf deinen eigenen Nabel und glaubst, er sei der Mittelpunkt des Weltalls, und hast überhaupt kein menschliches Mitgefühl.«
»Mitgefühl?« brüllte er. »Für dein Mitgefühl habe ich keinen Bedarf. Mit Leuten, denen ich leid tue, halte ich mich nicht auf. Das brauche ich nicht.«
»Jeder Mensch braucht es«, gab sie zurück. »Wir haben alle Angst - das ist nun mal die menschliche Zwangslage, daß wir Angst haben, daß wir uns fürchten, und wer behauptet, er fürchte sich nicht, der ist ganz einfach ein Lügner.« Dann fuhr sie mit ruhigerer Stimme fort: »Du warst doch nicht immer so, Tim - was ist denn daran schuld?«
Er legte den Kopf in die Hände. Er spürte, wie etwas in ihm zerbrach; seine Abwehr, die Mauern, die er zum Selbstschutz aufgerichtet hatte, die Wände, hinter denen er sich so lange versteckt hatte, stürzten nieder. In diesem Augenblick war ihm die Wahrheit dessen, was Benedetta gesagt hatte, klargeworden: seine innere Angst war nichts Anormales, sondern die normale Lage, in der sich die ganze Menschheit befand, und es war keine Schwäche, sie einzugestehen.
Er sagte mit schwacher Stimme: »Ach, du guter Gott, Benedetta, ich fürchte mich - ich habe Angst, ihnen wieder in die Hände zu fallen.«
»Den Kommunisten?«
Er nickte.
»Was haben sie dir angetan?«
Also erzählte er es ihr, und während er sprach, wurde sie totenbleich. Er erzählte ihr von den Wochen, in denen er nackt in

seinem eigenen Unrat in jener eiskalten Zelle gelegen hatte; von der erzwungenen Schlaflosigkeit, den unablässigen Verhören; von den blendend grellen Lampen und den elektrischen Schocks; von Oberleutnant Feng. »Sie wollten, ich sollte gestehen, daß ich Pestbakterien ausgestreut hätte«, sagte er. Er hob den Kopf, und sie sah im fahlen Mondlicht die Tränen seine Wangen herabrinnen. »Aber ich habe es nicht gestanden.« Er schluckte. »Aber beinahe doch.«
Sie spürte in ihrem Innern eine sengende Verachtung für sich selbst aufsteigen - diesen Mann hatte sie schwach genannt! Sie barg den Kopf an seiner Brust und spürte das heftige Schaudern, das ihn durchlief. »Jetzt ist es gut, Tim«, sagte sie. »Jetzt ist es gut.«
Es war wie eine große Reinigung und Läuterung der Seele, einem anderen Menschen endlich sagen zu können, was man so lange in seinem Innern verschlossen gehalten hatte. Und auf seltsame Weise fühlte er sich gestärkt und erhoben, nachdem er all den seelischen Eiter losgeworden war, der in ihm geschwärt hatte. Benedetta ließ den Sturzbach seiner Worte ruhig über sich ergehen und tröstete und beschwichtigte ihn mit unzusammenhängenden, kaum verständlichen Liebesworten. Sie fühlte sich zugleich älter und jünger als er, und dieses Gefühl verwirrte sie und machte sie unsicher.
Schließlich verebbte der Sturzbach allmählich, und er schwieg und lehnte sich, wie körperlich erschöpft, gegen den Felsen. Sie nahm seine beiden Hände und sagte: »Es tut mir leid, Tim - was ich vorhin gesagt habe.«
Er brachte ein Lächeln zuwege. »Du hattest recht - ich habe mich wie ein richtiges Schwein benommen, nicht wahr?«
»Mit Grund.«
»Ich muß mich bei den anderen entschuldigen«, sagte er. »Ich habe sie alle zu scharf angefaßt.«
Sie sagte behutsam: »Wir sind halt keine Schachfiguren, Tim, verstehst du, die man herumschieben kann, als fühlten wir überhaupt nichts. Und eben das hast du getan, weißt du - meinen Onkel und Willis und Armstrong - und auch Jenny - herumgeschoben, als wären sie nur dazu da, das Schachproblem zu lösen. Aber verstehst du, es ist ja nicht nur dein Problem - es ist unser aller Problem. Willis hat schwerer gearbeitet als irgendeiner von uns. Es war nicht nötig, ihn in jener Weise anzufahren, wie du es getan hast, als der Tribock kaputtging.«

O'Hara seufzte.
»Ich weiß«, sagte er. »Aber es gab mir irgendwie den Rest. Ich war einfach auf alles wütend, und das hatte gerade noch gefehlt. Aber ich werde mich bei ihm entschuldigen.«
»Besser wäre es, du würdest ihm helfen.«
Er nickte. »Ich gehe gleich jetzt hin.« Er blickte sie an und fragte sich, ob er sie sich wohl nun für immer entfremdet hatte. Er meinte, keine Frau würde ihn lieben, die von ihm wußte, was diese Frau wußte. Aber Benedetta lächelte ihn strahlend an, und er wußte, unendlich erleichtert, daß alles in Ordnung war.
»Komm«, sagte sie. »Ich geh' mit dir.« Sie verspürte einen beinahe körperlichen, schwellenden Schmerz im Busen, ein Aufschäumen wilden, zügellosen Glücksgefühls, und sie war sich jetzt sicher, daß sie sich geirrt hatte, als sie gemeint hatte, Tim sei nicht der Richtige für sie. Dies war der Mann, mit dem sie ihr Leben teilen würde - solange ihr Leben noch dauerte.
Er ließ sie bei der Felsenhütte zurück, und sie küßte ihn zum Abschied, ehe er weiterging. Als sie den dunklen Schatten den Berg hinabgehen sah, erinnerte sie sich plötzlich und rief ihm nach: »Was ist mit dem Riß in deinem Hemd?«
»Morgen!« rief er beinahe fröhlich zurück und ging weiter, auf den Lichtschimmer zu, wo Willis im Wettlauf mit der Zeit arbeitete.

Der Morgen brach neblig an, aber die Wärme der aufsteigenden Sonne zerstreute den Dunst bald. Sie hielten beim Tribock eine Beratung ab, um zu beschließen, was als nächstes zu tun sei. »Was meinen Sie?« fragte O'Hara Willis. »Wie lange wird es noch dauern?«
Armstrong klemmte seinen Pfeifenstiel fest zwischen die Zähne und beobachtete O'Hara voller Interesse. Irgend etwas Beachtliches war diesem jungen Mann widerfahren; irgend etwas Gutes. Er blickte hinüber zu der Stelle, wo Benedetta Wachdienst an der Brücke versah - so hatte er noch nie einen Menschen strahlen gesehen, wie sie heute morgen, sie schien von einer geradezu sichtbaren leuchtenden Aura umgeben. Armstrong lächelte vor sich hin. Es war beinahe ungehörig, wie glücklich diese beiden Menschen waren.
Willis sagte: »Es wird jetzt leichter gehen, wo wir sehen können,

was wir eigentlich machen. Ich würde sagen, noch zwei Stunden.«
Sein Gesicht war müde und erschöpft.
»Also gehen wir es an«, sagte O'Hara. Er wollte noch etwas sagen, hielt aber plötzlich inne und legte den Kopf zur Seite. Einige Sekunden später hörte auch Armstrong, worauf O'Hara lauschte - das jaulende Greinen eines Düsenflugzeugs, das sich rasch näherte.
Es war ganz plötzlich da und kam im Tiefflug den Flußlauf herab. Sie hörten ein mächtiges Aufheulen und erhaschten einen Schatten, als die Maschine über ihnen hinwegfegte, dann steil hochkletterte und in eine scharfe Kurve ging. Willis schrie: »Sie haben uns gefunden - sie haben uns gefunden!« Er begann in wilder Aufregung auf und ab zu springen und mit den Armen zu winken.
»Es ist eine Sabre-Maschine!« rief O'Hara. »Und sie kommt zurück!«
Sie beobachteten das Flugzeug, wie es die Höhe seiner Wendekehre erreichte und dann im Tiefflug zurück und auf sie zukam. Miß Ponsky schrie aus Leibeskräften und schwenkte die Arme wie Windmühlenflügel, aber O'Hara sagte plötzlich: »Die Sache gefällt mir nicht - alle zerstreuen - Deckung suchen!«
Er hatte in Korea Flugzeuge gesehen, die solche Manöver durchführten, und er hatte sie selbst geflogen; das Ganze trug alle Anzeichen des Beginns eines Bordwaffenangriffs.
Sie stoben wie die Hühner beim plötzlichen Auftauchen eines Habichts auseinander, und wieder donnerte die Sabre über ihnen hinweg - aber es kam kein Geschützgeknatter, nur das verebbende Jaulen der Motoren, als sie den Flußlauf hinabflog. Sie flog noch zweimal über ihnen hinweg, und die steifen Halme des hohen Grases, das in Büscheln umherstand, zitterten und bebten im scharfen Luftzug. Dann stieg die Maschine beinahe senkrecht in die Höhe und flog nach Westen über das Gebirge davon.
Sie kamen aus der Deckung heraus und standen in einem Grüppchen zusammen und sahen zu den Berggipfeln hinauf. Willis fand als erster die Sprache wieder. »Der Kuckuck soll Sie holen!« brüllte er O'Hara an. »Warum haben Sie verlangt, daß wir uns verstecken? Die Maschine hat bestimmt nach uns gesucht.«
»Wirklich?« fragte O'Hara. »Benedetta, hat Cordillera Sabre-Maschinen in seiner Luftwaffe?«
»Es war ein Luftwaffen-Jäger«, antwortete sie. »Ich weiß nicht, von welcher Staffel.«

»Ich habe die Markierungen nicht gesehen«, sagte O'Hara.
»Hat irgend jemand sie mitgekriegt?«
Niemand hatte darauf geachtet.
»Ich wüßte gern, welche Staffel das war«, sagte O'Hara sinnend. »Das könnte entscheidend wichtig sein.«
»Und ich sage Ihnen, es war Teil einer Suchaktion«, beharrte Willis.
»Nichts zu machen«, sagte O'Hara. »Der Pilot dieser Maschine hat ganz genau gewußt, wohin er zu fliegen hatte - der hat nach nichts gesucht. Irgend jemand hat ihm die Stelle ganz genau auf der Karte angegeben. Er war seiner Sache völlig sicher, wie er über uns hinweggeflogen ist. Wir haben es ihm nicht gesagt. Forester hat es ihm nicht gesagt - die beiden ziehen eben jetzt erst vom Bergwerk los. Also, wer soll es dann gewesen sein?«
»Die da drüben«, sagte Armstrong und wies über den Fluß. »Wir müssen annehmen, daß es nichts Gutes bedeutet.«
O'Hara packte der Tatendrang. »Los, bringen wir dieses Biest von einer Maschine in Ordnung. Wir müssen so rasch wie möglich die Brücke kaputtmachen. Jenny, nimm eine Armbrust und geh flußabwärts bis zu einer Stelle, wo du eine gute Sicht auf die Biegung der Straße hast. Wenn irgend jemand heraufkommt, verpaß ihm eins und komm so rasch du kannst hierher zurück. Benedetta, du bewachst die Brücke. Wir anderen machen uns hier an die Arbeit.«
Willis war zu optimistisch gewesen. Zwei Stunden verstrichen, und der Tribock war noch immer weit davon entfernt, einsatzbereit zu sein. Willis wischte sich mit der schmutzigen Hand übers Gesicht. »Jetzt ist es nicht mehr so schlimm - in einer Stunde haben wir es in Ordnung.«
Aber es blieb ihnen keine Stunde mehr. Benedetta rief herüber: »Ich hör' Lastwagen!« Unmittelbar darauf ertönte flußabwärts das Knattern von Gewehrsalven und dann ein anderer Laut, bei dem es O'Hara kalt den Rücken hinunterlief: das unverkennbare Rattern eines Maschinengewehrs. Er rannte zu Benedetta hinüber und fragte atemlos: »Kannst du irgend etwas sehen?«
»Nein«, antwortete sie und dann: »Wart - ja, drei Lastautos - große, dicke.«
»Komm herunter«, sagte O'Hara. »Das muß ich mir ansehen.«
Sie kletterte von den Felsbrocken herunter, und er nahm ihre Stelle ein. Ein großer amerikanischer Lastwagen kam in rascher

Fahrt die Straße herauf. In der Staubwolke, die er hinter sich aufwirbelte, tauchte ein zweiter auf und dann ein dritter. Der erste war voller Männer, wenigstens zwanzig und alle mit Gewehren bewaffnet. Der Lastkraftwagen sah irgendwie merkwürdig aus, und O'Hara kam nicht sofort darauf, was es war; dann entdeckte er, daß der Benzintank unter der Karosserie mit breiten Panzerplatten abgeschirmt war. Der Feind traf seine Vorsichtsmaßregeln.
Der Lastkraftwagen blieb an der Brücke stehen, und die Leute sprangen heraus, und zwar nach rückwärts, so daß der Lastwagen sie gegen den Fluß hin deckte. Der zweite Lastkraftwagen hielt hinter ihm; er enthielt keine Mannschaften außer den zwei Leuten im Fahrersitz, und O'Hara konnte nicht sehen, was er enthielt, denn er war mit einer Plane zugedeckt. Der dritte Lastwagen enthielt ebenfalls Leute, allerdings nicht so viele, aber O'Hara durchlief es kalt, als er sah, wie das leichte Maschinengewehr ausgeladen und eiligst in Deckung geschafft wurde.
Er wandte sich zurück und sagte zu Benedetta: »Gib mir die Armbrust und schick die anderen da hinüber.« Aber als er sich wieder zurückwandte, war kein Ziel mehr da. Die Straße und der Berghang gegenüber schienen verlassen, es regte sich nichts, und mit den drei Lastautos war nichts anzufangen.
Armstrong und Willis kamen herauf, und er berichtete ihnen, was sich abspielte. Willis meinte: »Das Maschinengewehr klingt schlecht, ich weiß, aber schließlich, was können sie mit ihm machen, das sie nicht genausogut mit den Gewehren machen könnten, die sie haben? Wir sind deswegen nicht viel schlechter dran.«
»Sie können es wie einen Feuerwehrschlauch verwenden«, sagte O'Hara. »Sie können einen Strahl von Kugeln loslassen und systematisch die ganze Schlucht bestreichen. Von jetzt ab wird es verdammt gefährlich werden, die Armbrust noch zu verwenden.«
»Sie sagen, das zweite Lastauto war leer«, bemerkte Armstrong nachdenklich.
»Das habe ich nicht gesagt. Ich sagte, es waren keine Leute drin. Irgendwas muß aber drin sein, dann das Ding ist oben mit Zeltbahnen zugedeckt, und ich konnte nichts sehen.« Er lächelte säuerlich. »Wahrscheinlich haben sie eine zerlegbare Gebirgshaubitze drin oder einen Granatwerfer – und wenn es so etwas Ähnliches ist, dann sind wir bedient.«
Armstrong klopfte geistesabwesend seine Pfeife an einem Stein

aus. Er hatte vergessen, daß sie leer war. Dann sagte er überraschend: »Jetzt wäre der richtige Augenblick für Waffenstillstandsverhandlungen. Bei jeder Belagerung, die ich studiert habe, kommt es stets irgendwann in ihrem Verlauf zu Waffenstillstandsverhandlungen.«

»Um Himmels willen, was soll denn das?« sagte O'Hara.

»Man kann doch nur verhandeln, wenn man etwas anzubieten hat. Die Jungens da drüben haben uns in der Hand und wissen es ganz genau. Wozu sollten sie verhandeln? Und genaugenommen - wozu sollten wir? Wir wissen, daß sie uns Himmel und Erde anbieten werden, und wir wissen ganz genau, daß sie ihre Versprechungen nicht halten werden. Also, welchen Zweck soll das haben?«

»Wir haben sehr wohl etwas anzubieten«, antwortete Armstrong ruhig. »Wir haben Aguillar - sie wollen ihn haben, also bieten wir ihn an.« Er hob die Hand, um den Widerspruch der anderen abzuschneiden. »Wir wissen, was sie uns anbieten werden - nämlich unser Leben, und wir wissen auch, was ihre Versprechungen wert sind, aber darauf kommt es nicht an. Natürlich liefern wir ihnen Aguillar nicht aus, aber wenn wir ein bißchen Glück haben, können wir die Verhandlungen über ein paar Stunden hinziehen, und wer weiß, was ein paar Stunden später für uns bedeuten werden.«

O'Hara dachte darüber nach. »Was halten Sie davon, Willis?«

Willis zuckte die Achseln. »Wir können dabei nichts verlieren«, sagte er, »und wir können unter Umständen Zeit gewinnen. Alles, was wir bis jetzt getan haben, hatte nur den Zweck, Zeit zu gewinnen.«

»Wir könnten in der Zeit den Tribock wieder instandsetzen«, meinte O'Hara. »Das allein wäre es schon wert. Also gut versuchen wir es.«

»Augenblick mal«, sagte Armstrong. »Spielt sich da drüben schon irgendwas ab?«

O'Hara spähte über die Schlucht hinweg. Alles war still und ruhig. »Nichts.«

»Ich finde, wir sollten warten, bis sie mit irgendwas anfangen«, riet Armstrong. »Nach meiner Schätzung findet jetzt zwischen den Neuankömmlingen und der alten Garde erst mal eine Beratung statt. Das kann ein Weilchen dauern, und es wäre sinnlos, dazwischenzufunken. Je mehr Zeit wir gewinnen, desto besser für uns. Deshalb würde ich noch warten.«

Benedetta, die still dabeigestanden hatte, sagte jetzt: »Jenny ist noch nicht zurückgekommen.«
O'Hara wirbelte auf dem Absatz herum. »Was? Noch nicht zurück?«
»Vielleicht«, sagte Willis, »ist sie getroffen worden. Dieses Maschinengewehr . . .« Seine Stimme verlor sich.
»Ich geh' und sehe nach«, sagte Benedetta.
»Nein«, sagte O'Hara scharf. »Ich gehe - vielleicht muß man sie tragen, und das kannst du nicht. Bleib du lieber hier auf Wachdienst, und die anderen können mit dem Tribock weitermachen.«
Er stürzte los und rannte über das flache Gelände, machte einen Bogen um den Brückenkopf, wo keine Deckung war, und kletterte zwischen den Felsbrocken weiter flußabwärts. Er hatte eine ziemlich genaue Ahnung, welche Stelle Miß Ponsky sich wahrscheinlich ausgesucht hatte, und ging direkt auf sie zu. Im Laufen schimpfte und fluchte er leise vor sich hin. Er würde es sich nie verzeihen, wenn sie getötet worden wäre. Er brauchte über zwanzig Minuten, um hinzugelangen - was in Anbetracht des schwierigen Geländes ohnedies rasch war -, doch als er an der Stelle anlangte, war sie nicht da. Aber er sah drei Bolzen, die mit der Spitze nach unten im Erdboden steckten, und an einem Felsen einen kleinen Tümpel klebrigen Blutes.
Er beugte sich hinab und entdeckte noch einen Blutfleck und dann noch einen. Er folgte der Blutspur und hatte ungefähr hundert Meter zurückgelegt, als er ein schwaches Stöhnen vernahm und Miß Ponsky im Schatten eines Felsblocks liegen sah. Ihre Hand krampfte sich um ihre linke Schulter. Er kniete neben ihr nieder und hob ihren Kopf an. »Wo bist du getroffen, Jenny? In der Schulter?«
Sie öffnete die flackernden Lider und nickte schwach.
»Noch an einer anderen Stelle?«
Sie schüttelte den Kopf und flüsterte: »Ach Tim, es tut mir so leid. Ich hab' die Armbrust eingebüßt.«
»Das hat nichts zu sagen«, antwortete er und riß ihr behutsam, ohne zu rucken, die Bluse von der Schulter. Er seufzte erleichtert auf; es war nur eine Fleischwunde, und obwohl die Kugel die Schulter durchschlagen hatte, war der Schulterknochen, soweit er feststellen konnte, nicht gebrochen. Aber sie hatte eine Menge Blut verloren, und der Blutverlust und der körperliche Schock hatten sie geschwächt.

»Aber ich hätte sie nicht verlieren dürfen«, sagte sie jetzt mit kräftiger Stimme. »Ich hätte sie festhalten müssen. Sie ist in den Fluß gefallen, Tim. Es tut mir so leid.«
»Ach, laß die Armbrust«, sagte er. »Du bist viel wichtiger.« Er riß Stücke von seinem Hemd ab, tamponierte die Wunde auf beiden Seiten und legte einen improvisierten Verband an. »Kannst du gehen?«
Sie versuchte zu gehen, konnte aber nicht, also erklärte er vergnügt: »Na, dann werde ich dich halt tragen müssen - Methode Feuerwehrmann.« Er legte sie sich quer über die Schulter und marschierte mit seiner Last langsam zur Brücke zurück. Als er endlich bei dem Unterschlupf anlangte und sie an Benedetta übergab, war sie wieder ohnmächtig geworden. »Jetzt haben wir Unterhandlungen erst recht nötig«, sagte er ingrimmig zu Armstrong. »Wir müssen Jenny wieder auf die Beine kriegen, so daß sie imstande ist, davonzurennen. Ist drüben irgendwas los?«
»Nichts. Aber wir sind mit dem Tribock fast fertig.«
Kurze Zeit darauf sahen sie, daß zwei Männer sich daranmachten, die Zeltbahnen von dem zweiten Lastkraftwagen herunterzunehmen. O'Hara sagte: »Jetzt werden wir's mal versuchen.« Er füllte seine Lungen und brüllte auf spanisch hinüber: »Señores! Ich möchte mit Ihrem Führer sprechen. Er soll vortreten - wir werden nicht schießen.«
Die Männer standen wie angewurzelt da und sahen einander an. Dann starrten sie unentschlossen über die Schlucht. O'Hara meinte spöttisch zu Armstrong: »Nicht daß wir viel hätten, womit wir schießen könnten.«
Die beiden Männer schienen zu einem Entschluß zu gelangen. Einer von ihnen rannte davon, und kurz darauf erschien der große schwere Mann mit dem Bart zwischen den Felsblöcken, kletterte herab und ging bis zu den Brückenpfeilern vor. Dort brüllte er: »Sind Sie Señor Aguillar?«
»Nein«, brüllte O'Hara zurück und schaltete auf englisch um. »Ich bin O'Hara.«
»Aha, der Pilot!« Der Mann mit dem Bart antwortete auf englisch, und O'Hara war einigermaßen überrascht, daß er so genau über sie Bescheid wußte. »Was wollen Sie, Señor?«
Benedetta, die inzwischen zu ihnen zurückgekehrt war, sagte rasch: »Dieser Mann ist kein Cordilleraner. Er spricht mit einem kubanischen Akzent.«

O'Hara blinzelte ihr zu. »Señor Kubaner, warum schießen Sie auf uns?«
Der dicke Mann lachte vergnügt. »Fragen Sie doch Señor Aguillar. Oder nennt er sich immer noch Montes?«
»Aguillar hat mit mir nichts zu tun«, rief O'Hara zurück. »Seine Sache geht mich nichts an - und ich habe es satt, beschossen zu werden.«
Der Kubaner warf den Kopf zurück und lachte abermals und schlug sich dabei auf den Schenkel. »Also was?«
»Ich will hier heraus.«
»Und Aguillar?«
»Den könnt ihr haben. Deswegen seid ihr ja hier, oder nicht?«
Der Kubaner antwortete nicht sofort, sondern schien tief nachzudenken, und O'Hara sagte zu Benedetta:
»Wenn ich dich zwicke, schreist du wie am Spieß.« Sie sah ihn verwundert an und nickte.
»Bringen Sie Aguillar zur Brücke, und Sie haben freien Abzug, Señor O'Hara.«
»Was ist mit dem Mädchen?« fragte O'Hara.
»Das Mädchen verlangen wir natürlich auch.«
O'Hara zwickte Benedetta in den Arm, und sie stieß einen markerschütternden Schrei aus, den sie höchst kunstvoll unvermittelt abbrach, als habe ihr eine Hand auf den Mund geschlagen. O'Hara lachte ihr zu und wartete einige Augenblicke, ehe er wieder die Stimme erhob: »Entschuldigung, Señor Kubaner, aber wir hatten hier ein bißchen Ärger.« Er ließ eine gewisse Vorsicht in seiner Stimme mitklingen. »Ich bin nicht der einzige hier - es sind noch andere da.«
»Sie erhalten alle freien Abzug«, antwortete der dicke Mann mit freigebiger Geste. »Ich werde Sie selbst nach San Croce eskortieren. Bringen Sie jetzt Aguillar zur Brücke. Übergeben Sie ihn uns, und Sie können alle gehen.«
»Das ist unmöglich«, widersprach O'Hara. »Aguillar ist oben im Lager. Er ist hinaufgegangen, als er sah, was sich hier an der Brücke abspielt. Wir müssen ihn erst holen.«
Der Kubaner hob argwöhnisch den Kopf. »Aguillar ist davongelaufen?« fragte er ungläubig.
O'Hara stieß einen lautlosen Fluch aus; er hatte nicht geglaubt, daß Aguillar bei seinen Feinden eine solche Achtung genösse. Er machte sich rasch etwas zurecht. »Sein Freund Rohde hat ihn weg-

geschickt. Aber Rohde ist tot, euer Maschinengewehr hat ihn umgelegt.«
»Aha, der Mann, der vorhin auf der Straße auf uns geschossen hat.« Der Kubaner blickte auf seinen Fuß hinab, der auf den Erdboden klopfte, und war anscheinend unentschlossen. Dann hob er den Kopf. »Warten Sie, Señor O'Hara.«
»Wie lange?«
»Nur ein paar Minuten.« Er ging die Straße hinauf und verschwand zwischen den Felsen.
Armstrong sagte: »Er will sich mit seinem stellvertretenden Kommandeur beraten.«
»Glauben Sie, er wird darauf hereinfallen?«
»Könnte schon sein«, sagte Willis. »Es ist ein reizvoller Vorschlag für die Leute. Sie haben sie sehr gut geködert – er glaubt, Rohde hat uns zusammengehalten, und jetzt, wo er tot ist, klappen wir zusammen. Das haben Sie ausgezeichnet gemacht.«
Der Kubaner blieb etwa zehn Minuten lang weg. Dann kam er in Begleitung eines anderen Mannes, eines schmächtigen, dunklen indianischen Typs, zur Brücke zurück. »Gut«, rief er herüber. »Die Sache ist gemacht. Wie lange dauert es, bis Sie Aguillar herbringen?«
»Es ist ein langer Weg hinauf«, brüllte O'Hara zurück. »Wird einige Zeit dauern – sagen wir, fünf Stunden.«
Die beiden Männer berieten sich, und dann rief der Kubaner: »Gut. Fünf Stunden.«
»Und inzwischen ist Waffenstillstand?« rief O'Hara. »Kein Schießen auf beiden Seiten?«
»Kein Schießen«, versprach der Kubaner.
O'Hara seufzte auf. »Das wäre es. Wir müssen mit dem Tribock fertig werden. Wir haben fünf Stunden Gnadenfrist. Wie geht es Jenny, Benedetta?«
»Sie wird in Ordnung sein. Ich habe ihr etwas warme Suppe gegeben und sie in eine Decke gewickelt. Sie muß sich warm halten.«
»Fünf Stunden ist nicht lang«, sagte Armstrong. »Ich weiß, wir haben Glück, daß wir sie überhaupt bekommen haben, aber lang ist es nicht. Vielleicht können wir es noch ein bißchen länger hinausziehen.«
»Wir können es versuchen«, sagte O'Hara. »Aber viel länger nicht. Sie werden verdammt argwöhnisch werden, wenn die fünf Stunden vorbei sind und wir Aguillar nicht abgeliefert haben.«

Armstrong zuckte die Achseln. »Was können sie denn sonst machen, außer dem, was sie in den letzten drei Tagen schon versucht haben?«


Der Tag verstrich.
Der Tribock war repariert, und O'Hara legte seine Pläne für das tobende Gewitter zurecht, das jetzt kommen mußte. Er sagte: »Wir haben eine Armbrust und eine Pistole mit einem Schuß Munition – damit kommen wir nicht weit, wenn es zum Nahkampf kommt. Benedetta, du gehst mit Jenny hinauf zum Lager, sowie sie laufen kann. Sie wird nicht rasch gehen können, folglich sichert ihr euch besser einen Vorsprung, für den Fall, daß es hier plötzlich losgeht. Ich weiß noch immer nicht, was sie in dem Lastwagen haben, aber es ist ganz bestimmt nichts Gutes für uns.«
Benedetta und Miß Ponsky machten sich auf den Weg und nahmen eine Ladung Molotow-Cocktails mit. Armstrong und O'Hara beobachteten die Brücke, während Willis am Tribock herumbastelte und sich mit allerlei überflüssigen Dingen zu schaffen machte. Auf der anderen Seite des Flusses waren überall zwischen den Felsen Leute aufgetaucht, der ganze Abhang schien von ihnen zu wimmeln. Sie saßen und standen sorglos herum, rauchten und schwätzten miteinander, und O'Hara mußte an die Geschichten denken, die er über die erste Weihnacht zwischen den Schützengräben im Ersten Weltkrieg gehört hatte.
Er zählte die Leute sorgfältig und verglich dann sein Ergebnis mit Armstrong. »Ich komme auf dreiunddreißig.«
»Bei mir sind es fünfunddreißig«, antwortete Armstrong. »Aber auf den kleinen Unterschied kommt es ja wohl kaum an.« Er betrachtete mißmutig seinen Pfeifenkopf. »Wenn ich bloß etwas Tabak hätte«, sagte er ärgerlich.
»Bedaure, aber ich habe keine Zigaretten mehr.«
»Sie sind doch ein moderner Soldat«, sagte Armstrong. »Was würden Sie an deren Stelle jetzt tun? Ich meine, wie würden Sie die nächste Phase der Unternehmung anlegen?«
O'Hara überlegte. »Wir haben der Brücke mit dem Tribock einigen Schaden zugefügt, aber nicht genug. Sowie sie die Hauptlücke repariert haben, können sie anfangen, Leute hinüberzuschaffen, aber keine Fahrzeuge. Ich würde einen raschen Vorstoß über die Brücke machen, hier auf unserer Seite einen Brückenkopf bilden

und dann auf dieser Seite der Schlucht, wo wir jetzt sind, ausschwärmen. Wenn sie uns erst einmal von hier weghaben, wird es ihnen nicht viel Mühe machen, die übrige Brücke so weit zu reparieren, daß sie zwei Jeeps herüberschaffen können. Diese Jeeps würde ich als Panzer einsetzen und mit ihnen so rasch wie möglich zum Bergwerk hinauf durchstoßen - sie wären längst dort, ehe wir zu Fuß hinkommen könnten. Wenn sie einmal beide Enden der Straße halten - wohin können wir uns dann zurückziehen? Und wir können nicht viel dagegen unternehmen - das ist das Beschissene daran.«
»Hm«, sagte Armstrong verdrießlich. »So ungefähr hatte ich es mir auch zurechtgelegt.« Er rollte sich auf den Rücken.
»Schauen Sie mal, es bewölkt sich.«
O'Hara drehte sich um und sah zu den Bergen hinauf. Dort bildete sich eine schmutzig-graue Wolke, die bereits die höheren Gipfel zudeckte und jetzt in Nebelspiralen knapp oberhalb des Bergwerks herumwirbelte. »Das sieht mir nach Schnee aus«, sagte er. »Wenn wir überhaupt je eine Chance gehabt haben, daß eine Luftsuchaktion nach uns sucht und uns findet, dann ist sie jetzt endgültig im Eimer. Und Ray dürfte es auf halbem Weg erwischt und überrumpelt haben.« Ihn fröstelte. »Ich möchte nicht in deren Lage sein.«
Sie beobachteten die Wolke eine Zeitlang, und plötzlich sagte Armstrong: »Für uns wäre sie anderseits vielleicht gut. Ich glaube, sie kommt tiefer herunter. Einen richtigen dicken Nebel könnten wir jetzt brauchen.«
Der Waffenstillstand hatte nur noch eine Stunde Laufzeit, als die ersten grauen Nebelschwaden sich um die Brücke zu winden begannen. Auf einmal hörte O'Hara Motorengeräusch und setzte sich auf. Hinter den Lastkraftwagen war ein großer Mercedes-Personenwagen aufgefahren, dem ein Mann in tadelloser Zivilkleidung entstieg. O'Hara starrte über die Schlucht und sah den Mann zur Brücke gehen. Ihm fielen seine gedrungene, untersetzte Gestalt und die groben, breiten Gesichtszüge auf. Er stieß Armstrong an. »Der Kommissar ist eingetroffen«, sagte er.
»Ein Russe?«
»Da wette ich jeden Betrag«, sagte O'Hara.
Der Russe - wenn er tatsächlich einer war - konferierte jetzt mit dem Kubaner, und es schien sich eine Meinungsverschiedenheit zwischen ihnen zu entwickeln. Der Kubaner schwenkte wild die

Arme hin und her, während der Russe mit den Händen tief in den Manteltaschen völlig unberührt dastand und sich auf nichts einließ. Offenbar gewann er die Auseinandersetzung, denn der Kubaner drehte sich plötzlich um, teilte im Schnellfeuertempo eine Reihe Befehle aus, und im Handumdrehen entwickelte sich am Berghang auf der anderen Seite der Schlucht eine ameisenhafte Emsigkeit.
Die Männer, die eben noch herumgefaulenzt hatten, verschwanden wieder hinter den Felsen, und es war, als habe der Berg sie einfach verschluckt. Vier Männer rissen in größter Eile die Zeltbahnen von dem zweiten Lastwagen herunter, und der Kubaner rief dem Russen etwas zu und winkte mit den Armen. Der Russe warf einen langen, bedächtigen Blick auf die Schlucht, wandte sich dann unbekümmert um und ging auf seinen Wagen zu.
»Bei Gott, sie brechen tatsächlich den Waffenstillstand«, sagte O'Hara mit zusammengebissenen Zähnen. Er griff nach der geladenen Armbrust, und im gleichen Augenblick ratterte das Maschinengewehr los und durchlöcherte die Luft mit Kugeln. »Laufen Sie zurück zum Tribock!« Er legte die Armbrust sorgfältig auf den Rücken des Russen an, drückte den Abzug herunter und schoß in seiner Verzweiflung daneben. Er duckte sich, um neu zu laden, und hörte den krachenden Aufschlag des Tribocks hinter sich, als Willis den Abschußhebel herunterriß.
Als er den Kopf wieder hob, mußte er feststellen, daß der Tribock sein Ziel verfehlt hatte, und er erbleichte, als er jetzt sah, was die Leute aus dem Lastkraftwagen hervorgezogen hatten. Es war ein vorfabrizierter Fertigteil eines Brückenstücks, und er wurde von sechs Männern getragen, die bereits den Fuß auf die Brücke gesetzt hatten. Hinter ihnen kam ein ganzer Trupp Leute im Laufschritt angerannt. Ein einzelner Armbrustbolzen konnte jetzt nichts mehr ausrichten, um sie aufzuhalten, und es blieb keine Zeit, um den Tribock neu zu laden - sie mußten binnen weniger Sekunden über die Brücke sein.
Er brüllte Willis und Armstrong zu: »Rückzug! Zurück und die Straße hinauf - zum Lager!« und rannte selbst mit schußfertiger Armbrust auf den Brückenkopf zu.
Der erste Mann war bereits über die Brücke und rannte mit angelegter Maschinenpistole von einer Seite zur anderen. O'Hara kauerte sich hinter einen Felsblock, legte an, zielte und wartete, bis der Mann näher herankam. Der Nebel verdickte sich rasch,

und es wurde schwierig, Entfernungen zu schätzen. Folglich wartete er, bis er meinte, der Mann sei noch etwa zwanzig Meter entfernt, und drückte dann ruhig und konzentriert ab.
Der Bolzen traf den Mann direkt von vorn in die Brust und drang bis zu den Federn ein. Der Mann stieß einen gurgelnden Ruf aus und warf die Hände in die Luft, als er zusammensank, und der Todeskrampf seiner Finger riß mit einem letzten Zucken den Abschußhahn der Maschinenpistole zurück. O'Hara sah den Rest des Trupps hinter ihm heraufkommen, und das letzte, was er gewahrte, ehe er sich umwandte und davonrannte, war die ausgestreckte Gestalt auf dem Erdboden, die ruckartig erbebte, während die Maschinenpistole ihr Magazin blind in die Gegend verschoß.

# 7

Rohde hackte aus Leibeskräften mit der kleinen Axt gegen die Eiswand. Er hatte sich die Axt zurückgeholt - ein reichlich grausiges Unternehmen -, und jetzt war sie zu ihrer eigentlichen Bestimmung als Lebensrettungswerkzeug zurückgekehrt und überaus nützlich. Forester lag zusammengekauert wie ein Haufen alter Kleider dicht bei der Eiswand und so weit weg wie möglich vom Klippenrand. Rohde hatte Peabodys Leiche die Überkleider ausgezogen und sie verwendet, um Forester möglichst warm einzuwickeln, ehe er die Leiche in das Nichts der drunten brauenden Nebel hinabgestoßen hatte.
Sie brauchten Wärme, denn es würde eine böse Nacht werden. Der Simsvorsprung war jetzt in Nebel eingehüllt, und es hatte begonnen, in kurzen Wirbeln zu schneien. Ein scharfer Wind hatte sich erhoben, und damit wurde ein schützender Unterschlupf dringend notwendig. Rohde hielt einen Augenblick lang inne und beugte sich über Forester, der zwar Schmerzen hatte, aber noch bei Bewußtsein war, und rückte die Kapuze zurecht, die ihm vom Gesicht weggerutscht war. Dann hackte er weiter an der Eiswand.
Forester hatte in seinem ganzen Leben noch nie so gefroren. Seine Hände und Füße waren abgestorben und gefühllos, und seine Zähne klapperten, ohne daß er etwas dagegen machen konnte.
Ihm war so kalt geworden, daß ihm der Schmerz, der in Wellen aus seiner Brust heraufkam, geradezu lieb war; er schien ihn zu wärmen und verhinderte, daß er in die Bewußtlosigkeit absank. Er war sich darüber im klaren, daß das nicht passieren durfte; Rohde hatte ihn davor gewarnt und ihm ein paar kräftige Ohrfeigen versetzt, um es ihm handgreiflich einzuprägen.
Es war eine verdammt haarscharf knappe Sache gewesen, dachte er. Noch zwei Schnitte mit Peabodys Messer, und das Seil wäre

gerissen, und er wäre hinab auf die Schneehänge tief unten und in den Tod gestürzt. Rohde hatte nicht eine Sekunde gezaudert, Peabody zu töten, als sich die Notwendigkeit hierfür ergab, obwohl er vorher doch ziemlich zimperlich gewesen war. Oder vielleicht war er das nicht; vielleicht meinte er, daß man nur die gerade notwendige Energie und Anstrengung verausgaben dürfe, die für die Sache erforderlich war, und nicht mehr. Forester, der Rohdes mühelosen, geschickten Schlägen zusah, unter denen eine Eisflocke nach der anderen absprang und herabfiel, mußte plötzlich in sich hineinkichern – ein Zeitstudienmörder, der Bursche gehörte in ein wissenschaftliches Lehrbuch. Sein schwaches Kichern erstarb, als eine neue Schmerzwelle heraufschlug; er biß die Zähne zusammen und wartete, daß sie abklang.

Nach einer Weile hob er die Hand und fuhr sich kräftig über das Gesicht. Die Tränen, die ihm aus den Augen sickerten, gefroren ihm auf den Wangen, und auch davor hatte Rohde ihn gewarnt. Fabelhafter Übermensch, der gute alte Rohde, wußte einfach über alles Bescheid, besonders über Gefahr.

Nachdem Rohde Peabody getötet hatte, war er eine lange Zeit steif und regungslos wartend stehengeblieben und hatte das Seil straffgehalten, denn er fürchtete, Peabodys Leiche könne über den Rand rutschen und Forester mit hinabziehen. Dann begann er, den Eispickel tiefer in den Schnee hineinzutreiben, in der Hoffnung, ihn als Sicherung verwenden zu können, um das Seilende daran festzumachen; aber unter der dünnen Schneeschicht stieß er auf Eis und konnte, da er nur eine Hand frei hatte, den Eispikkel nicht tiefer hineindrücken.

Er verlegte sich auf eine andere Taktik. Er zog den Eispickel wieder heraus und hackte, da er Angst hatte, auf dem glatten, rutschigen Eis nach vorn gezerrt zu werden, erst einmal zwei tiefe Stufen heraus, in die er die Füße setzen konnte. Das gab ihm den Halt, um sich selbst an dem Seil hochzuzerren, bis er aufrecht stand, und er spürte dabei, wie Peabodys Leiche von der Stelle ruckte. Er hielt inne, weil er nicht wußte, wie weit es Peabody gelungen war, das Seil zu beschädigen, und er fürchtete, es könne durchreißen und Forester hinabsausen lassen.

Er nahm den Eispickel, begann am Eis herumzuhacken und hackte schließlich eine große kreisrunde Rinne von etwa einem halben Meter Durchmesser heraus. Es war eine schwierige Arbeit, weil der Kopf des von Willis improvisierten Pickels in einem ungeschickten Winkel auf dem Stiel saß und das Werkzeug folglich nicht leicht zu handhaben war. Nach nahezu einer Stunde des Hackens hatte er die Rinne schließlich so weit vertieft, daß sie das Seil aufnehmen konnte, und jetzt machte er es vorsichtig von seiner Hüfte los und befestigte es an dem Eispilz, den er zurechtgehackt hatte.

Nun konnte er sich frei bewegen und zum Rand der Steilklippe gehen. Aber er tat es noch nicht sofort, sondern blieb noch ein Weilchen stehen, stampfte mit den Füßen auf und spannte die Muskeln, um den Blutkreislauf wieder in Gang zu bringen. Er hatte in einer sehr verkrampften Stellung gelegen. Als er über den Rand hinabblickte, sah er, daß Forester bewußtlos war; er baumelte schlaff, mit herabhängendem Kopf am Ende des Seils.

Das Seil war an der Stelle, wo Peabody es angesäbelt hatte, stark zerschlissen. Rohde nahm ein kurzes Seilstück, das er um die Hüfte gewickelt trug, und knotete es vorsichtig oberhalb und unterhalb der möglichen Bruchstelle fest. Danach begann er, den schweren, zusammengesackten Forester heraufzuzerren. Es war völlig aussichtslos, auch nur daran zu denken, an diesem Tag noch weiter zu gehen. Forester konnte sich kaum rühren; der Sturz hatte das Seil eng um seinen Brustkasten zusammengezogen, und es schien Rohde, als er ihn vorsichtig abtastete, als seien mehrere Rippen angeknackt, wenn nicht gar gebrochen. Also rollte er Forester in warme Kleidung ein, setzte sich zum Ausruhen auf den Simsvorsprung zwischen der Felsklippe und der Eiswand nieder und überlegte, was nun.

Es war eine schlechte Stelle, um hier eine Nacht - sogar eine gute Nacht - zu verbringen, und diese Nacht würde schlecht werden. Er fürchtete, wenn der Wind zu der hämmernden Stärke anstieg wie während des Schneesturms, würde der Überhang auf der Eiswand herunterbrechen - und wenn das geschah, dann waren sie begraben, ohne dazu einen Totengräber zu benötigen. Außerdem mußten sie sich irgendwie gegen den Wind und den Schnee abschirmen. Also nahm er die kleine Axt, wischte das Blut und das klebrige graue Zeug von der Klinge und begann, eine höhlenartige Vertiefung in die Eiswand zu hacken.

Der Wind verstärkte sich bald nach Einbruch der Dunkelheit, und Rohde war noch immer an der Arbeit. Als die ersten Windstöße kamen, hielt er inne und sah sich müde und erschöpft um; er hatte nahezu drei Stunden gearbeitet und an dem harten Eis

mit einem stumpfen und unzureichenden Werkzeug herumgehackt, das eher zum Spalten von Feuerholz geeignet gewesen wäre. Die kleine Einbuchtung, die er in das Eis hineingehackt hatte, würde sie nur mit knapper Not aufnehmen können, aber sie mußte genügen.
Er zerrte Forester in die Eishöhle hinein und lehnte ihn gegen die Rückwand; dann ging er hinaus, holte die drei Tornister herein und stapelte sie vor der Höhle zu einer niedrigen und völlig unzureichenden Mauer auf, die jedoch zumindest als eine Art Bollwerk gegen den treibenden Schnee dienen konnte. Er griff in die Tasche und wandte sich dann zu Forester. »Hier«, sagte er dringlich. »Kau das.«
Forester murmelte etwas Unverständliches, und Rohde schlug ihm mit der flachen Hand ins Gesicht. »Du darfst nicht einschlafen – noch nicht«, sagte er. »Du mußt jetzt Coca kauen.« Er öffnete Forester gewaltsam den Mund und zwängte eine Coca-Tablette hinein. »Kau!« befahl er.
Er brauchte über eine halbe Stunde, um einen Tornister aufzuschnüren und einen Primus-Kocher zusammenzusetzen. Seine Finger waren kalt, und die Auswirkungen der großen Höhenlage machten sich bemerkbar – Energieverlust und verschwommenes Denken –, die jeden Handgriff zu einem Vielfachen der normalerweise benötigten Zeit verlangsamten. Schließlich hatte er den Kocher so weit, daß er funktionierte. Er lieferte nur wenig Wärme und noch weniger Licht, aber er war trotzdem eine ausgesprochene Verbesserung.
Er baute aus einigen Kletterhaken und Deckenfetzen einen improvisierten Windschutz auf. Der Wind kam glücklicherweise von rückwärts, von der Höhe des Passes und über die Eismauer hinweg, so daß sie sich in relativ geschützter Lage befanden. Aber hin und wieder fegten scharfe Windstöße von der Seite in die Höhle hinein, wirbelten Schneeflocken herein und ließen den Kocher aufflackern und röhren. Rohde war düster zumute, wenn er an die Richtung des Windes dachte. Sie war günstig, was ihren gegenwärtigen Unterschlupf betraf, aber der Schneeüberhang oben auf der Mauer würde sich wieder aufschichten, und je schwerer er wurde, desto größer wurde die Wahrscheinlichkeit, daß er herabbrach. Und morgen früh, wenn sie sich wieder auf den Weg machten, würden sie gegen den heulenden Sturm anklettern müssen. Er betete, daß der Wind vorher umschlagen möge.

Nach einer Weile hatte er genug Schnee geschmolzen, um ein warmes Getränk zubereiten zu können, aber Forester würgte und verschluckte sich an der Bouillon, und er selbst fand sie so übelschmeckend, daß er sie nicht trinken konnte; also wärmte er noch mehr Wasser, und sie tranken dies statt dessen; von dem neutralen Geschmack wurde ihnen nicht übel, und es wärmte ihnen wenigstens etwas den Leib.
Dann nahm Rohde Forester in Arbeit. Er untersuchte seine Hände und Füße und trommelte auf den Protestierenden heftig mit den Fäusten herum. Danach war Forester hellwach und im vollen Besitz seiner Sinne und machte das gleiche mit Rohde, rieb ihm Hände und Füße und brachte den Blutkreislauf wieder in Gang.
»Glaubst du, wir werden es schaffen, Miguel?« fragte er.
»Ja«, antwortete Rohde kurz; aber die ersten Zweifel kamen ihn an. Forester war für den letzten Angriff auf die Paßhöhe und den Abstieg auf der anderen Seite in keinem guten Zustand. Für einen Mann mit angeknackten Rippen war das keine gute Sache. Er sagte: »Du mußt dich rühren – die Finger, die Zehen, du mußt sie immerfort bewegen. Und reib dir das Gesicht, die Nase und die Ohren. Du darfst auf keinen Fall einschlafen.«
»Am besten reden wir«, meinte Forester, »und halten uns gegenseitig wach.« Er hob den Kopf und lauschte dem Heulen des Windes. »Allerdings werden wir ziemlich brüllen müssen, wenn dieser Krach so weitergeht. Worüber wollen wir reden?«
Rohde knurrte und zog sich die Kapuze über die Ohren.
»O'Hara hat mir erzählt, du seist Flieger.«
»Stimmt«, sagte Forester. »Ich bin gegen Kriegsende geflogen, meistens in Italien. Damals bin ich Lightnings geflogen. Dann, als der Korea-Krieg kam, haben sie mich wieder hereingezerrt – ich war in der Luftwaffe-Reserve, mußt du wissen. Ich habe auf Düsenmaschinen umgesattelt und bin dann den ganzen Korea-Krieg hindurch Sabre-Maschinen geflogen, das heißt, bis sie mich dann abkommandiert und in die Staaten als Fluglehrer zurückgeholt haben. Ich glaube, ich dürfte in Korea einige Einsätze mit O'Hara zusammen geflogen sein.«
»Das hat er mir gesagt. Und nach Korea?«
Forester zuckte die Achseln. »Ich hatte es noch immer mit Flugzeugen. Die Firma, für die ich arbeitete, ist auf Flugzeugwartung spezialisiert.« Er grinste. »Als diese ganze Sache passierte, war ich gerade nach Santillana unterwegs, um mit eurer Luftwaffe ein

Geschäft über Wartungsausrüstung abzuschließen. Ihr habt ja noch Sabre-Maschinen, und manchmal fliege ich ein bißchen mit ihnen herum, wenn der Staffelkommandeur zufällig ein netter Mensch ist.« Er hielt inne. »Wenn Aguillar seinen Staatsstreich hinkriegt, dürfte das Geschäft allerdings im Eimer sein - ich weiß wirklich nicht, wozu ich mir diese ganze Mühe mache.«
Rohde lächelte und sagte: »Wenn Señor Aguillar an die Macht kommt, ist dein Geschäft unter Dach - er wird sich erinnern. Und du wirst die Bestechungsgelder nicht zu zahlen brauchen, die du in deinen Kostenvoranschlag schon einkalkuliert hast.« Seine Stimme klang ein wenig bitter.
»Himmel«, sagte Forester, »du weißt doch, wie es hier in diesen Gegenden zugeht - besonders unter Lopez. Damit du es nur weißt, ich bin für Aguillar. Wir Geschäftsleute sind immer für eine anständige und ehrliche Regierung zu haben - das macht die ganze Sache wesentlich leichter und einfacher.« Er schlug die Hände zusammen. »Warum bist du für Aguillar?«
»Cordillera ist mein Vaterland«, sagte Rohde einfach, als sei damit alles erklärt, und Forester mußte denken, einen ehrlichen und aufrichtigen Patrioten in Cordillera anzutreffen, sei fast so absonderlich, als ob man in der Arktis einem Nilpferd begegnete.
Sie schwiegen eine Weile; dann sagte Forester: »Wie spät ist es?«
Rohde fummelte an seiner Armbanduhr. »Kurz nach neun.«
Forester erschauerte. »Noch neun Stunden bis Sonnenaufgang.«
Die Kälte biß sich tief in seine Knochen, und die Windstöße, die in ihren engen Unterschlupf hineindroschen, drangen durch seine sämtlichen Kleider, sogar durch O'Haras Lederjacke hindurch. Er fragte sich, ob sie wohl am Morgen noch am Leben sein würden; er hatte zu viele Geschichten von Menschen gehört und gelesen, die im Freien erfroren waren, sogar zu Hause in den Staaten, mitten in der Zivilisation, um sich über die Gefährlichkeit ihrer Lage irgendwelchen Illusionen hinzugeben.
Rohde rührte sich und machte sich daran, zwei der Tornister auszuleeren. Er schichtete ihren Inhalt sorgfältig so auf, daß er nicht aus der Höhle herausrollen konnte, und gab dann Forester einen der leeren Packsäcke. »Steck deine Füße da hinein«, sagte er. »Das ist immerhin ein gewisser Schutz gegen die Kälte.«
Forester nahm den Sack, zerrte den Deckenstoff hin und her, damit die Eiskruste abbröckelte, steckte dann die Füße hinein und zog die Zugschnur um die Waden zusammen.

»Hast du nicht gesagt, du warst schon mal hier oben?« fragte er.
»Unter besseren Bedingungen«, antwortete Rohde. »Vor vielen Jahren, als ich Student war. Es war mit einer Bergsteiger-Expedition, die den Gipfel da drüben ersteigen wollte - den rechts von uns.« - »Haben sie es geschafft?«
Rohde schüttelte den Kopf. »Sie haben es dreimal versucht - sie waren sehr mutige und tapfere Leute, diese Franzosen. Dann ist einer von ihnen ums Leben gekommen, und sie haben es aufgegeben.«
»Warum bist du mitgegangen?« fragte Forester neugierig.
Rohde zuckte die Achseln. »Ich brauchte das Geld - Studenten brauchen immer Geld -, und sie bezahlten ihre Träger gut. Und als Medizinstudent interessierte ich mich außerdem für den Soroche. Mein Gott, die Ausrüstung, die diese Leute hatten! Mit Schaffell gefütterte Unterstiefel mit Spitzen gegen das Eis; mit Daunen gefüllte Steppjacken; starke Zelte aus Nylon und lange Nylon-Seile - und gute Kletterhaken aus Stahl, die sich nicht verbiegen, wenn man sie in den Felsen hineinhämmert.« Es war, als erinnere ein Verhungernder sich wollüstig eines Festmahls, an dem er einstmals teilgenommen hatte, und noch in der Erinnerung liefe ihm das Wasser im Mund zusammen.
»Und ihr seid über den Paß herübergekommen?«
»Von der anderen Seite - von dort war es leichter. Als wir oben auf der Paßhöhe waren, habe ich auf diese Seite hinuntergeschaut und war froh, daß wir nicht hier hinaufklettern mußten. Wir hatten ein Lager - Lager drei - auf der Paßhöhe; wir sind ganz langsam angestiegen und haben in jedem Lager ein paar Tage gewartet, um den Soroche zu vermeiden.«
»Ich weiß wirklich nicht, warum Menschen auf Berge klettern«, sagte Forester, und seine Stimme hatte einen leicht ärgerlichen Ton. »Ich tue es weiß Gott nicht, weil ich es gern möchte; daß Leute es zum Vergnügen tun, begreife ich nicht.«
»Diese Franzosen waren Geologen«, sagte Rohde. »Sie sind nicht um des Kletterns willen hinaufgeklettert. Sie haben aus den Bergen hier in der Gegend viele Gesteinsproben mitgenommen. Ich habe später eine Karte gesehen, die sie angefertigt hatten - sie kam in Paris heraus -, und las, daß sie viele Mineralienvorkommen entdeckt hatten.«
»Welchen Zweck hat das denn?« fragte Forester. »Hier oben kann doch niemand arbeiten.«

»Jetzt noch nicht«, gab Rohde zu. »Aber später - wer weiß?« Seine Stimme war voll gelassener Zuversicht.
Sie sprachen lange miteinander, abwechselnd bemüht, den schleppenden Uhrzeiger zu beschleunigen. Nach einer Weile begann Rohde zu singen - Volkslieder aus Cordillera und später halb vergessene deutsche Lieder, die sein Vater ihm beigebracht hatte. Forester trug einige amerikanische Lieder bei; er vermied die modernen Popschlager und hielt sich an die Lieder seiner Jugend. Er war gerade in der Hälfte des endlos langen, vielstrophigen »Eisenbahn«-Liedes, als von links ein donnerndes Krachen kam, das sogar das Heulen des Sturmes übertönte.
»Was war denn das?« fragte er erschrocken.
»Der Schnee-Überhang bricht herunter«, sagte Rohde. »Er hat sich durch den Wind aufgeschichtet, und jetzt ist er zu schwer geworden und kann sein eigenes Gewicht nicht mehr halten.« Er hob den Blick zum Dach der Eishöhle. »Jetzt können wir nur hoffen, daß er nicht hier herunterfällt. Dann wären wir begraben.«
»Wie spät ist es?«
»Mitternacht. Wie fühlst du dich?«
Forester hatte die Arme über der Brust gekreuzt. »Verdammt kalt.«
»Und deine Rippen? Wie steht's mit denen?«
»Ich spür' nicht das geringste.«
Rohde wurde besorgt. »Das ist schlecht. Reg dich, Freund, beweg dich. Du darfst nicht einfrieren.« Er begann wieder auf ihm herumzutrommeln und ihm ins Gesicht zu schlagen, bis Forester aufheulend um Erbarmen bat; jetzt spürte er die Schmerzen in der Brust wieder.
Kurz nach zwei Uhr morgens brach der Schnee-Überhang über die Höhle herunter.
Rohde und Forester waren beide inzwischen in gefährlich halbtotem Zustand; sie waren in eine kaum mehr bewußte Welt der Kälte und Fühllosigkeit abgesackt. Rohde hörte das vorausgehende Knirschen und Ächzen und regte sich schwach, sank aber wieder kraftlos zurück. Dann folgte ein Krach wie die Explosion einer Bombe, als der Überhang herunterbrach, und eine Wolke eiskalten Pulverschnees trieb in den Unterschlupf hinein, die ihnen den Atem nahm.
Rohde kämpfte gegen sie an und schwenkte die Arme in Schwimmbewegungen, während die Schneeflut seine Beine

bedeckte und zu seiner Brust heraufkroch. Er brüllte Forester zu: »Halt dir einen Platz frei!«

Forester stöhnte protestierend auf und bewegte nutzlos die Hände, aber glücklicherweise hielt der Schnee in seinem Vordringen inne, als er sie bereits bis zu den Schultern zugeweht hatte. Nach einem langen, allmählich ersterbenden Rumpeln und Grollen, das aus unendlicher Ferne zu kommen schien, wurde ihnen auf einmal bewußt, daß alles unnatürlich still war; der Lärm des Schneesturms, der so lange gegen ihre Ohren getrommelt hatte, daß sie ihn gar nicht mehr spürten, hatte aufgehört, und es herrschte ein lautloses, ohrenbetäubendes Schweigen.

»Was ist passiert?« murmelte Forester. Irgend etwas hielt seine Arme fest umklammert, und er konnte sie nicht frei machen. Von plötzlicher Panik erfaßt, begann er verzweifelt dagegen anzukämpfen, bis Rohde brüllte: »Halt dich ruhig!« Seine Stimme dröhnte in dem kleinen, engen Raum.

Eine Weile lang lagen sie still; dann regte Rohde sich vorsichtig und tastete nach seinem Eispickel. Der Schnee, in den er eingebettet lag, war flockig und locker und nicht fest zusammengebacken, und er stellte fest, daß er die Arme nach oben bewegen konnte. Nachdem er die Arme frei gemacht hatte, wischte er sich den Schnee vom Gesicht und begann ihn wie Verputz fest gegen die Wand der Höhle zu drücken. Er wies Forester an, das gleiche zu tun, und es dauerte nicht lange, bis sie sich so weit freigeschaufelt hatten, daß sie sich rühren konnten. Rohde suchte in seiner Tasche nach Streichhölzern und versuchte, eins anzuzünden, aber sie waren durchnäßt, und die Köpfe bröckelten an der Reibfläche ab.

»Ich hab' ein Feuerzeug«, sagte Forester mühsam, und Rohde hörte ein Schnappen und sah eine grelle Flamme aufleuchten. Er wandte die Augen ab und blickte sich um. Die Flamme brannte völlig ruhig und still, ohne zu flackern, und nun wußte er, daß sie verschüttet waren. Vor ihnen, wo die Öffnung der Höhle gewesen war, stand eine feste, undurchlässige Wand aus zusammengebackenem Schnee.

»Wir müssen ein Loch machen, oder wir ersticken«, sagte er und tastete im Schnee nach der kleinen Axt. Er brauchte lange, um sie zu finden, und seine Finger stießen auf mehrere andere Stücke ihrer unzureichenden Ausrüstung, die er sorgfältig beiseite legte - von jetzt an wurde alles gebraucht. Schließlich fand er die Axt und begann im Sitzen, während der Schnee mit seiner Last seine Beine festhielt, auf die Mauer vor sich einzuhacken. Sie war zwar fest zusammengebacken, aber nicht so hart wie das Eis, aus dem die Höhle herausgehauen hatte, und er machte rasche Fortschritte. Allerdings hatte er keine Ahnung, wie dick die Mauer war und durch welche Schneemasse er sich durchhauen mußte, bis er nach außen durchstieß. Es konnte sein, daß die abgestürzte Schneemasse sich über die ganze Breite des Simsvorsprungs zwischen der Eismauer und dem Rand der Felsklippe erstreckte, und in diesem Fall würde er direkt über dem schwindelnden Abgrund herauskommen.

Er verbannte diese Möglichkeit aus seinen Gedanken und arbeitete beharrlich weiter. Er machte das Loch nur so groß, wie er es brauchte, um darin arbeiten zu können. Forester nahm den Schnee in Empfang, den er aus dem Loch herauskratzte, und schichtete ihn auf der Seite auf. Nach einer Weile sagte er: »Wenn das so weitergeht, bleibt uns nicht viel Platz hier drinnen.«

Rohde sagte nichts. Er arbeitete weiter im Dunkeln, denn er hatte die kleine Flamme des Feuerzeugs ausgeblasen. Er arbeitete nach dem Tastsinn und war schließlich so tief in die Mauer eingedrungen, wie es mit der kleinen Axt möglich war; sein Arm steckte bis zur Schulter in dem Loch, das er gegraben hatte. Er war noch immer nicht auf die andere Seite durchgestoßen und sagte schließlich unvermittelt: »Den Eispickel.«

Forester reichte ihm den Eispickel, Rohde führte ihn in das Loch ein und stieß ihn mit kräftigen Stößen vor. Das Loch war zu eng, und er hatte nicht genügend Spielraum, um mit diesem langen Pickel Schnee herauszukratzen, folglich drückte und stieß er ihn mit reiner Muskelkraft immer tiefer hinein. Zu seiner Erleichterung gab der Schnee plötzlich nach, und ein willkommener Luftzug drang herein. Erst jetzt wurde ihm klar, wie übel und verbraucht die Luft in der Höhle war. Er klappte zusammen, fiel halb auf Forester drauf und holte keuchend vor Anstrengung tief Atem.

Forester gab ihm einen Schubs, und er rollte von ihm herunter. Nach einer Weile sagte er: »Die abgestürzte Schneemauer ist ungefähr zwei Meter dick - wir dürften keine große Mühe haben durchzukommen.«

»Dann machen wir uns am besten gleich dran«, sagte Forester.

Rohde erwog das Vorhaben und entschloß sich dann dagegen.

»Hier drinnen sind wir möglicherweise noch am besten aufgehoben. Es ist wärmer hier drin, und der Schnee schirmt uns gegen den Wind ab. Wir müssen nur das Loch offenhalten. Es wird kein Absturz mehr kommen.«
»Gut«, sagte Forester. »Du bist der Chef.«
Wärme war ein relativer Begriff. Rohde war bei der Arbeit kräftig ins Schwitzen geraten, und er spürte jetzt, wie der Schweiß unter den Kleidern zu Eis gefror. Er zog sich mit einiger Mühe nackt aus und ließ sich von Forester den ganzen Körper abreiben. Forester mußte lachen, während er ihn massierte, und sagte: »Ganz neue Erfindung - Eisdampfbad. Das muß ich in New York einführen. Damit können wir reich werden.«
Rohde zog sich wieder an und fragte: »Wie geht's dir?«
»Gottverdammt kalt«, sagte Forester. »Sonst in Ordnung.«
»Der Schrecken hat uns gutgetan«, sagte Rohde. »Wir waren schon halb hinüber - das darf uns nicht noch einmal passieren. Wir haben noch drei Stunden bis Tagesanbruch - reden und singen wir inzwischen.«
Also sangen sie frisch und lustig drauflos, und der Schall hallte in der engen Eishöhle dröhnend wider. »Weißt du, wie wir klingen?« sagte Forester. »Wie zwei verdammte Badezimmer-Carusos.«


Eine halbe Stunde vor Tagesanbruch begann Rohde, das Loch zu verbreitern, damit sie hinauskriechen konnten, und trat schließlich hinaus in die graue Welt tobender Winde und wirbelnden Schneetreibens. Forester bekam einen Schrecken, als er sah, wie es draußen aussah. Trotz des Tageslichts konnte man kaum zehn Meter weit sehen, und der Wind schien wie mit Nadeln durch ihn hindurchzustechen. Er legte die Lippen dicht an Rohdes Ohr und brüllte:
»Ziemlich zugig, was?«
Rohde wandte sich um und zog die Lippen zu einem zähnefletschenden Grinsen hoch. »Wie geht's deiner Brust?«
Die Brust tat höllisch weh, aber Forester lächelte verbindlich. »Es geht. Bestimm du, wie wir gehen. Ich komme mit.« Es war ihm klar, daß sie noch eine Nacht auf dem Berg nicht überleben würden - sie mußten ganz einfach an diesem Tag über den Paß gelangen, sonst war es um sie geschehen.
Rohde deutete mit dem Eispickel aufwärts. »Der Überhang

schichtet sich wieder neu auf, aber es ist nicht so arg; wir können hinauf. Pack die Tornister zusammen.«
Er trat zu der Eiswand und begann geschickt, Stufen hineinzuhakken, während Forester die Ausrüstung wieder zusammenpackte. Viel war es nicht - einiges war unter dem Schneesturz verschüttet und verloren, und einiges hatte Rohde weggeworfen, weil es bei diesem letzten, verzweifelten Anlauf nur unnötiges Gewicht gewesen wäre. Sie nahmen nur das Lebensnotwendigste mit.
Rohde hackte, während er auf halbwegs festem Boden stand, Stufen so hoch in die fünf Meter hohe Eiswand, wie er reichen konnte, kletterte dann hinauf, seilte sich an Kletterhaken an und hackte nach Kräften weiter. Er dachte an Forester und schnitt die Stufen sehr tief ein, und er brauchte fast eine Stunde, bis er sicher war, daß Forester die Wand wohlbehalten hinaufklettern konnte.
Sie zogen die Tornister an einem Seil hinauf, und dann begann Forester, an Rohde angeseilt, den Anstieg. Es war das schwierigste Unternehmen, das er in seinem ganzen Leben zu bewältigen gehabt hatte. Normalerweise wäre er die Stufen, die Rohde gehackt hatte, beinahe wie ein Wiesel hinaufgelaufen, aber jetzt verbrannte ihm das nackte Eis sogar durch die Handschuhe die Hände, sein Brustkasten tat weh, er verspürte scharfe, stechende Schmerzen, als er die Arme über den Kopf hob, und fühlte sich so schwach und erschöpft, als habe man ihm den letzten Rest Lebensatem abgezapft. Aber er schaffte es und klappte zu Rohdes Füßen zusammen. Hier oben war der Wind ein heulender Teufel; er kam mit voller Wucht von der Paßhöhe herab und führte dicke Wolken Pulverschnee und Eiskörner mit sich, die in Gesicht und Hände wie Nadeln stachen ... Der Lärm war unbeschreiblich, ein ohrenbetäubender Aufruhr, der aus einer Eishölle herausbrüllte. Rohde beugte sich über Forester, schirmte ihn gegen den ärgsten Luftdruck ab und brachte ihn dazu, sich aufzusetzen. »Hier kannst du nicht sitzen bleiben«, brüllte er. »Wir müssen weiter. Jetzt kommt keine schwierige Kletterei mehr - nur noch der Abhang zur Paßhöhe hinauf und dann auf der anderen Seite hinunter.«
Forester zuckte zusammen, während die Eiskörner ihm wie Glassplitter ins Gesicht drangen, und blickte dann auf und in Rohdes harte, unbezwingbare Augen. »Gemacht, mein Kleiner«, krächzte er heiser. »Wo du hingehst, da kann ich auch hin.«
Rohde drückte ihm einige Coca-Tabletten in die Hand. »Die wirst

du brauchen.« Er machte das Seil um Foresters Hüften fest und hob dann die beiden Tornister an, um versuchsweise festzustellen, wie schwer sie waren. Dann riß er sie auf und legte ihren Inhalt zu einem Packen zusammen, den er sich trotz Foresters Widerspruch auf den Rücken schnallte. Die leere Tornisterhülle wurde unverzüglich vom Wind gepackt und verschwand über die Felsklippen hinweg in der grauen Endlosigkeit des Schneesturms.
Forester torkelte auf die Füße und folgte Rohdes Fußspuren im Schnee. Er zog die Schultern hoch, hielt den Kopf nach unten und starrte auf seine Füße, um nicht den schmerzenden Wind ins Gesicht zu bekommen. Er wickelte sich die Deckenkapuze um den Unterteil des Gesichts, konnte aber seine Augen nicht schützen, die sich röteten und entzündeten. Einmal sah er auf, und der Wind fuhr ihm direkt in den Mund und verschlug ihm so völlig den Atem, als habe er einen Faustschlag in die Magengrube erhalten. Er senkte rasch den Kopf wieder und trottete weiter.
Der Abhang war nicht sehr steil, viel weniger steil als unterhalb der Felsklippen, aber das bedeutete, daß sie, um Höhe zu gewinnen, entsprechend länger zu marschieren hatten. Er versuchte, es sich auszurechnen. Sie mußten noch etwa dreihundert Meter hinauf, und der Abhang hatte eine Steigung von etwa dreißig Grad, das machte also - aber sein betäubter Verstand blieb in dem trigonometrischen Gewirr stecken, und er gab die Berechnung auf.
Rohde stapfte weiter durch den tiefen Schnee und sondierte vor jedem Schritt den Boden vor sich mit dem Eispickel. Der Wind kreischte und zwickte und kniff ihn mit eisigen Fingern. Er konnte höchstens zehn Meter weit sehen, aber er verließ sich darauf, daß der Berghang ein ausreichender Wegweiser zur Paßhöhe war. Er hatte den Anstieg zum Paß von dieser Seite noch nie gemacht, aber er hatte von der Höhe herabgeblickt und hoffte, er erinnere sich richtig und das, was er Forester gesagt hatte, stimme tatsächlich - daß keine ernstliche Kletterei mehr kam, sondern nur dieses beharrliche Einherstapfen.
Wäre er allein gewesen, so wäre er wesentlich rascher marschiert, aber er ging absichtlich langsamer, um Forester zu helfen. Außerdem sparte er auf diese Weise an seinen eigenen Kräften, die ja schließlich nicht unerschöpflich waren, obwohl er sich in besserem Zustand befand als Forester. Aber andererseits war er ja auch nicht über eine Felswand abgestürzt. Er ging ebenso wie Forester tief vornüber gebeugt; der Wind zerrte an seiner Kleidung, und

der Schnee überzog seine Kapuze mit einer immer dicker werdenden Eisschicht. Nach einer Stunde kamen sie zu einer leichten Senke, wo der Abhang zurückwich und der Boden fast eben war. Hier hatte der Wind Schneewehen angehäuft, der Schnee war tief und wurde immer tiefer, je weiter sie vorwärtsschritten. Rohde hob den Kopf und blickte hinauf; er legte die Hand schützend vor die Augen und spähte durch die Schlitze zwischen den Fingern. Es war nichts zu sehen außer dem grauen Wirbel, in den sie eingeschlossen waren. Er wartete, bis Forester ihn eingeholt hatte, und rief dann laut: »Bleib hier und wart auf mich, ich gehe ein kleines Stück vor.«
Forester nickte müde und sank in den Schnee; er kehrte dem Wind den Rücken zu und kauerte sich wie ein Embryo zusammen. Rohde löste das Seil von seiner Hüfte, ließ es neben Forester in den Schnee fallen und ging weiter. Nach einigen Schritten wandte er sich um und sah die undeutlichen Umrisse von Foresters hockender Gestalt und zwischen sich und ihm die von seinen Füßen eingedrückte Schneekruste. Er war jetzt sicher, daß er den Weg zurückfinden würde, indem er seinen eigenen Fußspuren folgte, und marschierte weiter in den Schneesturm hinein.
Forester steckte noch eine Coca-Tablette in den Mund und kaute sie langsam. Seine behandschuhte Hand war zu ungeschickt, er zog den Handschuh aus, um die Tablette aus der anderen Handfläche zu nehmen. Er war bis ins Mark der Knochen durchfroren und gefühllos; der Mund war das einzige an ihm, was angenehm warm war, aber es war eine synthetische, von der Coca-Tablette hervorgerufene Wärme. Er hatte jegliches Zeitgefühl eingebüßt; seine Uhr war schon längst stehengeblieben, und er hatte keine Ahnung, wie lange sie schon den Berghang entlangstapften, seit sie die Eiswand hinaufgeklettert waren. In der Kälte war anscheinend nicht nur sein Körper, sondern auch sein Geist und Verstand eingefroren; er hatte den deutlichen Eindruck, daß sie schon mehrere Stunden unterwegs waren – aber vielleicht waren es auch erst ein paar Minuten; er wußte es nicht. Er wußte nur, daß es ihm ziemlich gleichgültig war. Es kam ihm vor, als sei er dazu verdammt, in alle Ewigkeit in dieser kalten und öden Bergwelt herumzuklettern.
Er lag längere Zeit völlig teilnahmslos im Schnee; dann, als die Coca-Tablette zu wirken begann, rappelte er sich auf, drehte sich um und spähte in die Richtung, in der Rohde davongegangen war.

Der Wind peitschte sein Gesicht, er ruckte herum und hielt die Hand hoch und bemerkte wie geistesabwesend, daß seine Knöchel sich zu einem schuppigen Eidechsen-Blau verfärbt hatten und seine Finger von den windgepeitschten Eiskörnern geritzt und zerschnitten waren.
Rohde war nirgends zu sehen. Forester wandte sich wieder herum, und ein leises Panikgefühl stieg ihm aus dem Magen hoch. Wenn Rohde ihn womöglich nicht wiederfand - was dann? Aber seine Gedanken waren zu gelähmt und träge, zu betäubt von der Kälte und dem Coca, als daß sie seinen Körper zu irgendwelcher Aktivität hätten antreiben können, und er sackte wieder in den Schnee, wo Rohde ihn fand, als er zurückkam.
Er wachte davon auf, daß Rohde ihn heftig an der Schulter schüttelte. »Reg dich, Mensch. Du darfst nicht einfach dasitzen und einfrieren. Reib dir das Gesicht und zieh deinen Handschuh an.«
Er hob mechanisch die Hand und tappte an seinem Gesicht herum. Er spürte überhaupt keine Berührung, seine Hand und sein Gesicht waren von der Kälte völlig gefühllos. Rohde schlug ihm zweimal mit der flachen Hand kräftig ins Gesicht, und Forester ärgerte sich.
»Schon gut«, krächzte er, »kein Grund, mich zu ohrfeigen.« Er schlug die Hände zusammen, bis der Blutkreislauf wieder in Gang kam, und begann dann, sein Gesicht zu massieren.
Rohde rief laut: »Ich bin ungefähr zweihundert Meter gegangen - der Schnee geht einem bis zur Hüfte und wird immer tiefer. In der Richtung können wir nicht weitergehen; wir müssen außen herum.«
Einen Augenblick lang kam Forester die Verzweiflung an. Hörte das denn nie auf? Würden sie je ans Ende gelangen? Er stand torkelnd auf und wartete, bis Rohde sich wieder angeseilt hatte; dann folgte er ihm in eine Richtung, die im rechten Winkel zu ihrem bisherigen Kurs verlief. Sie marschierten jetzt quer über den Abhang, der Wind traf sie von der Seite, seine Püffe und Stöße drohten sie umzuwerfen, und sie mußten sich scharf gegen den Wind stemmen, um mühsam im Gleichgewicht zu bleiben.
Der von Rohde gewählte Weg führte außen um die tiefen Schneewehen herum, aber Rohde gefiel es gar nicht, daß sie dabei an Höhe verloren. Er versuchte immer wieder, gerade auf die Paßhöhe zuzugehen, und wurde jedesmal von dem tiefer werdenden Schnee wieder zurückgezwungen. Endlich fand er einen Weg hin-

auf, wo der Hang steiler und die Schneedecke dünner wurde, und jetzt, den Sturm wieder im Gesicht, stiegen sie wieder an.
Forester folgte in halb bewußtloser Betäubung und setzte mechanisch schlurfend einen Fuß vor den anderen. Ab und zu hob er vorsichtig die Augen und gewahrte undeutlich Rohdes schneeumhüllte Gestalt vor sich, und nach einer Weile konnte er an überhaupt nichts anderes mehr denken, als Rohde im Blick und das Seil schlaff zu halten. Gelegentlich stolperte er und fiel vornüber, und das Seil straffte sich; dann wartete Rohde geduldig, bis er wieder auf den Füßen war, und sie stapften weiter aufwärts - stetig aufwärts.
Plötzlich blieb Rohde stehen, und Forester schlurfte zu ihm heran. Ein leiser Unterton der Verzweiflung schwang in Rohdes Stimme mit, als er mit dem Eispickel nach vorn wies. »Felsen«, sagte er langsam. »Wir sind wieder auf Felsen geraten.« Er stieß mit dem Eispickel auf das eisüberzogene Gestein, und das Eis zersprang. Er stieß noch einmal gegen den nackten Fels, und das Gestein zerbröckelte, und seine Splitter und Krümel fielen wie Schmutzflecken in den reinen, weißen Schnee. »Das Gestein ist morsch«, sagte Rohde. »Das ist äußerst gefährlich. Und außerdem noch Glatteis.«
Forester zwang sein träges Gehirn, sich zu betätigen. »Wie weit hinauf, glaubst du, reicht es?«
»Wer weiß?« fragte Rohde. Er drehte sich um und hockte sich mit dem Rücken zum Wind nieder, und Forester folgte seinem Beispiel. »Hier können wir nicht hinaufklettern. Es war noch schlimm genug gestern auf der anderen Seite des Gletschers, als wir noch frisch waren und kein Wind blies. Das hier jetzt zu versuchen, wäre der helle Wahnsinn.« Er schlug die Hände gegeneinander.
»Vielleicht ist es nur eine vereinzelte ausgebissene Stelle«, meinte Forester. »Wir können ja nicht sehr weit sehen.«
Rohde griff nach dem Eispickel. »Warte hier. Ich werde nachsehen.«
Wieder einmal ließ er Forester zurück und krabbelte allein aufwärts. Forester hörte durch den Lärm des Windes hindurch das beharrliche Hacken des Eispickels, und Eisstücke und Gesteinskrümel fielen aus der grauen Düsternis herab. Er steckte das Seil aus, wenn Rohde anruckte, die Kapuze flatterte ihm lose um den Kopf, und der Wind biß ihn scharf in die Wangen.

Er hatte gerade die Hand gehoben, um sich die Kapuze wieder um das Gesicht zu wickeln, als Rohde stürzte. Forester hörte einen schwachen Ruf und sah die formlose Gestalt aus dem kreischenden Aufruhr von oben auf sich zukollern. Er packte das Seil, drehte sich um und grub die Absätze fest in den Schnee, um den plötzlichen Ruck aufzufangen und zu halten. Rohde kollerte, ohne sich halten zu können, an ihm vorbei und rutschte den Abhang hinunter, bis das Ende des Seils ihn mit einem Ruck, der Forester beinahe umwarf, zum Halten brachte.
Forester hielt das Seil fest, bis er sicher war, daß Rohde nicht weiter hinunterrutschen würde. Er sah, wie er sich regte und herumrollte, um sich aufzusetzen, und sein Bein rieb. Er rief: »Miguel, ist dir was passiert?« und stapfte dann zu ihm hinab.
Rohde wandte das Gesicht zu ihm hinauf, und Forester sah, daß jedes einzelne Haar seiner Bartstoppeln mit Rauhreif überzogen war. »Mein Bein«, sagte er. »Ich habe mir das Bein verletzt.«
Forester beugte sich über ihn, streckte das Bein gerade und tastete es mit den Fingern ab. Das Hosenbein war zerrissen, und als Forester die Hand hineinsteckte, fühlte er klebrigfeuchtes Blut. Nach einer Weile sagte er: »Es ist nicht gebrochen, aber du hast es dir böse aufgeschrammt.«
»Die Sache da oben ist unmöglich«, sagte Rohde mit schmerzverzerrtem Gesicht. »Kein Mensch kann da hinaufklettern – nicht einmal bei gutem Wetter.«
»Wie weit reicht der Felsen?«
»So weit, wie ich sehen konnte, aber das war nicht sehr weit.« Er hielt inne. Dann sagte er: »Wir müssen zurück und die andere Seite versuchen.«
Forester war entsetzt. »Aber auf der anderen Seite ist der Gletscher. Wir können bei diesem Wetter nicht über den Gletscher hinüber.«
»Vielleicht finden wir diesseits des Gletschers einen guten Weg hinauf«, sagte Rohde. Er wandte den Kopf und sah hinauf zu den Felsen, von denen er abgestürzt war. »Eins ist mal sicher – dieser Weg ist unmöglich.«
»Wir brauchen irgendwas, um das Hosenbein hier zusammenzubinden. Ich verstehe ja nicht viel davon, aber ich glaube nicht, daß es sehr gut wäre, wenn die offene Fleischwunde erfrieren würde.«
»Der Rucksack«, sagte Rohde. »Hilf mir mit dem Rucksack.« Forester half ihm, den Rucksack von den Schultern zu nehmen. Er

schüttelte den Inhalt in den Schnee aus und riß den Schlafdeckenstoff in Streifen, die er fest um Rohdes Bein wickelte. »Unsere Ausrüstung wird weniger und weniger«, sagte er. »Etwas von diesem Zeug kann ich in meine Taschen stopfen, aber nicht viel.«
»Nimm den Primus-Kocher«, sagte Rohde. »Und etwas Kerosin. Wenn wir bis zum Gletscher zurück müssen, finden wir vielleicht eine windgeschützte Stelle unter einem Eisfall, wo wir uns ein heißes Getränk machen können.«
Forester steckte die Paraffin-Flasche und eine Handvoll Bouillonwürfel in die Tasche und hängte sich den Kocher an einem Stück elektrischen Leitungsdrahtes über die Schulter. Rohde setzte sich plötzlich auf und zuckte bei dem unerwarteten Druck auf sein Bein schmerzhaft zusammen. »Der Eispickel«, sagte er völlig außer sich. »Wo ist er?«
»Ich habe ihn nicht gesehen«, antwortete Forester.
Sie blickten beide den Abhang hinab in die wirbelnde graue Dunkelheit, und Rohde verspürte eine plötzliche Leere in der Magengrube. Der Eispickel war unersetzlich wertvoll gewesen, ohne ihn wären sie nie bis hierher gekommen, und er bezweifelte, daß sie ohne ihn bis zur Paßhöhe gelangen würden. Er sah hinab und bemerkte, daß seine Hände heftig zitterten und er keine Gewalt über sie hatte, und jetzt wußte er, daß er nahe am Ende seiner Kräfte war - der körperlichen und der geistigen.
Aber Forester verspürte neuen Schwung und Zuversicht. »Na und, was hat das schon zu bedeuten?« sagte er. »Dieser verfluchte Berg hat sein Äußerstes getan, um uns umzubringen, und es ist ihm bis jetzt nicht gelungen - und ich schätze, daß es ihm auch nicht gelingen wird. Wenn wir es bis hierher geschafft haben, dann schaffen wir den Rest auch noch. Es sind nur noch hundertsiebzig Meter bis hinauf zur Paßhöhe - lausige hundertsiebzig Meter - hörst du, Miguel?«
Rohde lächelte müde. »Aber wir müssen wieder hinunter.«
»Na und? Das ist doch nur, damit wir rascher vorwärtskommen. Ich werde jetzt vorangehen. Ich kann deinen Fußspuren folgen bis zu der Stelle, wo wir abgebogen sind.«
Angetrieben von dieser Zuversicht, die alle Vernunftgründe einfach in den Wind schlug, machte Forester sich auf den Weg hinab, und Rohde hinkte hinterdrein. Es fiel Forester ziemlich leicht, ihren Fußspuren zu folgen, und er folgte ihnen getreulich, auch wenn sie hin und her schwankten, wo Rohde abgewichen war. Er

besaß nicht das gleiche Zutrauen zu seinen Pfadfinder-Fähigkeiten, das er bei Rohde hatte, und war sich bewußt, daß er die Spur, wenn er sie im Schneegestöber verlor, nie wiederfinden würde. Und als sie an die Stelle kamen, wo sie nach rechts abgebogen und quer über den Berghang gegangen waren, stellte sich in der Tat heraus, daß die Spur von den Schneewehen nahezu ausgelöscht und so schwach war, daß sie kaum mehr zu sehen war.
Forester blieb stehen, damit Rohde aufholen konnte. »Wie geht's dem Bein?«
Rohde knurrte:
»Die Schmerzen haben aufgehört. Es ist ganz gefühllos – und völlig steif.«
»Dann werde ich den Weg eintreten«, sagte Forester. »Du solltest dich lieber ein Weilchen nicht zu sehr anstrengen.« Er lächelte ihm zu und spürte dabei, wie steif von der Kälte seine Wangen waren. »Du kannst das Seil als Zügel verwenden und mich damit lenken – wenn du einmal ziehst, gehe ich nach links, zweimal, nach rechts.«
Rohde nickte, sagte aber nichts, und sie marschierten weiter. Forester fand, daß er in dem frischen, noch nicht gebrochenen Schnee schwerer vom Fleck kam, besonders da er den Eispickel nicht hatte, um den Boden vor sich abzutasten. Vorläufig geht es hier noch, dachte er, es sind keine Risse und Spalten da – aber es wird verdammt kitzlig werden, wenn wir über den Gletscher hinüber müssen. Trotz des mühevollen Vorwärtskommens fühlte er sich geistig in besserer Verfassung als vorher; daß er die Führung innehatte, hielt ihn wach und zwang sein hämmerndes Gehirn zu arbeiten.
Er hatte den Eindruck, daß der Wind nicht mehr ganz so stark war, und er hoffte, er sei im Abflauen. Von Zeit zu Zeit folgte er Rohdes Lenkung und schwenkte nach rechts ab, geriet aber jedesmal in tiefe Schneewehen und mußte zur vorherigen Marschrichtung zurückkehren. Sie gelangten zu dem Eissäulengewirr des Gletschers, ohne eine gute Anstiegsmöglichkeit zur Paßhöhe gefunden zu haben.
Forester sank im Schnee auf die Knie und spürte, wie ihm vor Enttäuschung die Tränen in die Augen traten. »Was machen wir jetzt?« fragte er – nicht daß er eine aufmunternde Antwort erwartet hätte.
Rohde sank halb sitzend, halb liegend neben ihm nieder und

streckte das steife Bein von sich. »Wir gehen ein Stückchen in den Gletscher hinein und suchen uns einen Unterschlupf«, sagte er. »Da drinnen wird der Wind nicht so schlimm sein.« Er sah auf die Uhr und hielt sie dann prüfend ans Ohr. »Es ist zwei Uhr - noch vier Stunden, bis es Nacht wird. Wir können es uns zwar mit der Zeit nicht leisten, aber wir müssen trotzdem etwas Warmes trinken, wenn es auch nur heißes Wasser ist.«
»Zwei Uhr«, sagte Forester bitter. »Mir ist zumute, als ob ich seit hundert Jahren um diesen Berg herumwandere und mit jeder einzelnen verdammten Schneeflocke persönlich Bekanntschaft gemacht hätte.«
Sie gingen weiter, in den wirren Eis-Irrgarten des Gletschers hinein, und Forester hatte Todesangst vor verborgenen Spalten. Zweimal versank er bis zu den Achseln in tiefem Schnee, und Rohde hatte Mühe, ihn wieder herauszuzerren. Schließlich fanden sie, wonach sie gesucht hatten - eine kleine Ritze im Eis, die vom Wind geschützt war -, und sanken erleichtert in den Schnee. Es war eine Erlösung, die schneidende Schärfe des Windes nicht mehr zu spüren.
Rohde setzte den Primus-Kocher zusammen, zündete ihn an und ließ etwas Schnee schmelzen. Wie schon zuvor, wurde ihnen von dem fetten Fleischgeschmack der Bouillon übel, und sie mußten sich mit heißem Wasser begnügen. Forester spürte, wie die Wärme vom Magen in seinen ganzen Leib ausstrahlte, und fühlte sich merkwürdig behaglich und zufrieden. »Wie weit sind wir hier von der Paßhöhe?« fragte er.
»Vielleicht zweihundertdreißig Meter«, sagte Rohde.
»Ja, wir sind ungefähr siebzig Meter heruntergerutscht, durch das Zurückgehen.« Forester gähnte. »Himmel, ist das angenehm, aus dem Wind heraus zu sein. Ich fühle mich gute hundert Prozent wärmer - womit ich ungefähr auf dem Gefrierpunkt wäre.«
Er zog die Jacke fester um sich zusammen und betrachtete Rohde aus halbgeschlossenen Augen. Rohde sah leeren Blicks in die Flamme des Kochers, und seine Augen waren glasig vor Erschöpfung.
So lagen sie in ihrem Eisschlupfwinkel, während der Wind um sie herum heulte und kleine Schneewirbel in ihren schützenden Hafen der Stille hineintrieb.

Rohde träumte.
Er träumte seltsamerweise, daß er schlafe - in einem riesigen Federbett, in das er sich mit wollüstigem Genuß hineinsinken ließ. Das Bett hüllte ihn in weiches Behagen ein und schien seinen müden Körper zu stützen und gleichzeitig hinabsinken zu lassen. Er selbst und das Bett fielen langsam in einen tiefen Abgrund hinab, sie sanken hinab und hinab und immer tiefer hinab, und plötzlich begriff er zu seinem Schrecken, daß dies das wohlige Behagen des Todes war: wenn er den Boden des Abgrundes erreichte, würde er sterben.
Er mühte sich verzweifelt, aufzustehen, aber das Bett ließ ihn nicht los; das Bettzeug klebte an ihm und hielt ihn fest, und er vernahm das irre Kichern ganz hoher Piepstimmen, die ihn auslachten. Er bemerkte, daß er ein langes, scharfes Messer in der Hand hielt, und stach mit ihm mehrmals in das Bett hinein. Die Stiche zerfetzten die Decke, und eine Fontäne von Federn wirbelte vor seinen Augen in die Luft.
Er erschrak und schrie auf und öffnete die Augen. Der Aufschrei kam als ein mühseliges, mißtönendes Krächzen heraus, und er sah, daß die Federn Schneeflocken waren, die im Wind tanzten, und daß dahinter die Einöde des Gletschers lag. Er war völlig betäubt von der Kälte, und seine sämtlichen Gliedmaßen waren steif, und er wußte: wenn er jetzt einschliefe, würde er nicht wieder erwachen.
Der ganzen Umwelt haftete etwas Merkwürdiges an, und er dachte nach, und plötzlich wußte er es - der Wind war abgeflaut. Er stand mühsam auf und sah nach dem Himmel; der Nebeldunst verzog sich, und durch die sich auflösenden Schwaden gewahrte er ein schwaches Fleckchen blauen Himmels.
Er drehte sich zu Forester um, der kraftlos hingestreckt dalag, den Kopf zur Seite gedreht und die Wange auf dem Eis, und überlegte, ob er wohl tot sei. Er beugte sich zu ihm herab und schüttelte ihn, und Foresters Kopf rollte ihm auf die Brust. »Wach auf«, sagte Rohde, und die Worte kamen ihm rostig aus der Kehle. »Wach auf - komm schon, wach auf!«
Er packte Forester bei der Schulter und rüttelte ihn, und Foresters Kopf rollte kraftlos herum, beinahe als sei ihm das Genick gebrochen. Rohde ergriff sein Handgelenk und fühlte seinen Puls; er spürte ein ganz schwaches Flattern unter der kalten Haut und wußte, daß Forester am Leben war - aber nur ganz knapp.

Der Primus-Kocher war leer – Rohde war eingeschlafen, während er noch brannte –, aber in der Flasche waren noch ein paar Tropfen Kerosin zurückgeblieben. Er goß sie in den Kocher und wärmte etwas Wasser, mit dem er Foresters Stirn wusch, in der Hoffnung, die Wärme werde irgendwie eindringen und sein Gehirn auftauen. Nach einer Weile regte Forester sich schwach und murmelte etwas Unzusammenhängendes.
Rohde klatschte ihm mit der flachen Hand ins Gesicht. »Wach auf! Jetzt darfst du nicht mehr schlappmachen!« Er zerrte Forester auf die Füße, aber Forester sackte sofort wieder zusammen. Rohde zerrte ihn nochmals hoch und stützte ihn. »Du mußt gehen, laufen, du darfst nicht schlafen«, sagte er. Er kramte in der Tasche und fand noch eine letzte Coca-Tablette, die er Forester in den Mund zwängte. »Kau!« brüllte er ihn an. »Kau und lauf!«
Forester kam allmählich zu sich – zwar nicht zu vollem Bewußtsein, aber gerade genug, um automatisch seine Beine zu bewegen, und Rohde marschierte mit ihm auf und ab, um das Blut wieder in Umlauf zu bringen. Dabei redete er die ganze Zeit auf ihn ein, nicht etwa, weil er meinte, Forester könne ihn verstehen, sondern um das Todesschweigen zu brechen, das jetzt den Berg einhüllte, nachdem der Wind aufgehört hatte. »Noch zwei Stunden bis zum Anbruch der Nacht«, sagte er. »In zwei Stunden ist es dunkel. Wir müssen vorher auf der Paßhöhe sein – lange vorher. So, jetzt steh mal still, damit ich das Seil festmachen kann.«
Forester stand gehorsam still und schwankte ein wenig auf den Füßen hin und her, während Rohde ihm das Seil um den Leib festmachte. »Kannst du mir folgen? Wirst du es können?«
Forester nickte langsam mit halb geöffneten Augen.
»Also gut«, sagte Rohde. »Dann komm jetzt.«
Er ging voran, hinaus aus dem Gletscher und den Berghang hinauf. Der Nebel war weg, und er konnte bis zur Paßhöhe hinaufsehen; sie schien nur einen Schritt entfernt – einen langen Schritt. Unter ihnen lag ein einziges, ununterbrochenes weißes Wolkenmeer, das in der späten Nachmittagssonne in greller Helligkeit erstrahlte. Die Wolkendecke sah so fest aus, als könne man über sie hinweggehen.
Er blickte die schneebedeckten Abhänge hinauf und sah sofort, was ihnen in der Dunkelheit des Schneesturms entgangen war – eine deutliche gratartige Erhöhung, die bis zur Paßhöhe hinauflief. Auf dieser erhöhten Bodenwelle würde die Schneedecke vor-

aussichtlich dünn sein, und sie würden leicht vorankommen. Er ruckte am Seil, tat einige Schritte und warf dann einen Blick zurück, um festzustellen, wie Forester zurechtkam.
Forester steckte tief in einem eiskalten Alptraum. Ihm war so warm gewesen, so wundervoll gemütlich warm, bis Rohde ihn so grob aus der Wärme heraus und zurück in die Berge gezerrt hatte. Was war bloß in den Kerl gefahren? Konnte er einen nicht schlafen lassen, wenn man nun mal schlafen wollte? Wozu mußte er einen den Berg hinaufzerren? Aber Rohde war gut und richtig, ein tadelloser Bursche, und deshalb würde er tun, was er ihm sagte - aber wozu war das Ganze eigentlich? Wozu war er eigentlich hier auf diesem Berg?
Er versuchte, darüber nachzudenken, aber er kam der Sache nicht auf den Grund. Er entsann sich undeutlich an einen Sturz über den Rand einer Steilwand und daran, daß dieser Bursche Rohde ihm das Leben gerettet hatte. Himmel, das sollte eigentlich reichen, nicht? Wenn einer einem das Leben rettet, dann hat er immerhin ein gewisses Recht, einen nachher ein bißchen herumzuschubsen. Er wußte nicht, was Rohde eigentlich wollte, aber das hatte nichts zu sagen, er fügte sich ihm auf alle Fälle und machte mit.
So schlurfte Forester weiter, ohne zu wissen, wohin und warum, aber willig, Rohde zu folgen, wohin er führte. Er fiel immer wieder hin, weil seine Beine kraftlos und wie aus Gummi waren und nicht genau das taten, was er wollte, und jedesmal, wenn er fiel, kam Rohde am Seil entlang zurück und half ihm wieder auf die Füße. Einmal begann er zu rutschen, und Rohde verlor beinahe das Gleichgewicht; sie wären beide um ein Haar den Abhang hinuntergekugelt, aber es gelang Rohde, die Stiefelabsätze fest in den Schnee zu rammen und sie zu halten.
Rohde war zwar von seinem steifen Bein behindert, aber Forester behinderte ihn noch mehr. Dennoch kamen sie gut vorwärts, und die Paßhöhe kam näher und näher heran. Sie hatten nur noch siebzig Meter Steigung zu bewältigen, als Forester endgültig zusammenklappte. Rohde ging am Seil entlang zurück, aber diesmal konnte Forester sich nicht mehr auf den Füßen halten. Kälte und Erschöpfung hatten ihr Werk vollbracht und diesem kräftigen Mann seine gesamte Lebensenergie abgezapft. Er lag im Schnee und konnte sich nicht rühren. Er sah Rohde aus rotgeränderten Augen an, und ein Schimmer des Begreifens schien zurück-

zukehren. Er schluckte mühsam und flüsterte: »Laß mich, Miguel. Ich kann es nicht schaffen. Du *mußt* über den Paß hinüber.«
Rohde starrte schweigend zu ihm hinab.
»Gott verdammt noch mal«, krächzte Forester. »Geh schon und mach, daß du hier herauskommst.« Seine Stimme war kaum hörbar, und dabei brüllte er schon so laut, wie er nur konnte; aber die Anstrengung war zuviel für ihn, und er sank in die Ohnmacht zurück.
Rohde beugte sich schweigend hinab und nahm Forester in die Arme. Es war sehr schwierig, ihn hochzuheben und im »Feuerwehrgriff« über die Schulter zu legen - der steile Abhang, sein steifes Bein und seine eigene Schwäche behinderten ihn -, aber er schaffte es schließlich. Er schwankte unter dem Gewicht ein wenig hin und her, aber er setzte dennoch einen Fuß vor den anderen.
Und dann wieder einen Fuß vor den anderen.
Und so den Berg hinauf. Die dünne Luft pfiff in seiner Kehle, und seine Schenkelmuskeln knackten vor Anstrengung. Sein steifes Bein tat nicht weh, aber es behinderte ihn, denn er mußte es bei jedem Schritt seitlich in einem Bogen herausschwingen. Aber es war wunderbar fest und widerstandsfähig, wenn er das Körpergewicht darauf verlagerte. Foresters Arme baumelten schlaff herab und schlugen ihm bei jeder Bewegung rückwärts gegen die Beine; eine Zeitlang störte und ärgerte ihn das, aber dann spürte er es nicht mehr. Er spürte schließlich überhaupt nichts mehr.
Sein Körper war tot und leblos, und nur der helle, heißglühende Funken des Willens in seinem Verstand hielt ihn in Gang. Er blickte ganz sachlich und unbeteiligt in diese Flamme des Willens, fachte sie an, heller zu brennen, wenn sie zu flackern begann, und schirmte sie gegen alles ab, das sie auszulöschen versuchte. Er sah weder den Schnee noch den Himmel oder die zerklüfteten Gipfel zu beiden Seiten. Er sah überhaupt nichts, nur einen dunklen Dunstschleier und die winzigen Lichtfunken in seinen Augäpfeln, die darin herumschossen.
Einen Fuß nach vorn - mühelos, das war das heile Bein. Dann den anderen Fuß steif im Halbkreis herum und nach einem festen Halt tasten. Das war schwerer, denn dieser Fuß war leblos, und er spürte den Boden nicht. Langsam, ganz langsam das Körpergewicht verlagern. So - das war es. Nun den anderen - das ging wieder leicht.

Er begann zu zählen, kam bis elf und vergaß, wie weit er gekommen war. Er fing noch einmal an und kam diesmal bis acht. Danach gab er das Zählen auf, ging nur einfach weiter und gab sich damit zufrieden, daß ein Fuß sich vor den anderen setzte.
Schritt - anhalten - herausschwingen - tasten - anhalten - Schritt - anhalten - herausschwingen - tasten - irgend etwas brannte ihm grell gegen die geschlossenen Augen. Er öffnete sie und blickte geradewegs in die strahlende Sonne.
Er blieb stehen und schloß die schmerzenden Lider wieder. Aber in dieser Sekunde hatte er den Silberstreifen am Horizont erblickt und wußte: es war das Meer. Er öffnete die Augen abermals und blickte hinab auf das grüne Tal und die verstreut liegenden weißen Häuser von Altemiros, die friedlich zwischen den Bergen und den niedrigeren Hügeln des Vorgebirges eingebettet lagen.
Er fuhr sich mit der Zunge über die vereisten Lippen. »Forester«, flüsterte er. »Wir sind oben.« Aber Forester hörte nichts. Er hing bewußtlos über Rohdes breiter Schulter.

# 8

Aguillar betrachtete gleichmütig eine kleine Schnittwunde an seiner Hand - eine von vielen -, aus der das Blut herabtröpfelte. Aus mir wird nie ein Mechaniker werden, dachte er; ich kann Menschen führen, aber nicht Maschinen. Er legte das zerbrochene Stück Metallsägeblatt beiseite, wischte das Blut ab und saugte die Wunde aus. Als die Verletzung zu bluten aufhörte, griff er wieder zu dem Sägeblatt und arbeitete weiter an dem Schlitz, den er in das Ende des Stahlstabs einschnitt.
Er hatte zehn Bolzen für die Armbrüste angefertigt, das heißt, er hatte sie geschlitzt und die metallenen Flügelfedern eingepaßt. Sie auch zuzuspitzen, ging über seine Kraft; er konnte nicht gleichzeitig den alten Schleifstein drehen und einen Bolzen zuspitzen; aber er war sicher, daß die zehn Bolzen, sowie ein zweites Paar Hände zur Verfügung stand, binnen einer Stunde fertig sein würden.
Er hatte außerdem eine genaue Bestandsaufnahme des Lagers vorgenommen, die Lebensmittel- und Wasservorräte nachgeprüft und ganz allgemein alles getan, was zu den Pflichten eines Heeresquartiermeisters gehört. Es war ihn ein wenig bitter angekommen, daß man ihn ins Barackenlager hinaufgeschickt hatte. Er sah ein, daß er in einem Gefecht nicht zu brauchen war; er war alt und schwach und hatte ein schlechtes Herz - aber es kam noch etwas anderes hinzu. Er war sich bewußt, daß er ein Mann der Ideen und kein Mann der Tat war, und diese Tatsache verdroß ihn und gab ihm ein Gefühl der Unzulänglichkeit.
Sein Tätigkeitsbereich war das Treffen von Entscheidungen, die Handhabung von Regierung und Verwaltung; um in eine Stellung zu gelangen, von der aus er gültige Entscheidungen treffen konnte und etwas hatte, was er verwalten und regieren konnte, hatte er Ränke geschmiedet und Intrigen angezettelt und das Denken der

Menschen beeinflußt und manipuliert, aber nie körperlich gekämpft. Er hielt nichts von physischen Auseinandersetzungen, aber bisher hatten seine Überlegungen sich mit ihnen nur in der Abstraktion und im Zusammenhang mit Konflikten großen Maßstabs beschäftigt. Jetzt war er plötzlich in die Wirklichkeit des Todes in der Schlacht hineingeschleudert worden und fand sich in ihr nicht zurecht.

Da stand er nun, der ewige Politiker, und wie stets besorgten andere das Kämpfen und Sterben und Leiden, sogar seine eigene Nichte. Bei dem Gedanken an Benedetta rutschte ihm das Sägeblatt aus, und er schnitt sich abermals in die Hand. Er murmelte eine kurze Verwünschung und sog das Blut ab; dann betrachtete er den Schlitz, den er eingeschnitten hatte, und fand, daß er tief genug sei. Und damit war Schluß mit den Bolzen. Die Zähne des Sägeblatts waren so abgewetzt, daß sie kaum mehr ein Stück Käse schneiden würden, von Stahl ganz zu schweigen.

Er paßte die Flügelfeder in den Schlitz ein und keilte sie fest, wie Willis es ihm gezeigt hatte, und legte den ungespitzten Bolzen zu den anderen. Es kam ihm merkwürdig vor, daß die Nacht so plötzlich hereinbrach; er trat aus der Hütte heraus und stellte fest, daß der Nebel immer dichter wurde. Er blickte zu den Bergen hinauf, die jetzt völlig verdeckt waren, und war tief bekümmert bei dem Gedanken an Rohde. Und auch Forester - ja, er durfte Forester und Peabody nicht vergessen. Er hörte den Laut von Handfeuerwaffen vom Fluß heraufdringen und spitzte die Ohren. War das ein Maschinengewehr? Er hatte diesen Lärm vor fünf Jahren gehört, als Lopez und die Armee in Cordillera die Macht ergriffen hatten, und er glaubte sich nicht zu täuschen. Er lauschte abermals, aber der Laut war nur durch eine Laune der Gebirgswinde zu ihm heraufgedrungen, und er hörte nichts mehr. Er hoffte zu Gott, daß es kein Maschinengewehr war - die Waagschalen waren schon ungleich genug belastet.

Er kehrte mit einem Seufzer in die Baracke zurück und holte sich eine Konservendose Suppe vom Regal für sein verspätetes Mittagsmahl. Eine halbe Stunde später, als er die warme Suppe gerade aufgegessen hatte, hörte er seine Nichte nach ihm rufen. Er ging hinaus, hüllte sich fest in seinen Mantel und stellte fest, daß der Nebel noch sehr viel dicker geworden war. Er rief Benedetta zu, um sie zu verständigen, wo er sich befand, und gleich darauf tauchte eine undeutliche Gestalt aus dem Nebel auf, eine

seltsame, unförmige und bucklige Gestalt, und einen Augenblick lang hatte er Angst.
Dann sah er, daß es Benedetta war, die einen anderen Menschen stützte, und er lief ihr entgegen, um ihr zu helfen. Sie atmete mühsam und keuchte: »Es ist Jenny, sie ist verletzt.«
»Verletzt? Wieso?«
»Sie ist angeschossen worden«, antwortete Benedetta kurz.
Er war außer sich vor Empörung. »Diese amerikanische Dame - man hat auf sie geschossen! Das ist verbrecherisch.«
»Hilf mir, sie hineinzuschaffen«, sagte Benedetta. Sie brachten Miß Ponsky in die Hütte und legten sie in eine der Schlafkojen. Sie war bei Bewußtsein und lächelte schwach, als Benedetta sie in eine Decke hüllte, und schloß dann erleichtert die Augen. Benedetta sah ihren Onkel an. »Sie hat einen Mann getötet und mitgeholfen, andere zu töten - warum soll da nicht auf sie geschossen werden? Ich wollte, ich wäre wie sie.«
Aguillar sah sie mit einem gequälten Blick an. »Mir fällt es schwer, das alles wirklich zu glauben«, sagte er langsam. »Ich komme mir vor wie in einem Traum. Warum sollten diese Leute auf eine Frau schießen wollen?«
»Sie wußten doch nicht, daß sie eine Frau ist«, antwortete Benedetta ungeduldig. »Und außerdem wäre es ihnen wahrscheinlich egal gewesen. Sie hat schließlich auf sie geschossen, als es passierte. Ich wollte, ich könnte jemanden umbringen.« Sie blickte zu Aguillar auf. »Ach, ich weiß, du predigst immer friedliche Methoden, aber wie willst du friedlich sein, wenn jemand mit einem Gewehr auf dich zukommt. Entblößt du dann die Brust und sagst: ›Töte mich und nimm alles, was ich besitze‹?«
Aguillar antwortete nicht. Er sah zu Miß Ponsky hinab und fragte: »Ist sie schwer verletzt?«
»Nicht gefährlich«, antwortete Benedetta. »Aber sie hat sehr viel Blut verloren.« Sie hielt inne. »Als wir die Straße heraufkamen, habe ich ein Maschinengewehr gehört.«
Er nickte. »Mir kam auch vor, als hörte ich es, aber ich war nicht sicher. Glaubst du, sie sind über die Brücke?«
»Es könnte sein«, sagte Benedetta fest. »Wir müssen uns vorbereiten. Hast du Bolzen gemacht? Tim hat die Armbrust, und er wird sie brauchen.«
»Tim? Ach so, - O'Hara.« Er hob leicht die Brauen und sagte dann: »Die Bolzen müssen noch zugespitzt werden.«

»Ich helfe dir.«
Sie drehte die Kurbel des Schleifsteins, und Aguillar schliff die Enden der Stahlstäbe spitz zu. Während er arbeitete, sagte er: »O'Hara ist ein seltsamer Mann – ein komplizierter Mensch. Ich glaube nicht, daß ich ihn gänzlich verstehe.« Er lächelte schwach. »Das ist ein Geständnis meinerseits.«
»Ich verstehe ihn jetzt«, sagte sie. Das Drehen des Schleifsteins war schwere Arbeit, und trotz der Kälte trat ihr der Schweiß auf die Stirn.
»So? Hast du mit ihm gesprochen?«
Während der Schleifstein Schauer von Funken sprühte und der beißende Geruch des heißen Metalls die Luft erfüllte, erzählte sie ihm von O'Hara, und seine Züge verkrampften sich, als er die Geschichte hörte. »Das ist der Feind«, sagte sie. »Derselbe wie der auf der anderen Seite des Flusses.«
Aguillar antwortete mit leiser Stimme: »Es ist so viel Böses in der Welt – so viel Böses in den Herzen der Menschen.«
Sie sprachen nicht weiter, bis alle Bolzen zugespitzt waren, und dann sagte Benedetta: »Ich gehe hinaus auf die Straße. Bitte paß inzwischen auf Jenny auf.«
Er nickte schweigend, und sie ging die Straße zwischen den zwei Reihen Baracken entlang. Der Nebel war jetzt so dicht, daß sie kaum ein paar Schritte weit sehen konnte, und die Feuchtigkeit saß in zahllosen winzigen Tröpfchen auf ihrem Mantel. Wenn es kälter wird, dachte sie, wird es schneien.
Draußen auf der Gebirgsstraße war es sehr still und einsam. Sie hörte nicht einen Laut, außer einem gelegentlichen Wassertropfen, der von einem Felsen herabplatschte. Sie war mitten in einer Nebelwolke und hatte das Gefühl, als sei sie in Watte eingewickelt; es war recht schmutzige Watte, aber sie war häufig genug geflogen, um zu wissen, daß die Wolkendecke von oben sauber und glitzernd hell aussah.
Nach einer Weile verließ sie die Straße und ging den felsigen Abhang hinauf, bis die riesige Kabeltrommel aus dem Nebeldunst auftauchte. Sie blieb einen Augenblick bei der gigantischen Rolle stehen und ging dann nach vorn, zu dem Straßeneinschnitt, und sah hinab. Die Straßendecke war in den grauen Schwaden, die alles einhüllten, kaum zu sehen, und sie stand unsicher da und überlegte, was sie tun sollte. Es mußte doch irgend etwas geben, was sie tun konnte.

Feuer - dachte sie plötzlich. Wir können sie mit Feuer bekämpfen. Die Trommel stand schon wartend da, um in ein Fahrzeug, das die Straße heraufkam, hineinzukrachen, und Feuer würde die allgemeine Verwirrung noch erhöhen. Sie lief eilig zum Lager zurück, um die Paraffinflaschen zu holen, die sie von der Brücke wieder heraufgebracht hatte, und blieb einen Augenblick bei Miß Ponsky, um zu sehen, wie es ihr ginge.
Aguillar sah auf, als sie hereinkam. »Es ist Suppe fertig«, sagte er. »Sie wird dir guttun bei dieser Kälte.«
Benedetta spreizte dankbar die Hände über dem wärmespendenden Paraffin und spürte erst jetzt, wie kalt ihr war. »Ja, ich hätte gern etwas Suppe.« Sie sah zu Miß Ponsky hinüber: »Wie geht es dir, Jenny?«
Miß Ponsky hatte sich inzwischen aufgesetzt und antwortete lebhaft: »Danke, schon viel besser. War das nicht dumm von mir, mich anschießen zu lassen? Ich hätte mich nicht so weit hinausbeugen sollen - und dann habe ich noch danebengeschossen. Und die Armbrust verloren.«
»Mach dir deswegen keine Sorgen«, sagte Benedetta mit einem raschen Lächeln. »Tut die Schulter weh?«
»Nicht sehr. Es wird schon gehen, wenn ich den Arm in der Schlinge behalte. Señor Aguillar hat mir geholfen, eine zu machen.«
Benedetta aß rasch ihre Suppe auf und erhob sich. »Ich muß die Flaschen zur Straße hinaufschaffen.«
»Ich werde dir helfen«, sagte Aguillar.
»Es ist zu kalt draußen, *tio*«, antwortete sie. »Bleib bei Jenny.«
Sie schaffte die Flaschen zu der Kabeltrommel hinüber und setzte sich dann auf den Rand des steil abfallenden Straßeneinschnitts und lauschte. Ein kräftiger Wind hatte sich erhoben, und der Nebel wirbelte in Schwaden und Spiralen, mal dicker, mal dünner, im wechselnden Luftzug hin und her. Zuweilen konnte sie bis zur Biegung der Straße hinabsehen, dann wieder war die Straße überhaupt nicht zu erkennen, obwohl sie direkt unter ihr lag. Und alles war sehr still.
Sie war sicher, daß sich nichts ereignen würde, und war schon im Begriff wegzugehen, als sie von weit unten am Berghang das schwache Kollern eines Steins hörte. Einen Augenblick lang verspürte sie Angst und Bangigkeit und rappelte sich hastig auf die Füße. Die anderen würden natürlich nur heraufkommen, wenn

sie sich auf dem Rückzug befanden, und folglich konnte das Geräusch ebensogut einen Feind wie einen Freund bedeuten. Sie wandte sich um, hob eine der Flaschen auf und tastete nach den Streichhölzern in ihrer Tasche. Es dauerte lange, bis sie wieder etwas hörte, und dann war es das dumpfe Geräusch laufender Füße auf der Straße. Der Nebel hatte sich vorübergehend etwas verzogen, und sie gewahrte eine undeutliche Gestalt, die um die Straßenbiegung kam und stolpernd die Straße hinaufrannte. Als die Gestalt näher kam, erkannte sie Willis.
»Was ist los?« rief sie ihm zu.
Er sah erstaunt auf; die Stimme hoch oben über seinem Kopf hatte ihn erschreckt, und einen Augenblick lang packte ihn die Angst. Dann erkannte er sie. Er blieb stehen, seine Brust ging schwer, und er bekam einen Hustenanfall. »Sie sind herüber«, keuchte er. »Sie sind durchgebrochen.« Ein neuer Hustenanfall packte ihn. »Die anderen sind knapp hinter mir«, sagte er. »Ich habe sie rennen gehört - außer...«
»Sie kommen am besten hier herauf«, sagte sie.
Er sah zu Benedetta hinauf, die auf der Höhe des fünf Meter tiefen Einschnitts nur in undeutlichen Umrissen zu erkennen war. »Ich komme hinten herum über die Straße«, sagte er und lief rasch weiter.
Als er sich schließlich zu ihr gesellte, hatte sie inzwischen bereits jemand anderes die Straße heraufkommen gehört. Sie erinnerte sich an Willis' »außer...« und legte sich am Rand flach auf den Boden und hielt die Flasche fest in der Faust. Es war Armstrong, der im Eilmarsch heraufkam. »Hier herauf!« rief sie. »Zur Trommel.«
Er warf einen kurzen Blick hinauf, verschwendete aber keine Zeit auf lange Begrüßungen und verlangsamte auch seinen Marsch nicht. Sie sah ihm nach, bis er im Nebel verschwunden war, und wartete, daß er sich zu ihnen geselle.
Sie waren beide erschöpft. Sie hatten den acht Kilometer langen Weg bergauf in anderthalb Stunden zurückgelegt. Sie wartete, bis sie sich ein wenig ausgeruht hatten und wieder zu Atem gekommen waren, und fragte dann:
»Was ist passiert?«
»Ich weiß es nicht«, antwortete Willis. »Wir waren beim Tribock. Wir haben ihn abgeschossen, als O'Hara uns Befehl gab - er war schon fertig geladen -, und dann brüllte er uns zu, wir sollten uns

davonmachen, und da sind wir losgerannt. Es war ein Höllenlärm los – ich meine, eine mächtige Schießerei.«
Sie sah Armstrong an. Er sagte: »Das ist so ungefähr alles. Ich glaube, O'Hara hat einen von ihnen erwischt – ich habe eine Art erstickten Schrei gehört. Aber sie sind über die Brücke. Ich habe sie gesehen, als ich zurückblickte – und ich habe O'Hara gesehen, wie er zwischen die Felsen gerannt ist. Er müßte jeden Augenblick kommen.«
Sie seufzte vor Erleichterung.
»Und er wird das ganze Rudel an seinen Fersen haben«, sagte Willis. »Was machen wir jetzt?« In seiner Stimme schwang ein leicht hysterischer Unterton mit.
Armstrong war ruhiger und gefaßter. »Das glaube ich nicht. O'Hara und ich haben darüber gesprochen, und wir waren beide der Ansicht, daß sie auf Nummer Sicher gehen und erst mal die Brücke reparieren werden und dann Jeeps zum Bergwerk hinauffahren, ehe wir hinkommen können, um uns abzuschneiden.« Er betrachtete die Kabeltrommel. »Das ist alles, was wir haben, um sie aufzuhalten.«
Benedetta hielt die Flasche hoch. »Und ein paar von diesen hier.«
»Ah, sehr gut«, sagte Armstrong zustimmend. »Die werden helfen.« Er überlegte kurz. »Ihr Onkel kann hier nicht viel tun, und auch Miß Ponsky nicht. Ich würde vorschlagen, daß sie sich jetzt sofort zum Bergwerk auf den Weg machen, und wenn sie irgend jemand oder irgend etwas hinter sich die Straße heraufkommen hören, sollen sie sich in den Felsen verstecken, bis sie sicher sind, daß ihnen keine Gefahr droht. Danken wir Gott für diesen Nebel.«
Benedetta rührte sich nicht, und er sagte: »Würden Sie hingehen und es ihnen sagen?«
»Ich bleibe hier«, antwortete sie. »Ich werde kämpfen.«
»Ich werde gehen«, sagte Willis. Er erhob sich und verschwand im Nebel.
Armstrong hatte den verzweifelt entschlossenen Ton in Benedettas Stimme wahrgenommen und klopfte ihr auf gütige, väterliche Art auf die Hand. »Wir müssen alle das Beste tun, was wir können«, sagte er. »Willis hat Angst, genau wie ich, und Sie bestimmt auch.« Eine Art ingrimmigen Humors klang aus seiner Stimme. »O'Hara hat mit mir über die Lage gesprochen, als wir noch unten bei der Brücke waren, und ich hatte den Eindruck, daß er von

Willis nicht viel hielt. Er sagte, Willis sei kein Führer - seine genauen Worte waren sogar: ›Er könnte nicht einmal eine Truppe Pfadfinder über die Straße führen.‹ Ich glaube, er war ein bißchen zu streng mit dem armen Willis, aber was das betrifft, so hatte ich den Eindruck, nach seinem Ton zu schließen, daß er von mir auch nicht besonders viel hielt.« Er lachte.
»Das hat er bestimmt nicht so gemeint«, sagte Benedetta. »Er war sehr überanstrengt.«
»Aber er hatte ja recht«, sagte Armstrong. »Ich bin kein Tatenmensch. Ich bin ein Denkmensch, genau wie Willis.«
»Und mein Onkel«, sagte Benedetta. Sie setzte sich plötzlich auf. »Wo ist Tim nur? Er müßte doch längst hier sein.« Sie griff nach Armstrongs Arm. »Wo ist er denn?«


O'Hara lag in einer Felsspalte und beobachtete ein Paar kräftige Stiefel, die einen halben Meter von seinem Kopf entfernt herumtrampelten, und bemühte sich, nicht zu husten. Nach dem Durchbruch über die Brücke war alles ziemlich durcheinandergegangen, er hatte die Straße nicht erreichen können - er wäre im offenen Gelände noch keine zehn Meter weit gekommen, und sie hätten ihn umgelegt -, und er war folglich in die Felsen gerannt und hatte wie ein Karnickel nach Deckung gesucht.
Dabei war er auf einem nebelfeuchten Stein ausgerutscht, hatte sich den Knöchel verstaucht und war lang hingeschlagen. Er hatte hilflos dagelegen und war schon darauf gefaßt gewesen, das dumpfe Aufschlagen der Kugeln zu spüren, die seinen Tod bedeuteten, aber nichts dergleichen war passiert. Er vernahm eine Menge Rufen und Brüllen und wußte, daß seine Vorausberechnung der Absichten des Feindes richtig war: der Feind schwärmte entlang des Randes der Schlucht aus, um die Zugänge zur Brücke abzuschirmen.
Der Nebel half natürlich. Er hatte die Armbrust noch bei sich und konnte die lärmende Gruppe von Männern hören, die sich um den Mann drängten, den er durch die Brust geschossen hatte. Er schätzte, daß sie wahrscheinlich nicht besonders scharf darauf waren, einen Mann mit einer todbringenden Waffe aus dem felsigen Berghang herauszuholen, vor allem nicht, wenn der Tod aus dem Nebel kommen konnte. Ihre Stimmen klangen nervös und zapplig, und er lächelte ingrimmig vor sich hin: sie kannten Messer

und wußten mit Gewehren Bescheid, aber das hier war etwas anderes, und sie hatten einen heiligen Respekt davor.
Er befühlte seinen Knöchel. Er war angeschwollen und schmerzte, und er fragte sich, ob er wohl sein Gewicht aushalten werde, aber dies war sowieso nicht der Ort oder der Augenblick, um sich auf die Füße zu stellen. Er zog sein kleines Taschenmesser heraus, schlitzte seine Hose auf und schnitt einen langen Streifen heraus. Er zog den Schuh nicht aus, weil er wußte, daß er ihn nicht wieder würde anziehen können, sondern wickelte den Stoffstreifen so fest wie möglich um die Schwellung und band ihn dann unter dem Spann seines Schuhs fest, so daß der Knöchel einen gewissen Halt hatte.
Er war so eifrig damit beschäftigt, daß er den Mann nicht herankommen sah. Das erste Anzeichen war das Kollern eines Kiesels, und er erstarrte sofort zu völliger Reglosigkeit. Aus dem Augenwinkel sah er den Mann, der seitlich von ihm stand und zurück in Richtung auf die Brücke blickte. O'Hara verhielt sich mäuschenstill; nur sein Arm rührte sich lautlos und tastete nach einem handlichen Stein. Der Mann kratzte sich nachdenklich die Brust und ging dann weiter und verschwand im Nebel.
O'Hara stieß mit einem lautlosen Seufzer seinen angehaltenen Atem aus und machte sich daran, weiterzukriechen. Er hatte die Armbrust und drei Bolzen, die allerdings die verflixte Neigung hatten, klirrend gegeneinanderzuschlagen, wenn er nicht sehr aufpaßte. Er schob sich auf dem Bauch vorwärts und wand sich zwischen den Felsbrocken hin. Er wollte weiter den Abhang hinauf, weg von der Brücke. Wieder warnte ihn das Kollern eines Steins vor unmittelbar drohender Gefahr, und er rollte sich in eine Spalte zwischen zwei Felsblöcken. Das war der Augenblick, an dem er die Stiefel vor seinem Gesicht auftauchen sah und gegen ein Kitzeln in der Kehle ankämpfte, um nicht husten zu müssen.
Der Mann trat laut von einem Fuß auf den anderen, schlug die Hände zusammen und atmete schwer. Plötzlich drehte er sich mit krachenden Stiefeln um, und O'Hara hörte das metallische Schnappen der Entsicherung. »Quién?«
»Santos.«
O'Hara erkannte die Stimme des Kubaners. Der Bursche hieß also Santos. Er würde sich den Namen merken und ihm einen Besuch abstatten, falls er jemals aus diesem Sauhaufen herauskam.

Der Mann sicherte sein Gewehr wieder, und Santos sagte auf spanisch: »Irgendwas gesehen?«
»Nichts.«
Santos gab ein kehliges Grunzen von sich. »Mach weiter, rühr dich - geh den Berghang hinauf. Hier unten werden sie sich nicht herumtreiben.«
Der andere Mann sagte: »Der Russe hat aber gesagt, wir sollen hier unten bleiben.«
»Ach, scheiß drauf«, knurrte Santos. »Wenn er sich nicht hineingemischt hätte, dann hätten wir Aguillar jetzt in den Händen. Geh den Berg hinauf, und bring auch die anderen in Trab.«
Der andere Mann antwortete nicht, sondern zog gehorsam ab, und O'Hara hörte ihn höher hinaufklettern. Santos blieb nur noch einen Augenblick stehen und klapperte dann lärmend in seinen stahlbeschlagenen Stiefeln davon. O'Hara atmete leise aus.
Er wartete eine Weile und überlegte, was er nun tun solle. Wenn Santos seine Leute abzog und den Berg hinaufschickte, dann war es für ihn offensichtlich das richtige, hinunterzugehen. Aber der Feind schien in zwei Parteien gespalten, und der Russe hatte möglicherweise noch einige Leute unten behalten. Trotzdem, das mußte er halt riskieren.
Er schlüpfte aus der Spalte heraus und begann, den Weg zurückzukriechen, den er gekommen war. Langsam, Zoll um Zoll, schob er sich vorsichtig auf dem Bauch vor und paßte dabei auf seinen beschädigten Knöchel auf. Er stellte erfreut fest, daß der Nebel immer dichter wurde. Durch den Nebel hindurch hörte er lautes Rufen von der Brücke her und das Aufschlagen von Stahl auf Holz. Sie waren offensichtlich emsig bei der Arbeit, um die Brücke instandzusetzen, und in der Nähe der Brücke würde es folglich lebhaft zugehen. Es war besser, sich fernzuhalten. Er wollte einen vereinzelten Mann weit weg von seinen Genossen finden, und möglichst einen bis an die Zähne bewaffneten Mann. Die Armbrust war schön und gut, aber er konnte etwas brauchen, das rascher feuerte.
Er änderte seinen Kurs und steuerte in Richtung auf den Tribock. Alle paar Meter hielt er inne und lauschte und spähte durch den Nebel. Als er herankam, hörte er Lachen und ein paar geringschätzige Ausrufe auf spanisch. Eine Gruppe von Männern hatte sich um den Tribock versammelt und fand ihn offenbar eine äußerst humoristische Maschine. Er hielt inne und spannte mühsam die

Armbrust, wobei ihm das lärmende Gejohle der Gruppe für ein eventuelles Klirren und Klappern, das er möglicherweise verursachte, als Deckung diente. Dann kroch er näher heran und nahm hinter einem Felsblock Deckung.
Es dauerte nicht lange, und er hörte Santos' Stiergebrüll. »Den Berg hinauf, ihr da! Himmelsakra, was vertrödelt ihr denn hier eure Zeit? Juan, du bleibst hier, und ihr anderen, los mit euch!«
O'Hara streckte sich hinter dem Felsblock flach auf den Boden, als die anderen sich murrend und schimpfend auf den Weg machten. Keiner der Männer kam dicht an ihm vorbei, aber er wartete einige Minuten, ehe er in einem weiten Kreis um den Tribock herumzukriechen begann und nach dem Mann Ausschau hielt, der als Wachtposten zurückgeblieben war. Die Brücke war von Autoscheinwerfern beleuchtet, und ihr Licht verlieh dem Nebel ein gespenstisches Strahlen.
Schließlich kroch er von rückwärts an den Posten heran, der sich genau in der richtigen Stellung befand - eine klar und deutlich gegen das Licht abgezeichnete Silhouette.
Juan, der Wachtposten, war noch sehr jung - höchstens zwanzig -, und O'Hara zögerte. Aber dann stählte er sich, denn hier ging es um mehr als um das Leben eines irregeleiteten jungen Burschen. Er hob die Armbrust an, zielte sorgfältig und zauderte dann wieder, den Finger am Abzug. Diesmal zögerte er aus einem anderen Grund. Juan spielte Soldat, er marschierte mit seiner Maschinenpistole im Anschlag stolz auf und ab, und O'Hara vermutete, daß er die Waffe wahrscheinlich auch entsichert hatte. Er erinnerte sich des Mannes, den er bei der Brücke erschossen hatte, und wie seine tote Hand noch ein ganzes Magazin verschossen hatte. Folglich wartete er. Er wollte keinen Lärm, wenn er den Hahn abzog.
Schließlich wurde Juan das Postenstehen langweilig, und er begann sich mehr für den Tribock zu interessieren. Er beugte sich nach vorn, um sich den Mechanismus anzusehen, der den langen Arm am Boden festhielt; die Maschinenpistole war ihm dabei im Weg, und er ließ sie aus der Hand fallen, so daß sie am Schulterriemen herabhing. Er hatte keine Ahnung, was ihn umlegte, und sollte es nie erfahren. Der schwere Bolzen traf ihn aus zehn Metern Entfernung zwischen den Schultern. Er fiel vornüber, auf den langen Arm, und der Bolzen, der seine Brust durchschlagen hatte, nagelte ihn an dem Holzbalken fest. O'Hara schlich heran. Der Mann war tot.

Zehn Minuten später saß O'Hara wieder versteckt zwischen den Felsblöcken und überprüfte seine Beute. Er hatte die Maschinenpistole, drei volle Magazine Munition, eine geladene Pistole und ein schweres Messer mit einer breiten Klinge. Er grinste befriedigt - jetzt hatte er sich ein paar scharfe Zähne zugelegt, jetzt wurde er wirklich gefährlich.


Benedetta, Armstrong und Willis warteten im kalten Nebeldunst bei der Kabeltrommel. Willis war nervös und zappelig; er untersuchte einmal über das andere den Bremsklotz, der die Trommel festhielt und am Herabrollen hinderte, und berechnete, wieviel Kraft nötig war, um ihn wegzuziehen, wenn der Augenblick kam. Benedetta und Armstrong hingegen verhielten sich völlig still und lauschten gespannt auf jedes Geräusch, das den Berg heraufkam.
Armstrong überlegte, daß sie würden vorsichtig sein müssen; jeder, der die Straße heraufkam, konnte O'Hara sein; sie mußten ihrer Sache völlig sicher sein, ehe sie ihn ansprangen, und das würde bei dem Nebel gar nicht so einfach sein. Benedetta konnte an überhaupt nichts denken; unendlicher Kummer erfüllte sie. Warum war O'Hara nicht zum Lager heraufgekommen, wenn er nicht tot war oder, schlimmer noch, in Gefangenschaft? Sie wußte, daß er alles daransetzen würde, nicht noch einmal in Gefangenschaft zu geraten, und, komme, was wolle, Widerstand leisten würde. Das machte die Wahrscheinlichkeit, daß er tot war, beinahe zur Gewißheit, und bei diesem Gedanken erstarb etwas in ihr.
Aguillar hatte sich gesträubt, sich zum Bergwerk zurückzuziehen. Er hatte bleiben und kämpfen wollen, so alt und gebrechlich er auch war, aber Benedetta hatte es ihm kurzerhand untersagt. Er hatte erstaunt die Augen aufgerissen, als er den scharfen Befehlston in ihrer Stimme vernahm. »Wir sind sowieso nur noch drei, die kämpfen können«, sagte sie. »Wir können niemand entbehren, um Jenny zum Bergwerk hinaufzuhelfen. Jemand muß ihr helfen, und der Jemand bist du. Außerdem bedenke, daß das Bergwerk noch höher liegt als wir hier. Du wirst langsam gehen müssen, also mußt du dich sofort auf den Weg machen.«
Willis bohrte verdrießlich den Absatz in den Erdboden, und Aguillar warf einen Blick auf die beiden anderen Männer. Armstrong lächelte ein wenig. Aguillar begriff, daß sie beide nichts

dagegen hatten, wenn Benedetta in O'Haras Abwesenheit Befehle erteilte. Sie hat sich in eine junge Amazone verwandelt, mußte er denken, in eine reißende junge Löwin. Er ging ohne weiteren Widerspruch mit Miß Ponsky zur Straße hinauf, die zum Bergwerk führte.
Willis hörte auf, an dem Bremsklotz herumzuhantieren. »Wo bleiben sie denn?« fragte er mit lauter, erregter Stimme. »Warum kommen sie denn nicht und erledigen die Sache?«
Benedetta sah Armstrong an, und er sagte: »Still! Nicht so laut.«
»Schon gut«, flüsterte Willis. »Aber was hält sie davon ab, uns anzugreifen?«
»Das haben wir schon besprochen«, sagte Benedetta. Sie wandte sich zu Armstrong. »Glauben Sie, wir können das Lager verteidigen?«
Er schüttelte den Kopf. »Völlig ausgeschlossen. Kommt überhaupt nicht in Betracht. Wenn wir die Straße sperren können, müssen wir als nächstes sofort hinauf zum Bergwerk.«
»Dann müssen wir das Lager niederbrennen«, sagte Benedetta entschlossen. »Wir dürfen es nicht zurücklassen, damit sie sich gemütlich darin einrichten können.« Sie sah Willis an. »Gehen Sie zurück und besprengen Sie alles mit Kerosin - alle Hütten und Baracken. Und wenn Sie von hier Lärm und Schießerei hören, zünden Sie alles an.«
»Und was dann?« fragte er.
»Dann schauen Sie, daß Sie zum Bergwerk hinaufkommen.« Sie lächelte schwach. »Ich würde nicht hier noch einmal vorbeikommen - gehen Sie direkt hinauf, bis Sie höher oben auf die Straße kommen. Wir kommen nach, so rasch wir können.«
Willis zog ab, und sie sagte zu Armstrong: »Der da fürchtet sich. Er versucht, es zu verbergen, aber man merkt es trotzdem. Ich kann mich auf ihn hier unten nicht verlassen.«
»Ich habe auch Angst. Sie nicht?« fragte Armstrong.
»Ich hatte Angst, vorher«, sagte sie. »Ich hatte Angst, als das Flugzeug abstürzte, und lange nachher habe ich mich noch gefürchtet. Meine Knochen waren wie aus Gelee - mir schlotterten die Knie bei dem Gedanken an Kämpfen und Sterben. Dann habe ich mit Tim geredet, und er hat mir beigebracht, nicht so zu sein.« Sie hielt inne. »Das war, als er mir erzählte, wie sehr er sich selbst fürchtete.«
»Was für eine verdammt alberne Situation das doch eigentlich

ist«, sagte Armstrong verwundert. »Hier sitzen wir und warten darauf, Leute umzubringen, die wir nicht kennen und die uns nicht kennen. Aber im Krieg ist das natürlich immer so.« Er grinste. »Trotzdem ist es verdammt albern: ein älterer Professor und eine junge Frau, die mit mörderischer Absicht an einem Berghang lauern. Ich finde -«
Sie legte die Hand auf seinen Arm. »Sch-sch -«
Er lauschte. »Was ist?«
»Ich dachte, ich höre etwas.«
Sie lagen still da und lauschten angespannt, hörten aber nichts außer dem Seufzen des Windes am nebelverhangenen Berg. Aber dann krampfte sich Benedettas Hand fest um seinen Arm. Sie hörte, ganz weit weg, das unverkennbare Geräusch einer Gangschaltung. »Tim hat recht gehabt«, flüsterte sie. »Sie kommen mit einem Lastauto oder einem Jeep herauf. Wir müssen uns bereit machen.«
»Ich werde die Trommel loslassen«, sagte Armstrong. »Bleiben Sie hier am Rand und rufen Sie mir zu, wenn sie losgehen soll.« Er rappelte sich auf die Füße und lief zurück zur Trommel.
Benedetta lief den Rand des Einschnitts entlang bis zu der Stelle, wo sie die Molotow-Cocktails hingestellt hatte. Sie zündete die Dochte von drei Flaschen an, und sie flammten im Nebeldunst wie mit einem Heiligenschein auf. Die Stoffetzen waren von der Luft etwas feucht geworden und brauchten ziemlich lange, bis sie richtig Feuer fingen. Sie glaubte nicht, daß man die Lichter von der Straße unten sehen konnte, aber sie stellte sie trotzdem ein gutes Stück vom Rand zurück.
Das Fahrzeug plagte sich mühsam die Bergstraße hinauf. Der Motor keuchte und hustete in der dünnen Luft. Er setzte zweimal aus und blieb stehen, und sie hörte das Geräusch des Anlassers. Dieser Motor hatte offensichtlich keinen Kompressor für große Höhenlagen, und das Fahrzeug konnte auf der steilen Steigung der Straße kaum mehr als zehn oder zwölf Stundenkilometer fahren.
Benedetta lag am Rand des Straßeneinschnitts und spähte die Straße hinab auf die Biegung. Der Nebel war zu dicht, und sie konnte die Kurve nicht erkennen. Sie hoffte, das Fahrzeug werde ausreichend starke Scheinwerfer haben, damit sie ungefähr erkennen konnte, wo es sich befand. Das Schnaufen des Motors nahm zu und ließ wieder nach, während das Fahrzeug sich durch die Kehren und Haarnadelkurven schlängelte, und dann schien ihr,

als höre sie einen Doppelton wie von zwei Motoren. Einer oder zwei, dachte sie, darauf kommt es nicht an.
Armstrong kauerte bei der Kabeltrommel und hielt das kurze Stück elektrischen Leitungsdrahts in der Hand, das an dem Bremsklotz befestigt war. Er spähte zu dem Straßeneinschnitt hinab, konnte aber außer einer grauen Nebelmauer nichts sehen. Angestrengte Spannung trat in seine Züge, während er wartete.
Benedetta gewahrte unten auf der Straße einen schwachen Lichtschein am Straßenrand und wußte, daß das erste Fahrzeug jetzt auf der anderen Seite der Kurve heraufkam. Sie warf einen Blick zurück, um sich zu vergewissern, daß die Dochte noch brannten, und als sie sich wieder umwandte, sah sie zwei vernebelte Scheinwerferaugen, als das erste Fahrzeug um die Biegung herumkam. Sie hatte sich bereits entschlossen, in welchem Augenblick sie Armstrong zurufen würde - sie hatte sich einen bestimmten Felsblock als Markierung ausgesucht, und sowie die Scheinwerfer auf gleicher Höhe mit ihm waren, war der Augenblick gekommen.
Sie hielt den Atem an, als der Motor keuchte und hustete und wieder abstarb und der Jeep - sie konnte durch den Nebel jetzt erkennen, daß es ein Jeep war - stehenblieb. Der Anlasser jaulte auf, und der Jeep fuhr wieder an. Hinter ihm kamen noch zwei Scheinwerfer in Sicht. Das zweite Fahrzeug kam um die Kehre.
Jetzt waren die Scheinwerfer des ersten Jeeps auf der Höhe des Felsbrockens. Sie sprang auf und rief: »Jetzt! Jetzt! Jetzt!« Von unten ertönte ein überraschter Ruf, als sie sich umwandte und die Paraffinflasche ergriff, deren flammende Dochte aus der Nähe jetzt leicht zu sehen waren. Ein donnerndes Rumpeln ertönte, als die Trommel losrollte, und als sie aufblickte, sah sie, wie sie gleich einem alles vernichtenden Ungeheuer den Abhang herabgebraust kam und über den Rand des Einschnitts hinabstürzte.
Sie hörte den krachenden Zusammenstoß und das Kreischen zerreißenden Metalls und das Schreien eines Mannes. Dann lief sie zurück zum Rand und warf in den Wirrwarr da drunten eine brennende Flasche.
Die schwere Kabeltrommel war aus fünf Meter Höhe vorn auf den Jeep aufgeschlagen, hatte den Vorderteil völlig zertrümmert und den Fahrer getötet. Die Flasche zerbarst direkt neben dem völlig benommenen Fahrgast auf dem zertrümmerten Vordersitz, das Paraffin fing mit einem riesigen Aufflammen Feuer, und er schrie abermals auf, während er die Flammen, die ihn einhüllten,

zurückzuschlagen und seine eingeklemmten Füße zu befreien versuchte. Die beiden Männer auf dem Rücksitz stürzten heraus und rannten die Straße hinunter und dem nachkommenden Lastwagen entgegen.
Armstrong tauchte neben Benedetta auf, als sie gerade die zweite Flasche warf. Er hatte noch zwei weitere in der Hand, die er an dem brennenden Docht der noch verbliebenen Flasche anzündete, und lief den Rand entlang auf den Lastkraftwagen zu, der inzwischen stehengeblieben war. Von unten drang ein wildes Durcheinander von Rufen herauf und ein paar Schüsse aufs Geratewohl, die weitab von ihm vorbeigingen, während er auf dem Felsrand stand und in den Lastwagen voller Männer hinabblickte. Er warf mit voller Absicht eine wohlgezielte Flasche scharf auf das Dach des Fahrersitzes. Sie zerbrach, und das brennende Paraffin tropfte herab und an dem offenen Fenster vorbei, und der Fahrer stieß einen Angstruf aus. Die zweite Flasche warf er hinten in den Lastwagen hinein und gewahrte im flackernden Licht das Durcheinander der Leute, die verzweifelt versuchten hinauszuspringen. Niemand hatte Zeit oder Neigung, auf ihn zu schießen.
Er rannte zu Benedetta zurück, die gerade versuchte, noch eine Flasche anzuzünden. Ihre Hand zitterte, und sie atmete schwer und keuchend. »Genug!« stieß er atemlos hervor. »Machen wir, daß wir wegkommen!« Während er noch sprach, erfolgte eine Explosion, und ein großes flammendes Licht schoß aus dem Jeep hoch. Er grinste mit zusammengepreßten Lippen. »Das war kein Paraffin – das war Benzin. Los – kommen Sie!«
Im Laufen gewahrten sie einen Feuerschein aus der Richtung des Lagers. Willis, der Brandstifter, war am Werk.


O'Haras Fußknöchel war sehr schmerzhaft. Er hatte ihn, ehe er den Berghang hinaufzuklettern begann, noch einmal neu umwickelt, um ihm einen besseren Halt zu geben, aber er konnte noch immer nicht richtig auftreten. Das machte das Klettern zwischen den Felsblöcken schwierig, und er verursachte mehr Lärm, als ihm lieb war.
Er folgte der Kette von Treibern, die Santos organisiert hatte; sie machten glücklicherweise mehr Lärm als er, wie sie im Nebel zwischen den Felsen herumtorkelten und -stolperten, und er konnte nicht finden, daß sie ihre Sache besonders gut machten. Aber er

hatte seine eigenen Sorgen. Die Armbrust und die Maschinenpistole zusammen waren ein bißchen viel und schwer zu handhaben, und er dachte daran, sich der Armbrust zu entledigen. Aber dann tat er es doch nicht. Die Armbrust war eine gute, lautlose Waffe, und er hatte noch zwei Bolzen.
Ein Schrecken durchfuhr ihn, als er hörte, wie Santos seinen Leuten befahl, zur Straße zurückzukehren, und er duckte sich rasch hinter einen Felsblock für den Fall, daß der eine oder andere von ihnen in seiner Richtung zurückkam. Aber es kam niemand, und er mußte lächeln bei dem Gedanken an den aufgebrachten und verärgerten Ton in Santos' Stimme. Der Russe hatte sich anscheinend schließlich doch durchgesetzt, denn jetzt hörte er auch aus der Richtung der Brücke, daß die Motoren der Fahrzeuge angelassen wurden.
Das hätten sie von Anfang an tun sollen – dieses Absuchen des Berges im Nebel war völlig zwecklos. Der Russe war unbestreitbar ein besserer Taktiker als Santos. Er war auf ihren Trick mit dem Versprechen, Aguillar auszuliefern, nicht hereingefallen, und jetzt ging er daran, mit seiner Truppe geradewegs bis hinauf zum Bergwerk durchzustoßen.
O'Hara verzog das Gesicht bei dem Gedanken, was sich im Barakkenlager ereignen würde.
Er kam jetzt, nachdem der Feind vom Berghang verschwunden war, rascher vorwärts und hielt sich absichtlich so nah wie möglich an der Straße. Bald hörte er das Stöhnen und Ächzen der Motoren von neuem und wußte, daß die kommunistische motorisierte Division sich auf dem Weg befand. Er sah die Scheinwerfer eines vorbeifahrenden Jeeps und eines Lastkraftwagens und hielt inne und wartete. Aber die beiden Fahrzeuge waren anscheinend alles; es kam nichts mehr nach. Also trat er keck auf die Straße hinaus und humpelte auf der vergleichsweise glatten Straßenoberfläche weiter.
Er meinte, er könne es riskieren; falls ein weiterer Lastkraftwagen hinter ihm heraufkam, würde er ihn rechtzeitig hören und genug Zeit haben, um in Deckung zu gehen. Trotzdem hielt er sich im Gehen direkt an den Straßenrand, behielt die Maschinenpistole schußbereit im Anschlag und suchte die ganze Zeit sorgfältig mit den Augen das vor ihm liegende Nebelgrau ab.
Er brauchte sehr lange, um auch nur in die Nähe des Barackenlagers zu gelangen, und schon nach einer kleinen Weile hörte er ein

paar verstreute Schüsse und etwas, das wie eine Explosion klang. Er glaubte, oben auf der Höhe einen Feuerschein zu sehen, war sich aber nicht sicher, ob seine Augen ihm vielleicht einen Streich spielten. Er ging jetzt doppelt vorsichtig weiter, und das war sein Glück, denn gleich darauf hörte er vor sich das dumpfe Aufschlagen marschierender Stiefel. Er schlüpfte zurück zwischen die Felsen am Straßenrand, und vor Anstrengung brach ihm der Schweiß aus. Ein Mann kam in angestrengtem Lauf polternd an ihm vorbeigerannt, und er konnte seinen pfeifenden Atem hören. Er blieb in seinem Versteck, bis nichts mehr zu hören war; dann kam er wieder auf die Straße heraus und setzte seinen humpelnden Aufstieg fort. Eine halbe Stunde später hörte er hinter sich Motorengeräusch, ging wieder in Deckung und sah einen Jeep im Schneckentempo vorbeikriechen. Er glaubte, in dem Jeep den Russen gesehen zu haben, aber er war nicht sicher, und der Jeep war schon vorbei, ehe er daran dachte, die Waffe anzuheben.
Er verwünschte sich wegen der verpaßten Gelegenheit. Er war sich darüber klar, daß es keinen Zweck hatte, die Mannschaften unterschiedslos abzuschießen - dafür waren es zu viele -, aber wenn er die Anführer umlegen konnte, würde der ganze feindliche Angriff zusammenbrechen. Hinfort hatten der Russe und der Kubaner seine Ziele zu sein, und alles andere wurde der Aufgabe untergeordnet, sie ins Visier zu bekommen.
Er wußte jetzt, daß weiter oben an der Straße irgend etwas passiert sein mußte, und er versuchte, seine Schritte zu beschleunigen. Sie hatten den Russen holen lassen, und das bedeutete, daß der Feind in Schwierigkeiten geraten war. Er fragte sich, ob Benedetta wohl in Sicherheit war, und augenblicklich übermannte ihn der Zorn über diese erbarmungslosen Leute, die sie wie die Tiere hetzten und jagten.
Indes er höher hinaufkam, stellte er fest, daß seine Augen sich nicht getäuscht hatten. Weiter oben war ganz deutlich ein Feuerschein zu sehen, der durch den dämpfenden Nebel hindurchleuchtete. Er blieb stehen und überlegte. Der Brand schien aus zwei verschiedenen, getrennten Stellen zu kommen. Ein kleiner Feuerfleck befand sich anscheinend auf der Straße. Der andere war so groß, daß er seinen Augen nicht traute. Dann mußte er lächeln: natürlich, es war das Barackenlager. Das ganze Ding stand in Flammen.
Es war besser, dachte er, um beide Stellen einen großen Bogen zu

machen. Also verließ er die Straße wieder in der Absicht, in einem weiten Halbkreis außen herumzugehen und oberhalb des Lagers wieder auf die Straße zu gelangen. Aber die Neugier zog ihn zurück zu der Stelle, wo das kleinere Feuer brannte und wohin sich, wie er vermutete, der Russe begeben hatte.
Der Nebel war zu dicht, und er konnte nicht genau erkennen, was eigentlich passiert war, aber er entnahm dem Gebrüll und den Rufen, daß die Straße blockiert war. Himmel, dachte er, das ist doch der Straßeneinschnitt, wo Willis die Kabeltrommel herunterrollen wollte. Es sieht aus, als ob es funktioniert hätte. Aber er konnte sich den Brand nicht erklären, der jetzt allmählich erlosch, und versuchte, noch näher heranzukommen.
Plötzlich gab sein Fußknöchel nach und er stürzte. Die Armbrust fiel ihm aus der Hand und schlug mit einem schauerlich lauten Krach auf einen Felsen auf. Er selbst fiel hart auf den Ellbogen, und der Schmerz verschlug ihm fast den Atem. Er lag ganz knapp am Straßenrand, dicht bei dem Jeep des Russen, und fletschte die Zähne vor Schmerzen, während er sich bemühte, das Aufstöhnen zu unterdrücken, das in ihm hochkam, und darauf wartete, daß sie ihn mit einem erstaunten Ausruf entdeckten.
Aber sie machten selbst viel zuviel Lärm bei ihren Bemühungen, die Straße freizubekommen, und hatten ihn nicht bemerkt. O'Hara hörte, wie der Jeep wieder den Motor anließ und ein kleines Stück weiter hinauffuhr. Der Schmerz verebbte langsam, und er versuchte behutsam aufzustehen. Aber jetzt stellte er zu seinem Schrecken fest, daß sein Arm anscheinend in einer Spalte zwischen den Felsen festsaß. Er zog den Arm vorsichtig hoch und hörte das klappernde Geräusch, als die Maschinenpistole, die er in der Hand hielt, den Stein berührte.
Er hielt inne. Dann schob er den Arm hinab und fühlte nichts – eine Leere.
Zu jeder anderen Zeit hätte er lachen müssen, so komisch war es. Er kam sich wie ein Affe vor, der die Hand in einen Flaschenhals geschoben hat, um einen Apfel zu ergreifen, und sie jetzt nicht wieder zurückziehen kann, ohne den Apfel fallen zu lassen. Er konnte den Arm aus der Spalte nicht herausziehen, ohne die Maschinenpistole loszulassen, und er wagte nicht, sie fallen zu lassen, für den Fall, daß sie Lärm machte. Er schob und drehte den Arm vorsichtig hin und her, hielt dann aber inne, als er plötzlich ganz in der Nähe Stimmen hörte.

»Und ich sage, meine Methode war die beste.« Das war der Kubaner.
Die andere Stimme war hart und tonlos und sprach spanisch mit einem stark ausländischen Akzent. »Was ist dabei herausgekommen? Zwei verstauchte Knöchel und ein gebrochenes Bein. Sie haben Ihre Leute rascher eingebüßt, als Aguillar sie hätte umbringen können. Es war zwecklos, bei diesem Wetter den Berghang abzusuchen. Sie haben die ganze Sache von Anfang an versaut.«
»War Ihre Methode denn besser?« fragte Santos beleidigt. »Sie sehen ja, was hier passiert ist – ein Jeep und ein Lastauto vernichtet, zwei Leute getötet und die Straße blockiert. Ich sage noch immer, Leute zu Fuß sind besser.«
Der andere Mann – der Russe – antwortete kalt:
»Es ist passiert, weil Sie ein Dummkopf sind. Sie sind hier heraufgebraust, als ob Sie durch die Straßen von Havanna fahren. Aguillar springt mit Ihnen um, als ob Sie ein Trottel wären, und ich finde, er hat recht. Hören Sie zu, Santos – hier haben wir ein Häufchen wehrloser Flugpassagiere, und diese Leute halten Sie jetzt schon vier Tage auf. Sie haben sechs von Ihren Leuten getötet, und Sie haben noch eine Menge mehr, die verwundet oder außer Gefecht sind, und das alles nur wegen Ihrer eigenen Dummheit. Sie hätten gleich von Anfang an die Brücke sichern müssen, und Sie hätten oben beim Bergwerk zur Stelle sein müssen, als Grivas die Maschine landete – aber sogar das haben Sie versaut. Ich übernehme jetzt hier das Kommando, und wenn ich meinen Bericht aufsetze, werden Sie in Havanna und Moskau nicht sehr gut ausschauen.«
O'Hara hörte ihn weggehen und versuchte im Schweiße seines Angesichts, seinen Arm freizubekommen. Hier hatte er sie beide zusammen direkt vor sich und konnte nicht das allermindeste unternehmen. Er hätte mit einem Feuerstoß der Maschinenpistole beide umlegen und dann sich rasch davonmachen können, aber er saß in der Falle. Er hörte, wie Santos unentschlossen von einem Fuß auf den anderen trat und dann rasch mit brummendem Gemurmel dem Russen nachging.
O'Hara blieb liegen, während sie den ausgebrannten Lastwagen in den Jeep des Russen einhakten und ihn abschleppten, um ihn von der Straße wegzukriegen und dann den Abhang hinunter in den Abgrund sausen zu lassen. Dann zerrten sie den Jeep auf die gleiche Weise von der Straße weg und verfuhren auf dieselbe Art mit

ihm, und schließlich machten sie sich daran, die Kabeltrommel aus dem Weg zu räumen. Sie brauchten zwei Stunden dazu, aber O'Hara, der kaum sechs Meter weit von ihnen angstschwitzend wartete, kamen sie wie zwei Tage vor.


Willis mühte sich, wieder zu Atem zu kommen, während er zurückblickte und auf das brennende Barackenlager hinabsah, und er war dankbar für die vielen langen Stunden, die er zuvor in dieser Höhenlage zugebracht hatte. Er hatte Benedetta und Armstrong ihrem Schicksal überlassen. Er war froh, dem unausweichlichen Nahkampf entgangen zu sein, in dem sie wehrlos den erbarmungslosen Leuten ausgeliefert waren, die jetzt herannahten, um sie abzuschlachten. Er sah keinerlei Aussicht auf Erfolg. Sie hatten tagelang gegen eine gewaltige Übermacht angekämpft, und die Aussichten waren jetzt schwärzer denn je. Aus der Tatsache seines unmittelbar bevorstehenden Todes machte er sich ganz und gar nichts.
Er hatte mit einiger Mühe die große Paraffintonne herausgerollt und war von Baracke zu Baracke gegangen und hatte das Holz- und Balkenwerk im Inneren so gründlich wie möglich getränkt. Als er sich in der letzten Hütte befand, glaubte er Motorengeräusch zu hören; er trat hinaus, um zu lauschen, und vernahm deutlich das Kreischen einer Kupplung.
Er zündete ein Streichholz an und hielt dann inne. Benedetta hatte ihm gesagt, er solle warten, bis er Lärm oder Schießen höre, und soweit war es noch nicht. Aber es würde möglicherweise eine gewisse Zeit dauern, bis die Hütten ordentlich Feuer fingen, und nach dem Ausdruck zu urteilen, den er auf Benedettas Gesicht gewahrt hatte, kam die Schießerei auf alle Fälle. Er warf das Zündholz in die Nähe einer Paraffinpfütze. Sie flammte auf, und die Flamme lief rasch zum Gebälk hinauf. Er zündete jetzt hastig das Bündel paraffingetränkter Lappen und Fetzen an, das er in der Hand hielt, rannte mit ihm die Reihe der Hütten entlang und warf die Lappen hinein. Als er das Ende der ersten Barackenreihe erreicht hatte, hörte er in der Ferne, von der Straße her, einen krachenden Aufschlag und einige Schüsse. Machen wir lieber rasch, sagte er sich, es ist höchste Zeit, von hier wegzukommen.
Als er sich davonmachte, stand die erste Barackenseite in hellen Flammen, und riesige Feuergarben sprangen überall aus den

Fenstern. Er kraxelte zwischen den Felsblöcken auf die Höhe über dem Lager hinauf und in Richtung auf die Straße, und als er die Straße erreichte, wandte er sich noch einmal um und sah den feuerspeienden Vulkan des brennenden Lagers unter sich. Dieser Anblick bereitete ihm eine gewisse Befriedigung – er hatte es gern, wenn eine Aufgabe ordentlich und sachgemäß durchgeführt wurde. Der Nebel war zu dicht, als daß er hätte mehr sehen können als einen wilden roten und gelben Feuerschein; aber er konnte immerhin genug erkennen, um sich zu vergewissern, daß alle Hütten lichterloh brannten und keine nennenswerten Lücken zwischen ihnen bestanden. Dort werden sie heute nicht übernachten, dachte er und wandte sich um und lief weiter die Straße hinauf.

Es war ein langer Aufstieg. Er blieb gelegentlich stehen, um wieder zu Atem zu kommen und zu lauschen. Er hörte nichts, nachdem er außer Reichweite des Lagers war. Zuerst hatte er noch ein schwaches Rufen und Schreien gehört, aber jetzt war, abgesehen vom unheimlichen Sausen des Windes, alles still. Er wußte nicht, ob Armstrong und Benedetta vor ihm oder hinter ihm waren, und lauschte sorgfältig, ob irgendein Geräusch von der Straße unten heraufkam. Da er nichts hörte, wandte er sich wieder um und marschierte weiter, und jetzt, als er höher hinaufkam, begann er die ersten Anzeichen des Sauerstoffmangels zu spüren.

Er war nicht mehr weit vom Bergwerk entfernt, als er die anderen einholte. Armstrong drehte sich erschrocken auf dem Absatz um, als er auf einmal Willis' Schritte hinter sich hörte. Benedetta und Armstrong hatten ihrerseits Aguillar und Miß Ponsky eingeholt, die auf der steilen Gebirgsstraße nur sehr langsam vorwärtsgekommen waren. »Ein ganz prächtiges Schauspiel, was?« sagte Armstrong mit gespielter Heiterkeit.

Willis blieb stehen, seine Brust ging schwer. »Heute nacht werden sie jedenfalls frieren – vielleicht blasen sie den endgültigen Angriff bis morgen ab.«

Armstrong schüttelte in der sinkenden Dunkelheit den Kopf. »Das bezweifle ich. Denen kocht jetzt das Blut – sie sind jetzt kurz vor dem Abschuß.« Er blickte auf Willis, der wie ein Hund mit heraushängender Zunge keuchte. »Gehen Sie lieber jetzt ein bißchen langsamer und helfen Sie Jenny. Sie ist in ziemlich schlechtem Zustand. Benedetta und ich können rasch zum Bergwerk vorausgehen und sehen, was sich dort machen läßt.«

Willis starrte ihn an. »Glauben Sie, sie sind dicht hinter uns?«
»Kommt es denn darauf an?« fragte Benedetta. »Wir kämpfen entweder hier oder beim Bergwerk.« Sie gab Aguillar einen flüchtigen Kuß und sagte etwas auf spanisch zu ihm; dann winkte sie Armstrong, und sie marschierten rasch davon.
Sie brauchten nicht lange, um zum Bergwerk zu gelangen. Armstrong warf einen prüfenden Blick auf die drei Hütten und sagte trübe:
»Das hier läßt sich ebensowenig verteidigen wie das Lager unten. Na, immerhin, sehen wir mal zu.«
Er betrat eine der Hütten und sah sich ziemlich verzweifelt im Innern um. Er tastete die Holzwand ab und dachte: Mein Gott, da gehen Gewehrkugeln durch wie durch Papier; da sind wir noch besser dran, wenn wir uns draußen im Freien verstreuen und uns darauf gefaßt machen, in der Nacht zu erfrieren. Ein Ruf von Benedetta störte ihn auf, und er ging hinaus.
Sie hielt ein Stück Papier in der Hand und versuchte beim Licht einer Holzfackel zu erkennen, was es bedeutete. Dann rief sie aufgeregt: »Es ist ein Zettel von Forester! Sie haben einen der Bergwerksstollen für uns hergerichtet.«
Armstrong ruckte den Kopf hoch. »Wo?« Er nahm das Stück Papier, sah sich die Skizze darauf an und blickte sich um. »Dort drüben«, sagte er und streckte die Hand aus.
Sie fanden den Stollen und die niedrige Steinmauer, die Forester und Rohde aufgeschichtet hatten. »Viel ist es nicht, aber immerhin ein Zuhause«, sagte er und spähte in die Schwärze. »Sie gehen am besten zurück und holen die anderen, und ich schau' inzwischen nach, wie es drinnen aussieht.« Als sie schließlich alle im Stolleneingang versammelt waren, hatte er inzwischen das Innere mit Hilfe einer rauchigen Fackel ziemlich gründlich durchforscht. »Eine Sackgasse«, sagte er. »Hier treten wir an zum letzten Gefecht.« Er zog die Pistole aus dem Gürtel. »Ich habe noch Rohdes Knarre - mit einer Kugel. Kann hier irgend jemand besser schießen als ich?« Er bot Willis die Waffe an. »Wie wär's mit Ihnen, General?«
Willis betrachtete die Pistole. »Ich habe in meinem ganzen Leben noch nie einen Schuß abgegeben.«
Armstrong seufzte. »Ich auch nicht, aber es sieht so aus, als hätte ich jetzt meine Gelegenheit.« Er steckte die Pistole zurück in den Gürtel und sagte zu Benedetta: »Und was haben Sie?«

»Miguel hat uns ein paar Lebensmittel zurückgelassen«, sagte sie. »Genug für eine kalte Mahlzeit.«
»Dann werden wir jedenfalls nicht hungrig sterben«, meinte Armstrong sarkastisch.
Willis machte eine plötzliche Handbewegung. »Um Himmels willen, reden Sie doch nicht so.«
»Entschuldigung«, sagte Armstrong. »Wie geht es Miß Ponsky und Señor Aguillar?«
»Den Umständen entsprechend«, antwortete Benedetta mit Bitterkeit. »Wenn man bedenkt, daß es sich um einen Mann mit einem Herzleiden und eine ältere Dame mit einem Loch in der Schulter handelt, die versuchen, Luft zu atmen, die nicht da ist.« Sie sah flehend zu Armstrong auf. »Glauben Sie, daß Tim noch irgendeine Chance hat?«
Armstrong wandte das Gesicht ab. »Nein«, sagte er kurz und ging zum Stolleneingang, wo er sich hinter der niedrigen Brustwehr aus Steinen hinstreckte und die Pistole neben sich legte. Wenn ich warte, dachte er, kann ich vielleicht jemand erschießen; aber ich muß warten, bis sie ganz nahe herankommen.
Es begann zu schneien.


Beim Straßeneinschnitt war alles völlig still und ruhig; nur von weiter oben auf der Straße, bei dem brennenden Lager, konnte O'Hara Stimmen hören. Der Feuerschein drang jetzt nur noch ganz schwach durch den Nebel, und er schätzte, daß die Baracken inzwischen bis zum Boden heruntergebrannt waren. Er öffnete langsam die Hand und ließ die Maschinenpistole herabfallen. Sie schlug klappernd auf den Stein auf, und er zog seinen Arm heraus und massierte ihn.
Er fror in seinen nebelfeuchten, naßkalten Kleidern und wünschte sich, er hätte dem Posten beim Tribock seine Jacke aus Lammfell ausgezogen - der junge Juan hätte sie ja nicht mehr gebraucht. Aber es hätte zu lange gedauert, ganz abgesehen von der Grausigkeit, und er hatte keine Zeit vergeuden wollen. Jetzt wünschte er, er hätte es riskiert.
Er blieb eine Weile still sitzen und überlegte, ob wohl jemand das Aufschlagen des Metalls auf den Stein gehört hatte. Dann machte er sich daran, die Maschinenpistole heraufzuholen. Er brauchte zehn Minuten, um sie mit Hilfe der Armbrust aus der Spalte her-

auszufischen. Dann machte er sich wieder auf, den Berg hinauf und in sicherem Abstand von der Straße. Er hatte sich bei dem erzwungenen Aufenthalt zumindest ein wenig ausgeruht.
Drei weitere Lastkraftwagen waren heraufgekommen. Sie waren nicht direkt zum Bergwerk hinaufgefahren – noch nicht; der Feind hatte sich dem zwecklosen Bemühen hingegeben, die Flammen des brennenden Barackenlagers zu löschen, und das hatte einige Zeit in Anspruch genommen. O'Hara wußte, daß die Lastautos oberhalb des Lagers geparkt waren, und ging folglich in einem Halbkreis außen herum, so daß er bei ihnen herauskam. Sein Knöchel war in schlechtem Zustand, das geschwollene Fleisch war weich und gedunsen, und er wußte, daß er nicht mehr sehr viel weiter zu Fuß gehen konnte – bestimmt nicht bis zum Bergwerk. Er gedachte, sich ein Lastauto zu beschaffen, und zwar auf die gleiche Weise, wie er sich eine Feuerwaffe beschafft hatte – indem er, wenn nötig, jemand umbrachte.
Als er zurück zur Straße kam, kletterte gerade ein Haufen Leute in die Lastautos; aber seine Enttäuschung hellte sich ein wenig auf, als er sah, daß sie nur zwei Lastautos verwendeten. Der Jeep war neben ihnen aufgefahren. O'Hara hörte den Russen in seinem hölzernen, pedantischen Spanisch Befehle ausgeben und ärgerte sich, weil er nicht in Schußweite war. Dann fuhr der Jeep los, die Straße hinauf, und die Lastautos rollten mit krachender Gangschaltung hinter ihm her. Das dritte Lastauto blieb stehen.
Er konnte nicht erkennen, ob sie bei dem Lastwagen einen Posten zurückgelassen hatten, und pirschte sich folglich mit größter Vorsicht heran. Er glaubte eigentlich nicht, daß ein Posten da sein werde. Der Feind würde kaum auf den Gedanken kommen, eine solche Maßnahme zu treffen, weil er meinte, daß er sie alle zum Bergwerk hinaufgetrieben habe. So bekam er einen gehörigen Schrecken, als er über einen Wachtposten stolperte, der seinen Platz bei dem Lastauto verlassen hatte, um sich zwischen den Felsblöcken zu erleichtern. Der Mann stieß ein erstauntes Grunzen aus, als O'Hara in ihn hineintorkelte. »Cuidado!« entfuhr es ihm, und dann sah er auf. O'Hara ließ beide Waffen zu Boden fallen, als der Mann den Mund öffnete, und drückte ihm die flache Handfläche über den Kiefer, ehe er brüllen konnte. Sie kämpften lautlos miteinander. O'Hara drückte den Kopf des Mannes zurück, und seine Finger griffen nach des Mannes ungeschützten Augen. Den anderen Arm hielt er um den Brustkasten des

Mannes geschlungen und drückte ihn fest an sich. Sein Gegner schlug wild mit beiden Armen um sich, und O'Hara war sich bewußt, daß er einem richtigen Box- und Ringkampf mit diesem Mann körperlich nicht gewachsen war. Er entsann sich des Messers in seinem Gürtel und beschloß, es zu riskieren: er mußte so rasch zustechen, daß er den Mann tötete, noch ehe er einen Laut von sich gab. Er ließ ihn plötzlich los, stieß ihn von sich und griff mit der Hand rasch nach dem Gürtel. Der Mann torkelte und öffnete wieder den Mund, und O'Hara trat auf ihn zu und trieb ihm das Messer mit einem geraden Stich knapp unterhalb des Brustbeins in die Brust und gab ihm beim Eindringen einen scharfen Ruck nach oben.

Der Mann hustete auf eine erstaunliche Art, als habe er den Schluckauf, beugte sich vornüber und fiel O'Hara direkt in die Arme. Während O'Hara ihn zu Boden sinken ließ, stieß er einen tiefen Seufzer aus und starb. O'Haras Atem ging schwer. Er zog das Messer heraus, und ein heißer Blutstrahl spritzte ihm über die Hand. Er stand einen Augenblick lang still und lauschte und hob dann die Maschinenpistole auf, wo er sie fallen gelassen hatte. Er erschrak, als sein Finger die Sicherung berührte – die Waffe war entsichert; ein plötzlicher Ruck hätte leicht einen Warnschuß auslösen können. Aber das war jetzt alles vorbei und kümmerte ihn nicht mehr. Er war sich bewußt, daß er nur noch von einer Minute zur nächsten lebte, und was vorher geschehen war oder hätte geschehen können, bedeutete ihm nichts. Jetzt kam es einzig und allein darauf an, so rasch wie möglich zum Bergwerk hinaufzugelangen, den Kubaner und den Russen umzulegen und Benedetta zu finden.

Er warf einen Blick in das Fahrerhäuschen des Lastautos und öffnete die Tür. Es war ein großer, schwerer Lastkraftwagen, und als er in den Fahrersitz hinaufgeklettert war, konnte er die verlöschende Glut des Barackenlagers sehen. Es regte sich dort nichts, außer ein paar niedrigen Flammen und einem schwarzen Rauchkringel, der sich sofort im Nebel auflöste. Er sah sich rasch um, nach rückwärts, nach vorn, und drückte auf den Anlasser.

Der Motor sprang an, er schaltete den Gang ein und fuhr die Straße hinauf. Er kam sich fast ein wenig verrückt und übermütig vor. Er hatte binnen kurzer Zeit drei Männer getötet, die ersten, die er je von Angesicht zu Angesicht getötet hatte, und er war durchaus bereit, weiter zu töten, solange es nötig war. Sein Geist

hatte wieder jene Hochspannung erreicht, an die er sich aus Korea erinnerte, ehe er abgeschossen worden war; alle seine fünf Sinne arbeiteten rasiermesserscharf, und seine Gedanken enthielten nichts außer der Aufgabe, die vor ihm lag.
Nach einer Weile schaltete er die Scheinwerfer aus. Es war nicht ungefährlich, aber er mußte es riskieren. Natürlich bestand die Möglichkeit, daß er in diesem Nebel in einer der scharfen Kurven von der Straße abkam und rettungslos den Berghang hinuntersauste; aber noch wesentlich größer war die Gefahr, daß der Feind in den Lastautos vor ihm ihn sah und ihm aus einem Hinterhalt auflauerte.
Der Lastwagen kroch knirschend dahin, und die Steine und Schlaglöcher auf der Straße schlugen ihm mit heftigen Stößen jedesmal fast das Steuer aus der Hand. Er fuhr so rasch, wie er es sich glaubte erlauben zu können, was in Wahrheit ganz und gar nicht schnell war, aber schließlich, als er um eine besonders haarsträubende Kurve herumkam, sah er ein rotes Schlußlicht in der nächsten Kurve verschwinden. Er verlangsamte sofort die Fahrt und begnügte sich damit, in gebührendem Abstand hinterherzufahren. Auf der Straße konnte er sowieso nichts unternehmen. Sein Augenblick würde oben beim Bergwerk kommen.
Er fühlte mit der Hand nach der Maschinenpistole, die auf dem Sitz neben ihm lag, und zog sie näher zu sich heran. Sie fühlte sich sehr beruhigend an.
Er kam zu einer Biegung der Straße, an die er sich erinnerte; es war die letzte Ecke vor dem ebenen Gelände beim Bergwerk. Er fuhr den Lastwagen auf die Straßenseite und zog die Bremse an, ließ aber den Motor laufen. Er nahm die Maschinenpistole, ließ sich auf den Erdboden hinabfallen - er zuckte vor Schmerzen zusammen, als er mit vollem Körpergewicht auf den verstauchten Knöchel trat - und humpelte die Straße hinauf. Er hörte, wie das Motorengedröhn vor ihm nacheinander aufhörte, und als er eine Stelle gefunden hatte, von wo er eine gute Sicht hatte, entdeckte er, daß die anderen Lastautos bei den Hütten geparkt waren, und sah im Licht ihrer Scheinwerfer Leute herumlaufen.
Der Jeep gab jetzt Gas und begann zu rollen, und die Lichtstrahlen seiner Scheinwerfer stachen durch den Nebel und suchten den Sockel der Felswand ab, in die die Bergwerksstollen hineingetrieben waren. Sie beleuchteten erst eine schwarze Höhle und dann eine zweite, und dann ertönte plötzlich ein Freudengeheul und

wildes Triumphgeschrei, als die Lichtkegel über die dritte hinstrichen und sofort wieder zu ihr zurückkehrten, um eine niedrige Steinmauer am Eingang sichtbar werden zu lassen und das weiße Gesicht eines Mannes, der sich rasch duckte und nicht mehr zu sehen war. O'Hara vergeudete keine Zeit mit Überlegungen, wer der Mann war. Er humpelte zu seinem Lastauto zurück und schaltete den Gang ein. Jetzt hatte er keine Sekunde zu verlieren.

# 9

Forester fühlte sich warm und behaglich, und das war für ihn gleichbedeutend. Merkwürdig, dachte er, daß der Schnee so warm und weich ist. Er öffnete die Augen und blickte in ein blendendes Weiß. Er seufzte und schloß enttäuscht die Augen wieder. Es war also doch Schnee. Er meinte, er sollte eigentlich eine Anstrengung machen, um aus diesem köstlich warmen Schnee herauszukommen, weil er sonst sterben würde, aber er fand, es sei die Anstrengung nicht wert. Er ließ sich von der Wärme behaglich einhüllen, und eine Sekunde lang, ehe er wieder in die Bewußtlosigkeit zurücksank, dachte er: wo ist Rohde eigentlich hingeraten?
Als er das nächstemal die Augen öffnete, war die grelle weiße Helligkeit noch immer da, aber jetzt hatte er sich ausreichend erholt, um sie als das zu erkennen, was sie wirklich war - strahlendes Sonnenlicht, das auf die säuberlich gebügelte Bettdecke fiel, mit der er zugedeckt war. Er blinzelte nochmals hin, aber die Grelle tat seinen Augen weh, und er schloß sie wieder. Er war sich bewußt, daß er etwas tun sollte, aber er konnte sich nicht erinnern, was es war, und während er sich noch mühte wachzubleiben, um sich zu erinnern, schlief er wieder ein.
Er hatte im Schlaf ein undeutliches Gefühl, daß die Zeit verstrich, und er wußte, daß er dagegen ankämpfen müsse, daß er die Uhr zum Stehen bringen, die Zeiger anhalten müsse, weil er etwas zu tun hatte, das von äußerster Dringlichkeit war. Er rührte sich im Schlaf und stöhnte, und eine Krankenschwester in schmucker weißer Tracht tupfte ihm mit einem Schwamm behutsam den Schweiß von der Stirn.
Aber sie weckte ihn nicht.
Endlich wachte er völlig auf und starrte auf die Zimmerdecke. Sie war ebenfalls weiß, einfach weiß getüncht mit dicken hölzernen

Deckenbalken. Er wandte den Kopf und blickte in ein Paar freundliche Augen. Er benetzte die trockenen Lippen und flüsterte: »Was ist passiert?«
»No comprendo«, antwortete die Pflegerin. »Nix sprechen - ich holen Doktor.«
Sie stand auf, und seine Augen folgten ihr, als sie zur Tür ging und verschwand. Er wünschte verzweifelt, sie möge doch bloß zurückkommen und ihm sagen, wo er war und was sich zugetragen hatte und wo er Rohde finden konnte. Bei dem Gedanken an Rohde kam alles zurück - die Nacht auf dem Berg und die vergeblichen Versuche, einen Weg über den Paß zu finden. An das meiste davon konnte er sich deutlich erinnern, obwohl es gegen Ende alles ein wenig verschwamm - und er erinnerte sich auch, warum sie diese haarsträubende Sache unternommen hatten.
Er versuchte sich aufzusetzen, aber seine Muskeln waren völlig kraftlos; er konnte nur einfach daliegen, und der Atem ging ihm schwer. Er hatte ein Gefühl, als wiege sein Körper mindestens zehn Zentner und als sei er von oben bis unten mit einem Gummischlauch durchgeprügelt worden. Sämtliche Muskeln waren locker und schlapp, sogar die Nackenmuskeln, wie sich herausstellte, als er versuchte, den Kopf zu heben. Und er war sehr, sehr müde.
Es dauerte lange, bis wieder jemand ins Zimmer kam, und dann war es die Krankenschwester, die einen Napf heißer Suppe brachte. Sie erlaubte ihm nicht zu sprechen, und er fühlte sich zu schwach, um darauf zu bestehen, und jedesmal, wenn er den Mund öffnete, schob sie einen Löffel voll Suppe hinein. Die Fleischbrühe brachte ihn wieder zu Kräften, und er fühlte sich besser. Als er mit der Suppe fertig war, fragte er: »Wo ist der andere Mann - el otro hombre?«
»Ihr Freund wird gesund werden«, sagte sie auf spanisch und schlüpfte aus dem Zimmer, noch ehe er weiterfragen konnte.
Wieder verging eine lange Zeit, bis ihn jemand aufsuchte. Er hatte keine Uhr, schätzte aber nach der Stellung der Sonne, daß es ungefähr Mittag sein müsse. Aber welcher Tag? Wie lange war er schon hier? Er nahm die Hand heraus, um sich zu kratzen, weil er ein unerträgliches Jucken auf der Brust verspürte, und entdeckte dabei, warum er sich so schwer und unbehaglich fühlte: er war anscheinend in einige Kilometer Heftpflaster eingewickelt.
Ein Mann betrat das Zimmer und schloß die Tür hinter sich. Er

sagte mit amerikanischem Akzent: »Na, Mr. Forester, ich höre, es geht Ihnen schon besser.« Er war in Krankenhausweiß gekleidet und hätte ein Arzt sein können - ein älterer Mann von kraftvollem Wuchs mit einem dichten weißen Haarschopf und den Krähenfüßen eines Mannes, der oft und gerne lacht, um die Augen.
Forester war erleichtert. »Gott sei Dank - ein Amerikaner«, sagte er. Seine Stimme klang wesentlich kräftiger.
»Mein Name ist McGruder - Dr. McGruder.«
»Woher wissen Sie meinen Namen?« fragte Forester.
»Aus den Papieren in Ihrer Tasche«, antwortete McGruder. »Sie haben einen amerikanischen Paß bei sich.«
»Hören Sie zu«, sagte Forester dringlich. »Sie müssen mich hier herauslassen. Ich habe eilige Dinge zu erledigen. Ich muß -«
»Sie kommen hier noch lange nicht heraus«, sagte McGruder unvermittelt. »Sie können nicht auf Ihren Füßen stehen, selbst wenn Sie es versuchen würden.«
Forester sank in sein Bett zurück. »Was ist das hier eigentlich?«
»Die San-Antonio-Mission«, sagte McGruder. »Ich bin hier der Große Weiße Häuptling. Presbyterianisch, wissen Sie.«
»Irgendwo in der Nähe von Altemiros?«
»Gewiß. Das Städtchen Altemiros liegt gleich hier unten an der Straße - ungefähr drei Kilometer weit.«
»Ich muß eine Mitteilung hinschicken«, sagte Forester rasch. »Zwei Mitteilungen - eine an Ramón Sueguerra in Altemiros und die andere nach Santilla an den -«
McGruder hob die Hand. »Langsam, langsam. Sie kriegen einen Rückfall, wenn Sie sich nicht vorsehen. Immer mit der Ruhe, regen Sie sich nicht auf.«
»In Gottes Namen«, sagte Forester erbittert. »Die Sache ist eilig.«
»In Gottes Namen ist überhaupt nichts eilig«, antwortete McGruder gleichmütig. »Gott hat jede Menge Zeit. Was mich interessiert, ist, warum ein Mann in einem Schneesturm über einen unmöglichen Gebirgspaß herüberkommt und noch einen anderen Mann schleppt?«
»Hat Rohde mich getragen? Wie geht es ihm?«
»Den Umständen entsprechend«, sagte McGruder. »Ich würde gern wissen, warum er Sie getragen hat.«
»Weil ich am Sterben war«, sagte Forester. Er sah McGruder forschend an und versuchte, ihn einzuschätzen. Er durfte jetzt keinen Schnitzer machen - die Kommunisten hatten an den

seltsamsten Stellen die unerwartetsten Freunde -, aber er meinte, daß er bei einem presbyterianischen Arzt ziemlich sicher sein konnte, und McGruder sah jedenfalls aus, als ob er richtig sei.
»Also gut«, sagte er schließlich. »Ich schätze, ich werde es Ihnen sagen müssen. Sie sehen mir in Ordnung aus.«
McGruder hob die Augenbrauen, sagte aber nichts, und Forester erzählte ihm, was sich auf der anderen Seite des Gebirges zugetragen hatte, angefangen mit dem Flugzeugabsturz, wobei er allerdings gewisse unwesentliche Einzelheiten wie Peabodys Ende wegließ, die seiner Sache vielleicht schaden würden. Während er sprach, krochen McGruders Augenbrauen allmählich seine ganze Stirn hinauf, bis sie fast in seinen Haaren verschwunden waren.
Als Forester geendet hatte, sagte er: »Das ist nun wirklich die unwahrscheinlichste Geschichte, die ich in meinem ganzen Leben gehört habe. Sie müssen verstehen, Mr. Forester, ich traue Ihnen nicht ganz. Ich hatte einen Telefonanruf vom Luftwaffenstützpunkt - es ist einer hier ganz in der Nähe -, und dort sucht man nach Ihnen. Außerdem hatten Sie das hier bei sich.« Er griff in die Tasche und zog eine Pistole hervor. »Ich habe Leute nicht gern, die Schußwaffen bei sich tragen - es geht gegen meine Religion.«
Forester sah zu, wie McGruder geschickt das Magazin herausnahm und die Patronen herausfallen ließ. Er sagte: »Für einen Mann, der Schußwaffen nicht gern hat, wissen Sie ein bißchen zu gut darüber Bescheid, wie sie funktionieren.«
»Ich war Marinesoldat auf Iwo Jima« antwortete McGruder. »Nun sagen Sie mir, warum sich die Militärbehörden von Cordillera für Sie interessieren sollten?«
»Weil sie kommunistisch geworden sind.«
»Ach, hören Sie auf«, sagte McGruder verächtlich. »Sie reden wie eine alte Jungfer, die unter jedem Bett einen Einbrecher vermutet. Oberst Rodriguez ist so kommunistisch, wie ich es bin.«
Forester sah plötzlich einen Hoffnungsstrahl. Rodriguez war der Kommandant der Staffel Vierzehn und ein Freund Aguillars. »Haben Sie mit Rodriguez gesprochen?« fragte er. »Nein«, sagte McGruder. »Es war irgendein Hauptmann oder Leutnant.« Er hielt inne. »Hören Sie, Forester, das Militär ist hinter Ihnen her, und ich möchte, daß Sie mir sagen, warum.«
»Ist die Staffel Vierzehn noch auf dem Flugplatz stationiert?« entgegnete Forester.

»Ich weiß nicht. Rodriguez sagte etwas, daß sie abgelöst werden – aber ich habe ihn seit fast einem Monat nicht mehr gesehen.«
Es war also Kopf oder Schrift, dachte Forester ärgerlich. Das Militär konnte Freund sein oder auch Feind, und er hatte keine sofortige Möglichkeit, es herauszubekommen. Außerdem sah es so aus, als sei McGruder durchaus bereit, ihn auszuliefern. Er sagte nachdenklich: »Ich schätze, Sie versuchen Ihre Nase herauszuhalten. Ich nehme an, Sie arbeiten mit den Ortsbehörden zusammen und mischen sich nicht in die Lokalpolitik ein.«
»Das tue ich allerdings nicht«, sagte McGruder. »Ich möchte nicht, daß mir die Mission hier zugemacht wird. Wir haben auch so schon genug Ärger.«
»Sie glauben, Sie haben Ärger mit Lopez, aber das ist noch gar nichts gegen den Ärger, den Sie haben werden, wenn die Kommunisten an die Macht kommen«, fauchte Forester. »Sagen Sie mir, ist es nicht gegen Ihre Religion, einfach dazustehen und abzuwarten, während Ihre Mitmenschen – von denen einige Ihre Landsleute sind, aber das hat nichts zu sagen – keine fünfundzwanzig Kilometer von der Stelle hier, wo Sie stehen, abgeschlachtet werden?«
McGruder wurde weiß um die Nasenflügel, und die Falten um seinen Mund vertieften sich.
»Ich glaube beinahe, Sie sagen die Wahrheit«, antwortete er langsam.
»Da haben Sie allerdings gottverdammt recht.«
McGruder überhörte den gotteslästerlichen Ausdruck und sagte: »Sie haben da einen Namen erwähnt – Sueguerra. Ich kenne Señor Sueguerra sehr gut. Ich spiele immer Schach mit ihm, wenn ich ins Dorf komme. Er ist ein guter Mann, und das ist ein Pluspunkt für Sie. Was war die andere Mitteilung nach Santillana?«
»Die gleiche Mitteilung an einen anderen Mann«, sagte Forester geduldig. »Bob Addison von der amerikanischen Botschaft. Teilen Sie beiden mit, was ich Ihnen erzählt habe, und sagen Sie Addison, er soll losspuren, und zwar schnell.«
McGruder runzelte die Stirn. »Addison? Ich glaube, ich kenne alle Leute an der Botschaft, aber ich erinnere mich an keinen Addison.«
»Können Sie auch nicht«, sagte Forester. »Er ist Beamter der Central Intelligence Agency der Vereinigten Staaten. Wir haben keine Aushängeschilder.«

McGruders Augenbrauen krabbelten wieder seine Stirn hinauf.
»Wir?«
Forester grinste schwach. »Ich bin ebenfalls Beamter der CIA. Aber das müssen Sie mir unbesehen glauben - ich trage meinen Ausweis nicht auf der Brust tätowiert.


Forester erschrak, als er erfuhr, daß Rohde wahrscheinlich sein Bein verlieren würde. »Erfrierung in einer sehr bösen offenen Wunde ist der Gesundheit nicht gerade zuträglich«, sagte McGruder trocken. »Mir tut das Ganze schrecklich leid. Ich werde natürlich versuchen, das Bein zu retten. Es ist ein Jammer, daß das einem so tapferen Mann zustoßen muß.«
McGruder schenkte Foresters Darstellung jetzt offenbar Glauben, obwohl es nicht einfach gewesen war, ihn zu überzeugen, und er seine Zweifel an der Klugheit des amerikanischen Außenministers hegte. »Die Leute sind dumm«, sagte er. »Wir wollen hier unten keine offene amerikanische Einmischung. Das ruft nur garantiert eine antiamerikanische Stimmung hervor. Liefert den Kommunisten genau das, was sie brauchen.«
»Aber um Gottes willen, ich mische mich doch nicht tatsächlich ein«, protestierte Forester. »Wir wußten, daß Aguillar diesen Schritt vorhatte, und mein Auftrag war lediglich, ein freundschaftliches Auge auf ihn zu haben und dafür zu sorgen, daß er wohlbehalten hinkam.« Er blickte zur Decke hinauf und sagte bitter: »Das scheine ich ja nun vermasselt zu haben, wie?«
»Ich wüßte nicht, was Sie hätten anderes machen können«, meinte McGruder. Er stand vom Bettrand auf. »Ich werde feststellen, welche Staffel auf dem Flugplatz stationiert ist, und ich werde Sueguerra selbst aufsuchen.«
»Vergessen Sie nicht die Botschaft.«
»Ich werde sofort ein Gespräch anmelden.«
Aber das erwies sich als schwierig, denn die Leitung funktionierte nicht. McGruder saß an seinem Schreibtisch und fauchte wütend das Telefon an, das nicht antwortete. Es war immer dasselbe, es passierte mindestens einmal in der Woche, und jedesmal im kritischen Augenblick. Schließlich legte er den Hörer hin und wandte sich ab, um seinen weißen Kittel abzulegen, zauderte aber, als er auf dem Hof das Kreischen von Bremsen hörte. Er blickte durch sein Bürofenster und sah draußen einen militärischen Stabswagen

auffahren, dem ein Lastauto und ein militärischer Lazarettwagen folgten. Ein Unteroffizier bellte einen Befehl, eine Abteilung uniformierter und bewaffneter Leute kletterte aus dem Lastwagen heraus, und dem Stabswagen entstieg gelassen ein Offizier.
McGruder zog hastig seinen weißen Kittel wieder an, und als der Offizier ins Zimmer trat, saß er emsig an seinem Schreibtisch und schrieb. Er blickte auf und sagte: »Guten Tag, Herr - eh - Major. Was verschafft mir die Ehre?«
Der Offizier knallte vorschriftsmäßig die Hacken zusammen. »Major Garcia, zu Ihren Diensten.«
Der Arzt lehnte sich in seinem Schreibtischsessel zurück und legte beide Hände flach auf die Tischplatte. »Mein Name ist McGruder. Was kann ich für Sie tun, Herr Major?«
Garcia schnipste mit dem Handschuh gegen das Hosenbein seiner gutgeschnittenen Breeches. »Wir - das heißt, die cordillerische Luftwaffe - dachten, wir könnten Ihnen vielleicht dienlich sein«, sagte er ungezwungen. »Wie wir hören, haben Sie zwei schwerverletzte Leute hier - die beiden Männer, die vom Berg heruntergekommen sind. Wir stellen das Militärlazarett auf dem Flugplatz und unser Lazarettpersonal zur Verfügung.« Er schwenkte die Hand. »Der Krankenwagen wartet draußen.«
McGruder schaltete den Blick rasch zum Fenster hinüber und sah, daß die Soldaten draußen Aufstellung nahmen. Sie sahen einsatzbereit aus. Er schaltete zurück zu Garcia. »Und die Begleitmannschaft?«
Garcia lächelte. »No es nada«, sagte er obenhin. »Hat nichts zu bedeuten. Ich war gerade auf einer kleinen Felddienstübung, als ich meinen Befehl bekam, und es war einfacher, die Leute gleich mitzunehmen, als sie wegtreten zu lassen, damit sie nur herumlungern.«
McGruder glaubte kein Wort. Er sagte freundlich: »Herr Major, ich glaube, wir brauchen die Militärbehörden nicht zu bemühen. Ich kenne zwar Ihr Lazarett auf dem Flugplatz nicht, aber meine Krankenstation hier hat alles, was gebraucht wird, um sich dieser zwei Leute anzunehmen. Ich glaube nicht, daß sie verlegt zu werden brauchen.«
Garcias Lächeln verflog. »Wir bestehen darauf«, sagte er eisig.
McGruders bewegliche Augenbrauen schossen hoch. »Bestehen, Herr Major? Ich glaube nicht, daß Sie in der Lage sind, darauf zu bestehen.«

Garcia blickte vielsagend zu der Abteilung Soldaten im Hof draußen. »Nein?« fragte er mit seidenweicher Stimme.
»Nein«, antwortete McGruder bündig. »Als Arzt sage ich Ihnen hiermit, daß die beiden Männer zu krank und nicht transportfähig sind. Wenn Sie mir nicht glauben, holen Sie Ihren eigenen Arzt aus dem Krankenwagen herein, er wird Ihnen das gleiche sagen.«
Garcia schien zum erstenmal seine Selbstbeherrschung zu verlieren.
»Arzt?« sagte er unsicher. »Hm . . . wir haben keinen Arzt mitgebracht.«
»Keinen Arzt?« sagte McGruder höchst erstaunt. Seine Augenbrauen hüpften auf und ab. »Da haben Sie bestimmt Ihren Befehl nicht richtig verstanden, Major Garcia. Ich kann mir nicht vorstellen, daß Ihr Kommandeur es billigen würde, wenn diese beiden Leute ohne sachkundige Aufsicht von hier weggeschafft werden. Und ich habe bestimmt keine Zeit, um mit Ihnen zum Flugplatz zu fahren. Ich bin sehr beschäftigt.«
Garcia zögerte und sagte dann mürrisch: »Darf ich mal Ihr Telefon benutzen?«
»Bedienen Sie sich«, antwortete McGruder. »Aber es funktioniert wie gewöhnlich wieder mal nicht.«
Garcia setzte ein dünnes Lächeln auf und sprach in die Muschel. Und er bekam auch eine Antwort. Das überraschte McGruder und ließ ihn erkennen, wie ernst die Lage war. Diesmal war es kein gewöhnliches Versagen der Telefonanlage - dies war sorgfältig geplant. Er sagte sich, daß das Telefonamt vermutlich unter militärischer Überwachung stand.
Garcia nahm stramme Haltung an, als er jetzt wieder sprach, und McGruder lächelte sauer. Er sprach offensichtlich mit seinem Kommandeur, und dieser Kommandeur war bestimmt nicht Rodriguez - bei ihm kam dieses zackige Benehmen nicht vor. Garcia erläuterte knapp McGruders Standpunkt und hörte dann dem Wortschwall zu, der darauf folgte. Als er den Hörer wieder hinlegte, saß ein grimmiges Lächeln in seinem Gesicht. »Ich muß Ihnen zu meinem Bedauern mitteilen, Dr. McGruder, daß ich diese beiden Leute mitnehmen muß.«
Während er zum Fenster trat und den Feldwebel heranrief, sprang McGruder zornig auf die Füße. »Und ich sage Ihnen, daß die beiden Patienten zu krank sind, um transportiert zu werden. Einer

der beiden Patienten ist Amerikaner, Major Garcia. Wollen Sie unbedingt einen internationalen Zwischenfall verursachen?«
»Ich führe meinen Befehl aus«, antwortete Garcia steif. Der Feldwebel trat ans Fenster, er erteilte ihm im Schnellfeuertempo seine Anweisungen und wandte sich dann zurück zu McGruder. »Ich habe Ihnen mitzuteilen, daß diese beiden Männer unter Anklage der Verschwörung gegen die Staatssicherheit stehen. Ich habe Anweisung, sie zu verhaften.«
»Sie sind ja nicht bei Trost«, antwortete McGruder. »Wenn Sie diese beiden Leute festnehmen, geraten Sie bis über die Ohren in diplomatische Verwicklungen. Da laden Sie sich was Schönes auf den Hals.« Er ging zur Tür hinüber.
Garcia stand vor ihm. »Ich muß Sie ersuchen, von der Tür wegzutreten, Dr. McGruder. Sonst bin ich genötigt, Sie ebenfalls zu verhaften.« Er sprach über McGruders Schulter hinweg zu einem Feldwebel, der draußen stand. »Führen Sie den Doktor in den Hof ab.«
»Nun, wenn das Ihre Einstellung ist, dann kann ich nichts machen«, antwortete McGruder. Es war klar, daß er mehr nicht tun konnte. »Aber Ihr Kommandeur da, Ihr Vorgesetzer - wie heißt er noch gleich . . .«
»Oberst Coello.«
»Oberst Coello wird in eine üble Lage geraten.« Er trat beiseite und ließ Garcia den Vortritt in den Korridor.
Garcia wartete auf ihn und schlug sich ungeduldig mit dem Handschuh gegen das Hosenbein. »Wo sind die Leute?«
McGruder ging mit raschen Schritten voran, den Korridor entlang. Vor der Tür zu Foresters Zimmer blieb er stehen und hob absichtlich die Stimme. »Sie sind sich darüber klar, daß ich diese Leute unter Protest gehen lasse. Die Militärbehörden haben hier keine Rechtsbefugnis, und ich beabsichtige, durch die Botschaft der Vereinigten Staaten bei der Regierung von Cordillera Protest einzulegen. Und ich protestiere des weiteren aus ärztlichen Gründen - die Patienten sind beide nicht transportfähig.«
»Wo sind die Leute?« fragte Garcia nochmals.
»Den einen habe ich gerade operiert. Er ist noch nicht aus der Narkose aufgewacht. Der andere ist ebenfalls sehr krank, und ich muß darauf bestehen, ihm ein Beruhigungsmittel zu geben, ehe er transportiert wird.«
Garcia zögerte, und McGruder drängte. »Haben Sie ein Einsehen,

Herr Major. Sie wissen doch, was für Rumpelkisten die Militär-Lazarettwagen sind - Sie werden einem Menschen doch ein schmerzstillendes Mittel gönnen.« Er tippte Garcia mit dem Zeigefinger auf die Brust. »Diese Sache wird mit Riesenüberschriften durch sämtliche amerikanische Zeitungen gehen. Wollen Sie sie noch schlimmer machen und sich den Vorwurf der Unmenschlichkeit zuziehen?«

»Also gut«, antwortete Garcia widerwillig.

»Ich hole nur rasch das Morphium aus dem Operationsraum.« McGruder ging raschen Schritts zurück und ließ Garcia im Korridor stehen.

Forester hatte die lauten Stimmen vor seiner Tür gehört, als er gerade die Reste der besten Mahlzeit, die er in seinem ganzen Leben gegessen hatte, vom Teller putzte. Er erfaßte, daß irgend etwas schiefgegangen war und McGruder ihn kränker hinstellte, als er tatsächlich war. Dieses Spiel war er gern bereit mitzuspielen. Er schob rasch das Tablett unter das Bett, und als die Tür aufging, lag er mit geschlossenen Augen flach auf dem Rücken. Er stöhnte auf, als McGruder ihn berührte. »Mr. Forester«, sagte McGruder, »Major Garcia ist der Ansicht, daß Sie in einem anderen Krankenhaus bessere Pflege erhalten werden, und deshalb werden Sie jetzt verlegt.« Forester öffnete die Augen, und McGruder sah ihn mit einem wilden Stirnrunzeln an. »Ich bin mit dieser Maßnahme nicht einverstanden, sie geschieht unter Force majeure, und ich werde mich an die zuständigen Behörden deswegen wenden. Ich werde Ihnen jetzt ein schmerzstillendes Beruhigungsmittel geben, damit die Fahrt Ihnen nicht schadet, obwohl es nicht sehr weit ist - nur bis zum Flugplatz.«

Er streifte Foresters Pyjama-Ärmel hoch, betupfte den Arm mit einem Wattebausch und zog dann die Injektionsspritze hervor, die er aus einer Ampulle füllte. Dabei sprach er ganz beiläufig und obenhin: »Das Heftpflaster um Ihre Brust wird Ihren Rippen Halt geben, aber ich würde mich an Ihrer Stelle nicht zuviel bewegen - nur wenn es unbedingt sein muß.« Er betonte die letzten Worte auf kaum merkliche Weise und zwinkerte Forester zu.

Während er die Nadel in Foresters Arm stach, beugte er sich über ihn und flüsterte: »Es ist ein Belebungsmittel.«

»Was war das?« fragte Garcia scharf.

»Was war was?« fragte McGruder zurück. Er drehte sich um und fixierte Garcia mit einem eisigen Blick. »Ich möchte Sie doch sehr

bitten, einen Arzt nicht bei seiner Arbeit zu stören. Mr. Forester ist ein sehr kranker Mann, und ich mache im Namen der Vereinigten Staaten Sie und Oberst Coello verantwortlich für das, was ihm zustößt. So, und wo sind Ihre Krankenträger?«
Garcia schnarrte den Feldwebel an der Tür an: »Una Camilla!« Der Feldwebel brüllte den Korridor hinunter, und gleich darauf wurde eine Krankentrage hereingebracht. McGruder machte sich mit viel Umständlichkeit zu schaffen, während Forester aus dem Bett auf die Trage gehoben wurde, und als er schließlich zu seiner Zufriedenheit aufgebettet war, sagte er: »So, jetzt können Sie ihn mitnehmen.«
Er trat einen Schritt zurück und stieß an eine Nierenschale, die mit großem Geklapper auf den Fußboden fiel. Der plötzliche Lärm in dem stillen Zimmer schreckte alle auf und lenkte ihre Aufmerksamkeit ab, und in diesem Augenblick schob McGruder hastig etwas Hartes unter Foresters Kopfkissen.
Dann wurde Forester den Korridor hinunter und hinaus in den Hof getragen, und er zuckte schmerzhaft zusammen, als die Sonne ihm plötzlich in die Augen schien. Nachdem man ihn in den Krankenwagen geschoben hatte, verging eine endlose Zeit, in der nichts geschah, und er schloß die Augen und tat, als schliefe er, da der Wachsoldat ihn unablässig anstarrte. Er schob langsam die Hand unter der Decke hinauf zum Kopfkissen und berührte schließlich den Griff einer Schußwaffe.
Der wackre alte McGruder, dachte er; die Marinesoldaten hauen uns wieder mal heraus. Er hakte den Finger in den Abzugsbügel und zog die Waffe allmählich zu sich herab und schob sie sich unters Kreuz in den Bund seiner Pyjamahose. Dort würde man sie nicht sehen, wenn er in ein anderes Bett gehoben wurde. Er mußte sich selbst zulächeln: auf einem harten Stück Metall liegen zu müssen, wäre ihm zu anderen Zeiten reichlich unbequem vorgekommen, aber jetzt hatte das Gefühl der Waffe im Kreuz etwas ausgesprochen Beruhigendes.
Auch McGruders Worte waren beruhigend. Das Heftpflaster würde ihn zusammenhalten, und das Belebungsmittel würde ihm Kraft verleihen, sich zu bewegen. Er hatte eigentlich nicht das Gefühl, daß er es gebraucht hätte, denn seine Kräfte waren, nachdem er gegessen hatte, rasch zurückgekehrt, aber der Arzt würde schon wissen, was das Richtige war.
Rohde wurde in den Krankenwagen hineingeschoben, und

Forester warf einen Blick hinüber zu der Trage. Rohde war bewußtlos, und an der Stelle, wo seine Beine waren, zeichnete sich unter der Decke ein Höcker ab. Sein Gesicht war blaß und mit kleinen Schweißtropfen bedeckt, und sein Atem ging schwer und röchelnd.
Zwei Soldaten kletterten in den Krankenwagen, die Türen wurden zugeknallt, und einige Minuten später fuhren sie los. Forester hielt anfänglich die Augen geschlossen - die Soldaten sollten glauben, daß das angebliche Beruhigungsmittel zu wirken beginne. Aber nach einer Weile sagte er sich, daß die Soldaten wahrscheinlich von dem Beruhigungsmittel gar nichts wußten; er riskierte es, die Augen zu öffnen, und wandte den Kopf, um aus dem Fenster zu schauen.
Er konnte nicht viel sehen, weil er in einem ungünstigen Winkel zum Fenster lag, der seine Sicht beschränkte, aber nach einer Weile blieb der Krankenwagen stehen, und er sah ein schmiedeeisernes Tor und durch die Gitterstangen hindurch ein großes Schild. Auf ihm war ein Adler abgebildet, der über schneebedeckte Berggipfel hinwegflog, und darunter befand sich ein Schriftband mit prunkvollen Lettern: »Esquadrón Octavo.«
Es gab ihm einen Stich, und er schloß die Augen. Sie hatten den falschen Strohhalm gezogen. Dies war die kommunistische Staffel.


McGruder wartete, bis der Krankenwagen, gefolgt von einem Stabswagen, den Hof verlassen hatte. Dann ging er in sein Büro, legte den weißen Kittel ab und zog seinen Rock an. Er nahm die Wagenschlüssel aus der Schreibtischschublade und ging nach rückwärts zur Krankenhausgarage. Dort bekam er einen Schreck. Vor den großen Garagentüren lümmelte ein Soldat in einer schlampigen Uniform herum. Aber das Gewehr mit dem schimmernden, aufgepflanzten Bajonett, das er in der Hand hielt, sah alles andere als verschlampt aus.
Er trat auf ihn zu und bellte befehlend:
»Lassen Sie mich vorbei.«
Der Soldat sah ihn aus halbgeschlossenen Augen an, schüttelte den Kopf und spuckte auf den Erdboden. McGruder wurde wütend und versuchte, sich an ihm vorbeizuschieben, aber die Bajonettspitze kitzelte ihn plötzlich an der Kehle. Der Soldat sagte:

»Reden Sie mit dem Feldwebel. Wenn er sagt, Sie können einen Wagen nehmen, dann können Sie einen nehmen.«
McGruder trat zurück und rieb sich die Kehle. Er drehte sich auf dem Absatz um und machte sich auf die Suche nach dem Feldwebel, aber er kam mit ihm auch nicht weiter. Der Feldwebel war ein netter, sympathischer Mensch, wenn nicht gerade seine Vorgesetzten in der Nähe waren, und sein breites indianisches Gesicht blickte betrübt drein. »Es tut mir leid, Herr Doktor«, sagte er. »Ich gehorche nur meinem Befehl, und mein Befehl lautet, daß niemand die Mission verlassen darf, bis ich einen gegenteiligen Befehl erhalte.«
»Und wann wäre das?« verlangte McGruder zu wissen.
Der Feldwebel zuckte die Achseln. »Wer weiß?« antwortete er mit der Schicksalsergebenheit eines Mannes, für den Offiziere eine andere Menschenrasse waren, deren Tun und Treiben über seine Begriffe ging.
McGruder knurrte wütend, ging zurück in sein Büro und nahm den Telefonhörer auf. Die Leitung war anscheinend noch immer tot, aber als er barsch hineinrief: »Verbinden Sie mich mit Oberst Coello auf dem Militärflugplatz!« wurde sie plötzlich lebendig, und er kam durch, allerdings nicht zu Coello, sondern zu irgendeinem Untergebenen.
Er brauchte geschlagene fünfzehn Minuten, bis er schließlich mit Coello verbunden wurde, und seine Stimme bebte vor mühsam unterdrückter Wut. »Hier McGruder«, sagte er aggressiv. »Was soll das heißen, daß die San-Antonio-Mission geschlossen ist?«
Coello war verbindlich. »Aber die Mission ist doch nicht geschlossen, Herr Doktor. Jeder kann hinein.«
»Aber ich kann nicht hinaus«, sagte McGruder. »Ich habe schließlich meine Arbeit zu tun.«
»Dann tun Sie sie«, sagte Coello. »Ihre Arbeit ist in der Mission, Herr Doktor. Bleiben Sie bei Ihrem Leisten - wie der Schuster. Mischen Sie sich nicht in Dinge, die Sie nichts angehen.«
»Verdammt noch mal, ich weiß wirklich nicht, was Sie meinen«, fauchte McGruder mit einer Gotteslästerlichkeit, deren er sich seit seiner Marinesoldatenzeit nicht mehr bedient hatte. »Ich habe eine Sendung Medikamente auf dem Bahnhof in Altemiros abzuholen. Ich brauche sie, und die cordillerische Luftwaffe hindert mich daran, sie mir zu holen - so sehe ich die Sache an. Sie werden nicht gut ausschauen, Herr Oberst, wenn das herauskommt.«

»Aber das hätten Sie doch gleich sagen können«, antwortete Coello besänftigend. »Ich werde ein Fahrzeug vom Flugplatz hinschicken, das die Sendung für Sie abholt. Die cordillerische Luftwaffe ist, wie Sie wissen, stets gern bereit, Ihrer Mission zu helfen. Soviel ich höre, leiten Sie ein sehr gutes Krankenhaus, Dr. McGruder. Und wir sind knapp an guten Krankenhäusern.«
McGruder hörte die zynische Belustigung aus der Stimme heraus. Er antwortete gereizt: »Also gut«, und warf den Hörer hin. Er wischte sich den Schweiß von der Stirn. Es war wahrhaftig noch ein Glück, daß in Altemiros tatsächlich eine Sendung Medikamente zur Abholung bereitlag. Er hielt einen Augenblick inne und überlegte, was er nun tun solle; dann zog er ein Blatt Papier aus der Schublade und begann zu schreiben.
Eine halbe Stunde später hatte er Foresters Schilderung in allen wesentlichen Einzelheiten zu Papier gebracht. Er faltete die Blätter, steckte sie in einen Umschlag, den er zuklebte und in seine Tasche schob. Während all dieser Verrichtungen war ihm nicht entgangen, daß draußen vor seinem Fenster ein Soldat Posten stand, der ihn unauffällig überwachte. Er trat hinaus auf den Korridor und stellte fest, daß vor seiner Tür ebenfalls ein Soldat herumlungerte. Er beachtete ihn nicht und ging weiter zu den Krankenzimmern und dem Operationssaal. Der Soldat starrte ihm gleichgültigen Blicks nach und schlurfte dann hinter ihm her.
McGruder sah sich nach Sánchez, seinem Stellvertreter, um und fand ihn schließlich in einem der Krankensäle. Als Sánchez sein Gesicht erblickte, runzelte er die Stirn:
»Was ist los?«
»Die Militärbehörden sind völlig tobsüchtig geworden«, antwortete McGruder bedrückt. »Und ich bin anscheinend irgendwie hineinverwickelt - sie erlauben mir nicht, die Mission zu verlassen.«
»Sie lassen überhaupt niemanden hinaus«, sagte Sánchez. »Ich habe es versucht.«
»Ich muß aber unbedingt nach Altemiros«, sagte McGruder. »Wollen Sie mir helfen? Sie wissen ja, ich bin im allgemeinen unpolitisch. Aber das hier ist etwas anderes. Drüben auf der anderen Seite des Gebirges sind Mord und Totschlag im Gang.«
»Die Staffel Acht ist vor zwei Tagen hierher auf das Flugfeld verlegt worden. Ich habe merkwürdige Dinge über die Staffel Acht gehört«, sagte Sánchez nachdenklich. »Sie mögen vielleicht

unpolitisch sein, Dr. McGruder, aber ich bin es nicht. Natürlich werde ich Ihnen helfen.«
McGruder wandte sich um und sah den Soldaten, der in der Tür des Krankensaales stand und ihn ausdruckslos anstarrte. »Gehen wir in Ihr Zimmer«, sagte er.
Im Sprechzimmer schaltete McGruder den Röntgen-Projektionsapparat ein und erläuterte Sánchez die Einzelheiten einer Röntgenaufnahme. Er ließ die Tür offenstehen, und der Soldat stand an die gegenüberliegende Korridorwand gelehnt und stocherte sich hingebungsvoll zwischen den Zähnen. »Ich möchte, daß Sie folgendes tun«, sagte McGruder.


Fünfzehn Minuten später suchte er den Feldwebel auf und sprach geradeheraus mit ihm. »Was sind Ihre Befehle bezüglich der Mission?« fragte er ohne Umschweife.
Der Feldwebel antwortete: »Niemand hinauszulassen - und Sie zu überwachen, Dr. McGruder.« Er legte eine Pause ein. »Tut mir leid.«
»Mir ist schon von ferne aufgefallen, daß man mich anscheinend überwacht«, sagte McGruder mit unverhohlener Ironie »Jetzt hören Sie zu. Ich habe eine Operation vorzunehmen. Ich muß dem alten Pedro die Nieren in Ordnung bringen, oder er stirbt mir weg. Ich kann keinen von Ihren Leuten im Operationssaal brauchen, wo sie mir überall auf den Fußboden spucken. Wir haben auch so schon genug Schwierigkeiten, alles keimfrei zu halten.«
»Wir wissen alle, daß die Norteamericanos sehr sauber sind«, bestätigte der Feldwebel. Er runzelte die Stirn. »Dieser Raum - wie viele Türen?«
»Eine Tür und keine Fenster«, sagte McGruder. »Wenn Sie wollen, kommen Sie und sehen Sie sich ihn an. Aber spucken Sie nicht auf den Fußboden.«
Er führte den Feldwebel in den Operationssaal und überzeugte ihn, daß er nur einen Eingang hatte. »Gut«, sagte der Feldwebel. »Ich werde zwei Mann draußen vor die Tür stellen - das geht in Ordnung.«
McGruder begab sich in den Waschraum und bereitete sich auf die Operation vor, legte Kittel und Kappe an und befestigte die Maske locker um den Hals. Der alte Pedro wurde auf einer Krankentrage herbeigebracht, und McGruder stand vor der Tür, als er

in den Operationssaal geschoben wurde. Der Feldwebel fragte: »Wie lange wird es dauern?« McGruder überlegte. »Etwa zwei Stunden - vielleicht etwas länger. Es ist eine schwere Operation, Herr Feldwebel.« Er ging in den Operationssaal und schloß die Tür. Fünf Minuten später wurde die leere Krankenbahre herausgeschoben, und der Feldwebel blickte durch die geöffnete Tür und sah den Arzt, wie er sich mit einer Maske vor dem Gesicht und einem Skalpell in der Hand über den Operationstisch beugte. Die Tür wurde wieder geschlossen, der Feldwebel nickte den Posten zu und wanderte dann zum Hof hinaus, um sich ein sonniges Fleckchen zum Träumen und Rauchen zu suchen. Die leere Krankenbahre, die von zwei laut plappernden Pflegerinnen den Korridor hinuntergeschoben wurde, beachtete er überhaupt nicht.
Wohlbehalten auf der untersten Krankenstation angelangt, ließ McGruder sich von der Unterseite der Krankenbahre, an der er sich festgeklammert hatte, herabfallen und reckte die Armmuskeln. Allmählich, dachte er, werde ich für solche Akrobatenkunststücke zu alt. Er nickte den Pflegerinnen zu, die die Bahre hineingeschoben hatten. Sie kicherten und gingen hinaus, und er zog sich rasch um.
Er wußte eine Stelle, wo das Meer von Feigenkakteen, das den Berghang bedeckte, auf das Gelände der Mission übergeflossen war. Er hatte seit Wochen beabsichtigt, den eingedrungenen Kakteenwuchs zu beseitigen und das Gelände zu säubern, aber jetzt war er froh, daß er ihn hatte wachsen lassen. Kein Posten, der halbwegs bei Verstand war, würde absichtlich in einem solchen Gehege scharfstacheliger Kakteen Patrouille gehen, ganz gleich, wie sein Befehl lautete, und McGruder meinte, hier habe er vielleicht eine Chance durchzuschlüpfen.
Er hatte recht. Zwanzig Minuten später befand er sich jenseits eines niedrigen Hügels, die Mission war nicht mehr zu sehen, und vor ihm breiteten sich die weißen Häuser von Altemiros aus. Seine Kleider waren zerrissen und Arme und Beine zerschunden. Die Kakteen waren nicht gerade sanft mit ihm verfahren.
Er begann zu laufen.


Forester lag noch immer auf seiner Krankentrage. Er hatte erwartet, daß man ihn in ein Krankenhaus bringen und wieder in ein Bett legen werde, aber statt dessen war er in ein Bürozimmer

gebracht und die Trage auf zwei Stühlen aufgebockt worden. Dann hatte man ihn allein gelassen, und er konnte die schlurfenden Schritte eines Postens draußen vor der Tür hören und wußte, daß er sorgfältig bewacht wurde.
Es war ein großer Büroraum mit dem Blick auf den Flugplatz, und er schätzte, daß es vermutlich das Amtszimmer des Kommandeurs war. An den Wänden hingen zahlreiche Landkarten und einige Luftaufnahmen der Gebirgsgegend. Er betrachtete diesen Zimmerschmuck ohne sonderliches Interesse. Er hatte, als er in der amerikanischen Luftwaffe diente, viele solche Büros von innen gesehen, und es war ihm alles recht vertraut, von den Gruppenaufnahmen der Staffel bis zu der in die Nabe des alten Propellers eingelassenen Uhr.
Was ihn hingegen sehr interessierte, das waren die Vorgänge draußen. Eine ganze Wand des Büros bestand aus einem riesigen Fenster, und durch dieses Fenster konnte er den betonierten Vorplatz vor dem Kontrollturm und etwas weiter weg eine Gruppe von Flugzeughallen sehen. Er schnalzte mit der Zunge, als er die Maschinen erkannte, die auf dem Vorplatz standen. Es waren Sabres.
Unser gutmütiger alter Onkel Sam, dachte er angewidert; immer bereit, seinen potentiellen Feinden Geschenke, sogar militärische Geschenke zu machen. Er betrachtete die Jagdmaschinen mit größtem Interesse. Sie waren ein frühes, inzwischen veraltetes Modell des Sabre-Typs, das in den Luftwaffen der Großmächte nicht mehr verwendet wurde, aber für die Verteidigung eines Landes wie Cordillera, das keine Feinde von nennenswerter militärischer Stärke hatte, völlig ausreichend war. Soweit er sehen konnte, war es das gleiche Modell, das er in Korea geflogen hatte. So eine Maschine könnte ich fliegen, dachte er, wenn ich nur irgendwie in den Führersitz hineinkäme.
Vier dieser Maschinen standen sauber ausgerichtet in einer Reihe, und er sah, daß sie gerade gewartet wurden. Plötzlich setzte er sich auf - nein, das war keine Wartung, das waren Raketen, die unter den Flügeln eingelegt wurden. Und die Männer, die auf den Flügeln standen, waren keine Mechaniker, sondern Waffenmeister, die Munition für die Bordkanonen aufluden. Er war zu weit weg, um die Geschosse selbst sehen zu können, aber das war auch nicht nötig; er hatte diesen Vorgang unzählige Male in Korea gesehen und wußte automatisch, daß diese Maschinen für sofortigen Gefechtseinsatz bereitgemacht wurden.

Himmelsakra! dachte er erbittert. Das ist, als ob man einen Dampfhammer nimmt, um eine Nuß zu knacken. Gegen diese Dinger haben O'Hara und die anderen keine Chance. Aber dann ging ihm etwas anderes auf – diese Vorbereitungen konnten nur bedeuten, daß O'Hara noch immer standhielt, daß die Kommunisten auf der anderen Seite der Brücke es noch immer nicht geschafft hatten. Er war zugleich aufgeheitert und deprimiert, während er zusah, wie die Maschinen bereitgemacht wurden.
Er legte sich wieder zurück und spürte die Waffe gegen sein Kreuz drücken. Jetzt, sagte er sich, ist der Augenblick, um sich kampfbereit zu machen. Er zog die Waffe heraus, während er zugleich ein wachsames Auge auf die Tür hielt, und untersuchte sie. Es war die Pistole, mit der er über das Gebirge gekommen war – Grivas' Pistole. Die Kälte und die Unbilden der Witterung hatten ihr nicht gerade gutgetan – das Öl war eingetrocknet, und der Abzug ging steif und schwer –, aber er glaubte, sie würde funktionieren. Er zog den Hahn mehrmals ab und fing die Patronen auf, wie sie aus dem Verschluß purzelten; dann lud er das Magazin wieder, probierte den Abzug nochmals und legte eine Patrone abschußbereit in das Verschlußstück. Er verstaute die Pistole unter der Decke dicht an seiner Hüfte und legte die Hand auf den Griff. Jetzt war er bereit – so bereit, wie er nur sein konnte.
Man ließ ihn lange warten, und er begann nervös zu werden. Er spürte, wie ihm überall am ganzen Körper die Muskeln zu zucken begannen, und er war in seinem ganzen Leben noch nie so hellwach gewesen. Das dürfte McGruders Belebungsmittel sein, dachte er; wer weiß, was es war und ob es sich mit den vielen Coca-Tabletten verträgt, die ich unterwegs genommen habe.
Er behielt die Sabre-Maschinen draußen im Auge. Das Bodenpersonal hatte seine Arbeit längst beendet, als jemand die Tür des Büros öffnete, und als Forester aufblickte, gewahrte er einen Mann mit einem langen, melancholischen Gesicht, der zu ihm hinabsah. Der Mann lächelte. »Colonel Coello, a sus ordines.« Er schlug die Hacken zusammen.
Forester blinzelte mit schweren Augenlidern und versuchte, Schläfrigkeit zu simulieren. »Oberst wie?« murmelte er.
Der Oberst saß hinter seinem Schreibtisch. »Coello«, sagte er liebenswürdig. »Ich bin der Kommandeur dieser Jagdstaffel.«
»Da soll sich einer zurechtfinden«, sagte Forester mit einem verdutzten Gesichtsausdruck. »Eben war ich noch in einem Kranken-

haus, und im nächsten Augenblick bin ich hier in diesem Büro. Und eine vertraute Umgebung außerdem. Ich bin aufgewacht und habe mich für diese Sabre-Maschinen interessiert.«
»Sind Sie Flieger?« fragte Coello höflich. »Allerdings«, sagte Forester. »Ich war in Korea - und dort habe ich Sabres geflogen.«
»Dann können wir ja wie Kameraden miteinander reden«, sagte Coello herzhaft. »Sie erinnern sich an Dr. McGruder?«
»Kaum«, sagte Forester. »Ich bin aufgewacht, und er hat mich mit irgendwelchem Zeug vollgepumpt, damit ich wieder einschlafe - und dann war ich auf einmal hier. Sagen Sie mal, sollte ich nicht eigentlich in einem Krankenhaus sein oder so was Ähnlichem?«
»Dann haben Sie also mit McGruder über gar nichts gesprochen - über überhaupt gar nichts?«
»Ich hatte gar keine Gelegenheit«, sagte Forester. Er wollte McGruder möglichst nicht in diese Sache hineinziehen. »Hören Sie, Herr Oberst, ich bin aber froh, daß ich mit Ihnen sprechen kann. Auf der anderen Seite des Gebirges ist nämlich die Hölle los. Ein Haufen Banditen, die versuchen, eine Gruppe von gestrandeten Flugpassagieren zu ermorden. Wir waren hierher unterwegs, um Sie zu verständigen.«
»Hierher waren Sie unterwegs?«
»Ganz richtig. Da war ein Südamerikaner dabei, der hat uns gesagt, wir sollen uns hierher wenden - jetzt, wie hat er noch geheißen?« Forester runzelte die Stirn.
»Vielleicht - Aguillar?«
»Noch nie gehört, den Namen«, sagte Forester. »Nein, jetzt fällt mir's ein, Montes hat er geheißen.«
»Und Montes hat Ihnen gesagt, Sie sollen hierher gehen?« frage Coello ungläubig. »Er muß geglaubt haben, daß dieser Trottel Rodriguez hier ist. Sie sind zwei Tage zu spät gekommen, Mr. Forester.« Er begann zu lachen.
Forester spürte, wie es ihn eiskalt durchlief, aber er spielte weiter den Unschuldigen. »Was ist daran so komisch?« fragte er beleidigt. »Warum zum Kuckuck sitzen Sie hier und lachen, anstatt etwas zu unternehmen?«
Coello wischte sich die Tränen des Gelächters aus den Augen. »Machen Sie sich keine Sorgen, Señor Forester. Wir wissen darüber genau Bescheid. Wir treffen gerade unsere Vorbereitungen zu einem - einem Rettungsversuch.« Und ob ihr sie trefft, dachte Forester erbittert und blickte auf die Sabres hinaus, die auf dem

Vorplatz aufgereiht standen. Er sagte: »Himmelherrgott! Dann habe ich mich also auf dem Berg für nichts und wieder nichts beinahe umgebracht. Ein schöner Trottel bin ich.«
Coello schlug einen Aktendeckel auf seinem Schreibtisch auf. »Ihr Name ist Raymond Forester. Sie sind Generalvertreter der Fairfield-Werkzeugmaschinen-Gesellschaft für Südamerika, und Sie waren unterwegs nach Santillana.« Er lächelte, während er diese Akte durchging. »Wir haben natürlich nachgeprüft. Es gibt tatsächlich einen Raymond Forester, der für diese Firma arbeitet, und er ist tatsächlich Generalvertreter für Südamerika. Die CIA kann in Kleinigkeiten sehr tüchtig sein, Mr. Forester.«
»Wie? Was?« sagte Forester. »CIA? Wovon reden Sie bloß?«
Coello fuhr lässig mit der Hand durch die Luft. »Spionage! Sabotage! Bestechung von Staatsbeamten! Untergrabung des Volkswillens! Nennen Sie mir irgend etwas Übles und Sie nennen die CIA – und auch sich selbst, Mr. Forester.«
»Sie sind ja nicht ganz richtig«, sagte Forester ärgerlich.
»Sie sind ein aufdringlicher Amerikaner, der überall seine Nase hineinsteckt und sich einmischt«, sagte Coello scharf. »Sie sind ein plutokratischer, kapitalistischer Lakai. Man könnte Ihnen noch verzeihen, wenn Sie nur ein Werkzeug wären. Aber Sie wissen bei Ihrer schmutzigen Arbeit ganz genau, wie übel sie ist. Sie sind nach Cordillera gekommen, um eine imperialistische Revolution anzuzetteln, und Sie verwenden diesen Schurken Aguilar als Aushängeschild für Ihre Machenschaften.«
»Wen?« fragte Forester. »Sie spinnen immer noch.«
»Geben Sie's auf, Forester. Hören Sie auf, so zu tun, als ob. Wir wissen über die Fairfield-Werkzeugmaschinen-Gesellschaft genau Bescheid. Sie ist lediglich ein Deckmantel, den die kapitalistische Wall Street liefert, um darunter Ihren imperialistischen amerikanischen Geheimdienst zu verstecken. Wir wissen über Sie genau Bescheid und ebenso über Addison in Santillana. Er ist aus dem Spiel bereits entfernt worden – und Sie gleichfalls, Forester.«
Forester setzte ein schiefes Lächeln auf. »Die Stimme klingt lateinamerikanisch, aber die Worte kommen aus Moskau – oder ist es diesmal vielleicht Peking?« Er nickte zu den bewaffneten Flugzeugen hinüber. »Wer mischt sich hier eigentlich wirklich ein?«
Coello lächelte. »Ich unterstehe der gegenwärtigen Regierung des General Lopez. Ich bin überzeugt, er wird sich freuen zu erfahren, daß Aguilar in Kürze tot sein wird.«

»Aber ich möchte wetten, daß Sie es ihm nicht sagen werden«, antwortete Forester. »Ich weiß doch, wie Ihr Jungens arbeitet. Ihr verwendet die Bedrohung durch Aguillar dazu, Lopez hinauszusetzen, sobald es euch in den Kram paßt.« Er versuchte, seine jukkende Brust zu kratzen, aber es gelang ihm nicht. »Sie haben Rohde und mich ziemlich rasch gefaßt. Woher wußten Sie, daß wir in McGruders Krankenhaus waren?«
»Ich bin überzeugt, Sie versuchen, sich dümmer zu stellen, als Sie wirklich sind«, sagte Coello. »Mein lieber Forester, wir stehen nämlich in Funkverbindung mit unseren Streitkräften auf der anderen Seite des Gebirges.« Seine Stimme klang plötzlich leicht erbittert. »So untüchtig sie sind, haben sie doch immerhin wenigstens ihr Radio in Gang gehalten. Sie sind bei der Brücke gesehen worden. Und wenn jemand über diesen Paß kommt, glauben sie, das läßt sich geheimhalten? Ganz Altemiros weiß von dem verrückten Amerikaner, der das Unmögliche zuwege gebracht hat.«
Aber sie wissen nicht, warum ich es getan habe, dachte Forester wütend, und sie werden es nie erfahren, wenn es nach diesem Mistkerl geht.
Coello hielt eine Fotografie hoch. »Wir hatten den Verdacht, daß sich jemand von der CIA in Aguillars Begleitung befinden würde. Es war nur ein Verdacht, aber jetzt wissen wir, daß es tatsächlich stimmt. Diese Fotos wurden vor sechs Monaten in Washington aufgenommen.«
Er warf sie hinüber, und Forester sah sie an. Das Bild zeigte ihn selbst im Gespräch mit seinem unmittelbaren Vorgesetzten auf den Stufen eines Gebäudes. Er schnipste mit dem Fingernagel gegen die Fotografie. »In Moskau vervielfältigt?«
Coello lächelte und fragte mit seidenweicher Stimme: »Können Sie mir irgendwelche triftige Gründe sagen, warum Sie nicht erschossen werden sollten?«
»Nicht viele«, antwortete Forester lässig. »Aber genug.« Er stützte sich mit einem Ellbogen auf und versuchte, so überzeugend wie möglich zu klingen. »Sie bringen auf der anderen Seite dieser Berge Amerikaner um, Coello. Die amerikanische Regierung wird eine Erklärung verlangen - eine Untersuchung.«
»Na und? Ein Flugzeugabsturz - das soll schon mal vorgekommen sein, sogar in Nordamerika. Und ganz besonders leicht kann es bei so schlecht geführten Fluglinien wie dem Andes Airlift vorkommen, der nebenbei bemerkt einem Ihrer Landsleute gehört. Ein

veraltetes Flugzeug mit einem betrunkenen Piloten - was könnte natürlicher sein? Und ich kann Ihnen versichern, es wird keine Leichen zur Überführung in die Vereinigten Staaten geben. Bedauerlich, nicht wahr?«
»Sie wissen nicht Bescheid, wie sich so was abspielt«, sagte Forester. »Meine Regierung wird sich für die Sache außerordentlich interessieren. Verstehen Sie mich nicht falsch; für Flugzeugabstürze als solche interessiert sie sich nicht. Aber *ich* war in diesem Flugzeug, und das wird sie mächtig argwöhnisch machen. Es wird eine offizielle Untersuchung stattfinden - Onkel Sam wird nicht lokkerlassen, bis die IATA sich dahinterklemmt -, und außerdem wird gleichzeitig eine getarnte Geheimuntersuchung stattfinden. Binnen einer Woche wird das ganze Land hier von Agenten wimmeln - Sie können es nicht verhindern, und Sie können auch nicht das ganze Beweismaterial verstecken. Die Wahrheit wird herauskommen, und die Regierung der Vereinigten Staaten wird die Sache platzen lassen und den ganzen Skandal aufdecken. Nichts wird ihr ein größeres Vergnügen bereiten.«
Er hustete und schwitzte ein wenig - was jetzt kam, mußte wirklich gut klingen. »Aber es gibt eine Möglichkeit, wie man um alles das herumkommen kann.« Er setzte sich auf der Trage auf. »Haben Sie eine Zigarette?«
Coello kniff die Augen zusammen. Er nahm einen Zigarettenkasten vom Schreibtisch und ging zu der Trage herum. Er bot Forester den geöffneten Kasten an und sagte: »Soll ich Sie dahin verstehen, daß Sie versuchen, um Ihr Leben zu schachern?«
»Sie haben es erfaßt«, sagte Forester. »Ich bin überhaupt nicht scharf darauf, einen hölzernen Mantel anzuziehen, und ich weiß schließlich gut genug, was Ihr Jungens mit Gefangenen anstellt.«
Coello schnappte nachdenklich sein Feuerzeug auf und zündete Foresters Zigarette an. »Also?«
Forester sagte: »Schauen Sie her, Herr Oberst. Angenommen, ich wäre der einzige Überlebende dieses Absturzes - durch einen wunderbaren Zufall herausgeschleudert oder so was. Dann könnte ich aussagen, daß der Absturz in Ordnung war, daß es völlig mit rechten Dingen zuging. Warum sollten sie mir das nicht glauben? Ich bin schließlich einer von ihren hellen Jungens.«
Coello nickte. »Helle sind Sie.« Er lächelte. »Welche Garantie haben wir, daß Sie das für uns tun werden?«
»Garantie? Sie wissen doch ganz genau, daß ich Ihnen keine geben

kann. Aber eins kann ich Ihnen sagen, Freundchen. Sie sind hier nicht der Chef - bei weitem nicht. Und ich stecke randvoll von Informationen über die CIA - Operationsgebiete, Namen, Gesichter, Adressen, Decknamen -, Sie brauchen nur zu verlangen, und ich liefere. Und wenn Ihr Chef je herauskriegen sollte, daß Sie eine solche Chance abgelehnt haben, dann werden Sie keinen schlechten Kummer haben. Was haben Sie dabei zu verlieren? Alles, was Sie zu tun brauchen, ist, Ihrem Chef die Sache vorzulegen, und er soll ja oder nein sagen. Wenn irgendwas schiefgeht, kriegt er die Zigarre, aber Ihnen kann nichts passieren.«
Coello klopfte sich mit dem Fingernagel gegen die Zähne. »Ich glaube, Sie versuchen, Zeit zu gewinnen, Forester.« Er dachte angestrengt nach. »Wenn Sie mir auf meine nächste Frage eine vernünftige Antwort geben können, werde ich Ihnen vielleicht glauben. Sie sagen, Sie haben Angst vor dem Sterben. Wenn Sie solche Angst haben, warum haben Sie dann Ihr Leben aufs Spiel gesetzt, als Sie über den Paß gekommen sind?«
Forester dachte an Peabody und lachte laut heraus. »Verwenden Sie Ihren Verstand, Mann. Denken Sie mal einen Augenblick nach. Da drüben bei der gottverdammten Brücke haben sie unausgesetzt auf mich geschossen. Haben Sie mal versucht, vernünftig mit jemandem zu reden, der sofort auf Sie schießt, wenn Sie nur mit den Wimpern klimpern? Sie schießen nicht auf mich, Herr Oberst. Mit Ihnen kann ich reden. Auf jeden Fall habe ich mir gesagt, daß ich auf dem Berg um einiges sicherer bin als unten bei der Brücke, und das habe ich bewiesen, oder nicht? Ich bin hier, und ich bin noch am Leben.«
»Ja«, sagte Coello nachdenklich. »Am Leben sind Sie wirklich noch.«
Er trat an seinen Schreibtisch. »Sie könnten gleich jetzt den Anfang machen und mir beweisen, daß Sie es ehrlich meinen. Wir haben eine Aufklärungsmaschine hinübergeschickt, um festzustellen, was sich abspielt, und der Pilot hat diese Aufnahmen hier gemacht. Was halten Sie davon?«
Er warf ein Bündel vergrößerter Fotografien auf das Fußende der Krankentrage. Forester beugte sich vor und stöhnte. »Haben Sie ein Einsehen, Herr Oberst. Ich bin inwendig total zerknackt - ich kann nicht so weit reichen.«
Coello beugte sich herüber und schob die Fotos mit einem Lineal in seine Reichweite, und Forester fächerte sie auf. Die Aufnah-

men waren gut; ein bißchen verwischt infolge der Geschwindigkeit der Maschine, aber immerhin so scharf, daß man Einzelheiten deutlich erkennen konnte. Er sah die Brücke und verstreute, zum Himmel aufblickende Gesichter - weiße Flecke auf einem grauen Hintergrund -, und er sah den Tribock. Sie hatten ihn also richtig vom Lager heruntergeschafft. »Interessant«, sagte er.
Coello beugte sich herüber. »Was ist das da?« fragte er. »Unsere Fachleute sind daraus nicht klug geworden.« Sein Finger wies auf den Tribock.
Forester lächelte. »Das wundert mich nicht«, sagte er. »Da drüben ist nämlich ein Verrückter dabei, ein regelrechter Spinner. Armstrong heißt er. Er hat die anderen dazu überredet, dieses Ding zu bauen; es heißt Tribock und ist zum Steineschmeißen. Er sagt, das letztemal haben sie es verwendet, als Cortez Mexiko City belagerte, und damals hat es schon nicht richtig funktioniert. Darüber brauchen Sie sich keine Sorgen zu machen.«
»Nein?« sagte Coello. »Sie haben damit fast die Brücke zusammengeschlagen.«
Forester stieß im stillen einen Jubelruf aus, sagte aber nichts. Es kribbelte ihm in den Fingern, die Pistole herauszuziehen und Coello eine Ladung zu verabreichen, wo es am meisten weh tut, aber damit wäre nichts gewonnen gewesen - nur eine Kugel in den Kopf von dem Wachtposten und keine Chance, noch irgendeinen größeren Schaden zu stiften.
Coello sammelte die Fotografien ein und klopfte sich mit ihnen auf die Hand. »Also gut«, sagte er. »Wir werden Sie nicht erschießen - noch nicht. Sie haben sich möglicherweise noch eine Stunde Leben verschafft - vielleicht auch wesentlich mehr. Ich werde den Fall meinem Vorgesetzten vorlegen, und er soll entscheiden, was mit Ihnen geschieht.«
Er ging zur Tür und wandte sich noch einmal um. »Ich würde an Ihrer Stelle keine Dummheiten machen. Damit Sie es wissen: Sie werden gut bewacht.«
»Was könnte ich schon machen?« knurrte Forester. »Ich bin inwendig total zerknackt und fest zusammengeschnürt. Ich habe so viel Kraft wie eine neugeborene Katze und bin randvoll mit Betäubungsmitteln. Ungefährlicher geht's schon nicht mehr.«
Als Coello die Tür hinter sich geschlossen hatte, brach Forester der Schweiß aus. Während der letzten halben Stunde wäre um ein Haar Coello die Verantwortung für ihn ganz von selbst

abgenommen worden, denn er war dreimal ganz hart an einem Herzanfall gewesen. Forester hoffte nur, daß Coello die Punkte erfaßt hatte, auf die es ihm ankam: erstens, daß er käuflich war - was vielleicht einen kostbaren Zeitgewinn bedeutete; zweitens, daß er zu krank war, um sich überhaupt rühren zu können - in diesem Punkt stand Coello möglicherweise eine unangenehme Überraschung bevor, und drittens, daß Coello selbst nichts zu verlieren hatte, wenn er ein wenig wartete - nichts, außer seinem Leben, hoffte Forester. Er tastete nach dem Griff der Pistole und sah zum Fenster hinaus. Bei den Sabres auf dem Vorplatz war Betrieb. Ein Lastauto kam herangefahren, und eine Gruppe von Männern in Flugausrüstung kletterte heraus - drei Mann. Sie standen eine Weile herum und unterhielten sich und gingen dann ein jeder zu seiner Maschine, und das Bodenpersonal half ihnen in den Führersitz. Forester hörte das Aufheulen der Motoren, als der Anlasserwagen von einer Maschine zur anderen fuhr und die Flugzeuge dann langsam nacheinander auf die Startbahn zurollten und nicht mehr zu sehen waren.
Er sah sich die verbliebene Sabre an. Er wußte über die Kennzeichen der cordillerischen Luftwaffe nicht Bescheid, aber die drei Streifen am Schwanz der Maschine sahen irgendwie wichtig aus. Vielleicht beabsichtigte der nette Herr Oberst, den Raketenangriff selbst zu führen. Das würde ihm ähnlich sehen, dachte Forester erbittert.


Ramón Sueguerra, überlegte McGruder, als er sich auf Umwegen durch allerlei Nebengassen zu Sueguerras Büro in Altemiros durchschlängelte, wäre der letzte gewesen, von dem er erwartet hätte, daß er mit einem tollkühnen Unternehmen wie dem Sturz der Regierung etwas zu tun hatte. Was hatte dieser dicke, gemütliche Kaufmann mit Revolution zu schaffen? Und doch hatte er unter dem Lopez-Regime vielleicht mehr zu leiden als mancher andere - seine Gewinne wurden durch Bestechungsgelder aufgefressen, seine Absatzmärkte schrumpften immer mehr zusammen, sein Geschäft ließ bei dem allgemeinen wirtschaftlichen Absakken des Landes unter Lopez' Mißregierung immer stärker nach. Nicht alle Revolutionen wurden vom verhungernden Proletariat gemacht. Er näherte sich dem Gebäude, in dem sich Sueguerras vielfältige Unternehmungen befanden, von rückwärts und betrat

es durch die Hintertür. Der Vordereingang verbot sich von selbst. Direkt gegenüber auf der anderen Straßenseite lag das Post- und Telegrafenamt, und McGruder vermutete, daß Leute von der Staffel Acht das Gebäude besetzt hatten. Er begab sich in Sueguerras Büro, wie er es immer tat - indem er der Sekretärin vergnügt zuwinkte -, und traf Sueguerra an, wie er gerade aus dem Fenster auf die Straße hinausblickte.
McGruders Auftauchen überraschte Sueguerra. »Was führt Sie her?« fragte er. »Es ist noch zu früh fürs Schachspielen, lieber Freund.« Auf der Straße draußen donnerte ein Lastkraftwagen vorbei, dann blickte Sueguerra abermals rasch zum Fenster, und McGruder fiel sein besorgtes, unruhiges Gehaben auf.
»Ich werde nicht erst lange Ihre Zeit vergeuden«, sagte McGruder und zog einen Briefumschlag aus der Tasche. »Lesen Sie das hier - es geht bestimmt rascher als alle meine Erklärungen.«
Sueguerra sank während des Lesens in seinen Sessel, und sein Gesicht wurde weiß. »Aber das ist ja unglaublich«, sagte er. »Sind Sie ganz sicher, daß das stimmt?«
»Sie haben Forester und Rohde aus der Mission weggeholt«, antwortete McGruder. »Und zwar mit Gewalt.«
»Diesen Forester kenne ich nicht«, sagte Sueguerra. »Aber Miguel Rohde hätte schon vor zwei Tagen hier sein sollen. Er soll den Befehl im Gebirge übernehmen, wenn . . .«
»Wenn die Revolution losgeht?«
Sueguerra sah auf. »Gut - nennen Sie es Revolution, wenn Sie wollen. Wie sonst können wir denn Lopez loswerden?« Er lauschte nach der Straße hinaus. »Das hier erklärt nun deutlich, was sich da drüben abspielt. Ich hatte mich schon gewundert.«
Er nahm den Hörer eines weißen Telefons auf. »Schicken Sie Juan zu mir.«
»Was werden Sie tun?« fragte McGruder.
Sueguerra wies mit dem ausgestreckten Zeigefinger auf das schwarze Telefon. »Das hier ist nicht zu gebrauchen, lieber Freund, solange das Postamt besetzt ist. Und das Telefonamt hier in Altemiros hat das Fernmeldenetz des ganzen Gebirgsgebietes unter sich und in der Hand. Ich werde meinen Sohn Juan übers Gebirge schicken, aber das ist ein weiter Weg und wird einige Zeit dauern - Sie kennen ja unsere Straßen.«
»Er wird vier Stunden oder länger brauchen«, pflichtete McGruder bei.

»Gewiß, aber ich werde ihn trotzdem hinüberschicken. Aber wir werden außerdem hier direkt eingreifen.« Sueguerra trat zum Fenster und blickte über die Straße zum Postamt hinüber. »Wir müssen das Postamt nehmen.«
McGruders Kopf ruckte hoch. »Sie wollen den Kampf mit der Staffel Acht aufnehmen?«
Sueguerra drehte sich um. »Wir müssen - hier geht es um mehr als nur Telefon.« Er ging zu seinem Schreibtisch und setzte sich. »Dr. McGruder, wir haben von Anfang an gewußt: wenn die Revolution kommt und die Staffel Acht hier stationiert ist, dann muß die Staffel Acht aus dem Spiel ausgeschaltet werden. Aber wie das zuwege bringen - das war die große Frage.«
Er lächelte schwach. »Die Lösung stellte sich als lächerlich einfach heraus. Oberst Rodriguez hat sämtliche wichtigen Installationen auf dem Flugplatz vermint. Die Minen können elektrisch ausgelöst werden. Die Drähte führen vom Flugplatz nach Altemiros, sie sind getarnt als Telefonkabel gelegt worden. Ein Hebeldruck genügt, und die Staffel Acht ist außer Gefecht gesetzt.«
Er schlug mit der Faust auf die Schreibtischplatte und sagte wütend: »Heute früh hätte noch eine zusätzliche Leitung hier in meinem Büro installiert werden sollen - jetzt bleibt uns nichts anderes übrig, als das Postamt mit Gewalt zu nehmen, denn dort liegt der elektrische Auslöseschalter.«
McGruder schüttelte den Kopf. »Ich bin zwar kein Elektroingenieur, aber Sie können doch bestimmt die Leitung außerhalb des Postamts anzapfen.«
»Die Staffel Vierzehn hat die ganze Sache durch ihre Techniker in großer Eile angelegt«, sagte Sueguerra. »Und die Techniker wurden wieder weggeholt, als die Staffel Acht unerwartet hierher verlegt wurde. Das Zivilnetz und das Militärnetz haben Hunderte von Drähten und Leitungen, und niemand weiß, welches die richtige ist. Aber ich weiß den richtigen Schalter drinnen im Postamt - Rodriguez hat ihn mir gezeigt.«
Sie vernahmen das hohe Gekreisch einer Düsenmaschine, die vom Flugplatz her über Altemiros hinwegflog, und Sueguerra sagte: »Wir müssen rasch handeln - die Staffel Acht darf unter keinen Umständen aufsteigen.«
Er entwickelte eine fieberhafte Tätigkeit, und McGruder erblaßte, als er das Ausmaß seiner Vorbereitungen gewahr wurde. Im Handumdrehen hatte sich wie durch Zauberschlag eine große Truppe

von Männern in seinen Lagerspeichern versammelt, und unschuldig dreinblickende Teekisten und Ballen von Häuten gaben unversehens eine schier unglaubliche Menge von Waffen von sich - Gewehre und automatische Schnellfeuerwaffen. McGruders Sorgenfalten vertieften sich, und er sagte zu Sueguerra: »Sie wissen, ich kämpfe nicht.«
Sueguerra schlug ihm herzhaft auf den Rücken. »Wir brauchen Sie nicht - ein Mann mehr oder weniger, was macht das schon aus? Außerdem möchten wir sowieso nicht, daß ein Norteamericano hineinverwickelt wird. Das hier ist eine hausgemachte Revolution. Doch wenn alles vorbei ist, wird es vielleicht etwas Flickarbeit für Sie geben.« - Aber der Handstreich gegen das Postamt verlief glatt und nahezu unblutig. Der Angriff kam so unerwartet und in so überwältigender Stärke, daß die Abteilung der Staffel Acht kaum irgendwelchen Widerstand leistete, und der einzige Verletzte war ein Feldwebel, der eine Kugel ins Bein bekam, weil ein unerfahrener und übereifriger Amateur-Infanterist aus Versehen sein ungesichertes Gewehr losgehen ließ.
Sueguerra betrat das Postamt. »Jaime! Jaime! Wo steckt dieser Trottel von einem Elektriker? Jaime!«
»Hier bin ich!« Jaime erschien mit einem großen Kasten unter dem Arm. Sueguerra führte ihn in den Hauptschalterraum, und McGruder folgte ihnen. »Es ist das dritte Schaltbrett«, sagte Sueguerra und sah auf einem Zettel nach. »Der fünfzehnte von rechts und der neunte von unten.«
Jaime zählte genau nach. »Das ist er«, sagte er. »Diese beiden Schraubenanschlüsse da.« Er zog einen Schraubenzieher heraus. »Dauert keine zwei Minuten.«
Während er arbeitete, kreischte ein Flugzeug über die Stadt hinweg und dann noch eines und noch eines. »Ich hoffe, wir kommen nicht zu spät«, flüsterte Sueguerra.
McGruder legte ihm die Hand auf den Arm. »Was ist mit Forester und Rohde?« fragte er besorgt. »Sie sind doch auf dem Flugplatz!«
»Wir zerstören keine Krankenhäuser«, antwortete Sueguerra. »Nur die wichtigen Installationen sind vermint - die Brennstoff- und Munitionslager, die Flugzeughallen, die Rollbahnen und der Kontrollturm. Wir wollen sie nur immobil machen - sie sind schließlich wie wir alle, Cordilleraner, wissen Sie.«
Jaime sagte: »Fertig«, und Sueguerra hob den Kolbenhebel an.
»Es muß sein«, sagte er und riß ihn scharf herunter.

Es sah tatsächlich so aus, als werde Coello den Angriff persönlich führen, denn als er das Büro wieder betrat, trug er volle Pilotenkluft mit Fallschirmsack und allem Drum und Dran. Er machte ein saures Gesicht. »Sie haben noch etwas mehr Zeit gewonnen, Forester. Die Entscheidung über Sie muß warten. Ich muß mich um andere, dringendere Dinge kümmern. Aber ich werde Ihnen etwas zeigen - eine kleine pädagogische Vorführung.« Er schnipste mit den Fingern und zwei Soldaten traten ein und hoben die Krankentrage auf.
»Was für eine Vorführung?« fragte Forester, während man ihn hinaustrug.
»Eine Vorführung der Gefahren mangelnden Patriotismus'«, antwortete Coello lächelnd. »Eine Sache, deren Sie vielleicht eines Tages von Ihrer Regierung beschuldigt werden, Mr. Forester.«
Forester lag schlaff auf der Trage, als man ihn aus dem Gebäude hinaustrug, und überlegte, was um alles in der Welt hier wohl vor sich ging. Die Träger schwenkten quer über den Vorplatz vor dem Kontrollturm ab und an der einzelstehenden Sabre-Jagdmaschine vorbei, und Coello rief einem Mechaniker zu: »Diez momentos!« Der Mann grüßte, und Forester dachte: Zehn Minuten? Was immer es war, es würde nicht lange dauern.
Er hörte das Greinen einer startenden Maschine, wandte den Kopf und sah eine Sabre, die sich gerade von der Startbahn abhob und das Fahrgestell einzog. Dann noch eine, und dann die dritte. Sie verschwanden hinter dem Horizont, und er fragte sich, wohin sie wohl flogen - jedenfalls bestimmt in der falschen Richtung, wenn sie vorhatten, O'Hara zusammenzuschießen.
Die kleine Gruppe näherte sich einer der Flughallen. Die großen Schiebetüren waren geschlossen; Coello öffnete die eingelassene kleine Tür und ging hinein, und die Träger folgten. In der Halle befanden sich keine Flugzeuge, und ihre Schritte hallten von den Metallwänden mit einem dumpfen Dröhnen zurück. Coello, der in seiner Pilotenausrüstung unbeholfen einherwatschelte, ging in einen Nebenraum und winkte den Trägern, die Trage zuerst hereinzubringen. Er wartete, bis sie die Trage auf zwei herbeigebrachten Stühlen umständlich aufgebockt hatten, und befahl dann den Soldaten, draußen zu warten.
Forester sah zu ihm auf. »Was soll das alles heißen?« fragte er scharf.
»Das werden Sie schon sehen«, antwortete Coello ruhig und

knipste das Licht an. Er ging zum Fenster, zog an einer Schnur, und die Vorhänge vor dem Innenfenster, durch das man in die Flugzeughalle blickte, teilten sich. »Die Vorführung wird unverzüglich beginnen«, sagte er und legte den Kopf zur Seite, als lausche er auf etwas.
Forester hörte es ebenfalls und sah auf. Es war das unheimliche Heulen einer Düsenmaschine im Sturzflug, das lauter und lauter wurde, bis ihm das Trommelfell zu sprengen drohte. Die Maschine flog mit einem Aufkreischen über die Halle hinweg, und Forester schätzte aus alter Berufserfahrung, daß sie ganz knapp über dem Hallendach hinweggebraust sein mußte.
»Wir fangen an«, sagte Coello und wies auf die Halle.
Gleich als hätte die Sturzflug-Maschine das Zeichen gegeben, marschierte jetzt eine Schlange Soldaten in die Halle und nahm in einer Reihe Aufstellung. Ein Offizier bellte sie an, bis sie ordentlich in Reih und Glied standen. Jeder trug ein übergenommenes Gewehr, und Forester hatte eine düstere Vorahnung, was jetzt kommen werde.
Er sah Coello kalt an und begann zu sprechen, aber der ohrenbetäubende Lärm eines neuen tauchenden Flugzeugs deckte seine Worte zu. Als das Flugzeug vorbei war, spielte sich in der Halle etwas anderes ab. Forester mußte mit wutverkrampftem Herzen zusehen, wie Rohde hereingezerrt wurde.
Er konnte nicht gehen, und zwei Soldaten mußten ihn halb tragen, halb ziehen, und seine Füße schleppten auf dem Betonfußboden nach. Coello klopfte mit einem Bleistift gegen das Fenster, und die Soldaten brachten Rohde näher heran. Sein Gesicht war fürchterlich zusammengeschlagen, beide Augen verfärbten sich schwarz, und seine Wangen waren zerschunden. Aber seine Augen waren offen, und er sah Forester mit einem matten, glanzlosen Ausdruck an und öffnete den Mund und sagte einige Worte, die Forester nicht hören konnte. Es fehlten ihm einige Zähne.
»Sie haben ihn zusammengeschlagen, Sie Dreckskerl«, explodierte Forester.
Coello lachte. »Dieser Mann ist cordillerischer Staatsbürger, ein Landesverräter, ein Verschwörer gegen die rechtmäßige Regierung. Was machen Sie in den Vereinigten Staaten mit Verrätern, Forester?«
»Sie scheinheiliger Lump«, antwortete Forester hitzig. »Was tun Sie denn anderes, als die Regierung zu stürzen?«

Coello grinste. »Das ist etwas anderes. Mich hat man nicht erwischt. Außerdem bin ich auf der richtigen Seite - die stärkere Seite hat doch immer recht, nicht wahr? Wir werden alle diese jammernden und winselnden liberalen Waschlappen wie Miguel Rohde und Aguillar ein für allemal ausrotten und vernichten.« Er bleckte die Zähne. »Rohde werden wir jetzt hier auf der Stelle abservieren - und Aguillar in spätestens fünfundvierzig Minuten.«
Er winkte dem Offizier in der Halle zu, und die Soldaten zerrten Rohde weg. Forester begann Coello zu beschimpfen, aber seine Worte gingen im Dröhnen eines neuerlichen Sturzfluges über dem Hallendach unter. Er blickte Rohdes bejammernswerter Gestalt nach und wartete, bis es wieder ruhig war; dann sagte er: »Warum tun Sie das?«
»Vielleicht, um Ihnen eine Lehre zu erteilen«, sagte Coello leichthin. »Lassen Sie es sich eine Warnung sein - wenn Sie uns reinlegen, kann Ihnen das gleiche passieren.«
»Aber Ihrer Staffel sind Sie sich nicht übermäßig sicher, wie?« sagte Forester. »Sie werden Rohde erschießen, und Ihre militärische Eitelkeit plustert sich auf mit einem standrechtlichen Exekutionskommando - aber eine öffentliche Hinrichtung wollen Sie nicht riskieren. Da würden die Leute der Staffel vielleicht doch nicht ruhig zusehen. Habe ich recht, wie?«
Coello machte eine verärgerte Handbewegung. »Überlassen Sie diese seelischen Sondierungen Ihren bourgeoisen Psychoanalytikern.«
»Und außerdem veranstalten Sie einen Höllenkrach, um die Schüsse zu übertönen«, fügte Forester beharrlich und grollend hinzu, als gerade wieder eine Maschine zum Sturzflug ansetzte.
Coello sagte etwas, das in dem Dröhnen unterging, und Forester sah ihn voll Grauen und Entsetzen an. Er wußte nicht, was tun. Er konnte Coello niederschießen, aber damit war Rohde nicht geholfen; es war ein gutes Dutzend bewaffneter Leute draußen in der Halle, und einige paßten durch das Fenster auf. Coello lachte lautlos und wies mit der Hand hinaus. Als Forester schließlich hören konnte, was er sagte, schauderte ihn. »Der arme Tropf kann nicht stehen, also wird er im Sitzen erschossen.«
»Sie soll der Satan holen«, knirschte Forester hervor. »Gott verdamme Ihre lausige Drecksseele in alle Ewigkeit.«
Ein Soldat hatte einen gewöhnlichen Küchenstuhl hereingebracht, den er gegen die Wand stellte, und Rohde wurde hinge-

zerrt und draufgesetzt, wobei sich sein steifes Bein in grotesker Weise nach vorn streckte. Man schob ihm eine Seilschlinge über den Kopf und band ihn an dem Stuhl fest. Dann gingen die Soldaten weg und ließen ihn allein, und der Offizier brüllte ein Kommandowort. Das Erschießungskommando brachte wie ein Mann seine Gewehre in Anschlag und zielte, und der Offizier hob den Arm in die Luft.
Forester sah hilflos, mit fasziniertem Schaudern, zu und war außerstande, den Blick abzuwenden. Er redete laut und überschüttete Coello auf englisch und spanisch mit einer Flut wüster Flüche, einer lästerlicher als der andere.
Wieder setzte eine Sabre-Maschine zum Sturzflug an. Die Hand des Offiziers zuckte, und als der Lärm seinen Höhepunkt erreicht hatte, hieb er den Arm scharf herunter, und ein Wellengekräusel von Blitzen lief die Reihe der Soldaten entlang. Rohde zuckte krampfartig auf seinem Stuhl zusammen; dann kippte er auf die Seite und riß den Stuhl mit sich um. Der Offizier zog seine Pistole und ging hinüber, um die Leiche zu untersuchen.
Coello zog die Schnur, und der Vorhang schloß sich vor dem schauerlichen Anblick.
Forester fauchte wütend: »Hijo de puta!«
»Es nützt Ihnen gar nichts, mich mit Schimpfnamen zu bewerfen«, sagte Coello. »Allerdings, als Ehrenmann nehme ich sie Ihnen übel und werde die entsprechenden Schritte tun.« Er lächelte. »Und jetzt werde ich Ihnen den Grund für diese Vorführung sagen. Ich entnehme Ihren einigermaßen grobschlächtigen Äußerungen, daß Sie mit dem unseligen Rohde - oder vielleicht sollte ich jetzt sagen, dem seligen Rohde - sympathisieren. Ich hatte Weisung von meinem Vorgesetzten, Sie diesem Test zu unterziehen, und ich bedaure, Ihnen mitteilen zu müssen, daß Sie versagt haben. Ich glaube, Sie haben bewiesen, daß Sie es mit dem Angebot, das Sie vorhin machten, nicht völlig aufrichtig gemeint haben, und folglich werden Sie, fürchte ich, den gleichen Weg gehen müssen wie Rohde.« Seine Hand griff nach der Pistole in seinem Gürtel. »Und nach Ihnen - Aguillar. Mit ihm wird jetzt auch in kürzester Frist abgerechnet werden.« Er begann die Pistole herauszuziehen. »Wirklich, Forester, so viel Verstand hätten Sie doch haben sollen, daß Sie nicht -«
Seine Worte gingen im Motorengedröhn einer tauchenden Sabre unter, und in diesem Augenblick schoß Forester ihm kalt und

präzis zweimal in den Unterleib. Er zog die Pistole nicht hervor, sondern feuerte durch die Überdecke.

Coello brüllte vor Schmerz und Überraschung auf und fuhr sich mit den Händen an den Leib, aber in dem gewaltigen Krach in der Luft war nichts zu hören. Forester feuerte noch einmal, diesmal den Todesschuß, genau durchs Herz, und Coello taumelte zurück, als die Kugel ihn traf, fiel gegen den Schreibtisch und riß Löschpapier und Tintenfaß mit sich zu Boden. Er starrte mit ausdruckslosen Augen zur Decke, als lausche er dem abfliegenden Flugzeug nach.

Forester rutschte von der Krankentrage und ging, die Pistole in der Hand, zur Tür. Er drehte lautlos den Schlüssel um und schloß sich ein; dann schob er vorsichtig den Vorhang auseinander und blickte in die Flugzeughalle. Der Trupp Soldaten - das Erschießungskommando - marschierte gerade hinaus, gefolgt von seinem Offizier, und zwei Soldaten warfen eine Zeltbahn über Rohdes Leiche.

Forester wartete, bis sie gegangen waren. Dann ging er wieder zur Tür und hörte, wie draußen schlurfende Schritte hin- und hergingen. Seine persönliche Leibwache war also noch da und wartete darauf, ihn in Coellos Büro - oder wohin sonst Coello befahl - zurückzubringen. Das mußte er noch irgendwie deichseln.

Er begann, Coellos Leiche auszuziehen. Die mumienartige Umwicklung mit Heftpflaster, die ihn einengte, machte das Bücken einigermaßen mühsam. Seine Rippen schmerzten, aber nicht sehr, und sein ganzer Körper schien sich darauf zu freuen, sich endlich rühren und etwas tun zu können. Jetzt, wo er umherging und sich bewegte, hatte auch das Jucken und Zucken aufgehört, und er dankte McGruder im stillen für die belebende Injektion. Coello und er waren von ziemlich der gleichen Statur, und der Flieger-Overall und die Stiefel paßten recht gut. Er schnallte sich den Fallschirm um und hob dann Coello auf die Trage und deckte ihn sorgfältig zu, so daß man sein Gesicht nicht sehen konnte. Dann setzte er die schwere Plastik-Fliegerhaube mit der herunterbaumelnden Sauerstoffmaske auf und nahm die Pistole in die Hand.

Als er die Tür öffnete, kam er anscheinend mit dem Anschnallen der Maske nicht zurecht, denn er fummelte mit den Riemen und Schlaufen herum, und seine Hand und die Maske verdeckten sein Gesicht. Er machte mit der anderen Hand, in der er die Pistole

hielt, eine flüchtige Bewegung, die nach dem anderen Ende der Flugzeughalle wies, und sagte zu den Wachtposten: »Vaya usted por alli!« Seine Stimme war sehr undeutlich.
Er war durchaus bereit, es auf eine Schießerei ankommen zu lassen, falls einer der beiden Soldaten irgendein Anzeichen des Verdachts zu erkennen gab, und sein Finger zitterte nervös am Abzug der Pistole. Der eine Soldat warf einen raschen Blick in den Raum hinter Forester und mußte die eingehüllte Leiche auf der Trage gesehen haben. Forester verließ sich auf den militärischen Gehorsam und die eingeborene Angst, die diese Leute vor ihren Offizieren hatten. Sie hatten bereits eine Hinrichtung mitangesehen, und wenn dieser tolle Hund Coello noch eine zweite in privatem Rahmen veranstaltet hatte, was ging es sie an?
Der Soldat knallte die Hacken zusammen und stand stramm. Er sagte: »Si, mio Colonel«, und die beiden marschierten in steifer Haltung zum Ende der Halle hinunter. Forester sah ihnen nach, bis sie durch die untere Tür hinausgegangen waren, schloß dann das Büro ab, steckte die Pistole in die Hüfttasche des Overalls, schritt breitbeinig aus der Halle hinaus und machte im Gehen ein wenig umständlich die Sauerstoffmaske fest.
Er hörte das Pfeifen von Düsenmaschinen über sich und sah, als er hinaufblickte, die drei Sabre-Maschinen in geschlossener Formation über dem Flugfeld kreisen. Während er sie noch beobachtete, brachen sie in geraden Kurs ab und stiegen in östlicher Richtung über dem Gebirge auf. Sie warten nicht auf Coello, dachte er und begann unbeholfen und schwerfällig zu laufen.
Das Bodenpersonal, das bei der Sabre wartete, sah ihn kommen und brach in fieberhafte Tätigkeit aus. Er deutete im Herankommen auf die davonfliegenden Maschinen und brüllte: »Rapidamente! Dése prisa!« Er rannte mit abgewandtem Gesicht auf die Maschine zu und kletterte, ohne sich umzusehen, auf den Führersitz, nicht wenig überrascht, als einer der Leute ihm von rückwärts mit einem Schubs nachhalf.
Er rückte sich vor der Steuerung zurecht und sah sie an: sie war ihm vertraut und zugleich, infolge langer Abwesenheit, fremd geworden. Der Anlasserwagen war bereits eingestöpselt, und seine Besatzung blickte mit erwartungsvollen Gesichtern zu ihm hinauf. Verdammt noch mal, dachte er, ich weiß die Befehlsausdrücke auf spanisch nicht. Er schloß die Augen, seine Hände griffen nach den richtigen Schaltern, und dann winkte er.

Das genügte anscheinend. Der Motor brach in lärmenden Gesang aus, und die Bodenmannschaft rannte herzu, um das Anlasserkabel auszukuppeln. Einer der Leute klopfte ihm von oben auf den Helm und schloß den Baldachin, und Forester winkte abermals mit der Hand zum Zeichen, daß sie die Bremsklötze unter den Rädern wegziehen sollten. Dann rollte er auch schon. Er wendete, um die Startbahn hinaufzurollen, und schloß gleichzeitig den Sauerstoff an.

Am Ende der Rollbahn schaltete er das Bordfunkgerät ein und hoffte, daß er bereits auf das Kontrollturmnetz eingestellt war; nicht, daß er die Absicht gehabt hätte, irgendwelchen verdammten Weisungen, die sie erteilten, zu gehorchen, sondern weil er wissen wollte, was vor sich ging. In seinem Kopfhörer knatterte eine Stimme: »Oberst Coello?«

»Si«, murmelte er.

»Sie sind zum Start freigegeben.«

Forester grinste und rammte die Sabre donnernd die Startbahn hinunter. Ihre Räder hatten sich gerade vom Boden gehoben, als die Hölle losbrach. Die Startbahn schien vor ihm in ihrer ganzen Länge wie ein Vulkan aufzubrechen, und die Sabre torkelte in der Luft herum. Er kletterte in einer steilen Kehre hoch und sah in sprachlosem Erstaunen auf das Flugfeld hinab. Der Boden wimmelte von den dunkelroten Flammenblitzen schwerer Explosionen, und während er sie noch beobachtete, sah er, wie der Kontrollturm erbebte und zu einem Schutthaufen in sich zusammensank und eine Rauchsäule sich bis zu ihm hinaufringelte.

Er hatte die größte Mühe, die Steuerung zu halten, als eine ganz besonders schwere Explosion die Luft erschütterte und das Flugzeug wie betrunken ins Schleudern brachte. »Wer hat den verdammten Krieg angefangen?« rief er. Die Frage richtete sich an niemanden im besonderen, und die einzige Antwort, die er bekam, war ein nervöses Knattern im Kopfhörer – der Kontrollturm hatte sich ausgeschaltet.

Er gab das nutzlose Fragen auf. Was immer es war, ihm schadete es ganz gewiß nichts, und die Staffel Acht sah so aus, als sei sie jetzt auf lange Zeit hinaus lahmgelegt. Er warf einen letzten Blick auf das phantastische Schauspiel, richtete dann die Sabre auf einen langen Anstieg nach Westen aus und probierte die verschiedenen Schalter des Bordfunkgeräts auf der Suche nach den drei anderen Maschinen. Zwei Frequenzbänder waren anscheinend außer

Betrieb oder nicht in Verwendung, aber er erwischte sie auf dem dritten; sie schwätzten und unterhielten sich über belangloses Zeug und hatten keine Ahnung von der Zerstörung ihres Stützpunktes, da sie schon zu weit weg gewesen waren, als daß sie die Katastrophe noch hätten sehen können.

Eine schlampige, undisziplinierte Gesellschaft, dachte er; aber nützlich. Er sah hinunter, während er ihnen zuhörte, und sah den Paß unter sich vorbeiziehen, wo er um ein Haar gestorben wäre, und fand, fliegen sei doch besser als zu Fuß gehen. Dann suchte er den Himmel vor sich nach den anderen drei Maschinen ab. Er entnahm ihren Gesprächen, daß sie einen vorbestimmten Punkt umkreisten, an dem sie auf Coello warteten, und er fragte sich, ob sie wohl schon ihre Operationsanweisungen erhalten hatten oder ob Coello beabsichtigt hatte, sie erst unterwegs anzuweisen. Das konnte möglicherweise für seine eigene Taktik von Bedeutung sein.

Endlich sah er sie. Sie kreisten um den Berg neben dem Paß, aber in großer Höhe. Er zog den Steuerknüppel sanft an und flog ihnen entgegen. Diese drei Kommunisten würden sich sehr wundern.

# 10

Armstrong hörte Lastautos die Gebirgsstraße heraufknirschen. »Da kommen sie«, sagte er. Er spähte über die Brustwehr hinaus und hielt die Finger fest um den Griff der Pistole geschlossen. Der Nebel schien sich etwas zu lichten; er konnte jetzt ganz deutlich bis zu den Hütten und zu der Stelle hinübersehen, wo die Straße in das Plateau einmündete; aber es war noch immer so neblig, daß die Scheinwerfer einen dunstigen Lichtkreis vorausschickten, noch ehe die Lastautos überhaupt in Sicht kamen.
Benedetta kam den Stollen heraufgelaufen und legte sich neben ihn auf den Boden. »Gehen Sie lieber zurück«, sagte er. »Hier können Sie nichts tun.« Er hob die Pistole. »Eine Kugel. Das ist alles, was wir haben.«
»Das wissen die anderen aber nicht«, gab sie zurück.
»Wie geht es Ihrem Onkel?« fragte er.
»Besser, aber die Höhe tut ihm nicht gut.« Sie zauderte. »Ich mache mir Sorgen wegen Jenny. Sie fiebert.«
Er sagte nichts. Was hatten Fieber und Höhenkrankheit schon zu bedeuten, wenn sie aller Wahrscheinlichkeit nach binnen einer Stunde sowieso alle tot waren? Benedetta sagte: »Wir haben sie immerhin ungefähr drei Stunden am Lager aufgehalten.«
Ihre Worte hatten nicht viel Sinn; sie redete nur, um überhaupt etwas zu sagen und um ihre eigenen Gedanken zum Schweigen zu bringen - alle ihre Gedanken waren ja bei O'Hara. Armstrong warf ihr einen seitlichen Blick zu. »Es tut mir leid, daß ich so pessimistisch bin«, sagte er. »Aber ich glaube, das hier ist jetzt der letzte Akt. Wir haben uns sehr gut gehalten, wenn man bedenkt, was wir für Waffen hatten, aber es konnte nicht ewig so weitergehen. Napoleon hat recht gehabt - Gott ist auf der Seite der stärkeren Bataillone.«

Aus ihrer Stimme klang eine unbezähmbare Wildheit. »Wir können noch immer einige von ihnen mitnehmen.« Sie packte seinen Arm. »Schauen Sie, da kommen sie.«
Das erste Fahrzeug kam gerade über die Anhöhe. Es war ziemlich klein, und Armstrong schätzte, es müsse ein Jeep sein. Es rollte heran, seine Scheinwerfer tasteten sich durch den Nebel vor, und hinter ihm kam ein großer Lastkraftwagen und dann noch einer. Er hörte, wie jemand Befehle brüllte. Die Lastautos rollten bis zu den Hütten und blieben dort stehen, und er sah Leute herausklettern und hörte das Trampeln von schweren Stiefeln auf dem Felsgestein.
Der Jeep fuhr in einer großen Kurve herum, und seine Scheinwerfer schnitten wie eine Sichel durch den Nebel. Armstrong begriff plötzlich, daß sie den Sockel der Felswand absuchten, wo sich die Stolleneingänge befanden. Noch ehe er wußte, wie ihm geschah, stand er in voller Beleuchtung da, und als er sich rasch wieder hinter die Brustwehr duckte, hörte er, wie der Feind in ein tierisches Triumphgebrüll ausbrach.
»Verdammt!« sagte er. »Das war dumm von mir.«
»Es hat nichts zu sagen«, antwortete Benedetta. »Sie hätten uns sowieso sehr bald gefunden.« Sie streckte sich auf dem Erdboden aus und löste vorsichtig einen Stein aus der Brustwehr heraus. »Ich glaube, ich kann durch das Loch hier sehen«, flüsterte sie. »Sie brauchen nicht den Kopf hinauszustecken.«
Armstrong hörte Schritte von rückwärts herankommen. Es war Willis.
»Hinlegen«, sagte er leise. »Flach auf den Bauch.« Willis kroch neben ihn. »Was spielt sich ab?«
»Sie haben uns entdeckt«, sagte Armstrong. »Sie nehmen jetzt draußen Aufstellung. Sie bereiten sich auf den Angriff vor.« Er lachte bitter. »Wenn die wüßten, was wir hier zu unserer Verteidigung haben, würden sie einfach hereinspazieren.«
»Da kommt noch ein Lastauto«, sagte Benedetta. »Wahrscheinlich noch mehr Leute. Sie brauchen eine ganze Armee, um mit uns fertig zu werden.«
»Lassen Sie mich mal schauen«, sagte Armstrong. Benedetta rollte sich von dem Guckloch weg, und Armstrong spähte hinaus. »Es hat die Scheinwerfer nicht an – das ist komisch. Und es fährt sehr schnell. Jetzt schwenkt es ab und fährt auf die Hütten zu. Und es bremst nicht ab.«

Sie konnten das Dröhnen des Motors hören, und Armstrong rief: »Es fährt wie der Teufel – es wird direkt in sie hineinkrachen.« Seine Stimme überschlug sich. »Könnte das O'Hara sein?«
O'Hara hielt das stoßende Steuer eisern fest und trat den Gashebel durch. Er hatte es auf den Jeep abgesehen gehabt, aber dann hatte er etwas wesentlich Wichtigeres entdeckt: eine Gruppe von Leuten war dabei, im Scheinwerferlicht des Lastautos ein leichtes Maschinengewehr aufzustellen. Er schwang das Steuer herum, der Lastwagen scherte schleudernd aus, zwei Räder hoben sich in die Luft und krachten wieder auf den Boden zurück. Der Lastwagen schleuderte bedenklich, aber er hielt ihn auf seinem neuen Kurs fest, schaltete die Scheinwerfer ein und sah die weißen Gesichter der Männer, die sich plötzlich zu ihm umdrehten und die Hände vor die Augen hoben, um sie vor der grellen Helligkeit zu schirmen.
Im nächsten Augenblick rannten sie zur Seite, aber zwei von ihnen schafften es nicht mehr, und er hörte den weich bumsenden Aufschlag, wie das Lastauto sie umrannte und überfuhr. Aber ihm kam es nicht auf die Leute an – er hatte es auf das Maschinengewehr abgesehen. Das Lastauto hob sich ein wenig an, als er mit den linken Rädern über das Maschinengewehr hinwegfuhr und es auf dem Felsenboden zermalmte. Im nächsten Augenblick war er schon darüber hinweg und hörte ein paar verspätete und verstreute Schüsse hinter sich.
Er sah sich nach dem Jeep um, riß das Steuer abermals herum, und der rasende Lastkraftwagen schwenkte ein und schoß wie eine Granate vor. Der Fahrer des Jeeps sah ihn kommen und versuchte auszureißen, der Jeep schoß nach vorn, aber O'Hara schleuderte wieder heraus, und jetzt hatte er den Jeep im vollen Licht seiner Scheinwerfer, als er zu einem Frontalzusammenstoß ansetzte. Er sah, wie der Russe eine Pistole anhob, dann blitzte es auf, und auf der Windschutzscheibe direkt vor seinem Gesicht tanzten die Sternchen. Er duckte sich unwillkürlich.
Der Fahrer des Jeeps riß sein Steuer verzweifelt herum, aber er hatte in die falsche Richtung gedreht und fuhr direkt auf die Felswand zu. Der Jeep drehte wieder ab, aber der Fehler gab O'Hara seine Chance. Er schoß mit Vollgas vor, um den Jeep in die Breitseite zu rammen. Er sah gerade noch, wie der Russe die Arme hochwarf und schon nicht mehr zu sehen war: das leichte Fahrzeug schlug mit einem kreischenden, berstenden Geräusch um

und fiel auf die Seite. O'Hara warf den Rückwärtsgang hinein und riß seinen Lastwagen zurück und heraus.
Er blickte sich nach den Lastautos um und sah, wie ein Haufen Leute auf ihn zugerannt kam. Er hob die Maschinenpistole vom Boden des Fahrerhäuschens auf und legte sie auf dem Rand des Fensters auf. Er zog den Hahn dreimal ab, wobei er zwischen jeder Salve das Ziel etwas verschob, und er sah, wie der Haufen Männer auseinanderstob, einzelne auf den Boden rollten und andere verzweifelt nach Deckung suchten.
Als O'Hara in den ersten Gang heruntershaltete, fetzte eine Kugel durch seine Karosserie, und dann noch eine, aber er beachtete sie nicht. Der Vorderteil seines Lastautos krachte noch einmal mit voller Wucht in den umgestürzten Jeep hinein und bekam ihn diesmal an der Unterseite des Fahrgestells zu fassen. O'Hara trat erbarmungslos auf das Gas, schob den zertrümmerten Jeep vor sich her, als sei das Lastauto ein Bulldozer, und zerquetschte den Jeep schließlich mit einem dumpfen, knirschenden Geräusch an der Felswand. Als er damit fertig war, kam aus dem zermalmten Fahrzeug kein menschlicher Laut mehr.
Aber dieser zornige Racheakt machte ihm auch beinahe den Garaus. Als er sich im Rückwärtsgang von der Felswand abgesetzt und wieder freigemacht hatte, befand er sich bereits in schwerem Feuer. Er rollte vorwärts und versuchte, im Zickzack zu fahren, aber das Lastauto kam nicht rasch genug in Fahrt, und er sah sich umringt von einem Halbkreis von Männern, die ein mörderisches Sperrfeuer auf ihn abgaben. Seine Windschutzscheibe zersprang zu undurchsichtigem Milchglas, und er konnte nicht mehr sehen, wohin er fuhr.
Benedetta, Armstrong und Willis waren aufgesprungen und schrien ihm zu, aber nicht eine einzige Kugel flog in ihrer Richtung - sie waren nicht so gefährlich wie O'Hara. Sie beobachteten das Lastauto, wie es betrunken umhertaumelte, und sahen Funken aufstieben, wenn die Stahlpatronen von der Panzerverkleidung, die Santos angebracht hatte, wegprallten. Willis rief laut: »Er kann's nicht schaffen!« Noch ehe sie ihn zurückhalten konnten, war er mit einem Satz über die Steinmauer gesprungen und rannte auf das Lastauto zu. O'Hara steuerte mit einer Hand und verwendete den Kolben der Maschinenpistole als Hammer, um die nutzlose Windschutzscheibe einzuschlagen. Willis sprang auf das Trittbrett, und gerade als seine Finger den Türrand faßten,

wurde O'Hara getroffen. Eine Gewehrkugel flog quer durch das Fahrerhaus und zerschmetterte ihm die Schulter. Er flog gegen die Tür, und Willis hätte um ein Haar das Gleichgewicht verloren. Er stieß einen lauten Schrei aus und sackte auf seinem Sitz zusammen.
Willis packte das Steuer mit einer Hand und riß es, so gut er konnte, herum. Er rief O'Hara zu: »Den Fuß auf dem Gas halten!«, und O'Hara hörte ihn durch ein dunkles Gewölk von Schmerzen hindurch und drückte den Fuß herab. Willis steuerte das Lastauto auf die Felswand zu und versuchte, zu dem Stolleneingang zu gelangen. Er sah den Rückspiegel in tausend Stücke zerspringen: die Kugel, die ihn getroffen hatte, mußte zwischen seinem Körper und dem Lastauto durchgepfiffen sein. Aber das hatte jetzt nichts zu bedeuten – jetzt kam es nur darauf an, den Lastwagen in Deckung zu bringen. Armstrong sah, wie der Lastwagen wendete und direkt auf ihn zukam. »Weg, schnell weg!« brüllte er Benedetta zu, packte sie bei der Hand und zerrte sie, so rasch er konnte, in den Stollen hinein.
Willis sah die dunkle Eingangsöffnung des Stollens vor sich gähnen und drückte sich dichter an die Karosserie des Lastwagens heran. Die Nase des Lastwagens traf auf die niedrige Steinmauer auf, und die Steine explodierten wie riesige Schrapnellkugeln ins Innere des Stollens und zersplitterten an seinen Seitenwänden.
Dann wurde Willis getroffen. Die Kugel erwischte ihn im Kreuz, und er ließ das Steuer und den Türrand los. Im nächsten Augenblick, als der Lastwagen in den Stollen hineindonnerte und hinten an der Biegung zum Stehen kam, wurde Willis von der Felswand vom Trittbrett heruntergerissen und, in einen unkenntlichen Haufen verwandelt, knapp hinter dem Eingang zu Boden geschleudert.
Er rührte sich schwach, als eine Kugel den Felsen über seinem Kopf absplitterte, und seine Hände tasteten sich hilflos auf dem kalten Stein vor. Dann wurde er beinahe gleichzeitig von zwei Kugeln getroffen, zuckte noch einmal auf und blieb reglos liegen.
Eine riesige Stille hatte sich über alles gelegt, als Armstrong und Benedetta O'Hara aus dem Fahrerhaus des Lastautos herauszerrten. Das Schießen hatte aufgehört, und es war kein Laut zu hören, außer dem leisen Knarren des sich abkühlenden Motors und einem Geklapper, als Armstrong mit dem Fuß gegen etwas stieß, das auf dem Boden des Fahrerhauses lag. Sie arbeiteten im Dunkeln,

denn ein gut gezielter Schuß gerade in den Stollen hinein wäre gefährlich gewesen.
Endlich hatten sie O'Hara um die Ecke in Sicherheit gebracht, und Benedetta zündete den Docht der letzten Paraffinflasche an. O'Hara war bewußtlos und ziemlich schwer verwundet. Sein rechter Arm hing schlaff herab, und seine Schulter war ein schauerlicher Brei aus zerfetztem Fleisch und Knochensplittern. Außerdem hatte er im Gesicht einige böse Schnittwunden, denn er war nach vorn geschleudert worden, als der Lastwagen an der Biegung des Stollens auf die Felswand auffuhr. Benedetta sah ihn mit Tränen in den Augen an und wußte nicht, wo beginnen.
Aguilar kam mit keuchendem Atem herbeigewankt und fragte mit mühsamer Stimme: »In Gottes Namen, was ist denn passiert?«
»Du kannst hier nichts helfen, tio«, antwortete sie. »Leg dich wieder hin.«
Aguilar blickte auf O'Hara hinab, und der nackte Schrecken trat in seine Augen – hier hatte er den Beweis, daß der Krieg eine blutige Sache war. Dann fragte er: »Wo ist Señor Willis?«
»Ich glaube, er ist tot«, sagte Armstrong ruhig. »Er ist nicht zurückgekommen.«
Aguilar kniete lautlos neben O'Hara nieder. Sein Gesicht war aschgrau. »Laßt mich helfen«, sagte er.
»Ich gehe zurück auf Wache«, sagte Armstrong. »Obwohl ich eigentlich nicht weiß, wozu das gut sein soll. Es wird draußen bald dunkel sein. Ich nehme an, darauf warten sie nur noch.« Er ging in Richtung auf den Lastwagen ins Dunkel davon, und Benedetta untersuchte O'Haras zerschmetterte Schulter. Sie sah Aguilar hilflos an. »Was kann ich hier machen? Dazu wird ein Arzt gebraucht – ein Krankenhaus. Wir können hier nichts tun.«
»Wir müssen tun, was wir können«, sagte Aguilar. »Ehe er wieder zu Bewußtsein kommt. Rück das Licht näher heran.« Er begann, mit behutsamen Fingern aus dem blutigen Fleisch einen Knochensplitter nach dem anderen herauszuziehen, und als er damit fertig war und Benedetta die Wunde verbunden und den Arm in eine Schlinge gelegt hatte, war O'Hara auch schon wieder hellwach und versuchte, sein Stöhnen zu unterdrücken. Er sah zu Benedetta auf und flüsterte: »Wo ist Willis?«
Sie schüttelte langsam den Kopf, und O'Hara wandte das Gesicht ab. Eine mächtige Wut über die Ungerechtigkeit der Dinge begann in ihm hochzusteigen: just in dem Augenblick, da er das Leben

wiedergefunden hatte, mußte er es verlassen - und was für eine Art, es zu verlassen: eingesperrt in einem kalten, feuchten Tunnel und auf Gnade und Ungnade einem Rudel von Wölfen in Menschengestalt ausgeliefert. Er hörte in der Nähe eine Frauenstimme, die unzusammenhängend vor sich hin plapperte. »Wer ist das?«
»Jenny«, sagte Benedetta. »Sie redet im Fieberwahn.«
Sie legten O'Hara so bequem hin, wie es ging, und dann stand Benedetta auf. »Ich muß Armstrong helfen.« Aguillar blickte zu ihr auf und sah ihr von Zorn und Erschöpfung angespanntes Gesicht, die Haut, die sich straff über die Jochbogen spannte, die dunklen Flecken unter den Augen. Er seufzte leise und drückte den verlöschenden Docht aus.
Armstrong hatte sich neben dem Lastwagen hingehockt. »Ich hatte auf jemanden gewartet«, sagte er.
»Wen haben Sie denn erwartet?« fragte sie sarkastisch. »Wir sind die beiden einzigen Diensttauglichen, die noch übrig sind.« Dann fügte sie leise hinzu: »Verzeihen Sie.«
»Schon gut«, sagte Armstrong. »Wie geht's Tim?«
Ihre Stimme klang bitter. »Er wird am Leben bleiben - wenn sie ihn lassen.«
Armstrong schwieg eine Weile und wartete ab, bis die Aufwallung von Zorn und Enttäuschung in ihr sich gelegt hatte. Dann sagte er: »Es ist alles so ruhig. Sie haben sich nicht gerührt, und das verstehe ich nicht recht. Ich möchte nach vorn gehen, wenn es draußen ganz dunkel ist, und mir die Sache mal ansehen.«
»Machen Sie doch keine Dummheiten«, sagte Benedetta geängstigt. »Was kann ein wehrloser Mann denn machen?«
»Ach, ich würde ja nichts unternehmen«, sagte Armstrong ablenkend.
»Und außerdem wäre ich gar nicht völlig wehrlos. Tim hat eins von diesen kleinen Maschinengewehren mitgebracht, und ich glaube, es sind noch volle Magazine da. Ich habe in der Dunkelheit noch nicht herausbekommen können, wie es funktioniert; ich glaube, ich werde mal zurückgehen und es mir bei Licht genau ansehen. Die Armbrust haben wir außerdem noch, und zwei Bolzen - die lasse ich Ihnen auf jeden Fall hier.«
Sie faßte ihn beim Arm. »Gehen Sie noch nicht.«
Er hörte die Einsamkeit und Verlassenheit aus ihrer Stimme heraus und gab nach. Nach einer Weile sagte er: »Wer hätte gedacht,

daß Willis so ein Ding anstellen würde? Das war die Tat eines wirklich tapferen Mannes, und dafür hätte ich Willis niemals gehalten.«
»Wer kann wissen, was in einem Mann drinsteckt?« sagte Benedetta leise, und Armstrong wußte, daß sie an O'Hara dachte.
Er blieb noch ein Weilchen bei ihr und sprach auf sie ein, bis ihre Spannung nachließ, und ging dann zurück und zündete die Lampe an.
O'Hara sah aus schmerzerfüllten Augen zu ihm hinüber. »Ist der Lastwagen hinüber?«
»Ich weiß nicht«, sagte Armstrong. »Ich habe noch nicht nachgesehen.«
»Ich hatte mir gedacht, wir könnten uns vielleicht in ihm davonmachen.«
»Ich werde ihn mir ansehen. Ich glaube nicht, daß er von den Stößen und Püffen sehr beschädigt ist - die Burschen haben ihn gegen unsere Armbrustbolzen ziemlich gut gepanzert. Aber die Kugeln werden ihm nicht gerade gutgetan haben. Die hält die Panzerung nicht aus.«
Aguillar kam näher heran. »Vielleicht können wir es in der Dunkelheit versuchen - uns davonzumachen, meine ich.«
»Wohin denn?« fragte Armstrong praktisch. »Die Brücke wird bestimmt gut bewacht und beleuchtet sein - ich möchte keinen Lastwagen in der Nacht da hinüberfahren, das wäre der reine Selbstmord. Und hier oben haben sie auch mehr als genug Licht. Sie können den Stolleneingang von oben bis unten ausleuchten.«
Er rieb sich den Kopf. »Ich verstehe nicht, warum sie nicht einfach hereinkommen und uns holen.«
»Ich glaube, den Oberbonzen habe ich abserviert«, sagte O'Hara. »Ich hoffe es jedenfalls. Und ich glaube nicht, daß Santos den Mumm hat, hier hereinzukommen - er fürchtet sich vor dem, was ihn hier vielleicht erwartet.«
»Wer ist Santos?« frage Aguillar.
»Der Kubaner.« O'Hara lächelte schwach. »Ich bin unten ziemlich nahe an ihn herangekommen.«
»Sie haben mächtigen Schaden gestiftet, wie Sie mit dem Lastwagen heraufgekommen sind«, meinte Armstrong. »Kein Wunder, daß sie jetzt Angst haben. Vielleicht geben sie's jetzt auf.«
»Nein, jetzt nicht mehr«, antwortete O'Hara überzeugt. »Sie sind zu nahe am Erfolg, um jetzt noch aufzugeben. Außerdem

brauchen sie sich ja nur draußen in aller Seelenruhe hinzusetzen, um uns auszuhungern.«
Sie schwiegen eine lange Zeit und dachten über diese Möglichkeit nach. Dann sagte Armstrong: »Ich gehe lieber mit Glanz und Gloria unter.« Er zog die Maschinenpistole hervor. »Wissen Sie, wie dieses Ding funktioniert?«
O'Hara erklärte ihm, wie er den einfachen Mechanismus zu bedienen hätte, und als er auf seinen Posten zurückgegangen war, sagte Aguilar: »Es schmerzt mich sehr, Señor, wegen Ihrer Schulter.«
O'Hara entblößte die Zähne zu einem kurzen Grinsen. »Nicht so sehr wie mich - es tut höllisch weh. Aber es hat nichts zu bedeuten, wissen Sie. Ich werde nicht mehr lange schmerzempfindlich sein.«
Aguillars asthmatisches Keuchen hörte unvermittelt auf: er hielt den Atem an. »Sie glauben also, das ist jetzt das Ende?«
»Ja, das glaube ich.«
»Sehr schade, Señor. Ich hätte Sie in dem neuen Cordillera gut brauchen können. Ein Mann in meiner Stellung braucht gute Leute - und die sind so schwer zu finden wie die Zähne einer Henne.«
»Was könnten Sie mit einem heruntergekommenen Piloten anfangen? Leute wie mich gibt's zehn für einen Groschen.«
»Der Ansicht bin ich nicht«, antwortete Aguillar ernsthaft. »Sie haben bei diesem Gefecht viel Initiative an den Tag gelegt, und das ist eine Ware, die sehr knapp ist. Sie wissen ja, die militärischen Streitkräfte Cordilleras sind durch und durch mit Politik verseucht, und ich brauche Leute, um sie aus der politischen Arena herauszuholen - vor allem die Jagdstaffeln. Wenn Sie in Cordillera bleiben wollen, dann kann ich Ihnen, glaube ich, eine Stellung in der Luftwaffe versprechen.«
Einen Augenblick lang vergaß O'Hara, daß die Stunden und vielleicht gar die Minuten seines Lebens nur noch ganz knapp bemessen waren. Er sagte einfach: »Das würde ich gern -«
»Das freut mich«, antwortete Aguillar. »Ihre erste Aufgabe wäre, die Staffel Acht in Ordnung zu bringen. Aber Sie dürfen nicht denken, daß man Ihnen alles leichtmachen wird, weil Sie in die Familie des Staatspräsidenten einheiraten.« Er kicherte, als er O'Haras Überraschung spürte. »Ich kenne meine Nichte sehr gut, Tim. Noch nie hat ihr ein Mann so viel bedeutet wie Sie. Ich hoffe, Sie werden sehr glücklich zusammen sein.«

»Das werden wir«, antwortete O'Hara. Doch dann schwieg er. Die Wirklichkeit überflutete ihn wieder – die Erkenntnis, daß all dies Gerede von Heirat und Zukunftsplänen völlig sinnlos war. Nach einer Weile sagte er wehmütig: »Das sind Luftschlösser und Hirngespinste, Señor Aguillar. Die Wirklichkeit ist viel schrecklicher. Aber ich wünschte trotzdem . . .«
»Wir sind noch am Leben«, sagte Aguillar. »Und solange einem Mann noch das Blut in den Adern rinnt, ist ihm nichts unmöglich.«
Er sprach nicht weiter, und O'Hara hörte nur das Rasseln seines Atems in der Dunkelheit.


Als Armstrong zu Benedetta zurückkehrte, warf er einen Blick hinaus zum Stolleneingang und stellte fest, daß es inzwischen draußen dunkel geworden war und der Eingang vom grellen Schein der Scheinwerfer erleuchtet war. Er blickte angestrengt hinaus und sagte: »Der Nebel scheint dicker zu werden, meinen Sie nicht?«
»Ja, es sieht so aus«, antwortete Benedetta teilnahmslos.
»Jetzt ist die richtige Zeit, um sich ein bißchen umzusehen.«
»Bitte nicht«, flehte Benedetta ihn an. »Sie werden Sie bestimmt sehen.«
»Ich glaube nicht, daß sie mich sehen können. Der Nebel wirft das Licht auf sie zurück. Sie würden mich sehen, wenn ich hinaus ins Freie ginge, aber das gedenke ich nicht zu tun. Ich glaube nicht, daß sie im Stollen irgendwas erkennen können.«
»Also gut. Aber seien Sie vorsichtig.«
Er lächelte, während er nach vorn kroch. Das Wort »vorsichtig« klang unter den gegebenen Verhältnissen einigermaßen lächerlich. Es war, als sagte man einem Mann, der ohne Fallschirm aus einem Flugzeug abspringt, er solle vorsichtig sein. Trotzdem achtete er sorgfältig darauf, keinen Lärm zu machen, während er sich, durch die verstreuten Überreste der zertrümmerten Steinmauer behindert, langsam Zoll um Zoll zum Eingang vorschob.
Er hielt ungefähr zehn Meter vor der Öffnung inne, denn noch weiter zu kriechen, schien ihm zu riskant, und spähte hinaus in die neblige Helligkeit. Zuerst konnte er überhaupt nichts sehen, aber als er die Augen mit der Hand abschirmte, gelang es ihm doch, einige Einzelheiten zu erkennen. Die beiden Lastwagen

waren beiderseits des Stolleneingangs im schiefen Winkel zur Felswand geparkt; das Licht des linken Lastwagens flackerte einmal unvermittelt, und Armstrong schloß daraus, daß jemand vor den Scheinwerfern vorbeigegangen war.

Er blieb einige Zeit an dieser Stelle und rührte sich zweimal mit absichtlichen Bewegungen, aber es war so, wie er es sich gedacht hatte - man konnte ihn von draußen nicht sehen. Nach einer Weile begann er herumzukriechen und Steine zusammenzutragen, die er zu einer niedrigen, kaum einen halben Meter hohen Mauer aufschichtete. Viel war das nicht, aber immerhin bot es einem, der dahinter lag, soliden Schutz vor Gewehrfeuer. Er brauchte ziemlich lange zu dieser Arbeit, und während der ganzen Zeit erfolgte von draußen nichts. Gelegentlich hörte er einen Mann husten und zuweilen den Klang von Stimmen, aber sonst nichts. Schließlich nahm er die Maschinenpistole wieder auf und ging zurück zum Lastwagen. Benedetta flüsterte aus der Dunkelheit: »Was machen sie?«

»Keine Ahnung«, sagte er und sah noch einmal zurück. »Es ist zu ruhig da draußen. Halten Sie scharf Wache. Ich sehe mir inzwischen den Lastwagen an.«

Er drückte ihr die Hand und tastete sich dann zum Fahrerhaus des Lastwagens vor und kletterte hinein. Es schien alles soweit in Ordnung zu sein, abgesehen von der Windschutzscheibe, die undurchsichtig war. Er saß im Fahrersitz und überlegte, was zu geschehen hatte, falls sie einen Durchbruch machen mußten.

Vor allem einmal würde er fahren - niemand sonst konnte mit dem schweren Lastwagen zu Rande kommen -, und er würde im Rückwärtsgang aus dem Stollen hinausfahren, ein Mann würde neben ihm sitzen und die anderen hinten. Er untersuchte die übrigen Teile des Lastautos, und zwar mehr mit dem Gefühl als mit den Augen. Zwei der Reifen waren von Streifschüssen ziemlich stark angeritzt, aber die Schläuche waren wunderbarerweise unversehrt. Auch die Bezintanks waren intakt; die tief herabreichende Stahlverkleidung, die zum Schutz gegen die Armbrustbolzen angebracht worden war, hatte sie vor Durchlöcherung bewahrt.

Er hatte gewisse Befürchtungen wegen des Kühlers und kroch unter den Lastwagen und fühlte ihn von unten ab; aber es tropfte nirgends Wasser herab, und so war er auch in diesem Punkt beruhigt. Seine einzige Sorge war jetzt, daß der letzte Zusammenstoß

mit der Felswand an der Biegung des Stollens die Steuerung oder den Motor beschädigt haben könnte, aber das ließ sich erst feststellen, wenn der Augenblick zum Losfahren kam. Er wollte den Motor jetzt lieber nicht anlassen - einen schlafenden Hund soll man nicht mutwillig aufwecken.
Er ging zu Benedetta zurück. »Das wäre das«, sagte er befriedigt. »Der Wagen scheint soweit in gutem Zustand zu sein. Ich werde jetzt hier die Wache übernehmen. Sehen Sie inzwischen mal nach, wie es den anderen geht.«
Sie wandte sich unverzüglich zum Gehen, und er begriff, wie dringend ihr daran lag, zu O'Hara zurückzukehren.
»Einen Augenblick noch«, sagte er. »Sie sollten doch Bescheid wissen, für den Fall, daß wir plötzlich los müssen.« Er hob die Maschinenpistole hoch. »Können sie das Ding hier bedienen?«
»Ich weiß nicht.«
Armstrong kicherte. »Ich bin mir gar nicht sicher, ob ich es selber kann - das Ding ist zu modern für mich. Aber O'Hara sagt, es ist ganz einfach. Man zieht nur den Hahn ab und läßt es losrattern. Aber er sagt, man muß sie ziemlich fest herunterhalten und auch darauf achten, sie vorher zu entsichern. Also dann: ich werde fahren, und Ihr Onkel wird neben mir auf dem Fußboden im Fahrerhaus sitzen. Tim und Jenny sind hinten, flach auf dem Boden, und Sie sind auch hinten - mit dieser Waffe hier. Es wird ein bißchen gefährlich sein, denn Sie werden sich zeigen müssen, wenn Sie schießen.«
Ihre Stimme war hart wie Stein. »Ich werde schon schießen.«
»Gutes Mädchen«, sagte er und klopfte ihr auf die Schulter. »Sagen Sie Tim einen schönen Gruß von mir.« Er hörte sie davongehen und rückte dann den Stollen hinauf zu der Steinmauer, die er aufgeschichtet hatte. Er streckte sich dahinter aus, die Maschinenpistole griffbereit neben sich. Er steckte die Hand in die Tasche und fühlte nach seiner Pfeife und stieß dann ein halblautes »Verdammt noch mal« aus. Die Pfeife war durchgebrochen, er hatte zwei lose Stücke in der Hand. Er klemmte sich den Pfeifenstiel zwischen die Zähne und behielt den Stolleneingang fest im Auge.


Der Morgen brach neblig an. Im Eingang des Stollens erstrahlte ein blendendes Weiß. Armstrong wälzte sich zum hundertstenmal herum, um eine etwas bessere Lage für seine schmerzenden

Knochen zu finden. Er warf einen Blick zu O'Hara auf der anderen Seite des Stollens hinüber und dachte: für ihn ist es schlimmer als für mich.
Als O'Hara von der wiederaufgebauten Mauer hörte, bestand er darauf, nach vorn zu kommen. »Bei mir ist von Schlafen sowieso keine Rede«, sagte er. »Nicht mit der Schulter. Außerdem habe ich eine Pistole mit einem vollen Magazin. Anstatt hier herumzuliegen, kann ich geradesogut Wache halten. Auf die Weise bin ich wenigstens zu etwas gut, wenn alle anderen inzwischen ein bißchen schlafen können.«
Aber Armstrong hatte trotzdem nicht geschlafen. Obwohl er so erschöpft war wie noch nie zuvor in seinem Leben, taten ihm die Glieder zu weh, als daß er hätte schlafen können. Aber er lächelte O'Hara im halben Dämmerlicht vergnügt und aufmunternd zu und steckte vorsichtig den Kopf über die niedrige Barrikade.
Es war nichts zu sehen, nur der wogende weiße Nebel, der einen undurchdringlichen Vorhang bildete.
Er sagte leise: »Tim, warum haben sie uns nicht in der Nacht einfach überrumpelt?«
»Sie wissen, daß wir die Maschinenpistole haben«, sagte O'Hara. »Wenn ich das weiß, würde ich auch nicht gern einfach in diesen Stollen hineinrennen, besonders nicht in der Nacht.«
»Hm«, sagte Armstrong. Er schien nicht überzeugt. »Aber warum haben sie dann nicht versucht, uns mit Gewehrfeuer mürbe zu machen? Sie können sich doch denken, daß Gewehrkugeln, die sie in den Stollen hineinfeuern, von den Felswänden zurückprallen. Da ist es doch gar nicht nötig, genau zu zielen.«
O'Hara schwieg, und Armstrong fuhr nachdenklich fort: »Wer weiß, ob da draußen überhaupt jemand ist.«
»Reden Sie kein dummes Zeug«, sagte O'Hara. »Auf das Risiko können wir uns nicht einlassen - noch nicht. Außerdem war jemand da, der vor einer Weile die Scheinwerfer abgestellt hat.«
»Das stimmt«, antwortete Armstrong. Hinter ihm im Stollen rührte sich etwas, und er drehte sich um. Benedetta kam mit einem Bündel in den Armen nach vorn gekrochen.
»Unsere letzten Lebensmittel«, sagte sie. »Es ist nicht viel - und wir haben überhaupt kein Wasser.«
Armstrong zog die Mundwinkel herab. »Das ist schlecht.«
Während O'Hara und er sich das Essen teilten, hörten sie Geräusche von draußen und murmelnde Stimmen. »Wachablösung«,

sagte O'Hara. »Ich habe es schon einmal gehört, vor vier Stunden, als Sie schliefen. Und ob die noch da sind!«
»Ich? Geschlafen?« sagte Armstrong beleidigt. »Ich habe die ganze Nacht nicht ein Auge zugetan.«
O'Hara lächelte. »Na, sagen wir die halbe Nacht.« Dann wurde er wieder ernst. »Wenn wir wirklich dringend Wasser brauchen, können wir etwas aus dem Kühler des Lastautos ablassen, aber ich würde es nur tun, wenn es absolut dringend nötig ist.«
Benedetta betrachtete O'Hara mit Besorgnis. Er hatte eine hektische Röte auf den Wangen und war zu lebhaft und aufgekratzt für einen Mann, der ganz knapp am Tod vorbeigerutscht war. Bei Miß Ponsky war es dasselbe gewesen, und jetzt lag sie völlig von Sinnen im Fieberdelirium, konnte nichts essen und rief nach Wasser. Sie sagte: »Ich glaube, wir müssen jetzt sofort Wasser haben. Jenny braucht es.«
»Dann werden wir den Kühler anzapfen«, sagte Armstrong. »Ich hoffe nur, das Gefrierschutzmittel ist nicht giftig. Ich glaube, es ist nur Alkohol, und das wäre in Ordnung.«
Er kroch zusammen mit Benedetta zurück und zwängte sich unter den Lastwagen, um den Abflußhahn aufzuschrauben. Er ließ eine halbe Konservendose voll rostigen Wassers heraus und reichte sie ihr. »Das muß genügen«, sagte er. »Mehr können wir nicht nehmen. Wir werden den Wagen vielleicht brauchen.«
Die Stunden verstrichen, und es ereignete sich nichts. Die Sonne wurde allmählich stärker, und der Nebel löste sich auf. Jetzt konnten sie aus dem Stollen hinausblicken, und Armstrongs Hoffnungen sanken in sich zusammen, als er bei den Hütten eine Gruppe von Männern stehen sah. Sogar aus ihrer begrenzten Sicht konnten sie erkennen, daß der Feind in voller Stärke anwesend war.
»Aber können sie uns sehen?« überlegte O'Hara. »Ich glaube, eigentlich nicht. Diese Höhle dürfte von draußen wie das ›Schwarze Loch von Kalkutta‹ aussehen.«
»Aber was zum Kuckuck treiben sie eigentlich?« fragte Armstrong und hob die Augen ganz knapp über die Steinmauer. O'Hara spähte eine lange Zeit hinaus, und dann sagte er verwundert: »Sie schichten Steine auf dem Boden auf - abgesehen davon tun sie gar nichts.«
Sie beobachteten weiter, eine lange Zeit. Die Feinde unternahmen nichts, außer daß sie eine lange Reihe Steine aufschichteten, die

vom Stolleneingang weglief. Nach einer Weile hatten sie anscheinend auch davon genug und saßen in kleinen Gruppen zusammen und rauchten und schwatzten. Sie machten den Eindruck von Leuten, die auf etwas warteten, aber warum sie warteten und wozu die Steine waren, konnten O'Hara und Armstrong sich nicht vorstellen.
Um die Mittagsstunde sagte Armstrong, dessen Nerven unter der Spannung zu reißen begannen: »Um Himmels willen, unternehmen wir etwas - tun wir was Positives.«
O'Haras Stimme klang tonlos und müde. »Was?«
»Wenn wir mit dem Lastwagen ausbrechen wollen, werden wir es möglicherweise ganz plötzlich tun müssen. Ich schlage vor, wir legen Jenny auf alle Fälle jetzt schon hinten hinein und setzen den Alten vorne auf den Sitz. Auf dem gepolsterten Sitz hat er es sowieso wesentlich bequemer.«
O'Hara nickte. »Also gut. Lassen Sie die Maschinenpistole hier. Ich werde sie vielleicht brauchen.«
Armstrong begab sich zurück zum Lastauto. Er ging aufrecht durch den Stollen. Der Teufel soll das Herumkriechen auf dem Bauch wie eine Schlange holen; laßt mich wenigstens noch einmal wie ein aufrechter Mann gehen. Der Feind sah ihn entweder nicht, oder aber er sah ihn und kümmerte sich nicht um ihn. Es wurde nicht geschossen.
Er brachte Miß Ponsky im rückwärtigen Teil des Lastautos unter und half dann Aguillar in das Fahrerhaus hinauf. Aguillar war in schlechtem Zustand, wesentlich schlechter als bisher. Er konnte kaum atmen und sprach unzusammenhängend; er machte einen völlig benommenen Eindruck und schien nicht zu wissen, wo er sich befand. Benedetta war blaß und besorgt und blieb bei ihm zurück.
Armstrong streckte sich wieder hinter der Steinmauer aus und sagte: »Wenn wir hier nicht bald herauskommen, dann hat diese verfluchte Bande gewonnen.«
O'Hara ruckte überrascht den Kopf herum. »Wieso?«
»Aguillar. Er sieht aus, als sei er kurz vor einem Herzanfall. Wenn er nicht hinunter ins Tal kommt, wo er leichter atmen kann, kratzt er uns ab.«
O'Hara blickte hinaus und machte eine Geste mit seinem gesunden Arm: »Da draußen sind ungefähr zwei Dutzend Leute in Sicht. Sie würden uns glatt zusammenschießen, wenn wir jetzt

versuchen würden auszubrechen. Denken Sie nur, was mir gestern passiert ist, als sie durch den Nebel behindert waren - jetzt ist kein Nebel, und wir hätten nicht die geringste Chance. Wir müssen warten.«
Also warteten sie. Und auch der Feind wartete. Die Stunden vergingen, und die Sonne begann zu sinken. Gegen drei Uhr nachmittags rührte sich O'Hara plötzlich und lauschte angespannt; aber dann ließ er sich wieder zurücksinken und schüttelte den Kopf. »Ich dachte . . . aber nein, doch nicht.«
Er legte sich wieder hin, aber im nächsten Augenblick ruckte sein Kopf abermals hoch. »Aber ja, doch - hören Sie's denn nicht?«
»Was soll ich hören?« fragte Armstrong.
»Ein Flugzeug - oder sogar mehrere«, sagte O'Hara aufgeregt. Armstrong lauschte und vernahm das schrille Jaulen einer Düsenmaschine, die über ihnen hinwegflog. Das Geräusch war gedämpft und verzerrt, aber unverkennbar. »Bei Gott, Sie haben recht«, sagte er. Er blickte O'Hara konsterniert an. »Sind das jetzt ihre oder unsere?«
Aber O'Hara hatte bereits erkannt, daß ihr Schicksal besiegelt war. Er lehnte sich halb über die Steinmauer und starrte schreckerfüllt auf den Stolleneingang. In der Öffnung stand, wie in einem Rahmen gegen den hellen Himmel, ein Flugzeug, das im Sturzflug direkt auf sie zukam, und während er es noch beobachtete, sah er aus beiden Flügeln etwas herabfallen und eine Dampfspur hinter sich herziehen.
»Raketen!« schrie er. »Um Himmels willen, hinlegen!«


Forester war steil hochgestiegen, um die drei Sabre-Maschinen abzufangen, und als er herankam, sahen sie ihn und warteten ihn in lockerer Formation ab. Er kam von rückwärts an sie heran, erhöhte seine Geschwindigkeit und nahm den Anführer ins Visier. Er schob die Sicherungsschalter zurück, und sein Daumen liebkoste den Feuerdruckknopf. Dieser Junge würde sich wundern.
In seinem Kopfhörer war ein unablässiges Gebrabbel. Der Führer versuchte, Coello anzurufen. Schließlich nahm er anscheinend an, daß Coellos Bordfunkgerät nicht funktionierte, und sagte: »Da Sie nicht antworten, mio Colonel, werde ich den Angriff führen.«
Jetzt wußte Forester, daß diese Leute vor dem Start ihre genauen Anweisungen erhalten hatten. Er drückte auf den Knopf.

Wieder einmal verspürte er den vertrauten plötzlichen Ruck in der Luft, fast als bliebe die Maschine stehen, und sah die Rauchspurgeschosse in Korkenzieherwindungen auf ihr Ziel zuschießen. Die führende Sabre-Maschine war von Lichtblitzen umtanzt, als die Geschosse rings um sie explodierten, und plötzlich zersprang sie zu einem Klumpen schwarzen Rauchs mit einem roten Herzen in der Mitte.
Forester wich aus, um den umherfliegenden Trümmern zu entgehen, legte sich in eine scharfe Kurve und stieg steil auf, während er den schreckerfüllten Rufen der anderen Piloten zuhörte. Sie brabbelten einige Sekunden lang durcheinander, und dann sagte einer: »Ruhe. Ich nehme ihn mir vor.«
Forester suchte den Himmel ab und dachte: Der überlegt nicht lange. Es lief ihm kalt den Rücken hinunter. Diese Piloten waren bestimmt junge Burschen, die blitzschnell reagierten und haargenau ausgebildet waren. Er war seit nahezu zehn Jahren nicht mehr geflogen, außer den paar Stunden jedes Jahr, die nötig waren, um seinen Pilotenrang zu behalten, und er fragte sich ingrimmig, wie lange er sich würde halten können.
Er fand seine Feinde. Der eine tauchte in einem anmutigen Sturzflug nach unten, und der andere stieg in einer weiten Kurve auf, um hinter ihn zu gelangen. Während er ihn beobachtete, feuerte der Pilot seine Raketen aufs Geratewohl ab. »O nein, so nicht, du Mistkerl«, sagte Forester. »So erwischst du mich nicht.« Er hatte sehr wohl begriffen, daß der Gegner seine Raketen abgeworfen hatte, um sein Gewicht und den Luftwiderstand zu verringern und Fahrt aufzunehmen. Einen Augenblick lang war er versucht, das gleiche zu tun und die Sache im sauberen, reinen Himmel auszukämpfen, aber er wußte, daß er es nicht riskieren konnte. Außerdem hatte er eine bessere Verwendung für seine Raketen.
Statt dessen schob er den Steuerknüppel nach vorn und ging in einen kreischenden Sturzflug. Das war gefährlich – sein Gegner würde rascher nachtauchen, und Forester erinnerte sich, wie man ihm eingebleut hatte, niemals, *niemals* während des Gefechts Höhe aufzugeben. Er hielt die Augen auf den Spiegel geheftet, und es dauerte nicht lange, bis die Sabre rückwärts in Sicht kam und rasch aufholte. Er wartete bis zum allerletzten Augenblick, bis er sicher war, daß der andere im Begriff war zu feuern, drückte dann den Knüppel abermals nach vorn und ging in einen selbstmörderischen senkrechten Sturzflug.

Sein Gegner war auf dieses haarsträubende Manöver so dicht über dem Erdboden nicht gefaßt gewesen und schoß über ihn hinweg. Forester beachtete ihn nicht weiter, da er sicher war, ihn fürs erste abgeschüttelt zu haben. Es war ihm weit mehr darum zu tun, zu verhindern, daß seine Maschine sich in tausend Stücken auf dem Berghang verspritzte. Er spürte, wie das Scheppern einsetzte, als die Sabre sich der Schallmauer näherte. Das ganze Gefüge des Flugzeugs seufzte und stöhnte, als er es aus dem Sturzflug wieder heraufzerrte, und er hoffte nur, die Tragflächen würden ihm nicht abbrechen. Als er die Maschine wieder horizontal ausgerichtet hatte, lag der Erdboden kaum siebzig Meter unter ihm - ein graues Durcheinander von Schnee und Felsgestein. Er hob die Sabre ungefähr hundert Meter an, flog in einer weiten Kurve von den Bergen weg und suchte die Schlucht und die Brücke. Die Schlucht hatte er sofort entdeckt, sie war so unverkennbar, daß man sie unmöglich verfehlen konnte, und eine Minute später sah er auch die Brücke. Er wendete über ihr, suchte den Boden ab, konnte aber niemand sehen, und dann war sie auch schon wieder hinter ihm verschwunden, und er flog über der gewundenen Gebirgsstraße, die er sich so oft mühsam zu Fuß hinaufgeplagt hatte, hinauf zum Abhang des Berges. Er änderte unvermittelt den Kurs, um das Bergwerk parallel zum Berghang anfliegen zu können, und blickte dabei nach oben und sah eine Sabre, die dreihundert Meter höher flog und gerade zwei Raketen abschoß. Das ist die zweite, dachte er. Ich bin zu spät gekommen.

Er wendete abermals und kreischte über das Bergwerk hinweg. Dicht unter ihm schlängelte sich der Landestreifen hin. Direkt vor ihm befanden sich die Hütten und einige Lastwagen und ein großer Pfeil aus aufgeschichteten Steinen am Boden, der auf die Felswand wies. Und an der Pfeilspitze eine wirbelnde Wolke aus Rauch und Staub, wo die Raketen in die Felswand eingeschlagen waren. »Jesusmaria!« sagte er unwillkürlich. »Hoffentlich haben sie das überstanden.«

Dann war er auch schon darüber hinweggeflogen und ging in eine Kehre, um zurückzukommen. Er kam auch zurück, aber mit einem Feind dicht auf seinen Fersen. Die Sabre, der er hoch oben im Himmel ausgewichen war, hatte ihn wiedergefunden, und ihre Bordwaffen knatterten bereits hinter ihm her. Aber er war noch außer Schußweite, und er spürte, daß der andere Pilot, dem er bereits einen Streich gespielt hatte, jetzt darauf wartete, daß

irgendein neuer Trick kam. Dieses Anzeichen der Unerfahrenheit flößte ihm Hoffnung ein, aber die andere Sabre war schneller als er, und er mußte seine Raketen abwerfen.
Er hatte sich bereits unten ein sehr gutes Ziel ausgesucht; aber um es zu treffen, mußte er in einem glatten Tiefflug herankommen und lief Gefahr, von seinem Verfolger getroffen zu werden. Er straffte die Lippen über den Zähnen, hielt an seinem Kurs fest und zielte auf die Lastwagen und Baracken und die Gruppe von Männern, die in ihrem Schutz standen. Er schaltete mit einer Hand die Raketenschärfung ein und feuerte mit ihr beinahe im gleichen Augenblick.
Die Salve Raketen schoß unter den Tragflächen heraus und sauste wie ein Speer hinab auf die Lastautos und die Leute zu, die in die Höhe blickten und winkten. Erst im letzten Augenblick, als sie begriffen, daß aus dem Himmel der Tod auf sie herabkam, stoben sie auseinander und rannten - aber es war zu spät. Acht Raketen explodierten in ihrer Mitte, und als Forester über ihnen hinwegdonnerte, sah er, wie ein Dreitonnen-Lastwagen sich in die Luft hob und dann auf die Seite krachte. Er mußte laut lachen. Eine Rakete, die einen Panzer zum Stehen brachte, hatte keine Mühe, ein Lastauto zu zerschmettern.
Die Sabre war sofort wesentlich handlicher, nachdem sie ihre Raketen los war, und er spürte die Geschwindigkeitszunahme. Er drückte die Nase herunter und kreischte beinahe auf Bodenhöhe über den Landestreifen hinweg, ohne sich umzusehen, welchen Schaden er angerichtet hatte, und nur bemüht, seinem Verfolger zu entgehen, indem er so niedrig flog, wie er es nur irgend riskieren konnte. Am Ende des Landestreifens tauchte er noch niedriger über die Felsklippe hinab, wo das Wrack der Dakota lag, und glitt dann mit einem verrückten Seitenrutsch um den Berghang herum.
Er sah in den Spiegel und stellte fest, daß sein Gegner die Ecke in einer viel weiteren Schleife und viel höher nahm. Forester grinste. Der blöde Kerl hatte nicht gewagt, bis auf Bodenhöhe herunterzukommen, und hatte folglich seine Bordwaffen nicht einsetzen können, und außerdem hatte er durch seine weite Kehre an Abstand eingebüßt. Jetzt war er dran.
Er sauste parallel mit dem Abhang kaum sieben Meter über dem Boden am Berg hinauf. Das war riskant, denn der Berghang war voller scharf hervorstehender Felsbrocken, die ihre schwarzen

Fänge ausstreckten, um der Sabre den Leib aufzureißen, wenn er nur die geringste Fehlrechnung machte. Während der kurzen halben Minute, die er brauchte, um in den freien Himmel zu gelangen, stand ihm der Schweiß auf der Stirn.
Dann war er vom Berg weg, und sein Feind kam herunter, um ihn abzuknallen. Aber das hatte Forester erwartet. Er stieg beinahe senkrecht in die Höhe, machte auf der Höhe der Schleife eine rasche Rolle und brauste in der entgegengesetzten Richtung davon. Er warf einen raschen Blick zurück, stellte fest, daß die andere Maschine eine weite Kehre machte, um an ihn heranzukommen, und grinste befriedigt. Er hatte den Feind gewogen und zu leicht befunden - dieser junge Mann hatte Angst, sich auf etwas Riskantes einzulassen, und Forester wußte, daß er ihn fassen konnte. Er setzte zum Abschuß an.
Das Ende war kurz und brutal. Er wendete, um der herankommenden Maschine entgegenzufliegen, und gab sich den Anschein, als wolle er sie vorsätzlich rammen. Er kam mit einer Geschwindigkeit von nahezu zweitausendfünfhundert Stundenkilometern auf sie zu, und der andere Pilot erschrak, wie Forester es vorausgesehen hatte, und wich seitlich aus. Als er sich von seinem Schrecken erholt hatte, war Forester ihm bereits hart auf den Fersen, und das Ende war barmherzig rasch - ein scharfer Feuerstoß der Bordkanonen aus Mindestentfernung und die unvermeidliche Explosion in der Luft. Forester wich abermals den umherfliegenden Trümmern aus, und während er kletterte, um sich zu orientieren, mußte er denken, daß praktische Luftkampferfahrung noch immer eine Menge wert war und richtige Charakterbeurteilung des Gegners sogar noch mehr.


Armstrong war taub. Der Widerhall der gewaltigen Explosion rumorte noch ganz tief drinnen im Stollen weiter, aber er hörte ihn nicht. Auch konnte er kaum etwas sehen in der staubverdickten Luft. Seine Hände klammerten sich hilflos an den harten Felsen des Stollenbodens, während er sich hart auf die Erde drückte, und es war ihm, als sei ihm der Verstand zerschmettert.
O'Hara erholte sich als erster. Er stellte fest, daß er noch am Leben war und sich bewegen konnte, und hob den Kopf, um sich den Stolleneingang anzusehen. Durch die Staubwolken hindurch gewahrte er trübe Helligkeit. Er hat danebengeschossen, dachte er

geistesabwesend. Die Raketen sind danebengegangen – aber nicht um sehr viel. Dann schüttelte er heftig den Kopf, um wieder klar denken zu können, und stolperte zu Armstrong hinüber, der noch auf dem Boden lag. Er rüttelte ihn an der Schulter. »Zurück zum Lastwagen!« brüllte er. »Wir müssen raus. Beim zweitenmal haut er nicht daneben.«
Armstrong hob den Kopf und starrte O'Hara sprachlos an, und O'Hara deutete nach rückwärts auf den Lastwagen und gab ihm mit Gesten zu verstehen, daß er fahren müsse. Er stand einigermaßen wacklig auf und folgte O'Hara, während ihm von der Gewalt der Explosion noch der Kopf dröhnte.
O'Hara brüllte: »Benedetta – ins Auto, schnell!« Er half ihr hinein, reichte ihr die Maschinenpistole und kletterte dann mit ihrer Hilfe selbst hinauf und streckte sich neben Miß Ponsky aus. Von draußen hörte er das Kreischen einer vorbeifliegenden Düsenmaschine und eine Folge von Explosionen in der Ferne. Er hoffte und betete, Armstrong werde imstande sein zu fahren.
Armstrong kletterte ins Fahrerhaus und bemerkte, daß Aguillar auf dem Sitz neben ihm saß. »Auf den Fußboden!« sagte er und schubste ihn hinunter. Dann galt seine ganze Aufmerksamkeit der Aufgabe, die jetzt vor ihm lag. Er drückte auf den Anlasserknopf, und der Anlasser winselte und stöhnte. Er drückte noch mal und noch mal, und als er schon fast die Hoffnung aufgegeben hatte, sprang der Motor mit einem donnernden Keuchhusten an.
Armstrong schaltete den Rückwärtsgang ein, lehnte sich aus dem Fenster hinaus, spähte nach rückwärts und ließ vorsichtig die Kupplung heraus. Der Lastwagen bumste unbeholfen zurück und scheuerte gegen die Seitenwand des Stollens. Er riß das Steuer herum und versuchte, einen geraden Kurs zu steuern – die Steuerung war, soweit er feststellen konnte, nicht beschädigt, und er brauchte nicht lange, um die fünfzig Meter im Rückwärtsgang zurückzulegen. Er blieb kurz vor der Stollenöffnung stehen, um sich auf den Sprung ins Freie vorzubereiten.
Benedetta nahm die unvertraute Waffe in die Hände und kauerte sich mit ihr schußbereit nieder. O'Hara hatte sich aufgesetzt und hielt die Pistole in der gebrauchsfähigen Hand. Er wußte, daß er, wenn er sich hinlegte, sich nur mit Mühe wieder aufrichten konnte, da er sich nur auf einen Arm stützen konnte. Miß Ponsky merkte Gott sei Dank überhaupt nicht, was vor sich ging; sie plapperte in ihrem Fieberwahn ein bißchen vor sich hin und schwieg

dann, als der Lastwagen rückwärts hinausruckte und draußen umdrehte.

O'Hara hörte, wie Armstrong gegen die nutzlose Windschutzscheibe hämmerte, um sie einzuschlagen, und machte sich auf eine Salve Gewehrfeuer gefaßt. Es kam aber nichts, und er sah sich um, und bei dem Anblick, der sich ihm bot, konnte er nur ungläubig blinzeln. Der Anblick war ihm nichts Neues, er hatte so etwas schon einmal gesehen, aber es hier zu sehen - darauf war er nicht gefaßt gewesen. Die Hütten und Lastautos waren restlos zerschlagen und zertrümmert, und rings um sie lagen Leichen auf der Erde verstreut. Ein Verletzter stieß ein wehklagendes Gejammer aus, und nur zwei Männer waren noch auf den Beinen und torkelten blind und benommen umher. Er betrachtete die schauerliche Szene und wußte Bescheid: ein Flugzeug hatte acht Raketen in dieses Ziel hineingefeuert und es in die Luft gesprengt.

Er brüllte: »Armstrong - mach, daß wir hier rauskommen, solange es noch geht!« Dann sackte er wieder auf den Boden des Lastwagens zurück und lächelte Benedetta an. »Einer von diesen Jagdfliegerjungens hat sich geirrt und das falsche Ziel zusammengeschlagen. Der wird eine gehörige Zigarre bekommen, wenn er nach Hause kommt.«

Armstrong schlug ein genügend großes Loch in die Windschutzscheibe, um sehen zu können, schaltete dann den ersten Gang ein und fuhr um die Ecke herum, um an den Baracken vorbei auf die Straße zu gelangen. Er starrte mit fasziniertem Grauen im Vorbeifahren auf die Trümmerstätte, bis sie hinter ihm lag, und widmete sich dann mit ganzer Konzentration der Aufgabe, ein ungewohntes und unhandliches Fahrzeug eine holprige Gebirgsstraße mit zahllosen Haarnadelkurven hinunterzufahren. Im Fahren hörte er, wie eine Düsenmaschine sehr tief über ihnen hinwegheulte, und wartete angespannt auf das Krachen neuer Explosionen, aber es erfolgte nichts, und das Flugzeug verschwand außer Hörweite.

Forester hatte von oben den Lastkraftwagen losfahren gesehen. Anscheinend noch einer übriggeblieben, dachte er und ging, den Daumen schon auf dem Feuerdruckknopf, im Sturzflug hinunter. Im letzten Augenblick sah er das flatternde offene Haar einer Frau, die rückwärts in dem Lastwagen stand, und zog eiligst den Daumen weg, während er über das Fahrzeug hinwegbrauste. Mein Gott, das war doch Benedetta! Sie haben sich einen Lastwagen verschafft!

Er zog die Sabre hoch und sah sich um. Er hatte die dritte Maschine nicht vergessen und hoffte, er habe sie endgültig verscheucht, denn er spürte jetzt, wie eine seltsame Mattigkeit sich seiner bemächtigte, und wußte, daß die Wirkung von McGruders Belebungsmittel nachzulassen begann. Er versuchte, sich etwas anders zu setzen, um dem Schmerz in seiner Brust abzuhelfen, während er über dem Lastwagen kreiste und ihn im Auge behielt, wie er die Gebirgsstraße hinabrumpelte.

O'Hara beobachtete die kreisende Sabre. »Aus dem Burschen werde ich nicht schlau«, sagte er. »Er muß uns gesehen haben, und trotzdem unternimmt er nichts.«

»Er denkt bestimmt, wir sind auf seiner Seite«, sagte Benedetta. »Das würde er doch von jedem Lastauto annehmen.«

»Das klingt soweit ganz logisch«, meinte O'Hara. »Aber der Jemand, der unsere Freunde da oben durch die Mangel gedreht hat, hat sehr gründliche Arbeit geleistet, und das war nicht die Art Fehler, die ein erfahrener Pilot machen würde.« Er zuckte zusammen, als der rumpelnde Lastwagen seiner Schulter einen Knuff versetzte. »Wir sollten uns auf alle Fälle bereithalten, rasch hinauszuspringen und Deckung zu suchen, für den Fall, daß er zurückkommt und es so aussieht, als ob er uns beschießen wolle. Kannst du mit Armstrong irgendein Zeichen verabreden?«

Benedetta wandte sich um, lehnte sich hinaus und reckte den Hals, um Armstrong am Steuer sehen zu können. »Wir werden vielleicht aus der Luft angegriffen«, rief sie, so laut sie konnte. »Wie können wir Sie stoppen?«

Armstrong verlangsamte die Fahrt, um eine schwierige Kehre zu nehmen. »Haut mit der Faust auf das Dach des Fahrerhauses – dann bleibe ich sofort stehen. Ich halte sowieso, ehe wir zum Barackenlager kommen; könnte sein, dort wartet jemand im Hinterhalt auf uns.«

Benedetta gab die Mitteilung an O'Hara weiter, und er nickte. »Zu schade, daß ich das Ding da nicht bedienen kann«, sagte er und deutete auf die Maschinenpistole. »Wenn du schießen mußt, drück sie fest herunter. Sie hat einen höllischen Rückschlag, und wenn du nicht aufpaßt, pulverst du alles in den Himmel.«

Er blickte zu ihr auf. Der Wind ließ ihr schwarzes Haar flattern und legte ihr das zerfetzte Kleid eng um den Körper. Sie wiegte die Maschinenpistole in den Händen und blickte hinauf zu dem Flugzeug, und er mußte plötzlich erstaunt denken: Mein Gott, eine

regelrechte Amazone - sie schaut aus wie ein Werbeplakat für die Partisanen. Er dachte an Aguillars Angebot einer Stellung in der Luftwaffe und war plötzlich und gänzlich vernunftwidrig insgeheim irgendwie überzeugt, daß sie diesen ganzen Alptraum doch noch wohlbehalten überstehen würden.
Benedetta hob plötzlich die Hände und rief mit verzweifelter Stimme: »Da ist noch einer - noch ein Flugzeug!«
O'Hara reckte den Kopf und sah eine zweite Sabre-Maschine, die wesentlich höher über ihnen kreiste, und die erste stieg hinauf, um sich ihr anzuschließen. »Immer müssen sie in Rudeln jagen«, sagte Benedetta erbittert, »sogar, wenn sie wissen, daß wir wehrlos sind.«
O'Hara, der mit kriegserfahrenem Auge die Manöver der beiden Maschinen beobachtete, war sich nicht so sicher. »Ich glaube, das gibt einen Luftkampf«, sagte er verwundert. »Sie versuchen beide, in Position zu kommen. Mein Gott, tatsächlich, sie gehen aufeinander los!« Er hatte es noch nicht ausgerufen, als sich von ferne in seine ungläubige Stimme das scharfe Geknatter automatischer Bordkanonen mischte.
Forester wäre um ein Haar überrumpelt worden. Er sah die dritte feindliche Sabre-Maschine erst, als sie bereits unbehaglich nahe war, und er kletterte mit verzweifelter Anstrengung hoch, um sich den taktischen Vorteil größerer Höhe zu verschaffen. Aber der Feind feuerte als erster, Forester hörte ein dumpfes Krachen und sah, wie auf seiner Tragfläche ein zackiges Loch auftauchte. Er wich mit einem Seitenrutsch aus der Schußbahn und trieb seine Maschine dann in eine scharfe Aufwärtskehre hinauf.
O'Hara schrie aufgeregt und schlug mit der freien Hand gegen die Seitenwand des Fahrerhauses. »Forester und Rohde! Sie sind hinübergekommen - es kann nicht anders sein!«
Der Lastwagen blieb mit einem Ruck stehen, und Armstrong schoß wie ein aufgestörter Hase aus dem Fahrerhaus heraus und auf den Straßenrand. Auf der anderen Seite stieg Aguillar mühsam auf die Straße hinab und entfernte sich langsamen Schritts, als er die aufgeregten Rufe aus dem Lastauto vernahm. Er drehte sich um und blickte dann zu den kämpfenden Sabres hinauf.
Der Luftkampf trieb nach Westen ab, und gleich darauf verschwanden die beiden Maschinen über dem Berg und waren nicht mehr zu sehen. Nur die weiße Inschrift ihrer Auspuffspuren blieb auf dem blauen Himmel zurück. »Was ist denn eigentlich los?«

fragte er leicht verärgert. »Ihr habt mir einen Mordsschrecken eingejagt mit eurem Geklopfe.«
»Weiß der Kuckuck, was los ist«, antwortete O'Hara hilflos. »Aber einige von diesen Maschinen scheinen jedenfalls auf unserer Seite zu sein. Zwei sind gerade miteinander im Gefecht.« Er warf den Arm in die Höhe. »Da - da kommen sie wieder!«
Die beiden Sabres flogen jetzt viel tiefer, als sie um den Berg herum und wieder in Sicht kamen und die eine der anderen in scharfer Verfolgung nachsetzte. An den Tragflächen der hinteren Maschine flackerte das Blitzen der Bordkanonen auf, und plötzlich barst aus der vorderen Maschine ein Strom öligen Rauches hervor. Die Maschine sackte herunter, und ein winziger schwarzer Fleck schoß nach oben. »Er ist abgesprungen«, sagte O'Hara. »Der Junge ist bedient.«
Die verfolgende Sabre kletterte höher, und die steuerlose zerschossene Maschine legte sich in einen steilen Sturzflug und zerschellte am Berghang. Eine schwarze, fettige Rauchsäule ließ die Stelle erkennen, wo das Wrack lag, und ein Fallschirm, der sich plötzlich geöffnet hatte, trieb wie ein vom Wind verwehter Löwenzahnsamen über den Himmel.
Armstrong sah dem abziehenden Sieger nach, der sich in eine lange Kehre legte und offensichtlich beabsichtigte, zurückzukommen. »Das ist alles ganz schön und gut«, sagte er besorgt. »Aber wer hat gewonnen - wir oder die anderen?«
»Alle aussteigen«, befahl O'Hara entschlossen. »Armstrong, helfen Sie Benedetta, Jenny herauszuheben.«
Aber es blieb ihm keine Zeit dazu, denn plötzlich war die Sabre wieder da und donnerte in einer langsamen Rolle über ihnen hinweg. O'Hara, der gerade mit seinem freien Arm Miß Ponskys Kopf sachte anhob, pfiff durch die Zähne. »Dies Gefecht scheint unsere Seite gewonnen zu haben«, sagte er. »Aber jetzt möchte ich doch gerne wissen, wer eigentlich unsere Seite ist.« Er beobachtete die Sabre genau, die jetzt zurückkam und die Tragflächen von einer Seite zur anderen ankippte. »Forester kann es ja wohl kaum sein - das ist unmöglich. Jammerschade. Er wollte so gern seinen fünften Abschuß machen und ein As werden.«
Das Flugzeug kam tiefer und wendete geschickt, als es wieder herüberkam, und flog dann bergab davon, und gleich darauf hörten sie wieder das Feuer der Bordkanonen. »Alle einsteigen«, befahl O'Hara. »Er schießt das Barackenlager zusammen. Wir werden

dort keinen Ärger haben. Armstrong, fahren Sie los und halten Sie nicht eher, was immer sein mag, bis wir auf der anderen Seite der Brücke sind.« Er lachte begeistert. »Wir haben jetzt Luftsicherung.«
Sie fuhren, so rasch sie konnten, weiter und kamen am Barackenlager vorbei. Am Straßenrand brannte lichterloh ein Lastkraftwagen, aber es war nirgends ein Lebenszeichen zu erblicken. Eine halbe Stunde später näherten sie sich der Brücke. Armstrong bremste den Wagen ab, blieb bei den Brückenpfeilern stehen und sah sich besorgt um. Dann hörte er die Sabre oben wieder vorbeikommen und war beruhigt. Er schaltete den Gang wieder ein und schob sich langsam und vorsichtig auf das gebrechliche und wacklige Bauwerk hinauf.
Forester hielt von oben ein wachsames Auge auf den Lastwagen, wie er langsam über die Brücke rollte. Er hatte den Eindruck, daß es unten windig sein müsse, denn die Brücke schien zu zittern und hin und her zu schwanken; aber vielleicht waren es nur seine müden Augen, die ihm Streiche spielten. Er warf einen besorgten Blick auf den Benzinstandmesser und stellte fest, daß es Zeit war, die Maschine irgendwo auf den Boden zu setzen, und er hoffte nur, daß es ihm gelingen werde, sie in einem Stück zu landen. Er war zum Umfallen müde, und sein ganzer Körper tat ihm weh. Er flog ein letztes Mal über die Brücke hinweg, um sich zu vergewissern, daß alles in Ordnung war, und drehte dann ab. Er folgte der Straße und war erst wenige Kilometer geflogen, als er eine Kolonne von Fahrzeugen die Straße heraufkommen sah, von denen einige auffallend und deutlich mit dem Roten Kreuz markiert waren. Das wäre also das, dachte er. McGruder ist durchgekommen, und irgend jemand hat übers Gebirge herübertelefoniert und die Sache in Schwung gebracht. Es könnte doch wohl schwerlich noch ein Haufen Kommunisten sein – wozu würden die Rettungswagen mitbringen?
Er hob die Augen und sah sich nach einem Stück ebenen Geländes und einer Stelle um, wo er landen konnte.


Aguillar sah, wie Armstrongs Gesicht sich aufhellte, als die Räder des Lastwagens von der Brücke herunterrollten und sie endlich auf der anderen Seite des Flusses waren. So viele gute Menschen, dachte er. Und so viele gute Menschen tot – die Coughlins, Señor

Willis - und Miß Ponsky so schrecklich verwundet, und auch O'Hara verletzt. Aber O'Hara würde wieder in Ordnung kommen; dafür würde Benedetta sorgen.
Er lächelte, als er an sie dachte und all die Jahre ihres künftigen Glücks. Und dann waren da auch noch die anderen - Miguel und die beiden Amerikaner Forester und Peabody. Der Staat Cordillera würde sie alle ehren - ja, sogar Peabody, und ganz besonders Miguel Rohde.
Er sollte erst viel später erfahren, was Peabody zugestoßen war - und Rohde.
O'Hara blickte ein wenig besorgt auf Miß Ponsky. »Wird sie durchkommen?«
»Die Wunde ist sauber - nicht so schlimm wie deine, Tim. Ein Krankenhaus wird euch beiden sehr gut bekommen.« Benedetta versank in Schweigen.
»Was wirst du jetzt tun?« fragte sie schließlich.
»Ich nehme an, ich sollte eigentlich nach San Croce zurückgehen und Filson meine Kündigung aushändigen - und ihm gleichzeitig eins auf die Nase hauen -, aber ich glaube nicht, daß ich es tun werde. Er ist es nicht wert, und ich werde mir nicht die Mühe machen.«
»Dann gehst du also nach England zurück?« Es klang bedrückt.
O'Hara lächelte. »Der künftige Präsident eines gewissen südamerikanischen Staates hat mir eine interessante Stellung angeboten. Ich könnte mir denken, daß ich vielleicht bleibe, wenn die Bezahlung halbwegs gut ist.«
Benedettas Umarmung verschlug ihm fast den Atem. »Autsch! Paß auf meine Schulter auf! Und um Himmels willen, leg die verdammte Knarre weg, sonst passiert noch ein Unglück.«
Armstrong murmelte in halblautem Singsang etwas vor sich hin, und Aguillar wandte den Kopf. »Was sagten Sie, Señor?«
Armstrong hielt inne und lachte. »Ach, es ist nur etwas über eine mittelalterliche Schlacht. Eine ziemlich berühmte Schlacht, bei der alles gegen einen Sieg sprach. Bei Shakespeare gibt es eine Stelle darüber, und ich versuche, mich daran zu erinnern. Shakespeare ist nicht eigentlich mein Fach. Er ist unzuverlässig in den Einzelheiten, aber den Geist der Sache trifft er sehr gut. Es geht ungefähr so -«
Er hob die Stimme und deklamierte:

»Wer heut am Leben bleibt und kommt zu Jahren,
der gibt ein Fest am heil'gen Abend jährlich
und sagt: ›Auf Morgen ist Sankt Crispian!‹
Streift dann die Ärmel auf, zeigt seine Narben
und sagt: ›An Crispins Tag empfing ich die.‹
Die Alten sind vergeßlich; doch wenn alles
vergessen ist, wird er sich noch erinnern
mit manchem Zusatz, was er an dem Tag
für Stücke tat...
Wir wen'gen, wir beglücktes Häuflein Brüder.«

Er schwieg und kicherte dann leise vor sich hin. »Ich glaube, Miß Ponsky wird das ihren Kindern sehr gut beibringen können, wenn sie in ihre Schule zurückkehrt. Glauben Sie, *sie* wird ›die Ärmel aufstreifen und ihre Narben zeigen‹?«
Der Lastwagen rumpelte die Straße hinab. Der Freiheit entgegen...

---

**Das Gesamtverzeichnis der Heyne-Taschenbücher
informiert Sie ausführlich über alle lieferbaren Titel.
Sie erhalten es von Ihrer Buchhandlung
oder direkt vom Verlag.
Wilhelm Heyne Verlag, Postfach 201204,
8000 München 2**

# Weitere Thriller von Desmond Bagley.

Der Top-Autor Desmond Bagley gehört längst zur Thriller-Weltelite – vor allem, weil er sich nicht so schnell in die Karten sehen läßt. Dabei wird des Lesers Identifizierung mit dem Helden einer harten Belastung durch Merkwürdigkeiten ausgesetzt, die offenbar nicht einzuordnen sind: Was macht die aufregende Wissenschaftlerin mit der Spielzeugeisenbahn und der herrschaftliche Diener gar mit dem Revolver?

**Der Feind**
Roman. 400 Seiten.

Vierzig Jahre sind vergangen, seit Billsons Vater auf einem Wettflug in der Sahara verschwand. Warum gibt es jetzt noch Killer, die Paul mit allen Mitteln an der Suche nach seinem Vater hindern wollen? Wer sind diese Männer? Atemberaubende Abenteuer in der Wüste sowie eine exotische Szenerie machen dieses Buch zum Meisterwerk.

**Atemlos**
Roman. 352 Seiten.

Ein Flugzeug wird zu einer Notlandung auf einem schneebedeckten Hochplateau der Anden gezwungen. In beinahe ausweglose Situation beginnt für die Passagiere ein Kampf ums Überleben.

**Die Gnadenlosen**
Roman. 320 Seiten.

Mysteriöse Zwischenfälle, geheimnisvolle Unglücke, spektakuläre Entführungen im exotischen Ferienparadies der Bahamas. Zufälle oder Teile eines teuflischen Plans?

**Bahama-Krise**
Roman. 320 Seiten.

**Blanvalet**